Alfred Döblin:
Die drei Sprünge des Wang-lun
Chinesischer Roman

Mit einem Nachwort von Walter Muschg

Deutscher
Taschenbuch
Verlag

dtv

Von Alfred Döblin
sind im Deutschen Taschenbuch Verlag erschienen:
Berlin Alexanderplatz (295)
November 1918 (1389)
Hamlet (1484)
Die Ermordung einer Butterblume (1552)
Berge, Meere und Giganten (1591)

Ungekürzte Ausgabe
1. Auflage Mai 1970
2. Auflage Dezember 1980: 14. bis 25. Tausend
Deutscher Taschenbuch Verlag GmbH & Co. KG,
München

Umschlaggestaltung: Celestino Piatti
Gesamtherstellung: C. H. Beck'sche Buchdruckerei,
Nördlingen
Printed in Germany · ISBN 3-423-01641-8

INHALT

Zueignung 7

Erstes Buch
Wang-lun 9

Zweites Buch
Die gebrochene Melone 101

Drittes Buch
Der Herr der gelben Erde 273

Viertes Buch
Das westliche Paradies 363

Nachwort des Herausgebers 481

Das Buch

Sie ziehen durchs Land und lehren den gewaltlosen Widerstand. »Wu-Wei« ist ihr Name, die »Wahrhaft Schwachen«. Aber ihre Lehre findet Anhänger bei den Massen, immer mehr bekennen sich zur Freude und zur Freundschaft. Damit werden sie zur Bedrohung für die Macht der Herrschenden. Soldaten werden ausgeschickt. In einer blutigen Revolte werden die »Wahrhaft Schwachen« und ihr Haupt, der Fischersohn Wang-lun, auf die Probe gestellt. – Döblins Roman erschien zuerst im Jahre 1915 und machte ihn sofort berühmt. Man bewunderte ›Die drei Sprünge des Wang-lun‹ als das erste Meisterwerk einer expressionistischen Erzählkunst, welche die Grenzen des realistisch-psychologischen Romans zu sprengen versuchte. Kafka und Loerke haben diese Beschreibung einer Massenbewegung begeistert begrüßt. Inzwischen ist Döblin zum Klassiker der Moderne geworden. – Die vorliegende Ausgabe ist den ›Ausgewählten Werken‹ entnommen, die Walter Muschg in Verbindung mit den Söhnen des Dichters aus dem Nachlaß herausgab. Der Text entspricht der Originalausgabe in der Seitenzählung und in allen Einzelheiten des Satzes.

Der Autor

Alfred Döblin (1878–1957), Sohn einer jüdischen Kaufmannsfamilie, war Nervenarzt in Berlin; dort Mitbegründer der expressionistischen Zeitschrift ›Der Sturm‹. 1933 Emigration nach Paris, 1940 Flucht nach Amerika und Konversion zum Katholizismus. Nach dem Krieg Rückkehr als französischer Offizier nach Deutschland. Herausgeber der Literaturzeitschrift ›Das goldene Tor‹ (1946–1951) und Mitbegründer der Mainzer Akademie (1949). Aus Enttäuschung über das Nachkriegsdeutschland 1953 Rückkehr nach Paris. Wichtige Werke: ›Die Ermordung einer Butterblume‹ (1913), ›Wallenstein‹ (1920), ›Berge, Meere und Giganten‹ (1924), ›Berlin Alexanderplatz‹ (1929), ›November 1918‹ (4 Bde., 1939–1950), ›Hamlet oder Die lange Nacht nimmt ein Ende‹ (1956).

ZUEIGNUNG

DASS ich nicht vergesse –
Ein sanfter Pfiff von der Straße herauf. Metallisches Anlaufen, Schnurren, Knistern. Ein Schlag gegen meinen knöchernen Federhalter.
Daß ich nicht vergesse –
Was denn?
Ich will das Fenster schließen.
Die Straßen haben sonderbare Stimmen in den letzten Jahren bekommen. Ein Rost ist unter die Steine gespannt; an jeder Stange baumeln meterdicke Glasscherben, grollende Eisenplatten, echokäuende Mannesmannröhren. Ein Bummern, Durcheinanderpoltern aus Holz, Mammutschlünden, gepreßter Luft, Geröll. Ein elektrisches Flöten schienenentlang. Motorkeuchende Wagen segeln auf die Seite gelegt über den Asphalt; meine Türen schüttern. Die milchweißen Bogenlampen prasseln massive Strahlen gegen die Scheiben, laden Fuder Licht in meinem Zimmer ab.
Ich tadle das verwirrende Vibrieren nicht. Nur finde ich mich nicht zurecht.
Ich weiß nicht, wessen Stimmen das sind, wessen Seele solch tausendtönniges Gewölbe von Resonanz braucht.
Dieser himmlische Taubenflug der Aeroplane.
Diese schlüpfenden Kamine unter dem Boden.
Dieses Blitzen von Worten über hundert Meilen:
Wem dient es?
Die Menschen auf dem Trottoir kenne ich doch. Ihre Telefunken sind neu. Die Grimassen der Habgier, die feindliche Sattheit des bläulich rasierten Kinns, die dünne Schnüffelnase der Geilheit, die Roheit, an deren Geleeblut das Herz sich klein puppert, der wässerige Hundeblick der Ehrsucht, ihre Kehlen haben die Jahrhunderte durchkläfft und sie angefüllt mit – Fortschritt.
O, ich kenne das. Ich, vom Wind gestriegelt.
Daß ich nicht vergesse –

Im Leben dieser Erde sind zweitausend Jahre ein Jahr.
Gewinnen, Erobern; ein alter Mann sprach: «Wir gehen und wissen nicht wohin. Wir bleiben und wissen nicht wo. Wir essen und wissen nicht warum. Das alles ist die starke Lebenskraft von Himmel und Erde: wer kann da sprechen von Gewinnen, Besitzen?»
Ich will ihm opfern hinter meinem Fenster, dem weisen alten Manne

Liä Dsi

mit diesem ohnmächtigen Buch.

ERSTES BUCH

WANG-LUN

AUF den Bergen Tschi-lis, in den Ebenen, unter dem alles duldenden Himmel saßen die, gegen welche die Panzer und Pfeile des Kaisers Khien-lung gerüstet wurden. Die durch die Städte zogen, sich über die Marktflecken und Dörfer verbreiteten.

Ein leiser Schauer ging durch das Land, wo die ‚Wahrhaft Schwachen' erschienen. Ihr Name Wu-wei war seit Monaten wieder in allen Mündern. Sie hatten keine Wohnstätten; sie bettelten um den Reis, den Bohnenbrei, den sie brauchten, halfen den Bauern, Handwerkern bei der Arbeit. Sie predigten nicht, suchten niemanden zu bekehren. Vergeblich bemühten sich Literaten, die sich unter sie mischten, ein religiöses Dogma von ihnen zu hören. Sie hatten keine Götterbilder, sprachen nicht vom Rade des Daseins. Nachts schlugen viele ihr Lager auf unter Felsen, in den riesigen Waldungen, Berghöhlen. Ein lautes Seufzen und Weinen erhob sich oft von ihren Raststätten. Das waren die jungen Brüder und Schwestern. Viele aßen kein Fleisch, brachen keine Blumen um, schienen Freundschaft mit den Pflanzen, Tieren und Steinen zu halten.

Da war ein frischer junger Mann aus Schan-tung, der das erste Examen mit Auszeichnung bestanden hatte. Er hatte seinen Vater, der allein im Fischerboot ausgefahren war, aus schwerster Seenot gerettet; ehe er dem Vater nachfuhr, gelobte er, den Wu-wei-Anhängern zu folgen. Und so ging er, kaum daß die freudevollen Examensfeiern vorbei waren, still aus dem Haus. Es war ein ehrerbietiger, etwas scheuer Jüngling, mit eingekellerten Augen, der sichtlich schwer unter seinem seelischen Zwiespalt litt.

Ein Bohnenhändler, ein rippendürrer Mann, lebte fünfzehn Jahre in kinderloser Ehe. Er grämte sich tief, daß niemand nach seinem Tode für ihn beten würde, seinen Geist speisen und pflegen würde. Als er fünfundvierzig Jahre alt wurde, verließ er seine Heimat.

Tsin war ein reicher Mann vom Fuße des Tschan. Er lebte in dauernder Wut, weil er, wie sehr er sein Geld schützte, alle Monate bestohlen wurde, wenn auch nur um Kleinigkeiten. Dazu kamen Erpressungen durch die Polizisten, Steuerbeamten; mehrmals brannten Häuser von ihm ab, von Böswilligen angesteckt. Er fürchtete, daß er eines Tages ohne Habe und Gut dastehen würde. Er fühlte sich macht- und rechtlos. Da verschenkte er sein ganzes Geld an blinde Musikanten, alte Hurenwirtinnen, Schauspieler; zündete selbst sein Haus an und ging in den Wald.

Junge Wüstlinge zusammen mit Dirnen, die sie aus den bemalten Häusern befreit hatten, wanderten herzu. Oft sah man die Dirnen, die zu den verehrtesten Schwestern gehörten, in eigentümlichen Verzückungen unter den purpurnen Kallikarpen, in den Hirsefeldern, und hörte sie unverständlich stammeln.

Sechs Freundinnen vom nördlichen Kaiserkanal, die man als Kinder verheiratet hatte, sprangen in dem Monat, in dem sie in das Haus ihrer Gatten gebracht werden sollten, mit einer Pferdekette aneinandergebunden, unterhalb ihrer Heimatstadt in den Kanal. Sie wurden, da sie beim Hineinstürzen sich an den Ufermauern verletzten, hängen blieben und laut schrien, gerettet von einigen vorüberziehenden Karrenschiebern, welche sie auf das nächste Polizeigewahrsam transportierten, nachdem sie die ganz willenlosen Mädchen mit Kleiderfetzen zur Not verbunden hatten. Als sie, auf dem Amt freundlich verpflegt, sich erholten und zurecht machten, kamen ihre Väter draußen angestürzt. Die Mädchen hörten die lärmende Auseinandersetzung mit den Wachen, stiegen durch ein hinteres Fenster hinaus und entkamen. Sie schlugen sich von Ortschaft zu Ortschaft durch, hielten sich in einer geschützten Berghöhle verborgen, verschafften sich durch Aushilfsarbeit auf den umliegenden Gehöften, in den Mühlen Nahrung. Die Jüngste von ihnen, ein fünfzehnjähriges blühendes Mädchen, die Tochter der Nebenfrau eines alten Lehrers, starb da, indem ihr ein Räuber Gewalt antat und sie dann erwürgte. Der Räuber trat nicht viel später zusammen mit den Mädchen einer Gruppe der Sektierer bei.

Im nordöstlichen China, in den Provinzen Tschi-li, Schan-tung, Schan-si, ja in Kiang-su und Ho-nan, in großen Städten mit hunderttausenden von Einwohnern, in den tüchtigen Arbeitsdörfern wie in den Spelunkennestern kam es alle paar Tage vor, daß einer auf den Markt ging und vor irgendeinem Betrüger, vor einem Bettelpriester, vor einem lahmen Kind, in einen Eselstrog sein Geld und seine Wertsachen ausschüttete. Daß Ehemänner aus kinderreichen Familien verschwanden; man traf sie nach Monaten in entfernten Distrikten, mit den Vagabunden bettelnd.

Es ging hie und da ein unterer Beamter wochenlang wie benommen und träge herum, antwortete bissig auf jede Frage, zuckte frech mit der Achsel bei einer Rüge; dann beging er plötzlich ein erstaunliches Verbrechen, unterschlug öffentliche Gelder, zerriß wichtige Aktenbündel oder griff einen harmlosen Menschen an und zerbrach ihm Rippen. Verurteilt ertrug er seine Strafe und Schande gleichmütig, oder entwich aus dem Gefängnis, ging in den Wald. Dies waren die Leute, denen die Trennung von Familie und Besitz am schwersten wurde und die sich nur durch ein Verbrechen von ihnen ablösen konnten.

Sie trugen nichts vor, was man nicht schon wußte. Eine alte Fabel, die sie erzählten, ging von Mund zu Munde:

Es war einmal ein Mann, der fürchtete sich vor seinem Schatten und haßte seine Fußspuren. Und um beiden zu entgehen, ergriff er die Flucht. Aber je öfter er den Fuß hob, um so häufiger ließ er Spuren zurück. Und so schnell er auch lief, löste sich der Schatten nicht von seinem Körper. Da wähnte er, er säume noch zu sehr; begann schneller zu laufen, ohne Rast, bis seine Kraft erschöpft war und er starb. Er hatte nicht gewußt, daß er nur an einem schattigen Ort zu weilen brauchte, um seinen Schatten los zu sein. Daß er sich nur ruhig zu verhalten brauchte, um keine Fußspuren zu hinterlassen. –

Ein Seufzen preßte das Land aus. Man hatte so glückverschleierte Augen nie gesehen. Ein Zittern ging durch die Familien. Und wenn abends wieder von den ‚Wahrhaft Schwachen‘ und der alten Fabel gesprochen wurde, sah einer den andern an und morgens forschten sie, wer verschwunden sei.

Ein geheimes süßes Leiden schien besonders die jungen kräftigen Männer und Frauen befallen zu haben. Sie schienen fortgezogen zu werden von einer Art bräutlichem Schmerz.

WANG-LUN war das Haupt der Bewegung.

Er stammte aus Schan-tung, aus einem Küstendorfe namens Hun-kang-tsun, im Distrikt Hai-ling; der Sohn eines einfachen Fischers. Er erzählte später in beiläufigen Wendungen, sein Vater sei der erste der dortigen Fischerzunft gewesen; an der Wand des Zunfthauses stünde noch der Name seines Vaters, des Begründers dieses Hauses. Aber in ganz Hai-ling gab es kein Gildenhaus. Die zweihundertzwanzig Familien des Örtchens schlugen sich mühselig durch. Die Männer schwammen zum Fang auf dem Meere; die Frauen bestellten die wenigen Felder. Der Boden war so knapp, daß man künstliche Äcker auf den breiten Terrassen der Kalkfelsen anlegte, welche dicht an den Strand traten. Mühsam schleppte Mann und Weib die lockere Erde auf Holzmulden herauf, über die schmalen Serpentinen, Mulde nach Mulde, dann warfen sie den spärlichen Dünger, trockene Krebsschalen und Menschenkot.

Dort über dem Meere wirtschafteten Weiber, Kinder und alte Männer tagsüber; Geplärr und dumpfes Rumoren scholl herunter in das leere Dorf. Es hatten früher hier mehr Familien gewohnt. Aber über fünfzig Häuser waren eines Tages von einem vorüberziehenden plündernden Haufen, der von Tschi-fu herkam, in Brand gesteckt worden. Dem alten Dorfschulzen hatten sie zwischen zwei Gneisblöcken die Füße gequetscht, als er nicht die zweihundert Tael zahlte, die sie verlangten, dann ihm mit einem Balkenschlag den linken Arm zermalmt und ihn, nachdem sie ein breites Loch in das Eis geschlagen hatten – es war Winter –, in einen Tümpel geschleudert. Das stoßweise Gebrüll der sechs Mann, die den jammernden Schulzen immer wieder mit Brettern niederdrückten, das Klatschen der Planken auf der Eisfläche, das laute Schlingen und Wasserspeien des Ertrinken-

den, dazu das ungeduldige Wiehern ihrer gestohlenen Pferde, war eine der wenigen Kindheitserinnerungen Wang-luns.
Mit Sonnenaufgang fuhr der alte Wang in den beiden heißen Monaten aufs Meer hinaus, auf einer zweimastigen Dschunke, die am Bug aus zwei großen grünen gemalten Glotzaugen spähte. Zu fünfen saßen die Fischer drin. Die Segel schwellten; sie legten die Ruder hin; gleichmäßig glitten sie einher über dem dunklen Pei-ho neben der Nachbardschunke. Sie warfen draußen das verschlungene scharfriechende Netz aus, spannten es von Dschunke zu Dschunke. Die Drehrollen, die das Netz senkten und zogen, knarrten, heulten, standen fest.
Die Männer blieben bis zum späten Nachmittag draußen. Die Sonnenhitze fiel wie ein trockener sengender Regen über Mensch und Getier. Dickwanstig saß der alte Wang unter seinem tellerförmigen riesigen Strohhut auf der Ruderbank und warf mit spitzen Steinen nach den Seemöwen, die hinter den Dschunken aus der flimmernden Luft tauchten. Während die andern Bootsleute im Schiff die Pfeife rauchten oder Tabak kauten. Sobald Wang seine Schleuder ordnete, setzte sich ein kleiner Bootsmann vor ihn an den hinteren Mast, rauchte sorglos, holte vorsichtig einen elastischen Weidenstock unter dem Tauwerk hervor. Die Schleuder knarrte, der Kleine reckte sich mit tönendem Gähnen, die Schleuder wickelte sich um seinen Stock und ausgestreckten Arm, knallte mit dem Stein unfehlbar dem gespannt wartenden Wang vor die Brust oder auf die Beine. Betrübt sah er seiner schwirrenden Möwe nach. Das Boot schwankte unter dem Lachen der vier, die sich auf die nassen Bretter legten.
Wang torkelte großspurig durch die Teestuben, bewarb sich einmal, eines unbeschäftigten Morgens aus seinem Bohnenfeldchen aufstehend, um die Stelle eines Ortsvorstehers auf dem Amt, zur weinenden Wut seiner abgerackerten Frau, die den Spott über Wang voraushörte. Gern lag er im Sande, neben den Becken, die seine beiden Söhne mit Holzkohlen füllten zum Trocknen der Tintenfische. Zündeten sie um die Zeit der Ebbe die Becken auf der Dschunke selbst an, so trabte er zum Strande und hockte

sich hin. Da lagen halb umgestülpt die leeren Fischkörbe, ausgebreitet im Sande die gedörrten Tiere, die in der Sonne sich schön färbten. Sie fühlten sich glühend an.
Der Dickwanst stocherte in den Schlammlöchern herum, zog lange Sandwürmer heraus, von denen er die Hälfte seiner Frau zum Trocknen und Verkauf gab. Er selbst behielt sich abseits ein großes Maß, trocknete sie heimlich und schlürfte seine herzhaft köstliche Suppe hinter den Körben.
Dann kamen nach einer Weile die beiden Knaben von der Dschunke herüber, wickelten ihm, da er schwitzte, seine Beinbinden los. Sie kauerten ernst vor ihm mit ihren kleinen Rattenschwänzen, den Zöpfchen und legten die Hände auf den Schoß. In hochmütig näselndem Tone, laut, daß ihn die Nachbarn hörten, redete Wang über sie hinweg, den feisten Rumpf aufgetakelt, rückwärts gestützt auf den Ellenbogen; das nannte er seine Unterrichtsstunde. Er kannte in der Tat die Fibel, das Buch der tausendachtundsechzig Worte des Tscheou-hing-tse; bis auf einige Fehler kannte er es auswendig; es schien auch, als ob er aus dem Frauenbuche einige Sätze gelernt hätte. Immer wieder erklärte er den Kindern, daß er bedaure, nicht streng genug zu ihnen zu sein; Strenge zu ihnen sei seine heilige Pflicht, denn – und die Kinder fielen singend ein: «Erziehung ohne Strenge ist des Vaters Trägheit.»
Und alle paar Tage hörte der künftige Lehrer dreier Provinzen, daß Freude, Zorn, Kummer, Furcht, Liebe, Haß und Begier die sieben Leidenschaften seien. Nicht oft konnten die Kinder ihn unbeschäftigt anhören. Wang-luns Gesicht war schwarzbraun und viereckig, breit; kräftige Linien holten ein reges, verschlagenes Gesicht aus. Die zarte mehr gelbe Tönung der Haut seines gleichaltrigen Bruders nahm trotz aller Meeresgluten keinen tieferen Schatten an; der Knabe blieb elastischer, weicher und ernster als Wang-lun, der wegen seiner bösartigen Späße unter den Spielgefährten wenig beliebt war, auch wenig Verständnis für einen der Sätze seines Vaters hatte: daß zu den fünf höchsten sittlichen Beziehungen die Bruderliebe gehörte.

Munter, mehr spielend als tätig, saßen sie rotkäppig auf den kantigen Steinen des Strandes an dem großen Fischnetz. Auf einer grasbewachsenen Düne hinter ihnen zehn Männerschritte entfernt lagerte der unförmige alte Wang; die nackten, dunkelbehaarten Beine aufgestellt und übereinander geschlagen, kratzte er sich die kleinen eingetretenen Muscheln von der klobigen Fußsohle ab. Er hielt in seiner liegenden rechten Hand ein Ende des Netzes, das die Knaben mit dem dickflüssigen Saft der Mandarinenschale färbten. Er rückte sich höher; die Kinder schnalzten musikalisch, er spuckte und grunzte. Dröhnend entfuhr ihm von Zeit zu Zeit eine Belehrung, zum Beispiel: «Der Kürbis gilt seit altersher als Zeichen der Fruchtbarkeit.» Bis ihm ein Windstoß scharfen Sand ins Gesicht wehte, er sich hustend aus seiner Grube herauswälzte und ihre Farbschüssel umwarf. Mit kläglich bettelndem Blick sagte er, sie hätten wohl nicht den richtigen Ort zum Färben gewählt. Und sie wickelten ihm seine Binden wieder um und zogen ein paar Schritt weiter.

Das größte Ereignis im Leben von Wang-luns Vater war, als der Alte zu seinem Bruder reiste, zur Hochzeit seines Neffen, dreihundert Li entfernt von Hun-kang-tsun. Der Alte sah drei Wochen den Strand und die mageren Bohnenfelder nicht. Ein Barbier, der nebenbei Zauberer war, wohnte im Hause seines Bruders; Wang-schen saß abends viel mit ihm zusammen.

Und am Morgen, nachdem er zurückgekehrt war, ging er mit langsamen Schritten zu einem Manne, der Tischlerarbeit verstand, versprach ihm ein Maß getrockneter Sandwürmer, entsprechend einem Wert von vierhundertfünfzig Käsch, wenn er ihm ein rotes hohes Schild schnitzte mit der Inschrift: ‚Wang-schen, Schüler des berühmten Zauberers Kwoai-tai aus Luihsia-tsun, Wind- und Wettermeister.‘ Als es dunkel geworden war, nach sechs Tagen, holte er das blanke Schild, schwarze Charaktere auf himbeerrotem Grunde, blau gerändert, mit seinem ältesten Sohne ab, band es mit zwei Fischertauen, auf das Dach seines Hauses steigend, am vorspringenden Firstbalken an, während seine Frau schlief, so daß da über den Torweg frei ein

Schild herabhing: ‚Wang-schen, Schüler des berühmten Zauberers Kwoai-tai aus Lui-hsia-tsun, Wind- und Wettermeister.‘ Die Frau bekam am Morgen, als sie das prunkende Schild sah und ihren noch schlafenden Mann geweckt hatte, ihren Nervenanfall, den sie seit Jahren nicht gehabt hatte. Sie hatte damals, als einer der Brandstifter zum Fenster hereinrief, ob außer ihr noch jemand in der Wohnung wäre, voll Entsetzen die beiden einjährigen Kinder zwischen ihren weiten Pluderhosen festgehalten, dabei mit dem ‚Nein‘ scharf den Kopf nach rechts geworfen. Jetzt wogte ihr etwas Grünes durch den Kopf, die beiden Taue des Schildes wuchsen breit wie Blätter, sägten ihr zwischen den Augen; ein blauer gelenkloser Arm langte zwischendurch, eine Hand strömte ihre Finger auf sie zu. Im Takt warf die Frau ihren Kopf von links nach rechts, von rechts nach links, ihre Beine schlugen zusammen, sie tanzte wie die Figur eines Puppenspielers; die Kinder versteckten sich vor ihr auf dem Ofenbett.
Und hell schrien sie auf und rasten auf die Dorfstraße zwischen kläffende kleine Hunde, als aus dem Hof Wang, der alte elefantenbeinige Klumpen, in das räucherige Zimmer drang, mit einer Tigermaske hin und her stapfte und dabei schnaufend sang, über die Frau, die hingesunken war, strich, flüsterte. Nach einer halben Stunde schlief die Frau. Eine Menge von Kindern und Weibern stand an der Tür, schwieg auf dem Hof, stob vor der nahenden Tigermaske schnatternd auseinander.
Dieser Tag war eine Wendung im Leben Wang-schens. Seine Frau sagte kein Wort über das rote Schild, ja sie wurde wortkarg im Umgang mit dem Mann, schlich ihm aus dem Wege.
Er gab sich jetzt nicht mehr als kleiner Gelegenheitslehrer. Er studierte emsig im Hofe unter einer Erle die sonderbaren Zeichen auf einer Bambustafel, die er von dem Zauberer mitgebracht hatte, ging zwischen dem Misthaufen und Geräteschuppen gehobenen Hauptes auf und ab, zitierte laut: «Acht mal neun gleich zweiundsiebzig. Zwei regiert das Paar. Durch Paar vereinigt man das Unpaar. Das Unpaar regiert den Zodiak. Der Zodiak beherrscht den Mond. Der Mond beherrscht die Haare.

Daher wachsen die Haare in zwölf Monaten.» Verblüfft sah er von Zeit zu Zeit auf die Tafel; sann, über sich selbst beschämt, nach, befreite sich durch eine rasche niederwerfende Geste. Er ging mit krauser Stirn zwischen den eifrig arbeitenden Fischern am Strand abends herum, äugelte versunken mit den violetten Wolkenballen, blieb vor dem kleinen Pudel eines Korbarbeiters lange nachdenklich stehen, sagte träumerisch, als wenn er mit sich spräche: «Sieben mal neun gleich dreiundsechzig. Drei beherrscht den Polarstern. Dieser die Hunde. Daher werden die Hunde in drei Monaten geboren.»

Nur in der ersten Zeit lachte man hinter ihm, dann bürgerte sich die Auffassung ein, daß er wahrhaft das Zeug zu einem taoistischen Doktor habe, dieser ehemalige Clown des Dorfes. Er wußte so vieles: daß die Schwalben und Sperlinge ins Meer tauchen und zu Eidechsen werden; er konnte den tausendjährigen Fuchsdämon, den neunköpfigen Fasanendämon und den Skorpiondämon benennen; und niemand verstand, was er vom Yin und Yang, dem lichtvollen Männlichen und dem finsteren brütenden Weiblichen sagte.

Er fuhr auf See. Als er eines Morgens versuchsweise nicht zu den Dschunken herabgegangen war, stand seine Frau still vor ihm am Ofenbett. Er erkannte zwischen den zwinkernden Augenlidern, daß sie ihn wie sonst mit einem Faustschlag in die Seite wecken wollte, aber dann ging sie, weckte den fünfzehnjährigen Lun und den Bruder. Und jeden Morgen vor Sonnenaufgang weckte sie die beiden Burschen; oben schnarchte einer behaglich im Halbschlaf.

Wang-schen ging vormittags zum Nachdenken in den kleinen Tempel des Medizingottes, im vorletzten Gebäude des Dorfes. Da er mit jedem im Dorf und in der Nachbarschaft bekannt war, nahmen die Leute viel seine eigentümlichen Dienste in Anspruch, seine Kunst, den ‚Teufelssprung' zu üben, besonders aber, die ‚Schwangerschaft zu brechen'. So nannten die Bewohner dieses Teils von Schan-tung eine sonderbare Sitte. Man fürchtete, wenn sich in der Nähe einer schwangeren Frau alte Männer oder kränkliche Kinder fänden, daß sie in den Leib der Schwangeren einziehen könnten, vielleicht um sich so gesund und wieder jung zu machen. Wang-schen tobte bei solcher Not in seiner weißen Tigermaske vor der hockenden Frau im Zimmer herum, feite ihren Leib, indem er ihn mit Schilfsträngen schlug, stieß schwitzend unkenntliche Silben aus. Bisweilen brachte er tausend Käsch von diesen Übungen nach Hause.

Aber einmal kam er von einer Austreibung über die Straßen, sachte, in seiner quer über das Gesicht gezogenen Maske, gelaufen, in seinen Hof, vor seine Stubentür, wo er plump hinfiel. Die Frau riß ihm das Holzbrett vom bleischwarzen Gesicht. Er keuchte. Aus seiner Brust pfiff es; er wälzte seinen Leib und griff um sich. Die Frau rannte nach Kräutern, machte zwei Ziegelsteine für seine Füße heiß. Ein kleines Mädchen schickte sie; das mußte betteln, als hätte es keinen Käsch, um Geld für ein Bambuslos im Medizintempel. Der Krämer und Dorfapotheker gab den Absud, den die Losnummer bezeichnete. Wang spie ihn wieder aus.

Dann erhob sich nachmittags Lärm von vielen Stimmen vor dem Hause. Unaufhörlich Gongschlag auf Gongschlag; Klingeln, Rufe von weither. Schwere Trägerschritte dröhnten vom Hof herein in das stickige Krankenzimmer. Der Medizingott kam selbst, eine rohbemalte Holzsäule, zu seinem Schüler, die Diagnose zu stellen, die Heilung zu bringen. Die Mutter rief dem Schlafenden in die Ohren: «Zeige dich, zeige dich doch!» Sie stützten den Halbblinden, der murmelte und gähnte. Im Zimmer war es wieder still.

Draußen schritt der Gott zum Apotheker; die Träger schwankten in den Laden mit ihren Stangen, der Stab des Gottes zeigte an die unterste Ecke des Regals. Heimlich und entsetzt machte der junge Apothekergehilfe, den Rücken gegen sie gekehrt, das Abwehrzeichen des Tigers; der Stab hatte den Trank des schwarzen Wassers bezeichnet.

Und dem Kranken half nichts mehr.

Der Gott stand schon allein in seinem verfallenen ärmlichen

Häuschen am Ende des Dorfes. Es war finster geworden. Sein dicker Schüler, der tapfere Dämonenzwinger, wälzte sich um die dritte Nachtwache hastig auf den Rücken. Die Frau fragte ihn, was er wollte. Sie konnte ihm nur noch die Schuhe anziehen, mit denen man den Totenfluß überschreitet, die Schuhe bestickt mit Pflaumenblüte, Kröte und Gans, und mit einer weißen offenen Wasserlilie.

DER Alte hatte gewünscht, daß sich Lun zum ersten Examen vorbereite. Aber dessen Talente lagen anderswo und waren ganz besonders. Man bemerkte schon beim Scheren und Rasieren seines kugelrunden Kopfes ein längliches schwarzbraunes Mal auf der rechten Schläfenschuppe, das sein Vater als die Perle der Vollkommenheit deutete.

Wang-lun wuchs heran, gewandt und riesenstark. Unter seiner Roheit und Hinterlist hatten Esel, Hunde, Fische und Menschen zu leiden. Zum Diebstahl wurde er als sechsjähriger Junge von seinem Vater selbst angeleitet, auf merkwürdige Weise. Es war im Dorf üblich, um die Festzeit im ersten Monat, besonders aber am fünften Tag des ersten Monats, aus fremden Gärten und Äkkern Gemüse zu stehlen, weil dieses Gemüse Glück bringt. Es durfte niemand einen Eindringling an diesem Tage, sofern er ortsansässig war, verjagen; die Besitzer selbst pflegten vorher alles wertvolle Gewächs beiseite zu stellen und zu überdecken.

Als Wang-lun auf solchem gesetzmäßigen Diebeszuge begriffen mit seinem Bruder und Vater sein Heil versuchte, erging es ihm schlecht; ein paar vertrocknete Erdnüsse klaubte er aus dem Boden. Er trottete wütend hinter den andern her; lief nach Hause, setzte sich still, an einem Salzkrebs lutschend, in die niedrige Stube neben seine Mutter, die ihn lobte, weil er Dummheiten nicht mitmachte.

Er aber saß still zu Hause aus einem anderen Grunde; er hatte eine sehr einfache kurze Überlegung angestellt: wenn man etwas Schönes stehlen will, so ist der fünfte Tag des ersten Monats der ungeeignetste Tag dazu; es ist lächerlich und absurd, gerade an einem Tage stehlen zu gehen, an dem alle stehlen und alle ihre Sachen verstecken.

Er versprach sich, den fünften Tag des ersten Monats ein andermal zu feiern, diesen Tag absatzweise über das Jahr zu verteilen, denn ein Tag hat vierundzwanzig Stunden, die er unterbringen mußte; er mußte das Jahr über die erlaubten vierundzwanzig Stunden stehlen.

Und so stahl der gewandte schlaue Bursche überschlagsweise vierundzwanzig Stunden im Jahr und jeder Diebstahl hatte den Schein des Erlaubten, und ihn begleitete das angenehme Gefühl, das Dorf übertölpelt zu haben; es war genußreich zu stehlen.

Ja einmal, im letzten Lebensjahre des Alten, richtete Wang-lun seine räuberische Logik gegen seinen Vater; er nahm ihm die dünne Bambustafel weg, die tiefbraun und unleserlich geworden war. Den weißbärtigen Wang-schen erfüllte tiefer Schmerz, als er Lun im Hof sitzen sah, die lange vermißte Tafel auf den Knien, sie nach allen Seiten drehend, sie mißtrauisch beschnüffelnd. Lun lief in großen Sätzen mit der Tafel weg; der Alte weinte, über die Tafel und über den Sohn.

Im Dorfe wagten wenige, mit dem rohen Patron anzubinden; seinen Bruder hatte er ganz in der Gewalt.

Man war sehr glücklich, als er, gelangweilt von dem Fischfangen, Dörren, Netzeflicken, unzufrieden mit der Ärmlichkeit seines Heimatortes, aus dem auch durch den raffiniertesten Betrug nicht mehr als dreißig bis vierzig Tiau zu holen waren, eines Tages mit ein paar Kupferkäsch an der Schnur aus Hun-kang-tsun losmarschierte, ziellos die große Straße nach Tsi-nan-fu.

Es war Frühling. Erst lief er allein. Dann, als die Säure ihm in den Mund stieg, schloß er sich den Karrenzügen an, die aus den Töpfereien Waren in die Dörfer schleppten, und verdiente ein paar Cent. Er stieg, grimmig über die geizige Bezahlung, aus dem grünen Tal des Wei-ho auf in die wilden Berge; hinter den einsamen Häusern lauerte er mit einem Beil, einem grünen Sandsteinstück an einem Sandelholz, den Bewohnern auf, entriß ihnen, was sie gerade bei sich trugen, und floh. Auf den furchtbaren Felswegen, die er kletterte, war nichts vom Frühling zu merken. Die Bäche rauschten in den eingeschnittenen Tälern, reißend nach der Schneeschmelze; der zerlumpte Strolch ging nicht zum Waschen herunter zu ihnen; er war feige. Tagelang trug er in seinem Kittel zwanzig kostbare Schnupftabakdosen aus feinstem Glase; aß die rotgelben Kakis, die süßen getrockneten Äpfel, rasierte sich nicht, band seine schmutzklebenden Haare nicht zusammen: er hatte auf der Flucht ein kleines Mädchen bei einer Karawanserei überrannt, das Kind war im Fallen über einen Hang gerollt, dann einen Grat abgestürzt. Wang wagte sich nicht ins Tal aus Furcht vor dem Geist des Kindes.

Auf den letzten westlichen Ausläufern des Tai-ngan-schans, angesichts der reichen blütenüberschwemmten Ebene des Ta-tsing-ho, blieb er fast einen Monat liegen, unter den Bettlern und Lumpen dieses Striches, die in kläglichen Hütten zusammenhockten. War abgemagert, fühlte sich elend; seinen Lebensunterhalt verschwieg er den faulen Gesellen, mit denen er abends Geduldspiele aus Quarzstückchen zurechtsetzte. Er stieg um Mittag einen Felspfad aufwärts, durchkletterte eine kahle Schlucht; dann kam er an die Rückwand eines verrufenen Wirtshauses, das drei mongolische Kühe besaß. Dem aufpassenden Burschen hatte er das erstemal einen Genickstoß gegeben und mit dem Beil gedroht, als er sich einen halben Eimer Milch nahm; jetzt erwartete ihn der Junge alle drei Tage, steckte ihm alten Reiskuchen zu, rohe Eier, ließ ihn melken, soviel er wollte.

Als der Junge eines Tages verschwunden war und zwei bissige Hunde um den Stall liefen, kletterte Wang langsam und hungrig den mühseligen Weg zurück, die Schlucht hindurch, den Felspfad herunter. Erst wollte er zu den Bettlern zurück und irgendeinen von ihnen erschlagen; dann sonnte er sich die letzten Tagesstunden, blieb schlafend auf dem Gneisschutt liegen und stieg mit dem ersten Morgenschimmer die Berge abwärts über die sanften Hügel, die flachen Kalksteinerhebungen. Die wasserreiche Ebene dehnte sich unabsehbar aus. In dem blendenden

Abendlichte sah er vor sich die starke Mauer und die mächtige Stadt, Tsi-nan-fu.

DAS war ein unermeßliches Wachsen um Tsi-nan-fu.
Diesseits und jenseits des lehmfarbenen breiten Flusses standen die Hirsefelder schon übermannshoch, die starren Halme und Rohre mit ihren grünen scharfen Blattscheiden und braunen Kolben, die sich schwer umbogen und sanken wie Puschel von Kriegspferden und Helmwedel, überflockt von feinen Härchen. Wenn der warme Wind von den Bergen über sie fuhr, ging ein Scharren durch die Felder, als liefen die Halme davon, und alle warfen sich zum Anlauf vornüber. Ganz junge Pflanzen standen an den schmalen Fußpfaden, die Wang-lun am nächsten Morgen trottete; er riß ein paar aus, steckte die dünnen zarten Seidenwedel in den Mund und sog an ihnen. Drosseln und große Raben jagten sich schreiend über dem feuchten Boden, saßen auf den schlanken Sophorenbäumen, in deren breiten Kronen die Zwitterblättchen ein Schwanken und Schwirren begannen, als ob die Bäume ein krampfhaftes Lachen unterdrückten.
In einem fliegenden Barbierladen noch vor dem Tor ließ sich der verwahrloste Mann für seine Glasfläschchen waschen, rasieren und billig einkleiden. Dann spazierte er lächelnd und die feisten Torwächter vertraut grüßend in die Stadt hinein, in einem blauschwarzen Obergewand, auf neuen Filzsohlen, am grünen etwas faserigen Gürtel den leeren Tabaksbeutel, als käme er eben aus einem der vielen kleinen Teepavillons vor der Stadt, in denen sich Dichter und galante Jünglinge ergingen.
Groß und unübersehbar war das Gewirr der Straßen. Kaufladen stieß an Kaufladen, Garküchen, Herbergen, Teehäuser, überladene Tempel; an der Mauer klingelten die Glöckchen zweier schöner Pagoden, die den Weg der obdachlosen Geister ablenkten. Wang ließ sich willig von dem Menschenstrom tragen, spähte listig und vergnügt um sich, schob in einer engen Straße eine wartende Sänfte samt den beiden Trägern beiseite.

Und nachdem er die beiden an die Erde gelegt hatte, hatte er sich in ihnen die ersten Freunde in Tsi-nan-fu erworben, die ihn nach einer Stunde in ihr Logierhaus nebst Garküche führten, ein offnes luftiges Bretterhaus in der Einhornstraße. Ein Flügel des Hauses enthielt die ärmliche Garküche, deren Duft und Rauch aber auch den andern Flügel durchzogen, die nach der Straße offene Terrasse für Teetrinker und die Schlafkammern; das waren Verschläge im Hintergrund des Teeausschanks, niedrig, schmal, mit einer Bank zum Liegen und einem Schemel. Wang warf nur einen Blick in seine Kammer, dann strich er durch die Nachbarstraßen, erspähte Gelegenheiten. Er hatte keinen Käsch.

Hinter zwei Hökerfrauen, die zusammen einen Korb trugen, ging er in ein Haus, über einen weiten Hof, in einen halbdunklen Raum, den er erst an dem dicken süßlichen Geruch als Tempelhalle erkannte. An der rund ausgeschnittenen Tür saß ein alter kräftiger Mann in einem hellgrünen weitärmeligen Gewand, den Zopf auf dem Scheitel aufgebunden; er saß vor einem kleinen Tischchen mit Räucherkerzen, Papierfiguren und machte ein salbungsvolles Gesicht, indem er die Lippen schnauzenförmig abwärts zog, die Hände mit eigentümlicher Fingerkrümmung vor sich hinlegte und die Augen schloß. Die Frauen hatten von ihm sechs Kerzen gekauft, steckten sie vor einer bunten Holzstatue im Hintergrund an, vor einem sitzenden Gott, neben dem Trommeln, Mandolinen und Pansflöten an der leeren Wand hingen.

Wang ging an dem Korb der Frauen, der in der Mitte des Raums stand, vorbei, sah seitwärts, wie jetzt der Bonze die paar Käsch von Hand in Hand zählte und sie lautlos in einem Kasten an der Türwand verschwinden ließ, wieder die salbungsvolle Fischschnauze zog. Es war ein Tempel Hang-tsiang-tses, des Patrons der Musikanten.

Als Wang sich zu der Tür wandte, stand der Bonze auf, verneigte sich vor ihm, schwang die gefalteten Hände, pries die Frömmigkeit seines hohen Besuchers, mit einem durchgesiebten gleichmäßigen Schwall von Worten. Auch Wang verneigte sich höflich. Zum Schluß fragte der Priester, ob die Subskriptionsliste für eine Wassermesse schon in den Palast seines Gönners getragen sei; es seien fünf arme blinde Musikanten auf einem Boot ertrunken, als sie aus dem jenseitigen Dorf zurückkehrten. Die Messe für die Seelen der Ertrunkenen beginne in zwei Tagen. Wang gab einen falschen Namen und falsche Wohnung an, bat, seinen Namen schon jetzt in die Geberliste einzutragen, die an der Tempelwand angeschlagen war.

In der Dunkelheit brach er dann ohne Mühe in den Raum ein, erbeutete über siebenhundert Käsch.

Er lebte zufrieden über eine Woche in der Herberge, als ein Zufall ihm den Bonzen auf der sehr belebten Weißegräberstraße in den Weg führte. Es war schon zu spät sich zu verstecken, als er das hellgraue Priesterkleid sah. Zu seinem Erstaunen ging aber der Mann grinsend unter Winken an ihm vorüber.

In derselben Nacht brach er bei dem Bonzen ein. Der Geldkasten war verschlossen, aber leer. Wang tastete sich im Dunkeln an den Opfertisch; auch unter der Opferasche lag kein Geld. Erst als er das weiche Tuch des Achtgenientisches verzog, klirrte etwas: unter dem Tuch ausgebreitet lagen einige Handvoll Kupferpfennige.

Er arbeitete in den nächsten Tagen, als das Geld vertan war, bald hier, bald da als Kohlenträger, Läufer in einem Jamen; aber der niedrige Lohn reizte ihn zur Wut, auch vertrug er sich nirgends. Sein prahlerisches Wesen, seine Hitzigkeit zusammen mit seiner Riesenstärke rissen ihn überall zu Gewalttaten hin.

So brach er nach zwei Wochen wieder in den Tempel des Musikantengottes ein. Vorher sann er nach, wo der Bonze seine Tageseinnahme versteckt hielte. Daß er sie nicht in seinem Bette und Schlafraum hatte, war Wang klar; der Bonze wußte zweifellos, daß Wang es war, der ihn bestahl, und in seinem Schlafzimmer fürchtete er sicher für sein Leben. Fast eine Stunde suchte er vergeblich in dem Raum herum, beklopfte Wände und Boden. Schließlich stellte er den Schemel des Bonzen auf den Altaropfertisch, betastete die Statue des schweigenden Hang-tsiang-tses. Am Halse des Gottes klang es hohl; er klomm hoch und auf dem Schenkel des Musikfürsten stehend öffnete er das leicht zugängliche Kästchen; drei Hände voll Käsch glitten in den Beutel an seinem Gürtel.

Als er sich herunterlassen wollte wieder auf den Schemel, bemerkte er, daß jemand an seinem Zopf zog, nein, daß sein schön gebundener Zopf an der Decke und Rückwand des Zimmers festsaß. Er tapste mit der freien linken Hand nach oben und hinten; eine dicke teerartige Masse klebte da; mit Mühe bekam er seine Hand frei; er fürchtete mitsamt der schweren Bildsäule vornüber zu kippen. Schmerzvoll und unter Verlust vieler Haare rupfte er seinen Zopf aus der klebrigen Galerte. Leise kläffend über den Bonzen schlich er auf die Straße. Der Stoff klebte harzig an seiner schön rasierten Kopfhaut; wohin er mit seiner linken Hand griff, blieb er hängen.

Seine Freunde in der Einhornstraße schabten ihn am Morgen unter großen Qualen sauber, mit scharfen Holzstäbchen; seine Haut blutete. Sie lachten nicht über ihn, sie fürchteten und liebten ihn, sie bewunderten seine Kühnheit. Auch teilte er den Gewinn mit ihnen.

Nach dieser Nacht hatte Wang-lun, der geschundene Dieb, nur einen Wunsch: sich an dem Bonzen zu rächen. Der Mann schien seine Wohnung zu kennen; wenige Tage nach dem Ereignis traf er den grauen Mantel langsam in der Einhornstraße spazieren. Das faltige Gesicht lächelte nur wenig, als Wang sich über die Balustrade der Teeterrasse herunterbeugte; es verzog sich zu einem schmerzlichen Bedauern vor dem bewickelten Schädel Wangs. Oft sah sich der Bonze um nach dem armen Dieb, der hinter ihm Grimassen schnitt.

Nun gab Wang seinen beiden Freunden nichts von der letzten Beute; er legte fast alles seinem Wirt hin, damit er selbst ungestört seine Pläne ausführen könnte. Es lief auf einen Wettstreit zwischen ihm und dem Bonzen hinaus.

Noch war sein Kopf bewickelt, da ging er an einem Nachmittag in das Haus des Bonzen. Der saß an seinem Platz in weihevoller Haltung; es waren Fremde aus Wu-ting-fu da, die seinen Tempel besichtigten. Als er den gleichgültig stolzierenden Wang erkannte, lief er entzückt herbei, dankte für die reichliche Gabe bei der jüngsten Wassermesse, fragte nach dem Befinden seines offenbar leidenden Gönners. Mit ernster Stirne fügte er hinzu, daß sein Tempel in vielen Sorgen schwebe. Ein schlaues Diebsgesindel mache sich in diesem ruhigen Stadtviertel breit und brandschatze den armen Hang-tsiang-tse und seinen bescheidenen Diener Toh-tsin; dies war sein Name. Wang hörte ihn von oben herab interessiert an und fragte nach einer nachsinnenden Pause, welche Vorsichtsmaßregeln der weise Toh-tsin getroffen habe gegen die Verbrecher.

Nun führte Toh, der lebhaft und wiederholt für sein grenzenloses Wohlwollen dankte, den ernsten Mann herum, der mit den prüfenden Augen eines Beamten alles betrachtete. Toh ließ ihn den alten leeren Wandkasten sehen, zeigte Fußangeln, die er abends an der Türe auslegte, wies auf die vertrocknete Teermasse an der Hinterwand der Bildsäule. Wang gab Ratschläge; ob es sich nicht empfehle, die Tageseinnahmen am eigenen Körper zu tragen. Toh replizierte mit dem Hinweis auf die Gefährlichkeit der Halunken, die sogar –. Wang brauste auf, wies den Ausdruck Halunke zurück, erklärte auf den lächelnd fragenden Blick des andern, daß seinen Ohren so heftige Ausdrücke böse klängen, daß er gerade dieser Feinhörigkeit wegen tiefe Verehrung für den Musikfürsten hege.

Sie gingen, sich gegenseitig musternd, einige Male zwischen den andächtigen Fremden aus Wu-ting-fu hin und her. Dann verabschiedete sich Wang herablassend von dem Priester, der hingerissen dankte für das Vertrauen des erleuchteten Gastes.

In dieser Nacht ging der Fischersohn aus Hun-kang-tsun ratlos vor dem Tempel auf und ab. Er wußte nicht, wie er es anfangen sollte. Er fürchtete, sich vor dem alten Spottvogel zu blamieren. Ihn ganz in Ruhe zu lassen war unmöglich nach dem letzten Triumph dieses hinterlistigen Betrügers. Manchen Augenblick

dachte Wang ernstlich, er müßte den Toh-tsin wecken, verprügeln und der Polizei übergeben.
Dann fühlte er sich über den stockfinstern Hof. In einem Winkel des seitlichen Schuppens blieb er stehen, um seine Augen an die Dunkelheit zu gewöhnen. Da sah er dicht neben sich quer vor der Haupttür eine lange Leiter am Boden liegen.
Er rührte sie nicht an; er überlegte. Das war eine List Tohs; die Leiter stand sonst in einem Winkel des Hofes. Andererseits gab es im Innern des Tempels kaum noch einen Fleck, wo Toh seine Tageseinnahme unterbringen konnte. Wang umging vorsichtig die Leiter, versuchte mit einigen Sprüngen den niedrigen Dachfirst zu erwischen, aber langte nicht herauf und es gab zu viel Lärm. Dann hangelte er sich mühselig und immer wieder abgleitend an einem feuchten Pfeiler des Schuppens herauf, schwang sich auf das Dach. Es währte über eine Stunde, bis er auf das Tempeldach selbst herüberkam; er fürchtete, wenn er sich aufrichtete, von der Straße gesehen zu werden.
Und so kroch er geduckt und legte sich bei jedem Türenklappern, Trommelschlag der Nachtwächter platt auf den Bauch, immer in Gefahr abzurutschen von dem schrägfallenden Gebälk. Er schimpfte, daß er gezwungen sei, von dem Gelde eines solchen alten Schuftes zu leben. Dachrippe nach Dachrippe wurde abgetastet; langsam ließ sich Wang zu der Kriegerfigur an der Traufe herunter, die ein blankes Schild hob. Hinter dem Schild am Arm des Ritters hing etwas und baumelte schwarz, als die Traufe sich unter Wangs Gewicht bog. Es war der Geldbeutel. Seine klammen Finger knoteten ihn ab, eine schwere halbe Stunde folgte, bis Wang wieder auf der Straße stand, frierend und das schmutzige Gesicht zornverzerrt über die Hinterlist des Alten.
Um die Mittagszeit, als er nach dem Essen tabakkauend auf der Terrasse stand, kam der flinke Wirt angeschnattert, brachte ihm die lange Visitkarte Toh-tsins. Der erkundigte sich nach dem Befinden seines Wohltäters, zeigte sich erfreut, daß seine Kopfwunden zuheilten, besah sich gerührt die zerrissenen Hände

Wangs: es gäbe so schwere Gewerbe in Tsi-nan-fu. Als sie ihre Tasse Tee ausgetrunken hatten, zahlte Wang offen aus dem Beutel seines Gastes, begleitete ihn in den Tempel, um festzustellen, was es mit der Leiter auf sich habe. Sie hegten große Sympathien füreinander, besonders Wang für Toh, weil er sich ihm überlegen fühlte und der andere dies zuzugeben schien. Toh hob auf den Wunsch seines Gastes die Leiter aus dem Winkel, legte sie an das Dach an, kletterte ein paar Sprossen hinauf. Wang, verblüfft, kletterte nach ihm bis auf das Dach.
Fest stand in Wang: die Sache, bei der er immer gleichzeitig gewann und verlor, sollte heute ausgetragen werden.
Mit lahmen Beinen, schwachem Rückgrat schlich er bei Anbruch der Nacht hungrig und aufgeregt in den Hof Tohs, hob die Leiter, die wieder quer lag, auf, legte sie an den Dachfirst und kletterte mit Herzklopfen hinauf. Ein Beutel hing richtig wieder an dem Arm des Kriegers. Besorgt blieb er bäuchlings auf dem Dach liegen; es schien sich etwas im Hofe zu regen, die Leiter schwankte einmal. Er kletterte rasch wieder herunter, ohne Zwischenfall.
Da blieb er angewurzelt unten vor der Leiter stehen. Er konnte nicht von der Stelle. Seine Filzschuhe waren in einen dicken Brei eingetreten, der bis über seine Knöchel quoll. Er ächzte; arbeitete sich, an der Leiter klimmend, hoch, indem er seine Schuhe stekken ließ. Seine Wut machte ihn zäh bei der Anstrengung und fast sinnlos. Als er in bloßen Füßen mit verklebten Hosen frei im Hofe stand, warf er den Beutel mit Gewalt an die Tür der Kammer des Bonzen. Er schrie durch die nächtliche Stille laut zu dem Klingeln der rollenden Käsch: «Da hast du deinen Dreck, du Sohn einer Schildkröte.» Trommelte gegen die dünne Holzwand des Hauses mit den Fäusten, bis sich eine sanfte Stimme drin vernehmen ließ: «Was will denn der Liebling? Womit beschenkt er den Sohn einer Schildkröte zur Nacht?»
«Heraus soll der Sohn einer Schildkröte, heraus soll er kommen. Ich will ihm zeigen, was Gemeinheit und Niedrigkeit ist. Du sollst mir meine Schuhe bezahlen und meine Hosen.»

«Aber der stürmische Liebling hat schon den Preis bekommen für seine Schuhe und seine Hosen.»

«Komm heraus, sage ich, du Schwätzer, du Dicker, du Gauner, ich will dir zeigen, was bezahlen heißt bei mir!»

Während noch der frierende Wang-lun im Hofe tobte, kleidete sich Toh-tsin feierlich an bei einer Öllampe, steckte den Teekessel an, öffnete die Tür nach dem Hof mit großer Ruhe. Wang wollte gegen ihn anstürmen, konnte wegen seiner verklebten Hosen nur in Schrittchen und unter Schmerz vorwärts. Toh leuchtete ihm mit der Lampe entgegen, verbeugte sich unaufhörlich. Dem großen Burschen, der die Lächerlichkeit seiner Lage fühlte, standen vor Wut und Schmerz die Tränen in den Augen. Toh wich vor ihm aus, wies auf das warme Ofenbett, auf das sich Wang wimmernd legte.

Eine Tasse heißen Tee, die ihm sein Wirt unter vielem Zeremoniell bot, soff er in zwei Zügen aus, während Toh seinen Priestermantel zurückschlug, einen Zeugbausch mit einer stark duftenden Flüssigkeit tränkte und langsam die Pechmasse von Wangs Beinen abrieb. Zwischendurch lief er auf den Hof mit der Lampe. «Es könnte doch ein Dieb kommen und uns unser Geld stehlen», meinte er, als er mit dem Beutel zurückkam und wieder die Türe schloß. Er bot Wang ein paar Hosen und gute Filzschuh. Der Fischersohn aus Hun-kang-tsun saß am Tisch des freigebigen Mannes, hieb in Wassermelonen und schluckte Tasse auf Tasse. Es wogte in ihm auf und ab, aber der Tee war heiß und die Melonen saftig.

Toh-tsin entpuppte sich im Gespräch als ein ebenso großer Menschenkenner wie Schelm. Sein besiegter Gegner legte den verpflasterten Kopf bald auf eine, bald auf die andere Seite in Bewunderung dieser mannigfaltigen Durchtriebenheit. Toh-tsin hatte sich wie berechnet einen zuverlässigen Gehilfen gefangen.

SO waren die merkwürdigen Beziehungen zwischen beiden in Freundschaft ausgeartet.

Das Geschäft Toh-tsins war sehr einfach. Er hatte zur Verwaltung den Tempel einer sehr armen Gesellschaft, der Musikanten. Sie bezahlten ihm für seine Dienste einen unbedeutenden Betrag und stellten ihm die Kammer zur Benutzung; er mußte sich im Grunde seinen Unterhalt durch Verkauf von Räucherwerk, Messenlesen selbst verdienen, und alles war auf seine Tüchtigkeit gestellt. In einem anderen Stadtteil Tsi-nan-fus befand sich noch eine Halle für den Musikfürsten; und wenn Tohs Gott den Leuten ihre Wünsche nicht erfüllte, so zogen sie schmähend und beschwerdeführend in die andere Halle und brachten Tohs Gott in Mißkredit.
Wang-lun und Toh-tsin trieben jetzt das Geschäft gemeinsam. Wang wurde Ausrufer und Zeuge des Bonzen. Wenn sie zusammen vormittags durch die Straßen und über die wimmelnden Märkte zogen, ging der riesige Wang im grünen Kittel dem Priester voran, trug die beiden meterlangen Posaunen an ihren Schlünden; in die Mundstücke blies von Zeit zu Zeit Toh-tsin hinter ihm; zwei brüllende tiefe Töne fuhren schrecklich aus den Schlünden unter die auseinanderweichenden Menschen. Vor den Börsen der Seidenhändler, der Porzellanverkäufer priesen sie laut die enormen besonderen Fähigkeiten ihres Gottes; die Lose in seiner Halle gaben die sichersten Rezepte bei allen Krankheiten; eine Messe vor ihm gelesen sei ebenso wirksam wie billig. Es galt den Heiligen von Zeit zu Zeit aufzufrischen, ihm neue sensationelle Fähigkeiten zuzuschieben; so riefen sie den Spürsinn des Musikfürsten bei der Aufdeckung von Verbrechen, Diebstählen aus. Wurden sie dann wirklich irgendwo hinzugezogen, so forschten sie beim Herumtragen einer kleinen Statue des Hang-tsiang-tses nur die Gelegenheit aus, stahlen etwas später und gruben mit Hilfe des Spürsinns Hang-tsiang-tses an einem entfernten Platze den größten Teil der Beute wieder aus. Es versteht sich, daß bei ertragreichen Diebstählen der Gott sie im Stich ließ.
Da Toh Wangs Neigung zu Narrenstreichen und Übermut kannte, schenkte er ihm eine schöne Hirschmaske mit prächti-

gem schönen Geweih, eine Maske, wie sie lamaistische Pfaffen bei ihrem Tsamtanze zu benutzen pflegen. Wang-lun freute sich kindisch über das Stück, tollte im Tempelhof und auf der Straße gemeinschaftlich mit den beiden Sänftenträgern herum, erschreckte, verjagte Besucher.

Von seinen Possenstreichen war die halbe Stadt erfüllt. Wie er sich irgendwo auf der Straße mitten in einen Rudel wilder Hunde setzte, den Hirschkopf überzog, die Hunde angrunzte, dann vor ihnen über belebte Plätze jagte: ein Gellen der Weiber und Kinder, ein Auseinanderstieben, ein Springen, Bellen, Umrennen, und die Hetze verschwand in einer Gasse, wo er die anjaulenden Hunde mit einem Fußtritt in irgendein Papierfenster, eine Sänfte beförderte und ausrufend weiterzog.

Berüchtigt machte ihn eine Sache, die mit einem ernsten Hintergrund sich in ihren Folgen schwer an ihm auswirkte.

Es hatten sich chinesische Volksstämme in Kan-suh, die dem mohammedanischen Glauben anhingen, trotzig und aufsässig benommen. Sie nannten sich die Salarrh mit den weißen Turbanen, waren uneins unter sich; man hatte sie mit Gewalt beruhigt.

Es sollte jetzt alles, was mit ihnen in Verbindung und Verwandtschaft stand in den anderen Provinzen, festgestellt, verbannt oder ausgerottet werden, nachdem ihr Führer schon längst sein Leben gelassen hatte mitsamt seinem Anhang. Der Boden schwang schon unter den Füßen der Geheimbünde, die gegen den Kriegskaiser und die fremde Mandschu-Dynastie wüteten, aber man achtete in der stolzen Roten Stadt nicht auf dies dumpfe Geräusch, das seine Stimme später mit dem Schwirren der Pfeile, dem Zischen der krummen Säbel, dem unheimlichen Gesang der rotweißen Feuersäulen, dem Knarren und Bersten der einstürzenden Giebel verstärken sollte.

In Tsi-nan-fu lebte unter andern mohammedanischen Familien die Familie eines gewissen Su. Dieser stellte aus Pflanzenmark Dochte her; er war ein angesehener würdevoller Mann, der den untersten literarischen Grad erreicht hatte. Das Familienhaus der

Sus stand in der Einhornstraße, schräg gegenüber der Herberge Wang-luns, und Wang schätzte den klugen, wenn auch eingebildeten Mann sehr.
Der Tao-tai von Tsi-nan-fu ermittelte, daß Su-koh der Oheim eines Mannes war, welcher in Kan-suh die ersten Unruhen gestiftet hatte. Die Häscher nahmen den Dochtfabrikanten fest, brachten ihn samt den beiden Söhnen in das Stadtgefängnis, wo er täglich unter Foltern vernommen wurde.
Er saß über drei Wochen in Haft, als Wang in seinem Gasthof davon erfuhr. Dem fuhr der kalte Schreck durch die Knochen. Er stellte sich den ernsten teilnahmsvollen Su-koh vor, fragte einmal über das andere: «Warum denn? Warum denn aber?», kam nicht zur Ruhe, bis er selbst festgestellt hatte, daß Su-koh wirklich samt seinen beiden Söhnen im Gefängnis saß und unter Foltern täglich vernommen wurde. Und zwar, weil jener Aufrührer sein Neffe war, welcher in Kan-suh zuerst laut aus einem alten Buche vorgelesen hatte.
Wang setzte sich mittags mit seinen beiden Freunden und drei Bettlern in der Herberge zusammen und beriet mit ihnen, was geschehen sollte. Er schüttelte in der ihm eigenen Weise die beiden offenen Hände vor seinem Gesicht und sagte: «Su-koh ist ein tüchtiger Mann. Seine Freunde und Verwandten sind nicht hier und schon ohne Kopf. Su-koh darf nicht im Gefängnis bleiben.»
Der einäugige Bettler erzählte, er hätte am Jamen des Tao-tai gehört, daß in drei oder vier Tagen der Provinzialrichter aus Kwan-ping-fu eintreffen werde, um über Sus Familie rechtzusprechen. Wang forschte ihn mit erregten Worten aus, wer es gesagt habe, wie viele es gehört hätten, ob schon Vorbereitungen zum Empfang des Nieh-tai, des Richters, getroffen wären, wie viele den Nieh-tai herbegleiteten. Als er hörte, daß es ein alter, besonders für diesen Zweck ernannter, hier noch unbekannter Nieh-tai sei, leuchteten seine schmalen Augen höhnisch, dann grinste er, lachte nach einer Pause heraus, daß die Eßstäbchen vom Tisch fielen und die fünf mitlachten, sich anstießen

und jeder melodisch das Lachen des andern nachsang. Ein Kopfzusammenstecken, rasches Hin- und Herreden folgte, ein häufiges wütendes Auftrumpfen Wangs. Jeder ging seiner Wege.
Nach zwei Tagen wußten alle Jamenläufer in Tsi-nan-fu und damit die ganze Stadt, daß der Nieh-tai zur Entscheidung der schwebenden politischen Prozesse morgen in Tsi-nan-fu eintreffen würde, rascher, als man erwartet hatte.
Wang-lun hatte mit zwanzig schnell aufgetriebenen Nichtstuern und Gaunern aus der Stadt nicht weniger als drei Brücken, die der Sendling passieren mußte, unbrauchbar gemacht, hatte sich und seinen Spießgesellen Festkleider aus einem Pfandhaus entliehen, das ihm und dem Toh wegen mancher billig erworbener Versatzstücke verpflichtet war, und rückte mit seinem sich übertrieben ernst gebärdenden Zuge am angegebenen Tage durch dasselbe Tor in die mächtige Stadt, durch das er wenige Monate vorher allein gependelt war, lächelnd, die feisten Torwächter vertraut grüßend, als käme er eben aus einem der vielen Teepavillons vor der Stadt, in denen sich Dichter und galante Jünglinge ergingen.
An diesem heißen Morgen des achten Monats schlug ehrfurchtheischend Gong auf Gong vor ihm. Zwei der verbrüderten Lumpen ritten mit Hellebarden dem Zuge voraus auf klapprigen Braunen, auf denen sie unsicher saßen. Es folgten die beiden gongschlagenden Knaben mit drohenden Stirnen, vier Unterbeamte mit den frischlackierten Zeichen der oberrichterlichen Würde. Und in dem blauen Tragstuhl saß hinter geschlossenen Vorhängen ein träumender ehrwürdiger Greis mit einem weißen Bart, der rechts und links von Backen und Kinn in dichten Schwanzquasten herunterfiel auf das schwarze glatte Seidenkleid und fast das wunderschöne Brustschild bedeckte mit dem gestickten Silberfasan: Wang-lun selbst. Die runde schwarze Mandarinenmütze schmückte die Kugel aus Saphir.
Ein kleiner Trupp Soldaten hinter einem Offizier schloß den Zug, Soldaten der Provinzialarmee von der grünen Standarte. Über die Plätze und menschengestopften Märkte, die Stätten

seiner ehemaligen Wirksamkeit, zog Wang zwischen Mauern von verstummenden Bürgersleuten; die Tore des Jamens standen weit offen.
Nur einen halben Tag hielt sich der Nieh-tai in der Präfektur auf. Er beschloß, die politischen Gefangenen aus der Suh-Familie nicht gleich abzuurteilen, sondern sie mit sich nach Kwanping zu nehmen, dort die Antwort des Kaisers auf seinen Bericht abzuwarten.
Ohne in der Stadt zu übernachten, schon gegen Abend, verließ der hohe Blauknopf die aufgeregte Stadt; auf einem Karren unter den Soldaten seines Zuges stand ein schmaler Holzkäfig; in dem saßen, die Hälse durch einen einzigen Holzkragen gezogen, Su und seine beiden Söhne.
Am Abend des folgenden Tages kamen die Läufer des echten Nieh-tais an, die zugleich Beschwerden des Richters überbrachten über die schlechte Wegeverfassung und Polizei im Distrikt. Die ungeheuerliche Nachricht erfüllte dann, aufgedeckt, die ganze Stadt mit Entsetzen.
Es war mit dem Namen der höchsten juristischen Behörde gespielt worden. Der Tao-tai samt seinem Beamtenstab war verloren; die mohammedanischen Einwohner sahen einer summarischen Bestrafung entgegen; die Täter mußten aus ihren Kreisen stammen. Es war vorauszusehen, daß der Stadt das Recht, zu den Prüfungen zugelassen zu werden, kaiserlicherseits auf Jahre entzogen würde.
Wang hatte sich inzwischen mit seiner Gesellschaft demaskiert in einer der Schluchten des Gebirges. Su-koh und seine Söhne, die schon dem Tode verfallen waren, verbrüderten sich mit Wang; es war bei aller schreckhaften Freude kein lauter Jubel in der Schlucht; die drei waren unter den Foltern hinfällig geworden.
Wang kehrte am nächsten Tage in die Stadt zurück zu Toh-tsin, den er ins Vertrauen zog.
Der Nieh-tai blieb noch fünf Tage zur Untersuchung in Tsi-nan. Nach seiner Abreise bei Anbruch der Nacht wurde der Priester

des Musikfürsten durch leises Pochen an der Kammertür geweckt. Die gesetzliche Frau des Su-koh schlüpfte in die Kammer, verhüllte weinend ihr Gesicht mit einem dicken weißen Schleier und setzte sich, ohne Worte zu finden, auf den Boden. Su-koh war mit seinen Söhnen bewaffnet nach Hause zurückgekehrt, weigerte sich, sich zu verstecken und gab an, daß er jeden, der in sein Haus eindringen würde, ihn zu fangen, niederschlagen würde mit Hilfe seiner Söhne und Sippengenossen. Sie beschwor auf der Diele den Bonzen und Wang-lun, sich mit ihr zusammenzutun, damit der Mann und die Kinder wieder ins Gebirge zurückgingen.

Die Frau blieb bei dem Bonzen, Wang lief in das Haus der Sus. Er fand den Vater gekräftigt, ruhig, würdevoll wie sonst, aber in einer entschlossenen Bitterkeit. Su-koh erklärte, er würde die Stadt und Provinz verlassen, aber erst in Ruhe seinen Besitz verkaufen, seine Schulden bezahlen, seinen Priester befragen, welchen Wohnsitz er wählen solle. Wang, indem er den Kopf zwischen die Schultern zog, bot ihm an, den Verkauf und die Lösung der Verbindlichkeiten zu leiten, auch den Verkehr mit dem mohammedanischen Priester zu vermitteln. Su-koh lehnte alles ab.

Da beschloß Wang-lun, sich an seine Fersen zu heften und ihm zu helfen.

Su-koh ging schon am frühen Morgen durch die entsetzten Häuser, verlangte seine Schulden und die, welche seine Frau in seiner Abwesenheit gemacht hatte, zu bezahlen. Er erkundigte sich, ob man wisse, wo er sein Haus zu einem angemessenen Preise verkaufen könnte. In der Menschenmenge, die dicht hinter ihm folgte, sprang der öffentliche Spaßmacher, der Gehilfe Toh-tsins, des Bonzen, der riesengroße Wang-lun, schwatzend und aufgeregt.

Nach kurzer Zeit kamen die Polizisten angerannt. Aber Wang und seine Helfer wußten es einzurichten, daß die Menschenmenge sich mit Kindern und Frauen vor den Su drängte und drohte. Der Alte hatte seine Geschäfte schon erledigt, ging, un-

beirrt durch das Geschrei der Leute und Bekannten, die auf ihn einredeten, in sein kleines Haus. Dann erfolgte ein Trommeln und Blasen. Blaujackige Soldaten sperrten die Straße bis auf eine kleine Durchgangspassage, trieben Herumstehende in die Häuser. Ein hagerer Tou-ssee, ein Hauptmann, befehligte sie.
Barhäuptig trat Su-koh aus seinem Hause, verneigte sich höflich vor dem Offizier und wollte, ohne einen Blick auf die Soldaten zu werfen und ohne Erstaunen über die Umgebung, an der Hausmauer entlang gehen, um ein paar Häuser entfernt eine Besorgung zu machen. Der knochige Tou-ssee sprang hinter dem langsamen, wohlbeleibten Mann her, stieß ihn mit dem Säbelknauf ins Kreuz, riß ihn bei der Schulter herum, schreiend: ob er Su-koh, der entwichene Dochtfabrikant, wäre. Su verschränkte die Arme und sagte, er wäre das; aber wer er, der Tou-ssee, wäre; ob er ein Wegelagerer und Räuber wäre und wie er die Dreistigkeit so weit treibe, einen schuldlosen Mann am hellen Tag mit dem Degenknauf zu stoßen und ihm aufzulauern.
Noch ehe Su zu Ende gesprochen hatte, hatten der Offizier und zwei herbeigesprungene Soldaten ihn mit einigen Säbelhieben an der Mauer niedergemacht.
Wang schrie hell mit den andern auf, die von den Ecken der Straßen dies angesehen hatten. Er wollte zuspringen, aber er zitterte, konnte nicht von der Stelle, seine Glieder waren plötzlich von einer Schwäche und Lähmung befallen. Er trieb mit der Menschenflut im Zickzack über die Plätze, seiner nicht ganz bewußt. Seine Blicke liefen hilflos über die Gesichter, die Gänsekiele und die Ladenschilder, die goldbemalten. Er erkannte keine Farben. Eine immer wachsende Ängstlichkeit trieb ihn vorwärts. Fünf Säbel fuhren dicht nacheinander durch die Luft, zehn Schritte vor ihm, wohin er sah. Und dann ein graues Durcheinander, Übereinander.
Su-koh, sein ernster Bruder, lag ungerettet auf der Straße.
Su-koh war sein Bruder.
Su-koh war ungerettet geblieben.
Su-koh lag auf der Straße.

An der Mauer.
«Wo ist denn die Mauer?»
Es drängte ihn zu der getünchten kleinen Mauer. Su-koh wollte doch nur eine Besorgung machen. Das Haus war noch nicht verkauft; der Priester mußte befragt werden; wegen des neuen Wohnorts mußte der Priester befragt werden. Er mußte doch an der Mauer entlang gehen. Warum hatte man seinen Bruder Su-koh daran gehindert, an der Mauer entlang zu gehen. Oh, ihm war so heiß, und ihn fror so.
Er trottete zitternd in die Kammer Toh-tsins, der ihn schon erwartete.
Als er Wang verfärbt ankommen sah, faßte er ihn, der sich willenlos führen ließ, gequält seufzte, mit den Fingern spielte, um den Leib, zog ihn in den Tempel. Da öffnete er neben dem Standbild des Musikfürsten eine klinkenlose Tür; sie kamen auf einen Platz mit Schutt und Backsteinen, saßen an der offenen Straße in einem Wegeschrank für obdachlose Geister, ein viereckiges steinernes Bauwerk, in dessen Inneren eine Höhlung ausgemauert war, so groß, daß zwei Menschen geduckt drin kauern konnten. Nach der Straße zu stand die breite Opferschale für Gaben; vom Bauplatz stiegen sie durch ein mit Brettern verstelltes Loch ein.
Im Finstern, in der stickigen Luft saßen sie lange, bis der Feuerstein Tohs gezündet hatte und das kleine Öllicht brannte. Toh war erregter als Wang, der mit sich tun ließ, den Bonzen umarmte, den Kopf an seiner Schulter hängen ließ. Der verstörte Mann erzählte dann von der Niedermetzelung Su-kohs, weinte wie ein störrisches Kind, sprach von den fünf Säbeln, und Su-koh sei totgeschlagen worden. Er beruhigte sich unter den Worten des andern, atmete tiefer und langsamer und schwieg nachsinnend eine geraume Weile.
Wo bekam man ein Mittel her, daß Su-koh, sein Bruder, wieder aufstand und herumging, und alles für seine Abreise richtete? Dieses Blitzen war dran schuld, daß es kein Mittel gab, daß er, der noch eben ernst die Arme verschränkte, an die Erde schoß und wie eine Katzenleiche herumgezogen wurde. Jetzt erschlug

man wohl seine Söhne. Was tat man Su-koh an? Hätte er laut aus dem alten Buch gelesen wie sein Neffe, wäre es kein Verbrechen gewesen; man hatte aber nie etwas von ihm gehört. Darum wirft man seinen Bruder hin, läßt seinem Geiste keine Ruhe. Der Tou-ssee hat Unrecht an ihm getan. Der Tou-ssee hat ihn mit dem Säbel erschlagen.

Wang warf sich an der Seite des Bonzen halb herum, flüsterte, er würde fliehen jetzt; nur ab und zu würde er nachts kommen, sechsmal an seine Tür klopfen. Toh war glücklich.

Wang flossen, als er draußen das Tageslicht wieder sah, die Tränen über das Gesicht. Er weinte verzweifelt auf dem Platz zwischen den zerbrochenen Backsteinen und dem Schrein für obdachlose Seelen; er löste seinen Zopf auf, riß an seinem grünen dünnen Kittel, knabberte gedankenlos an den Knöcheln seiner eiskalten Hände herum. Den Beutel mit Kupfergeld, den Toh ihm gab, schob er zurück; klammerte sich an die Kanten des Schreins, schwang sich über die Latte, lief davon, ohne sich abzutrocknen.

Wang trieb sich sechs Tage bald in der Ebene, bald an den Randbergen der Stadt herum. In der Nacht des sechsten Tages erschien er bei dem Bonzen, fragte nach seinem Hirschgeweih. Toh suchte es heraus; war glücklich, seinen ehemaligen Gehilfen zu sehen, freute sich an seinem entschiedenen Ernst. Wang nahm die Maske in die Hand, streichelte sie, legte sie an sein Gesicht; der Bonze sah, wie sehr sich sein Schüler verändert hatte. Die entschlossene niedrige Stirn stand über Augen, die meist traurig und voll Unruhe blickten, aber dann wieder ganz ohne Maßen wild und blind zankten. Und der breite bäurische Mund mit der aufgeworfenen Unterlippe war nicht anders: öfter wie in einem Heißhunger geöffnet, meist schlaff, ergeben. Die listigen Linien um die Mundwinkel schwammen leer und zusammenhangslos dazwischen.

Der Priester, dieses verlogene betrügerische Wesen, wurde weich und fromm vor seinem Schüler und ertappte sich dabei, wie er ihn in einem hingenommenen Gefühl segnete.

So saß Toh noch den Rest der Nacht in seiner Kammer wach und dachte an Wang, der schon lange mit seinem Hirschgeweih sich in dem Wegeschrank versteckt hatte, ohne zu sagen, was er vorhatte.
Die Nacht ging hin. Als auf dem Wan-king-Platze die Soldaten sich im Bogenschießen übten, standen Haufen von Gaffern und Müßiggängern an dem Zaune; der Staub wehte wie eine hohe lose Gardine über den baumlosen Platz. Nach den Bogenschützen traten Turner und Springer an.
Da bläfften mit einmal die Hunde, die Menschen stoben auseinander; über die niedrige Umzäunung setzte ein tobender Mensch mit einer Hirschmaske, rannte gerade in einen Trupp Soldaten, der aufgelöst vor einer Sprungleine stand, beobachtet von einem hageren Tou-ssee. Die Hunde, dreißig Stück, stürmten zwischen den Beinen der barfüßigen Soldaten hindurch, die lachend auseinanderliefen, sich fluchend der bissigen Tiere erwehrten. Der Tou-ssee rannte brüllend hinter der Hirschmaske her, die mit einer Kinderpeitsche ihm um die Ohren schlug, dann nach einem erstaunlichen Satze sich neben ihn stellte, ihm die Maske überstülpte, ihn an sich drückte und an die Erde legte.
Auf dem Platz war es merkwürdig still in diesem Augenblick, alle hörten ein entsetzliches Stöhnen und Schnarchen. Schon raste der grauenvolle barhäuptige Mensch in die Zuschauer hinein; ein paar Kläffer folgten, blitzschnell war er verschwunden. Die großen Hunde liefen winselnd auf dem sandigen Boden um den zuckenden Körper des Tou-ssee, beschnupperten ihn. Die Soldaten verjagten sie mit Steinwürfen. Sie rissen dem Tou-ssee das schwere Geweih ab.
Sein Gesicht war schwarz und gedunsen. Er war erdrosselt; die Halswirbelsäule war ihm umgedreht.
Die Peitschenhiebe der Soldaten unter den Zuschauern nutzten nichts; in den Nachbargassen liefen die Hunde herum. Die Mütter versteckten ihre Kinder, die den Sand siebten, vor den rennenden Soldaten.

Das Hin- und Herrennen nutzte nichts. Das Drohen in die Häuser hinein nutzte nichts. Schließlich fand ein Soldat eine Kinderpeitsche; aber das half nichts; man brachte ihm aus andern Häusern solche Peitschen, mit denen die Kinder ihre Holzesel antrieben.

Um Mittag lief es über alle Marktplätze, durch alle Läden und Gassen, in die Teestuben, Weinschenken und Herbergen, in die weiten Höfe der Regierungsjamen Tsi-nan-fus, durch die vier Tore in die Hirsefelder, Gemüsegärten, über den lehmfarbigen Ta-tsing-ho auf die dunklen Hügel, daß Wang-lun, der Fischerssohn aus Hun-kang-tsun, der Stadtschelm von Tsi-nan es war, der den alten Su-koh und seine beiden Söhne in der Maske des Provinzialrichters von Schan-tung befreit hatte, der den Tao-tai betrogen hatte mit einem Zug von Lumpen und Verbrechern aus den Tai-schan-Bergen, mit lackierten Schildern aus einem Pfandhaus, daß Wang-lun jetzt seinen Bruder Su-koh gerächt hätte an dem Hauptmann der Exekutionstruppe. In der Hirschmaske, mit der er die Marktweiber sonst erschreckte, hatte er auf dem offenen Wan-king-Platze den Tou-ssee der Provinzialtruppen vor seinen Soldaten erdrosselt.

DER Mann, von dem die Stadt schnarrte, kletterte um diese Mittagsstunde träge ein paar Felswege in den Bergen. Dann lag er jenseits einer unzugänglichen Schlucht auf dem Gneisschutt ausgestreckt auf dem Rücken, ohne Gefühl für die spitzen kantigen Steine. Er lag regungslos, ohne die schweren Hände zu heben, in dem Sonnenbrand. Im Grunde wartete er und befühlte sich innerlich, ob nun alles gut sei, ob er nun alles gut gemacht hätte.

Die Pein der letzten Woche war unertragbar gewesen. Es trieb ihn umher von einer Hütte auf den nächsten Kamm; vier Tage aß und trank er nichts: er vergaß das Essen über dem Laufen, Augenschließen, Herumwälzen. Wenn das Durstgefühl zunahm, merkte er nicht, daß es Mangel an Wasser war, was ihn lechzen ließ; er glaubte, das Unglück in ihm wuchs und sengte. Es kam ihm oft vor, als ob er sich neue Sachen kaufen müsse, weil man ihm Kleider und Haut abgerissen hatte. Daß er auf einmal furchtbar schwer und furchtbar groß war. Es quälte ihn außerordentlich, daß er so unbeweglich war, sich gar nicht von der Stelle schieben ließ, wälzen ließ. Nicht anders war ihm, als wenn er badete an dem fernen Strand von Hun-kang-tsun bei Beginn der Ebbe: eben trugen ihn noch die starken Wellen, dann schleiften sie ihn wiegend über den Sand; mehr und mehr trat das durchsichtige Wasser zurück; seine braungelbe Brust lag trocken, die Zehenspitzen sahen aus dem Wasser. Das Meer schälte seine Arme und Schenkel bloß: er lag tropfend schwergewichtig auf dem feuchten Boden und mußte sich stemmen, um nicht in die Flut zu rollen.

Ihn trug nichts mehr. Er hob hundertmal wiegend die Arme; sie ließen sich nicht schwingen.

Dazwischen kam das Glitzern der Säbel, war so intensiv, daß er mit den Augen zwinkerte.

Er versteckte sich vor den Bettlern, Dieben und Hehlern. Er konnte mit ihrem Anblick nichts anfangen.

Su-koh war erschlagen: das hatte man ihm angetan.

Dabei fühlte er den überwältigenden Druck des Leidens, im Hinterkopf, auf der Zunge, in der Höhlung der Brust. Und es war eine gewaltsam freiwillige Richtung, die er seinen Gedanken gab, als er sich auf Rachevorstellungen versetzte, Vorstellungen ohne Leidenschaft, erfunden, um ihn zu heilen, zu befreien. Er jammerte sich vor: es wäre Grund sich zu rächen. Aber er glaubte sich nicht, und konnte sich nicht glauben.

Und die Verzweiflung bei diesem Ringen wurde immer mehr zu einer Wut auf den Tou-ssee, der das alles angerichtet hatte. Er fürchtete den Tou-ssee, wie er sich ängstigte vor dem Blitzen seines Säbels. Aber die Wut auf den Tou-ssee setzte sich siegreich durch, gewaltsam durch, setzte von Stunde zu Stunde mehr über die Angst weg. Das Stöhnen des sinnlosen Leidens verwandelte sich in ein Stöhnen des tastenden, suchenden, sicheren Hasses.

Die endlosen Tage wurden kürzer, und eines Nachts lief er durch die stummen Straßen Tsi-nan-fus und saß bei Toh in der Kammer. Dachte noch nicht an sein Hirschgeweih, als er an die Kammer pochte. Aber wie er die Schwelle überschritt, wurde ihm warm. Die lustige Maske fiel ihm ein, und daß dies alles vorbei sei; und im selben Moment hatte er eine Bewegung in seinen Muskeln gefühlt: die Maske gefaßt und über den Kopf des Tou-ssee gestülpt, erdrosselt, weggeworfen. Dies war gut. Er war glücklich. Über den Kopf stülpen die Maske dem Tou-ssee, und dann weg. Über den Kopf des Tou-ssee gestülpt, dann weg, weg.

So war der Mord geschehen unter seinen freudigen, delirierenden Händen und Armen.

So lag er auf dem Gneisschutt, befühlte sich mißtrauisch und abgekühlt, ob nun alles gut sei, ob nun genug geschehen sei.

Als er nach Stunden aufstand, fand er sich ruhig. Wie wenn in seinem Brustkorb irgend etwas eingeschlafen sei, umstellt von hohen Spinden und Tischen.

Es dunkelte. Die Mondsichel stand über den scharfen Klippen der Schlucht. Da trabte er aufwärts und saß in einer Halunkenhütte, ein halb umgesunkenes Holzwerk unter einem überhängenden Felsen. Die Hütte war leer.

Bald kamen fünf mit Laternen angeschlichen. Sie wußten von der Tat Wangs, waren stolz, daß er zu ihnen zurückkehrte. Ein krummbeiniger Strauchdieb bot ihm den ganzen Krug des herzerfreuenden Ginseng an, der ihm um den kropfigen Hals hing. Sie krähten von dem hageren Tou-ssee, mimten Wang mit Sprüngen vor, wie sie sich die Erdrosselung dachten. Er trank mit verstopften Ohren. Dann überschrie er sie und bat ihm zu helfen. Sein Blutsbruder Su-koh sei nicht beerdigt worden, sein Leib in Stücke zerschlagen. Er, Wang, müsse in der nächsten Frühe weg; sie sollten ihm helfen, noch jetzt in der Nacht eine Beerdigung für seinen ruhelosen Blutsbruder zu feiern.

Sie liefen in Gruppen, es kamen neue Vagabunden von tieferen Hütten herauf. Huschen der weißen Papierlaternen. Sie benahmen sich leise, als wären sie in einem Totenhause und geboten sich Ruhe. Dazwischen tranken sie.

Mit eingesunkenem Rücken, starren Blicken, wie eine Witwe, saß Wang auf dem Lehmboden neben dem niedrigen Holzgestell, einer Bahre, auf der ein zusammengebundener Zeugklumpen, eine rohe Puppe lag. Wang hielt sein Messer in der Hand, schnitt sich aus dem aufgelösten Zopf eine Strähne ab, legte sie auf den Zeugklumpen. Der älteste der Strolche, ein schwachsinniger gutmütiger Taps ohne Zähne, ein Ausbund von Schmierigkeit, trippelte aus dem Haufen an die Bahre, legte ein Teeblatt in einem Stückchen roten Papier der Puppe auf den Mund. Er wickelte einen langen Schal aus einer zerrissenen Hose um die Beine der Leiche, damit sie nicht aufspringen möge und ruhen bleibe. Von draußen hörte man in dieser Stille ein Knarren, Scharren und Rauschen; vor der Hütte schwang einer ein riesiges Sacktuch an einer Latte wild und unaufhörlich durch die warme Luft, das Seelenbanner; er lockte den Geist des Toten aus der nächtlichen Luft her.

Der kleine dumme Taps verneigte sich zahllose Male nach den vier Himmelsrichtungen, rief unter Sprüngen und Händeaufheben Kuei-wang, den König der Unterwelt, an, empfahl ihm den neuangekommenen Geist. Und alle zusammengewürfelten jungen und alten Landstreicher dachten in dem Augenblick an das Fest am fünften Tag des siebenten Monats, an dem ein kleines Schiff mit dem Kuei-wang den Fluß herunterzieht, der Dämonenherr in schwarzer Jacke mit dem Kragen aus Tigerfell, dem Schurz und den Stiefeln aus Tigerfell, den Dreizack in der Hand; seine schwarzen Haarbüschel wulsten sich unter dem Diadem weit hervor. Und hinter ihm stehen steif die kleinen drolligen Dämonen, der mit der viereckigen Mütze, der mit dem Rindskopf, der mit dem Pferdemaul und die zehn pausbäckigen, puterroten Höllenfürsten, und lassen sich angucken.

Sie trugen vorsichtig zu vieren die Bahre mit der Puppe heraus, Wang voran; die andern torkelnd, umschlungen hinterher, mit den Laternen über einen kurzen Weg zu dem steinigen Acker,

nach rechts und links Mehlkügelchen streuend für die hungernden Geister. Versenkten die Figur in ein flaches Grab. Kleine Papierstückchen glimmten auf, Geld für den Toten; übel qualmten Lumpen und Lappen, seine Anzüge.
Mit leeren Holzbrettern zogen sie grunzend aufwärts. Die Laternen schwankten. Der Morgen graute über Tsi-nan-fu. Als sie oben in die Hütte stampften, war Wang verschwunden.

AUS Furcht vor den Häschern und aus Furcht vor den Schrecknissen von Tsi-nan-fu floh Wang-lun nach Norden. Er überschritt die Grenzen von Schan-tung, durchquerte die Ebene von Tschi-li im Herbst und erreichte, dem schmalen Hun-ho folgend, unter heftigen Schneestürmen den Schutz der Nan-ku-Berge im nordwestlichen Tschi-li. Er mied jede Stadt. Meist war er allein. Er hungerte viel; verdiente, wenn die Not groß wurde, durch Lastentragen, Kohleschleppen, ein paar Cent; aber er hielt es nirgends aus. Auch widerte ihn jede längere Arbeit an. Er kannte von Haus aus nicht die pflanzliche Geduld seiner Landsleute. Er bettelte.
Als es kalt wurde und der Herbstregen durch seinen zerfetzten Kittel sickerte, tat er sich mit zehn Wegelagerern zusammen; sie warteten drei Tage und Nächte vor der Kreisstadt Tu-ngan, bis eine wenig bedeckte Karawane mit Ziegeltee ganz in der Frühe ankam. Sie zogen den brüllenden Kaufleuten die wattierten Überjacken aus, ließen sie sonst mit höflichem Spott weiterziehen.
Den ganzen Winter verlebte er auf diesem Gebirge. Es wimmelte von Einsiedeleien, kleinen und größeren Klöstern; der heilige Berg Wu-tai-schan war nahe. Den ganzen Winter über herrschte ein lärmendes Treiben auf den breiteren Straßen und den schmalen Wegen. Von den nördlichen Pässen strömten die Menschen mit Pferden, Packeseln, Kamelen. Sie brachten Geschenke, Opfergaben nach dem südlicher gelegenen Berg, dessen Klöster sich auf gewaltigen kahlen Felsmauern erhoben; die gelben Stein-

wände fielen schroff ab; auf ausgehauenen Serpentinen wanden sich die Züge hinauf in die dünne Luft.
An einem nicht breiten Fluß mit tobenden Schnellen hielt sich Wang-lun die harten Monate auf. Der Fluß durchbrach die Granitmassen, ungeheure braune Flächen stiegen senkrecht nieder; vor dem gebieterischen Wasser legten sie sich in sanfter Neigung um. Wenig Geröll ragte über der schwarzen Fläche hervor; darum kreiselten die Wellen weiß mit Gischt. Weiter nach Osten, wo der Fluß der empfangenden Ebene zudrang, wichen die Felsen auseinander, mit neuen Vorlagerungen; ganz fern senkte sich alles.
An einer Felsstraße, unter einem überhängenden Block, dessen Rücken mit immergrünen Tannen bestanden war, wohnte Wang-lun bei einem Einsiedler. Kein Regen, kein Schnee fiel in ihre geschützte Hütte; die eisigen Winde glitten pfeifend aus den Schlünden vorbei. An wärmeren Tagen ging er tiefer herunter, wo an dem Fluß die kleinen Wassermühlen arbeiteten, Pochwerke, in denen Sandsteinhämmer in feste Mörser fielen, um das Holz und den Talkstein für Kerzen zu pochen. Da unten saßen Bettler, entlaufene Verbrecher, Faulenzer, Wegelagerer. Wang führte ein Doppelleben. Er ging unruhig hin und her und saß, auf irgend etwas wartend, bald hier, bald da. Nur sekundenweise, mit einem Zusammenpressen des breiten Mundes, einem Runzeln der niedrigen Stirn, dachte er an Tsi-nan-fu, an die mauerumzogene Stadt der Tausende. Nur in dem eindringlichen Blick, der oft ganz inhaltslos haftete, stand etwas von einer kleinen getünchten Mauer, einem Säbelblitzen, einem langen, langen Sitzen in einem finsteren Wegeschrein für obdachlose Geister. Sein rechtes Auge, das sich unter einem auffällig tief hängenden Oberlid bewegte, drehte sich in leichten Zuckungen und schielte nach außen.
Im übrigen hatte er schon in der Ebene seine freche, unbehinderte Lustigkeit wiedergewonnen. Er trug sich vorübergehend mit dem Plan, in die Gilde der Dachdecker einzutreten. Er erlangte bei seinen Gefährten am Pochwerk leicht die Oberhand.

Daß er kräftig und unverbraucht war, hätte ihm in diesem gewalttätigen Kreise allein nicht viel geholfen. Den Ausschlag gab seine spielende Art, Menschen zu behandeln. Er hatte dies bei seinem alten Toh gelernt: demütig und schmeichelnd zuzuhören, unaufdringlich auszuforschen, leicht schon im Wiederholen das Gehörte zu retuschieren, unmerklich und mit wunderlicher Offenheit, die eine Ehrlichkeit vortäuschte, eigene Wünsche zu unterschieben.

Die Strolche, mit denen er tagelang hockte, schwankten in ihrer Auffassung über ihn. Ein paar jüngere nahmen ihn nicht für voll; sie hielten ihn für einen Halbnarren mit entsetzlicher Gewandtheit, eine Art Affenmenschen. Wang wurde bösartig, wenn man seine Späße mißverstand, ließ seine Liebenswürdigkeit wie eine Maske fallen, stieß schlimme Drohungen aus; daß er aber dann sich finster zurückzog, tagelang die Gesellschaft mied, bewies ihnen seine Verworrenheit. Die älteren scheuten ihn. Sie nörgelten nicht an seiner kindischen Verspieltheit; ihnen fielen die nicht seltenen Minuten seiner unheimlichen Entrücktheit auf. Sie hatten ein Gefühl von Ehrfurcht vor solchen Dingen. Sie spürten ein schweres Leiden in ihm, und sie hielten Leiden für eine Fähigkeit, eine Gabe. In den niedrigen Leuten schwang der alte Geist des Volkes; mehr als in den Literaten strömte in den Gestrandeten, viel Erfahrenen das tiefe Grundgefühl: «Die Welt erobern wollen durch Handeln, mißlingt. Die Welt ist von geistiger Art, man soll nicht an ihr rühren. Wer handelt, verliert sie; wer festhält, verliert sie.» Wang bot ihnen ein heimatliches Gefühl. Sie hingen ihm auf ihre Art an, besorgten sich um ihn brüderlich, um den Stärksten unter ihnen fast mütterlich.

Das feine Klappern der Pochhämmer, das gleichmäßige Gischen des Flusses scholl zu der Einsiedelei hinauf. An der Bergstraße, in deren Wand bei jeder Biegung des Weges eine fromme Inschrift eingegraben war, saß Wang-lun bei Ma-noh.

Zu Ma-noh war er eines Tages betteln gegangen. Wang hatte geglaubt, einen bärtigen Mann in Nachsinnen zu finden, der ihm mit sanften Worten von seinen Vorräten abgab. Statt dessen prallte eine hohe Stimme gegen ihn, wie er die Stiege betrat. Am Eingang der Hütte riß eine Hand an seinem Ärmel, zog ihn herum. Ein spitzes Gesicht fuhr dicht an seines, in einem schwer verständlichen Dialekt wurde gefragt, was er wolle. Seine scharfen Augen konnten sich inzwischen an das Halbdunkel gewöhnen. Ma-noh trug einen Mantel aus kleinen bunten Flicken, die wie Fischschuppen übereinander standen. Es war ein kleiner, etwas gebückter Mann, der sich wie ein verschrobener Alter gebärdete, ein verblüffend junges frisches Gesicht zeigte, schlanke gebogene Nase, feiner Mund mit Rednerfalten, unsichere Augen, die vor jedem Gegenstand zurückwichen wie aufschlagende Gummibälle. Er pfiff mehr als er sprach. Beim Anblick der Umgebung klopfte Wang das Herz; sie erinnerte ihn an den dunklen Tempel des Musikfürsten Hang-tsiang-tse in einer fernen Stadt. Als er ein paar demütige Phrasen leierte, Ma-noh ihm ein Stück Ziegenkäse in die Hand drückte, stand er noch gefesselt herum, tat Fragen nach den Götterbildern, die auf einem kleinen Regal standen. Ma stellte sich mit dem Rücken vor sie, sprach hastig, was Wang nicht verstand. Der neugierige höfliche Bettler fragte gelassen weiter, erzählte eine erlogene Geschichte von einem Priester in Ki; der Einsiedler sprang, machte eine verwunderte Miene über die Kenntnisse des Strolches. Schließlich erzählte Wang, er sei eine Stunde von hier ansässig, bei einem Pochwerk beschäftigt, bat den weisen Herrn, ihm von der Kraft seiner Götter Kunde geben zu wollen, denn er sei mit seinen Göttern unzufrieden. Widerwillig lud Ma-noh den ungewöhnlichen Gast zum Teetrinken ein.

Und dies war der Anfang ihrer Bekanntschaft.

Der unruhige Mann, der später mit dem Flüchtling aus Schantung sein Haus teilte, war ein Mönch, aus Pu-to-schan entwichen, jener herrlichen Insel im Süden.

Stumm und mild saßen seine Buddhas im Hintergrund der Hütte. Die Ohrlappen bis auf die Schultern gezogen, unter dem blauen aufgeknoteten Haar die runde Stirn mit dem dritten Auge der Erleuchtung, weite Blicke, aufgehelltes, fast verdunstendes Lächeln über dem vollen glatten Gesicht, über den aufgeworfenen Lippen, feine Hände preziös zur Brust erhoben, hockend auf runden schlanken Schenkeln, Fußsohlen nach oben gedreht wie das Kind im Mutterleib. Ma gab den Buddhas, oder wie Wang sagte, den Fos verschiedene Namen; sie sahen sich alle ähnlich. Nur ein Buddha war anders, dessen Name schon nach Schantung gedrungen war, eine Göttin, die Kuan-yin. Aus Bergkristall stand sie inmitten der andern, mit unzähligen Armen, die sich wie Schlangen aus den Schultern rangen und einem Mund, der sich so zart verzog, wie wenn ein leichter Wind über eine Weidenpflanzung fegt.

Und mit einer aufschließenden Erschütterung hörte Wang, was diese Fos lehrten: daß man keinen Menschen töten dürfe. Manoh war verblüfft über Wang; er lachte über ihn; dies lehrten doch eigentlich schon die Richter. Wang, betreten, sagte ja; aber dann schossen seine Brauen hoch, das rechte Auge drehte sich in Zuckungen und schielte nach außen. Er nickte mit dem Kopf: «Die Fos lehren gut. Die Richter lehren gut. Aber nur deine Fos haben recht, Ma.»

Ma liebte ohnmächtig die Buddhas. Zu einer Zeit schrie er ihnen seine ehrgeizigen Wünsche, und was sie ihm nicht erfüllt hatten, in die riesigen Schalltrichter ihrer Ohren und stellte sich bläkend vor sie. Zu anderer Zeit überwältigte ihn die Hoffnungslosigkeit, ohne Sinn streckte er sich auf dem blanken Steinboden. Sie blickten über ihn weg mit dem Lächeln, das fast verwehte. Er mühte sich um sie, fühlte sie als Herren; und sie wurden ihm nichts, wie er sich um sie bemühte.

Und doch war ihm zu keiner Zeit der Gedanke gekommen, den Wang einmal vorschlug, als er wieder dicken Staub auf den Gesichtern der Allerherrlichst-Vollendeten fand: die Bildsäulen auf einen Karren zu laden, nach der Nordseite der Straße zu fahren und vorsichtig die Fos einen nach dem andern in die Stromschnellen zu schütten.

Ma haßte seinen Gast wegen dieses Gedankens. Er fühlte sich durchschaut, weil Wang zu wissen schien, daß er es nicht konnte.

Und ganz inwendig war er neidisch auf diesen Gast, der so einfach einen ungeheuren Plan hinwarf und bereit schien, das Unerhörte sofort auszuführen. Er verfluchte Wang laut vor dem Regale, auf der Kniematte liegend, daß der Amithaba es hörte: wie Schlimmes jener geredet hatte und wie er sich jetzt bezwang, sich niederzwang, und seine Zuflucht nahm zu dem Gesetz, zur Lehre, zur großen frommen Genossenschaft, wie die Formel lautete. Er stellte sich ein, unaufhörlich den Namen Omito-fo murmelnd, und ging entzückt über sich wie eine Schleichkatze den Pfad; er sah den Pfad dünn sich hinschlängeln, einen Faden, der ihn nachzog, über die ersten Erhebungen, dann über die vier Stufen zur Seligkeit. Nun in die Strömung eingegangen, nun einmal wiederkehrend, nun keinmal wiederkehrend, nun Archat, Lohan, sündenlos Würdiger, der mit demselben Blick Gold und Lehm, den Katalpabaum und die Mimose, den Sandelbaum und die Axt betrachtet, mit der er gefällt wird. Und oben die Freudenhimmel, wo sich voneinander trennen, wie durch Strahlung voneinander weichen, die sonst zusammenfließen würden: Geister des begrenzten Lichts, die Bewußtlosen, die Schmerzlosen, die Bewohner des Nichts und schließlich jene, welche da sind, wo es weder Denken noch Nichtdenken gibt.
Stumm und mild saßen die Buddhas auf dem Regale; die Ohrlappen bis auf die Schultern gezogen, unter dem blauen aufgeknoteten Haar die runde Stirn mit dem dritten Auge der Erleuchtung, weite Blicke, ein aufgehelltes, fast verdunstendes Lächeln über den aufgeworfenen Lippen, hockend auf den runden schlanken Schenkeln, wie die Kinder im Mutterleib die Fußsohlen nach oben gerichtet. Es füllte eine stundenlange Stille die finstere Hütte des Ma. Wäre sein Abt, der Chan-po, hereingetreten und hätte ihn wie früher an den Schultern gefaßt und mit den kalten Augen das spitze entrückte Gesicht betrachtet, so wäre wieder das stille zornige Lachen erfolgt, das Ma oft gehört hatte. Bevor er noch seinen weisen Lehrer fragen konnte, ging der Alte immer mit Kopfschütteln hinaus. Und Ma, frierend, zerschlagen, beantwortete sich willenlos seine Fragen selbst, während er

sich die blaugefrorenen Finger rieb: man fliegt nicht in den Götterhimmel; die Söhne Cakyas gehen den Grat hinauf, über die vier Stufen, die vier schweren Stufen.

Ma konnte nicht gehen, nicht mehr von dem Augenblick an, da er wußte, wohin der Weg ging. Auf Pu-to, der Insel, in der Halle der Versenkung, hatte ihn nach Schluß einer Schiffermesse das Gefühl heimgesucht, das weich und streng zugleich ihn wie ein Balken durchdrang und sich um ihn langsam drehte; und darauf kam eine schmerzliche bittere Hingerissenheit, und darauf ein doppeltes Winken von seidenen Tüchern, rot und gelb, von zwei Seiten her. Die Tücher, groß wie Laken, schlossen sich unaufhörlich rollend, bewegt zusammen; in der Mulde, in dieser mittleren Mulde glitt er hin. Seine Füße waren wie die eines Toten mit Binden umwickelt. Der Luftzug von den Tüchern hob ihn etwas an, und doch glitt er in einer Linie weiter. Eine Fächerpalme kam. Etwas Graues, Großes schnellte näher, ein Ei, eine riesige graue Perle. Bei ihrem Anblick wallte es in ihm wahnsinnig; er ächzte, richtete sich auf, lief über die Ähren eines Feldes, schwamm händeringend um die Perle, gegen die er sich in einer züngelnden Welle verlor.

Ma wußte nichts von seinem Traum, als er aufwachte. Sein Ächzen war das einzige, was ihm ins Ohr scholl. Mit solchen Träumen aber schlug die Welle von Unruhe in ihn hinein. Er fing an, Maßregeln der Klosterdisziplin zu kritisieren. Statt Versenkung nach Versenkung, Überwindung nach Überwindung zu klimmen, wie die Lehre fordert, wartete er auf die letzten höchsten Zustände, wie ein Verliebter auf das Rendezvous. Und wußte dabei mit schneidender Deutlichkeit, daß er sich in jeder Versenkung betrog, daß die goldenen Buddhas ihm so fern, so undurchdringlich waren.

Und doch mußte er sie erreichen, wenn er nicht endlos wiedergeboren sein wollte; er mußte das Ufer der Rettung erreichen, wenn er nicht ertrinken wollte; so peitschte das Tha-mo ein, das gute Gesetz von den Welten, den atmenden Wesen, der Zerstörung und Erneuerung der Welten. Er lief eines Tages an den

Strand; ein Bootsknecht setzte ihn über; seine Wanderschaft fing an. Es hatte sich nichts während der zehn Wanderjahre durch die Provinzen Ngan-wei, Kiang-su, Ho-nan in ihm geändert.

Ma-noh betrat kein Kloster mehr. Er verschrullte die Jahre über, wo er wie ein Kakihändler seinen Karren mit den Buddhas schob und sich zuletzt an der Bergstraße auf Nan-ku ansiedelte. Er umschlich den heiligen Wu-tai-schan, konnte sich nicht losreißen von diesen Dingen, an die ihn nur seine Unzulänglichkeit bannte. Der Fischersohn von Hun-kang-tsun wurde ihm rasch zu einer tieferen Quelle des Nachsinnens als die hundertacht Figuren auf der Fußsohle des Cakya-muni und die achtzehn Bedingungen der Unabhängigkeit. Dieser Bursche, der ihn auf Schritt und Tritt belog, gehörte ohne Zweifel zu den Strolchen, mit denen das entlassene Heer die Provinz überschwemmte. Er drängte sich seinem Wirt auf. Seine Fragen, seine haftenden Blicke beleidigten ihn. Am meisten aber beleidigte es Ma, wie Wang mit den fünf Buddhas umsprang, zuerst wie jeder rohe Chinese, als hätte er Angestellte oder Rechtsanwälte vor sich, die man nach Erfolg lobt oder wegschickt. Später mit einer zudringlichen Nähe, die Ma quälte. Und darum quälte, weil er fühlte, daß alles Verleumden nichts half, daß Wang unerklärliche Fühlung zu diesen stummen milden Wesen gewann. Ma schloß neidisch tagelang seine Klause, ließ den bekannten Gast nicht ein, ahmte drin vor dem Regale Wangs Mundspitzen, Kopfsenken, stilles Schielen nach. Wenn ihn nichts von Ruhe überkam, bewarf er Wang mit Vorwürfen, spuckte sich auf die Füße, weil er so dumm war, die Eifersüchteleien des Klosters wieder einzulassen. Ja dieser Netzflicker kniete auf der Bambusmatte vor dem Regal, als wäre Ma-noh nur sein Tempelverwalter, vor den Buddhas, die Ma zehn Jahre vor sich geschleppt hatte durch die endlosen Provinzen Ngan-wei, Kiang-su, Ho-nan, der Strauchdieb, der sicher einen Menschenmord auf dem Gewissen hatte.

Es gab ein Ringen zwischen ihm und Wang, Wiederkauen der Vorwürfe, langsames Vollaufen von Unwillen. Wang kam ununterbrochen, konnte sich an Sutren und Sentenzen aus den hei-

ligen Büchern nicht sättigen; Ma-noh mußte ihm widerstrebend mehr geben; der große Mensch nickte dazu, als hätte er dies und jenes schon erwartet. Schamlos erschien dies Ma-noh, und er rang die mageren Hände, gab sich in seiner eigenen Wohnung verloren, war gehemmt, vor Wang die Tür zu verriegeln. Wenn der Strolch auf der schmutzstarrenden Matte kauerte, Lehren auf seine plumpe Art wiedergab, setzte sich der kleine Mönch atemlos neben ihn, fühlte sich ängstlich an ihn heran, beschnüffelte ihn. Zweimal wies er Wang in einer Aufwallung die Tür.
Ein stiller Augenblick, der das Gebirge um Ma-noh weit werden ließ, war es dann, als sich Ma einmal abends nach Wangs Fortgang vor seiner Tür bei etwas Merkwürdigem ertappte: wie er in einer zerfließenden Versunkenheit den schneeschweren Himmel betrachtete und dabei klar wußte, daß er Wang unterlegen sei und nicht litt. Plötzlich in der folgenden Nacht trat vor ihn die Erinnerung an diese Versunkenheit. Dumpfes Staunen hinter diesen Zustand: «Und nicht litt.» Er war Wang unterlegen und litt nicht. Das Gefühl zog sich eng über seine Haut, machte das Herz zu einer Feder; zart und schlecker dachte es in ihm hin zu Wang unter kniebrechender Knechtung: «O wie gut ist es, Ma-noh zu sein.»
Nur Minuten.
Dann wehrte er sich, knirschte alles bedächtig herunter, legte sich vorn über seinen Leib und zersprengte das Gefühl.
Erschrak zum Schluß über sich und das ganze Geschehnis. Zerrte sich in den Schlaf.
Konnte in den nächsten Tagen Wang nicht unter die Augen treten; schämte sich vor ihm, und sich selbst stach und biß er. Unberührt aber verharrte dieses Gesicht in ihm: «Schneeschwerer Himmel, und ich bin Wang unterlegen.» Es trat aus seiner Brust heraus und zog ihn hinter sich, wachsend, wachsend. Er überlegte manche Nacht, ob er nicht wieder wandern sollte. Blieb zu seinem eigenen Staunen. Näherte sich leidend Wang. Ihre sonderbaren Gespräche nahmen einen Fortgang. Es folgten die Tage, wo Ma-noh ungeduldig wurde, wenn der Strolch nicht

hereintrampelte, wo er sich erkundigte, was er vorhatte, auf das Halunkenpack hetzte.
Der Priester belehrte den Strolch mit einer Empfindung von Angst. In ihm rüstete sich alles, die Waffen zu strecken.

EINE eisige Kälte stellte sich zu Beginn des neuen Jahres ein. Die Felsenwege wurden ungangbar unter der Glätte. Auf höheren Partien des Gebirges lag der Schnee wie Daunen meterhoch geschichtet. Trat man in die weißen Massen, so schrumpften sie nicht weich zusammen; es gab ein zartes Klirren wie von tausend Schieferplatten, der Schnee riß Wunden in die Hände. Die Luft, zuerst von einer tiefgrünen Durchsichtigkeit, nahm einen grauen Ton an.
Eine mongolische Karawane, die von den nördlichen Pässen herüberkam, zog dicht bis an die Nan-ku-Berge. In einer Nacht erfroren fünfunddreißig Maultiere; zwei Bären saßen am hellen Morgen unvertreibbar mit rot unterlaufenen drohenden Augen bei einem Pferde, von dem man nicht wußte, ob es erfroren oder lebend zerrissen war. Die Tee- und Seidenballen, die mächtigen Pelze blieben auf dem letzten Paß liegen, die Pilger überwinterten in einem rückwärts gelegenen Dorfe.
Nach dieser Karawane kam niemand mehr über die Straßen zum Wu-tai-schan. Es sollten die Menschen zur Erstarrung, die Berge zum Springen gebracht werden. Die Pochwerke hatten ihre Arbeit eingestellt. Der Fluß, schmaler als sonst, blies durch die Täler seine Luft, die von der Kälte zum Ersticken verdichtet war.
Die Wegelagerer und Verbrecher hatten sich zu einem kleinen Teil in die Dörfer geschmuggelt, welche westlich und östlich der Berge lagen. Die übrigen warteten eine kleine Zeit auf die Pilgerzüge, von denen sie lebten. Dann schlossen sich überall größere und kleinere verzweifelte Haufen zusammen. Die Wege, hinter die sich die Höhlen und Hütten der Heimatlosen verkrochen, mußten bald unübersteigbar werden; dann gab es kein Hin und kein Her.

In mehrere gewundene schmale Höhlen, die vor dem Wind geschützt waren auf der Straße oberhalb Mas Einsiedelei, hatte sich der Haufen geflüchtet, zu dem auch Wang hielt, etwas über fünfzig Mann. Aber nach zwei Tagen, als fünf nach verhungernden, erfrierenden Genossen suchen gegangen waren auf den zugänglichen Straßen, Abhängen, Tälern, waren es achtzig geworden. Es gab keine lange Beratung. Die neun Geachtetsten unter ihnen bestimmten, daß das etwa sechs Stunden entfernt gelegene Dörfchen Pa-ta-ling gleich geplündert und eingenommen werden sollte.

Unterwegs während des Abwärtskletterns kamen einzelne überein, und es verbreitete sich unter die andern, daß von den Bewohnern des Dörfchens niemand entweichen dürfe; man müßte sie entweder einschließen oder niederschlagen. Es gab beim Abwärtsrennen der Männer, zu denen kurz vor dem Dorfe noch ein kleiner Haufen von dreißig Ratlosen stieß, ein unaufhörliches Schreien, Zusammensinken, Wimmern um Mitnehmen. Die Kräftigen hielten vor Hunger den Mund offen und bissen in den Wind; sie liefen besinnungslos. Sie trugen abwechselnd die älteren und leichten Vagabunden auf dem Rücken. Sie liefen den letzten Rest des Weges durch ein welliges Tal völlig schweigend in einer langen Linie, die nach hinten breiter wurde; die Starken wie Windhunde voran, ohne Gedanken an die Folgenden.

Das Dorf hatte fünfzig Häuser, die an einer einzigen Straße lagen bis auf vier Häuser, die um einen immergrünen Eichbaum beim Eingang der Straße von den Hügeln her standen. Von diesen Häusern sahen die Leute zuerst das Springen von Menschen über die Schönn-i genannten Felsenklippen, das Fallen und Aufraffen immer neuer Menschen. Sie näherten sich rasch über den weißblauen Schnee, es schien, als ob sie verfolgt wären. Ihre Zöpfe flogen wagrecht; man sah sie über die Schultern wie Peitschen schwingen.

Die Frau des Bauern Leh gellte zuerst auf dem Hofe: «Banditen, Banditen, Banditen!» Es rannten Frauen, Kinder, zuletzt Männer, Betten hinter sich, die Dorfstraße herunter, schlugen an Hoftore, verschwanden in den Häusern. Winseln, Kreischen wirbelte über den Höfen, von Dach zu Dach getragen, zitterte über der leeren Landstraße.

Von den Hügeln her kam das Trappen, das ungleichmäßige Knistern und Knarren, weitausgreifendes Bewegen, das nicht einmal zu atmen schien. Gebleichte Gesichter mit reglosen Zügen, Hände, die im Schwung wie Keulen hin und her schaukelten. Körper, die empfindungslos liefen. Rümpfe, die steif auf Schenkeln saßen, welche wie Pferde ritten. Hinter der langen Linie der Einzelläufer schwammen schwarze Gruppen, Hand an Hand gefaßt. Aufgelöste Nachzügler schleuderten die Arme wie Hämmer, um vor sich Löcher in die Luftmauern zu schlagen.

Die wenigen auf dem Dorfe, die vor ihrer Türe standen und den langgestreckten Keil heransausen sahen, sahen auch die schwarzen krächzenden Vogelschwärme, die mit den Vagabunden die Berge verlassen hatten.

Die ersten Räuber warfen sich mit Steingewicht gegen die Tore. Sie prallten hintereinander auf, drangen ein. Die nächsten an die folgenden Tore. Sie überrannten einander. Das Kreischen ließ nach; die Bergläufer in den Häusern strömten Eiskälte aus und das Grausen von Sterbenden; sie konnten ihre Kiefer nicht öffnen; ihre Augen zwinkerten nicht. Die letzten Häuser waren verrammelt. Ein Heulen entstand draußen, ein Gebrüll verwundeter Tiere, daß sich die Frauen verkrochen. Die Lebenden draußen hoben die Körper der Hinstürzenden auf, rannten mit den kopfschüttelnden Rümpfen gegen die Holzpfosten an. Dann öffneten plötzlich die Bauern die Tore, fällten die Wimmernden mit Beilen, liefen in die Nachbarhöfe, hackten in die keuchenden Münder. Nachzügler, die Stärksten, mit den Lahmen auf den Rücken, hetzten ins Dorf, warfen ihre Last in den ersten Hof, folgten dem Schreien, zerquetschten die Bauern wie Geschosse, würgten sie, zerschmetterten ihre Kinder auf der Dorfstraße, wortlos, ohne die Mienen zu verziehen.

Die Toten froren dünn und steif auf dem Wege.

Die Lumpen drängten sich zitternd in den Häusern. Die rohen Gesellen umarmten und streichelten sich. Die Starken und Schwachen befiel ein Schütteln. Sie brachen in ein dumpfes Greinen aus, von dem sie sich nach Stunden noch nicht erholten. Sie schlangen flennend herunter, was sie vorfanden. Es wurde keiner in den Häusern angerührt von ihnen.
Als die Dunkelheit herunterfiel, gingen zwanzig von den jüngeren Burschen von Haus zu Haus, verteilten Beile, Dreschflegel, bestimmten Nachtwachen.

ES wurde von der Bande geplant, solange die härteste Kälte anhielt, im Dorf zu bleiben, dann gemeinsam auszuziehen. Die Hausbewohner wurden davon verständigt; an den Ortsvorsteher konnte keine Nachricht erfolgen; er war mitsamt seiner Familie erschlagen.
Man hatte nichts zu fürchten von Verrat während dieser Zeit, der nächste Ort lag sechs Stunden entfernt, und der Weg ungangbar.
Einen ganzen Monat lag das Dorf von jedem Verkehr abgeschnitten. Eine Verbrüderung fand unter den Banditen statt. In der Zeit erlangte Wang über die hundert Männer die Gewalt, die ihm die Rolle des Bandenführers aufnötigte. Bei den täglichen Streitigkeiten, der Regelung des Verkehrs mit Ansässigen, der Beaufsichtigung, dem notwendigen Kundschafterdienst setzte sich seine Körperstärke und schonende Diplomatie durch; die Achtung der älteren Leute schob ihn vor.
Schon nach zwei Wochen besprachen die Wegelagerer unter sich, nach Auszug aus dem Dorf nicht auseinanderzugehen, sondern ein bequemeres Leben unter Wangs Hauptmannschaft weiterzuführen. Wang trennte sich eines Morgens von ihnen, verschwand auf zwei Tage ins Gebirge.
Er lief zu Ma-noh, fand ihn munter, unter Massen Decken und Werg vergraben, in einer Ecke seiner Hütte grinsend liegen, brachte ihm Reis, Bohnen und Teeblätter.

Nach seiner Rückkehr sprach er Tage und Nächte viel mit den Älteren. Daß sie arme ausgestoßene Menschen seien. Daß man ihnen nichts tun dürfe, wie sie selbst keinem etwas täten. Daß nichts schrecklicher sei, als wenn Menschen sich töteten, und der Anblick nicht zu ertragen. Ma-noh, der Einsiedler aus Pu-to-schan, habe ihm viel Gutes und Kostbares von den goldenen Buddhas erzählt, besonders von der Frau Kuan-yin, welche tausend Arme an beiden Schultern hätte und den Weibern Kinder schenkte. Sie seien seine Freunde und sollten tun wie er. Soviel Leiden bringe schon das Schicksal allein, soviel Leiden; warum sie der Himmel hasse, wer wisse das? Er werde, wenn das strenge Wetter nachließe, durch die Dörfer gehen und allen Leuten, auch den Mandarinen sagen, was er denke; dies sei er fest entschlossen.

Die Vagabunden, die ihn von den Pochwerken her kannten, erstaunten keineswegs, als sie Wang so reden hörten; sie hatten solche Gespräche aus seinem Munde erwartet. Sie dachten nicht daran, sich von ihm abzuwenden; seine Meinung stimmte völlig mit ihrer überein; der Himmel haßte sie; man durfte es nicht schlechter machen.

Sie waren gesellige Menschen mit besonderen Vorstellungen über allerhand Dinge, mit großer Lebenskenntnis, in vielen Dingen überlegen dem Durchschnitt ihrer Volksgenossen. Es gab kaum fünf unter ihnen, die sich nicht verjagt und getreten vorkamen und den Eindruck hatten, ein unfreies, gezwungenes Leben zu führen.

Manche waren die Opfer eines starken Triebes geworden, den sie nicht beherrschen konnten, auch nicht beherrschen wollten, die alle Schlauheit in sich aufboten und schärften, um diesem Triebe zu dienen, mit dem sie sich gleichsetzten. Einige Opiumraucher, Spieler von feinerem Gesichtsschnitt, ältere Leute. Nicht wenige, die ein Gewerbe trieben, ab und zu betrogen, entdeckt und bestraft wurden, nun sich schikaniert von den Polizisten fühlten, Schabernack auf Schabernack, Gehässigkeit auf Gehässigkeit folgen ließen, die Grenzen überschritten und im Grunde froh waren, mit einem Schlage vogelfrei zu werden, der brütenden Gesetzlichkeit entflohen. Dies waren die Glücklichen, die wenig Bitterkeit in ihrer Freiheit fühlten.

Am schlimmsten waren die Hitzköpfe, die Rachsüchtigen, die Zügellosen dran. Sie hatten sich, meistens jung, wegen eines Ehrgeizes, einer Verliebtheit, einer Eifersucht zu einem verhängnisvollen Schritt reißen lassen, standen außerhalb ihrer Familie, Sippschaft, Heimat, in deren Rahmen ihre Triebe wie ihr Verbrechen sinnvoll wurden, gingen mit bösen Blicken herum, verfluchten sich, kauten an dem unzerreißbaren Gummi ihrer Leiden. Ihnen nützte nichts; sie waren zu allem fähig; man durfte sie nicht anrühren. Sie waren nicht mitteilsam, überall dabei, wo etwas vorging und geplant wurde, machten ihrer Grausamkeit Luft, wo sie konnten, wurden von den Kameraden scharf beobachtet.

Dann kamen viele, die warteten, die sich angeschlossen hatten, nur um irgendwo in den achtzehn Provinzen zu hausen. Das waren die entlassenen Soldaten, die noch ihre zerrissenen blauen Kittel trugen und auf neue Anwerbung hofften. Krüppel, die aus kleinen Ortschaften stammten, wo man sie nicht ernähren konnte, und die nun die Wallfahrtswege belagerten. Tüchtige ernste Menschen, die ihre Familien durch Überschwemmungen verloren hatten; solche, bei denen der Mißwachs auf den Äckern ein jährlicher Gast war; solche, die erst vorübergehend aus Scham in die fernen Berge zum Betteln liefen, dann schwer loskamen und keinen Ausweg sahen.

Es gab besondere auffallende Erscheinungen, unter ihnen Wang-lun; unruhige Geister, die es nirgends hielt, die hier wie überall unter Vertrauten auftauchten und verschwanden; derartige Menschenwellen wogten in dem ungeheuren Reiche viel.

Den harten und unbeweglichen Kern aller Bergläufer bildeten die vier, fünf alten Verbrecher, welche seit Jahren die Plage der Pässe und höheren Wege ausmachten. Sie waren freundliche, etwas falsche Gesellen, die viele Anekdoten zu erzählen wußten, gutmütig die andern aushorchten, über die jüngeren grobe

Späße machten. Einer hatte in seiner Körperfülle das Aussehen eines würdigen Mandarins; es fehlte ihm an seiner Mütze nur der Knopf. Er hielt sehr auf respektvolle Behandlung und bediente sich eines komischen Höflichtskeitszeremoniells bei den kleinsten Dingen im Verkehr, wobei gestört er in unsäglich gemeines Schimpfen ausbrechen konnte. Er war Hypochonder, äußerst wehleidig und verbrauchte das meiste Geld, das er durch Diebstahl und Raub erwarb, bei kleinen Wurzelfrauen, Hökerinnen in den Nachbarorten, bei denen er nach Medikamenten ein und aus ging. Er hatte eine Masse Eigenheiten, schnitzte sehr gewandt Tabaksdosen mit Blumendeckeln, suchte bei jedem frisch Ankommenden zu erfahren, was es für Neuigkeiten darin in den Städten gäbe, bemühte sich auf die furchtbarste Art, wenn er es wollte und es für ihn nötig wurde, die Muster zu beschaffen. Er seufzte seinen Hökerfrauen vor, die ihn als feinen Herrn behandelten, wie ein armer Mensch seine Haut zu Markte tragen müsse, um auch nur eine Spielerei zu erwerben. Wenn er einbrach, war er der zähste, sicherste Mensch, mit Muskeln von Stahl, einer unbezwinglichen Geduld und Kälte. Vor Leuten, besonders jungen Männern, die ihn überraschten und die er angreifen mußte, hatte er einen Ekel, wenn sie sich nicht wehrten oder um Schonung bettelten, nachdem er sie gefaßt hatte. Er hatte zwei Kaufmannsgehilfen einmal, die vor Entsetzen auf ihrem Ofenbett laut schrien, als er in ihr Zimmer nachts eindrang, mit einem Eisenstück erst betäubt, dann aber, als die kräftigen Menschen trotz seines Befehls unter ihrer Decke weiter wimmerten, sie mit der ersten besten Schnur einen nach dem andern erwürgt, war toll, ohne etwas zu nehmen, in die Berge zurückgerannt. Er führte seitdem den Namen ‚Seidenschnur'.
Ein anderer dieser fünf Gesellen war ein großer hagerer Kantonese mit einer Hornbrille. Dieser liebte weder Totschlag noch Einbruch, er war Gelehrter und verfaßte Gedichte, gesellschaftliche und sittenfördernde Abhandlungen, Betrachtungen über allerhand Themata, auch aus der Tierwelt, Geologie, Astrologie. Sein Wesen blieb den meisten der Vagabunden dauernd fremd.

Er hielt sich völlig fern von ihnen; sie kamen in seine Höhle, um sich über vielerlei Dinge, besonders Krankheiten und günstige Tage, Rats zu erholen. Es war ein Mann von einer gewissen Bildung, der viele Dichter abschrieb und saubere Charaktere malte. In diesen großen ruhigen Menschen kam alle paar Monate eine Veränderung. Die ihn besuchten, merkten das vorher; er hörte ihnen nicht mehr geduldig zu; es herrschte Unordnung in seiner sonst ziemlich gerichteten Wohnung im Felsen. Er erklärte selbst, wenn ihn einer fragte, daß er jetzt viel mit eigenen Sachen beschäftigt sei, nur diese Tage; sie sollten sich nicht abstoßen lassen; er würde über die Sache, die sie ihm vortrügen, später noch genau nachdenken und ihnen Auskunft geben. Dann kamen die paar Tage, wo die Banditen sich nicht von ihrem Gelächter erholten. Wo der gelehrte Mann schmierig und zerfetzt von oben bis unten über alle Wege kletterte, bei allen Bekannten vorsprach in diesem Aufzug unter einem Schwall hochtrabender unverständlicher Worte und Brocken, dazwischen mit kolossalen Schlüpfrigkeiten, die an ihm sonst unbekannt waren, um sich warf, und selbst aus dem Lachen nicht herauskam, das sein Gesicht unter tausend trockenen Fältchen vergrub. Auf diesem Hin und Her, bei dem er sich keine Ruhe gönnte, kaum ein paar Stunden tags schlief, ohne sich zu erschöpfen, versteckte sich die hagere Gestalt auch gelegentlich hinter einem Block bei Mondlicht an einer Straßenbiegung, fiel mit lautem Geschrei ganze Karawanen an, die nicht selten auseinanderstoben vor ihm, stieß einen einsamen Pilger, nachdem er lange hinter ihm her mit Wutbläken geschlichen war, unter einem Freudenjuchzer in den Abgrund, verging sich bei Marktflecken in viehischer Weise an Frauen und Kindern. Nach ein paar Tagen saß er wieder in seiner Höhle, zeigte ernst seinen Gästen die Schrunden und Beulen, die er davongetragen hatte. Er behandelte diese Verletzungen in den ersten Tagen wie eine heilige Sache, kam rasch in das alte Geleise, in die gelehrte Arbeit, bei der ihn keiner, unter schwerster Gefahr, an die unruhigen Tage erinnern durfte. Der Einfluß dieser Männer auf die andern war gering; schon unter sich kannten sie sich wenig; unter den andern allen galten sie als gefährliche Sonderlinge, die zu keiner gemeinsamen Sache zu bewegen waren.

Die Vagabunden sprachen geheimnisvoll über Wang-lun in den überhitzten Stuben des Dörfchens. Seine langen Besuche bei dem Zauberer Ma-noh brachten sie zum Erschauern; alle gaben zu, daß dahinter etwas stecke. Er war ein Verfolgter, der nicht zur Ruhe kam. Ein Buckliger in dem Hause, das auch Wang bewohnte, schlug auf den Tisch: «Diesem Wang ist in Schan-tung etwas passiert, er will Gespenster bannen lernen, um sich an jemand zu rächen. Auf dem Liang-fu-schan sitzt einer, der hat in Krügen die Dämonen der ganzen Provinz gefangen.» Ein anderer stimmte bei: «Ma-noh wohnt schon lange oben; er kennt alle Berggeister. Was soll Wang von ihm wollen?» Der Bucklige: «Ich habe ihn einmal an der Pochmühle sitzen sehen; er schlug mit den Händen an seinen Augen vorbei. Warum? Er hat Dämonen gesehen und wollte sie zerquetschen.» Ein Alter legte sich über den Tisch und grinste: «Ein Gelehrter ist Wang-lun. Er trägt etwas mit sich herum. Was ist dabei wunderbar, wenn er zaubern kann? Wer eins kann, kann das andere.»

In Wang überwucherte unter dem Einfluß der Gespräche mit Ma die Versonnenheit und der Ernst. Er beruhigte sich. Die Wände und Vorhänge, mit denen sich etwas Dunkles in ihm umstellt hatte, fielen; er ebnete und bewältigte sich in der größten Heimlichkeit. Der Zickzack in ihm kam nur gelegentlich zum Vorschein: in Possenstreichen, die andere vor den Kopf stießen, in stundenlanger grundloser Gleichgültigkeit, in vorübergehender Böswilligkeit, Widerspenstigkeit. Die älteren Vagabunden wußten, daß etwas Heiliges dahinter steckte, wenn er Späße machte; daß dies nicht anders war, als ob er sich in einem Krampf wälzte.

Gegen Ende ihres Aufenthalts in Pa-ta-ling stampfte Wang eines Abends kältegeschüttelt in die Stube; er lachte, brüllte, sprang an den Wänden herum. Er hätte auf einem frischen, völlig frischen, eben gefallenen weißen Schneehaufen, sie sollten einmal denken und sich das vorstellen, einen großen verschlossenen Lederbeutel mit dem kaiserlichen Kriegssiegel gefunden; und wenn er in den Beutel griffe, hätte er lauter runde Goldkugeln in der Hand. Er warf einen schwarzen Beutel auf den Tisch. Zehn glattrasierte bezopfte Köpfe stießen über dem Beutel zusammen, ein freudiges erschrecktes Schnattern erhob sich. Einer griff und hatte dicken Kohlestaub bis an den Ellenbogen; ein anderer faßte vorsichtig hinein, es ging ihm ebenso. Und so zwei andern. Sie sahen sich verblüfft über dem Tisch mit der Öllampe an, schwiegen betreten, blinzelten gegen den langen Wang, der ruhig am Ofenbett stand, sahen sich wieder einer nach dem andern an, schüttelten die Kohle von den Händen. Ein feister Hellfarbiger hielt den Beutel hoch gegen sein Ohr, schüttelte ihn, horchte. Auch die vier, die in den Beutel gefaßt hatten, drängten sich durch und legten den Kopf an den Beutel. Der erste stellte den Beutel auf die Tischplatte, wich von dem Tisch zurück, sagte, ohne Wang anzublicken, mit einem bestürzten Gesichtsausdruck: «Er hat recht. Wang hat recht.» Er war so fassungslos, daß er nicht tat, was einem andern, dem Buckligen, nach einer Pause einfiel: nämlich, ohne den Beutel zu berühren, Wang zu bitten, ihnen das Siegel des Kaisers zu zeigen und zu fragen, ob es das Siegel Khien-lungs oder eines früheren Kaisers sei. Wenn er es ihnen aber nicht zeigen wolle, ihnen doch etwas noch zu sagen über das Siegel; auch über die vielen Goldkugeln. Sie seien zwar erschreckt, sehr erschreckt, er auch, aber sie würden es doch gern hören und den andern sagen.

Der lange Wang-lun hatte inzwischen längst aufgehört zu lächeln. Mit einer Miene, die immer ängstlicher wurde, stand er am heißen Ofenbett; seine linke weite Hose schwälte am Rost, ohne daß er es merkte und den feinen sengenden Rauch beachtete. Er ging langsam und ganz unsicher von einem zum andern, zog ihn an der Hand zur Lampe, sah ihm suchend ins Gesicht: «Was ist denn? Was ist denn? Was meint ihr denn?» Er stemmte beide Hände auf die Tischkante auf, hinter dem Tisch stehend, beäugte den Beutel von allen Seiten, bückte sich, strich furcht-

sam über ihn. Dann umspannte er ihn mit der linken Hand, ging mit ihm in die Nachbarkammer, immer Blicke nach rechts und links auf die Männer werfend, als erwarte er Schläge von ihnen. Eine dünne Spur des Kohlenstaubs rieselte hinter ihm her. Die Kammertür versperrte der lange Wang und hockte am Boden in dem engen Raum, in dem nur Krüge, leere Tonnen und Ackergeräte herumstanden, drehte eine Holzhacke in der rechten Hand, legte sie vorsichtig neben sich. Dann hob er den fast ausgelaufenen Lederbeutel, auf beide ausgebreitete Hände gelegt, an sein schweißtriefendes Gesicht und fiel mit dem Kopf so auf seine aufgestellten Knie. Er sagte mit klappernden Zähnen laut, daß die nebenan es hörten: «Was ist denn? Was wollen sie von mir?» Die Kleider klebten ihm an den Gliedern. Er stand auf, besah das Loch in seiner Hose. Es befiel ihn eine so lautlose schwindelnde Angst, daß er sich im Kreise drehte, auf die Holzdiele unter seinen Filzsohlen blickte, den Boden befühlte mit der Hand, die krummen Finger gegen die Wand drückte.
Er stand, mit dem runden Rücken in einen Winkel gelehnt, die Arme unter den weiten langen Ärmeln ineinander verschränkt, sann mit hervortretenden Augen, was ihm passiert war. Plötzlich erstarb alles in ihm. Er ging ruhig zwischen dem Gerätekram an das offene Fenster. Die schneidende Luft wehte. Wang-lun, den Kopf hinaus in die Dunkelheit gesteckt, wußte nicht, was er hier blickte. Die kleinen Häuser drüben standen sehr fern, die Finsternis des Himmels stand nicht ferner. Er betrachtete alles mit Befremden.
Er mummelte sich in seinen Kittel, zog den Kopf zwischen die Schultern, ging in das Nachbarzimmer, wo fünf der Vagabunden saßen und mit Figuren spielten. Ihnen fiel auf, wie stier sein Blick und wie ausdruckslos sein Gesicht war. Er blieb am Tische stehen. Er sagte leise zu dem Buckligen, den er umfaßte, ohne aber den Blick höher auf ihn als bis zu den Schultern zu richten, daß er noch einmal durch das Dorf gehen wolle.
Und dann ging er durch die leere Straße; kehrte um, ging hügelwärts weiter. Lief, indem er die Schwärze der Nacht Schale um

Schale, Panzer um Panzer durchbrach. Ehe er verstand, was geschah, hatten seine Arme das Schwingen der Keulen angenommen, war eine Sichel aus seiner Stirne gewachsen, mit der er die Nacht durchschnitt. Er sprang über die Schönn-i genannten Klippen. Sein Körper lief schon empfindungslos weiter; er ritt ruhig atmend auf federnden Schenkeln. Er freute sich, daß etwas ihn mitgenommen hatte und mit ihm davonlief. Über die Hügel, auf die Felsen. Zu Ma-noh, zu Ma-noh. Der mußte die Gemse hören, die zu seiner Hütte heraufkletterte aus der liegenden Nacht.

Es war noch kein Zeichen des Morgens am Himmel, als Ma-noh seinen Namen rufen hörte, die Stiege zu seiner Hütte hinuntersprang.

Der trübe Docht blakte. Stumm und mild saßen die Buddhas im Hintergrund; die Ohrlappen bis auf die Schultern gezogen, blauer Haarknoten, weite Blicke, ein verschwimmendes Lächeln um die prallen Lippen, auf runden glatten Schenkeln hockend. Wang lag mit der Stirne vor der tausendarmigen Göttin aus Bergkristall, anklagend, bettelnd, verwirrt. Gewillt, hier liegen zu bleiben, nicht fortzugehen. Durcheinander stammelnd, was ihm geschehen sei.

«Was Su-koh geschah, ist nichts gegen dieses. Su-koh haben sie mit fünf Säbeln niedergeschlagen an der kleinen Mauer. Sie haben ihn gefangen genommen und dann über den Nai-ho geschickt. Mich haben sie verlockt, in ihre Mitte geschlossen, bezaubert. In meine Brust wollen sie einen Dämon zaubern, der Bucklige will das, alle wollen das. Ich bin gut zu ihnen gewesen, habe jeden Zank ausgewischt. Mancher von ihnen lebte nicht mehr ohne mich. Ich bin die Dorfstraße heruntergegangen. Es war Kohle in dem Beutel. Ich kann nichts dafür, es war nur Kohle. Und es ist doch kein Gold und kein Siegel. Warum soll es Gold sein, wie soll das Siegel des Kaisers in den Lederbeutel kommen? Warum verlangen sie das von mir? Sie sollen es nicht wollen; sie sollen es nicht wollen. Sie sollen mich wieder gehen lassen; ich habe nichts gesagt von dem Lederbeutel. Ich bin der

Wang-lun aus Hun-kang-tsun. Ich bin ein Mörder; kein Mandarin hilft mir jetzt. Ich lasse mich nicht verhetzen. Ihr sollt mir helfen, ihr fünf Fos; Ma-noh, hilf mit; bete mit mir; hilf mir sie bezwingen.»
Er richtete sich auf den Knien auf, hielt Ma-noh an der Brust fest, der sich schon neben ihn geworfen hatte. «Oder bin ich schon verzaubert? Sag, Ma-noh? Es kommt schon zu spät bei mir, nicht wahr, ja, es kommt schon zu spät.»
Heulend stieß er, von den Buddhas abgewandt, lange Schreie aus, öffnete immer die Arme und schlug sie wieder zusammen. «Was soll geschehen, Ma-noh? Was soll mit Wang-lun geschehen? Die bösen Geister haben ihn befallen. Wang-lun haben die bösen Geister befallen.»
Ma-noh drückte Wangs verklammerte Finger von sich ab, ließ ihn auf den Boden rutschen, legte einen dünnen gelben Mantel mit roter Borte über sein Flickkleid, setzte die viereckige schwarze Mütze auf, das Dach des Lebens, schlug den Rasselstab, schüttelte die Klapper. Die pfeifenden Worte, die er ausstieß, gingen unter in dem blechernen Geklirr; und während er die eklen Schlangengötter mit Flüchen anrief, die Nagas, die Lus und ihre Könige, während unter dem Dröhnen der Klapper die Garudavögel gebannt aufschwirrten aus dem Kreise, die grünschwingigen Garudas mit roten Menschenbrüsten, weißem Bauch, auf ihren schwarzen Vogelköpfen standen zwei Hörner, zitterte in Ma-noh das Herz vor Glück. Er tanzte, selbst träumend und hingerissen, um Wang, der den Kopf duckte; er verstand alles, was Wang sagte; er bückte sich, strich ihm über die Schultern, den Scheitel und hätte sein Knurren und Zischen in Lachen verwandeln mögen. Wang dachte an seinen Vater und seine Mutter, und wie seine Mutter eingeschlafen war, als der Vater unter Hundegekläff in einer Tigermaske hin und her sprang vor der Frau und über die Hingesunkene schnaufte und flüsterte. Ihn fror plötzlich sehr unter der Achsel, an den Knien, an den Fersen.
Er lag schwindlig, lang auf den Leib gestreckt am Boden. Ma häufte Decken über ihn, drückte das Licht aus. Eine weiße Hel-

ligkeit trat durch die verklebten Fenster. Ein Scharren und Kratzen an der verriegelten Tür, Füße und Schnäbel von hungrigen Krähen. Dann lief es einmal weich über die Stufen, kroch über das niedrige Dach, schnuppernd, schlüpfte wieselartig über Balken weg. Alle Augenblicke krachte es ganz weit; fernes Schieben, Schurren, Poltern folgte. Schneemassen kamen ins Rollen, stürzten in die Schluchten.

Ma-noh, in der schwefelgelben Kutte, mit roter Schärpe, auf dem Schädel die vierzipflige Mütze, öffnete die Tür. Brausen des Flusses drang in das dumpfe Zimmer, in dem die Klapper nicht mehr lärmte. Blendende Weiße warfen die Schneemassen herein. Ma pfiff und gluckste. Er hielt die große Almosenschale in der Hand, mit Körnern und Brocken gefüllt. Die Krähen stießen wütende Schreie aus. Er hielt die zudringlichen Vögel mit spitzem Lachen zurück. Weit über die Stiege, in den hohen Schnee der Straße flogen die harten Stücke.

OBWOHL Wang schon am ersten Abend unruhig drängte, hielt Ma-noh ihn über drei Tage auf dem Berge fest. Am Morgen des vierten klopften Männer an Mas Tür, fünf Räuber aus dem Dorf. Sie hatten Wang gesucht und brachten die Nachricht, daß sie verraten seien, daß gestern nachmittag dreißig Berittene, abgeschickt aus der Unterpräfektur Cha-tuo, unter einem riesigen Pa-tsoung in das Dorf einfielen. Sie hätten, unterstützt von Dorfbewohnern, die Soldaten verjagt, ein Pferd lahmgeschlagen; es konnte aber nicht verhindert werden, daß vier ältere Wegelagerer, darunter ein Kranker, von den Soldaten ergriffen und auf den Pferden mitgeschleppt wurden. Als sie den Raub bemerkt hätten, waren die Reiter schon im Galopp und schossen mit Pfeilen nach rückwärts. Die Brüder drängten sehr fort, berichteten sie. Auch die gutmeinende Dorfbevölkerung bäte, rasch abzuziehen, weil sonst beide, Banditen wie Dörfler, verloren seien. Alle Wege wären gut passierbar, das Wetter erträglich, es werde ein rasches Frühjahr geben.

Von den Männern, die zu der Einsiedelei geschickt waren, gehörten drei zu den engeren Freunden Wangs von den Pochwerken. Es waren die erfahrensten, zuverlässigsten Männer.
Auf das erregte Bitten Wangs blieben sie fast einen halben Tag gemeinsam in Ma-nohs Hütte.
Wang konnte sich schwer bezwingen. Er ging ratlos in einem Durcheinander von Empfindungen an den niedrigen glühenden Herd, über dem der Wassertopf an einem rohen, schlecht geschnittenen Eichmast hing. Sein breites Gesicht schrumpfte unter der Hitze. Er wandte sich und streifte mit den fliegenden Ärmeln die goldenen Buddhas, die ihre bezaubernde, flimmernde, irisierende Miene zuwandten dem stummen Ma-noh, der ihre Blicke aufzufangen suchte, dem Wanderer Wang, den hockenden fünf Vagabunden, die die Köpfe zusammensteckten, teeschlürfend die Nachbarorte durchhechelten. Über und über waren sie bepackt mit zerlumpten Kitteln, Tuchfässer, schwer bewegliche Fleischpakete.
Wang schwankte unter einer Aufwallung und einem unerträgbaren Sieden in der Brust die Stiege herunter, und seine schrägen schmalen Augenschlitze kniffen sich zu, geblendet vom Weiß, das entgegenprallte. Er stand am Rand der Bergstraße. Aus dem Flußtal schleiften Nebelschlieren. Von einem drehenden Windstoß gerafft, zogen sie sich schlangenartig rasch hoch und pufften, breitschleiernd, über Wang und die lange Bergstraße. Das Rauschen der Schnellen klang unglaublich nah. Das Tal kochte kalt und war verschüttet in den brodelnden Dunst. Muskellose weiche Schneearme streckten sich herauf.
Sie berieten in der kaum mannshohen Hütte unter dem Felsen. Ma-noh mit welkem spitzen Gesicht, im bunten Flickmantel und aufgewundenen Zopf, höflich, leicht gnädig, im Inneren aufgebläht, erwartungsvoll erregt. Wang, zwischen den andern am Herd, bog den Rücken rund; seine Blicke wanderten von einem Augenpaar zum andern.
Er fing an zu sprechen, die Hände auszustrecken, die Freunde zu beschwören: «Die vier Alten haben die Reiter mitgenommen,

und man wird sie ins Gefängnis werfen und ihnen die Köpfe abschlagen. Sie konnten nicht so schnell laufen wie ihr. Den Lahmen hab ich auf meinem Rücken getragen, als wir vom Berg herunterliefen. Es wird ihnen keiner glauben, wie elend wir sind und daß der Frost so schlimm war. Der Lahme muß dran glauben, weil ihm ein Bootsmann das Bein zerschlagen hat. Sein Unglück ist groß, man wird ihn an einem ungünstigen Ort verscharren, sein Geist muß betteln, wie im Leben hungern, frieren. Sein Bein war zu kurz, und die Soldaten hatten Pferde. Uns nimmt man alles. Wir sollen in den leeren Bergen erfrieren, die Raben sind mit uns ausgezogen, keiner konnte mehr leben, keine Karawane gab zu essen. Unsere armen Brüder nimmt man uns. Oh, wir sind arm.»

So jammerte Wang-lun, blickte ihnen allen in die traurigen gesenkten Gesichter und litt. Mit einmal kam die Angst wieder und die Befremdung vor ihnen. Er wandte sich, schluckte an dem Kloß hinter seinem Gaumen. Er preßte es gewaltsam herunter, hielt seine eiskalten schwitzenden Hände über den Herd. Sie taten ihm nichts, sie wollten nichts von ihm, es war nur ein Gerede gewesen, er wollte sie gar nicht fragen. Oh, war das Leben schwer. Dazu blitzte es ihm vor den Augen; bald schienen es von dem Herd verwehte Funken zu sein, bald fuhr es so rasch und glatt zusammen, fünf Säbel und eine kleine getünchte Mauer.

Ein breitschultriger alter Mann unter den Abgesandten, ein Bauer, dem sein Land mitsamt seiner Familie fortgeschwommen war, veränderte seine entschlossene Miene nicht bei den zitternden Worten Wangs: «Wir müssen unsere Brüder wieder holen. Wenn du ihn in das Dorf getragen hast, Wang, mußt du ihn zurückbringen. Hätten wir Pferde und Bogen wie die Soldaten, wäre nichts geschehen. Der Unterpräfekt von Cha-tuo soll ein kluger Mann sein aus Sze-chuan. Aber er ist zu fein gebildet für uns in Nan-ku. Sag selbst, Chu, Ma-noh, wir müssen mit unserer Sprache herauskommen.»

«Der Unterpräfekt Liu von Cha-tuo», fiel ein jüngerer Großer neben ihm ein, auffallend helle Gesichtsfarbe, große scharfe Augen, «der ist aus Sze-chuan gekommen, aber der klägliche Sü weiß, woher Liu seine Täls genommen hat. Er hat sie nicht aus den kanonischen Büchern herausgelesen, die Lieder des Schiking sollen keine Goldschnüre um den Hals tragen. Ich habe gehört von einer großen Stadt Kwan-juan, als ich einmal über den Ta-pa-schan herüberwanderte. Da kam in das Jamen des glanzvollen Unterpräfekten ein Kurier vom Vizekönig von Szechuan; es sollten neue Steuern für den Krieg mit dem und dem erhoben werden auf das und das. Der klägliche Sü weiß die Antwort, die der glanzvolle Liu an den erhabenen Vizekönig zurücksandte, weil er nämlich dem heimwandernden Kurier einen Strick um die Beine legte, um ein paar Käsch beim Betreten einer so großen Stadt zu besitzen. Liu, besorgt um die Stadt, wie ein echter Vater, lehnte die Steuer ab für Kwan-juan: «Die Stadt ist zu arm, die schwarzen Blattern grassieren, die Reispreise unerschwinglich für den kleinen Mann.» Aber als ich selber nach zwei Tagen entzückt über solche Landesliebe in die glücklichen Mauern eintrat, klebten schöne lange Zettel an jeder Wand mit dem Stempel des glanzvollen Liu, in deutlicher würdevoller Sprache. Er gab dem mächtigen Vizekönig zuerst das Wort: «Himmelssohn, Krieg mit dem und dem.» Und zum Schluß Steuern auf das und das, für jeden eine Gabe, diese Gilde jene Gilde. Die guten Leute wußten auf einmal, wie unbezahlbar bei ihnen in den Mauern alles war, das und das und das. Sie waren sehr glücklich und priesen Liu, der sich um die Hebung ihrer Stadt so wohl verdient machte, priesen seine Eltern und Großeltern und zahlten drei Jahre die Likinabgaben für – Liu, den weisen Unterpräfekten.»

Der hellfarbene Mann lachte wie berauscht. Ma sah ihn streng an; Wang erkannte, daß Sü nicht zu halten war. Einer neben Wang stieß seinen Nachbarn an, dessen Gesicht glühte von dem heißen Wasser, flüsterte, er solle doch reden; das sei besser, als halblaut fluchen vor den Fenstern anderer Leute.

Wang wurde von seinem Schmerz gefaßt und mit eisernen

Händen unter ein dickes dunkles Moor zum Ersticken gehalten. Er keuchte. Das war alles falsch, was hier gesprochen wurde.
Während die zwei neben ihm verlegen gestikulierten und heftig auf sich einsprachen, Sü prahlerisch eine neue Geschichte schmetterte, fing Wang an zu klagen, Ma-noh neben sich auf den Boden zu ziehen. Er redete hilflos schnappend, drehte den Kopf, seine Lippen bebten: «Ma, bleib sitzen hier. Seid nicht aufgeregt, liebe Brüder. Sü, du bist gut, es ist richtig, was du sagst. Ich will euch ja nicht langweilen, aber mir fiel etwas ein, wie Sü erzählte von dem Unterpräfekten aus Kwan-juan in Sze-chuan, der uns die vier Armen hat rauben lassen. Wir wollen sie ihm gewiß nicht lassen, liebe Kinder. Habt mich nicht im Verdacht, liebe Kinder, als ob ich das tun wollte. Mir fiel nur ein von Schan-tung etwas, als ich in der Stadt Tsi-nan-fu war, in dem großen Tsi-nan-fu, und bei einem Bonzen diente; er hieß Toh-tsin. Ihr werdet ihn nicht kennen, es war ein guter Mann, der mich sehr geschützt hat. Da war mein Freund ein Mann, den sie auch totgeschlagen haben. Ich will euch alles erzählen von Su-koh, so hieß er. Ihr werdet mir glauben, daß ich unsere armen vier nicht dem Unterpräfekten lassen werde. Nachdem mir das passiert ist in Tsi-nanfu, und sie mir meinen Freund Su-koh totgeschlagen haben. Er war ein Anhänger des westlichen Gottes Allah, der seinen Anhängern vieles erfüllen soll. Aber in Kan-suh fingen Unruhen an, als diese Leute plötzlich laut beten wollten, und Su-kohs Neffe las zuerst aus einem alten Buch laut vor, und sie haben ihn in Stücke geschlagen mit seiner Familie. Dann haben sie nach meinem Freund in Tsi-nan-fu gesucht, er war ein so würdiger ernster Mann, er hätte die höchsten Prüfungen bestanden. Es kam, wie es will. Sie haben ihn wieder gefaßt, als ich ihn schon herausgeholt hatte mit seinen beiden Söhnen. Er sagte, sie dürften ihm nichts anhaben, er wolle schon auswandern, erst müsse er seine Schulden bezahlen und sein Haus verkaufen, und sein Priester müsse ihm einen günstigen Tag angeben. Aber es gab ein Trommeln. Eine Eidechse, ein weißer Tiger, ein dünnbeiniger Tou-

ssee gab ihm einen Stoß von hinten mit dem Degenknauf, neben seinem Haus an einer kleinen getünchten Mauer. Dann haben sie ihn eben, wie er sich umdrehte, mit fünf Säbeln totgeschlagen. Ihr müßt nicht lachen, weil ich nichts dabei getan habe. Sein Geist, der eben aus ihm geflogen war, muß in meine Leber gefahren sein, denn ich war besessen die Tage darauf. Und dies ist mir in Tsi-nan-fu an meinem eigenen Freunde passiert. Der Tou-ssee lebt nicht mehr, ihr werdet es mir glauben. Aber es ist zum Weinen, um selbst über den Nai-ho zu gehen: sie kommen immer wieder und nehmen etwas weg. Sie geben keinen Frieden und keine Ruhe. Sie wollen mich und euch und uns alle ausrotten und nicht leben lassen. Was wollen wir machen, liebe Kinder? Ich, euer Freund Wang aus Hun-kang-tsun, bin schon wie weich gerittenes Fleisch, wie stinkende Zeugmasse. Ich kann nur weinen und jammern.» Wang hatte die Haltung eines kranken Kindes angenommen vor Ma-noh, und in einem Stöhnen, Keuchen und Schluchzen arbeitete seine Brust.
Das Wasser stürzte ihm aus Auge und Nase, sein breites derbhäutiges Gesicht war ganz klein und mädchenhaft. Er lehnte gegen Ma-noh in einer Art Betäubung.
Er log nicht von Su-koh. Man hatte ihm in Su-koh einen Freund weggerissen. Wang, der Gassenläufer und Ausrufer in Tsi-nan-fu, war in der Herberge dem Mohammedaner begegnet. Das ernste gelassene Wesen fesselte ihn stark. Es zog ihn intensiver an, als er sich bewußt wurde in dem unruhigen Treiben der Stadt. Er hatte rasch das völlig unklare Gefühl, hier etwas Verhängnisvolles zu treffen, etwas so Tiefes, daß er sich davon abwenden müßte. Er kam wenig mit Su-koh und seinen Söhnen zusammen; ihre Gespräche betrafen tägliche Dinge. Dann kam die Verhaftung Su-kohs, und sie deckte ihm die Stärke seiner Beziehungen zu dem Mann mit Furchtbarkeit auf. Nicht kam er zu einer Vorstellung, worum es sich handelte zwischen ihm und dem Mohammedaner; er merkte nur die Hingerissenheit und unbedingte Teilnahme an Sus Schicksal. Wang hatte das schwerlastende Empfinden, daß man ihn selbst, etwas in ihm von einer

schaurigen Verborgenheit, angriff. Und es war nicht die Roheit des Eingriffs, die ihn erschreckte, sondern das Entsetzen vor dem Verborgenen, das ihm vor Gesicht kam, das er nicht sehen wollte, nicht jetzt schon, vielleicht später, viel viel später. Die fünf Säbel und die kleine Mauer fuhren vor seinen Augen zusammen, immer erneut, jede Stunde, jede Minute; es war nicht zu ertragen, es mußte überdeckt, vergraben werden. Und so kam die Rache für Su als etwas Erdachtes, Erzwungenes. Erst als er sein Hirschgeweih in Händen hatte in der Kammer des Bonzen, als er sich flüchtete zu den Erinnerungen an die Späße, die mit dem starken Geruch des Geweihs in ihm aufstiegen, an die Jagden über Marktplätze, Jonglieren über Dächer, da wußte er sicher, daß er den Tou-ssee töten würde, mit der Maske glatt und fest alles zustülpen würde. Diese Bewegung machte ihn damals glücklich und sicher: zustülpen. Er wollte sich noch einmal wegtäuschen über die Zukunft, vor der er sich schämte und graute. Es war schon nicht mehr nötig, daß er am Morgen aus dem Wegeschrank aufstand und auf den Übungsplatz lief: er hatte in der Nacht schon zehn-, fünfzigmal den Hauptmann erstickt unter der Maske, es war schon alles geschehen. Aber er lief hin; er mußte sich dabei sehen, es sich tief einprägen. Und so geschah der Mord, als ein Opfer, das er sich brachte. So rächte Wang den Mohammedaner, seinen Freund.

Die scharfe nüchterne Stimme des Mannes, den vorher Wangs Nachbar gedrängt hatte, übertönte das Durcheinander von gezischelter Wut und Drohworten. Er rief, es möchte derjenige, welcher am nächsten der Türe sitze, die Hütte umgehen und nachsehen, ob einer draußen sei; er wolle dann sprechen. Als die Türe aufgestoßen wurde und ein langer Bursche mit vorgestrecktem Kopf aus der Hütte verschwand, war es für eine Minute still in der Hütte, so daß man zum erstenmal das Geräusch des Flusses und der stürzenden Schneemassen hörte. Der Bursche kam grinsend zurück: es hätte nur etwas Totes neben der Hütte gesessen. Und er zog das Fell einer graubraunen Zibetkatze aus seinem Kittel hervor. Ma-noh schüttelte sich vor Abscheu; er

wollte den Burschen davonjagen, bezwang sich und schnüffelte erregt, als er die andern überernsten Gesichter sah.
Der Mann am Herd, dem unter dem Kinn ein kleiner grauer Bart wuchs, stand auf, stellte sich an die Tür, die er mit seinem Rücken versperrte, sprach leise scharf; fuchtelte sonderbar in der Luft, als ob er Fliegen fange. Er zupfte seinen Bart. Sein altes Gesicht mit den großen Augensäcken war lebendig wie eines schnurrenden Katers. Die schlaffe Haut tat dem Spiel seines Ausdrucks keinen Eintrag; es kräuselte, blitzte, rollte über das platte Gesicht mit dem weit vorgeschobenen Unterkiefer. Er klappte oft laut die Zähne zusammen, man sah seine dünne rosa Zunge spielen, er bog den dickgepolsterten Rücken, machte dies und dies Knie krumm. Von dem Mann wußte man, daß er ohne Grund aus seiner Heimat aufgebrochen war in geachteter Stellung. Er hauste seit Jahren in den Nan-ku-Bergen, tat in Dörfern ehrbare Dienste. Leute aus seiner Heimatstadt, die von dem neugierigen Gesindel nach ihm ausgefragt wurden, berichteten kopfschüttelnd, daß er ohne mindeste Veranlassung alles habe stehen und liegen lassen. Sie waren überzeugt, daß der Alte der Aufdeckung eines Verbrechens zuvorgekommen sei, das aber dann nicht aufgedeckt wurde, eine Geschichte, die sie viel belachten und zur Beleuchtung seines ebenso furchtsamen wie geheimtuerischen Wesens benutzten.
Chu sprach leise: «Da niemand vor der Türe horcht, will euer Diener reden. Wir müssen verschwiegen darüber sein, werte Herren, nicht meine ich aus Angst und Besorgtheit, die gar nicht angebracht ist bei Leuten, welche nichts zu besorgen haben, sondern aus Gründen. Euer Diener Chu hat viele Gründe, leise zu sprechen und die Türe zu versperren, und wenn die werten Herren ihn ruhig angehört haben und ihm zustimmen sollten, so werden sie wie er leise sprechen. Ich habe gute Beziehungen zu Po-schan, meiner Heimatstadt in Schan-tung, wo meine Neffen und Geschwister meinen Besitz verwalten. Was der geliebte Bruder Wang erlitten hat und was die Einwohner Kwan-juans erlitten haben, ist uns vielmals begegnet da. Schöne Sachen sind

uns begegnet, schöne Sachen, aber das Kind, das vor euch steht, will nicht vor alten Kennern schwatzen. Seht einmal: wie oft tritt in den südlichen reichen Provinzen der Gelbe Fluß über die Ufer, und wie oft wirft sich das Meer mit einer weißen Brust über das Land und erdrückt Häuser und Mann und Frau und Kind? Wie oft läuft der Taifun die wimmelnde Küste herunter, tanzt über das Gelbe Meer, und alle Dschunken, Boote, großen Segler bekommen plötzlich Beine und tanzen mit ihm auf eine barbarische grausige Art mit. Und das kleine Kind will gar nicht sprechen von den bösen Dämonen, die den Mißwachs auf den Äkkern bringen, daß die Hungersnöte ausbrechen. Aber seht, die Menschen wollen es den großen Gewalten nachtun; und wer ein großer Herr ist, will ein größerer sein. Und da treiben Menschen, von Müttern geboren, in den achtzehn Provinzen herum, die die Macht in Händen haben, und werfen sich wie die finstere See über das flache, sorgsam bebaute Land hin und quetschen mit ihrem breiten Leib den Reis und alle Früchte zusammen. Da gibt es Herren, die drehen sich wie die dunkelfarbigen Sandstürme über ganze Städte und bewohnte Dörfer und reißen im Drehen soviel Sand wie Menschen mit, daß alle das Atmen vergessen. Und am schlimmsten wütet eine Springflut, die vor langer Zeit über das kostbare Land, über die Blume der Mitte, gefallen ist, ihr die Blätter und Blüten abreißt. Von Norden ist die Springflut gekommen und brandet über unsere fetten Äcker und Städte. Sie hat den Schlamm und das spitze Geröll auf unsere fetten Äcker und friedreichen Städte geworfen, und sie nennt sich Tai-tsing, die reine Dynastie. Und von ihr will ich etwas erzählen.»

Wang hatte sich längst hochgerichtet, sah den Alten mit aufgerissenen Augen an, stellte sich ihm gegenüber. Die andern reckten die Hälse, rückten näher an die Tür; die Pulse rollten voller durch ihre Schläfen; sie sahen den Alten, sie waren seine Beute.

«Ich will euch nichts von ihr erzählen, denn die alten Herren wissen alles selbst. Wenn der Tiger heult, dringt der Wind in die

Täler. Die Mandschus, die harten Tataren, die aus ihren nördlichen Bergen geradewegs von der Fuchsjagd über unser schwaches Land gefallen sind, werden nicht bis zum Eintritt der Ewigkeit über uns leben. Unser Volk ist arm und schwach, aber wir sind viel und überleben die Stärksten. Ihr wißt, was man macht, wenn man am Meere wohnt und die sieben ruhigen Jahre sind vorbei, die Regenzeit und der Nordweststurm ist vorbei, das Unglück ist geschehen, was man macht, wenn man noch lebt? Bauen, Dämme bauen, Tag und Nacht, Pfähle rammen, den Lehm häufen, Ruten, Stroh dazwischen, Weiden anpflanzen. Die klugen Männer werden mich unbescheiden nennen, wenn ich sie in dem fremden Hause frage, welche Dämme sie gebaut haben, weil sie sich doch vor der Springflut fürchten und weil sie die Wasser aus dem Lande zurückdrängen wollen? Aber andere haben langsam und leise den Lehm in den Händen zusammengetragen, haben Stroh gestohlen von dem und dem, zu einer Zeit, wo keiner auf sie achtete, haben heimlich feine Weidenschößlinge gesetzt und sie geschützt. Es gehen schon unsichtbar Wälle und Dämme durch das Land, mit Schleusen und Abzügen, die wir schließen, wenn der Augenblick gekommen ist: das Wasser kann nicht zum Meer zurück, das Land ist nicht ersoffen; wir verdunsten unter dem Feuer langsam das Wasser wie die Salzpfänner und behalten die Körner zurück. Ich bin aus Poschan; wir haben nicht so viele Fruchtbarkeit wie am gelben Sandfluß; aber bei uns blüht zwischen den Kohlen seit langer Zeit eine Blume, heimlich, aber wohl geschützt: die Weiße Wasserlilie.»
Keiner der Männer saß mehr an der Erde; «die Weiße Wasserlilie» stießen sie erregt aus, um Chu sich stellend, klopften ihm freudig die Hände, blitzten ihn aus ihren schwarzen Augen an. Sie waren entzückt über die Verwandlung des trotteligen Katers. Sie lachten mannigfach, befriedigt leise, meckernd und mit Herausforderung, wie Hornsignale klar und triumphierend; Manoh glucksend, aber unsicher. Ihre Lippen waren naß, die Münder voll Speichel. Unter ihren Backen glühten dünne Heizplatten. Der Magen schlingerte sanft hin und her.

«Wir sind, alte Herren, zur Beratung hier. Jeder kann beitragen, soviel er im Kopf hat. Wang hat geredet, was ihm mit einem ernsten Su-koh in Tsi-nan-fu begegnete. Ich bin nicht weit her von Tsi-nan, aus Po-schan. Ich habe nicht gewartet, bis mich ein flinker Freund rächen brauchte, und hätte vielleicht nicht gleich einen so raschen gefunden. Steht hinter meiner Straße auch schon die kleine getünchte Mauer, die für mich bestimmt war. Hat die leblose Hand des Himmelssohns schon den roten Todeskreis hinter meinen Namen gemalt. Das Urteil war schon fertig, das nötig gewesen ist, meinen Mund zu versperren.»

Der Alte wollte weiterstammeln; Wang unterbrach ihn. Er nahm ihn stark bei der Schulter, preßte ihn neben sich auf den Boden. Wang streichelte dem Alten die Wangen und die knotigen Hände, bot ihm heißen Tee. Der schluckte noch, schnappte, schlug mit dem Unterkiefer, sah aus geröteten Augen geradezu, hatte gellende Ohren.

Die Vagabunden, von Grimm ausgehöhlt, schluchzten ihren Ballast von sich. Die Arme wurden in einem Wirbel herumgerissen. Die heiße Wut wurde in die Hälse gepreßt, über einen blechernen Resonanzboden geledert, und schnarrend, tremolierend weg in die Luft geprustet. Sie kamen sich bloßgelegt bis auf die Blutröhren, die Lungenbläschen vor, ihr Rätsel war von Chu gelöst: sie waren Ausgestoßene, Opfer; sie hatten einen Feind und waren glückselig in ihrem schäumenden Haß.

In dieser Minute gab sich Ma-noh an Wang verloren. Ma erlebte die mitleidigen, umdunkelten Blicke Wangs, fühlte, wie Wang innerlich diese rasenden Tiere an sich zog, furchtlos begütigte und küßte; und jäh riß ein Faden in ihm. Was kam nun? In ihm war keine Besinnung. Was lag an ihm! Was lag an dem Prior, an den Buddhas, an den Freudenhimmeln! Versagen aller Bremsen, Niederschmettern aller Widerstände. Verächtliches Lippenzucken über die Vagabunden; ihre Not belanglos gegen das, was in Wang vorgeht. Frösteln. Eine stählerne fremde Sicherheit, von innen heraus zielend. Schwindelloses Fallenlassen in einen Schlund. Schwaches federleichtes Hinlegen vor Wangs Fuß.

Wang bemühte sich stumm, traurig um den Alten. Er sah schon sie alle mit Messern zwischen den Zähnen den Berg herunterlaufen. Sie entglitten ihm.

Er sprach erst, als sie unruhig seine veränderte abwesende Miene bemerkten. Sein Gesicht war noch naß von den Tränen. Er redete müde, er murmelte vor sich hin, zuckte oft zusammen: «Das nutzt alles nicht. Das nimmt kein Ende, und wenn wir zehnmal hundertmal soviel wären, als wir sind. Was sind wir? Weniger als die Freunde früher des Chu, und Chu sitzt bei uns und muß sein Herz aufreiben. Eine Schar von Bettlern aus den Nan-ku-Bergen. Es wird Mord auf Mord kommen.» Der listige Erzähler von Kwan-juan überschrie ihn. Seine vorhin höhnende harte Stimme klang bewegt, weich und leicht zornig. Wang und er rangen mit den Blicken. Sie seien keine faulen Bettler. Wer dies erlebt hätte, was sie, sei kein bloßer Wegelagerer. Ja, sie seien arme ausgestoßene Menschen, die kaum mehr widerstreben könnten, halbtote, denen man rasch einen Schluck Wasser einflöße und die man dann mit Fußstößen aufjage, rasch, damit sie nicht vor der Tür stürben. Ihre vier Brüder seien verloren, bald käme die Reihe an sie. Wieder funkelten seine Augen.

Wang zog seine Beine an, ging vorsichtig zwischen ihnen durch, umfaßte vorübergehend Ma-noh und blieb ganz im Hintergrund an der Wand stehen, wo man ihn kaum sah; nur wenn die dunkle Glut auf dem Herd heller aufschlug, erkannte man, daß er mit gesenktem Kopf stand, mit den Händen nach rückwärts die Bildsäule eines Buddha berührte. Ma-noh neben ihm. Wang fühlte sich schwimmen auf einem tobenden Meer. Es schien ihm, als ob er, schwankend zu sterben oder zu leben, plötzlich die Arme niedergeschlagen hätte auf ein Floß, sich mit dem Leib drüber wegzog und zu Ertrinkenden sprach, mit den Beinen sein steinsicheres Floß an Land steuernd.

«Man hat nicht gut an uns getan: das ist das Schicksal. Man wird nicht gut an uns tun: das ist das Schicksal. Ich habe es auf allen Wegen, auf den Äckern, Straßen, Bergen, von den alten Leuten gehört, daß nur eins hilft gegen das Schicksal: nicht widerstreben. Ein Frosch kann keinen Storch verschlingen. Ich glaube, liebe Brüder, und will mich daran halten: daß der allmächtige Weltenlauf starr, unbeugsam ist, und nicht von seiner Richtung abweicht. Wenn ihr kämpfen wollt, so mögt ihr es tun. Ihr werdet nichts ändern, ich werde euch nicht helfen können. Und ich will euch dann, liebe Brüder, verlassen, denn ich scheide mich ab von denen, die im Fieber leben, von denen, die nicht zur Besinnung kommen. Ein Alter hat von ihnen gesagt: man kann sie töten, man kann sie am Leben lassen, ihr Schicksal wird von außen bestimmt. Ich muß den Tod über mich ergehen lassen und das Leben über mich ergehen lassen und beides unwichtig nehmen, nicht zögern, nicht hasten. Und es wäre gut, wenn ihr wie ich tätet. Denn alles andere ist ja aussichtslos. Ich will wunschlos, ohne Schwergewicht das Kleine und Große tragen, mich abseits wenden, wo man nicht tötet. Ja, dies will ich euch von der Kuan-yin und den anderen goldenen Fos sagen, die Ma-noh verehrt; sie sind kluge und gereifte Götter, ich will sie verehren, weil sie dies gesagt haben: man soll nichts Lebendiges töten. Ich will ein Ende machen mit dem Morden und Rächen; ich komme damit nicht von der Stelle. Seid mir nicht böse, wenn ich euch nicht zustimme. Ich will arm sein, um nichts zu verlieren. Der Reichtum läuft uns auf der Straße nach; er wird uns nicht einholen. Ich muß, mit euch, wenn ihr wollt, auf eine andere Spitze laufen, die schöner ist, als die ich sonst gesehen habe, auf den Gipfel der Kaiserherrlichkeit. Nicht handeln; wie das weiße Wasser schwach und folgsam sein; wie das Licht von jedem dünnen Blatt abgleiten. Aber was werdet ihr mir darauf sagen, liebe Brüder?»

Sie schwiegen. Chu seufzte: «Du mußt uns führen, Wang. Tu, wie du willst.»

Wang schüttelte den Kopf: «Ich führe euch nicht. Wenn ihr meinen Willen habt, will ich euch auch führen. Ihr müßt mir zustimmen, gleich und in diesem Augenblick. Und ihr werdet nicht zögern, und die im Dorfe sind, werden nicht zögern, denn im Grunde spricht ja keiner von euch anders. Ihr schäumt nur noch so, wie ich selber früher, liebe Brüder. Geht mit mir. Wir sind Ausgestoßene und wollen es eingestehen. Wenn wir so schwach sind, sind wir doch stärker als alle anderen. Glaubt mir, es wird uns keiner erschlagen; wir biegen jeden Stachel um. Und ich verlaß euch nicht. Wer uns schlagen wird, wird seine Schwäche fühlen. Ich will euch und mich schützen; ich werde nach Schan-tung wandern und den Schutz der Brüder von der Weißen Lilie erbitten, wie Chu will. Aber ich beschütze keine Räuber und Mörder. Wir wollen sein, was wir sind: schwache hilfsbedürftige Brüder eines armen Volkes.»

Ma-noh hielt den großen Wang an den Schultern umschlungen; er flüsterte heiß: «Und ich will mit dir wandern; ich will ein schwacher armer Bruder sein unter deinem Schutz.» Die andern hatten still dagesessen, sich lange angeblickt. Dann warfen sie sich, erst Chu, darauf die vier, vor Wang mit der Stirn an den Boden.

DIE Hütte des Ma-noh war leer.

Die Krähen und großen Raben hüpften über die Stiegen durch die offene Tür, saßen auf dem Herd, der noch warm war, zerrten mit ihren Schnäbeln an den dicken Binsenmatten. Zwei graue Zibetkatzen ließen sich an den Schwänzen vom Dach herunter, warfen sich mit einem Schwung langgestreckt mitten in die aufgehäuften Tuch- und Pelzlagen, wühlten unter ihnen herum; unter den Reflexen des Abendlichts blitzte ihr glanzvolles fleckiges Fell. Ein dicker Rabe schaukelte auf dem leeren Regal und sah nach unten; als die größere der beiden Katzen an die Wand gedrückt kurzbeinig sich in die Höhe zog, rauschte er unter ängstlichem Flügelschlagen und grellem Krächzen auf, an die Decke, zur offenen Türe hinaus.

Im Dorfe gingen um dieselbe Abendstunde die Wegelagerer einer hinter dem andern in das Haus des Bauern Leh, das zu den vier Häusern gehörte um die Eiche am Eingang des Dorfes. Auf dem hinteren Hofe stand eine weite leere Scheune, die von den

Bauern zu Versammlungen benutzt wurde. Die offenen breiten Tore an den Längsseiten ließen weite Lichtmassen herein.
Was auf dieser Versammlung besprochen wurde, in der Scheune, in welcher ein schwerer Geruch von verfaultem Stroh, muffigen Menschenkleidern und Ochsenmist herrschte, ist kurz berichtet. Wang war nicht anwesend; Ma-noh hatte ihn den langen Weg, wo sie zusammen die goldenen Buddhas und die süß lächelnde Kuan-yin aus Bergkristall heruntertrugen, nicht allein gelassen; sie saßen in jener Gerätekammer zusammen und sprachen.
Ma-noh war von einer Kette losgebunden; überglücklich, ungeschickt und possierlich. Seine alte Gereiztheit klang peinlich in seiner Stimme; er hatte einen Kampf zu bestehen mit seinen Grimassen, seiner Redemanier, plötzlichen Affekten, die bodenlos geworden waren, und die er mit sich herumschleppte wie ein krankes Tier seinen Winterpelz in das Frühjahr. Er kannte mit dem feinsten Gefühl seine Aufgabe, Wang zu beobachten; sah mit Angst die Gefahren, die Wang drohten; sah im Hintergrund die Furcht Wangs vor der Anbetung der Vagabunden. Sie blieben bis in die Nacht in der dunklen kalten Kammer. Ma-noh konnte mit Freude verfolgen, wie sich in Wang das väterliche und herrschaftliche Gefühl für die Brüder, die ihm vertrauten, fest und fester setzte.
In der Scheune berichteten die fünf Abgesandten, was sie mit Wang-lun beraten hätten und was ihnen Wang gesagt hätte. Vermochten fast Wort für Wort zu wiederholen. Sie standen in der Mitte des zugigen Raums; die Männer drängten sich um sie. Was die Boten berichteten, wirkte ungeheuer.
Neuer Überfall, Bogenschüsse in ihre Masse hinein hätten nicht so stark erregen können. Bei einigen, die sich abseits von den übrigen zu bewegen pflegten, kamen hohnvolle Bemerkungen auf von Bonzenwirtschaft; sie hielten sich geduckt, als sie sich umringt fanden von leidenschaftlichen Gebärden, stillem Vorsichhinstarren, hastigem Ausfragen, gedankenvollem Hin- und Herspazieren.
Die von Ma-nohs Hütte herunterkamen, strömten eine unab-

lenkbare Sicherheit aus; sie standen eingekeilt; aus dem Haufen klang immer ihr: «Wang hat recht.» Diese Boten, vom alten Chu bis zu dem ungeschlachten langen Burschen, welcher das blutige Fell in Ma-nohs Hütte getragen hatte, wurden angestarrt, umgangen von ihren Bekannten; man faßte sie an die Hände, man lechzte sie aus, staunte ihre Ruhe an. Wang, der ein paar Häuser entfernt in der Kammer hockte, an die jetzt alle dachten, rief man nicht; man hätte ihn ungern gesehen; er sollte dies alles nicht ansehen, dieses Herumgehen, dieses Zweifeln, diese Ratlosigkeit; man fürchtete das Auslöschen aller Lampen durch ihn.

Den meisten kam Wangs Plan wie ein Rausch, dessen man sich erwehrt. Es war eine Generalabsolution, die ihnen erteilt wurde. Sie sollten, geschützt einer durch den andern, durch die Provinz wandern, betteln, arbeiten, an keinem Ort sich lange aufhalten, in keinem geschlossenen Hause wohnen, keinen Menschen töten; sie sollten niemandem wehtun, keinen betrügen, nicht rachsüchtig sein. Wer will, solle die mildesten Götter anbeten, die Götter des Cakya-muni, die Ma-noh und Wang vom Berge heruntergetragen hätten. Man würde Großes, so Großes erreichen durch dies alles, daß es gar nicht ausgesprochen werden könne: die Augen der fünf Sprecher wurden klein vor Überschwenglichkeit und Heimlichkeit. Besonders der ungeschlachte Bursche hatte jetzt etwas Hölzernes, Ungelenkes in seinem Wesen, sprach abgerissen, war stark gebunden in seiner Haltung, als wäre er plötzlich versunken, fände sich in seiner Haut nicht zurecht. Die andern fragten, was man denn erreichen werde, nicht neugierig oder skeptisch, sondern lüstern, aufgewühlt; aber die Boten Wang-luns schnitten darauf nur ein befangenes Lächeln; es schien sich um Geheimnisse zu handeln, in die auch sie noch nicht eingeweiht waren oder die so stark waren, so stark. Die Frager schwiegen selbst, im Gemüt beängstigt und zugleich erschauernd.

Sie hatten das Gefühl der Rückkehr und zugleich des Abkettens. Die sich nicht beherrschen konnten und Opfer ihrer Begierden geworden waren, diese verbrauchten Weltverächter und kalten Ironiker, wurden am ehesten gepackt von dem Plane. Sie waren leer, trieben und rollten sich durch ein wechselvolles erbärmliches Leben, gutmütig, an vielem interessiert. Diese waren einer Bannung am ehesten zugänglich, denn sie verloren und gewannen nichts, waren völlig widerstandslos, da sie nichts beschäftigte. So tapfer sie sich in den furchtbarsten Lagen benahmen, so unerschrockene Beschützer, Angreifer sie waren, so waren sie am wehrlosesten, wo sich eine ernsterstarrte Miene zeigte und ein Gefühl strömte. Es wickelte sie ein; sie liefen ihm nach, sie bettelten hinter ihm her; sie tobten in Wut und glaubten sich um ihr Eigentum betrogen und verloren, wenn es vor ihnen auswich. Sie waren die verlässigste Avantgarde jeder, jeder Lehre. Sie gingen in der Scheune herum, witzelten unverändert. Sie konnten kaum die Worte der Boten lange hören, sie waren so innig gefangen, gequält von jedem Zuviel; sie schämten sich ihrer Veränderung.

Die Glücklichen, die aus dem Drangsal des Bürgerlebens geflohen waren, hörten erregt, daß man zurückkehren wolle. Sie sollten verzeihen, sie wurden gedrängt, sich zu erinnern. Sie waren es, die tief beschäftigt herumgingen, oft zuhörten, oft sich umsahen und die Stirnen falteten. Sie empfanden ganz leise einen Puff: man drängte sie. Der wüste Schwall ihrer Erlebnisse und Verwicklungen stand vor ihren Augen; sie hatten einen Ekel davor wie vor einer Schlangengrube. Sie sollten verzeihen, niemandem wehtun: das sollte die ganze Wirrnis lichten. Sie hielten sich an die Boten, sie hingen an ihren Lippen, klagten innerlich. In ihnen tauchte das Rachegefühl auf, heilend, versöhnte sie mit sich und den andern; sie würden durch die alten Gassen gehen, Brüder eines geheimen Bundes, furchterregend, ohne wehezutun. Es zog sie in dem Augenblick, wo sie daran dachten, an die Orte hin, sie sahen sich wandern; die Rolle des Anklägers verlockte sie. Sie sollten zurückkehren; das gab ihnen den Schwung der Erwartung; sie hielten sich an die Boten, hingen an ihren Lippen, sehnten sich.

In den Ecken standen mürrische Gesichter; junge und ältere, die miteinander nicht sprachen, an den Knöcheln kauten, Stückchen Stroh vom Boden aufhoben und zwischen die Lippen zogen. Solche finsteren Gruppen bildeten die verjagten Gesellen, welche sich elend unter den Vagabunden fühlten, denen sie sich notgedrungen anschlossen, und die bösartig unter ihnen geworden waren. Ihnen konnte man eine offene Quelle zeigen, und sie wagten nicht, durstig sich hinzustürzen, so oft waren sie schon zerschlagen worden; sie sahen in einer gewohnheitsmäßigen Verbissenheit ruhig zu, wie die andern tranken, sie, unter den Ausgestoßenen Ausgestoßene. Sie wußten nicht, ob sie mitgalten, ob sie Brüder von Brüdern sein dürften. Erst als sich die lächelnden verschämten Witzbolde unter sie mischten, wo sie sich am sichersten fühlten, lösten sich ihre Mienen. Es gab unter allen, die in der Scheune Wangs Botschaft, diese alten herzlichen Dinge, hörten, keinen, dessen Herz sich mit ihrem an Verlassenheit und Weiche hätte vergleichen lassen. Wo man an ihre Herzen mit einer Nagelspitze ritzte, sprang alles Blut hervor. Sie waren unendlich verschüchtert. Sie schmolzen unter Wangs Worten; es gab unter ihnen einige ältere, die sich umarmten und mit ihrem Schluchzen die tönende Scheune erfüllten. Mit einer jungfräulichen Zagheit ließen sie zu, daß die andern sich ihnen näherten, und hatten noch später eine erinnerungsschwere Scheu vor ihren neuen Brüdern. Einige von ihnen, außer sich über das, was ihnen zuteil wurde, knieten vor den Boten nieder, nachdem sie sich durch den Knäuel geschoben hatten, bogen die Leiber zur Erde, sprachen unverständlich. Die Verzückung befiel sie, wo sie Brüder, schwache hilfsbedürftige Brüder schlimmer Vagabunden sein durften.

Die Wartenden, die Verführten, die Heimatlosen und Krüppel aßen Worte und Mienen wie ein süßes Gebäck. Sie fühlten sich wohlgeleitet; sie fühlten, ihnen geschähe Recht und man führe ihre Sache würdig vor aller Welt. Sie waren es, die schon lange am innigsten zu Wang standen und am meisten von ihm erwarteten; er war, wie sie glaubten, ihr Bruder mehr wie der der an-

dern. Sie träumten mit offenen Augen und frohlockten innerlich.
Kein einziger von den vier, fünf Raubtiermenschen, die mit ihnen auf den Bergen gehaust hatten, befand sich mehr im Dorfe. Sie waren einzeln, sobald es wärmer geworden war, nach oben geschlichen, trabten auf den verschneiten Wegen, gruben ihre Höhlen und Hütten frei und warteten, warteten.

ALS die fünf Boten spät in der Nacht in Wang-luns Haus traten und ihm in der warmen Wohnstube, derselben, in welcher er mit dem Lederbeutel gescherzt hatte, zu erzählen anfingen von der Versammlung und dem Verlauf, sank Wang zitternd gegen den Tisch, hörte ohne zu fragen einen nach dem andern an.
Er sagte ihnen dann, was er vorhätte und was sie in den nächsten Wochen tun sollten. Er würde allein nach Schan-tung wandern; es würde Wochen, vielleicht einen Monat dauern, bis er sie wiedersehe. Prägte ihnen ein, sich zu zerstreuen, nur an einem oder dem andern Tage zusammenzukommen, sich nirgends lange aufzuhalten, aber immer voneinander zu wissen. Es stünde ihnen frei, andere, die ihresgleichen wären und sich zu ihnen hingezogen fühlten, aufzunehmen in ihre Gemeinschaft; aber darauf sollten sie keinen Wert legen, neue Brüder zu gewinnen. Sollten keine Früchte von den Bäumen reißen; sollten warten, bis sie selber fallen. Nur um sich sollten sie sich kümmern, dies könnte er ihnen nicht tief genug einprägen. Und dann sprachen sie den Rest der Nacht, ehe sie schlafen gingen, noch Geheimes und Himmlisches.
Es war keine Besprechung mehr. Nach den Erregungen des letzten Tages saßen sie in dem halbdunklen niedrigen Zimmer um den leeren Holztisch herum, die Arme aufgestemmt, mit dem Kopf ermüdet nach vorn übergesunken, starrten vor sich hin, atmeten. Sie schwiegen, und dann redete einer für sich, spann seine dunklen Gedanken aus, schwieg. Sie hatten manches gehört auf ihren Fahrten; es hielt sie wach, kundschaften zu gehen auf dem neuen Gebiet.

Einer erzählte von den großen Meistern Tung-gin und Ta-pe, welche auf Wolkenwagen stiegen, auf dem Regenbogen gingen und dann sich verirrten im Schoß des Nebels. Sie erreichten den Scheitel des Weltalls, ohne eine Fußspur zu hinterlassen im Schlamm und Schnee, sie warfen keine Schatten. Sie schritten über Berge und Felsen, bis sie zum Kun-lun-Gebirge kamen, an die Pforte des Himmels; sie drangen in seine Umzäunung ein, sahen den Himmel über sich, einen Baldachin, die Erde unten, eine Sänfte.

Geheimnisvoll fing Wang selber an, leise zu sprechen von den Spitzen der Welt und den drei Juwelen. Er verstummte bald, wandte den Kopf wie beirrt suchend zur Seite zu Ma-noh. Ma-noh im Klostersingsang: «Cakya beschützt alle; der Maitreya kommt nach ihm, den erwarten die Frommen, des kostbaren Mondes weißen, majestätisch stillen König.» Er summte entrückt von den Verwandlungen.

Jeder saß mit sich beschäftigt.

Als es hell am Morgen geworden war, nahm Wang Abschied nur von Ma-noh. Er lehnte ohne Begründung ab, sich begleiten zu lassen. Vor Ma tat Wang in der engen leeren Kammer das schweigende Gelübde; ließ sich die Scheitelhaare sengen, hielt seine Finger über eine Flamme, warf sein letztes Geld auf den Boden.

AN demselben Tage, an dem die Bettler das Dorf verließen und sich nordwärts zerstreuten, trat Wang-lun seine Reise nach Schan-tung zu den Brüdern von der Weißen Wasserlilie an. Er wanderte ununterbrochen, oft sechzig bis siebenzig Li den Tag. Ein furchtbarer Schneesturm hielt ihn zwei Tage im Gebirge fest, ehe er in das Hügelland und die Ebene eintreten konnte.

Auf seiner beschwerlichen Wanderung brach dann der Frühling an. Die Stadt Yang-chou-fu sah den Bettler und beachtete ihn nicht; sie sah nicht lange später Anhänger dieses Mannes Entsetzliches in ihren Mauern leiden, fiel halb in Schutt. Er setzte über große Flüsse, über den Kaiserkanal und übernachtete einmal in Lint-sing, der Stadt, in der er sterben sollte. Während es Frühling wurde, näherte er sich den reichen, ihm wohlbekannten Gefilden am Westfuß des Tai-ngan. Man schälte noch auf den Winteräckern die Binsen ab, zog die langen Marktstangen heraus; er dachte an Tsi-nan-fu, das nicht mehr fern war, und an Su-koh. Als der erste Regen fiel, begannen sie die Aussaat auf den Feldern, warfen Raps, Bohnen, Weizen. Das Brüllen der starken Pflugtiere, die nahen und weiten Lieder der Saatwerfer begleiteten Wang. Er zog weiter, südlich und östlich, umging das brausende Tsi-nan.

Seine Nahrung gewann er durch Betteln, Trägerdienste; auf dem Felde half er. In den größeren Dörfern und Städten trat er als Geschichtenerzähler auf, trug das Weckholz, den Würfel in der Hand, das ihm ein großer Lehrer namens Ma-noh verliehen habe; er hörte die Leute aus, warf seine Saat mit großer Kraft.

Er hatte Tschi-li verlassen, war wieder in Schan-tung, dem Lande, das den großen weisen Kung-fu-tse geboren hatte, den Wiederhersteller der alten Ordnung, die stählerne Mittelsäule des Staatsgebäudes; dem Lande, das auch durch Jahrhunderte die Geheimbünde hervorbrachte, welche Kaiser stürzten und furchtlos das notwendige Gleichmaß wiederherstellten, dessen dies Gebäude bedurfte. Das Land hatte einen ungeheuren Toten geboren, bot nun unablässig Lebendige auf, um zu bewirken, daß sein Fleisch, seine riesenhaften Knochen die Erde düngten, nicht breit auf dem kostbaren Boden lasteten. Die Geheimbünde waren die Spitzhacke, die Schaufel, die Harke der Provinz. Sie überlebten Regierungen, Dynastien, Kriege und Revolutionen. Sie schmiegten sich elastisch und windend allen Veränderungen an, blieben völlig in jeder Drehung unwandelbar und dieselben. Die Bünde waren das Land selbst, das sich mit blinden Augen lang hinstreckte; die Leute schacherten oben, feierten ihre Feste, vermehrten sich, besänftigten ihre Ahnen, Heerführer kamen, Soldatenvölker, kaiserliche Prinzen, Feuersbrünste, Schlachten, Sieg,

Niederlage; nach einiger Zeit, einer unbestimmten Zahl von Monaten, zitterte das Land in kleinen Schwingungen, Vulkanaugen warfen flammende, nicht zärtliche Blicke, Ebenen senkten sich; ein breitmäuliges Donnern; und das Land, beunruhigt, hatte sich auf die andere Seite zum Schlafen gelegt; es war alles wieder gut geworden. Es waren Jahrhunderte her, als die Mingherrschaft, die vom Volk getragene, echt chinesische, schwächer wurde, sich drehte, langsam verzuckte. In die schwere Zerrüttung des Reiches, bereitet durch Verbrüderung von Ohnmacht, Verbrecherwesen, Eunuchentum, griffen die Bünde ein; sie nahmen eisig den Hohn der Höflinge hin, die einen Knaben auf den Thron setzten. Dann erklärten sie ihm öffentlich den Krieg, bemächtigten sich des Landes; erschreckend weiß schimmerte in die Provinzen hinein die Wasserlilie Schan-tungs. Die Bünde hatten die glückliche Zeit der Mingkaiser nicht vergessen in den Jahrhunderten. Sagen schlangen sich um ihre Namen. Die Mandschus drückten nicht schwer; sie ließen das Volk gehen, wenn es sich nur beherrschen ließ. So große Kaiser die Mandschus dem Reiche gaben, die Unvergängliches schufen und unterstützten, so blieben sie den starren Genossenschaften Fremde, die nicht Recht haben durften. So milde, liebevoll und selbstvergessend die starken Fremden sich um das Volk bemühten, sie vermochten kein aufrichtiges Lächeln auf den Lippen der Frau zu erwecken, die sie auf Tod und Leben in den Armen hielten. Die Mandschu mußten erkennen, daß ihnen diese Herzen verschlossen waren. Es kam zu keiner Rachsucht. Sie hielten das Volk unter dem Schwert. Es fing an Gewalt mit Gewalt zu ringen. China, die Witwe, die sich in einer aussichtslosen Sehnsucht verzehrte, sammelte Freunde gegen den ernsten Gemahl. Zur Kühle trat Zorn, zur Enttäuschung trat Zorn.

Wang umging die grünen Weinberge am Westfuß des Taingan. Als er die ersten Hügel des Gebirges hinter sich hatte, rastete er bei seinen alten Freunden aus der Tsi-nan-Zeit einige Tage. Einen verschmitzten jungen Töpfer, den er bei ihnen vorfand, schickte er nach Tsi-nan herunter mit einem Gruß an den

Bonzen Toh, den Verwalter des Tempels des Musikfürsten Hang-tsiang-tse. Die Rückkehr des Boten konnte Wang dann nicht mehr erwarten. Der Töpfer fand den Bonzen nicht im Tempel; er hatte nach Wangs Mord an dem Tou-ssee seine Kammer verlassen und hielt sich in der Stadt verborgen, erst in den grünen Häusern, wo ihn eine Wang befreundete Dirne aufnahm, dann in einem Dörfchen jenseits des Flusses, wo er seine Fähigkeit des Ziselierens an Zinngefäßen auszuüben begann. Hier traf ihn der gewandte Töpfersmann. Der Schreck und die Freude bei der Nachricht ließ Toh den Stahlgriffel aus der Hand fallen. Er forschte bei versperrter Tür den jungen Menschen aus, der von Wangs ernstem, ja ehrfurchtgebietenden Auftreten berichtete und dessen Mission in Schan-tung ahnte. Beide, Toh und der Töpfer, gingen frühmorgens aus dem Dörfchen heraus. Als sie im Gebirge eintrafen, waren vier Tage seit der Abreise des Töpfers verstrichen und Wang einen Tag weitermarschiert, ohne zu sagen wohin. Erst viel später, in den Zeiten der letzten Not, sah Wang noch einmal seinen Lehrer und lernte noch einmal seine Anhänglichkeit kennen.

Die Birken und das lichte Haselgehölz in der schönen Berglandschaft, die der Mann aus den Nan-ku-Bergen durchwanderte, schlugen aus. Kraniche segelten durch die Luft. Das Stoßen und Verhalten des Windes nahm ab; die Felsen wurden höher und kahler. Das Kohlengebiet von Po-schan kam näher. Ab und zu begegneten ihm lange endlose Züge von Maultieren, die kandierte Datteln, die süßen roten Früchte, in die Ebene hinunterschleppten.

Dann verbreiterten sich die Wege; auch die Berge traten auseinander. Dunkle weite Felder dehnten sich mit unregelmäßigen Löchern, Püngen, in denen die abgebaute Kohle zu Tag lag. Die Luft wurde, selbst bei Sonnenlicht, dichter und dunkler. An vielen Orten stiegen Rauchsäulen in die Luft, wie Balken, die das Gebiet abgrenzten und eingitterten. Die Straße war hart; runde Granitblöcke lagen herum. Der Boden ging wellig. Auf der nackten steinernen Ebene stand die große Stadt Po-schan.

Wang hatte von Chu die Adresse eines reichen Grubenbesitzers erhalten. Er traf den Mann in seinem ungeheuren festen Hause nicht an; er bereiste zu Handelszwecken, hieß es, die Nachbarschaft. Wang mußte seine Rückkehr abwarten. Er ging hinaus und vermietete sich als Arbeiter bei einer Grube. Sie standen zu fünf und zehn an den tiefen Schachten, mit geschwärzten Oberkörpern, zogen an mächtigen Winden. Im Takt, Hand hinter Hand an dem schlüpfrigen Lederriemen, zogen sie; ihr Gesang fiel gleichmäßig von Höhe zu Tiefe und stieg an, wie der Eimer mit Wasser und Kohle. Sie wohnten in der Ebene dicht zusammen in Lehmhütten.

Abend um Abend ging Wang herüber in die Stadt. Zwischen den Kohlenhaufen mußte er sich durchwinden, die wie spitze Hüte aussahen. Dann kamen leere abgezäunte Flächen, über denen ein erstickender Säuregeruch stand; hier kristallisierte in großen Gefäßen das Schwefeleisen an der Sonne, das sie aus einer Lauge von Schwefelkies gewannen. Am sechsten Tage traf der Besitzer ein, er hatte schon von dem fremden Arbeiter gehört, der Tag für Tag nach ihm fragte.

Chen-yao-fen war groß und breitschultrig, mit starkknochiger Stirn; hatte ein energisches Wesen, sprach in den kurzen dringlichen Sätzen der Vielbeschäftigten; seine Fragen griffen unmittelbar an. Wang hatte solchem Manne noch nicht gegenübergestanden. Er schwankte im Beginn des Gespräches; seine Sicherheit verließ ihn einen Augenblick; einige dunkle Erinnerungen aus seiner Betrügerzeit in Tsi-nan überhuschten ihn; er kam sich ertappt vor. Erst als er den Namen Chus ausgesprochen hatte, der Kaufmann verblüfft an ihn herantrat und er, Wang, mit Chen zu verhandeln anfing, schwieg alles unter kalter aufmerksamer Ruhe. Chen stand geraume Zeit, die linke ringgeschmückte Hand am Mund, still da, von dem Schicksal Chus erschüttert. Dann versperrte er die Türe, hieß den Gast, dessen Wünsche er nicht begriff, sich an einem kleinen Tisch vor dem Hausaltar setzen, bot ihm seine eigene Teetasse an. Wang, dessen Gesicht und Ohren Reste von Kohlenstaub bedeckten, trug sein Anliegen

vor, knapp und einfach; welche Not sie in den Nan-ku-Bergen gelitten hätten diesen Winter, wie sie in das kleine Dorf eingedrungen wären, wie die Bettler sich verbrüdert hätten und ihm folgten, was der Unterpräfekt von Cha-tuo gegen sie unternommen hätte. Sie würden untergehen, bäten um den Schutz der Vaterlandsfreunde, denn sie seien schuldlos, wie Chu.
Der Kaufmann, der die aufgerissenen Augen nicht von dem Mann ließ, welcher mit hängenden Armen und geschwollenen Fäusten dasaß und seine Sache hersagte, wie wenn es sich um eine Schale Reis handle, fragte nur, welcher Art der Schutz sei, den man ihnen gewähren sollte. Er erhielt zur Antwort: Druck auf die Behörden; im Notfall unmittelbare Aufnahme der Verfolgten und Eintreten für sie. Dann bat er schon mit leisen Worten Wang zu gehen, um keinen Verdacht zu erregen; morgen würden sie bei den Laugetöpfen, an denen er ein neues Verfahren ausprobe, das er auf seiner Reise kennen gelernt habe, sich in Ruhe weiter sprechen können. Wang verneigte sich und schwang die Hände, nachdem er auf das stündlich Dringende seiner Sendung hingewiesen hatte.
Der Kaufmann keuchte, als er allein war. Er verstand dies alles nicht, verstand nicht, warum Chu, der Schweigsamste von allen, der Hab und Gut liegen gelassen hatte, ohne ein Wort zu verlieren, sich diesen Vagabunden offenbart hätte, sie alle verraten hätte. Er warf sich in der Nacht. Als er sich morgens ankleidete, steckte er ein kurzes breites Messer in seinen Tabaksbeutel am Gürtel; wenn es sein müßte, wollte er den Sendboten bei den Laugetöpfen beseitigen. Chen war nichts weniger als totschlaglaunig; diese Sache erforderte ein augenblickliches Eingreifen. Um keinen weiter zu belasten, suchte er seine Freunde und Gildengenossen nicht auf. Er zündete Räucherkerzen an vor der Ahnentafel in seinem Wohnzimmer, gelobte hundert Täls zum Bau einer Pagode beizutragen, wenn diese Angelegenheit gut abliefe, rief seine Träger.
Seine Sänfte trug ihn bis an die Abzäunung der Felder. Dann schleppten die Träger zu zweien große eigentümlich geformte

Tonkrüge mit einer bleischweren Masse gefüllt hinter ihm her, setzten sie auf seinen Ruf neben eine der flachen Laugeschalen ab, die groß wie ein Zimmer war. Eine schwarzbraune Flüssigkeit bedeckte ihren Boden, atmete einen zusammenziehenden ätzenden Dunst aus. Die Träger schickte Chen weg mit einer Handbewegung.

Wang kam, hockte auf Chens Wink neben ihn vor der Schale nieder. Beide wanden sich dünne Seidenschals, die neben Chen lagen, vor Mund und Nase.

Wieviel sie auf den Nan-ku-Bergen seien?

Hundert, als er wegging, jetzt vielleicht vierhundert, vielleicht tausend.

Warum so ungewiß, vielleicht vierhundert, vielleicht tausend? Wodurch könnten sie sich so rasch vermehren?

Sie seien einer Ansicht. Sie litten alle viel. Sie beschützten sich gegenseitig.

Noch einmal, wer er sei, woher er stamme, welche Rolle er bei ihnen spiele?

Er heiße Wang-lun, sei der Sohn eines Fischers, aus Hun-kang-tsun im Distrikt Hai-ling, Schan-tung, gebürtig. Er führe sie; er hätte ihnen geraten, nichts zu tun gegen Bedrückungen, sondern als Ausgestoßene zu leben ohne Widerstand gegen den Weltlauf.

Was er damit bezwecke, der Führung, dem Raterteilen, was er mit alledem bezwecke? Warum sie sich denn nicht einfach in die acht Himmelsrichtungen zerstreuten, so lebten, ganz so lebten, wie er meine und wie es ja wohl entsprechend sei; statt sich zusammenzutun, die Aufmerksamkeit der Ortsbehörden auf sich zu lenken, Schutz fremder Genossenschaften zu verlangen und all das.

Wer sich zerstreue, verkäme, meinte Wang. Auch er hielte es für gut, daß die Brüder zusammenhielten; sie wären sonst in Kürze wieder Mörder, Seeräuber, Frauenschänder, Einbrecher. Es sei nicht genug, Wegelagerer zu sein, sondern man müsse wissen, auf welchem Wege man zu lagern habe.

Jetzt erst befiel den entschlossen dasitzenden Kaufmann ein Erstaunen. Er betrachtete den Mann neben sich, der ruhig Antwort erteilte und immer in die schwarzbraune saure Galerte blickte.

«Du hast deine Lauge vier Tage lang stehen, Chen. Es genügt nicht, daß du den Kies, den wir aus der Grube holen, wäschst. Du hältst die Lauge tagelang unter dem Sonnenlicht. Ein Kristallschwefel nach dem andern schießt auf, je mehr das Wasser abdunstet. Gieß deine Lauge in einen Bach: es wächst kein Kristall, Chen.»

An den nächsten Tagen stundenlange Unterhaltungen der beiden. In der letzten spielte Wang seinen Trumpf aus; daß er wohl den Schutz der Weißen Wasserlilie für seine Brüderschaft erbitte, aber nicht mit leeren Händen komme. Denn er bringe dem Bund ein ständig wachsendes Heer, auf das Verlaß sei. Wenn man die Saiten des Juch-kin zu stark spanne, hören sie auf zu klagen und zu tönen, springen wie ein Schwärmer um Neujahr dem Spieler an die Wange, pfeifen eine blutige Strieme hin.

Schwer entschloß sich Chen am Spätabend des vierten Tages, Freunde zu sich einzuladen zu einer Mahlzeit auf den folgenden Tag. Und nachdem sie, sechzehn an der Zahl, drei Stunden diniert hatten, viele seltene Gemüse, Krebsschwänze, Pasteten, Hahnenköpfe, Hammelklößchen, gedünstete Nudeln, nachdem das zarte Gebäck, die Weine, Liköre und der Essig von den kleinen Tischen geräumt waren, mußte Chen seinen rauchenden Freunden von dem seltsamen Bettler aus den Nan-ku-Bergen in Tschi-li erzählen.

Er erzählte erst scherzweise, anekdotenhaft von ihm, dann, als die Gäste auf andere Dinge übergehen wollten, hielt er fest, und plötzlich war der Ton ihres Gespräches, nach ganz unmerklichen Wendungen, geändert, und das Gurgeln der Wasserpfeifen ließ nach. Es trat alles ein, was Chen gefürchtet hatte. Es gab Lachen, Entrüstung, Befremdung über seine Rolle; bei manchen, den Klügeren, Angst und Versteinerung.

Sie saßen um die kleinen, dicht aneinandergeschobenen Tische in dem prunkhaft erfüllten Wohnzimmer. Bunte Teppiche und Bambusmatten wärmten den Fußboden. Dunkel gebeizte Holzsäulen, zwei Reihen, stützten eine fein gefelderte Decke, von der eisengetriebene Lampen und Laternen herunterhingen an den Füßen von Greifen, aus den Mäulern von Drachen. Fleckige Orchideen lagen an jedem Platz. Ein ausgezogener prachtvoller Wandschirm verkleidete den Achtgenientisch an der Hinterwand des Hauses vor dem Hausaltar. Ein ungeheurer meterhoher Prunkspiegel war nach der Wand zu gedreht und zeigte auf seinem glanzigen schwarzen Holz Reiher, die über Wellen hinziehen, auf Felsen am Ufer sitzen, ganz klein am Firmament gegen Sonnenstrahlen auffliegen.

Chen-yao-fen saß in einfachem schwarzen Seidengewand unter seinen bunt geschmückten Gästen. Sie naschten Süßigkeiten, schluckten aus winzigen Teetassen, brachen Nüsse. Sie genossen die Weichheit und Leichtigkeit der Stunde, warteten auf die Schauspielerinnen, die Chen aus der Stadt zu mieten pflegte, und waren gar nicht geneigt, an Bettler aus den fernen Nan-ku-Bergen zu denken. Als dann der Name Chus fiel, und daß Chu in den Nan-ku-Bergen anscheinend von ihnen gesprochen hatte, wurde die Erregung, das Aufspringen, das Drängen um Chen allgemein. Das Klappern der feinen Bonbonschälchen hörte auf. Sie scharten sich an dem Wandschirm vor Chens Hausaltar zusammen.

Pelien-kao, die Weiße Wasserlilie, tagte.

Die Flüche auf Chu wurden laut. Man wollte Näheres, Näheres, Näheres wissen. Was denn, wie denn, warum denn? Die Erklärungen Chens wiederholten sich; man sollte die Anhänger der Wasserlilie in Tschi-li orientieren, auf die Entwicklung der Dinge aufmerksam machen, sie veranlassen, ihren Einfluß geltend zu machen, daß nichts gegen den neuen Bettlerbund geschehe, die Bettler im schlimmsten Fall selbst aufnehmen und verbergen.

Durch den heftigen Widerspruch der andern wurde Chen, der

nicht ganz sicher sprach, gereizt, sprach mit großer Kraft und nicht ohne Spitzen. Man trennte sich auf das Verlangen vieler, die sehr bestürzt waren, kam überein, sich abends noch einmal zu treffen.
Es war Furcht, was die meisten dieser sechzehn Männer beherrschte. Ihre Sache sollte plötzlich ein Gesicht bekommen. Plötzlich: das war das Wesentliche; ohne Not, ohne Grund. Die Regierung Khien-lungs dauerte lange. Der Kaiser hatte eine harte, nicht ungerechte Hand. Es war gefährlich, aussichtslos, gegen ihn Aufruhr zu erheben. Es war nicht die Zeit.
Abends flackerten die bunten eisengetriebenen Laternen und Lampen von der getäfelten Decke. Die Vorwürfe, die einzelne gegen Chen vorbrachten, waren heftiger als mittags. Daß er sich eingelassen hätte mit diesem Sendling, statt einem raschen Mann fünf Schnüre Käsch zu geben, dazu ein kleines scharfes Messer. Einer jammerte, weinte, gab sich und seine Familie verloren.
In der Finsternis schlug mit einem verabredeten Zeichen Wang an die Hintertür des Hauses. Neben dem Altar kam der große lumpenbekleidete Mensch hinter dem Wandschirm hervor, stand unter den erregten Kaufleuten. Er sagte fast wörtlich, was er Chen erzählt hatte. Als sie in ihn drangen, berichtete er, wie sie vom Berg laufen mußten, die armen und kranken Männer, die mit ihm auf dem kahlen Nan-ku-Gebirge wohnten. Er sprach, als ob es ihn nicht beträfe. Einigen von den stolzen Kaufleuten kam der Gedanke: man füttert diesen verhungerten Burschen aus und schickt ihn mit ein paar Täls nach Hause. Sie beruhigten sich bei seinem Anblick, den sie genossen. Er sah wahrhaft nicht ängstlich aus, sie lächelten leise und nickten sich mit den Köpfen zu. Es mag sein, daß es ihm und den andern schlecht ging; die armen Teufel sollten nicht verkommen, keineswegs. Aber wozu dieser Lärm? Wegen ein paar Hungerleider bemüht man nicht Kaiser und Zensoren; wenn der Hwang-ho übertritt, kommen in einer Stunde zwanzigtausend Menschen um, und das Reich zittert nicht, und der Himmelssohn fährt sich nur

einmal fragend über die Stirn. Es war ein Irrtum Chus, die Weiße Wasserlilie für eine Wohltätigkeitsanstalt zu halten. Wer wußte, was Hunger und entartete Gesellschaft aus ihm gemacht hatten.

Die Erregung flaute ab, das Kopfschütteln wurde allgemein. Sie unterhielten sich miteinander, während Wang diesem und jenem Auskunft gab. Es war lächerlich, dieses Argument, daß sich ihnen Scharen kräftiger Menschen anschlössen, wo sie doch nicht wußten, was mit ihnen tun. Man ließ sich nicht von hundert, von tausend Menschen hinreißen zu Dingen, die man nicht billigte.

Wang schwitzte, wischte sich nach Bauernart mit dem Handrücken Nase und Stirn, verbreitete unter die exquisiten Parfüme den beleidigenden Geruch der Landstraße. Er begriff die Lage völlig. In Chen, der gewohnt war zu befehlen, stieg der Zorn über seine Brüder auf, die sich in einer ihm unfaßlichen Weise abwandten, als bestünde keine Gefahr für sie, untereinander schon plauderten und herumgingen, als überließen sie den Mann und seine Sache ihm. Wangs und Chens Blicke begegneten sich.

Plötzlich lächelte der große zerlumpte Mensch, als er über die feinen Konfitüren auf den fünf runden Tischchen inmitten des Saals blickte. Pfiffig verbreiterte sich sein Mund, die gelben Zähne traten hervor; er drehte grinsend den Kopf nach beiden Seiten, indem er langsam unter höflichen Verneigungen die plaudernden Herren zerteilte und mit der Hand über eine gefüllte Porzellanschale fuhr, wie man das nackte Köpfchen eines Säuglings streichelt. Er hockte auf einem geflochtenen Schemel neben den Tisch nieder, aß mit feuchtem Schmatzen die Schale leer. Die Herren hinter ihm gurrten, kicherten, lispelten, stellten sich in kleinen Gruppen um ihn herum, boten ihm von einem Nachbartisch eine neue Schale, die er dankend abnahm. Er erzählte, wie schön und ausgewählt der Geschmack dieser Bonbons sei, nahm auf den Rat der Herren besondere Stücke aus der Schale und aß. Chen stand am Wandschirm still; die Blicke der lächeln-

den Herren kreuzten sich; man blinzelte sich an; es wurde vergnüglich.
Dann ließ Wang seine Beine herunter, ging um sein Tischchen herum und nötigte einen feinen Herrn, der ihm am freundlichsten Stücke angeboten hatte – es war der jüngste, eben der, welcher sich über die neuste Wendung der Sache herzlich freute –, sich auf seinen strohgeflochtenen Schemel zu setzen. Der Herr ging amüsiert mit um das Tischchen, drehte aber vor dem Schemel, stehen bleibend und sich verfinsternd, den Kopf zur Seite und wandte Wang den Rücken. Der sprang vor ihn unter vielen Verbeugungen, wies mit unverändertem Lächeln auf den besetzten Tisch, pries die auserwählten Süßigkeiten. Als der Herr kalt ein paar Schritte an ihm vorbeiging, folgte Wang mit entzücktem Kopfnicken, bot ihm den Arm zur Stütze und die Schultern, um ihn zu dem Platz zu führen an dem Tisch mit den ganz unübertrefflichen Bonbons. Der streifte wortlos mit einer raschen Handbewegung Wangs Ellenbogen. Da umfaßte ihn seufzend der knochige Bettler aus den Nan-ku-Bergen von hinten, trug ihn unbekümmert um sein kinderhaftes Schreien und Strampeln an den Schemel, setzte ihn mit einem Krachen darauf, drückte ihm die aufstrebenden Schultern herunter. Mit dem linken Arm umschlang er dem Herrn von hinten den Hals. Er wandte das wutkalte Gesicht nach allen Seiten, in Fischerplatt drohend, hielt in der rechten Hand das schmale, fein ziselierte Messer, das der Herr zum Schmuck an seinem Gürtel getragen hatte, im Kreis um sich schlagend. Immer wieder lud er den jungen Herrn ein, zu fressen; bis der, gedrängt durch die halblauten Zurufe der andern, ein Bonbon nahm und schluckte. Wang zog seinen Arm von dem Hals des Mannes, räkelte sich offen und gähnte. Er spuckte einem fettleibigen älteren Herrn, der in der Mitte des Saales ganz allein erstarrt stand, den halbzerkauten Rest einer Dattel auf die bemalten Schuhe. Er begrüßte unter Totenstille den Hausherrn, den hohen ernsten Chen-yao-fen im schwarzen Seidenkleid, verneigte sich grinsend, versprach morgen wieder die Ehre des Empfanges zu erbitten, schlich um den

Wandschirm und war zur Tür hinaus. Das Messer des angefallenen Herrn klirrte, geworfen gegen den Ebenholzrahmen des Wandschirmes.
Chen war der einzige, der während des Spiels alles erfaßt hatte; aber auch die andern, sofern sie nicht vor Bestürzung ohne Gedanken dastanden, wußten etwas Neues, was nicht sich deckte mit ihren Gesprächen. Es krachte im Zimmer, ein dumpfes Aufwuchten; der junge Herr war von dem Schemel, auf dem er noch hockte, ohnmächtig hintenüber gefallen; der umgestürzte Schemel lag halb unter seinen Beinen. Man lief zusammen, bemühte sich um den Bewußtlosen, der plötzlich erbrach, bald die Arme bewegte, sich hochrichtete und die trüben Augen zwinkerte. Es kam zu keinem lauten Gespräch. Die reichen Herren stellten, als wären keine Diener im Haus, peinlich die Ordnung im Zimmer wieder her, beseitigten mit seidenem Schal das Erbrochene. Man ging hin und her.
Chen-yao-fen, mit energischer klarer Stimme, sagte, es würde ihn beglücken, wenn die kostbaren Herren morgen oder in den nächsten Tagen wieder den Fuß über seine verwahrloste Schwelle setzen würden; heute bäte er sie nur noch, bei ihm zu speisen. Einer nach dem andern dankte; man konnte sich schwer trennen, schurrte zerstreut zu den Sänften.
Wang berührte mit keinem Wort den Vorgang in Chens Wohnung, als er den Kaufmann am folgenden Tag auf den Schwefelfeldern traf. Er setzte ihm auseinander, daß kein Mißverständnis darüber herrschen möge: die Brüder aus den Nan-ku-Bergen bäten um keinen Schutz, sondern um Anerkennung und Brüderschaft. Sie seien an sich stark, aber sie könnten gefährlich werden: und dies sollte verhindert werden. Während sie Zusätze zur Lauge in die Pfannen gossen, drang Chen tiefer in die Vorstellungen Wangs ein; seine Ansichten über die Armut, sein Glauben an die goldenen Buddhas wurden ihm deutlicher; er dachte, während er sich vor den blauen Dämpfen das Gesicht mit dem Schal einhüllte, über das Tao, jenen starren unbiegsamen Weltlauf, nach, der Anfang und Ende von Wangs nicht ganz klaren Gedan-

ken war. Es waren Schwärmer, die unter der Not, den Behörden, den stolzen Kung-fu-tse-Anhängern bald Entsetzliches leiden würden. Das heimische alte Tao klang ihm so freudig aus Wangs Gesprächen entgegen.
Als sie nach stundenlangem schweigenden Dahocken und Rühren aufstanden und Chen die Hände schwang, wußte Wang, daß er die Weiße Wasserlilie gewonnen hatte.

ZWEITES BUCH

DIE GEBROCHENE MELONE

DURCH das westliche Tschi-li puffte der Name Wu-wei sanft wie ein Schwärmer; Schwirren, Verhallen zwischen Bergtälern.
Durch das westliche und südliche Tschi-li ging ein Ziehen, ein rheumatisches Unbehagen, im Arm, in der Schulter, über den Fußrücken, schmerzhaftes Zucken in einem Zahn, Nervenstechen über dem linken Auge.
Das westliche und südliche Tschi-li fühlte in diesem Frühjahr den warmen beunruhigenden Dampf um die Nan-ku-Bettler.
Aus den Hundert, die das Dörfchen Pa-ta-ling verließen, waren nach ein paar Wochen mehrere Tausend geworden. Was man Vagabunden, Straßendieben, Verunglückten zutrug, war nichts als das Eingeständnis der Not. Es hieß nicht mehr wie in den Nan-ku-Bergen: Wang-lun, der lange gefährliche Kerl aus Hun-kang-tsun in Schan-tung, hat sonderbare Sachen von den goldenen Fos erzählt; er hilft uns, er kann zaubern, wir wollen mit ihm zusammengehen. Die Menge predigte für sich. Entfernter wohnende Dorfleute, Pilger bis in die Ebene hinein hörten von den vielen Menschen, die Pa-ta-ling nach dem strengen Frost verlassen hätten und sich bettelnd, arbeitend, betend nach Süden vorschoben. Zuerst wurde behauptet, es handle sich um die Vagabunden und Strolche, welche die Pässe zum Wu-tai-schan unsicher machten; rasch verschwand dieses Gerede. Von Wang-lun erzählte man, er sei nach dem Kun-lun-Gebirge auf einem blauen Pferde geritten, um der Kaiserin des Westlichen Paradieses die Gründung ihres Bundes anzuzeigen. Er sei nach Schan-tung gewandert, um das Goldwasser und die Perlen des ewigen Lebens zu holen. Diese Meinung erhielt sich am längsten. Man entwarf nach den Erzählungen der Älteren ein sonderbares Bild von ihm. Man stellte ihn sich vor als einen sanftmütigen Mann, der mit ungeheurer Körperkraft begabt war, mit der er nichts anzufangen wußte. Von Zeit zu Zeit befielen ihn starke Dämonen, die er zu bezwingen gelernt hatte, da er eine furchtbare Zauberformel brauchte. Er hatte ein gutes Herz für die armen Ching-yin, sie sollten alle an seinen fabelhaften Gaben teilhaben.

Wang-lun hatte seinen Schatten hinterlassen, in dessen Dunkel der Bund lag. Ganz von selbst wurden ein paar Männer in den Vordergrund geschoben, an die sich die Menge hielt. Zwar schwang sich einer und der andere auf, aber dies geschah nebenbei. Jeder empfing seine Rolle.

Ngoh, aus Ta-ku in Tschi-li gebürtig, war durch seine Geschicklichkeit im Reiten und Bogenschießen und ein feines Wesen trotz seiner dreißig Jahre schon zum Jo-ki einer oberen Bannerschaft aufgerückt. Er trug mit Stolz, ohne zu prunken, den Mondstein auf der Mütze, die Tigerkatze im Brustschild; wenn er beim Schachspiel die weiche rechte Hand hob und der Perlmutterring am Daumen matt schimmerte, so wußten seine Mitspieler nicht, welche starke Seele ihnen gegenüber saß. Er hielt jahrelang Freundschaft mit einem weibisch geschminkten Schauspielerknaben, einem jungen Herrchen, wie man sich ausdrückte. Der Kaiser schätzte Ngoh sehr, wie Khien-lung überhaupt eine Vorliebe an den Tag legte für feine elegante Männer, die nicht widersprachen, gut turnen und schießen konnten, Sprödigkeit und Härte besaßen.

Infolge der Unerschrockenheit, die Ngoh bei einem damals vielbesprochenen Vorfall zeigte, kam er in den inneren Höflingsbetrieb der Roten Stadt zu Pe-king hinein. Er war mit seiner Abteilung gegenüber dem oberen Stadttor stationiert, wo auf den breiten Wassergraben, der die Kaiserstadt umzieht, das Tor des Wu-ti führt. Dicht an diesem Teil der Mauer, so daß Ngoh und seine Mannschaften von ihren Wachtürmen herüberblikken konnten, lagen die Paläste der kaiserlichen Frauen und der Nebenfrauen. Es verbreitete sich einmal im Herbst, zu einer Zeit, wo das Wasser des Grabens mit Fröschen, Fliegen bedeckt ist, das Gerücht, daß das kleine Kind einer Nebenfrau an Krämpfen gestorben sei und ihr anderes Kind, ein junger Säugling, schon krank liege. Ärzte und Priester bemühten sich, den Fieberdämon aus dem Kind zu bannen, das viel weinte, aber nicht den Namen des Dämons verriet.

Durch ein lautes Geschrei mehrerer Frauen wurde eines Nachts die Wache Ngohs alarmiert; in die Gärten eindringend bis vor den Pavillon der Nebenfrau, hörte Ngoh, daß man im Pavillon eben den Dämon des kranken Kindes gesehen hätte in Gestalt einer kleinen Fledermaus, welche der Mutter ins Haar schoß, dann über das hitzige Gesicht des Kindchens flatterte und zur Tür hinausfuhr. Ngoh erkannte aus der Beschreibung, an der Größe des Tiers, der weißlichen Bauchfärbung und aus der Richtung des Fluges, daß es sich um einen Schatten handele, den er selbst öfter an dem Wassergraben beobachtet hatte, in Gesellschaft einer Libelle und zweier brauner Kröten. Er postierte vor das Tor des Wu-ti zu Einbruch der nächsten Nacht sechs beherzte Männer seiner Truppe, die er mit Schilden, Pfeil und Bogen bewaffnete; er selbst stellte sich vor den Eingang des bedrohten Pavillons mit einem nackten Schwert.

Am Ende der ersten Nachtwache sahen die sechs Männer etwas aus dem Wasser aufschwirren; sie schossen ihre Bogen ab; die Frauen, durch den Lärm geängstigt, ließen Brander auf Brander los, um das Gespenst zu verscheuchen; weiß und grün strahlten die Raketen durch die finsteren Gärten. Der Dämon, nur geblendet, drang durch, umflog die Zypressen; Ngoh sah ihn in dem Licht eines Branders wie betäubt heranflattern. Er hieb auf ihn zu; man hörte ein Quaken und Kreischen. Die Bestie wandte sich, flog zurück. Ngoh verfolgte sie brüllend, mit dem Schwert fechtend; sie kamen vor das Haus des kaiserlichen Musikmeisters, eines Eunuchen; im Nu war die Bestie über der Mauer des Hauses verschwunden. Als noch die Frauen angelaufen kamen und das Licht der zitternden Lampions zunahm, erwachte drin der Beamte, trat im Nachtgewand erstaunt vor die Tür, fragte, was geschehen wäre. Ngoh schrie: «Der graue Fledermausdämon ist hinter deine Mauer geflogen.» Entsetzt lief der schwerfällige Mann mit Ngoh und anderen in das Haus hinein; als sie schon in alle Winkel geleuchtet hatten, schlug sich der Musikmeister vor die Stirn, flüsterte, sie sollten einmal rasch neben dem Ofen im Wohnzimmer suchen.

Und da saß ein kleines Weib mit grünen Augen, der das Blut aus der Brust tropfte, mit dem Gesicht eines Affen. Sie war grau und sagte, sie wüßte nicht, wie alt sie wäre. Man fragte sie näher aus, hielt sie an den Händen fest. Tu-schi, der berühmte Beschwörer der Roten Stadt, der sich diese Nacht bei dem bedrohten Pavillon aufgehalten hatte und mit in das Haus gedrungen war, gab ein Warnzeichen den Leuten, welche die graue Hexe hielten; aber es war zu spät. Sie hatte sich in eine schwarze Katze verwandelt, zerkratzte den Männern Hände und Arme. Tu-schi warf sich über sie; im Augenblick, als er über sie fiel, hatte er sich durch einen Blick in seinen achteckigen Handspiegel in einen weißen Tiger verwandelt, zerriß die Katze. Blutend schlugen und bissen sie sich am Boden unter dem Geheul der Weiber; da schlug Ngoh der Hexe den Kopf ab.

Er stand lachend da, freute sich blutrünstig über die schmale rote Lache am Boden, während die andern durch die finstern Gänge liefen, sich zu waschen und von dem Anblick des toten Dämons zu befreien.

Das Kind der Nebenfrau war gerettet. Ngoh erhielt vom Kaiser ein Pfefferminzsäckchen geschenkt.

Bei seiner nun folgenden Tätigkeit im inneren Hofdienst wurde Ngoh den Waffen rasch entfremdet; er mußte sich in die Intrigen, die Klatschträgerei, die Eunuchenatmosphäre einfügen. Er hatte schon eine gewisse spielerische und leidenschaftliche Richtung in sich, der er nun ausgeliefert wurde. Er verliebte sich in den vierzehnjährigen Jungen einer armen Gärtnerswitwe, namens King-tsung, stattete den Jungen völlig aus, nahm ihn zu sich in seine Wohnung, machte viele und feine Gedichte auf ihn. In den Zimmern des ehemaligen Soldaten lagen Schminktöpfe, Parfümflaschen, gestickte Überwürfe herum; der eitle Knabe, der ein weibisches Wesen hatte und nicht ohne gewisse Grazie war, lag auf den Knien des Dämonenbezwingers und ließ sich lächelnd von dessen demütigen Lippen küssen und Konfekt reichen.

Sie liebten sich, bis der Junge, der in seidenen Kleidern wie ein Prinz stolzierte, behauptete, Ngoh schenke einem andern Knaben mehr als ihm, und davonlief. Tagelang weinte Ngoh fassungslos auf seinem Zimmer; die Gärtnersfrau brachte den Knaben zurück, der böse Streiche bei ihr gemacht hatte. Ngoh verzieh ihm, auch als er gestand, daß ein Eunuch ihm nachstelle und daß er schon Geschenke von ihm angenommen habe. Nach und nach erfuhr Ngoh Einzelheiten von dieser Freundschaft, erfuhr, um wen es sich handle, und wurde darüber so betrübt und angeekelt, daß er wieder anfing, zu bitten, man möchte ihn zum Wachdienst auf der Mauer zulassen. Er war dabei keineswegs böse über den Jungen; aber der merkte eine Veränderung in der Art seines Freundes.

Und ob er nun durch den längeren Umgang mit Ngoh feiner und empfindsamer geworden war, er wurde zusehends stiller, verfiel in Schwermut, aß wochenlang kaum, lag in dauernder Abwesenheit. Der Hauptmann verzehrte sich an dem Bett seines Lieblings vor Schmerz, verließ die langen Wochen der Krankheit die Wohnung nicht. Endlich genas der Knabe. Ihre Freundschaft glühte, sie waren sich zugetan wie nicht zuvor. Man übersah zwar in diesem eigentümlichen Kreis die Merkwürdigkeiten der Menschen, aber über die Verliebtheit des tapferen ernsten Ngoh lachte man allgemein. King-tsung war ein großer verzärtelter Bursche; der Hauptmann behandelte ihn, als wäre er empfindlich gegen einen Windstoß, fuhr ängstlich bei dem bitteren Blick des Knaben auf.

Nicht dem Hauptmann, der zu sehr in seine Empfindungen versunken war, fiel das Naserümpfen der Umgebung auf. Der Knabe, noch von seiner Krankheit reizbar, geriet in Zorn über Ngoh, der ihn zum Gelächter machte, beschloß sich von ihm zu trennen, ließ sich willig von einem andern Hauptmann, der mit ihm über Ngoh spottete, kapern. Ngoh wanderte ohne Besinnung auf den Mauern der Tatarenstadt, fiel im Palast in eine lange Ohnmacht, raste; Freunde hielten den Mordlustigen zurück. Sie beruhigten den Mann schwer, dem noch nicht die Augen über sein sentimentales Verhalten aufgegangen waren.

Als er seine Verzweiflung heruntergedrückt hatte, sann er, was tun für sich. Heer und Soldatentracht war ihm verleidet; in der Roten Stadt mochte er nicht bleiben. Er ließ sich an das Flußtransportamt zu Süen-kwa am Yang-ho versetzen. Hier brachte er in eifriger Tätigkeit, mit Reiten, Segeln, Versemachen seine Zeit hin, wurde auf seinen Wunsch weitere drei Jahre da belassen, rückte in eine höhere Stelle auf, steigerte den Verkehr und die staatlichen Einnahmen während seiner Amtszeit nicht unerheblich.

Nach Schluß seines Dienstes in Süen-kwa machte er noch eine kleine Reise zum Besuch eines Oheims in Ta-tung; von dieser Reise kehrte er nicht wieder; man mußte ihn, nachdem er ein halbes Jahr gesucht war, aus den amtlichen Listen streichen. Es wurde ein Verbrechen der Nan-ku-Räuber angenommen. Aber Ngoh war zu den Wahrhaft Schwachen gegangen, eben in dem Augenblick, als sie aus dem Dörfchen zogen und Wang-lun sie verließ.

Dies war für die sonderbare Gesellschaft, die um die Schönn-i genannten Klippen herumpilgerte, um ostwärts nach dem berühmten Nan-ku-Paß zu wandern, der erste Augenblick des Schreckens und Staunens, als ein einsamer eleganter Mann auf seinem Maultier hinter ihnen trabte und mit zweien von ihnen zu plaudern anfing. Sie zogen durch das lange schmale Tal; der Reiter folgte. Ngoh folgte in einem unsichern Gefühl; es war im Grunde der Anblick eines jungen Burschen, den er mitten in dem Zug bepackter und zerlumpter Vagabunden erblickt hatte, der ihn fesselte und beunruhigte. Er wußte nicht, daß dieser Bursche eine Ähnlichkeit mit seinem treulosen Freund in der Roten Stadt hatte. Die Männer erzählten vieles; es schienen Sektierer zu sein, die den Behörden zur Last fallen würden. Mittags lagerte er, lachend über sich, aber irgendwie froh, hoffnungsfroh, unter den Gesellen, die ihn wie ihresgleichen behandelten.

Es war eine tolle Umgebung, in der er sich befand, er war beruhigt, in nicht faßbarer Weise angelangt. Sein Oheim in Tatung drängte nicht; man muß die Fische fangen, wenn sie kommen; und das Wetter war voll Pracht, schwer von Schnee, wie wenn ein Kind sich über einen Abgrund bückt, seine seidenen Überhänge, dünnen Schals werden bauschig von dem Wind aufgebläht, über seinen Kopf weg, man sieht nur die wallenden Schleifen, Tücher, bunten Schwellungen, glaubt dazwischen lustige verschmitzte Augen zu sehen, schlagende Hände, und ab und zu weht wirklich ein Ingwerduft herunter an eine saugende Nase.

Ngoh in der Mandarinenmütze, braunem dicken Pelzwerk, pelzbesetzten Schuhen kauerte neben einem Teekessel am Boden; sein Maultier neben ihm; eine einzige Tasse wanderte in dem Kreise der sechs Männer; Ngoh trank mit einem starken Vergnügen. Ehe es dunkel wurde und sie in Höhlen Feuerchen schlugen, sagte er mit leiser Stimme, daß er bei ihnen bleiben möchte.

An dem nächsten Tage trat die Notwendigkeit an ihn heran, sich zu entscheiden. Ma-noh erklärte ihm vorsichtig, daß sie die Geschenke aus dem Dorf aufgezehrt hätten; es müsse jeder für sich und für einige Schwache sorgen; ob er sein Pelzwerk verkaufen und gegen Reis und Bohnen eintauschen wolle in dem nächsten Dorfe, wenn er bei ihnen bleiben wolle. Der Priester überlegte dabei, wie der vornehme Mann mit den kühnen Augen auf dem Maultier aussehen würde, wenn er in dickwattierten Kitteln wie sie ginge und die Almosenschale ausstreckte.

Ngoh sagte nicht nein; er bat sich einen Tag Bedenkzeit aus. Er verlangte nur einen Tag Bedenkzeit, weil er das Gefühl hatte, als ob er ein Nachdenken über seine Situation nicht länger ertragen könnte; er wollte hindurch durch diese Wand. Er zog sich dumpf in sich zusammen. Die Gelehrsamkeit des Menzius hatte ihm nichts genützt, die Lieder des Schi-king kannte er auswendig mit ihren Kommentaren. Sie hatten nicht verhindert, daß ein großäugiger Knabe mit schlanken Beinen ihn verriet, ihn verhöhnte.

Brüllend brach es da wie ein Tiger in ihm aus, lief auf dem Wege vor ihm her; er könnte in starrer Wut zuschlagen, wenn er nur ein Schwert in den Händen hätte. Es sprang ihn wie ein Tiger an, den er mit gespreizten Fingern erwürgte, eine halbe Stunde als Leiche vor sich in den Händen hielt und schlenkerte. Ein großäugiger Knabe mit rotgeschminkten Backen; King-tsung. Er rang mit ihm, legte sich atemlos an die eisige Erde. Man ließ ihn still liegen.

Er kaute heftig, kaute mit zusammengeschlagenen Kiefern, so daß er das Spiel seiner Backenmuskeln fühlte, betrachtete angestrengt zwei grüne kantige Steine, die aussahen wie rohe Jade.

Aber es war doch unwahrscheinlich, daß sich hier rohe Jade auf dem Wege finden ließ; vielleicht hatte sie einer verloren.

Aber es war rohe Jade; hier handelte auch niemand mit rohen Jadesteinen.

Ngoh griff vorsichtig an seinem Mund vorbei nach einem und dann nach dem andern, fühlte sie in der geschlossenen Hand ab, wollte sie jedenfalls aufbewahren, in Süen-kwa, wo gute Steinschleifer wohnten, bearbeiten lassen.

Wenn sie gerieten, könnte er sie an einer Gürtelschärpe anbringen lassen in einer Weise, die er sich schon vor einigen Jahren ausgedacht hatte, zwischen einer grünen und lila Stickerei.

Ja, das konnte man mit diesen merkwürdigen Steinen machen.

Die beiden letzten Männer des Zuges bogen um eine Ecke der winkligen Straße, sie ließen sich beim besten Willen nicht mehr erblicken. Sie gingen jetzt vielleicht geradeaus, dann rechts und links, rechts und links.

Ngoh suchte.

Sie gingen vielleicht rechts und links.

Diese schneeschwere Luft, dieses neblige Grau an den kahlen Hängen, fuderhoch über dem Geröll, über das man trat, diese weiche gespenstige Masse, die sich nicht ausschütten und reinigen wollte. Man konnte sie mit den schaufelnden Armen nehmen, sich an die Ohren drücken.

Plötzlich fiel ihm ein: «Lotosblumenlampen, Lotosblumenlampen, heute zünden wir euch an, morgen seid ihr abgetan.» Das Kinderlied flimmerte beharrlich in ihm und ermöglichte ihm,

den linken Arm aufzustemmen, die Knie zu biegen, das linke Bein vorzustellen, zu gehen. Und schon bog er selbst um die Ecke des Weges, lief, so rasch er konnte, hinter dem Zuge her.
Er schloß sich vier Männern an, von denen einer, ein Buckliger mit sehr klugem mageren Gesicht, vorgewölbten Augen, aus einer Sutra vorlas, langsam, so gut er bei seiner Atemnot konnte. Ngoh hörte auf das alberne Gewäsch. Die vier Männer kniffen aufmerksam Stirnen und Lippen zusammen. Der Fremde mischte sich nicht ein. Zwei grüne kantige Steine drehte er in den Händen her und hin, hob sie vor den Buckligen mit dem Sutrablatt, fragte, ob er glaube, daß dies Jadesteine wären. Der sah ihn an, dann prüften die vier ernst die Stücke, rieben sie gegeneinander, leckten mit der Zungenspitze daran. Sie schüttelten nacheinander die Köpfe; der Bucklige gab mit Ausdrücken des Bedauerns die Steine zurück.
«Ich wollte mir», sagte Ngoh, nachdenklich mit ihnen marschierend, «eine Schärpe mit grünen und blauen Stickereien machen lassen; daran sollten die Steine angebracht werden in einer Weise, die ich mir vor einigen Jahren ausgedacht habe. Aber wenn ihr meint, daß es keine echten Jade sind, so werde ich mir keine Schärpe machen lassen.»
Der Bucklige hob sein Sutrablatt, strich ein Quadrat in der Gebetspyramide darauf mit Holzkohle aus. «Wir wollen noch einmal die Sutra lesen von der Kleinen Überfahrt.»
Ngoh ließ den Tag bis auf den letzten Tropfen der Wasseruhr verrinnen.
Es war ein schöner, einhüllender Abend.
Er gelobte die Armut, die Ruhe, das Nichtwiderstreben. Verlangte keine Versuchszeit, flüsterte, er schlösse sich ihnen an; dabei machte er eine kühle abweisende Bewegung, eine einsargende glättende Bewegung.
Der sehnige Mann stand am nächsten Tage um dieselbe Zeit des Sonnenuntergangs dreißig Li von der Felsenkammer entfernt, in der Ma-noh ihm seine zobelverbrämte Mandarinenmütze abnahm, den kostbaren langen Pelzmantel auszog. Er sah ärmlich

aus wie alle. Die Männer kauerten auf dem grasbewachsenen weichen Waldboden; sie schöpften Hirse und Hundereis aus Kesseln, tunkten in Näpfe mit Essig.
In zwei drei Tagen war die Ebene erreicht; da mußte man sich trennen bei Tag, betteln. Die Städte kamen, Pe-king kam.
Ngoh hörte auf das metallene Klappern der Näpfe, Gefäße, Eßstäbchen.
Er schloß mit einem harten Ausdruck die Augen. Er schnappte krampfhaft Luft, saß gerade da.

DIE auffälligste Wandelung der nächsten Wochen bewirkte der Zustrom von Frauen und Mädchen, der bald, nachdem man in die Ebene stieg, einsetzte. Wang-lun hatte gesagt, es sollte niemand, der Mensch war, von ihnen zurückgewiesen werden; wenn Frauen kämen, sollten sie getrennt von ihnen sich aufhalten, getrennt lagern; man sollte sich nicht durch Lüste in das Fieber des Daseins stoßen lassen; geschähe das öfter, so sei es besser, man schließe die Frauen aus. Dies war klar, und daran hielt man sich. Es war niemand gezwungen, bei den Wahrhaft Schwachen zu bleiben; wer glaubte, die Wanderung über die Erde ohne ihre kurzen glühenden Süßigkeiten nicht zu ertragen, durfte umkehren.
Jenseits des Liu-li-ho kam Liu, ein tüchtiger, etwas zappliger junger Mensch, der ein schwatzhaftes gutmütiges Wesen hatte, mit einer älteren Frauensperson nach einer zweitägigen Abwesenheit an. Man wollte für ein paar Tage in dieser sanftwelligen Gegend bleiben, traf sich abends in den verlassenen Ställen eines reichen Stierbesitzers unfern einer schlecht gepflegten Pagode. Daß ein Weib da war, sprach sich herum; daß Liu es mitgebracht hatte, erregte allgemeines Schmunzeln; zweifellos hatte sie ihn bewogen, sie zu heiraten.
Es war die kinderlose Witwe eines Teewirtes, die mit ihren schwarzen Pumphosen, schmutzigem Kittel und einem vergrämten breiten Gesicht vor der Stalltür erschien, nach allen

Seiten Verbeugungen machte, süßliche Mienen zog. Sie hatte sich einsam gefühlt. Als ihr Liu unaufgefordert bei der schweren Arbeit half, beim Wasserschöpfen und Eimertragen, glaubte sie, er mache sich lustig über sie, war dann geschmeichelt, hörte sein maniriertes Gerede an von Wang-lun, von den Nan-ku-Bergen, und daß sie in keine Klöster gingen, sondern überall auf den Straßen und Feldern wohnen würden. Und welch Zauberer Wang-lun sei; sie hätten so viel, so viel zu erwarten.

Die Witwe sah den jungen Liu, klagte ihr Los; Liu half, redete dies und das. Sie gab ihm ihr Zimmer zur Nacht, indem sie erzählte, sie hätte ein anderes; saß die Nacht auf dem Feld ihres Herrn in einem Schober, dachte, ob sie versuchen sollte, ihn zur Heirat zu bewegen.

Verführungskünste, die sie am nächsten Morgen beim Betreten ihres Zimmers übte, mißlangen; Liu merkte nichts; sie kam sich dumm vor.

Dann gab es ein Wetteschnattern zwischen beiden; sie fragte nach allen Männern an der Pagode, Liu antwortete, sie fragte, wiederholte, Liu wiederholte.

Als der zapplige Junge abends mit einem kleinen Reissack am Arm gehen wollte, nahm sie einen zweiten Reissack, sagte, sie würde mitkommen. Worüber Liu nicht erstaunt war, sondern erklärte, dies sei sehr schön, dann könne er ihr über Ngoh und Chu noch weiter erzählen; Ngoh sei nämlich ein erstaunlicher Mensch und werde bald mit Ma-noh Führer ihres Bundes sein.

Die Witwe war froh. Unter den Männern tat man gleichgültig und zuvorkommend zu ihr; Liu, der sich nicht um die Frau kümmerte, erwarb sich allgemeines Lob, worüber er sich freute. Die Frau pflegte in der nächsten Zeit zwei Kranke, denen die Füße erfroren waren, zimmerte einen Karren für sie, dessen Teile sie zusammenbettelte.

Nach vier Tagen ging sie in das Dorf herüber, half einem Schreiner beim Sägen den hellen Tag für ein paar Käsch, erzählte Bekannten von ihrem neuen Leben, kam mit ihrer fünfzehnjährigen schönen Nichte und einem dicken asthmatischen Weib, der

Ehefrau eines Schmiedes, zurück. Auch diese blieben bei den Wahrhaft Schwachen.

Die Frau des Schmiedes war kinderlos, die Nebenfrau hatte sich völlig zur Herrin des Haushalts aufgeworfen; die rechtliche Frau fühlte sich ihres Lebens nicht sicher. Sie meinte, daß die Nebenfrau ihr eines Nachts einen Werwolf aufs Bett geschickt hätte; von der Zeit rühre ihre Atemnot her. Es kam ihr überhaupt nicht geheuer in dem erbärmlichen Hause vor, das nur aus einem stallartigen Zimmer hinter der Schmiede bestand. Daß das Kind der Nebenfrau nicht von dem Schmied herrührte, sondern von irgendeinem abscheulichen Wesen, dessen Natur sie noch nicht genau kannte, war ihr sicher. Die fünfzehnjährige Nichte jener Witwe war gut befreundet mit dieser jugendlichen Nebenfrau des Schmieds. Als die Witwe kam, von den Brüdern erzählte, die Schmiedfrau hocherregt hörte, welchen kräftigen Zauber diese Männer verstanden, verabredeten sie und beschworen sich gegenseitig, daß sie sich nicht verlassen wollten; die Frau wollte aus der Wohnung heraus, die unter bösen Einflüssen stände, später zurückkehren, wenn sie starke Beschwörungsformeln gelernt hätte bei den Brüdern. Fest entschlossen, sich so zu rächen, stand das dicke Weib auf. Sie erklärte aber, als sie schon an der Hinterwand der Schmiede abends standen, die Nichte ihrer Freundin müsse mit. Sie säße oft sehr lange mit der Nebenfrau zusammen; aber unter der Diele des Wohnzimmers scharre eine große Ratte, und man könne nicht wissen, was in diesem Hause entstehe zwischen dem begehrlichen Tier und dem arglosen Mädchen.

So nahm denn die Witwe, beunruhigt und kurz entschlossen, ihre Nichte, die sich sträubte, aus dem Dorf, und sie zogen zu dritt nach der Pagode. Es war in den Scheunen schon ganz still; die drei legten sich in eine Ecke auf Bettzeug, das das junge Mädchen hatte unter beiden Armen mitnehmen müssen. Frühmorgens sammelte die Schmiedfrau seufzend und zerdrückt ihre Knochen; die Nichte kraxelte wie ein Hühnchen hinter ihr her, die sich resolut bei diesem und jenem Mann erkundigte, wer am stärksten von ihnen sei und was sie tun sollte. Ein zittriger Mann, der mit einem Stock in dem Sandboden stocherte und sich ein Loch für seinen Wasserkessel wühlte, gab ihr am umständlichsten Bescheid, ohne sie nur einmal anzublicken. Sie fühlte sich sehr angezogen durch das gelassene Wesen des Mannes, der ihr überall beistimmte. Er sagte, es würde wohl bald zu Ende sein mit den Werwölfen, Nachtmahren, wenn erst viele recht tüchtig gegen sie vorgingen. Die Wahrhaft Schwachen hätten ja noch zu ganz andern Sachen Beziehung; sie werde schon noch hören, für die Bündler sei alles nur eine Kleinigkeit, zweifellos, Werwölfe seien eine Kleinigkeit. Zum Beispiel Wang-lun –. Er trat ihr auf den Fuß und bat sie weg zu gehen, weil er Platz brauche.

Die Frau, hochbefriedigt, hörte zu. Ihr gefiel besonders, daß offenbar jeder einzelne, Mann oder Frau, ohne Vermittlung eines kostspieligen Wu das Nötige bewirken könne.

Die Nichte kükelte steifbeinig, mit scheinheiligen Äuglein hinter der Schmiedfrau, ratschlagte, wann sie fortlaufen sollte. Wenn sie nur nicht zu Hause saftige Schläge erwartet hätten. Vielleicht verjagte oder verkaufte man sie. Chu sah sie im Vorübergehen mit ihren tränenschwitzenden Augen, einen Schleier vor dem flennbereiten Mund. Er lachte über dies wuschlige widerspenstige Mitglied. Sie vertraute sich ihm an, um ihn auszuhorchen. Er gab ihr Bescheid, daß sie keiner holen würde. Sie ging mit drei Männern schmunzelnd fort, die er beauftragt hatte.

Nonnen, Pilgerinnen, Bettlerinnen, Verunglückte jeder Art nahm der Bund in großer Zahl auf. Um die Zeit, als Wang-lun den Westfuß des Tai-ngan umging, die Binsenruten auf den Winteräckern geschnitten wurden und der erste Regen fiel, wälzte sich der Strom der Wahrhaft Schwachen in mehreren Betten durch die westliche und südliche Ebene von Tschi-li.

Aber weder die Aufnahme der Frauen noch die Zersplitterung wurde von so großer Bedeutung für das Schicksal der Wahrhaft Schwachen wie die Veränderung, die Ma-noh erlitt. Dieser ehemalige Fopriester von der Insel Pu-to-schan, Sonderling und

Krähenfreund auf Nan-ku, hob sich draußen mit einer fürstlichen leidenschaftsvollen Gebärde auf, begrub unter dem Wallen und Stampfen seines entfesselten Stolzes einen großen Haufen der Wahrhaft Schwachen und sich selbst in der nördlichen Ebene von Tschi-li.

In Pa-ta-ling hielt Ma-noh nur gefesselt, was in Wang vorging. Ein Gefühl aus mütterlicher Angst, Ehrfurcht, Entzücken füllte den kleinen hageren Mann. Als Wang seufzte am Morgen und allein fortzog, blieb Ma-noh in völliger Ratlosigkeit. Er saß in der kahlen Gerätekammer, betrachtete seine aufgetriebenen Fingergelenke, die Buddhas, die er vom Karren hereingetragen hatte, die armgroße Kuan-yin mit den tausend Gliedern aus Bergkristall, die auf dem Fensterbrett stand. Strolche, Diebe und Mörder waren seine Gesellschaft; es hieß wandern, wandern. Vielleicht sah man ab und zu eine Zibetkatze, gleich der fetten alten, die jeden Abend mit der gepolsterten Schnauze gegen seine Tür stieß und wie ein Sperling piepste; sie lief jetzt wohl in seiner Hütte herum, schnüffelte, oder es nistete ein Strolch drinnen, pelzte dem verdutzten Getier Steine auf. Krähen gab es überall, man wird andere Krähen sehen. Was sollte er unter den Wegelagerern? Wang war nicht mehr da. Es hieß wandern, nicht widerstreben, wahrhaft: nicht widerstreben. Das Wort hatte keinen Sinn ohne Wang. Hohl blaffte die Lehre Wangs: «Was nützt alles Toben und Ankämpfen, wenn das Schicksal seinen Gang geht? Was nützt alle Anspannung, wenn das Schicksal mit Glück, Erfolg, Krankheit, Übersättigung nichts als ersticken kann?» Das war ein sonderbarer Feiertagsstaat für Bettler!

Mißtrauisch, in sich versunken, ging er mit den andern. Er sprach an dem Tage wenig. Ihm fiel, während er träumte, die letzte Nacht ein, und er hätschelte eine schlimme Sehnsucht nach der tiefen, harten Stimme Wangs. Erst schob er selbst den kleinen Karren mit seinen überdeckten Buddhas, lehnte es bissig ab, sich helfen zu lassen. Nach ein paar Li, als es aufwärts ging, erlahmten seine dürren Arme, er mußte die Deichsel abgeben. Die Müdigkeit steigerte seine Ungeduld, die ganz klein, quälend rasch an

seinen Muskelbündeln wie an winzigen Gitarren zupfte. Er setzte sich auf einen runden Granitblock mitten auf den Weg.
Der Zug staute sich. Ma-noh merkte nach einer kleinen Zeit, da er mit den Blicken immer stier den Schneeboden schaufelte, daß alle haltmachten. Er wollte gereizt aufspringen, den Mann an seinem Karren anfahren, wurde durch die ernsten erwartungsvollen Mienen entwaffnet, sah um sich. Er gurgelte rasch: «Weiter.» Rümpfte beschämt die Nase. Es war lächerlich: diese Leute warteten auf seine Befehle, durchtriebene Gesellen warteten auf den Wink eines Fopriesters, um zu wandern. Wie würde der große Prior auf Pu-to lachen! Er Bandenführer, Räuberhauptmann.
Erst jetzt fiel ihm ein, daß er an Wangs Stelle stand. Aber das wollte er nicht, er brauchte selber Wang. Im Augenblick ergriff das ‚Ich will nicht', das Verlangen nach Wang, auf eine gewaltsame Weise seine Därme, quetschte seinen Schlund hoch, melkte seinen Speichel. Verzweifelt drückte er die Arme vor die Brust. Er kam sich rettungslos verloren vor. Sein Gehirn schwindelte, seine Haut kochte bei der Vorstellung, daß Wang auf einmal weg sei und alles sinnlos geworden, die freudige Niederlage unter ihm, der Abstieg ins Dorf, die Wanderung der Massen vom Paß. Alles durchlöcherte, entleerte seine Brust, pfählte seine Wirbelsäule.
Er stand an Stelle Wangs: diese starklaunige, plötzlich anspringende Vorstellung schüttelte an ihm.
Er roch mit einer wabbligen Übelkeit im Munde sein altes Leben. Wang konnte ihm entgleiten: was sollte er tun? Er fürchtete sich, er greinte.
Nur sich besinnen, nur sich besinnen! Wo war Wang-lun? Die Strolche und Bettler um ihn debattierten. Ma hörte die heiligen Gedanken, die Wang aus ihm gesogen hatte. Über den einfältigen Männern lag der Rausch des gestrigen Tages und der Nacht. Er sah sie an, von seinem Trübsinn verschluckt; er arbeitete sich heraus, in Furcht zurückzufallen. Die weiche Stunde zwang er sich vor Augen, in der er den schneeschweren Himmel betrach-

tete und Wang zum erstenmal liebte. Er wollte das noch einmal erleben, nur dieses Erlebnis hatte Schwingen.
Den Strolchen näherte er sich; wieder sah er sich mit leiser Qual in der Rolle des Lauschers, im Anschmiegen, Anlehnen. Wie sollte er Wang finden? Sie marschierten, ihnen war der Fischersohn nicht fortgegangen. Ma mischte sich schamlos unter sie. Er schmeichelte ihnen, simulierte, damit die Strolche nichts merkten. Und unversehens atmete er ruhiger, unversehens hatte ihre freudige Sicherheit die Löcher seiner Seele verkleistert. Er zog seine schwarze Mütze aus Katzenfell über die Ohren.
Das unsichere Gefühl, daß die Männer, die er führen sollte, mehr von Wang besaßen als er selbst, verließ ihn in den nächsten Wochen nicht. Er war bisweilen nicht zu bewegen, eine Auskunft zu erteilen; es versenkte ihn in eine zahnwetzende Wut; ihm schien, als ob man ihn in Versuchung führen wolle. Man wollte ihm vorhalten, wer er war. Und wieder mußte er sich zwingen und zu seinem Erstaunen gewahren, daß die Brüder an nichts dachten, ihm vertrauten. Ja lächerlicherweise eine Ehrfurcht vor ihm hatten, die sich nicht viel von ihrer Empfindung gegen Wang unterschied. Er antwortete ihnen unter schmerzvoller Hemmung. Sie wollten, so schmählich es war, ersichtlich nichts zwischen ihm und sich; Wang-lun stand nicht zwischen den Bettlern und ihm. Sie boten sich selbst, freiwillig, drängend als Objekte an. Er empfand es als Unsauberkeit, daß er diese Männer anwies, als Schändung Wangs. Mit einer peinlichen gezwungenen Lüsternheit bewegte er sich unter ihnen.
Er gewöhnte sich. Das tägliche Handeln schliff überscharfe Empfindungen ab. Genötigt, sich stündlich zu äußern, zu entscheiden, kam er rasch in die Nähe zu den Brüdern, die sie brauchten, in die des Führers. Er wirkte. Mehr als Nachdenken befreite und löste das. Er schwamm über Widerstände. Er fühlte sich gesättigt, über Zweifel gehoben. Die Stunden von Nan-ku fingen an zu verdunkeln. Hart modellierten die neuen Aufgaben an ihm.
Die Lehre Wangs sprühte Kälte. Manche Charaktere, über die

sie zuerst geworfen war, mußten aufs Heftigste gegen sie rebellieren. Ungeschickte, die jede Handfertigkeit verlernt hatten bei ihrem Gewerbe auf Nan-ku, in armen Gegenden nicht das Notdürftigste erbettelten, geschlagen, tagelang eingesperrt wurden: sie fanden sich mühselig, mißmutig zurück, waren schwer zu bewegen, unter Menschen zu gehen. Ihre schiefen Blicke sagten, daß sie bald an die Arbeit gehen würden, die sie gut verstanden. Ma-noh nahm sich ihrer an; es konnte nicht im Plane Wang-luns liegen, die Hände in den Schoß zu legen, unbarmherzig verderben zu lassen. Scharf waren andere zu überwachen: der wanderte freudig herum, zog morgens munter ab, stellte sich abends ein, belebt, vergnügt, zu vergnügt; er hatte einen Sippengenossen in einer nahen Ortschaft gefunden, genoß in Ruhe seine Gastfreundschaft. Ins Riesenhafte wuchs die Arbeit, als der Zustrom schwoll und man kaum erfuhr, wer kam, Namen, Schicksal, ob der Neuling nicht gegen die drei kostbaren Regeln verstoße, die Armut, Keuschheit, Gleichmut, was er erhoffe von dem Bund der Wahrhaft Schwachen. Damals traten ohne weiteres ausgebrochene Verbrecher in den Bund, um sich zu verkriechen; man mußte sie sich vom Leibe halten oder aufnehmen, je nach ihrer Art, verstecken oder verjagen. In dem einen Falle hatte man ihre Rache zu gewärtigen, im andern Nachforschung der Ortspolizei, der Präfekturbeamten. Gelegentlich bemächtigte sich die Polizei kurzweg einiger Männer und Frauen, die sie verdächtigte, Verbrecher zu beschützen.

Es wuchs der ‚Ring der Frommen', wie man sich unter den Brüdern ausdrückte. Diese eigentümliche Vorstellung hatte die Masse selbst aufgebracht. Man meinte, man könne allmählich in dem geschlossenen Ring der Wahrhaft Schwachen durch die Gewalt der Versenkung jenes Letzte erreichen, das man bald das Westliche Paradies auf dem Kun-lun nannte, bald den fünften Maitreya, bald das Kin-tan-Pulver, welches ewiges Leben gewährt.

Ma-noh wurde heftig aus sich herausgerissen. Er wuchs in seine Aufgaben hinein. Schwer gelang ihm die Besinnung auf den

Nan-ku-Paß. Nan-ku war der Geburtsort des Bundes; es waren erst Wochen um, seitdem der Fischersohn aus Schan-tung von dem alten Wu-wei gesprochen hatte. Ma ging straffer in seinem langen geflickten Priestermantel. Sein kleines spitzes Gesicht ähnlich dem Antlitz einer Krähe. Unheimlich lebendig zuckte es über seine niedrige, schrägfliehende Stirn, fuhren Gedanken um seinen liniendünnen Mund. Während er mit mageren Händen gestikulierte, schlangen seine Blicke Taue, die nicht losließen. Er redete hastig wie früher, aber mehr dringend und gehalten. So sah das Boot aus, auf dem viele die Große Überfahrt antraten.

MIT einer Gruppe von zweihundert Männern und Frauen trennte Ma-noh sich von einer nordwärts wandernden. Sie waren nicht weit entfernt von Tschön-ting, einer mittleren Stadt am Hutoho, dessen Lauf sie dicht von seinem Austritt aus dem Wu-tai-Gebirge gefolgt waren. Ma-noh wollte sehen, möglichst bald südlich von Tschao in die einsame Gegend des Sumpfes von Talou zu kommen. Ihn drängte es aus Gründen, die er nicht faßte, in eine sehr ruhige Landschaft. Bei Tschön-ting vergrößerte sich Mas Gruppe um eine Anzahl Männer und Frauen.
Die junge Frau Liang-li, die gestützt auf zwei Dienerinnen angetrippelt kam, die schönste Frau der Stadt, stammte aus dem berühmten Tseu-Geschlechte, dem unter anderm der große Zensor Tseu-yin-lung angehörte, der zur Zeit des Mingkaisers Schi-tsung wirkte. Frau Liang, als sie noch Mädchen war, hing sehr an ihrem Vater, der hohe Staatsämter bekleidet hatte, dann als reicher Mann in Tschön-ting seinen Ahnen und seiner Familie lebte. Die zarte Mutter Liangs, Tseus rechtliche Frau, kränkelte jahrelang. Die sehr energische Tochter ließ die beiden Nebenfrauen nicht aufkommen, sie besorgte die jungen Geschwister zusammen mit ihren Dienerinnen, stand dem Vater zur Seite in der Verwaltung seiner großen Güter. Tseu liebte sehr seine feine Frau, für deren Heilung er sein halbes Vermögen hin-

gab. Jeder Wu, jeder Exorzist, der neu in die Stadt kam, erfuhr, daß er sich seine ersten Taels bei Tseu verdienen konnte. Ganze Prozessionen veranstaltete Tseu zur Heilung seiner Frau, die zunehmend schwächer und heller wurde, ab und zu tagelang aus Mund und Nase blutete und dabei ängstlich jammerte. Sie blieb auf einmal weg, und kein Brennen der Fußsohle, keine Nadelstiche unter die Fingernägel weckten sie.
Es mag wohl der furchtbare zähe Vampyr, der die Frau aussog, noch nicht genug gehabt haben; jedenfalls wurde der sehr frische Mann, ein vorzüglicher Boxer und Ringkämpfer, nach dem Tode seiner Frau in einer nicht natürlichen Weise traurig. Und es geschah etwas, das über die Tore des Tseu-Hauses hinaus nicht ruchbar wurde: der Witwer suchte sich in einer Mondnacht, nachdem er seinen Ahnen Kerzen angezündet hatte, in einem kleinen Teich zu ertränken. Unruhig gemacht durch den nächtlichen Kerzengeruch warf sich Liang einen langen Mantel um, rannte vergeblich durch das Haus nach dem Vater, stürzte in den Park. Sie zog den Vater aus dem Teich. Tseu genas völlig unter der Pflege seiner Tochter.
Aber seit dem schrecklichen Ereignis in dem Park veränderte sich sein Verhältnis zu der schönen Liang. Es kam etwas Gedrücktes in sein Benehmen. Er wich ihr aus, hängte sich an die beiden jungen Nebenfrauen, deren Reize der Witwer erst jetzt zu empfinden schien. Der Mann, der in der Mitte der fünfziger Jahre stand, betäubte sich an der Schönheit dieser Frauen. Die Tochter verfolgte ihn. Ihr Haß auf die beiden Frauen schwoll über jedes Maß. Sie verleumdete sie bei Tseu, setzte durch, daß er die jüngere, ein harmloses, sanftmütiges Wesen, verjagte.
Aber es kam nicht zum Frieden. Liang legte die Trauer nicht ab um die Mutter. Sie trug die Halskette, die Perlenschnüre der Toten. Die beiden seidenen Beutelchen, die Lotosblattäschchen, hängte sie sich an den Gürtel. Zwei goldene Ringe, zwei silberne Ringe, Verlobungsgeschenke Tseus an seine Frau, nahm sie aus dem Kästchen, schob sie sich über die Finger. Tseu wich aus dem Hause. Er besuchte die Theater, besiegte öffentliche Preisringer.

Es sprach sich in der Stadt herum, daß er eine Geliebte in den bemalten Häusern hätte. Ehe es mit ihm zu Ende ging in dieser verzweifelten Weise, erschien sein Bruder, der damals als graduierter Literat in Ta-ming wohnte, in Tschön-ting, um den schlimmen Gerüchten über seinen Bruder nachzuforschen.
Er hielt dem zehn Jahre älteren Mann die Schande vor, die er auf das Tseuhaus werfe, bewirkte bei einer erregten Bootfahrt, daß Tseu zugestand, die Familie an der Aufsicht über die Liegenschaften zu beteiligen, schließlich die verjagte Nebenfrau, die ihm draußen einen Knaben geboren hatte, zur rechtlichen Frau zu erheben. Als die Brüder ernst im Hause erschienen und der schönen Liang dies mitteilten, verneigte sie sich, nachdem sie an ihren Ringen gespielt hatte, vor ihrem Vater, nahm Halskette, Perlschnüre ab, legte sie vor Tseu an den Boden, bat, ihr vor der Hochzeit des Vaters einen Gemahl zu wählen. Das war Hu-tze, der schon nicht mehr hoffte, Liang zu besitzen.
Die beiden Hochzeiten gingen vorbei. Liang wohnte im Hause des Hu-tze, der seine junge Frau innig verehrte. Der kluge kühle Mann vermochte nicht ihr finsteres Wesen zu bannen. Zuerst lebte Liang ganz zurückgezogen und schien gewillt, die Liebe des Hu-tze anzunehmen. Sie gebar ihm aber kein Kind. Da glaubte er, es sei besser, wenn sich Liang in Gesellschaft begebe; auch gewisse Steine vom Wege und Blumen ließ er in ihren Zimmern aufstellen, damit sie sie gelegentlich berühre, denn in ihnen wohnen die Geister ungeborener Kinder. Die junge Frau lachte über alles und folgte ihm.
Sie ging in die Wohnung ihres Vaters. Bei diesem Besuch traf sie ihn nicht an. Sie trippelte in die wohlbekannten Zimmer, nahm aus einem Kasten, den sie aus einer verhängten Truhe holte, die Andenken an ihre Mutter heraus, die Verlobungsgeschenke des Vaters, die Perlenschnüre, das Lotosblattäschchen. Dafür warf sie höhnisch lachend den Stein in den Kasten, den Hu-tze ihr hatte bringen lassen. Sie war viel freudiger in den folgenden Monaten, von einer hinterhältigen samtenen Zutraulichkeit zu dem Mann, dem sie einen Knaben brachte. Beim Anblick des

Kindes weinte die schmalwangige Wöchnerin hilflos, verfiel in ein widerspenstiges finsteres Wesen, mit häufigem Schluchzen, Fäusteballen, Wutausbrüchen, daß sie verloren sei.
Sie ließ sich, sobald sie hergestellt war, in das Haus des Vaters tragen. Ohne ihren Gatten zu sprechen, hatte sie sich in Hochzeitsschmuck geworfen, aus Laune, wie sie ihre Dienerschaft beruhigte. Den langen Schleier trug sie, Ringe, Armspangen, Blumen aus Federemail. So trat sie vor ihren Vater, wie ihre Mutter in jungen Jahren anzusehen, im entschlossenen Gesicht die scharfen Züge der Krankheit, verneigte sich und sagte, sie wäre da. Tseu hieß sie willkommen und war entsetzt. Sie nahmen nebeneinander Platz zum Essen.
Liang saß in glücklicher Laune neben ihrem Vater, dem das Herz zu zucken begann, der von Schmerz, Sehnsucht, Grauen zerrissen war. Wie Mann und Frau gingen sie durch die Zimmer; Tseu ließ seine schöne Tochter gewähren; sie umarmte, küßte ihn. Sie umschlang seine Schultern ohne Scham. Sie spazierten durch den dichten Park. Da lief Liang im Gestrüpp ihrem Vater voraus, raffte den grünen Schleier, den sie sich um den Hals wand, warf sich rückwärts, das Gesicht nach dem Vater zu, die Arme gegen ihn aufgehoben, in den Weiher. Tseu brauchte lange Zeit, ehe er mit Hilfe des herbeigeholten Gärtners die Frau herauszog; sie kam nach Stunden wieder zu sich. Sie soll dann ihren Rettern geflucht haben, an der Brust des trostlosen Tseu in Weinen, Vorwürfe und verwirrtes Geschrei ausgebrochen sein. Sie ließ ihn nicht los, bis er sie willenlos umfaßte und unter Küssen flüsterte, er wolle mit ihr sterben. Auf seinem Schoß streckte sie sich im Zimmer; da schloß sie gegen Abend still die Augen, richtete sich auf und sagte abwesend, daß sie nach Hause zu Hu-tze müsse. Die Sänfte Liangs ist nie in den Hof Hu-tzes gekommen. Es kam nur, von einem fremden Läufer getragen, am Morgen ein Brief von ihr bei Hu-tze an, daß sie sich wohl befinde, daß es ihm und seinem Knaben, den zu gebären sie das Glück hatte, wie sie hoffe, auch gut erginge; und sie werde ihm auch in der Zeit zugetan bleiben, wo sie nicht bei ihm wohne.

Dann ist sie, verlockt von der Lehre des Nichtwiderstrebens, zu Ma-nohs Gruppe vor Tschön-ting gestoßen, um arm, keusch und gleichmütig zu leben.
Dies war die schöne Liang-li, die sich im Lager von ihren Dienerinnen trennen mußte. Denn hier war keiner Diener des andern. Sie ging, wie alle lilienfüßigen Frauen, von einigen Männern oder kräftigen Frauen begleitet, zu betteln, singen, Kranke zu heilen.
Frau Ching saß im hohen Kaoliang neben ihr. Dies war eine einfache Gemüsehändlerin, die in äußerlich erträglichen Verhältnissen lebte; sie war seit einem Jahre Witwe, besaß einen größeren Jungen von zwölf Jahren, dazu ein verwachsenes skrophulöses, auch bösartiges Kind. Nach der Geburt des unglücklichen Wesens hätschelte sie ihren älteren Liebling nicht mehr lange. Sie wurde völlig von dem Kinde, das der Vater sein ‚Großväterchen' nannte, in Anspruch genommen, je mehr sich seine Eigentümlichkeiten herausstellten. Trotzdem sie überzeugt war, daß die hexende Hebamme an allem schuld hatte, denn dies war schon das zweite unglückliche Kind, das in der Straße von der Hebamme gebracht war, und trotzdem sie alle Aschen, Wasser, Brandmale anwenden ließ, hegte sie ein Mißtrauen gegen sich selbst; ob sie irgend etwas in der Schwangerschaft oder vorher versehen hätte, ob sie sich vielleicht zu wenig aus einem zweiten Kind gemacht hätte, oder was sonst. Sie beobachtete unausgesetzt das Kind. Von dem älteren wollte sie kaum etwas wissen; sie meinte mißgünstig, daß er gerade Beine hätte; und damit sei es ja gut. Sie bekam Zänkereien mit ihren Nachbarinnen, weil sie glaubte, daß man sich über das Großväterchen mokierte; es kam zu Streitigkeiten, weil Frau Ching schließlich fremde Kinder prügelte, die von dem Kleinen beim Spiel gebissen oder gekratzt wurden. Denn das liebte das Großväterchen sehr.
In der ersten Zeit, als das Kind zwei Jahre etwa alt war, versteckte sie es in der Wohnung; sie hatte eine grenzenlose Liebe zu dem Wesen, bettelte es in der stillen Wohnstube an, es möchte doch vernünftig sein, versuchte auf eigene Faust absurde Heil- und

Zauberpraktiken; das waren schöne Wochen, wenn sie etwas Neues bei dem Kind anwandte und nun von Tag zu Tag hoffnungsfreudig ihre Beobachtungen machte, sich hier betrog, da betrog. Dann wurde sie, enttäuscht, wütend auf sich, daß sie wegen dieses Krüppels mit aller Welt sich zerwerfen mußte, ließ das Kind herumliegen. Sie schimpfte hart auf den Teufel, den man ihr aufgehalst habe.

Immer gewann ihre Besorgtheit die Oberhand. Sie brachte das Kind unter Gespielen, bewirkte durch ihr abschreckendes Auftreten, daß keiner das Großväterchen zu foppen wagte, ja, daß man Angst vor ihm hatte, sich von ihm mannigfach tyrannisieren ließ, wodurch seine Unarten sich üppig entwickelten. Es wäre beinahe dazu gekommen, daß sie sich des Kindes wegen ganz isoliert hätte, wenn die Nachbarinnen nicht einsichtig gewesen wären. Frau Ching nahm ein herausforderndes Wesen an; sie duldete kein Gespräch, keine Andeutung auf ihr mißratenes Kind. Sie lebte sich in eine schroffe Abwehrhaltung hinein, die nicht nur die Dinge um das Großväterchen betraf. Ihre Gesprächigkeit, derbe Laune verschwand unwiederbringlich. Sie war eine jähzornige, wenig umgängliche Frau geworden.

Damals kam das große Gerücht von den neuen mächtigen Zauberern, die aus den Nan-ku-Bergen nach Süden und Osten herumzogen. Die Berichte häuften sich. Ein heller Blitz fuhr in die Frau; sie lief in die Jamenhöfe, auf die Marktplätze, wo man Geschichten erzählte, sog die Nachrichten ein, trug sie mit sich nach Hause. Sie hätschelte das Großväterchen und den älteren Jungen, sprach aufgeregt mit allen Bekannten ihrer Straße; übergab den älteren Knaben, dazu ihre ganze Wirtschaft, als die Wahrhaft Schwachen sich Tschön-ting näherten, dem Besitzer des Nachbarhauses zur Pflege, sagte, daß sie auf ein paar Tage verreise, und wanderte in das Lager des Ma-noh. Es erübrigt sich, zu berichten, wie es ihr und andern draußen erging. Sie fanden nicht, was sie suchten, und bemerkten schließlich, daß sie alles Erdenkliche erreicht hatten. Man erfüllte ihnen keinen Wunsch; man entzog ihnen jeden Wunsch.

Ma-nohs Haufe lagerte in dem üppigen Gelände westlich des großen Sumpfes von Ta-lou.
Schon war der fünfte Monat gekommen.
Solche Milde und Süße wehte in der sommerlichen Luft. Gegen Abend schwammen von den Blumenhängen um das Sumpfufer verwirrte Gerüche herüber, mit dem Windhauch abreißend, klangartig; eine Schar betäubter versunkener Geister flog in Phosphorfunken herüber, dunkelte über den Boden hin, suchte sich an Menschen festzuhaken. Weit voneinander ab standen prächtige Katalpabäume auf den langgestreckten Hügeln. Die dicken braunen Knorren schwellten in buschigem grünen Zweigwerk auf, so dicht und reich, als könnten die Bäume nicht genug auf einmal einatmen von dem blauen Wind, nicht breithändig genug die goldigen heißen Tropfen des Yang auffangen. Jedes der herzförmigen Blätter trug ein glänzendes Grün zur Schau, zeigte ohne Scham das engmaschige Aderwerk seiner Eingeweide. Wenn die Lüfte vom Sumpf herüberkamen, tremolierten die nackten Blättchen, schnellten an, warfen die Geisterchen platt mit der Zunge beiseite, drängten sich verliebt aneinander. Aus der schwebenden grünen Masse, dem hängenden grünen Erdboden, hingen an Stengelchen bräunliche Fäden herunter und klappten ins Gras, wie bräunliche sich windende Regenwürmer, die vom Fall erschlagen wurden und das schöne Moos befleckten. Wo die Hügel abflachten und in die Talmulden übergingen, wucherte der ornamentale Mikanthus, der mannshohe starre Halm, die zebraartig quergestreifte Staude, unbewegliches sich verjüngendes Gelb und Grün, an dem sich die Kugeln der blassen Regentropfen mit ihren Spektren aufspießten.
Auf dem fetten Boden, den man von Westen her anfing zu brechen, lagerte in Ruhe die Truppe Ma-nohs. Man erwartete die Ankunft Wang-luns, der schon die östlicher vorgerückte Schar Chus seit einer Woche erreicht hatte.
Es war am siebenten Tage des fünften Monats, daß man einen jungen schwachen Bruder herantrug, den man auf offnem Wege

bewußtlos aufgefunden hatte. Das fünftägige Fasten, das er sich freiwillig aufgelegt hatte nach einer Entrückung, bekam ihm nicht. Den leichten langen Menschen, der eine Art Kutte mit Strick trug, quer über beide Arme gelegt, schleppte ein baumstarker Mann im Soldatenkittel; der Mann bückte sich mit dem schweißtropfenden Kopf weit nach vorn, um den Schatten seines riesigen Strohhuts über das Gesicht des jungen Menschen zu werfen. Überall waren Hütten und Zelte wie bei einer Armee aufgeschlagen; Ma-noh ließ zwanzig Männer abwechseln, Bretter auf Segelkarren fahren hinter und vor dem Haupttroß, weil die Kälte- und Feuchtigkeitserkrankungen unter den Brüdern und Schwestern überhand nahmen. Unter den kühlen Katalpabäumen legte der Soldat, Deserteur der Provinzialtruppen, den Kranken vor ein Zelt in das trockene Moos, tropfte aus einem winzigen schwarzen Glasfläschchen eine grüne Flüssigkeit auf die borkigen Lippen des Bewußtlosen, setzte je zwei Tropfen hinter seine Ohren. Der Kranke seufzte, suchte die Tropfen hinter den Ohren abzuwischen, kaute mit den Lippen, schlug die Augen auf. Der Soldat sah ihm zu, kommandierte, er solle den Atem verhalten, jetzt langsam atmen, jetzt den Atem verhalten.

Die Sonne war untergegangen. Ma-noh lehnte, bis die graue Dämmerung heraufzog, gegen die Bretterwand seiner Hütte, zählte, rechnete, blickte durch die hohle Hand nach den Sternen, griff sich an die Brust, lag mit der Stirn am Boden: morgen war der Tag der Vollendung Cakya-munis, des Reinen, des Schwertträgers der durchdringenden Weisheit.

Als Ma sich aufgerichtet hatte und in dem warmen Moos hockte, fing er nachdenklich zu lächeln an, von der dunklen Luft eingerundet. Seine Augen zwinkerten; gelblich standen sie in den schmalen Spalten, wie junge Hunde, die aus einem halboffenen Koffer herausschnappten. Man ging mit Papierlaternen an ihm vorbei, ein vielstimmiges glückliches Singen klang aus dem Frauenlager von dem östlichen Hügel herunter. Von Zeit zu Zeit harte gleichmäßige Männerrufe. Irgendwo betete man. Der undurchdringliche, schwere, dickleibige Himmel drängte sich eng an die Erde, die ihm, wo ihn die Sonne verlassen hatte, verwandt vorkam; mit Millionen blinkender Sterne lispelte er ängstlich nach etwas Nahem, bettelte bei der Erde, die er sonst mit kaiserlichem Gleichmut um seine geschwollenen Füße laufen ließ. Es blökte ein klägliches ‚Wä wä', näherte sich, umschwirrte, dumpfte gegen die Holzlatten. Aus dem Bambusdickicht schwirrten Vögel herüber, flogen dicht an Mas Zelt vorüber in die Mikanthusfelder. Ma schloß die Augen; er sah die Satyrhähne, wie sie im Sommer auf Nan-ku und durch die südlichen Gebirge flogen: türkisblaue Hörner, runde dunkle Augen in einem schwarzen Kopf; feurig schwollen Brust und Bauch; auf braunem Mantel und braunen Schwingen des kleinen Fliegers flimmerten die augenförmigen Ringe. Wie sie bellten.

Morgen wird man den Tag der Vollendung des herrlichen Cakya-muni feiern. Ma bewegte sich nicht. Hier hielt man sich an ihn, vertraute ihm. Ihr Wohl lag in seinen Händen. Er schmeckte eine Bitterkeit an seinem Gaumen und schluckte. Es wird alles rudern, schwimmen, fliegen zu den Inseln im großen Ozean, es wird alles gut geraten und ist alles gut geraten: die Boote gerichtet, die Ruder bereit, das Steuer fest eingespannt. Kuan-yin hieß die Schiffergöttin, die die Überfahrt leitete, am Bug stehend, dem Wind die Richtung weisend. Sie lasen vor ihren Zelten, die Frauen sangen, lagen alle gut im Schatten der Kuan-yin. Er der Bootsknecht, der treue Steuermann. Sein Wohl lag in ihren Händen; er suchte sich zwischen ihren Handflächen, wie er zermalmt, zerrieben, ins Gras gestreut würde. Der weise Prior von Pu-to hatte ihm einmal die Schule nicht gegeben, den Unterricht der Novizen, den er wünschte; es war ein weiser Prior; jetzt hatte er Novizen, so viel er wollte, sie gingen mit ihm, wohin er wollte, und er war schon nicht mehr stolz.

Ma-noh verbarg, über sich gebückt, sein kaltes Gesicht in den Händen. Und er verbarg sich auch, daß er sie leise, scharf haßte, in einem tuckenden unheimlichen Schmerz, den er hinter dem Brustbein spürte. «Wang-lun», seufzte er. Ma-noh sah ihn schon

wie die andern, mythisch groß. «Wang-lun, Wang-lun», wimmerte Ma-noh; er fühlte in sich unklare Dinge regsam, Wang-lun konnte alles schlichten. Was war dies für eine grausame Reise nach Schan-tung zu der Weißen Wasserlilie, und er kam nicht, und er kam nicht zurück.
Und er kam zu spät zurück. Wohin sollte das gehen? Sie wurden alle still und klar, hoffnungsfreudig auf eine besondere Art. Nichts wurde aus ihm. Seine goldenen Buddhas, die kristallene tausendarmige Göttin fuhr man im Karren hinter ihm her als eine Speise, von der er nie aß. In der täglichen Arbeit für die Brüder gab es keine Versenkung, keine Überwindung. Die vier heiligen Stufen berührte er mit keinem Fuß mehr: nun in die Strömung eingegangen, einmal wiedergeboren, keinmal wiedergeboren, Archat, Lohan, sündenlos Würdiger, ja, der mit demselben Blick Gold und Lehm betrachtet, den Sandelbaum und die Axt, mit dem er gefällt wird. Nichts, nichts mehr von den Freudenhimmeln, wo sie auseinander weichen, die Geister des begrenzten Lichts, die Bewußtlosen, die Schmerzlosen, die Bewohner des Nichts und jene, die sind, wo es weder Denken noch Nichtdenken gibt. Mild und stumm saßen auf dem Nan-ku-Passe die goldenen Buddhas vor ihm, die Ohrlappen bis auf die Schultern gezogen, unter dem blauen aufgeknoteten Haar die runde Stirn mit dem dritten Auge der Erleuchtung, weite Blicke, ein aufgehelltes, verdunstendes Lächeln über den aufgeworfenen Lippen, auf den runden schlanken Schenkeln hockend, die Fußsohlen nach oben gerichtet wie die Kinder im Mutterleib. Nichts mehr von dem. Und auch nichts von Wang, von Stille, Gleichmut; er nahm nicht teil an dem wachsenden Ring der Frommen. Und nichts von anderem, anderem.
Morgen wird man den Tag der Vollendung des herrlichen Cakya-muni feiern.
Ma-noh nahm seine zitternden heißen Finger vom Gesicht, legte die Hände vor der Brust aneinander, brachte die Finger in die heilige Mudrastellung, bannte sich in der dunklen süßen Sommerluft.

Er erhob sich, schlug für seine Papierlaterne Licht, ging in die Hütten einiger Männer, denen er mit einer starren Ruhe sagte, daß morgen der Tag der Vollendung des Allerherrlichsten Buddhas wäre; sie sollten zur Feier eine Barke der Glücklichen Überfahrt bauen. Als er zum Lager der Frauen hinüber ging, bewegten sich rasch und durcheinander die bunten Laternen nach dem andern Hügel hinauf, wo die Bretterstapel der Brüder lagen, die zum Hüttenbau nicht benützt waren. Zwanzig Schritt vor dem ersten Zelt der Frauen blieb Ma-noh am Abhang stehen, schwang seine Laterne, sagte sehr leise, als drei Frauen zu ihm liefen, morgen wäre der Tag von Cakyas Vollendung; die Brüder würden eine Barke der Glücklichen Überfahrt zimmern; er bäte die Schwestern, an die hilfreiche Göttin der Überfahrt zu denken.
Am Morgen tuteten Muscheltrompeten vom Hügel der Brüder, fünf Stöße. An dünnen Tauen zogen die Männer eine lange rohgezimmerte Barke aus dem Dunkel der Katalpen hervor, schoben sie sachte, seitwärts und hinten stützend, herunter mitten zwischen die Mikanthusstauden, die das Schiff wie Wellen teilte. Eine lange Reihe von Mädchen und Frauen tauchte in den scharf scharrenden Halmen auf; voran gingen junge Weiber, auf deren ausgestreckten Armen eine riesige bunte Zeugpuppe lag. Sie drangen vor Ma-nohs Zelt.
Ma-noh stand im Freien, sehr schweigsam, im vollen priesterlichen Ornat, mit der schwefelgelben Kutte und prächtiger roter Schärpe, die schwarze vierzipflige Mütze auf dem Schädel; den Kopf gesenkt, die Hände in Mudrastellung. Die Frauen mit der Puppe knieten hin. Es bedurfte einer langen Zeit, bis er sie ansah. Sie baten, ihrer Puppe vom Geist seiner Göttin aus Bergkristall abzugeben, ihrer Göttin das Licht zu öffnen. Ma-noh schien übernächtig; er sprach matt. Er lag geraume Weile im Zelt, wo man die Puppe neben die Kuan-yin an die Erde gestellt hatte; es schien, daß er betete. Dann kamen die Frauen herein; eine hielt eine kleine Holzschale mit einem roten Saft, in dem ein Stengel schwamm. Ma nahm den Stengel, zeichnete der Puppe rote Klexe: Augen, Mund, Nasenlöcher, Ohren; nun konnte die

Puppe sehen, schmecken, riechen, hören, hatte eine Seele, war eine Kuan-yin, Göttin der Barke.
Zehn Männer und zehn Frauen gingen an diesem Tage in die Nachbarschaft zu heilen, zu arbeiten, zu helfen, zu betteln. Man betete lange Stunden auf dem Mikanthusfelde, in einer Reihe die Männer, in einer Reihe die Frauen; vor dem Schiff Ma-noh. Eine Handglocke klingelte, man fiel auf die Stirn; der Priester las eintönig vor; von Zeit zu Zeit fielen die Hörer ein. Als die Sonne nicht mehr senkrecht strahlte, setzten sich Männer und Weiber gemeinsam um das Schiff, an dessen Mast die bunte Göttin angelehnt stand, zum Mittagessen hin.
Geschichtenerzähler gingen herum, Springer und Gaukler zeigten Künste, ein paar ehemalige Kurtisanen, die an verschiedenen Teilen des Tales musizierten, taten sich zusammen, sangen, auf die Barke tretend, um die Kuan-yin ziehend Hand in Hand, das Freudenlied von dem grünen Felsen; vielstimmig tönte das süße feine Lied, oft wiederholt, über die niedrigen Hügel, von den Bäumen zurückgeworfen.
Man glättete einen aufgeworfenen Erdhaufen auf der Höhe des Frauenhügels, indem man rasch mit Brettern auf den Boden schlug, lud einen jungen Eunuchen und eine großäugige schlanke Kurtisane ein, zu tanzen. Dann trat zuerst der junge Eunuch auf den Platz, allen im Mikanthusfeld und auf dem Abhang des Männerhügels sichtbar, mit den Gliedern einer Gazelle, aus stolzen schwärmerischen Augen um sich blickend. Er trug einen gewöhnlichen losen Kittel und lockere Hosen von schwarzer Farbe; jeder wußte, daß er eine große Kleiderkiste aus Pe-king nahm, als er zu Ma-noh floh. In seinem schwarzen lockeren Anzug, den Zopf im Knoten aufgebunden und nun die leichten Arme angehoben, tanzte er.
Er ging, zappelnd im Kniegelenk, auf und ab, knixte langsam ein, bis er auf seinen Hacken saß, zog sich ruckweise hoch und schlug die Arme, mit den Handflächen nach außen, dichter und dichter über dem Kopf zusammen. Dann stand er still, drehte das Gesicht zur Seite, so daß man sein strahlendes Lächeln sah,

und fing an, ein Bein vor das andere gestellt, sonderbare Bewegungen mit Rumpf und Armen auszuführen. Er beugte sich weit nach rechts, legte die Arme vor die Brust zusammen, beugte sich weit nach links, führte den Rumpf im Kreis herum; löste nun, den Rumpf festgestellt, die Arme, ließ sie seitlich flattern, ringeln, haschen. Er schwang die Arme scharf herum, und wieder flatterten sie sanft, ringelten, haschten. Nun stellte sich rasch ein kleiner Fuß vor den andern, trippelte auf der Stelle, dabei flogen die Arme nach einer Seite, und bis in die gestreckten Finger hinein folgte die Bewegung; es sah aus, als wäre der Körper gebannt und suchte vergeblich, den Händen, Fingern nachzulaufen. Die Bewegung der Füßchen wurde immer wilder, zukkend, springend, bis es dem Tänzer gelang, sich in einem großen Satz nach rechts, in einem großen Satz nach links vom Fleck zu lösen, und bis er in glücklicher Raserei hoch- und niederhüpfte, seitlich ganz auf den Boden umsinkend, und sich in einem Tremolieren wieder zurückzwang auf den Fleck. Schon glitt die großäugige Kurtisane neben ihn, die niedrige runde Stirn frei, die schwarzen Haare im Chignon der dreizehn Windungen aufgebunden, ein fettes wohlmodelliertes Gesicht; ein hemdartiger langer Kittel von hellgrauer Farbe über der kleinen Figur; aus den violetten Beinkleidern quollen an den Knöcheln weiße Spitzen hervor. Den grasgrünen Gürtel hielt sie in der linken Hand. Sie fing mit kurzen Kopfbewegungen nach beiden Seiten an, dann kam ein Nicken, Heben, behaglich langsames Kreiseln des Kopfes. Als das Rucken wieder losging, traten die Hände in Tätigkeit, die schlaff an angepreßten Armen hingen, sie klappten vor den violetten Beinen erst unmerklich, dann heftiger auf und ab, rissen die Unterarme hoch. Beide Arme ausgestreckt; unter wirbelnden Handdrehungen zuckte sie schroff seitlich mit den Hüften; und die Bewegung übertrug sich abwärts in die Beine. Erst wurden sie von dem Hüftenschwung mitgezogen, dann schwangen sie, angesteckt, gereizt, enthusiasmiert, mit ihrer Zuckung mit nach rechts, nach links und traten, schlenkerten, zitterten in eigener Weise. Die starken Oberschenkel

preßten sich zusammen; die Unterschenkel rührten sich umeinander, schnellten in den Knien auseinander, klappten zusammen. So sprang das Mädchen, den Gürtel auf beiden Armen balancierend, um den abgegrenzten Platz und den jungen Eunuchen herum, der sie in einem unübersehbaren Rhythmus mit Kopf- und Handbewegungen begleitete. Sie tanzten beide umeinander, nebeneinander. Der Eunuch sank auf die Erde und schob, die Arme im Rhythmus hochgeschleudert, langsam und gewaltsam seinen zarten Körper aus dem Boden auf; die Kurtisane stand steif über ihm, die Arme quer vor die Stirn gelegt. Als er zum letzten Wurf die Arme schwang, stürzte sie auf ihre Fersen nieder, und nun lockte er, mit den gespreizten Fingern ihren begegnend von oben, sie hoch. Als wenn sie Fische wären, schwammen sie mit ausgebreiteten Armen, geraden Fingern gegeneinander.
Sie tanzten vor den unersättlichen Zuschauern in den Maskenkostümen des jungen Eunuchen den Tanz der Pfauenfedern, der roten und schwarzen Bandstreifen. Man unterschied nicht Mann und Frau. Mit Anbruch des Abends belebten sich alle. Die Barke mußte mit der scheidenden Sonne ihre Fahrt antreten. Die Frauen hockten beratend zusammen; sie hatten lange bunte Papierstreifen über ihren Knien; sie kritzelten ihre Namen und die geliebter Seelen darauf; malten Bannformeln gegen Gespenster, Krankheiten, liefen nach der Barke und warfen die Zettel vor die Puppe. Die Barke hatten Männer am späten Nachmittag prächtig mit rotem Papier geschmückt, lange Wimpel an den Mast gesetzt, kleine Segel an Schnüre gezogen, sie mit tausend roten Augen besetzt. In dichtem Haufen umstanden alle das Schiff; die Handglocke klingelte. Jetzt blitzte Feuer auf, brennende Papierstreifen flogen auf die Planken, über Deck. Man wich zurück. Das Schiff fing an Steuer und Bug Feuer; eine hellrote Flamme huschte über Segelleinen, fraß Segel, und im Nu brannte die ganze Takelung unter blendendem Licht auf. Ein ‚Ahi‘ des Entzückens; sie hoben die Hände. Das Licht erlosch. Die Göttin stand; die Bodenbretter, auch das Seitenholz brannte qualmend, knackend, Funken spritzend. Man warf sich hin, un-

ablässig ängstlich betend, daß die Göttin die Wünsche auf ihre Reise mitnehmen möchte. Der Qualm wurde dichter, das Krachen des Holzes lauter; die Flamme arbeitete tüchtig. Ein weißlicher Schein, der an Helligkeit rasch zunahm, manchmal verschwand, um zaghaft wieder aufzutauchen, durchbrach den Qualm. Schon stand der Mast und die Göttin im Rauch; man erkannte noch etwas Stilles, Braunschwarzes. Breiter und höher wuchsen die Flammen; wühlten wolkenartig ineinander. Sie traten wie dünner Sand zwischen den Fugen der seitlichen Bretter heraus, griffen mit tropfenden Händen nach den schön geschnittenen Rudern, rührten sie als muskulöse Bootsleute. Prächtiger als rotes Papier wehten die feurigen Wimpel. Dann verlor der Schein alles Rötliche; ein weißes gleichmäßiges Licht blendete, und nun –. Alle fuhren zurück. Zischen, bläuliches Dampfen mitten in dem weißen Meer; lange bewegungslose Rauchlinie über den Gluten.

Als das Geheul der Flammen nachließ, war Kuan-yin verschwunden. Durch den schweren Rauch drangen sie von allen Seiten an die Barke. Es verbrannte die Oberschale mit den Zetteln; sie stocherten glücklich, vergeblich nach Papier auf dem glimmenden Holz; die Göttin hatte eine freudenreiche Überfahrt angetreten. Mit leisem Plaudern ging man auseinander.

Die Nacht kam. Auf den Hügeln, unter den Katalpen, im Moos, im Mikanthusfelde schlief man. Durch die unregelmäßigen Zeltreihen kletterte vorsichtig ein aufgeschossener Mann im Dunkeln ohne Laterne, rutschte ein Stück des Hügels herunter, stolzierte im Tal: dies war der Nachtwächter der Truppe. Er ging in der völligen Finsternis, spähte rechts, spähte links; trug ein kleines Köfferchen an der Hand. Er nannte sich der ‚Dämmerungsmensch'; seinen wirklichen Sippennamen wußte man nicht; sehr geachtet in der Truppe war dieser ältere Mann, der ein paar Li hinter Tschön-ting sich dem Zuge angeschlossen hatte. Es gab Tage, wo er sehr erregt war, brüllte, der Karawane mit einem kleinen Metallspiegel in der Hand nachlief, sie wie ein Hund bekläffte, Zurückbleibende verdrängte, warnte, schreiend auf seinen Spiegel wies. Unter dem Kittel hing an seinem Hals ein Schwert, geflochten aus Pferdehaaren, lang und dünn, von einem Stück Holz gehalten, mit kleinen Haarzöpfchen besetzt; dem Schwert sollte große Gewalt innewohnen. In dem Köfferchen trug er den ‚König der linken Seite': dies war ein Schatten von ihm, den ihm einmal ein niederträchtiger Betrüger entwendet hatte. Der Dämmerungsmensch stellte den Schatten eines späten Nachmittags, als er ihn gerade wieder foppte, sperrte ihn in das Köfferchen ein, das er mit Vorbedacht bei sich trug. Er öffnete den Koffer nie; wenn der König der linken Seite entwischte, war sein triumphierender Besitzer nicht mehr des Lebens sicher.

Abends schlief der Mann nur wenige Stunden. Er suchte nachts einen Schatten von sich, der Hai-ling-tai hieß und nur in dickster Finsternis unter besonderen Vorkehrungen sichtbar wurde.

Der Dämmerungsmensch ging auf den Zehen um die verbrannte Barke zwischen den Stauden, bog sachte Halm um Halm beiseite, kauerte mit angespannter Aufmerksamkeit hin. Ab und zu nickte ein breiter Halm, dann griff er ihn beim Fuß, betastete ihn mißtrauisch, lauerte. Als die Nacht vorrückte, hörte er unmittelbar hinter sich ein Rufen: «Dämmerungsmensch, Dämmerungsmensch!» Er blieb angewurzelt stehen, tastete nach seinem Zopfschwert. Nach einem Schweigen murrte es wieder: «Dämmerungsmensch!» Er erhob sich, steppte, den Kopf zwischen die Schultern eingezogen, dem Ruf nach; Hai-ling-tai wollte mit ihm unterhandeln.

Glitt auf einen schmalen Gang zwischen zwei Hüttenreihen. Da blinkte auf einem Stocke eine unbedeckte Laterne; ein kleiner Mann stand auf dem Gang, rief: «Dämmerungsmensch.» Es war Ma-noh, gegen den der alte Wahrsager anlief. Ma-noh flüsterte, er möchte diese Nacht vor seiner Hütte wachen. Sobald der Morgen anbräche, möchte er hereinkommen; der Dämmerungsmensch sollte einen kleinen Auftrag für Ma-noh ausführen.

Während draußen das Umsichspähen, Schlagen durch die Luft wieder anfing, vollzog sich drin das Ereignis, das das Schicksal

der Schlafenden auf den beiden Hügeln und im Tale entschied.
Als der Dämmerungsmensch einen grauen Schimmer am Himmel entdeckte, marschierte er steif in die Hütte, wo Ma-noh auf einem Strohsack lag und sich aufrichtete. Er umarmte den Alten und hielt sich an seiner Brust fest. Der lächelte drohend über dem gebückten Schädel, schwang abschreckend sein Schwert nach den acht Himmelsrichtungen. Der kleine Priester brummte: «Dämmerungsmensch, du wirst deinen Bruder erfreuen. Geh in alle Hütten und Zelte der Männer, weck sie einzeln. Ma-noh läßt sie bitten, auf dem freien Platz, wo wir den vollendeten Buddha feierten, sich zu versammeln. Sie möchten gleich kommen. Noch bevor die Sonne aufgeht, läßt sie der arme Bruder bitten.»
Von dem Hügel krochen sie herunter. Gewimmel von Laternen zwischen kohlschwarzen Stämmen. Klappern, halblautes Sprechen, Gähnen, lahme Knochen, Drängen, Trappeln. Als sie auf dem freien Platz im Tal standen, schlug und krachte es hölzern; die Reste der Barke stürzten, von den schiebenden Menschen angerührt. Der halbverkohlte Mast sauste seitwärts, die Splitter flogen, rissen Löcher in Laternen. Die Männer stapelten die Bretter, hockten herum, warteten.
Ma-noh kam im zerrissenen bunten Mantel. Hinter ihm stolzierte der feierliche Dämmerungsmensch; er schwenkte auf dem Arm Ma-nohs Priestermantel, Schärpe und Mütze. Als man Ma einen erhöhten Platz auf dem Bretterstapel einräumte, legte sein Begleiter die Kleider neben ihn, nachdem er in die acht Himmelsrichtungen mit dem Zeigefinger gestochen hatte. Gequollen und rot waren Mas Augen; sein farbloses Gesicht gedunsen vom Weinen; auf Händen und Unterarmen blutige Kratzstriemen.
Die vielen Männer und ihr Führer, der unüberwindliche Zauberer, saßen sich stumm gegenüber, Mauer gegen Mauer. Die Nächstsitzenden blickten auf Ma-nohs Schärpe. Ihre Unruhe übertrug sich auf die Entfernteren. Man weckte ihn, rief ihn an. Er solle sprechen.

Er stand auf, drehte die Priestermütze in den Händen. Er erzählte stockend, daß er auf dem Nan-ku-Paß jahrelang den goldenen Buddhas vergeblich gedient hätte. Der Mann aus Han-kung-tsun kam da, er lebte nun richtig. Aber Wang-lun sei jetzt monatelang weg, er käme nicht zurück, er käme nicht zurück, und wenn Wang-lun jetzt zurückkäme, so käme er zu spät. Dies wolle er ihnen sagen.

Ma-noh fiel in sich zurück. Wenn er die Lider raffte, blickte er erschöpft, aus übergroßen einschlafenden Augenkreisen. Seine Stimme klang völlig verändert, weich, nahe, wie die eines Wohlbekannten.

«Was ist geschehen? Hat dich einer verletzt? Was hat man dir getan?»

Er wiederholte dreimal, fünfmal, zehnmal, daß er zu ihnen sprechen wolle, verschluckte sich, verschränkte die Arme, wandte sich von einer Laterne ab, die man ihm ins Gesicht hielt, flüsterte: «Omito-fo, Omito-fo, Omito-fo.» Und dann rief er laut mit der Stimme, die ins Herz schnitt: «Ich will fort. Von ihr, die über das schaumvolle weiße Meer fährt, ist mir nichts zuteil. In den wachsenden Ring der Frommen bin ich nicht aufgenommen. Ich muß mich opfern für euch, ich weiß, daß ich es muß, weil mir anderes versagt wurde. Aber euer armer Bruder, der nicht euer Bruder ist, kann nicht mehr leben. Ich will fort. Schmäht mich nicht oder schmäht mich. Euer armer Bruder ist rettungslos auf das Rad des Daseins geflochten und weint darum vor euch.»

Die Männer beteten. Die klaren Köpfe wurden von einer stärkeren Bestürzung befallen.

«Was willst du?»

«Du brauchst uns nicht mehr zu führen. Wir wollen uns abwechseln.»

«Hab doch Geduld, Ma-noh. Wang-lun steht nur zweihundert Li hinter uns.»

«Ma, dich hat ein Dämon befallen. Glaub es mir. Das ist ein Dämon.»

«Du bist unser Bruder. Wir sind nicht reiner als du. Du mußt nicht verzweifeln. Bleibe hier, bleibe bei uns, Ma!»
«Was willst du?»
Mas Erregung wuchs. Die Zurufe erreichten ihn nicht.
«Ich will fort. Ich bin an das Rad des Daseins geflochten. Es will mich schleppen durch alle unreinen Tiere und Kräuter. Ich widerstrebe nicht, nein, ich widerstrebe nicht, nicht mehr. Ich habe widerstrebt dem Schicksal bis zu diesem Augenblick, wo ich den Dämmerungsmenschen im Mikanthus nach dem Hai-ling-tai suchen hörte. Meinen Schatten hat man mir gestohlen. Ich war nicht so schlau wie der Dämmerungsmensch. Ich habe kein so gutes Schwert wie er. Ich habe keinen Koffer wie er. Ich bin nicht so wachsam wie er. Mein Schatten ist nicht der König der linken Seite, ich habe auch den Hai-ling-tai verloren, und den Lu-fu und den Soh-kwan und den Tsao-yao. Wer alle Schatten verloren hat, muß sie suchen oder muß sterben. Verzeiht mir, Brüder, daß ich nicht mehr widerstreben kann, daß ich mein Schicksal über mich ergehen lasse. Nicht mit Stillschweigen, denn das kann ich nicht, sondern mit Greinen, Heulen, Zerfleischen meines Lebens. Ich muß in das Licht gehen, das mich beleuchtet. Verzeiht mir, Brüder.»
Die Männer saßen dumpf da. Ma schlug mit Keulen auf sie. Die Köpfe der meisten senkten sich, sie hielten den Atem an.
«Ich habe euch rufen lassen, bevor es hell wird, denn ich will mit mir noch an diesem Tag der Vollendung des herrlichen Cakyasohnes fertig werden. Nicht vollenden will ich mich, nur beenden. Euer armer Bruder glaubt nicht mehr an eine Vollendung für sich. Er hat der hundertarmigen Frau keinen Zettel mit seinem Namen in die Barke geworfen, denn er weiß schon lange, daß sie ihn nicht mitnimmt. Seht mich, einen Menschen, der seufzt und stöhnt, und so in – die Freiheit geht.»
Er verzog seinen geschwollenen Mund, so daß er zu lächeln schien. Er bückte sich, suchte mit den Händen auf den Brettern, zog seine gelbe Kutte empor, wiegte sie über den Armen. Manoh war besessen von Schmerz. «Ich wäre glücklich, wenn ich

Wang-lun nicht gesehen hätte. O hätte ich Wang-lun nicht gesehen, meine gelbe seidene Blüte! In meiner Hütte auf Nan-ku hab ich mich angespieen, hier muß ich meine Eingeweide zerreißen.»

Nahm einem Manne neben sich die Laterne aus der Hand, leuchtete vor sich, über sich, streckte sich vor, horchte über die schwarze lautlose Masse hin. Kraniche flogen vom Sumpf herüber. Dann schwang er mit beiden Armen die Kutte wie ein Banner herum und rauschte: «Wißt ihr, wohin er geht, Ma-noh, der Priester der Kuan-yin auf Pu-to-schan, der Freund des Wu-wei, der Lehrer der kostbaren Regeln? Wohin er stürzt? Ich sage es euch gern, was ich schon seit Wochen gewußt habe, als mich Wang-lun hat gehen lassen mit euch. Als er mir den Kessel und die Bohnen gab und nicht mehr Zeit fand zu sagen, wie ich kochen sollte. Er hat mich verlassen. Er darf nicht böse Geister auf mich hetzen, wenn ich ihn verlasse. Yen-lo-wang, der Fürst der Unterwelt, weiß, wie bitter mir schmeckt, Wang zu verlassen. Wißt ihr, in welche Freiheit Ma-noh geht? Dämmerungsmensch, weißt du es nicht? Sui, Twan, Chang, keiner von euch?»

Jetzt lachte er hitzig, leicht wie eine Seifenblase platzend, trällernd mit dem weichen Tonfall, den er an diesem Tage zum erstenmal fand: «Ich gehe – – zu einer Frau auf dem andern Hügel, die mich vielleicht schon erwartet, liebe Brüder. Nun wißt ihr's. Und nun ist alles aus.»

Ein Schluchzen und Brüllen von der furchtbaren Art des Weinens älterer Menschen klang eruptiv aus der dunklen Masse. Niemand regte sich, hob den Kopf. Der kleine Priester tappte die Bretter herunter. An der vorderen Reihe der Hockenden ging er vorüber, keiner sah ihn an. Am hinteren Ende der Barke, wo das umgebrochene Steuer lag, zupfte ihn einer am Mantel. Ma blieb stehen. Aus dem Dunkel wackelte ein riesiger Mensch auf, sagte herunter mit harter Stimme: «Bruder, du mußt an den nächsten Ast.»

Ma riß verächtlich seinen Rock los. Zehn Hände griffen nach dem Riesen, der mit kalter Stimme dröhnte: «Er will uns ver-

raten. Keine Regel hat hier Geltung. Er muß an den nächsten Baum, Brüder.»
Zwei Männer verstellten ihm den Weg, kaltblütige Bauern, die eine Woche bei der Gruppe waren. Sie schleuderten seine Hand ab: «Du bist kein Richter. Wir sind Brüder zueinander. Wenn du Ma angreifst, werden wir dir die Hände abschlagen.»
Indem sie der Riese noch fixierte, packten sie ihn bei den Beinen, kenterten ihn auf die Erde, stemmten ihn nieder. Er heulte, klammerte sich an die Hosen der Bauern. Fackeln, Holzstücke flogen von hinten über sie. Man drängte sich um die Ringenden, sperrte sie auseinander. Sie keuchten.
Das entsetzliche Weinen krampfte aus der schwarzen Masse.
«Wo ist Wang-lun? Warum kommt Wang-lun nicht zu uns?»
«Ich will beten, liebe Brüder», sang jemand laut, «unser Ring wird sich zusammenschließen. Die Zeit des Maitreya ist noch nicht da. Ich muß beten. Wir sind verloren.»
Die Männer krümmten ihre Wirbelsäulen, rieben ihre Schläfen an dem feuchten Moos. Die bittende Sutra der Überwindung schauerte aus tausend Mündern über das graue Feld.
Ein junger Mensch, der Ziseleur Hi, gewöhnliche Gesichtszüge, breiter vorgeschobener Unterkiefer, sprang langbeinig durch die Reihen, stieg ungeschickt über die Rücken einiger Männer, pflanzte sich auf dem Bretterstapel auf, kreischte in Ekstase, mit den Händen fuchtelnd: «Es hilft uns nur das Beten. Maitreya kommt. So muß die Stunde, der Ort beschaffen sein, wenn Maitreya kommen soll. Beten, um aller fünf Kostbarkeiten willen, beten. Bleibt nicht liegen. Schließt den Ring. Ihr seid meine Brüder. Steht mir bei!»
Er grimassierte fort, warf die Arme wie Mühlräder umeinander, wälzte sich schäumend auf den Brettern, von denen er bei einer Streckung herunterpolterte.
Das dumpfe Weinen in der Masse vertiefte sich zum Stöhnen, zum hilflosen, stoßweisen Ächzen. Die Hälse reckten sich weit vor nach dem krampfenden Ziseleur. Die Augen rollten, je länger sie hinaussahen; das Feld und der graue Hügel verschwamm. Ihr

Mund klaffte. Sie lächelten alle seltsam und machten Gesichter, als ob sie neugierig gespannt wären. Der Speichel tropfte ihnen über die Unterkiefer, sie schnüffelten, sie stimmten ohne es zu merken in das Gröhlen zur Rechten und Linken ein. Dann wollten sie noch einmal rasch Hi etwas fragen. Aber beim Aufrichten befiel ihre Unterarme, Knie und Nacken ein Zittern. Ein Schütteln, Schleudern der Glieder, Starre, Rückwärtsbeugung der Nacken, ihr Lächeln wurde stärker. Schon zuckte es wohlig über die Schenkel, die Bauchwand, in den Flanken, warf sie herum.
Die rote Welle schlug über das Tal.
Der Dämmerungsmensch und zehn andere wanderten her und hin durch das Feld mit Binsenruten, dornigen Zweigen. Sie sprangen den Befallenen auf die Brüste, strichen ihre Hände und Münder, fächelten die gefährliche Luft von ihnen weg, stachen ihnen mit den Dornen unter die Brustwarzen, über die Scheitel, plappernd, sich wehrend, wendend, anspringend.
Der kleine gebückte Mann am zerbrochenen Steuer der Barke drehte den Kopf nach allen Seiten, blickte lange Zeit den und den an. Er dachte nicht. Er strahlte. Warum sie nur alle hinfielen, wie gewandt dieser da sprang. Man müßte Nadeln glühend machen und ihnen unter die Fußnägel stecken, damit sie erwachten. Als er neben sich das Schluchzen hörte, hob sich sein Brustkorb, wie ein Berg unter einem Erdbeben, seine Kehle wurde heiß, eine glatte Hand strich an seiner Speiseröhre wie an einer Wurst auf und ab, verschob eine Walze; er weinte mit ihnen. Leise und glucksend, bemüht nicht aufzuhören, immer fließen zu lassen diesen unbekannten warmen Quell, der über seine Lippen, Fingerspitzen, Nägel rieselte, mit dem er sich Schläfen und Ohren betupfte, die Hände wusch und wusch.
Das steinerne Brüllen im Tal verlor sich. Überall riefen sie sich heiser an, schoben sich voneinander. Sie hatten sich quer übereinandergewälzt. Einer richtete sich auf und rieb seine gequetschten Schienbeine. Einer saß und betrachtete, als ob es Edelsteine wären, die verkohlten Holzstücke unter seinen Knien, prüfte einen Splitter an der Lippe, leckte mit der Zungenspitze. Sie

scheuerten sich den Speichel vom Kinn mit langsamen, unterbrochenen Bewegungen, gähnten, rülpsten, spien aus. Die stumpfen Körper brüteten nebeneinander, zogen finstere Stirnen. Plötzlich, wie angeweht, zielten sie mit den Augen aufeinander, erkannten sich, buckelten sich hoch.

Sie schnurrten, fragten hastig: «Ma-noh will fort. Da am Steuer sitzt er und weint.» Einige wollten sich vor ihn hinwerfen, er solle bleiben, verzweifelt. Aber das waren nur kurze Zuckungen, Muskelphantasien.

Die Masse hielt wieder erschreckend an sich, in großer drängender Erwartung. Jede Handbewegung, jedes beobachtende Schielen, jedes Räuspern konnte die Waage zum Ausschlag bringen. Mehrere ertrugen die Spannung nicht; noch schwach von der vorangegangenen Erregung suchten sie die Last irgendwie von sich abzuwälzen. Es war das Beste, das Fong-schui zu befragen, Konstellation von Tag, Stunde, Ort, Wind, Wasser, Bodenschwingung zu bestimmen, aus dem Werfen der kleinen Holzstäbe Klarheit zu gewinnen. Ein Mann suchte aus seinem Gürtel nach den Stäben inmitten der stummen Masse; andere sahen es, standen gleichzeitig auf, wollten sich absondern. Andere mißverstanden dies Aufstehen und Gehen, als ob die Zukunftsbefrager sich für Ma-noh erklärt hätten und sich zu ihm setzen wollten. Sie schlossen sich ihnen an. Man hielt sie unsicher fest, man rief: «Beraten, sprechen! Sagt, was ihr wollt! Sprechen!»

Der kleine Nan-ku-Priester merkte erst halb, was vorging. Er hatte gezweifelt, ob man ihn nicht schmähen und schlagen würde. Daß man aber nicht daran dachte, von ihm zu lassen, von ihm, dem kleinen mißratenen eingeständlichen Tier, von ihm, der die Weihen von sich warf und zugab, rettungslos in den Kreis der Wiedergeburten gebannt zu sein, dies konnte nicht bald an ihn heran. Und als es herankam, schmetterte es über ihn. Es sprengte seine Brust mit Ellenbogen von innen, schwoll von den Eingeweiden über das Herz, das still stand, in tollem Takt wuchtete, Glocken dröhnte, Gericht posaunte, breitete sich über die Arme und Kehle aus, und wie es um die Mundwinkel laufen

wollte, nickte sein Kopf und baumelte vor der Brust. Er war ohnmächtig geworden, kam langsam, die Ohren voll Hymnen, zu sich, hing an dem Dämmerungsmenschen. Er strahlte. Das warme Wasser quoll ihm wieder über das Gesicht.
Er ließ den Alten los, kletterte auf den Bretterstapel: «Brüder, sind wir frei?» So stammelte er, schluckte an den Tränen. «Ich habe mich bis zu diesem Tag mit einem Stein geschleppt, mit einem bösen widerspenstigen Geist, der mich bestahl. Ich bete zur Kuan-yin, die mich nicht erhört hat, ich rufe zum Maitreya, der auf mich hören wird; ich will arm bleiben, klein, ein Wahrhaft Schwacher, der das Schicksal nicht beugt; ich will keine Dämonen in mir nähren und Opfer der Werwölfe sein. Ich will ein armer Sohn der armen achtzehn Provinzen bleiben. Ihr schmäht mich nicht; ach, ihr schmäht mich nicht; ihr seid gut. Ich weiß nicht, was ich spreche. Ich kenne mich nicht vor Dunkelheit. Wer die Seele frei hat, kann das Westliche Paradies finden. Ich habe mich nicht in Gelüste geworfen; ich habe mich gereinigt für einen Freudenhimmel; ich habe meine eingesperrten Seelen auf den Pfad des höchsten Kaisers gezwungen und will sie gehen lehren und mit ihnen laufen. Und die Zauberschlüssel finden zum Kun-lun. Mit euch, meine Brüder.»
Er jauchzte noch viel in dieser Weise. Das morgenliche Feld war ganz leer. Ein Knäuel von Männern umgab ihn, umschlang ihn, küßte seine Füße, fetzte seinen Mantel herunter.

ÜBER die östlichen schwarzen Wolken fuhren blendende Streifen. Das allgemeine rauchartige Grau lichtete sich schnell. Es wurde von innen aufgeworfen, gesprengt und weggeblasen. Die blühende Landschaft weitete sich. Es blitzte von kleinen Weihern auf. Im Südosten, am Sumpfe von Ta-lou, stand schon ein magerer fadendünner Schein; jetzt bohrte sich die Sonne ein Loch, ein Rohr, einen Trichter, und von da prallten die langen Strahlen her, unter denen sich das Grün der Gräser und Bäume heftiger und heftiger entzündete.

Die Blicke der jüngeren Männer flimmerten auf den Halmen, auf dem Frauenhügel. «Unsere Schwestern, unsere Schwestern», sagten sie, sahen sich zweifelvoll, mit schwindligen Knien an; viele umschlangen sich zitternd, blieben stehen, beruhigten einander, als wenn ein Unglück geschehen sollte.
Ein gigantischer Dorfschullehrer streichelte den knabenhaften Menschen, der an seinen Ärmeln nestelte. «Tsi, die Pfirsichblüte», flüsterte der Lehrer, «wirst du suchen.»
«Tsi – ich will sie nicht suchen, ich will nicht. O was geschieht uns.»
Einige lagerten ihre Leiber ins Gras; sie warfen sich auf das Gesicht, kauten an den Halmen; Mienen gefährlich; sie schlugen sich mit aufgedeckten Erinnerungen herum; warteten geduldlos auf das Stürmende, das sie wieder zu Sinnen brächte.
Auf die Höhe des Männerhügels waren manche gestiegen und kollerten nebeneinander unter den grünen Wolken der Katalpabäume; lächelten, beteten, träumten; ließen keinen Blick von dem Frauenhügel. Reichtum aufgehäuft! Eine Welle schlug herüber an Brüste, gegen Hüften.
Von ihnen standen welche auf, als es auf dem Frauenhügel leise klingelte. Sie sprachen nichts zueinander, einer folgte dem andern, indem sie sich oft umblickten nach den übrigen. Sie erreichten in halbem Laufe den Fuß des Hügels. Im hohen Gras schwarze Klumpen mit Kleidern, Köpfen, Knien wälzten sich stöhnend, rissen, schlossen die Augen. Sie liefen mit der Sicherheit von Waldtieren. Ihre Blicke reizten. Sie riefen die Klumpen bei Namen, zeigten ihre verheißenden Gesichter; sie lächelten, daß den andern das heiße klopfende Blut in Schläfen, Augen, Füße schoß.
Der Ziseleur Hi lief den andern voraus auf einem Weg, der um einen Weiher führte und die Lagerstraße vermied. Nicht weit vom Fuß des Frauenhügels ballten sie sich zusammen. Hi rief: «Was wollen wir tun? Wir wollen sie täuschen, Brüder. Wir beten mit ihnen zusammen.»
«Schickt einen zu ihnen, sie möchten sich versammeln.»

Man hörte, wie einer rief: «Dies ist fürchterlich», einer drängte sich durch die übrigen, es war der junge Mensch, er lief davon. Hi gurrte: «Ich will sie rufen, kommt hinter mir.» Während er vorüber zackte, wallten die Brüder demütig, Arme verschränkt, gesenkte Köpfe, bezopfte Kugel bei Kugel, den Hügel hinauf; das scharfe Zirpen der Grillen begleitete ihr Gemurmel: «Omito-fo, omito-fo!»
Sie standen auf dem Frauenhügel unter dem schweren Laubwerk. Unter dem Laubwerk wimmelte jene Masse, bei deren Anblick sich die Herzen der Brüder tiefer und langsamer zusammenkrampften und die so volle Pulse durch sie trieb, daß langsam der weiche Waldboden unter den Füßen mitschwang, jede Welle rollend weitertrug. Da blickten mit neugierigen und verwunderten Augen entwichene Ehefrauen den Brüdern entgegen; sie schienen noch immer bedrückt, daß ihnen die Luft so ungehindert ins Gesicht schlug und jeder ihren Mund sah. Zwischen blinden Bettlerinnen, Marktweibern schoben sich graziös die galanten Mädchen, die hellen Tupfen auf dem strahlenden Blumenfeld, die Glückbringerinnen, Hoa-kueis; ihr Ernst ohnegleichen; um ihr sanftes Wesen schwebte der Hauch des Pavillons der Hundert Düfte. Im Moos bogen verschüchterte Töchter angesehener Familien ihre behüteten kleinen Körper; sie nestelten an ihren Rosenkränzen, hauchten ihre Andacht, als wenn es sich um eine furchtbedrohte Schulaufgabe aus dem San-tse-king handele.
Unterhalb der laubdunkeln Hügel ging Ma-noh durch die Lagergasse. Eine breite Hand schob mit einer abweisenden Geste die grauen Dämmermassen am Himmel beiseite. Feierlich zogen die weißen Schwäne des Lichts am Himmel.
Wie da der Frauenhügel zu zittern anfing.
Ein tausendfältiges Schreien und Kreischen sich über das Tal schwang und vom andern Hügel zurückgeworfen wurde.
Wie das Entsetzen verzehnfacht sich wiederholte, ein tiefes Grollen, Knacken, Brüllen sich unter die scharfen Stimmen mischte.

Ein augensperrendes Grausen aus dem Katalpaschatten zu entwischen versuchte und zurückgerissen wurde.
Wie nach dem minutenlangen Rasen weiße und bunte Kleider auf dem Hügelkamm vorspritzten, niederfielen, in das Moos tauchten, ohne Laut herunterrollten.
Auf dem Hügel eine sonderbare Stille eintrat, unterbrochen von langen, sakkadierten Schreien, katzenhaft durchdringendem Winseln, Musik zu atemloser Ohnmacht, die sich in die Finger beißt, die Seelen wie in Essig einschrumpfen läßt, zur Besessenheit der Verzweiflung, die Körper um sich wirbelt.
Dann dröhnten Männerstimmen ins Tal: «Ma-noh, Ma-noh, der Drachen fliegt! Ma-noh, unsere Schwestern!»
Unten brandete es über die schmale Lagergasse; man horchte hinauf, sah einander an; man stopfte sich die Ohren, trommelte die Brüste. Über Ma-noh schmetterte es zusammen. Es schien ihm, wie man um ihn raste, länger als einen Augenblick, daß er ein Fürst der Unterwelt wäre, mit hundert Armen, Geißeln, Schlangen, und hetzte fiebrige Seelen zwischen die Wandungen der Eishölle, immer in das fressende Scheidewasser hinein, von den glasglatten Wandungen herunter; sie knarrten und grinsten, er barst vor Freude, schwenkte die Schädelschale. Blutgerinnend drang es auf ihn ein. Schon pinselte eine Schwäche die ganze Innenwand seines Kopfes. Im halben Sinken fühlte er, was vorging, ächzte, stemmte sich hoch, balancierte die Last.
Er blickte mit einer kalten Glut um sich. Besinnung, Ruck, mit dem ein gleißendes Machtgefühl aus ihm heraussprang, um sich schlug, kalt äugte.
«Es ist gewollt. Dieses nehme ich auf mich.»
Zwei tiefe Atemzüge. Er drehte sich betäubt um; das Tal blühte wie vorher. Er empfand mit verstecktem Entsetzen, daß etwas Unbekanntes aus ihm hervorgetreten war und herrschte. Daß er Wang-lun überwunden hatte. Eine rauschartige Angst floß herunter durch das Mark seiner Knochen.
Zwischen den Mikanthus lag man verwirrt. Schwache Hilferufe vom Frauenhügel. Ma-noh hatte sie falsch geführt.

Mit einem leeren, meilenfernen Blick irrte Ma-noh über sie, wandte sich ab.
Sie drückten ihre Leiber an den Boden. Der Hügel knisterte gegen sie her.
Reglosigkeit, stundenlang, sonnenbeschienene Wildnis. Aus den Hütten des Frauenhügels stieg ungehört das entzückte Seufzen, stahl sich schwach durch die Bretter, kräuselte wie Rauch, abirrender Blick, Ausklang eines Tamtams gegen das allgemeine grüne Dach.
Als die Sonne heißer schien, bliesen im Tal die Muscheltrompeten vor Mas Hütte, fünfmal hintereinander fünf Stöße: das Zeichen zur gemeinsamen Versammlung.
Stauden schwankten, Büschel drängten sich zusammen, Rükken krümmten sich, Köpfe tauchten hervor.
Lange bewegte sich nichts auf dem Frauenhügel. Dann schimmerten weiße, bunte Tupfen zwischen den Stämmen. Rennen schattenschwarzer Männer, Vermischen der Farbenflecke, Händewürfe von Geräuschen, Sprechen, Rufe in Fetzen, Schwall von Lärm. Bunte Schwestern umarmten sich im Herabgleiten, Brüder Hüfte an Hüfte. Eine jubilierende lichtgetränkte Wolke senkte sich in das Tal.
Im Nu verstreuten sich die Schwestern, lachend, mit springenden Bewegungen, unter die Ernsten, füllten im weiten Bogen den Raum, auf dem noch die verkohlten Bretter der Barke in die Luft spießten. Ma-noh, schwefelgelb und rot, trat rasch fest in das brausende Gewimmel, das alle in sich sog.
Er verzog keine Miene, als von irgendwo angestimmt, von Frauenstimmen getragen, laut, klar und süß ein Freudenlied über das blühende Feld scholl, ein Lied, allen wohlbekannt, von den zarten Bewohnerinnen der bemalten Häuser gesungen, wenn sie einladend auf ihren geschnitzten Booten über die Teiche fuhren.
Ma-noh redete: «Es muß Friede zwischen uns sein, liebe Brüder und Schwestern. Es soll uns nichts belasten, die wir nach den goldenen Inseln segeln. Wir wollen den alten Frieden zwischen Yin

und Yang schließen. Ich bin glücklich, daß ihr mich angehört habt, und will es euch nicht vergessen, wenn ich im Besitz der fünf Kostbarkeiten wäre. Wahrhaft Schwache werden wir bleiben. Wir werden dem Tao nachgehen, seine Richtung erlauschen. Bleibt unermüdlich im Gebet, so werdet ihr die große Wunderkraft erlangen, die euch nicht entgehen kann. Ihr baut nicht vergeblich hölzerne Pferde wie der Alte aus dem Staate Lu, die von metallenen Sprungfedern gestoßen wurden, Männer und Wagen zogen. Solche hölzerne Pferde werdet ihr aus euren Seelen nicht machen, aus den Seelen, die in euren Lungen, eurem spülenden Blut, euren schaukelnden weichen Eingeweiden wohnen. Ihr blast im Lande die Flöte und macht die Luft wärmer, so daß das Korn aufschießt. Ja, ihr werdet die Wolken im Nordwesten aufsteigen lassen, das Rohr blasend; Regen wird fließen, Taifune stehen. Acht Rosse sind bereit, sechzehn Stationen macht die Sonne, ihr bereist sie an einem Tage.
Bleibt arm, seid fröhlich, enthaltet euch keiner Lust, damit ihr sie nicht vermißt und so unrein und schwer werdet. Euch, meine Schwestern, sehe ich, euch, ihr Königinnen des sanften Vergnügens, ihr habt viel dazu getan, daß unsere Dinge diesen Lauf genommen haben. Habt verhindert, daß die Öffnungen unserer Herzen ins leere All münden. Ich war ein schlechter Sohn der achtzehn Provinzen, daß ich der Weisheit des fremden Cakyamuni vertraute und seine Freudenhimmel mit eurem, mit unserem blumigen eintauschte. Wir stehen auf den Stufen zum Westlichen Paradies. Was ihr Gebrochenen Melonen uns geschenkt habt, nehmen wir an. Wir danken euch, wir danken euch. Ich nenne mich mit euch Gebrochene Melone. Und so wollen wir alle am Sumpf von Ta-lou heißen.»
Das lufterschütternde Jauchzen und Klatschen, Zubodensinken, Umschlingen. Das mauerdichte Umdrängen Ma-nohs, dessen rätselhaft gleichgültige Miene keiner sah. Aus ihm tönten die Worte wie Stimmen eines versteckten Singvogels hinter einem umsinkenden Tempel. Eine neue Ähnlichkeit hatte sein Gesicht angenommen, mit dem Ausdruck eines fliegenden Tieres, das

seine Kopfform, Augen, Federn ganz vom Wind, den es durchfährt, modellieren läßt; auf einem Ast sitzend hat es ein unbegreifliches Aussehen: weil der Wind und der Flug fehlt.

UM Mittag. Sie zerstreuten sich, die Wankelmütigen, die Ernsten, die Freudigen, die Hochgemuten, die Blinden, Schwachen, die kräftigen Männer, die leichten Tänzerinnen, die inbrünstigen Propheten.

Abends umschlossen zum ersten Male die Zelte und Bretterhütten, die sich zusammengetan hatten. Sie beteten nebeneinander, ihre Gebete verwirrten sich im Dunkeln. Es waren keine Schmetterlinge, die sich aus dem Gras erhoben, sondern zwei Fäden, die sich nach oben gerade zogen, jetzt sich verknäulten und zu keiner Weberei mehr taugen konnten. Ihre verschränkten Arme wichen schwach auseinander, sie tasteten im Finstern mit den feuchten Händen nacheinander, glitten über die elektrisch zuckenden Gesichter. Da wurde aller Stolz gebrochen, alle Unruhe hingelegt. Diejenigen, die starr und aufrecht in dem Ernst der Wahrhaft Schwachen gegangen waren, bogen sich unter dem Glück; der Sommerwind wehte als ein Banner, das aufgepflanzt war auf einer Etappe zum Kun-lun. Wie im Dunkel der Hütten unter den Katalpen die Gesichter gleichmäßig milde wurden, Geister und Leiber aufgelockert wurden von einer breiten gewaltigen Egge, die über die ganze Erde rollte und wuchtete, grub in der Nacht.

In dem Sumpf von Ta-lou wuchsen die Lotosblumen; mit grünen tellergroßen glatten Blättern deckten sie das unbewegliche Wasser, rote Blüten tauchten zwischen ihnen ein; lange Stengel, die mit dickgeäderten Blättern über die verwesenden Muscheln griffen; an jedem Stengel garnten dünne Algenfäden, die sich in der Tiefe verfilzten; grüne behaarte Köpfe hingen herunter. Unergründlich stand der Sumpf und dünstete.

Diese Nacht verging nicht ohne ein schreckliches Ereignis. Einige Männer hörten in der Stille mehrmals das heftige Schelten des

Dämmerungsmenschen. Sie beachteten es nicht, da sie glaubten, daß er sich mit einem seiner Schatten schlüge. Aber er schrie unaufhörlich, und es fiel einigen, die aus den Hütten herauskamen, auf, daß der Dämmerungsmensch nicht herumging und das Rufen immer von einer einzigen Stelle des Männerhügels kam. Sie fürchteten, daß er vielleicht wirklich einen Schatten gestellt hatte; grauten sich vor dem Anblick des Kampfes. Aber endlich blickten sich fünf Männer beunruhigt an, faßten Mut, liefen durch das Feld den Hügel hinauf mit Laternen. Als sie an den Ort des Geschreis kamen, lag der Dämmerungsmensch arbeitend im Gras und unter ihm ein Mann, der sich nicht bewegte, über dessen gequollenem Gesicht der Dämmerungsmensch mit seinem Schwerte fuchtelte. Er rief den Bewegungslosen bei Namen, hielt einen Spiegel an sein Ohr. Die Männer beugten sich über den Stummen, leuchteten ihm auf die glotzenden Augäpfel. Es war jener verzagte junge Mensch, der sich an einem Baum aufgehängt hatte. Der Dämmerungsmensch war gegen die Leiche gelaufen und hatte sie abgebunden. Einer der Männer nahm einen spitzen kleinen Stein, ritzte sich die Haut seines Armes, tropfte dem jungen Menschen das heiße Blut in den krampfhaft geschlossenen Mund, dessen Kiefer zwei Männer gewaltsam sprengten. Es half nichts mehr; der Körper war steif. Er hatte Tsi, die Pfirsichblüte, nicht gesucht. An diesem Abend, als er mit ihr zurückkehrte und vor ihrer Hütte stand, hatten sich die beiden ernst angesehen; die Pupillen ihrer hochgeschwungenen Augen erweiterten sich, aber sie blieben beide ruhig und trennten sich nach einem kurzen Dastehen. Der Jüngling schien sich erst im Mikanthus verkrochen zu haben; dann schwankte er aus dem Feld auf den Männerhügel, wobei ihn der Dämmerungsmensch traf, dem er sagte, er müsse sich unter einen Baum schlafen legen. Er hängte sich aber an seinem Gürtel auf.

Den Gipfel der Kaiserherrlichkeit erreichte er nicht; er war einen anderen Weg gegangen.

NACH drei Tagen stieß Wang-lun zu ihnen.

Ma-noh war unschlüssig gewesen, ob er Wang selbst die Veränderung in seinem Haufen mitteilen sollte. Dann schickte er fünf Männer als Boten, die alles, was sie wußten, Wang-lun, der anderthalb Tagereisen entfernt stehen sollte, berichten sollten. Er ging mit einigen Erfahrenen zu Rat und horchte sie vorsichtig aus. Aber es gelang Ma-noh nicht, sie auf den Gedanken zu bringen, daß Wang die Änderung ihrer kostbaren Grundsätze ablehnen könnte. Sie waren von der Heiligkeit und Tragfähigkeit ihrer neuen Ideen rapide durchdrungen; es konnte nur die Sache einer Besprechung sein, meinten sie, Wang zu überzeugen und mit ihm auch die entfernten Haufen der Wahrhaft Schwachen zu bekehren. Von Wang, den niemand von ihnen gesehen hatte, ging ein derart starker Einfluß aus, daß sie überhaupt nicht vermochten, gegen diesen Mann zu denken. Sie würden geglaubt haben, dem Tode zu verfallen, wenn sie etwas gegen ihn unternähmen. Ma-noh sprach einiges von ihrer Führerrolle bei den Gebrochenen Melonen; sie faßten, da er unentschlossen redete, nicht, wo er hinauswollte; es gelang nicht, sie zu locken.

Wang-lun hatte der Boten nicht bedurft; vorher war ihm das Gerücht zugetragen worden. Er kam mit den Boten zusammen in Mas Lager an. Als er von Laternenträgern geführt bei Nacht in Ma-nohs Hütte trat, wollte er mit einer Handbewegung die junge Frau aus dem Raum weisen, die neben dem ehemaligen Pu-to-Priester auf der Matte hockte. Aber Ma griff die Schwester bei der Hand, führte sie in die Nachbarhütte, kehrte allein zurück.

Eine winzige Öllampe brannte am Boden; an der rechten Wand des kaum mannshohen Raumes raschelte auf dem Moosboden ein Strohsack; Lumpen, Tücher, Kittel daneben. An die linke Wand war der seitlich umgekippte Karren Mas geschoben; unsicher darauf balancierten, von ein paar Streiflichtern getroffen, die goldenen Buddhas; die tausendarmige Kuan-yin aus Bergkristall stemmte den Kopf gegen die Wand, stützte das weiche zerschrammte Gesicht an einen splittrigen Bambuspfosten.

Still saß Wang-lun, als Ma zurückkehrte, auf dem Rand des Karrens und blickte ins Licht. Der Priester sah zu seinem Schrecken, daß Wang ein großes Kriegsschwert trug und es mit beiden Händen vor sich gestellt hielt. Wang-lun war gealtert; sein Blick reglos. Er rieb sich das Knie, und als er später aufstand, sah Manoh, daß er links hinkte.
Der Mann aus Hun-kang-tsun brummte, er sei jenseits des Huto-Flusses von übenden Soldaten gesehen und erkannt worden, er habe über den Fluß schwimmen müssen und sich beim Sprung über die Uferfelsen das Knie zerschlagen. Es war nicht ganz richtig; er hatte sich zwar bei dieser Jagd das Knie zerschunden; aber die Hauptverletzung zog er sich zu, als er sich der Sumpfgegend näherte. Er begegnete Anhängern Mas mit einigen Mädchen auf der Straße; niemand erkannte ihn. Als sie ins Gespräch kamen, erfuhr er zum ersten Male, daß diese Bündler sich Gebrochene Melonen nannten; er führte das Gespräch mit dumpfer Erregtheit weiter, griff, als die Bündler sich betrübt abwandten, einen von ihnen an, hetzte die Mädchen fort. Auf das Hilferufen trat ein rodender Bauer aus dem Bambusgehölz, warf quer über die Straße nach Wang einen Wurzelkloben, zerschmetterte ihm fast das Knie, an dem er schon litt. Dann floh auch der Bauer, der bei Ansichtigwerden des Schwertes glaubte, einen kaiserlichen Soldaten verwundet zu haben. Wang trug einen blauen Kittel mit roten Aufschlägen, den ihm ein desertierter Soldat aus der Truppe Ngohs geschenkt hatte.
Wang, unbeweglich auf dem Karren sitzend, fragte Ma-noh, ob sie auch viel unter den Verfolgungen von Truppen zu leiden hätten. Ma wollte, als dicke schwarze Blutstropfen durch Wangs Hosen quollen, ihm Wasser und ein stillendes Pulver bringen; aber Wang hielt ihn kopfschüttelnd zurück und meinte, indem er zu sprechen fortfuhr, es sei ja gleich, von wem die Brüder und Schwestern zu leiden hätten, von den Tao-tais oder von anderswo. Oder was Ma-noh meine? Das Schicksal sei hart und nicht zu beugen. Es sei gut, die Brüder zu lehren, den Weltlauf unangetastet zu lassen; aber dies sei nicht so gemeint gewesen, selber das

Schicksal zu spielen und andere und die Brüder und Schwestern es ertragen zu lassen. Diejenigen, die glaubten, auch dann noch unangetastet zu bleiben, könnten sich in schweren Irrtümern wiegen. Ja, sie müßten und sollten sich in einem Irrtum wiegen, der sie mehr als einen blutigen Tropfen kosten könnte.

Ma-noh, sich auf die Matte kauernd, hörte ihn ohne aufzublikken an. Er sah den ungeschlachten Bauernburschen vor sich, der eines Wintertags auf dem Nan-ku-Paß die kleine Stiege zu seiner Felsenhütte heraufkam; er bettelte und ging nicht von seiner Türe weg, fragte nach den goldenen Fos auf dem Regal.

Er wurde von einer heißen Liebe zu Wang erfüllt, wollte sich einer Empfindung hingeben, die unter dem rauhen, wohlbekannten Schan-tung-Dialekt Wangs aufatmete mit einem «Endlich!», aber blieb still sitzen, sann und wunderte sich nicht einmal, daß er nachdachte.

So verändert habe ich mich, dachte Ma-noh. Die Täler und Berge der achtzehn Provinzen sind breit und unermeßlich weit, den Schlüssel zum Westlichen Paradies trage ich; Wang-lun und ich müssen in Frieden voneinander lassen.

Er sagte, Wang-lun sei sehr lange fort gewesen; der Schutz der Weißen Wasserlilie sei wichtig, aber wichtiger die Leitung der Brüder und Schwestern, auch schwieriger vielleicht. Wang-lun möge nicht bitter werden; man könne Regeln leicht und in Menge aufstellen; es hätte sich gezeigt, daß die Regeln des Nan-ku-Gebirges bei aller Kostbarkeit sich nicht allen Verhältnissen anpaßten; man hätte sie ändern müssen, Wang-lun könne sich überzeugen, daß man im Wesen gleich geblieben wäre, als käme man eben um die Schönn-i-Klippen herum. Wang-lun gelte als ein vollendeter Heiliger; er möge sich nicht in Zorn über sie ergehen.

Es war Ma-noh unverständlich, was ihn trieb, Wang zu quälen und ihn einen Heiligen zu nennen. Er konnte sich nicht verhehlen, daß er die Wendung auf der Zunge wie eine süße Dattel zerdrückte und mit kaltem Vergnügen schmeckte.

Wang stand in Schmerzen; er stocherte mit seinem Schwert in

dem Moos. Dies hatte er nicht geglaubt, nicht dies. Dieser Mann schien ihn anwerfen zu wollen.
Er glitt leidend auf die Matte neben Ma; der Priester streifte ihm gegen seinen Willen die Hose auf, holte einen Krug und Leinen, wusch das Knie.
Wang beobachtete ihn: «Ma, wir haben einmal auf dem Nanku-Passe nebeneinander gesessen; das waren wir doch, du und ich? Oberhalb der kleinen Pochmühlen wohntest du. Wir waren miteinander befreundet?»
«Wir sind in die Felder und Wälder von Tschi-li hinausgegangen, Wang. Tausende sind aus den Städten, aus allen Präfekturen, Distrikten zu uns gekommen, um unsere Freiheiten und wahrhaftigen Unabhängigkeiten zu kosten. Wir haben Gefängnisse mit List, Geld, Betrug öffnen müssen, um Brüder von uns zu befreien. Keiner von ihnen wäre gekommen und wir hätten umsonst gearbeitet, wenn wir nur ein anderes Gefängnis gebaut hätten, aus alten trockenen Worten, verhärteten Regeln. Das war nicht deine Absicht. Und wenn es deine war, so wäre sie es nicht geblieben, wenn du uns begleitet hättest vom Nan-ku herunter bis an den Sumpf von Ta-lou.»
Wang griff nach Ma-nohs Kinn.
«Ma-noh, wer, sagst du, hätte seine Absicht geändert, wenn er mit euch, die südwärts gezogen sind, vom Nan-ku bis zum Sumpf von Ta-lou gewandert wäre? Wer hat sie denn geändert? Wie viele und wie gute waren das? Ma, es gibt zweierlei Arten von Menschen; die einen leben und wissen nicht, wie sie es machen sollen, die andern wissen, wie sie es machen sollen. Das sind wir, die kein Recht haben zu leben, die für die andern da sind, jawohl, Ma-noh, selbst um den Preis, die höchsten Khihs zu verlieren. Jedem ist sein Amt vorgeschrieben. Was dir und mir vorgeschrieben ist, haben wir auf deiner Hütte über den kleinen Pochwerken gewußt. Es brauchte keine Wanderung durch Tschili für dich und keine Begleitung für mich, um das zu lernen. Du sollst nicht deinen Bohnenbrei essen und dich neben ein Weib werfen und nach dem Westlichen Paradiese laufen. Ich dachte,

das wüßtest du schon. Uns ist das alles versagt. Uns ist etwas anderes gegeben, nämlich dies alles zu wissen. Aber ich will nicht zornig werden, mein Bruder Ma-noh.»
«Du wirst nicht zornig werden, Wang.»
«Du weißt nicht, warum ich nicht zornig werde. Vorhin, bevor ich in euer Tal einbog, bin ich über ein Feld mit Thymian gegangen. Ich fand nicht gleich zurecht, deine Boten waren vorausgelaufen, mein Knie schmerzte, ich konnte nicht rasch nachkommen. Ich saß einen Augenblick auf einem Maulwurfshügel. Was nun kommen würde, unser Gespräch, unser Wiedersehen, verwirrte mich etwas. Einen Moment schien es mir, ich müßte einem Feldschatten verfallen, der mir hier aufgelauert hatte. Wie ich wieder die Augen aufmache, sehe ich eine breite Lichtschnur in lauter bogigen Windungen quer über das Feld. Dicht bei meinem Maulwurfshügel fing es an, ein kleines niedriges Flimmern, das nicht stillstand. Das waren Leuchtkäferchen. Die Natur ist nicht gegen uns. Ich will heut nacht warten, ob mir der König der Leuchtkäferchen im Traum erscheint, und will mich bei ihm bedanken. Vielleicht waren es hilfreiche Geister aus dem Sumpf, die mich sahen, wie ich hinfällig war; sie sind selbst so arm. Das Flimmern führte bis in dein Tal. Ich bin nicht zornig; ich bin nicht verlassen.»
«Wang, du wirst dich nicht gegen mich wenden. Vor wenigen Wochen dachte ich ja wie du: sie die Körner, wir die Wurfschaufel, sie der Kopf, wir die Mütze, sie der Fuß, wir der Pfad. Dann sind Dinge gekommen, deren ich mich schwer entsinne – daß sich der Hut, wirst du sagen, des Kopfes bemächtigt hat, und der Weg vor dem Fuß davongelaufen ist. Ich weiß, daß ich dir Rechenschaft schuldig bin dafür, ja, lehn es nicht ab, bin dir Rechenschaft schuldig. Aber ich kann dir keine geben, denn ich vermag mich nicht, auch wenn ich mich anstrenge, nicht darauf zu besinnen. Es ist vor mir ausgewischt, wie eine Tusche vom Regen.»
«Die schlechte Tusche», unterbrach ihn Wang, der lächelte. «Und wie heißt der Regen, lieber Bruder?»
«Nicht Untreue.»

«Der Regen heißt Eitelkeit und Herrschsucht; Eitelkeit und Herrschsucht wollte ich sagen.»
Wang hielt Ma-noh, als sie so nebeneinander kauerten, bei den Schultern und prüfte unsicher Mas dürres Gesicht. Sie sahen sich zum erstenmal voll an. Wang schien ernster und trauriger zu werden; er hielt vertieft den Kopf schräg; nahm in einer mitleidigen Aufwallung Mas Hand und streichelte sie: «Wie heißt der Regen, Ma-noh? Was ist dir begegnet?»
«Du warst so lange fort. Wir haben als Wahrhaft Schwache gelebt. Die Frauen sind gekommen. Was den andern Brüdern begegnete, weiß ich nicht. Ich wußte von einem Tag an, daß ich – nicht mehr – ohne Begierde – war. Ich wollte es wieder sein. Das Leben ist ja kurz. Man darf nicht zu lange falsch gehen, man kann nicht die Tage wie Kupferkäsch zählen und für Reis und Hirse eintauschen. Nun bin ich wieder ohne Begierde, ich habe mich gesättigt, muß mich immer wieder sättigen; ich weiß, du brauchst es nicht zu sagen, es ist endlos: aber ich kann frei und rein beten und hoffe, daß mein Einsatz schwer genug wiegt auch mit den Gelüsten. Schimpfe nicht, Wang. Ich weiß, daß mich niemand verachtet.»
«Das waren die Frauen. Bruder Ma-noh, ich verachte dich nicht darum. Aber du bist noch nicht zu Ende, du wolltest wohl noch weiterreden. Du liefest zu der Frau, nach der dich hungerte. Dann nahmst du sie und gingst deiner Wege, nach Nan-ku zurück, oder in ein Dorf, eine Stadt? Niemand wird gezwungen, zu uns zu kommen. Jeder kann gehen, wenn es ihn drängt. Nicht wahr, so tatest du?»
Ma-noh, mit halbem Gehör folgend, redete grübelnd weiter: «Was Begierden sind, habe ich vor langer Zeit gewußt. Aber was Frauen sind, war mir unbekannt. Frauen, Frauen. Du bist nicht, Wang, wie ich, von Kindesbeinen in der Schule des Klosters gewesen. Man seufzt, und weiß nicht warum. Man wirft sich im Mondschein in vieler Unruhe, und schließlich seufzt man nach der – Kuan-yin, ängstigt sich um die – zwanzig heiligen Bestimmungen. So vergißt man sich. Jetzt sind die Frauen ge-

kommen. Ich glaube, sie haben mich manchmal vom Morgen bis Abend umschlungen, geweint, mich um wunderbare Formeln gebeten. Bis ich sie beruhigt hatte und sie unsern Weg wußten, vergingen Wochen, und dann kamen neue. Sie gingen meinen guten Weg, schließlich. Mir ließen sie einen Druck zurück auf der Schulter, ein dünn gequetschtes japsendes Herz, ein Schwitzen an den Händen. Ich ging ihren Weg. Es sind Stärkere zu dieser Arbeit nötig, mich hat Pu-to-schan verdorben. Da sieh, neben uns auf den Karren, wer da steht! Stehen sie noch? Dieser Ratterkasten ruht von seiner zwanzigjährigen Wanderschaft, die Götter drücken ihn im Schlaf.»

Ma-noh griff, ohne sich aufzurichten, neben sich an die Deichsel des Karrens, ruckte daran. Die goldenen Buddhas wackelten, stürzten nach beiden Seiten an den Boden, purzelten über- und nebeneinander. Zuletzt fiel mit einem scharfen Geräusch die Kuan-yin aus Bergkristall hintenüber. Sie sprang, hart auf einen abgebrochenen Buddhakopf schlagend, mitten entzwei; ihre Arme splitterten.

Wang suchte Ma-nohs Gesicht. Aber der hatte sich über sich gebückt und redete, als wäre nichts geschehen.

«Obwohl es mir so ging, wollte, konnte ich dich nicht verlassen. Es ist sinnlos, mich zu bestrafen, nein, mich auszustoßen für die Ewigkeit, weil ich so schlecht aufgezogen bin. Es muß ein Ende nehmen damit. Die heiligen Bücher können nicht gelten. Es muß eine Lösung geben. Ich wußte die Lösung. Die Keuschheitslehre ist ein Wahnsinn, keine kostbare Regel, eine Barbarei. Die Brüder und Schwestern haben mir zugestimmt.»

Wang zuckte. Er warf sich halb nach der Wand zu, so daß ihn Ma-noh im Schatten nicht erkennen konnte. Sein riesiges Kriegsschwert lag schräg über dem Knie, dessen dünner Verband hellrot durchblutet war.

Das Schwert hatte ihm Chen-yao-fen in Po-schan gegeben, als er sich verabschiedete. Es hieß der Gelbe Springer. Es vererbte sich in der Chenfamilie und forderte den Besitzer auf, an die Traditionen der Weißen Wasserlilie zu denken.

Eine gerade doppelschneidige Klinge; in ihrer Oberfläche sieben runde Messingscheibchen eingelegt; dicht an der Wurzel unterhalb eines Sternmusters Lotosblätter. Der goldbeschlagene Griff nach der Mitte zu anschwellend; beiderseitig die Charaktere der Mings, Sonne und Mond, aus feinem Silberdraht; die Parierstange mondförmig. Der Knauf prächtig endend in einen züngelnden Drachenkopf.

Wang sagte nicht, was ihn bewog, sich nach einem Schweigen aufzurichten und, das Schwert wegschiebend, Ma-noh hart und unbarmherzig die wagrecht gestreckten Arme wie Balken über die Schultern zu wuchten und den Bruder in einer Klemme zu halten. Wangs Zähne klapperten; ein stoßweises Zittern warf seine Hände, die nach dem Schwertknauf greifen wollten, um Ma-noh die Klinge in den zugekniffenen Mund zwischen die Lippen zu zwängen, sie rasch im Schlund umzudrehen, zu bohren, herauszuziehen und über die ledernen Backen zu schlagen.

Ma-noh sank vornüber unter dem Druck. Er erwartete finster, was weiter geschehen würde. In einem bösen gehässigen Gefühl blieb er sitzen, als Wang die Arme abhob und seufzend das kranke Knie streckte.

Wang fing einen giftigen Blick Mas von unten auf. Sein Gesicht wie unter einer federnden Polsterung schwoll hoch. Er zog sich mühsam an seinem Schwert auf, die blutunterlaufenen Augen flackerten. Er zeigte mit beiden Händen auf Ma herunter: «Du, du bist der Verräter, du bist ein Betrüger, ein Verführer, bleib nur ruhig sitzen, das ist statt langer Erklärungen alles und jedes in einem Wort. Ich hätte es dir schon vor drei Tagen gesagt, als ich von euch hier gehört habe. Du hättest die Lösung in deiner jämmerlichen Not nicht suchen brauchen; ich hätte dir gleich sagen können, daß du alle Welt, jeden Freudenhimmel und jede Seligkeit verraten würdest, um neben deiner Frau auf dem Stroh zu liegen. Denn du bist giftig, ein Skorpion von Natur; ich bin schuld daran, allein ich, der dich gewähren ließ unter den Wahrhaft Schwachen. Ich bin die Säule, die alle tragen muß, ich bin der Himmel, der undurchbrechbar über den Armseligen ruht und selbst nichts hat von seiner Sonne und den Gestirnen. Ich habe mich entschlagen von mehr, als du weißt, Ma-noh, von mehr als einem Weib und tausend Weibern; von mir selbst hab ich mich abtrennen müssen, von meinen Armen, meinen Beinen, von meiner Geburt und Vergangenheit, hab meine eigenen weißen Därme in ihre Bäuche gewühlt und mich ausgeblutet. Mit Gewalt hab ich das tun müssen.

Die glücklichen Inseln werde ich nicht erreichen, das Chi-Kraut kann blühen, wo es will, nichts ist jetzt mehr, nichts darf mehr sein, was ich erlebt habe. Unbeerdigt ist der ernste Su-koh gestorben. Die obdachlosen Geister müssen von mir abweichen, denn ich bin selbst leer, ein vergilbtes Blatt, ein Drache aus Papier, bunt bemalt und mit einer Heulsirene im Maul, wie ihn die Leute im Süden vor Leichenzügen tragen. So bin ich, daß ich selbst Schrecken vor mir erlebe, wenn man mich ruhig auf einem Stein sitzen läßt, daß ich mich für einen schwirrenden Kwei halte, der einen frischen Menschenkörper sucht.

Aber du, Ma-noh, bist nichts von dem. Wohl dir. Ja, dir blitzt die Hoffnung aus den Augen, und in deinen Eingeweiden sitzt das Vergnügen. Du bist kleiner als ich, du bist dürftiger als ich, trockener als ich, aber prahlst vor mir mit deinem Leben.

Ich bin dir begegnet, Ma-noh, vor zwei Tagen. Du warst es, nicht wahr, gestehe es, du warst es! An einem Weiher, zwischen zwei Weidenbäumen ist es gewesen. Du warst der Kranich, der nicht von mir abweichen wollte, der vor mir ab und auf spazierte mit stolzen Beinen, mit scharlachroten Beinen, und Frösche spießte. Du trugst ein weißes Kleid und blicktest listig mit gelben Augen aus deinem blutroten Kopf heraus. Und dann, nachdem du vor mir gefressen hast und ich dich in Ruhe gelassen habe, hast du dich erhoben in die Luft und deinen schwarzen Mist auf meinen Kittel und meine Sohlen fallen lassen.

Du böser Schatten, du Kwei, du wirst mich nicht zunichte machen, sag ich dir. Das wirst du nicht, sag ich dir! Der Kwei wird an mir vorüberhuschen müssen.»

Wang, das kranke Knie angezogen, fuchtelte mit seinem Schwerte herum. Er flüsterte scharf, mit Abscheu dem kauernden Priester in das ihm entgegengehobene Vogelgesicht. Jeden Satz warf er mit Genugtuung besinnungslos auf den Priester wie eine Handvoll gestoßenen Pfeffer. Durch das, was er sagte, klang die eiserne Wut.

Ma-nohs Haß auf diesen Mann stieg ins Maßlose. Ab und zu spitzte er höhnend seinen Mund, spannte sich zu einem todesmutigen Sprung, fiel traurig zurück, härtete sich kalt. Er rührte sich nicht, beschloß, sich nicht vom Fleck rühren zu lassen.

«Wenn mein Bruder Wang heute nacht dem König der Leuchtkäferchen im Traum begegnet, so wird er nicht nötig haben, ihm zu danken. Ein weiser alter Mann aus der Han-Periode lehrte: der Weg, im Zorn beschritten, wird vergeblich sein. Mein Bruder Wang trägt ein Kriegsschwert an der Seite. Er sagt, er müsse ein Kriegsschwert führen und dürfe sich nicht dem heiligen Tao nähern. Mein Bruder mag an meiner kläglichen Ruhe merken, daß ich mehr dazu neige, geschlagen zu werden, als zu schlagen. Sein Schwert scheint mir eine besessene Seele zu haben, die ihren Herrn verführt in einen Sumpf. Wie auch immer: dieser Ma-noh aus Pu-to-schan wird niemals ein Schwert berühren, und es wird ihn nie jemand dazu reizen können. Denn er ist zu schwach für den tobsüchtigen Geist eines Schwertes. Ma-noh geht dem Tao nach, als käme er eben um die Schönn-i-Klippen herum – als wenn er eben erst die Worte eines Mannes hörte, der wie ein Boddhisatva sprach, Wang-luns Worte: ‚Ein Frosch kann keinen Storch verschlucken. Gegen das Schicksal hilft nur eins: Nicht widerstreben, schwach und folgsam wie das weiße Wasser sein. Wir wollen auf eine Spitze laufen, die schöner ist, als die ich sonst jemals gesehen habe, auf den Gipfel der Kaiserherrlichkeit.' Auf diese Spitze läuft unbeirrt Ma-noh. Und weil Ma-noh nicht ohne Gelüste nach den Frauen blieb, so läuft er mit den Frauen. Aber auf den Gipfel muß er gelangen, wird er gelangen. Du magst dich abwenden von mir, Wang-lun; süß sind mir die Frauen, mein Auge hängt an ihnen wie an den Far-

ben der Orchideen, ich habe niemals so rein gebetet wie seit dem Augenblick, wo eine auf diesem Strohsack neben mir lag. Keine Versenkung auf Pu-to-schan, die ich sah und die ich erlebte, keine Entrückung ist so voll Macht gewesen wie meine seit diesem gemeinen Augenblick. Der Durst meiner Kehle ist so wenig böse wie das Gelüste meiner Hände und meines Schoßes. Cakyamuni hat sich geirrt. Mir steht das fest. Wenn ich dir auf Nan-ku anderes von den goldenen milden Buddhas erzählte und du es aufnahmst, so habe ich dich Schlechtes gelehrt, und es ist nur recht, daß es auf mich zurückfällt, wenngleich es mich nicht beirren wird, Wang-lun. Wir gehen nicht mehr gemeinsam, Wang-lun. Quäle dich nicht und quäle mich nicht.»
Wang-lun saß in steinerner Ruhe auf dem Karren. Das lange Schlachtschwert lag im Moos auf zerbrochenen Buddhaköpfen. Es war Wang klar, was geschehen mußte; es war Ma-noh klar. Darum sprachen sie nicht mehr.
Er bat Ma-noh, ihm kaltes Wasser für sein Knie bringen zu wollen und morgen einen Arzt zu bestellen. Ma schleppte mit zwei andern Männern Haufen von Gras in die Hütte. Sie sahen sich, bevor sie sich schlafen legten, ernst an und grüßten einander. Sie standen nebeneinander. Dann warfen sie sich hin.

WANG blieb vier Tage bei den Gebrochenen Melonen, die sich rüsteten, weiter südlich zu wandern. Er beobachtete sie, lernte die Mehrzahl dieser Anhänger kennen. Er widersprach ihnen nicht, redete wortkarg und sehr versunken von dem schweren Weg der Wahrhaft Schwachen. Als sie ihn fragten, warum er, der sich widerstandslos wie sie dem Schicksal beugen wolle, die Jacke eines Soldaten und ein Schlachtschwert trage, antwortete er lächelnd, daß sich viele Leute maskieren, um Böses abzuschrekken. Am Tage des Chü-juan, am fünften Tag des fünften Monats, wüten die fünf giftigen Tiere, die Schlange, der Skorpion, Tausendfuß, die Kröte und Eidechse; da reiben die ängstlichen Mütter den Kindern Schwefelblüte mit Wein in Ohr und Nase

und malen das Zeichen ‚Tiger' auf die Stirnen; aber sie wollen damit nicht sagen, daß ihre Kinder wilde Tiger seien.
In ihm war seit dem Tage, wo er das Nan-ku-Gebirge unter Schneestürmen verließ, bis zu diesem Sommermonat eine Umwälzung vorgegangen. Ma-noh bemerkte schon, als sie in der Gerätekammer zu Pa-ta-ling saßen, wie sich in Wang ein erbarmendes Gefühl für die Brüder festsetzte, die ihm vertrauten. Wang machte die wechselvolle Reise durch Tschi-li und Schantung. Je mehr er litt, um so mehr drängte es ihn heraus aus der Rolle des friedlichen Wahrhaft Schwachen, der seiner Seele ein reines Kleid bereiten will. Es befestigte sich in ihm die Haltung des Verteidigers seiner Brüder. Er mußte kämpfen für die Ausgestoßenen seines Landes.
Dicht bei Tsi-nan-fu trat die Versuchung an ihn heran. Er konnte seinem Drange, der sich schmerzlich und glückselig durch seine Brust senkte, nicht widerstehen, stieg, das Gesicht mit Kohle beschmiert, auf die Landstraße, die von Osten nach Tsi-nan-fu führte. Trabte einige Zeit allein, wartete auf einen Wagenzug, mit dem er sich in die Stadt einschmuggeln könnte. Es kam keiner um diese Tageszeit, denn Ölwagen, Frucht-, Gemüse- und Kohlenzüge pflegten schon in den ersten Morgenstunden in Tsi-nan einzufahren. Ehe sich Wang in einem sonderbaren Leichtsinn ganz dem östlichen Stadttor genähert hatte, wurde er von zwei Polizisten beobachtet, die ihn an seiner großen Figur, seinem schaukelnden Gang erkannten, ihm folgten und ihn mit einem Torwächter festnahmen, wie er gerade, als wäre er Bürger von Tsi-nan-fu, gleichmütig und langsam durch das Osttor segelte.
Wang sah durch das handgroße Gitterfenster des Kellers, in den man ihn geworfen hatte, die breite gewundene Handelsstraße mit den Läden, den lärmenden Ausrufern und dem vielfarbigen Gewimmel, unter dem er selbst seine Späße, Künste und Betrügereien geübt hatte. Zur linken Hand mußte der Markt liegen, auf den die Straße mit dem Tempel des großen Musikfürsten Hang-tsiang-tse führte. Geradezu war die Richtung zur Her-

berge, zu Su-kohs Haus, das eingeäschert lag. Dann der Übungsplatz der Provinzialtruppen.
Und jetzt überfiel Wang die Versuchung: hier zu bleiben, die Gerichtsverhandlung abzuwarten, die Strafe des Zerschneidens in Stücke zu erdulden. Er konnte sich keine Rechenschaft darüber geben, warum ihn dieses leidenschaftliche Verlangen überfiel. Er wollte, im Gewimmel dieser feilschenden Menschen, zwischen all dem Klappern, den Gongschlägern, den Ausruferstimmen sterben, hier in seiner Heimat. Er dachte in diesem Keller über seine veränderte Lage nach. Wie er vor Monaten die Nan-ku-Gefährten verließ, wie er an Chen-yao-fens prachtvoller Tafel vor kaum zwei Wochen speiste, und wie der Tou-ssee umgekommen war und Su-koh, und wie er betrogen, gewütet, gestohlen hatte. Und das schien ihm alles unerträglich, und wohltuend, ein Glück, hier viel zu erdulden, alles bis zu Ende auszuerdulden.
In der Eile seiner Verhaftung hatten die Polizisten und der Torwächter ihn eingesperrt, ohne ihm sein Schwert abzunehmen. Die drei waren froh, als sie den berüchtigten Mörder im Keller hatten. Erst als die beiden Polizisten schon ins Jamen und auf die Stadtkommandantur liefen, um dem Tao-tai und dem General die außerordentliche Verhaftung mitzuteilen und sich Belohnungen zu sichern, fiel dem alten Torwächter auf seiner Bank ein, daß Wang ein Schwert bei sich trug. Er nahm eine kleine Keule von seinem Fensterbrett, die ein Viehtreiber morgens hatte liegen lassen, versteckte sie unter seinen Ärmel und ging auf bloßen Sohlen hinunter; er wollte Wang das Schwert stehlen; wenn es kostbar war, verkaufen, sonst es nur auf der Präfektur vorzeigen und sich seinen Mut belohnen lassen.
Er öffnete das Vorhängeschloß des Kellers. Die Mäuse liefen ihm zwischen die frostkranken nackten Füße, hüpften an seinen Hosen hoch. Wang saß drin auf dem Boden und sah dem alten Mann zu. Der Wächter trat näher, fragte, wie er sich fühle, ob er krank sei, prüfte seinen Gesichtsausdruck. Das Schwert lag in den Raum geworfen weit von Wang entfernt nach der Tür zu.

Wang dankte; er freue sich, wieder in Tsi-nan zu sein. Und wie es dem Herbergswirt gehe und welcher Markt jetzt am meisten besucht sei.

Dem Herbergswirt ginge es erfreulich gut – jetzt erkannte der Wächter das Schwert, rutschte seitlich davor, tastete mit den Händen rückwärts nach dem Knauf – und von dem ehemals so beliebten Goldblättermarkte sei die Blumenherrlichkeit verschwunden, seitdem die Gilde der Blumenverkäufer die hohe Platzmiete verweigert hätte. Alles spiele sich jetzt in dem weiten Hof ihres eigenen Gildenhauses ab.

Es sei erstaunlich, meinte Wang, wie rasch sich die Stadt verändere. Aber die Torwächter blieben doch gleich. Sie stehlen, was ihnen in die Hände fällt. Nur dies Schwert möchte er nicht stehlen, sofern er die Gnade hätte, es zu unterlassen. Denn es sei Eigentum eines Mannes im östlichen Schan-tung, dessen Namen er ihm nennen werde, wenn er verschwiegen sei und gegen eine hohe Summe das Schwert dem Besitzer zurückbrächte.

Der Wächter, katzebuckelnd vor dem Gefangenen, flüsterte schon, man könne sich auf ihn verlassen. Und wenn Wang auch eine ehrenvolle, wenngleich heimliche Beerdigung wünsche an einem leidlich günstigen Ort, so möchte er es ihm nur sagen, bevor die Polizisten mit dem Transportkäfig kämen; er hätte schon vielen geholfen.

Man hörte draußen lautes Klagen und Keifen. Wang sah durch das Gitter. Ein Bettelvogt schlug auf zwei Arme mit einem langen Stab ein. Ein Mandarin mit Blauknopf sah aus einer Sänfte zu und wies auf die beiden, die betrügerisch in seinem Hause, in einem fremden Bezirk und zweimal am Tage gebettelt hätten.

Wang seufzte, kauerte hin, sagte nachdenklich, die Stadt hätte sich doch wenig verändert. Schüttelte sich resolut, und nun ging er auf den Torwächter zu, den er bei den Schultern anhob. Als der Alte ihm die Keule gegen die Brust schlug, meinte Wang, es sei doch besser, sich nicht anzustrengen, legte den kreischenden Mann auf das Gesicht, drohte am offenen Tor draußen, in die Stadt hineingellend, dem Bettelvogt und dem Blauknopf mit der geschwungenen Waffe, verschwand von Tsi-nan-fus Mauern.

Es hat keinen Sinn zu sterben. Man kann es nicht laufen lassen. Der Vogt hat unrecht, und die Bettler haben unrecht. Sie weichen beide vom Tao ab. Einer muß anfangen mit dem rechten Weg.

Nun folgte das Hin und Her der Wanderschaft. Wang suchte auf geradem Wege in die Gegend südlich der Nan-ku-Berge zu gelangen. Aber das Gerücht von ihm verbreitete sich.

Man veranstaltete Treibjagden auf ihn, nachdem seitens des Tsong-tous von Schan-tung angeordnet war, daß die Präfekten derjenigen Bezirke, die Wang passierte ohne ergriffen zu werden, hohe Strafen zu zahlen hätten.

Gehetzt und erst allmählich der Gefährlichkeit seiner Lage bewußt, insbesondere als er merkte, daß der Ruf der Wahrhaft Schwachen sich über Tschi-li und Schan-tung verbreitet hatte und jedermann wußte, daß er sich mit den nordwestlichen Brüdern vereinigen wollte, begann Wang die Taktik des Alleinwanderns aufzugeben. Er betrachtete es als seine Aufgabe, sich wie auch immer in die nördliche Ebene durchzuschlagen. Eine abergläubische Regung verband ihn mit dem Schwerte; der Gelbe Springer sollte ihn tragen. Es gab zwei Länder auf der Welt: das eine war die kleine Ebene südlich Nan-ku, das andere war eben alles andere Land, war Wasser, durch das er schwamm auf dem Rücken des Gelben Springers.

Er setzte, als er einmal zwei Tage sich nicht aus einer Höhle herauswagen konnte, in Furcht, von den Bauern, die ihn kannten, gefaßt zu werden, vor sich fest: «Was außerhalb des Bereichs meiner Brüder geschieht, unterliegt anderen, eigenen Gesetzen. Ich bin arm, leidend nur unter ihnen, ich muß zu ihnen. Diesem Lande, diesen Wellen versage ich meine Gesetze.»

Schlug sich dicht vor den Toren zu einer Bande schlimmer Gesellen, die es sich zum Geschäft machten, ganze Ortschaften zu brandschatzen, Geiseln zu rauben und Lösegeld zu erpressen; die wie die mandschurischen Chungusen im Sommer allent-

halben auftauchten, im Winter sich in die Städte verstreuten. Es wollte das sonderbare Geschick, das über diesem schicksalsreichen Menschen waltete, daß er um dieselbe Zeit eine gefährliche Bande anführte und mit ihr von Ort zu Ort vordrang, als im westlichen Tschi-li in die idyllischen Träume seiner Brüder ebensolche Horden die erste Angst hineinjohlten.
Anderthalb Monate begrub er die Erinnerung an die eisigen Wintertage; inmitten des sanftesten Frühlings zog er von Verbrechen zu Verbrechen. Keine Unruhe befiel ihn. Als drei Tagereisen von einem Wald entfernt, wo die erste Truppe der Wahrhaft Schwachen lagerte, die wilden Burschen ihn zu einem Überfall auf einen reichen Wanderer, den gelehrten Chu-tuk-tu aufforderten, der grade mit großem Pompe eine Inspektionsreise über die lamaischen Klöster Tschi-lis machte, entschloß sich Wang, sich von ihnen zu trennen.
Er weigerte sich, an dem Unternehmen teilzunehmen. Sie umringten ihn, es war frühmorgens in einem schönen Flußtal, stellten ihn zur Rede, warfen ihm Feigheit vor. Er machte sich mit ruhigen Bewegungen den Rücken frei, erklärte, daß er in drei Tagereisen seine Freunde erreichen würde, lehnte ab, sie mitzunehmen. Dies waren die Wellen, er wollte Land. Sie fingen an, das weichliche Wesen der Brüder zu verspotten, fragten Wang, wo die Almosenschale wäre, sie wollten etwas hineinlegen, lachten.
Wang ging von ihnen. Nach zwei Li versperrten ihm fünf von ihnen den Weg, begannen das Höhnen wieder, indem sie zugleich verdächtig mit ihren Bogen hantierten. Als ihm einer in der fettigen Mütze einen abgeschnittenen Zopf zum Andenken hinreichte, hielt es Wang für richtig, mit einem großen Satz an Land zu kommen.
Er fluchte auf das Land, das er verließ, spie sein Schwert an, wie einen Toten, den man zum Leben erwecken will, hob es mit beiden Armen hoch auf, krachte dem Gabenverteiler in die Brust. Als er den Knauf losließ, stand er allein mit dem Toten am Wege. Er zog die Schneide zwischen die Lippen; das Land, das er ver-

ließ, spritzte heiß nach ihm; er leckte das glückverheißende Blut.
Lief stundenlang ohne Unterbrechung, der Gelbe Springer ihm voraus. Bis der Abend kam, und er sich ohne Hunger im Walde niederlegte. Nach zwei Tagen, in denen dem Verwahrlosten ängstliche Frauen, die ihm begegneten, Früchte und rohen Reis reichten, umging er bei Anbruch des Abends eine Wiese, aus der ihm das Singen und Rezitieren von Sutras entgegenscholl. Er erkannte neben einem Feuer den jungen Buckligen aus Nan-ku. Es war eine große Truppe.

IN der Nacht, bevor er Ma-nohs Haufen verließ, kamen zwei Mädchen in sein Zelt. Sie leuchteten mit gelben Papierlampions an Bambusstäben über sich, lehnten die Lampions heimlich in eine Ecke. Sie wühlten den schlafenden Mann aus dem Strohhaufen heraus, rieben ihm die Augen, sahen nebeneinander kauernd aufmerksam zu, wie er sich aufrichtete, vorsichtig sein krankes Knie herumbewegte und langsam anfing zu lächeln.
Er trug einen langen braunen Kittel, seine groben Füße waren bloß. Jedes Mädchen nahm eine Hand von ihm und zog ihn in die Höhe, so daß er jetzt beide in die Arme nahm und sich auf die nachgiebigen runden Schultern stützte. So gehalten, die Köpfe aneinander gedrückt, warfen sie sich furchtsame Blicke zu. Die Jüngere im linken Arm zitterte und suchte die Finger der anderen zu fassen. Sie dachten beide, der schreckliche Zauberer würde mit ihnen durch das Zeltdach fahren oder als Schlange sich um ihre Hälse ringeln.
Aber Wang ließ sie los, strich ihnen nacheinander die geradegeschnittenen Ponys auf den Stirnen glatt. Sie waren entzückt. Die Jüngere schüttelte sich und knirschte mit den Zähnen. Sie kniffen in seine Arme, die er ausgespannt zwischen ihnen hielt. Sie tasteten rechts und links seine Muskeln ab, schoben sich an seinen Ellenbogen hoch, schwebten, indem die Ältere noch rechtzeitig den Brustausschnitt von Wangs Kittel erwischte,

als die Jüngere schwankend an ihrer Schulter zottelte. Plötzlich bückte sich die Jüngere, die über Wangs Vorderarm schaukelte und mit den Fingern seine Brusthaut kratzte und klöpfelte, vornüber, wobei sie die andere mit herunterzerrte, biß in den Vorderarm dicht am Handgelenk wie ein junger verspielter Hund in einen Knochen, rutschte interessiert auf die Füße und stand nun kauend und schnappend da vor Wangs unbeweglichem gelbbraunen linken Arm. Sie blickte schief auf in das Gesicht des Mannes, wartend, daß er einmal zuckte, erschreckt, daß er noch immer nicht zusammenfuhr. Die Härte schmerzte ihre Zähne. Sie schmatzte ermüdet mit den Lippen und beleckte sich.

Sie war aus Schen-si gebürtig, klein, flink, geschwätzig. Man konnte sie für einen Pudel halten oder für ein Kaninchen. Sie log gern und viel, auf eine gewisse dumme Weise, wie es ihr gerade einfiel. Sie war mit der anderen als Haussklavin auf dem Landsitz einer Familie bei Kwan-ping tätig gewesen, floh, als im Zimmer ihrer Herrin durch ihre Unvorsicht Feuer ausbrach, wagte nicht zurückzukehren, ließ sich vergnügt von drei bettelnden Schwestern zum Lager der Gebrochenen Melonen führen. Sie war faul, sagte ja zu allem, ließ sich nicht belehren.

Die andere, nicht größer als sie, aber voller, mit einer längeren Nase, viel feiner als die Jüngere, log nicht weniger, mehr in einer großsprecherischen prahlerischen Art. Sie neigte leicht zur Sentimentalität und zur Eigenbeweihräucherung. Von Zeit zu Zeit litt sie unter eigentümlichen Verstimmungen Monate hindurch, trug sich mit abenteuerlichen Vorstellungen und mit Selbstmordgedanken, schon von ihrem zwölften Lebensjahr an. Später nahm sie, als hätte sie etwas Großartiges erlebt, gern eine Märtyrermiene an, gestand aber leicht, wenn man auf sie eindrang, daß sie ohne Heimat, ohne Eltern und Sippe sich sehr quäle unter der Leere und Aussichtslosigkeit ihrer Existenz. Sie hielt sich für etwas Besonderes, hing innig, ja leidenschaftlich mit ihren Freundinnen zusammen, vertrug sich nur auf Wochen, galt als klug, schön und zänkisch. Wäre sie nicht in das Haus ihres ehrenwerten Herrn, sondern eines geschäftskundigen Mannes gekommen, so wäre sie längst an eine Theatertruppe verkauft, wo sie sich am glücklichsten entwickelt hätte.

Wang fuhr in seine Hosen und Sandalen. Die Mädchen wollten ihm helfen. Sie arbeiteten plappernd an ihm herum. Die Jüngere bot sich ihm in Erregung an, indem sie zwischen allerhand Gefrage erzählte, daß sie über fünfzehn Jahre alt wäre und froh sei, auf einen so furchtbaren Dämonenbezwinger gestoßen zu sein. Ach, sie wollte so gerne Blumen mit ihm pflücken. Wang meinte, er wolle darüber nachdenken, stieß, als sie ihn umsprangen, eine nach der andern hin. Der Jüngeren platzte am Hals und unter den Achseln der Kittel. Sie zeigte Wang erfreut und verschämt die armseligen Rundungen ihrer Brust. Die Sentimentale stand schmollend, da die Kleine sie immer mit der Schulter anwippte, sie weggehen hieß, ihr von rückwärts über die Nase patschte.

Als nun Wang die Kleine bei den Schultern ergriff, sie über den Moosboden herumwirbelte, das Mädchen schwindlig wurde und losgelassen hinschießend sich ihre zu straffe Hose aufschlitzte, schimpfte die Sentimentale; das hätte sie nicht in dem Hause ihres ehrenwerten alten Herrn gelernt. Wang nahm auch sie bei den Schultern. Sie riß sich aber los, sagte mit niedergeschlagenen funkelnden Augen, sie wolle einen Vorschlag machen. Sie wolle mit der Kleinen ringen oder Steine heben oder was die Kleine meine. Sie wollten sich messen. Der Mann hetzte sie aufeinander, dann setzte er sich in das Stroh. Sie mußten neben ihn kauern, er begütigte sie, liebkoste ihre glühenden Gesichter, die sich noch immer verbittert voneinander abwandten.

Er erzählte ihnen unter Getändel Geschichten, die er noch in Tsinan-fu gehört hatte.

Die ofenschwarzen Massen der Nacht lockerten sich. Ein graues dünnes Gas fugte sie auseinander und verteilte, verflüchtigte sie in große Räume. Der Katalpawald, abgedeckt, trat wie ein Bock hervor mit gesenkten Hörnern.

Wang legte den blauen Kittel an, hing sein Schwert um den Hals. Sie sollten laufen, ihre Almosenschalen und was sie sonst hätten, holen; sie müßten zusammen aufbrechen. Als er neben ihnen marschierte, langsam und mit Schonung des Knies, sagte er ihnen nicht, warum er so heimlich aufbräche und wohin sie gingen.

Er wanderte drei Wochen durch das mittlere Tschi-li, schickte Boten in viele größere Ortschaften und Städte, die schon von Schan-tung her benachrichtigt waren, daß die Wu-wei unter Wang-lun aus Hun-kang-tsun zu den Vaterlandsfreunden der Weißen Wasserlilie gehörten und auf jede erdenkliche geheime Weise zu unterstützen seien. Wangs Boten liefen als Feigenverkäufer; in ihrer schmalen langen Kiste lag zwischen einer Schicht von Feigen das Erbschwert Chen-yao-fens, der Gelbe Springer, mit einem Brief Wangs in der verabredeten Schreibweise der Weißen Wasserlilie, in der je nach einem mündlich zu übermittelnden Zeichen nur der dritte und dann der siebente Charakter gelesen wurde; von einem bestimmten Zeichen an jeder zweite und dann der vierte. Die Geheimhilfe der Weißen Wasserlilie wurde in kurzer Zeit mobil gemacht; es herrschte unbedingtes Vertrauen auf das Komitee in Schan-tung.

Zugleich änderte Wang-lun seine Anordnungen für die Lebensweise der Brüder und Schwestern; er duldete und wünschte in ärmeren Gegenden die vollkommene Auflösung und Zerstreuung der Brüder und Schwestern in Ansiedelungen, Dörfer, Städte. Wang gab darin dem Wunsche zweier Mitglieder des Pelien-kao nach, die ihm antworteten, sie billigten nicht den strengen Abschluß der Wahrhaft Schwachen, ihr eulenhaftes Wesen; es sei nötig, daß man sich nicht nur brieflich verbünde; unter der Süßigkeit der Feigen liege doch kein Schwert. Aber Wang gab zugleich den Angesehenen aller Haufen heimliche Weisung, die Brüder und Schwestern vor ihrem Eintritt in menschliche Siedelungen zu warnen, sich den Brüdern der Weißen Wasserlilie gleichzustellen. Vaterlandsfreunde seien alle, aber die Wu-wei nur friedlich und leidend, die echtesten Kinder ihres armen Volkes, das niemand wahrhaft in Krieg verwickeln könne, weil es wie das Wasser immer flösse und die Form jedes Gefäßes annehme.

Nachdem Wang-lun im mittleren Tschi-li solchermaßen für die Sicherheit der Brüder und Schwestern gewirkt hatte, wäre er frei von Tätigkeit gewesen und hätte sich seiner eigenen Vorbereitung für die große himmlische Reise widmen können. Aber ein Pferd mit einem Pfeil im Schenkel kann nicht grasen, und ein Wind, der gegen den Bannerpfahl rennt, schweigt nicht. Es gab Abende für Wang in diesem Sommer, wo er, in einer verlässigen Teestube sitzend, auf dem Wege durch einen Wald, von dem Gedanken an Ma-noh überfallen wurde und von diesem Gedanken niedergekrampft wurde. Eines Tages überwand er sich und schickte einen Boten, einen raschen jungen Mann mit einem Brief an Ma-noh, in dem er ihn bat, ihre Begegnung zu vergessen und ihm die Seelen wieder herauszugeben, die jetzt berauscht wären, und selbst mit ihnen zu ihm zu kommen. Nicht einmal der Bote kehrte wieder.

ES geschah, wie Ma-noh gesagt hatte: nie war unter den Brüdern und Schwestern die Inbrunst der Andacht, Weichheit des Gefühls, die Süßigkeit der Lebensempfindung größer als seit dem Morgen, wo man sich laut zur Gebrochenen Melone bekannte. Nach ein paar Monaten weilte niemand mehr von ihnen auf dieser Seite des Daseins; in den Landschaften, die sie durchzogen hatten, ging noch das leise Gerede von ihnen und daß über ihnen das höchste Glück gestanden hätte.

Als die Gebrochene Melone noch nicht die Abhänge des Tai-han-schans nördlich Schun-tös erreicht hatte, griff eine Räuberhorde den endlosen Zug der Brüder und Schwestern an. Sie wanderten eines regnerischen Nachmittags über die monotone Lößlandschaft. Der Troß schleppte Karren, breite Wagen; über diese fielen die bewaffneten Strolche, an der Zahl achtzig, her in der Meinung, Beute zu machen. Als sie nur Bretter, wenig Reis, Bohnen und Wasser fanden, dazu eine nicht kleine Anzahl von Kranken, warfen sie die Wagen um, verunreinigten die Wassertonnen, nahmen die Säcke mit Lebensmitteln an sich. Die meisten Brüder des Nachtrabs waren geflohen; sechs beherztere, die sich der Kranken annehmen wollten, wurden mit Fußstößen und flachen Säbelhieben verjagt. Einem, der auf die Verbrecher einzureden versuchte, wurde unter allgemeinem Gelächter die Zunge abgeschnitten und an die Stirn gebunden. Die Räuber, die jetzt merkten, mit wem sie es zu tun hatten, machten eine lustige Hetze auf einige Schwestern. Unter dem brüllenden Gesang eines frommen Liedes, das eine Schwester in ihrer Todesangst angestimmt hatte, als man sie auf den Boden warf, zogen sie mit elf entkleideten gefesselten Mädchen ab.

Die Bündler schoben sich inzwischen nach vorn um Ma-noh und die Älteren. Hier verdichtete sich der Wirrwarr von Aufschreien, von ratlosen Grimassen, von einknickenden Knien. Sie suchten die Gruppe der Führer von rückwärts zu umfassen und zum Stehen zu bringen. Die schälten sich heraus, streiften mit Gewalt die Arme zurück, die sich ihnen vorstreckten, schüttelten die Köpfe, drangen weiter, indem sie die Berührungen von ihren Schultern und Rücken abstrichen.

Was wollten die Brüder und Schwestern! Ob sie nicht wüßten, wie die kostbare Lehre ihres Bundes hieße! Nicht widerstreben! Ob sie das nicht wüßten?

Auf die Kalkweißen sauste erst jetzt die Furchtbarkeit, das grausig Einsame ihrer Lehre nieder. Sie flatterten umeinander, rissen ihre krampfenden Blicke von dem Nachtrab ab, zwangen ihre Füße auf die Spuren Ma-nohs. Sie kehlten, sich windend unter den Schreien, ein überschlagendes Lied, nur für ihre eigenen Ohren bestimmt. Sie riefen heimische Geister an, trösteten einander.

Ma-noh wanderte langsam mit den Älteren unter dem tropfenden Regen. Die Älteren rangen flüsternd die Hände, warfen sich Blicke zu, blieben stehen, wünschend, daß sie der Erdboden verschlinge. Ma riß die Augen auf; ein starrer Wutausbruch. Warum sie nicht zu Dolchen und Messern griffen? Der Unterschied zwischen diesem Leiden und jedem anderen, worin liege er? Der Unterschied, worin er liege? Ja, man müsse sich zwingen, dies

gut zu finden, ja sehr gut, dies anzubeten, denn dies sei das Schicksal. Genau dies sei es.
Und er zwang sie und sich, umzukehren, über die Lößlandschaft weg die Gewalttaten der Räuber an den Brüdern und Schwestern zu betrachten und dies Gift zu schlucken. Den Brüdern verwies er das freche dumme Singen. Sie warfen sich an den nassen Boden, lauschten zerschnitten herüber. Die Bündler scharten sich um die feierlich kniende qualheischende Gruppe der Führer.
Atemlose Stille. Offene Bühne, Kreischen der gebundenen Schwestern, Entblößen der zarten Leiber, knallende Stockschläge auf die Köpfe der Brüder, Gebrüll, trappelnde Pferde, unsicheres Wimmern der Kranken, leere Ebene, Regen.
Um die Wagentrümmer ballte sich alles. Als die wassertriefenden Kranken zu jammern begannen, konnten sich die Brüder nicht in die Gesichter sehen. Als der Verstümmelte röchelte und sein blutender Mund klaffte, wandten sie sich ab.
Bei der Besprechung abends in der Nähe eines Marktfleckens blieb Ma-noh unerschüttert. Man redete nicht viel. Stöhnend, mit schmerzstrengen Mienen, trennte man sich. Dumpfe gärende Unruhe bei den Brüdern und Schwestern.
Fünfzig Brüder taten sich in der Nacht zusammen, forschten in dem Marktflecken nach den Räubern. Sie stellten fest, daß diese Räuber in einem Dörfchen, weit nach rückwärts von dem Flekken gelegen, hausten, daß es Behörden wie Privatpersonen bislang nicht möglich war, das Nest auszuheben. Man erfuhr auch von Landbewohnern, daß drei der geraubten Mädchen sofort nach Schun-tö verschleppt seien, acht im Dorf festgehalten würden.
Die Brüder drangen in der Nacht darauf in die ihnen bezeichneten Häuser des Dorfes, schlugen sich mit den Verbrechern herum, die einen militärischen Angriff vermuteten und sich bemühten zu entwischen. Die Schwestern wurden wiedergefunden und befreit, zwei Verbrecher und drei Brüder blieben tot im Dorf liegen auf der mondbeleuchteten Straße.

Die Verwegenheit der Brüder wuchs so sehr, daß sie noch am nächsten Tage in der Stadt den Aufenthalt der Mädchen auskundschafteten, welche in einem obskuren Freudenhause wohnten. Sie besuchten abends in Gruppen zu dreien und fünfen das Haus, hielten sich bis zur dritten Nachtwache auf, erbrachen dann ohne Schwierigkeit die Türen, versteckten sich einen ganzen Tag bei den Bettlern in der Stadt, gelangten nach einer Woche auf großen Umwegen zu dem Halteplatz Ma-nohs an den blühenden Abhängen des Tai-hans.
Ma-noh, unterrichtet von dem Vorgefallenen, trug sich damit, sie auszustoßen. Es war inzwischen schon die Mehrzahl der Bündler zu der Auffassung bekehrt, daß das Wu-wei Mittelpunkt und Rettung sei, Mittelpunkt und Rettung bleiben müsse. Die Befreier kamen beschämt. Wo die Trauer aufrichtig schien, verzieh Ma. Fünf, die sich einsichtslos rühmten, wurden verstoßen.
Es entspann sich ein erbitterter heimlicher Kampf zwischen Manoh und den Widersachern im Bund. Der bald zutage tretende Sieg Mas zeigte die ungeheure Gewalt, über die der völlig umgewandelte Mann verfügte.

IN der fruchtbaren dichtbevölkerten Gegend am Fuße des Taihans entwickelte sich aus dem Schoß des Bundes die heilige Prostitution.
Die Schwestern hatten sich schon nach dem Aufenthalt am Sumpfe von Ta-lou gewöhnt, sobald sich ihnen auf der Wanderschaft, in einsamer Gegend, Bergstraße, Wald, Männer näherten, zu ihnen heranzugehen, mit ihnen freundliche Worte zu wechseln; auch Liebkosungen konnten sie sich nicht entziehen, ohne Gefahr zu laufen. Diese Gepflogenheit wurde nach dem Überfall vor dem Tai-han-schan allgemein.
Die Schwestern rüsteten sich, einen Wall von Sanftheit um die Gebrochene Melone aufzuwerfen. Sie gingen nicht in dem lumpigen Bettlerinnenzeug, suchten sich mit Hilfe der Brüder bunte

Kleider zu beschaffen, schön bemalte Schirme, feine Haarkämme. Alle Tage fanden sie sich abends zusammen, und die Kundigen lehrten sie die entzückenden Liebeslieder der bunten Quartiere singen, die Pipa zupfen. Wo die Arbeiter am Wege standen und die kaiserlichen Straßen ausbesserten, an den Erdnußsuchern, die im Acker wühlten, wichen sie nicht mehr ängstlich vorüber; sie kämpften mit den Frauenwaffen, glitten vorbei. Es waren unter den bald fünfhundert Frauen an zehn, die die Situation des Bundes Ma-nohs durchschauten, ihr Schicksal an die Gebrochene Melone knüpften, mit Klugheit und Entschlossenheit zur Festigung des Bundes beitrugen. Die jüngeren Schönen bildeten die heilige Prostitution. Es würde sie niemand, so sagten sie, hindern, den ebenen Weg zum Westlichen Paradiese einzuschlagen, jetzt, wo sie alles, alles mit jedem teilten.

Es geschah etwas Befremdliches am Tai-han-schan, etwas Märchenhaftes, Naives von der Art eines Liedes. Die Bettlerhütten waren aufgeschlagen, die Männer gingen in die Berge hinein, wo Ansiedlung an Ansiedlung stieß. Die Mädchen liefen umschlungen über die schachbrettartig geteilten Felder. Auf den schmalen Pfaden zwischen den Reis- und Weizenfeldern zerstreuten sie sich. Der fauligweiche Boden dellte sich unter den leichten Füßen der Glückbringerinnen. Zwischen dem Grün der Halme blitzte grelles Rot, auf kindshohem Stengel eine straffgewölbte Blüte, seidenglänzendes Purpur: der Mohn. Die Ponys der Mädchen klebten fest an den niedrigen Stirnen. An bunten Gürteln trugen sie Almosenschalen. Diese und jene, nicht gewöhnt zu gehen, bewegte einen Stab mit Messingbehang, den Rasselstab, in der Hand.

Wenn eine Glückbringerin eine arbeitende Frau oder ein Mädchen traf, so grüßte die geschmückte Bettlerin sie, nannte sich beim Namen, sagte, daß sie zu dem Bund der Gebrochenen Melone gehöre, erzählte, nahm teil, schenkte, wenn sie sich verabschiedete, ein kleines Tuchsäckchen mit Asche oder ein Papieramulett mit Charakteren.

Ein Arbeiter fragte sie nach der Gegend, nach Richtung der

Geisterpulse des Bodens; sie ließ sich beschenken von dem ehrerbietigen, setzte sich mit ihm hin an einen Feldrain, unter einen Sophorenbaum, aß, was er ihr gab, und während er ihr entzückt zusah, erzählte sie von den wunderwirkenden frommen Männern, denen sie zugesellt sei, von dem schweren Schicksal, das sie erlitten habe. Und damit trippelte sie davon, indem sie sich oft umwandte und zum Gruß verneigte. Wen die heilige Prostituierte neben sich zittern und ängstlich blicken sah, tröstete sie, indem sie sich entfernt von ihm setzte und ein paar kleine fremde Lieder sang. Sie lüftete am Halse ihren losen Kittel, zog ein rotes Tuch heraus, band es sich um das Gesicht. Hinter dem Tuch klang ihr Lachen, und so gönnte sie dem Beglückten alles, was er wünschte. Kam wieder den Weg, bis sie aus der Gegend verschwand.

Rasch flog das Gerücht von dem neuen Bunde in die Städte, die bunten Quartiere, in die Theater, die Teehäuser. Sklaven und Sklavinnen, Schauspielknaben und bemalte Damen entwichen. Vergebens taten sich die Besitzer der Häuser zu Verbänden zusammen, appellierten an die Behörden, verweigerten Konzessionsgebühren, um einen Druck zu üben.

In aller Munde war die Geschichte des jungen Fräuleins Tsai aus Tschian-ling und wie sie entfloh. Sie war ganz jung verkauft worden an ein wenig renommiertes Haus.

Als sie den Restaurationsbetrieb geleitet hatte im Innern des Hauses und infolge des unausgesetzten Genusses von heißem Wein magenleidend geworden war – ein Wein, der mit den liebeanregenden Zusätzen gewürzt wurde –, überlegte sie in einem nüchternen Augenblick, ob es nicht besser wäre, zu hungern und zu frieren, als dauernd zu erbrechen, sich schlagen zu lassen von der Besitzerin und an Lastenträgern, Ölhändlern, Schiffziehern Liebeshandlungen zu verrichten.

Da sie in keiner Weise geschont wurde und sich völlig ruiniert fühlte, sprang sie aus ihrer offenen Sänfte, deren Träger sie reich bestochen hatte, in das Magistratsjamen, wurde sogleich verhaftet, nach Aburteilung ihrer viehischen Wirtin in das Rettungshaus gebracht, welches die Stadt neben dem Gefängnis unterhielt. Sie lernte in den kurzen Wochen ihres Aufenthalts dort nützliche Dinge, man hängte ihr Bild in den Glaskasten an dem Eingang des Hauses für Männer, die sich hier eine Frau suchten.

Sobald nun ihr Bild ausgehängt und allen sichtbar war, berichtete dies ein Bote der bestraften Wirtin, welche sich noch nicht von ihren hundert Bambusschlägen erholt hatte; die Frau veranlaßte einen Neffen von sich, einen Herumlungerer, den sie aushielt, sich an den Direktor des städtischen Rettungsheims zu wenden, ihm erlogene Garantien für seine Person zu geben und das Mädchen zur Frau zu verlangen. Nachdem der Bursche sich noch heuchlerisch nach den guten Eigenschaften seiner zukünftigen Braut erkundigt hatte, erklärte er, sie zu heiraten, holte sie in eine gemietete Wohnung für ein paar Wochen ab und brachte sie dann seiner Tante zurück.

Das unglückliche Mädchen zerquälte sich den Kopf, um der Polizei den Betrug zu melden; man kam ihr auf die Schliche, nahm ihr jegliches Geld weg, sperrte sie ein, täglich schlug sie die Frau, bis sie nachgab und versprach, sich zu fügen. Wieder fing das zerrüttende Trinken an; mit blutunterlaufenen Augen ging das Mädchen herum, völlig matt, sich tief verneigend, wo sie immer die Wirtin sah, froh, daß man ihre Hände und Fußsohlen ausheilen ließ.

Dann erzählte ihr eines Tages ein frisch angekommenes Mitglied des Hauses, der dieses Leben nicht gefiel daß sie einen Melonenkernverkäufer kennengelernt habe, der sich in sie verliebt hätte und ihr helfen wolle. Das vielgehetzte Mädchen wurde halb widerwillig verleitet; sie setzten gemeinsam mit drei andern Insassen des Hauses, die man ins Vertrauen gezogen hatte, eine lange Klageschrift gegen die Wirtin und den Neffen auf; die Novize übernahm es, das Blatt ihrem Verehrer zu übergeben; er sollte es den ordnungsmäßigen Weg an die Behörde leiten. Der Melonenkernverkäufer brachte auch den Brief an die richtige Stelle; aber ehe Beamte ins Haus kamen zur Untersuchung der Angelegenheit, hatte der Neffe durch einen untergeordneten Diener des Jamens, der die Schreibstuben ordnete, Kenntnis von der Beschwerde erhalten.

Die Mädchen hörten ängstlich eines Abends durch den Fußboden seine erregte Debatte mit der Wirtin im Empfangssalon unten, wegen der Maßnahmen, die man treffen sollte. Da griffen die fünf kompromittierten gefährdeten Geschöpfe zu einem Gewaltmittel; sie banden die Frau, welche auf dem Korridor die Aufsicht ihrer Zimmer führte, nachdem sie ihr mit Papier den Mund verstopft hatten; ließen sich an falschen Zöpfen und ihren eigenen, die sie rasch abschnitten und schnürten, an der Hinterseite des Hauses herunter, liefen Hals über Kopf durch die Straßen, versteckten sich bis zum Morgen hinter der Stadtmauer und schlüpften, nachdem sie ihre eleganten Kostüme gegen die Lumpen von Bettlerfrauen eingetauscht hatten, welche an den Mauern in überdeckten Erdlöchern übernachteten, aus dem Tor eine nach der andern hinaus.

Sie hätten es nicht nötig gehabt, sich zu überstürzen, denn die Wirtin und ihr Neffe waren nach dem ersten Schreck froh, daß die fünf Anklägerinnen verschwunden waren, und schickten ihnen jeden Segenswunsch auf den Weg. Aber den fünf Mädchen peitschte die Todesangst den Rücken; sie liefen gedankenlos Li um Li; warfen sich bei jedem Lärm von rückwärts lang auf den Boden; schließlich, als sie einen Berg erklommen hatten und auf einem unbetretenen Steinacker saßen, weinten sie sich zusammen ruhig.

Der weitere Verlauf dieser recht gewöhnlichen Angelegenheit ließ an Banalität nicht zu wünschen übrig. Am Ende des ersten Tages trennten sich zwei von den Mädchen ab, die vor Aufregung, Hunger und Furcht nicht weiterkonnten, und blieben auf dem Magistrat des Dörfchens, das sie erreichten, mehrere Tage, wartend, daß die benachrichtigte Wirtin sie wieder holen sollte. Diese aber beschuldigte die Mädchen des Diebstahls und der Verleumdung. Der sehr gutmütige Bürgermeister hielt ihnen nach ein paar weiteren Tagen im Dörfchen dies vor und empfahl ihnen, lieber keinen Wert darauf zu legen, in die Stadt zurückzukehren, weil sie ja tatsächlich Kleidungsstücke entwendet hatten. Und so arbeiteten die verwöhnten Kinder um kargen Lohn draußen auf den Äckern und in Ställen, verwünschten die ganze Sache.

Die drei anderen Mädchen erreichten Ma-nohs Truppe nach fünf Tagen, welche sie auf den Tod erschöpfen ließen, nach ununterbrochenem Wandern, Frieren, Dursten. Man nahm sich ihrer sehr an. Aber zweien von ihnen behagte bald das strenge stille Leben nicht. Man beachtete ihre Fähigkeiten und Schönheit nicht genug. Die Gedankengänge unter den Schwestern und Brüdern schienen ihnen langweilig, auch komisch. Die eine heiratete einen Bruder, dem es ging wie ihr. Die andere, eine geschickte junge Person, ließ sich von einem entlaufenen kaiserlichen Schauspieler ein paar der bei Hofe beliebten Tänze einstudieren, lernte ihm Phrasen und höfische Interna ab und wurde rasch als bedeutende Acquisition von dem Besitzer eines Teehauses mit Varieté engagiert. Er ließ reklamehaft ausstreuen von Intrigen, denen sie am Kaiserhofe erlegen sei und so weiter.

Nur die Blutarme, Gehetzte, die sich halb willenlos hatte mitziehen lassen, blühte auf unter den Gebrochenen Melonen. Sie hätte dieses Glück nicht für möglich gehalten. Zum ersten Male strahlte wieder etwas wie Hoffnung aus ihren eingesunkenen Augen. Aber sie war diesem Leben am wenigsten gewachsen. Ein fliegender Shi, wie sich die Kundigen der Bündler ausdrückten, bohrte sich durch ihre Haut und Eingeweide. Sie erbrach Blut und konnte nicht weiter. Man beschaffte für sie aus einer Dorfapotheke die lebenerneuernden Pillen aus dem Mutterkuchen einer erstgebärenden Hündin. Aber im schönen sommerlichen Feld blieb sie tot liegen und war ihr jämmerliches Dasein los.

Der Ruf der heiligen Prostitution verbreitete sich weit in diesen Landschaften. Vielleicht trug nichts so dazu bei, die Sekte bekannt zu machen. Die Behörden und die hetzenden Literaten in den Kung-tse-Tempeln, durch nichts gehemmt, konnten doch

zu keinem Entschlusse kommen über die Maßnahmen. Man konnte nicht die vielen Hundert, zu denen entartete Angehörige der ältesten Familien gehörten, durch Polizei und Provinzialtruppen niedermetzeln lassen; das Schauspiel der Abschlachtung von Wahnwitzigen, die sich mit keiner Handbewegung wehren würden, wagte man nicht.
Man suchte durch Milde und sanfte Gewalt die Bündler zu bewegen, sich zu zerstreuen. Als jedem Versuch ein rundes Nein entgegengestellt wurde, verboten die Präfekten allen Ortschaften und Ansiedlungen, denen sich die Bündler näherten, die Gewährung von Speise und Trank an sie. Einzelne Präfekten arrangierten auf eigene Faust, unterstützt von ihren Behörden, Unternehmungen gegen die Bündler. Sie bedienten sich des Aberglaubens der Bevölkerung; streuten Gerüchte aus, daß die Bündler schöne Frauen aus einzelnen Dörfern mit Gewalt entführten, daß sie im Besitz lebenverlängernder Pulver seien, die sie für sich behielten. Auf Grund solcher Gerüchte erfolgten kleine Überfälle auf Bündler, die sich eben von dem Lagerplatz entfernt hatten. Man zog sie nackt aus, verbeulte sie. Die geheimen Veranstalter hofften durch solche Angriffe den Zulauf zum Bund zu mindern und über die Bündler Angst zu werfen. Unvermindert blieb die Ruhe der Gebrochenen Melonen, unverändert wirkte die Suggestivkraft des Westlichen Paradieses, das sie dem verhießen, der ohne Unruhe und von keinerlei Begierde getrübt dem Tao folgte; nur sie wüßten das reine echte Tao, und sie würden sich jener Kräfte bemächtigen können, von denen die alten Lieder singen.
Als solche Angriffe auf die Bündler wenig Erfolg hatten, zogen sich die Präfekturen von der Angelegenheit zurück, erstatteten den Provinzialbehörden Berichte, warteten ab.
Eifrig wurde in den Kung-tse-Tempeln geschürt. Die Literaten, ehemaligen Regierungsbeamten, die zur Disposition Gestellten, ihre Freunde, alles Offizielle im westlichen Tschi-li, betrachteten die Gebrochenen Melonen als persönliche Feinde, die man um so heftiger bekämpfen mußte, als der Regierung offenbar noch die

Hände gebunden waren. Hier hatte man nur Furcht vor dem schlimmen Eindruck einer Niedermetzelung auf das Volk, sonst wäre längst alles erfolgt.
Bis eines Tages ein alter Militär vom Rang eines Ti-tu in Schun-tö, dem religiöse Streitigkeiten zuwider waren und der sich nach Pe-king beliebt machen wollte, vorschlug, er wolle die Vernichtung der Gebrochenen Melone übernehmen auf eigene Verantwortung, wenn man ihm eine größere Geldsumme zur Einstellung einer Anzahl ehemaliger Soldaten, wahrhafter Vaterlandsfreunde, zur Verfügung stellte. Die Summe durch rasche Subskription der erfreuten Verschwörer zusammengebracht, machten sich eines Nachts zweihundert Mann von Schun-tö auf, um noch vor Morgen in raschem Marsch die Bündler zu erreichen, ehe sie ihr Lager verließen; der Ti-tu unter ihnen. Am frühen Morgen kam es dann zu dem berüchtigten Blutbad bei einem Dorf, nächst dem sich das Lager der Gebrochenen Melonen befand.
Das Gerücht von der Ankunft einer bewaffneten Bande hatte schon tagelang vorher die Bewohner dieser Gegend alarmiert; man zweifelte an der Möglichkeit eines Vorgehens gegen die harmlosen Menschen. Immerhin hatte das Auftreten des Bundes und die heilige Prostitution bereits hinreichend gewirkt, um eine große Anzahl von Bauern in der Morgenfrühe dieses Tages auf die Beine zu bringen. Sie liefen in Haufen von allen Seiten an, als Wehegeschrei aus dem friedlichen Lager scholl. Am Eindringen wurden sie durch flüchtige Brüder und Schwestern gehindert. Dann Keule gegen Keule. Sensen rissen schwertschwingende Hände weg. Spitze Bambuslanzen bohrten sich durch anrennende Leiber. Über Rücken meuchelnder Soldaten wuchteten Balken und Wurzelkloben. Maulaufreißen, Ächzen, Dumpfen, Knallen. Schweißdampf, dünne Blutsäulen, unregelmäßiger Rhythmus von Stille und Gebrüll. «Kuan-yin, hilf!» Nach einer halben Stunde war der Dämon des Orts gesättigt. Hundert Soldaten blieben liegen, über zweihundert Schwestern und Brüder, vierzig Bauern.

Die Bündler sammelten sich. Rasende Flucht entfernte sie von dem Platz.
Gegen Abend erreichten sie in nördlicher Richtung einen großen See, den die Anwohner See der Eintracht nannten, hielten, entsetzt, daß man die Einsargung und Beerdigung der Toten den Bauern hatte überlassen müssen. Ma besänftigte. Er habe schon auf dem Wege von einer wissenden Stelle die Äußerung empfangen, daß die toten Schwestern und Brüder wohlvorbereitet gestorben seien; ihre Geister schwebten nach den erstrebten Bezirken auf.
Am mondhellen See beriet er mit acht Brüdern, was geschehen solle. Man konnte sich nicht hinmorden lassen. Mit gemachter Entschiedenheit erwiderte Ma, es sei gleich, an welchem Tage man sterbe; es käme nur auf die Bereitschaft des Geistes an. Er redete flau und fühlte, daß er nicht das Richtige für die ungeheure Lage traf. Er konnte nichts erwidern auf die Frage, ob man nicht sehen müsse, sich gut vorzubereiten, statt in den Tod zu rasen.
Hunderte über Hunderte rotteten sich zusammen unter dem Banner der Gebrochenen Melone; aber keine Überfahrt in die ersehnte Heimat bereitete man ihnen, keinen Hafen für die Verdorbenen und Verunglückten. Nicht anders als Betrug konnte man es nennen, Schändung ohne Gewissen. Zur Schlachtbank führte man sie, zur Schlachtbank und nicht zum Westlichen Paradies.
Zu der Musik der scharrenden Schilfrohre flüsterten sie. Manohs trostloser heißer Blick haftete fast irre an der großen Klosteranlage auf der anderen Seite des Wassers. Er konnte in der Helligkeit des Himmels alle Einzelbauten der Lamaserie erkennen, die vielen Kapellen, die große breite Gebethalle, die Wohnhallen der Mönche. In solchem stillen Hause wohnte er lange Jahre. Jetzt lag er ausgestoßen mit vielen hundert Menschen wieder vor seinen Toren. Durch einen See getrennt.
Die Brüder würgten sich verzweifelte Entschlüsse ab. Der Bund sollte aufgelöst werden. Die grauenhafte Verantwortung wollte keiner tragen. Sie flehten Ma an: «Was tun, was tun?» Morgen,

übermorgen, in einer Woche kommen die Provinzialtruppen, umstellen die Gebrochene Melone, zerschmettern Brüder und Schwestern. Kein Zweifel; noch heute Bericht von Ortsbehörden an Präfektur, Tsong-tou; Friedensbruch in der Provinz; baldiger Eingriff der Regierung. Was hat die Gebrochene Melone verschuldet, daß das geschah? Alles Klagen hilft nichts. Was soll geschehen? Die teuren Brüder tot, die feinen Schwestern, die frommen Wanderinnen tot. Blutsäulen, zerspaltene Stirnen, willig hingehaltene Hälse: unausdenkbar das alles, überqualvoll, zermalmend, zwischen saurem Schweißdampf und hetzendem Gröhlen Aufstieg in die Westlichen Bezirke. Der Bund, der Ring zerbrach.

Ma-noh saß still, horchte auf sich. Er erinnerte sich auf einmal jener ersten Unterredung der Nan-ku-Bettler mit Wang-lun in seiner Hütte. Man drängte Wang um Schutz von der Weißen Wasserlilie. Für die Gebrochene Melone gab es keinen Schutz, sie war ohne Freunde, Wang-lun hatte sich erhoben mit seinem langen Schlachtschwert, in der Nacht das Lager seiner ehemaligen Brüder verlassen.

Ein siedender Haß auf Wang-lun übergoß Ma. Sein Arm wurde von innen geschüttelt, seine Zähne geknirscht. Ein Entschluß stürmte durch seine Knie in seine Zehen, rüttelte an seinem Zwerchfell, so daß sein Atem stillstand; wie von Blitz und Donnerschlag war er widerhallend durchrollt.

Die schmalen bunten Gebetswimpel auf den platten Dächern drüben schaukelten im Wind, stellten sich auf.

In stummer Frühe ließ Ma den Lagernden ein Zeichen geben. Man rauschte um den See. Rasch waren die Klosteranlagen von den Menschen umfaßt, bevor die drei ersten Stöße des Muschelhorns die Brüder drin zur Frühandacht weckten.

Ma schlug mit der Faust an das Tor. Fünf seiner Brüder folgten ihm über den Hof in das hochgelegene Zimmer des Chan-pos. In dem kahlen hohen Zimmer, in das ein paar Stufen vor einen verhängten Raum herunterführten, stand der Chan-po vor einem prachtvoll geschnitzten Wandtisch, der die Bilder Vereh-

rungswürdiger trug; ein noch junger Mensch mit ruhigen geistvollen Zügen. Ma-noh in seinem Flickkleid hatte sich nicht von dem Pförtner abweisen lassen; der Prior wartete zu hören, was so dränge. Er schien nicht gewillt, die sechs Fremden ohne weiteres als Gäste zu betrachten; nach der Begrüßung schwieg er.
Ma nannte seinen Namen und die der Begleiter, erklärte mit kalter Beherrschtheit, daß er mit dem Prior über eine wichtige Angelegenheit verhandeln wolle.
Der entgegnete, daß die Almosenverteilung Sache eines Bruders sei, zu dem sie der Pförtner führen würde; der würde sie auch über ärztliche Hilfeleistungen und Stillung augenblicklicher Not beraten.
Ma-noh wollte den Chan-po sprechen.
Er lud sie zögernd zum Sitzen auf den Kniehockern ein, mit dem Hinweis, daß die Frühmesse bald beginne.
Ma-noh, hinkauernd, erklärte, daß ihre Zeit sich auf die Zeit zwischen zwei Atemzügen beschränkte und sie bald zu Ende sein würden. Ob der gründliche Kenner der heiligen Saktastexte aus den Göttergesprächen magische Formeln gelernt habe, mit denen man Menschen vor der völligen körperlichen Vernichtung retten könne.
Der Prior staunte den kenntnisreichen Bettler an und sagte langsam, er wüßte einige schützende Silben, indem er seine gelben Augen auf den Mann richtete.
Ob, fragte Ma weiter, der wissende Prior den schützenden Silben so vertraue, daß er sich selbst mit ihnen in Gefahr begeben würde.
Der Chan-po, tiefer erstaunend, erklärte, er vertraue diesen Silben und manchen anderen; aber ob der Frager vielleicht ein verkleideter Ge-long sei, wozu er ihn aufsuche und examiniere; was dies bedeute und wer sie wären.
Ma-noh, mit ihm zusammen aufstehend, meinte, es sei kein Anlaß, die Unterhaltung, die eben beginne, bald am Ziel sei, schon abzubrechen; und eine verlorene Frühmesse wiege für die Heiligkeit nicht so viel wie der Mord an tausend Männern und

Frauen. Denn sie könnten ohne Umschweif und Höflichkeit verhandeln; ob der erleuchtete Chan-po mit seinen fünfhundert Mönchen gleich in die Ebene hinuntergehen würde, von Verbrechern verfolgt, aber vertrauend auf die Tantrasformel? Ob der erleuchtete Chan-po sich herablassen würde, einen Blick zum geöffneten Fenster hinauszuwerfen und zu sehen, was die Nacht draußen verändert hätte. Der Abt mit zwei Schritten gegen das Fenster, riß es auf; Murmeln der Mönche über den Hof, das schimmernde Seeufer, soweit man sehen konnte in dem Morgennebel, geschwärzt, eingefaßt von hunderten sich regenden Menschen, Männern und Frauen, Wagen, Karren; sie hielten sich so still, daß nicht einmal die Mönche draußen, die zur Messe gingen, etwas ahnten.
Das Gesicht des Abtes, viereckig, gefroren, wandte sich nicht um; er gurgelte: «Sind das die Verbrecher, die uns verfolgen?»
Ma-noh, neben ihn tretend, schloß vor seinem Gesicht rasch das Fenster; dies seien die Verfolgten, die von ihm Schutz verlangten. Aber niemand könne freilich sicher sagen, wann aus Verfolgten Verfolger und Verbrecher würden. Sie seien die Gebrochenen Melonen; ein unkeuscher Name für das keuscheste Ding; sie seien heute morgen massakriert worden; ihre Toten lägen noch einen Tagesmarsch hinter ihnen auf dem freien Felde; jetzt verlange er, Ma-noh, für seine gehetzten Menschen Wohnung, Mauer und Schutz.
Es klopfte gegen die Tür; der Abt drehte den Kopf. Er könne nicht kommen zur Andacht; man möchte ihn vertreten; man möchte nicht zu langsam lesen und bald den vertretenden Bruder Ge-long zu ihm heraufschicken.
«Was, mit geraden Worten, Bruder Ma-noh, willst du von mir?»
«Du sollst uns aufnehmen in dein Kloster, Männer und Frauen, und dann die Tore verschließen, großer Chan-po.»
«Wie kann ich euch schützen? Ist der Schutz von verfolgten Heeren Sache der Klöster? Wer im Freien steht und den Blitz auf sich zieht, warum schilt der auf den Blitzschlag?»

«Niemand schilt. Wir brauchen keine Belehrung. Wir brauchen Schutz. Wenn der große Chan-po mit seinen Mönchen nicht Platz genug für uns im Kloster hat, so wird der große Chan-po mit seinen Mönchen das Kloster verlassen müssen. Auf ein paar Wochen. Bis es besser für uns geworden ist. Hier gibt es keine Wahl für uns Gehetzte. Dies ist die gerade Antwort. Und auch für den Chan-po gibt es keine Wahl; wenn er nicht in zwei Tagen mit unserem Blut befleckt dastehen will und seinen schrecklichen Wiedergeburten nachweinen wird. Auf seinen Schultern die Last von hundert unbefreiten Menschen.»

Ma-noh wartete mit den fünf Brüdern in einem Zimmer des Erdgeschosses; sie tranken seit langer Zeit wieder den feinen heißen Tee aus bemalten Tassen. Die Stimmen des Abtes und seines Stellvertreters klangen abgerissen herunter. Nach einstündiger Beratung ließ der Abt sie wieder rufen. Er hielt mit erblichenem Gesicht noch das schmuckreiche schwarze Gebetszepter in der Hand; neben ihm stand sein Stellvertreter, ein scharfer grauer Kopf mit mongolischen Zügen. Eindringlich sanft bat der Abt Ma-noh, das Kloster mit allen Schätzen gut zu verwahren; er möchte ihm Boten schicken in das kleine Kloster jenseits des Flusses, wohin er selbst zöge, und ihm mitteilen, wann die Gefahr für sie vorüber sei und sie das Kloster verließen. Beim Amithaba habe er gebetet, daß die Seelen der unglücklichen Verfolgten gerettet würden.

Ma ging mit straffen Schenkeln über den Hof, der von aufgeregten Mönchen wimmelte. Die Tore öffneten sich; man umringte ihn draußen. Dann erhob sich das Jauchzen, das sich lauffeuerartig fortpflanzte.

Als die heiße Sonne eben im Mittag stand, schoben sich die mächtigen Torflügel auf. Man sah aus vielen Höfen die Mönche zusammenströmen, sich hintereinander ordnen, sich um liegende Geräte mühen. Der Auszug des Chan-po mit der gesamten Mönchsschaft vollzog sich. Die Menschenmassen vor dem Tore teilten sich.

Die Geistlichkeit, das allerhöchste Gut der Welt, erschien inmitten der Armen, die einen dilettantischen, viel kürzeren, schmerzensreichen Weg nach den ewigen Freudenhimmeln einschlugen. Voran junge Novizen mit leeren Händen, unbedeckten Köpfen; die Ban-dis, kahle runde Schädel mit einem kleinen Haarbüschel auf dem Scheitel.

Zu fünf nebeneinander Mönche mit langen braunen Kutten bis zu den Füßen; viele hatten die rote Priesterbinde von der linken Schulter zur rechten Hüfte umgeschlungen; manche trugen Überwürfe, weite gelbe Mäntel, die die rechte Schulter nackt ließen. Alle unter schwarzen vierzipfligen Mützen. Murmelton. Zu zweit trugen sie rote Paniere mit andachtgebietenden Inschriften. In Sänften zuletzt die Priester aller Weihen, unter ihnen in einer gelb ausgeschlagenen Sänfte der Chan-po. Zwischen den höchsten Priestern Lehrlinge mit Polstern in den Händen, darauf die Altarstücke und die sieben Kleinodien, kunstreich geschnitzte, gegossene Tiere; Elefant, Goldfisch, Pferd, Opferschalen aus Silber, gebuckelte Teller, Gießkannen, Metallspiegel, heilige Symbole der fünf Sinne. Auf bedeckten Karren fuhr man fort das umfassende Buch, die Mutter genannt, zwölf schwere Bände in holzgerahmten Seiten. Vor, neben der Sänfte des Chan-po krachten Mönche von Zeit zu Zeit in die Gongs, pumpten ihre Lungen in die ungeheuren Posaunen, die auf den Schultern der Vorangehenden ruhten.

Auf breiten Bahren schwankten die Bildsäulen der großen Götter vorüber; unverhüllt blickten die wesenlosen Gesichter über die erregten Menschen, ertrugen den frischen Duft des Sees. Da saß der Beryllglanzkönig auf dem Lotosthrone; in der herabhängenden Rechten hielt er die mystische goldfarbige Myrobalane; die beiden Buddhas mit der Löwenstimme und der Kostbaren Kopfzier begleiteten ihn. Das furchtbare Bild der Heilspendenden Göttin, die auf einem Blutmeer reitet, tauchte aus dem Dunkel ihrer Kapelle in die warme helle Himmelsluft hinein; ihre blitzschießenden drei Augen, ihre brennenden Augenbrauen vermochten nichts gegen das gleichmäßig heitere Sonnenlicht, das in unverminderter Kraft über ihr schlan-

genbefangenes Gesicht fuhr. Zuletzt schleppte der Pförtner seinen abgestandenen, verkümmerten Leib an, gab Ma-noh, trübe Gebete keuchend, das unförmige Vorhängeschloß des Tores.
Das Blasen der Posaunen tönte noch von der rechten Seite des Sees; ab und zu pufte ein Gongschlag. Da strömte jubelnd, weinend, ernst der absurde Troß der armen Gebrochenen Melonen in die leeren Höfe, die schlammbedeckten Männer, die Verwundeten, die Blutbespritzten, die Mädchen mit den bunten Kitteln und trockenen Blumen im wirren Haar, die Sängerinnen, die vor Angst lachten, die stammelnden plappernden Blinden und Krüppel. Sie drangen in die Höfe, die Kapellen, die Gebetshallen, aus denen die überirdischen Götter ausgezogen waren, füllten jeden Winkel und jeden Raum bis zu den bemalten Decken mit ihrem Elend.

MAN richtete sich in dem Kloster ein. Während die Handwerker die Höhe und Festigkeit der Ziegelmauern bewunderten, Lahme und Wundgeschlagene auf die roten Diwane in der Gebetshalle gebettet wurden, Schwestern Bohnen und Hirse aus den Vorratskammern schleppten und in den noch heißen Kesseln kochten, saßen Ma-noh und seine Vertrauten in dem Zimmer des Chan-po, sannen nach. Öfter sahen sie sich betreten an; man hatte Reichtum und Schutz; aber dies war nicht gut. Sie saßen mit feuchten Kleidern in dem gepflegten geschmückten Hause; auf den Holzboden sickerten Schmutzlachen von ihren Schuhen und Kitteln. Der scharfe und muffige Dunst stieg aus den durchnäßten Stoffen, stach ihnen in die Nasen; ihre Augen tränten. In unwillkürlicher Bewegung seufzte der jüngere ernste Liu, fragte: «Wollen wir nicht hinuntergehen, auf dem Hofe für uns Zelte schlagen?»
Ma-noh ging mit ihnen; er sagte nicht nein, nicht ja. Metaphysische Gespräche schwebten in den niedrigen Holzkorridoren, die sie durchgingen. Hier war noch nie die Rede gewesen von

Hunger, Totschlag; das Holz des Hauses war getränkt mit Gedanken von der Erbauung und Vernichtung der Welt. Ma-nohs Freunde spürten nichts von dieser Luft. Er schlurfte gebunden hinter ihnen her; ihn erregten diese Zimmer und Gänge, als wenn sie mit kleinen Geistern, rufenden stichelnden Geistern angefüllt wären. Teilnahmslos erledigte er Besprechungen. Aus den alten Brettern schlugen die Leute unten Hütten, Zelte auf den Höfen, um die Hallen unbewohnt zu lassen. Er ging langsam wieder auf das Zimmer des Chan-po, konnte sich nicht losreißen. Allein in dem großen leeren Hause hockte er im Zimmer des Chan-po vor dem leeren Buddhaaltare, durch die Finger zog er einen Rosenkranz, der neben einem Kniepolster lag, zählte die Perlen. Der muffige Dunst von Kleidern konnte den weichen Weihrauchgeruch nicht verdrängen. «Ma-noh, der geweihte Mönch von Pu-to-schan, sitzt wieder in einem Kloster», sagte er sich laut vor. Er fühlte, daß er ausruhte und es für ein paar Augenblicke gut sein lassen wollte. Befleckt saß der Mönch im Kloster, und schämte sich nicht, fürchtete sich nicht. Die Schreie der Ermordeten hallten noch in seinen Ohren. Er atmete nach dem Blutbad, erinnerte sich, daß er lebte; Rosenkränze, Buddhasäulen, die kostbaren Altarstücke, die Kleinodien, sie konnten alles mitnehmen; man lebt, man atmet, findet sich zurück. Den Elefanten hatten sie getragen, die Symbole der fünf Sinne; Ma-noh verzog höhnisch sein Gesicht: dies war alles falsch, damit ist es nicht getan. Eine neue Methode, ein anderer Weg! Klingeln, räuchern, beten; sie sollten die armen Schwestern winseln hören! Sie manövrierten mit den altersgrauen Tieren, den verstiegenen Reflexionen eines fremden Landes. Alle heiligen Berge, alle massiven Klosterkomplexe standen nutzlos auf dem Boden herum; mit dem Röcheln eines Bruders konnte man sie umwerfen. Wie ehrfurchtfordernd der Chan-po eben dagestanden hatte; und jetzt trug man ihn in irgendeine kleine Kapelle, und er, Ma-noh, der hergelaufene Einsiedler von Nan-ku, saß auf seinem Platze, lachte drohend die leeren Altartische an; die Götter rissen bei seiner Ankunft aus. Was sind Klöster? Orte, an denen man träumt und seinen Weg verfehlt. Nur die Mauern sind gut; die Dächer sind gut. Sie schützen gegen Regen und nächtliche Stürme; sie versperren Geistern den Weg; der Winter hockt vor der Tür.

Schutz gegen die Verbrecher. Oh, Klöster lohnten schon. Kein böswilliger Halunke konnte einbrechen und Spieße in fremde Rücken bohren. Wie hat man Brüder und Schwestern heute morgen hingemordet; zu Dutzenden fielen sie, so ergeben haben sie gebetet. Wenn nicht die Bauern gekommen wären, so hätten die viehischen Burschen, hinter denen ein Präfekt steckte, die ganze junge Ernte niedergetrampelt. Schufte, Schufte! Er mußte zusehen, wie man seine Leute hinschmetterte, wehrlos war er gegen die Schufte; er wollte ja wehrlos sein. Irgendwo in Nordtschi-li ging jetzt Wang-lun herum, den Gelben Springer an seiner Seite; er nahm Mord und Totschlag auf seine Seele; die Wahrhaft Schwachen dehnten sich. Nur die Gebrochenen Melonen, seine traurigen armen Schwestern und Brüder, waren heimatlos, pfadlos.

Sollte man denn sterben, sollte man wirklich die große Lehre so verstehen: das Schicksal kommt von irgendwo, man stellt sich ihm in den Weg und läßt sich köpfen? Sollte man sterben? Sollte man sterben?

Ma-noh wandte sich vom Boden ab, auf den er seinen Rumpf tief gebückt hatte; bemerkte den Rosenkranz in seiner Hand, legte ihn beiseite, rieb seine Hände, rieb seine Schläfen.

Es wäre gut zu sterben. Warum nicht? Es kam nicht darauf an zu leben, sondern gut gerüstet, mit beladenen Armen an die Pforten jenes stillen schönen Paradieses zu kommen. Jahre früher, Jahre später, das konnte nichts bessern.

War man gerüstet? Aber war man gerüstet?

Ma-nohs Hand tastete nach dem Rosenkranz. Er richtete sich hoch, ging die Stufen zu dem verhängten Schlafzimmer des Chan-po hinauf; zog den Vorhang weg, warf sich, den Rosenkranz über die Brust gelegt, auf das Bett. Das ungewohnte Klappern scholl durch das Haus; im Hof schlug man Bretter zusam-

men; ein tiefes Singen wie aus dem Innern einer Blechkanne surrte aus einer Halle.
Man war nicht gerüstet. Man brauchte Ruhe, Zeit, Eindringen, Vertiefung, Mauern, Mauern! Bretterschlagen nutzte nichts; damit war es nicht getan. Morgen war man totgeschlagen; und es war nichts erreicht. Trappelten nicht schon die Füße der Verfolger? Voller Lärm das Leben, voller Haß und Angst: so ging es nicht. Mauern, Mauern! Hier waren Mauern, hier, hier!
Eine stürmische Freude über die Masse, die draußen über die Höfe wogte, durchdrang Ma-noh. Seine, seine Brüder und Schwestern, sie sollten den guten Weg gehen; seine Menschen. Besser als die Cakyasöhne.
Nachdem eine Stunde verstrichen war, kamen Männer vor das Zimmer, klopften an, ohne eine Antwort zu erhalten. Sie fanden Ma, den kleinen dürren Mann, auf dem Bett eingeschlafen, er schien sehr entzückt zu träumen. Er sprang auf, als sie leise wieder die Stufen heruntergingen.
Er war sehr still, ließ sich von ihnen die Hütte zeigen, die man für ihn bestimmt hatte, bezog sie.
An diesem Tage und am folgenden kamen keine Angreifer; die Gebrochenen Melonen zogen in gewohnter Art aus. Als schon fünf Tage verstrichen waren, hatte Ma-noh kein Wort darüber verlauten lassen, was weiter geschehen sollte. Er wartete. Wenn er die Höfe abging, war seine fliehende Stirn in Falten gelegt; man störte ihn nicht; sein Ausdruck war gefährlich. Ma mußte an sich halten; er sah die Grenzen seines Vermögens; der Bund stürzte in Abgründe, und er konnte es nicht hindern. Zähneknirschend mußte er warten, bis die Brüder zu ihm kamen, selbst um Mauern bettelten. Er wagte diesen Vorstoß gegen ihre Freiheit nicht; er hatte Widersacher; man würde ihm nicht folgen. Sie genossen ihre Sicherheit. Sie wollten das Schicksal herausfordern; es sollte sich nur entladen!
Juen mit einem fast quadratischen Gesicht, einer auffällig plattliegenden Nase, kalten Blicken, einem Schädel fast ohne Hinterhaupt, hatte eine sehr wechselnde Art zu sprechen; meist sprach

er hingehalten, klebend; ab und zu, es konnte sich um belanglose Sachen handeln, erging er sich in einem rapiden, scheinbar unmotivierten Ausbruch, mit hitziger Mimik und Geste, so daß man im ganzen die Vorstellung einer erheblichen Selbstbeherrschung des Mannes gewann. Im Grunde konnte davon keine Rede sein; er beherrschte sich, aber er beherrschte keine besondere Leidenschaft. Anfang dreißig, aus Sze-chuan gebürtig, Sohn eines reichen Federhändlers, im untersten Examen durchgefallen, ehrgeizig ohne Gaben. Er war bald träge, matt, bald wild; meist wild, er fürchtete seine Unklarheit vorzubringen. Er suchte unter die Bündler einzudringen, sich Ansehen zu verschaffen, indem er mit dunklen Worten in Erregung um sich warf, Worten, über die er selbst später nachdachte, weil er annahm, daß jede Gedankenarbeit in solcher Blindheit geleistet würde.

Die beiden Vettern Liu mehr banalen Charakters, Fanatiker, sehr ähnlich in ihrer Denkweise, etwa gleichaltrig; der kleinere Liu, der sich nach seinem Kindsnamen das Dreierlein nannte, zwar sanguinisch wie der andere, dabei aber zweifelsüchtig, fürchtend, daß nichts aus allem Gehofften würde, durch seine fatale Zweifelsucht selbst viel bedrückt. Sie arbeiteten früher in einem Porzellanwerk, dann ohne Beschäftigung verfielen beide aufs Goldmachen, das ihnen ein frecher Bonze beibringen wollte. Auch jetzt schleppten sie noch kleine Zinnoberkrügchen mit sich herum; sie erwarteten Großes von den Kräften, die ihnen das Wandeln im Tao verleihen würde: vielleicht würde ihnen die unsterblich machende Pille gelingen.

Juen verwickelte zuerst den Führer ihres Bundes in ein Gespräch darüber, was nun geschehen sollte. Er fügte sofort hinzu, daß nach seiner Ansicht es gar nicht nötig sei, das Kloster zu verlassen. Die Priester würden sich schwer hüten, einen tätlichen Angriff zu inspirieren; und ob die Regierung ihnen helfen würde aus freien Stücken, dürfte sehr zweifelhaft sein.

Ma-noh zeigte sich interessiert, legte ihm nahe, herumzuhören, was man dächte über die Zukunft des Bundes.

Die beiden Liu waren bei allem Fanatismus tatsachengeschulte Köpfe. Sie hatten unter sich oft die Frage ihres Bundes diskutiert. Für sie stand im Vordergrund: der Bund dehnt sich aus, er wird von wahrhaft ernsten Gedanken getragen, man muß ihm Zeit zur völligen Reife lassen; aber sobald es Winter wurde, in ein paar Monaten, mußte es zu Ende sein mit der Gebrochenen Melone. Sie hatten von Ma-noh einmal die entsetzliche Geschichte der Bergläufer von Nan-ku bei einem verschwiegenen Spaziergang gehört; sie zweifelten beide nicht daran, daß das Winterschicksal der Gebrochenen Melone an Grausigkeit nicht zurückstehen würde.

Was sie eigentlich genauer und präzis beschrieben mit der «völligen Reife des Bundes» meinten, wußten sie so wenig wie die meisten anderen, die ähnliche Wendungen gebrauchten. Es war eine zu intensive Suggestividee, die jeder Zergliederung spottete, die bei der Berührung Schrecken einflößte. Die Idee ruhte im Hintergrunde, man konnte sich auf sie verlassen, man vernachlässigte sie, man lebte den vorgeschriebenen Regeln nach und war gewiß, daß automatisch zu einer gewissen Zeit die Dinge, welche die Idee verhieß, sich erfüllen würden.

Beide stimmten ohne weiteres Juen bei, daß man das Kloster behalten müsse. Nur das Dreierlein fing zu nörgeln an. Ob wirklich die Regierung nicht angreifen würde, und dann sei der Platz für die Dauer zu klein, und woher für immer die Nahrung.

Zu ihren Debatten zogen sie einen sehr phantastischen professionellen Geschichtenerzähler namens Cha hinzu, der immer mit nacktem Oberkörper ging, um möglichst viel von dem wirksamen Prinzip der Sonne, dem Yang, in sich aufzunehmen. Ein gutmütiger Kauz mit schönen lebendigen und jungen Augen, ein Mann, dem alle vertrauten, die mit ihm in Berührung kamen.

Ferner nahm teil an den Unterhaltungen ein großer ernster Mensch, der vielleicht in der Mitte der vierziger Jahre stand, Namen und Herkunft nicht angab. Ma-noh wußte allein sein

Schicksal. Er war hager, trug einen ungepflegt hängenden Kinn- und Schnurrbart, war von einer außerordentlichen Güte und Höflichkeit gegen jedermann, dabei von einer ebenso großen Scheu und Passivität. Vielleicht war niemand unter den Bündlern so korrekt in den Gebeten und in der Wachsamkeit über seine Gedanken, so behutsam in der Beachtung der Regel, nichts, weder Pflanze noch Tier noch Mensch unnötig zu verletzen. Man nannte ihn die ‚Gelbe Glocke', weil er fast beständig in einer bestimmten Tonlage sprach, die dem Grundton Gung des ersten Tonleiterrohrs entsprach, und dieses Rohr hieß Huangdschung oder die Gelbe Glocke. Die Gelbe Glocke war, das wußte man allgemein, der vertraute Freund der schönen Liangli, die ihr herrisches, leichtaufbrausendes Wesen in seiner Gegenwart wunderbar beruhigte. Man zog diesen unbekannten Menschen auch darum viel zu wichtigen Besprechungen zu, weil man Frauen zwar nie an Beratungen teilnehmen ließ, aber Liang gern mittelbar hören wollte.

Der alte Cha äußerte sich negativ. Dieser Märchenerzähler wußte aufs schärfste Märchen und Wirklichkeit zu trennen. Er stimmte den Gründen des kleineren Liu bei, und zwar mit strenger Bestimmtheit, machte Juen Vorwürfe, wie er auf so niedrige Gedanken kommen könne, das Kloster den frommen Mönchen mit Hinterlist abzunehmen. Er eiferte sich in eine große Erregung mehrere Male hinein. Bei diesen Erregungen verlor er den realen Boden, watete in Wut, kämpfte gegen kolossale Größen, gegen Mammuts der Phantasie, die gar nicht in Frage kamen. Endete so, daß er nur an seiner drohenden Kopfhaltung und dem schmetternden Tönen seiner Stimme erkannte, daß er sich gegen etwas gewandt hatte; wartete eine Entgegnung ab.

Die Gelbe Glocke säuselte monoton; er wich aus, um nicht zu widersprechen. Beschäftigte sich damit, den alten Cha erschreckt anzusehen und ihm einige verbindliche Redensarten zu machen über die Stärke seiner Vorstellungskraft und seine Gesinnung. Nach seiner Meinung gefragt, dankte er für die Güte, ihn für urteilsfähig zu halten. Er fühle sich diesen wichtigen Entscheidun-

gen nicht gewachsen, vertraue dem Beschluß der andern völlig und unbedingt. Schließlich rückte er mit seiner eigenen Ansicht heraus, von der er aber ausdrücklich bemerkte, daß sie nur die Richtschnur für sein privates Dasein abgebe und daß er nie und um alles in der Welt nicht wolle, daß andere sie für eine wirkliche Meinung ansehen. Und schließlich äußere er sie nur, weil die Herren es wünschten und er die Herren nicht verletzen wolle.
Er könne sich nur der Ansicht des weltkundigen Herrn Cha anschließen. Ja, wenn er es recht erwäge, könne und müsse er noch weiter gehen, wenigstens was ihn anlange. Man müsse sehen, wie man dem Winter und dem Hunger in der alten Weise widerstünde. Wenn es aber sehr schlimm ginge, so müsse man sterben, denn das sei das Schicksal. Und sie würden ja auch sterben, denn sie begehrten alle nur nach dem Tao und nicht nach dem Leben. Wenn sie den Frühling erlebten, so sei dies etwas Wunderbares und kaum Glaubliches. Schließlich wüßte er nicht einmal, ob man dafür danken solle, denn jeder Tag früher am Ziel sei wahrscheinlich verdienstlicher als jeder Tag später. Doch dies alles wüßten ja die alten Männer besser als er, und er verletze sie nur durch den Vortrag gedankenloser Banalitäten.
Damit hatte die Gelbe Glocke getönt. Der große stille Mensch sah beschämt auf den Boden, die Äußerung bereitete ihm Pein.
Ma-noh hockte eines Morgens mit den vier Männern auf einem inneren Hof, der weit nach hinten gelegen steil anstieg und zu den Gräbern der Mönche führte. Dicht wucherte hier das Gras zwischen den Steinen, der Hof war mit alten Ulmen bepflanzt. In ihrem Schatten saßen die Männer, auch die schöne Liang saß hier, in einem gelben durchlöcherten und geflickten Kittel. Ihr hartgeschnittenes Gesicht war magerer geworden, die früher energischen Bewegungen hatten eine gewisse sanfte Rundung angenommen, ihre schmalen Augen warfen das alte schwarze Feuer.
Ma-noh war von ihnen zu dieser Unterredung gebeten worden. Juen erzählte von ihren Sorgen und Besprechungen. Ma-noh stimmte bei, man müsse sich Sorgen machen. Aber die Meinun-

gen wichen ab, berichtete Juen, der sich als Wortführer benahm, und lud mit einer Handbewegung den jüngeren Liu ein zu reden.
Ma ließ diese Reden über sich ergehen. Er wußte, es würde keine Klarheit erzielt werden. Wang-luns längst widerlegte Gedanken waren zu kräftig in diesen Leuten.
Das Schicksal mußte deutlicher reden. Er wand sich unter den Dingen, die er kommen sah und die sich nicht abwenden ließen. Er litt unter seiner Ohnmacht.
Die schöne Liang-li, zum ersten Male zu einer Unterredung zugezogen, blickte ihn an. Sie hatte zunächst über dem Herzen ein Gefühl von schweigendem Zorn gegen Ma-noh. Aber nur einen Augenblick. Dies war kein Mann wie die andern, wie ihr Vater, ihr rechtlicher Gemahl, ihre Freunde vom Bund, die Gelbe Glocke. Diesem war sie nicht dadurch gleichgestellt, daß sie neben ihm beraten durfte und ihm ins Gesicht blickte. Es war schwer zu denken, daß von diesem Mann die Bildung ihres Liebesbundes ausgehen sollte. Und sie erfaßte in einer unklaren Weise, daß für Ma-noh ihr Bund etwas anderes war als für sie, daß keine Herzlichkeit dahintersteckte, sondern etwas würgend Qualvolles, etwas Gefahrdrohendes, ein Steinschlag.
Sie erschrak, erinnerte sich ihrer ersten Vorstellungen von ihm: als eines unheimlichen, abgewandten Mannes, der, seine finstere Berghöhle verlassend, den großen wahren Weg ging und mit Leichtigkeit diejenigen mitriß, die sich an ihn hängten. Man durfte ihn nicht hemmen. Der Gedanke war unwahrscheinlich und entsetzlich, daß er sich beirren ließ.
Ma-noh redete in unverständlicher Ruhe. Der Bund würde bald zugrunde gehen. Entweder würden die Provinzialtruppen anmarschieren oder der Winter käme.
Es würde noch ein paar Monate so gehen, dann würden alle auseinanderlaufen zu ihren Sippen oder auf die Landstraßen oder vor die kaiserlichen Reisverteilungsstellen. Man könne nicht erwarten, daß ein Blutbad wie neulich ohne Einfluß auf die Haltung einer großen Menge bliebe. Der Zustrom werde von jetzt

ab aufhören. Und welchen Schluß sollte man daraus ziehen? Daß man alles seinen Lauf nehmen lasse, wie es wolle. Er sei völlig ohne Hoffnung für den Bund. Bald würde man Hetzjagden auf sie veranstalten, das sei nur eine Frage der Zeit. Bleibe jeder für sich. Finde sich jeder hinein in das starre Schicksal.
Dies klang dem großen fremden Menschen, der Gelbe Glocke genannt wurde, angenehm in die Ohren. Er summte vor sich hin, daß das Schicksal seinen Weg gehe; es fiele jeden Menschen auf eine besondere Art an. Man müsse sich ablösen von rechts und links, um seinem Schicksal nicht auszuweichen.
Juen und die beiden Liu zogen die Beine hoch, schielten auf den Boden. Juen stand auf; das ginge nicht, das ginge nicht. So dächten nicht einmal die Einsiedler der Buddhareligion, denen die Gemeinschaft der Frommen noch ein heiliges Gut bedeute. Er war trotz seiner überlegten Worte erregt und giftig. Die Gelbe Glocke liebte er nicht. Juen mußte sich zusammennehmen, um nicht zu höhnen.
Den feinen Kopf gegen Juen gehoben, fragte Liang, wie sich der kluge Lehrer aus Sze-chuan das Schicksal der Gebrochenen Melonen denke; ob sie ewig leben sollten, als hätten sie schon das dünne Jadepulver gefunden.
Ma-nohs Lächeln in diesem Augenblick war von so bestimmtem Hochmut, daß Liang mit offenem Munde von ihm abrückte und die Blicke der vier andern auf Ma-noh lenkte. Dessen Lächeln blieb unbeweglich, starr vor aller Augen stehen und verwandelte sich erst, als der ältere Liu ihn anrief, was er denke, in ein runzliges Grinsen.
Ma sagte: «Mich freut die Klugheit unserer Schwester Liang-li. Schöne Öfen haben einige Dichter die Frauen genannt; aber Juen denkt dies wohl jetzt nicht mehr, nachdem ein kleiner Funke aus dem schönen Ofen ihn gesengt hat. Wie heißt übrigens der wundervolle Vers, Juen, den du mir neulich sagtest, von dir selbst oder von einem Dichter der Tangdynastie?»
Juen verneigte sich geschmeichelt; er zitierte: «Es ist ein Vers Tu-fus, des unglücklichen Zensors unter dem Kaiser Schön-

tsung: Das Tor des Panglaipalastes ist gegen den Südberg gerichtet. Himmelan reckt sich der eherne Säulenschaft mit den Schalen, in denen sich der Tau sammelt. Westwärts liegt der Jaspissee, zu dem die Königliche Mutter hinabsteigt.» Liang hob die linke Hand gegen Juen auf: «Und ein anderer Vers lautet, er ist von Juen-o-tsai: Verflogen ist das bunte Wolkenspiel, ehe noch die gelbe Hirse gar gekocht.»

Die Gelbe Glocke platzte da mit einem Gelächter heraus, das aus Ochsenställen, Soldatenhorden zu schallen schien, aber gar nicht zu ihm paßte und, ohne daß sich sagen ließ wie, etwas von seiner Vergangenheit zu enthüllen schien. Er bat schon in einer unsäglich gequälten Weise um Entschuldigung. Er wäre in Gedanken versunken gewesen, sein Lachen habe mit den Äußerungen irgendeines Anwesenden nicht das geringste zu tun. Immerhin machte dieser grobe plötzliche Ausbruch einen derart unangenehmen Eindruck auf die andern, daß sie schwiegen, aneinander vorbeisahen und Liang Ma-noh fragte, ob er nicht lieber herumgehen wolle oder auf einer Matte sitzen, da er so zusammenschauere.

Aber Ma-noh, der wirklich aufstand, setzte sich nur neben die Gelbe Glocke, die er beruhigte. Der kluge Mann sagte, indem er alle anlächelte und sich zu Juen umwandte, daß offenbar das Leben nicht ohne Einfluß auf sie geblieben sei. «Man erleidet soviel und wird immer unfähiger, sich zu entschließen. Wir sind Fliegen, denen Kinder die Beine und Flügel ausgerissen haben.»

Juen zuckte die Achseln, zappelte, verschwand, um wieder strahlend die Hallen zu inspizieren, die Kapellen zu bewundern.

Liang ging neben der Gelben Glocke und Ma-noh nach dem offenen Klostertor über die lichtbeschienenen gewundenen Höfe. Ma hatte das Gefühl, daß er diese beiden wie einen Steinsack auf seinem Rücken schleppte. Die Gelbe Glocke war der furchtbarste Mensch unter allen Bündlern. Er hätte ihn fallen lassen können, aber sein Ehrgeiz verlangte diesen Mann; er mußte ihn, er mußte ihn bewältigen.

Der schönen Liang bangte um ihr Schicksal. Das hochmütige

Lächeln Mas konnte sie nicht aus der Erinnerung wischen. Es war wie der Blick eines weißen Tigers von einem Felsen herunter auf den Menschen, der ahnungslos um die Ecke bog. Was hatte dieser Mann vor?

Bei den strengen Blicken Mas auf die stumme Gelbe Glocke besann sich die schöne Liang. Sie steuerten nach den glücklichen Inseln. Der Steuermann auf so furchtbarer Fahrt mußte furchtbar sein. Die Gelbe Glocke ging gelassen neben ihr.

UND in aller Ruhe hatte sich jener Wink vorbereitet, den Manoh ahnte. Als am siebenten Tage ein Zug von sechzig Landleuten an Ma-nohs Klostertor klopfte, erreichte der Wink die Gebrochene Melone.

Der Bund hatte seinen Wohnsitz in einem der reichsten Distrikte Westtschi-lis; es wurde hier Baumwolle gepflanzt, die Seidenraupenzucht stand in hoher Entwicklung.

Eine Eigentümlichkeit des Landes bildete das Vorkommen wirklicher Salzbrunnen. Man hatte im Laufe der Jahrzehnte eine große Menge gebohrt, und ganze Erwerbe hingen mit den Brunnen zusammen. Man grub zur Salzgewinnung ein meterweites trichterförmiges Loch, bis man auf Wasser stieß. Unten ließ man die Lauge sich sammeln, abdunsten; sie wurde mit Eimern nach oben geschafft. Wie am Meere teilten sich in die weitere Verarbeitung die Salzsieder, Salzpfänner und Stapler. In riesigen Kesseln und Pfannen jagten die Salzsieder das Wasser aus der Mutterlauge. Das Gras zum Heizen der Kessel lieferten reichere Steppen- und Landbesitzer, welche meist gleichzeitig das Salz aufstapelten, den Transport übernahmen, die vorgeschriebene Menge an den kaiserlichen Hauptstapelplatz abführten. Wer von den Brunnenbohrern genügend Land besaß, konnte rascher arbeiten, das salzhaltige Grundwasser über abgedichtete Erdflächen fließen lassen, die Verdunstung an der Sonne beschleunigen. Der Transport der gewonnenen steuerpflichtigen Salzmassen erfolgte fast nur auf dem Wasserwege; eine nicht zu große Strecke mußte man das Produkt zum nächsten Fluß oder Kanal transportieren auf Mauleseln, Karren, Ochsenwagen.

Nun war vor neun Jahren der Vater eines Mannes namens Hou in diesem Distrikt von den schwarzen Blattern hingerafft worden. Es war ein anerkannt tüchtiger Justizbeamter, von der größten Schlichtheit und Strenge, wegen seiner Kürze und Bündigkeit im Rechtsprechen sehr gefürchtet. Durch kluge Berechnungen beim Ankauf von Reis, den er wieder an die Regierung verkaufen ließ, hatte es der Mann zu großem Reichtum gebracht. Er kaufte sich weite Ländereien. Nachdem er den vierten Grad erreicht hatte, zog er sich zurück, machte der kaiserlichen Privatschatulle Geschenke, spekulierte umsichtig weiter und kam eines Tages von einer Überlandfahrt matt zurück; man mußte den schwerleibigen Mann aus der Sänfte heben; er starb bald.

Sein ältester Sohn, der jetzige Besitzer Hou, als Kind durch Kränklichkeit die Sorge der Familie, stand an Schlauheit hinter seinem Vater nicht zurück; aber während der Alte die Menschen benutzte, wie sie sich ihm anboten, war er ohne Motiv hart und kalt gegen jedermann. Die äußere Gestalt hatte er völlig von dem Vater, die Plumpheit der Glieder, die Schwerfälligkeit, das vertrauliche Platt des Dialekts. Er prunkte nicht, hielt die vorgeschriebenen Riten streng inne, führte ein musterhaftes Familienleben. Trotz aller Härte im Handeln atmete er eine gewisse Jovialität, so daß manche der niedrigen Leute, die nicht geschäftlich mit ihm zu tun hatten, ihm aufrichtig anhingen. Er mehrte seinen Besitz, obwohl ihm der Weitblick des Vaters nicht gegeben war.

Zwei Jahre nach der Beerdigung des Alten begann Hou das Unglück zu verfolgen. In einem Monat starben ihm zwei Söhne an einer unbekannten Krankheit, bei der sie tagelang steif dalagen, den Kopf verdrehten, zu toben anfingen und zugrunde gingen, ehe man den fraglichen Dämon festgestellt hatte. Bei einigen waghalsigen Spekulationen, die nach Art der väterlichen erfolgten, ließ ihn sein bester Freund im südlichen Tschi-li im Stich; Hou häufte große Massen von Reis in seinen Speichern an;

durch raschen Wegtransport der Reislager des Freundes sollte es im südlichen Distrikt zu einer künstlichen Preissteigerung kommen, die Hou benutzen wollte. Aber angeblich konnte der Freund die bestellten großen Kähne nicht zur Zeit erhalten; Hou saß mit riesigen Vorräten fest. Es erfolgten zweimal in kurzen Abständen Brandstiftungen auf seinen Gütern mit schweren Verlusten. Da trat eine Wendung ein.

Hou hatte schon oft mit einer peinlichen Empfindung den Kanal, der vor seiner Villa vorbeizog, betrachtet; die langen Kähne, die den Salztransport, auch den Transport von Trauben, Pflaumen, Birnen besorgten, die Schreie der Schiffzieher, das Knarren der Taue an dem Kanalbord; man konnte von hier rasch hinauffahren zu einem breiten Seitenarm des Kaiserkanals.

Ein Astrologe besuchte ihn damals aus Pe-king, der wegen seiner Unwissenheit aus dem Dienste des Ritenministeriums entlassen war. Da dieser nicht in die Geheimnisse der Berechnung wichtiger Ereignisse eingedrungen war, hatte er sich auf ein schimpfliches Gewerbe gelegt, das ihm durch seine würdevolle Gestalt, sein vertrauenerweckendes zurückhaltendes Benehmen erleichtert wurde; er wurde zum Kommissionär für umfangreiche Kinderverkäufe nach den südlichen Provinzen, dem Nachwuchs für die Freudenhäuser und Theater. Dies geschah unter der Maske der Adoption oder Beschaffung von Adoptionen; gelegentlich besorgte er auch Apothekern oder sehr reichen Kranken kleine Kinder, deren Augen, Lebern und Blut verarbeitet und benutzt wurden. Nebenbei war dieser Mann ein sehr geschätzter Heiratsvermittler.

Als er mit Hou in einem Pavillon des Gutes bei dem kleinen Kanal saß und der schwer heimgesuchte Freund ihm seine Leiden erzählte, saßen sie eine kleine Weile die Wasserpfeife rauchend da und betrachteten drüben das Arbeiten der Schiffzieher, die eine Fahrrinne in das gefrorene Wasser schlugen.

Der Astrologe fragte, ob Hou auch das Land jenseits des Kanals gehöre und wie weit, und was für Waren hier transportiert würden.

Nach ein paar gurgelnden Pfeifenzügen meinte dann der Besucher, der Kanal müsse geschlossen werden.
Hou begriff sofort, lachte, mahnte, leise zu sprechen. Es wäre ja gut, wenn der Kanal geschlossen würde, aber gar nicht möglich, das zu erreichen; freilich wenn es auf irgendeine erdenkliche Weise sich machen ließe, würde er seinen Freund natürlich nicht vergessen. Der Kanal sei wichtig für die und die und die; wenn man ihn schließen könnte, so würde dabei ein enormer Gewinn heraussehen.
Der würdige, einfach schwarz gekleidete Astrolog dankte für die eventuelle Gewinnbeteiligung; davon später. Er saß nachdenklich, sprach plötzlich schwermütig von dem Tod des alten Hou, den der Kaiser hochgeschätzt habe, und wann man ihn beerdigt hätte, wer den Ort bestimmt hätte. Dann ging er, ohne Hou aufzuklären, wehklagend über den frühen Tod des Hou, dieses wahrhaften Freundes des Landes, in das Wohnhaus mit seinem Freunde, zündete Kerzen vor der Ahnentafel des Hauses an. Er verabschiedete sich und zog sich zum Nachdenken, wie er sagte, in das ihm angewiesene Gastzimmer zurück.
Am nächsten Morgen ließ er sich, begleitet von dem triefäugigen stieseligen Ortsastrologen, nach der Grabstätte des alten Hou tragen, ausgerüstet mit den Arbeitsinstrumenten, dem Kompaß, der Tiertafel, der Windrute. Nach dreitägigen Untersuchungen stellten die beiden vergleichende Berechnungen umfangreicher Art an und kamen zu dem Resultat, daß die Grabanlage durch die Führung des Kanals gestört würde. Es war angesichts der Enge der Örtlichkeit nicht einmal möglich, die Grabruhe des Geistes zu verbessern durch eine abwehrende Pagodenerrichtung. Daher also das Unglück im Hause des Hou nach dem Tode des Alten.
Hou verstand den raffinierten Astrologen nicht. Als der zu jammern anfing über das Los des verdienstvollen Mannes, warf sich Hou heulend auf den Boden, wußte sich keinen Rat. Er rannte vor die Ahnentafel; er wollte dieses Vergehen nicht auf sich nehmen, er mußte dem Toten mitteilen, daß er nicht schuld an dieser Grabanlage sei, nicht er; wie sollte er doch, der dank-

bare täglich opfernde Sohn, auf den schauerlichen Gedanken kommen, den toten Vater ruhelos herumzuhetzen. Den Astrologen umschlang er hilfeflehend, und da sah er zu seinem Erstaunen in ein verschmitzt schiefes, fettpralles Gesicht. Der Astrolog schnaufte, von den dicken Armen gedrückt, schob seinen Freund zurück, beendete die Räucherung, und sie gingen langsam in den Gartenpavillon am Kanal. Der phlegmatische Mann aus Pe-king sagte mit einer ministerialen Stimme: «Wir dürfen den schwer beleidigten Geist deines Vaters nicht noch mehr kränken und das Grab verlegen. Dies wäre der Gipfel der Mißachtung. Die Richtung des Kanals muß geändert werden. Dieser Kanal ist schleunigst zu schließen.» Leidend grunzte der dicke Hou: «Ja, ja», und dann nach einer Pause, während der sie sich ernst ansahen, mit einer helleren Stimme: «Ja, ja.»

Den nun folgenden monatelangen Schriftwechsel mit den Provinzialbehörden und dem kompetenten Ministerium der Riten nahm der Astrolog dem betrübten, fassungslosen Sohne völlig ab. Es vergingen Wochen, da Gutachter des kaiserlichen astrologischen Büros mit Abfassung eines Immediatberichts beauftragt worden waren, nachdem die nachgeordneten Instanzen das Gesuch Hous wegen seines volksschädlichen Ansinnens erst zurückgewiesen hatten. Khien-lung aber, selbst informiert, erklärte kurzerhand: «Ein Kanal kann anders gezogen werden; bis zum Bau eines so kleinen Kanals, der beschleunigt werden soll, existieren andere provisorische Transportmittel. Es ist niedrig, einen Toten von dem bleibenden Verdienst Hous aus der Ruhe aufzujagen wegen lokaler vorübergehender Unbequemlichkeiten.»

Damit war der Fall erledigt. Und ohne daß die Gilden der Schiffzieher, Salzsieder, Lastenträger, Karrenverleiher in den westwärts gelegenen Dörfern orientiert wurden, schloß man die Schleusen in höchster Eile, leitete das Wasser in einen See ab, zu dem Hou schon in währender Verhandlung einen Verbindungsarm hatte graben lassen. Der Warentransport mußte auf eine ganz andere Weise erfolgen; es mußte umgeladen werden, eine Strecke von einer Tagelänge ging der Transport auf dem Landwege über Hous Liegenschaften weiter, bis an das nunmehrige Endstück des Kanals. Den ersten Lastenträgern, Karrenführern verwehrte Hou den Eintritt in sein Gebiet. Schleunige Interventionen bei der Präfektur bewirkten, daß ein vorläufig unentgeltlicher Durchzug gestattet wurde; Hou wurde anheimgestellt, sich mit den in Frage kommenden Gewerkschaften ins Benehmen zu setzen, eiligst eine Durchgangsstraße zum Kanal anzulegen.

Er fügte sich ohne weiteres, erhob aber für die Benützung seines Grundstücks mit baldiger Genehmigung der Behörden einen kleinen Zoll, errichtete aus freien Stücken fünf Lagerschuppen an der Straße, half den Transportarbeitern, indem er große Aushilfswagen und Ochsen zu ihrer Verfügung hielt. Der Gewinn war enorm; es kam hinzu der Gewinn aus Diebstählen, die bei dem häufigen Umladen, Aufspeichern sich nicht vermeiden ließen; schließlich lief es darauf hinaus, aus seinem Grundstück den naturgemäßen Hauptstapelplatz für Salz zu machen, indem Hou nämlich Leuten, die anderswo stapelten, den Durchzug schikanös erschwerte.

Wochenlang blieb es still; ununterbrochen besprachen sich die Gilden in dem betroffenen Distrikt. Es regnete in der Präfektur Eingaben. Die Schiffzieher, unbeschäftigt, arbeiteten bei den Salzpfännern; diese selbst, soweit sie nicht an Hou Gras lieferten, verloren Einnahmen aus dem Rückgang der Stapelgebühren. Die Erregung wuchs.

Da legte sich ein frisch angekommener Präfekt ins Zeug in einer Weise, die ihm fast den Kopf kostete. In den westlichen Departements war der Fall Hous nichts Absonderliches. Ungeheuerliche Steuerhinterziehungen wurden von den großen Grundbesitzern seit Jahrzehnten getrieben; Seidenspinnereien, Mühlenbesitzer bezahlten nicht mehr Steuer als ein unbedeutender Handlanger in ihrem Betriebe. Im Register des Steueramts standen diese reichen Herren mit einem winzigen Äckerchen eingetragen, eben dem Besitz, den ihre Väter und Großväter zum

Ausgang genommen hatten; man hatte es durch gute Beziehungen zu Steuerdirektoren und Präfekten verstanden einzurichten, daß sich die Anfangsangaben in den Registern unerneuert forterbten; mit Falschmeldung von Brachland, Überschwemmungsgebieten half man nach.

Der genannte junge Präfekt fuhr, sobald ihm einige Fälle dieser Art hinterbracht waren, feierlich in das nächste kaiserliche Hauptsteueramt, wo die Listen auslagen, und berichtete dem Steuerdirektor mündlich im offenen Jamen in Gegenwart vieler Zuhörer, was ihm mitgeteilt sei, wies mit lauter Stimme auf den Gegensatz, der bestünde zwischen den Daten der Liste und dem tatsächlichen Besitz. Als er wieder in seine grüne Sänfte stieg, sahen sich seine Vorläufer und Träger betrübt an, sie trabten und schüttelten die Köpfe. Was die Diener im Hause des jungen Präfekten bei ihren flüsternden Gesprächen voraussagten, trat ein.

Der alte Steuerdirektor, ein beliebter, wegen seiner Ortskenntnisse in Tschi-li und Schan-tung bei der Regierung geschätzter Mann, ließ sich zehn Tage vertreten. Während dieser Zeit reiste er, wie er meldete, in den Kreisen seiner Besteuerungszone herum, um den Befund aufzunehmen, besuchte die gewerblichen Anlagen, die Güter. Die vom Präfekten aber gleichzeitig mit dem mündlichen Vortrag abgelassene Eingabe an die Zentralbehörde hatte er nicht aufhalten können; und schon bei seiner Rückkehr fand der graue Mandarin eine dringende Aufforderung vom Finanzministerium in Pe-king vor, Bericht über die Angaben des beigelegten Memorandums zu erstatten.

Während abendlich der jugendliche, noch unverheiratete Präfekt am Teich der roten Lotosblätter lag und das Spiel der schwimmenden Blätter spielte mit seinen Freunden, rangen seine ortskundigen Diener die Hände über seine Kurzsichtigkeit; sie hatten von Mißstimmungen gehört, die im Lande gegen den Präfekten herrschten.

Es erhoben sich unvermutet kleine Unruhen bei Gefangennahmen von Dieben und öffentlichen Bestrafungen; größere folgten und begannen den Präfekten lebhafter zu beschäftigen.

Schließlich kam es in mehreren bis da ruhigen Dörfern zu einem Angriff auf kaiserliche Beamte und Häuser. Eine scharfe Verfügung von oben wies ihn an, die Bewegung zu unterdrücken. Es gelang nicht; seine Polizei erwies sich als ohnmächtig. Als nachts ein vom Kaiser einer tugendhaften Witwe gesetzter Ehrenbogen auf offenem Markte abbrannte, schien die Stunde des Präfekten geschlagen.
Da lud ihn der dicke Hou zu einer Besprechung ein, die der Präfekt wegen der Transportstraße schon geplant hatte. Und jetzt löste sich die Krise auf die einfachste Weise. Der Präfekt hatte keine Wahl; er mußte an die Schande denken, die auf seine noch lebenden Eltern und auf seine Ahnen fallen würde, wenn man ihn degradierte; von seiner trostlosen Zukunft nicht zu reden.
Die Familie des Hou zeigte sich hochgeehrt durch seinen Besuch. Der rohe kriecherische Hou bot dem Präfekten, als er von den noch lebenden Eltern seines hohen Gastes hörte, einen Sommerwohnsitz auf einem seiner Güter für die betagten Leute an; er zwitscherte mit Ausdrücken größten Bedauerns von den augenblicklichen Schwierigkeiten in der Präfektur, stellte dem Beamten seine eigene, vorzüglich geschulte und bewaffnete Gutspolizei zur Verfügung. Der eisige Präfekt antwortete nicht.
Vor seiner Ahnentafel opferte er und betete; sprach zwei Tage mit keinem seiner Freunde. Dann nahm er an.
An diesem Nachmittag erfolgte der glanzvolle Gegenbesuch des Hou in der Präfektur und dann in der Familienwohnung, zur aufrichtigen Freude der Anwohner und Diener des Hauses, die den Präfekten als weisen alten Mann priesen. Man klärte mit Leichtigkeit alle Mißverständnisse auf; es zeigte sich, daß Irrtum über Irrtum gehäuft war, Übertreibungen, Verwechslungen. Der glückliche Beamte konnte in weniger als zwei Wochen von der Zentralbehörde die Anerkennung dafür erhalten, daß es seiner Energie und Klugheit gelungen sei, die drohende lokale Rebellion zu unterdrücken. Nach einigen erfolglosen Exzessen der durch Hous Maßnahmen betroffenen Dorfbewohner wurde alles still.

Damals im Hochsommer verbreiteten sich hierher die Gerüchte von den frommen Bettlerbünden; einzelne Männer verließen ihre Heimat und suchten die Gebrochene Melone auf. Man hörte von den Intrigen und Angriffen, die auf die ruhigen Männer gerichtet wurden; dann kam das große Blutbad, die Mönche zogen aus dem lamaistischen Kloster; der eingeschreckte Haufe Ma-nohs versteckte sich hinter die festen Mauern.
Von einigen hier ansässigen Anhängern Mas wurden die Gilden und Sippengenossen über das Wesen und Schicksal des Bundes aufgeklärt. Sympathie mit den Vertriebenen, ein Gefühl von Solidarität mit ihnen setzte sich sofort fest. Zu dem neuen Kanal war noch kein Spatenstich getan, angeblich mangelte es infolge der Kriegsausgaben in den kaiserlichen Kassen an Geld; die Familien vieler Arbeitslosen wanderten nordwärts aus. Einige wüste Gerüchte trug man sich in den notleidenden Ortschaften von der Gebrochenen Melone zu; es sei ein verkappter politischer Bund, der mit der Weißen Wasserlilie unter einer Decke stecke; sie gingen wehrlos durch die Landschaften und ließen sich niedermetzeln; das geschähe, um das Volk aufzureizen und zu zeigen, daß man lahm, verkrüppelt und widerstandslos sein könne und doch den Gewalttätigkeiten der kriegerischen Mandschus und der betrügerischen Mandarine ausgeliefert.
Häufige Besprechungen zwischen den Insassen der verschiedenen Ortschaften führten zu dem Resultat, daß sich aus den Vertretern der einzelnen Gilden und Ortschaften eine Gruppe konstituierte, die, von den Staatsbehörden vernachlässigt, zu der Gebrochenen Melone unter Ma-noh zu wandern beschloß. Unklare Gedanken bei heftiger Erregung trieben diese Männer; man wollte sich mit Ma-noh, der schon in den Besitz eines Klosters sich gesetzt hatte, zusammentun und gemeinsam etwas zur Verbesserung der Zustände unternehmen.
Dies war der Zug regellos daherkommender Bauern und Arbeiter, vor denen sich die Tore des Klosters rasch verschlossen und rasch wieder öffneten. Als einige Brüder zu Ma-noh in die Hütte gestürzt kamen und ihm meldeten, daß eine Schar Bauern und

Gewerkschaftler von freundlicher Gesinnung in das Kloster gezogen wäre und mit ihm zu sprechen begehrte, hielt Ma es nicht für wünschenswert, seine Vertrauten zu dieser Unterredung hinzuzuziehen, ließ fünf der Männer in das Zimmer des Chan-po führen und erschien dann selbst.
Sie behandelten ihn wie einen Mächtigen, fielen vor ihm auf die Stirn; er mußte sie in Scham und Furcht, daß man dies sähe, bitten, ihn wie ihresgleichen anzusehen; er sei ihresgleichen, ein armer Sohn des schwarzhaarigen Volkes der hundert Familien. Und was sie also wollten, wer sie schickte.
Sie lächelten sich auf die Frage an; auf eine Bewegung Mas kauerten sie im Halbkreis am Boden hin. Dann schwiegen sie, weil sie nicht wußten, wer sprechen sollte.
Es waren fünf ältere Männer, drei Salzsieder, einer der verarmten Salzpfänner, ein Karrenführer; in Beratungen zu Hause leisteten diese gescheiten Köpfe Vortreffliches; hier drückte sie das Gefühl, mit einem Manne von dem Rufe Mas zusammenzusitzen, und auch ihre Unklarheit über die Ziele dieses Mannes. Der Salzpfänner, der gebildetste von ihnen, öffnete den Mund, sah alle nacheinander an und erklärte lächelnd und sich verneigend, da keiner ihm zu widersprechen scheine, so wolle er reden. Und er erzählte mit ein paar hingeworfenen Sätzen, wer sie einzeln wären, wo sie wohnten, daß sie von den großen Landbesitzern und den Mandarinen schlecht behandelt würden.
Der Karrenführer, der ihm gespannt zuhörte und bei jedem Wort zustimmend nickte, fuhr unmittelbar fort: «Und dies ist die Hauptsache. Und darum dreht es sich. Wir können nichts machen. Die Präfektur gibt keine Antwort auf unsere Eingaben. Wer bist du nun, Ma-noh? Woher stammst du, wo wohnen deine glückgesegneten Eltern? Vor allem: was soll geschehen?»
«Darum dreht es sich», wandte sich einer der Salzsieder mit einer brummigen Stimme an den flinken Karrenführer, «die Hauptsache bleibt und ist, wie ich immer gesagt habe: was soll geschehen? Und wie soll man es machen?»
Der Karrenführer begütigte ihn mit Handbewegungen und

zwinkerte Ma an: «Er meint es nicht so. Wir streiten uns manchmal, weil unser beider weiblicher Hausjammer sich nicht verträgt. Wenn ich sage: ‚Wie soll man es machen?' sagt er, das sei falsch; man muß fragen, wie es am besten vorangeht; und wenn ich ‚Hott' sage, findet er mich ungebildet und geschnattert, und entschließt sich dann zu einem ‚Hü'. Das ist in unserem Dorf bekannt und noch weiter weg, er ist ein guter Junge, nicht wahr?»
Er fragte den Pfänner, der viel hustete und krächzte und sich die Nase rieb; unwillig wies er den Mann zurück: «Macht das ab, wo ihr wollt; ich habe zwischen euch beiden nicht zu entscheiden. Wir sind hier nicht einen halben Tag hermarschiert, um zu entscheiden, ob es besser ist, ‚Hott' oder ‚Hü' zu sagen. Worum es sich dreht, es bleibt dabei, das ist die Hauptsache.»
Der Karrenführer streckte erstaunt die Hände aus, als wollte er sagen: «Das mein' ich doch auch», und stieß den verstimmten Salzsieder an, der aber abwinkte.
«Also», wandte sich der erkältete Pfänner an Ma, «kommen wir zu dir, um dich anzuhören. Sechs meiner Dorfgenossen sind zu deinem Bunde gegangen, und sie haben uns von dir und den andern erzählt. Ihr nennt euch ja Brüder und Schwestern, was wir alle sehr freundlich fanden. Willst du uns auch helfen?»
«Oder willst du etwas mit uns zusammen tun gegen die Besitzer und den Präfekten, die unter einer Decke stecken?» Dies sprach ein anderer Salzsieder, ein langer dürrer Mensch, der in einem lehrerhaften Tone mit gehobenem Zeigefinger sprach, «wir werden gegen sie etwas tun in den nächsten Wochen, aber wir haben noch keinen Plan.»
«Der Plan, der Plan», nörgelte der Pfänner, «was ihr alle für Einfälle habt. Einen Plan werde ich euch schon verschaffen. Man muß nicht zuviel von einem Plan halten. Ich habe schon Leute gesehen mit den schönsten Plänen, und es ist doch nichts aus ihnen geworden. Überhaupt soll uns Ma-noh erst die Frage beantworten, ob er sich uns kurz gesagt anschließt oder nicht?»
«Oder hilft oder nicht», vervollständigte der flinke Karrenschieber.

Ma lauschte atemlos dieser simplen Unterhaltung. Ihn beunruhigte nur, daß zwei Salzsieder sich nicht an dem Gespräch beteiligt hatten; aber sie sahen schließlich nicht anders aus als ihre Gefährten. Dies war der Wink, den er erwartet hatte. In Ma ging es anders zu als in Wang-lun: während Wang es ängstlich vor sich verborgen hätte, daß zum Erschrecken etwas eintraf, was er voraussagte, fuhr es Ma mit einer warmen füllenden Sattheit in den Schlund und Bauch.

Ma hatte das Gefühl, daß das Schicksal sich unter ihm bog, er flatterte unsicher an der Vorstellung vorbei, die so lächerlich war, daß zauberisch sich sein Weg und das Tao übereinanderlegten. Während die Gewerkschaftler vor ihm diskutierten, saß er geblendet und schwitzte aus allen Poren in einer Art Rausch; er suchte seiner Herr zu werden.

Er sagte, er hätte keine Truppen, um ihnen zu helfen. Sie wüßten ja selbst, daß man die Gebrochene Melone verfolge und am liebsten ganz vernichten wolle. Geschlagen seien Dörfler und Gebrochene Melone. Man litte unter großen gewalttätigen Herren.

«Eben darum kommen wir in das Kloster her zu euch», stieß der Pfänner zurück, «wir Dörfler wissen uns eben bald keinen Rat mehr. Du bist sehr klug und kennst die Bücher und Berechnungen.»

Der lange Salzsieder, der in lehrhaft eindringlicher Weise zu reden pflegte, hob seinen Zeigefinger: «Dir ist noch etwas zu melden, Ma, weil du so ruhig einen nach dem andern anhörst. Es geht dich und die Brüder und Schwestern alle etwas an. Ich sage: alle geht es euch etwas an. Ein Neffe von mir ist Filzsohlenarbeiter in einem Dorf eine halbe Tagereise von hier; er wohnt jetzt in meinem Hause als Gast. Ein Arbeitskamerad hat ihn gestern aus seinem Dorf besucht und erzählt, daß fünfzig oder hundert Landpolizisten bewaffnet hinter euch her sind wegen des schrecklichen Gemetzels vor einer Woche. Sie sind schon unterwegs hierher und werden eher heute als morgen da sein. Was sie euch fragen werden und wie sie euch fragen, das werdet ihr schon

sehen. Ich sage, wenn ihr so klug seid und einen nach dem andern anhört: es geht euch etwas an.»
Darauf lächelte Ma-noh: «Meine Schwestern und Brüder sind verloren vor den Menschen. Wer hilft uns? Wie lange Stunden werden meine willkommenen Gäste warten können auf einen Rat ihres Freundes Ma-noh aus Pu-to-schan?»
Sie sahen sich an, der Pfänner krächzte: «Wird es unserm klugen Freund genügen für seine Besprechungen, wenn wir bis Mittag warten oder eine Stunde später? Unser Heimweg ist nicht sehr kurz, wirklich nicht, und wer weiß, was zu Hause angestellt wird.»
«Bis Mittag.»
Sie trabten aus dem Zimmer. Ma-noh saß die lange Stunde allein vor dem leeren Buddhaaltare; zu denken vermochte er nicht.
Die Blendung verließ ihn nicht.
Das Schicksal bog sich unter ihm.
Keine Niedermetzelung mehr! Der Weg gesichert. Die stürmische Liebe zu den Brüdern und Schwestern, die blühende Hoffnung auf alle Herrlichkeit, das strahlende westliche Tor! Ihn packte das Glückgefühl so, daß er um Hilfe rufen wollte. Er lachte vor sich hin, leise, welche Aufgabe diesen fünf Boten gegeben war, diesen schamlosen kindischen, die ihr Leiden um Fressen und Saufen mit dem seiner Brüder und Schwestern verglichen. Aber sie sollten gesegnet sein! Wozu anders sollte man diese Bande von Salzsiedern, Lastenträgern verwenden als zum Herumstellen, zu dienen als wandelnde Ziegelsteine, elastische Gräben, vortrefflich schließende Tore für die Gebrochene Melone!
Eine Stunde nach Mittag traten die fünf Leute in das Chan-po-Zimmer, wollten sich niederwerfen, rutschten zögernd auf die Kniepolster.
Ma-noh forschte den Salzpfänner noch einmal aus, wer sie geschickt hätte, wieviel Dörfer sie verträten.
Der antwortete mit der ungeduldigen Gegenfrage, was die Berechnungen ergeben hätten und wie es mit dem Rat stände. Da

meinte Ma, indem er einem nach dem andern scharf ins Auge sah, daß er einen Rat nicht geben könne, aber sobald sie nach Hause aufbrechen würden, würde er sich mit ihnen auf den Weg machen, und es kämen noch zwei, drei seiner Brüder und Schwestern mit. Er wolle an Ort und Stelle berechnen. Was nötig wäre und sich aus der Zeit, dem Übereinstimmen der Tiere und Metalle folgern ließe, würde sich dann ergeben.

Der Karrenführer staunte; er hielt dies für eine Entscheidung, die ganz außerordentlich den Kernpunkt der Sache träfe. Der gelehrte Salzsieder drehte den Kopf nach den Kameraden, als erwarte er eine Anerkennung, dann stand er auf, stellte sich neben Ma-noh und sagte leise zu ihm: «Ich will dir nämlich sagen, Ma aus Pu-to, daß der dumme Salzsieder, der neben dir steht, dasselbe vorhin auf dem Hof gedacht hat wie du. Nur faßten die andern es natürlich nicht auf, sie lassen einen auch nicht zu Worte kommen. Ich habe es dann schließlich ganz für mich behalten. Man weiß ja allein, was man wert ist.»

Und er berührte vertraulich Ma bei der Schulter.

Der Pfänner konnte nicht gleich ins reine kommen: «Also einen Rat, direkt so wie: ‚Geh dahin, geh dahin, hier vorbei, da herunter', gibt es offenbar nicht dabei. Es ist immer etwas Neues zu lernen. In den verschiedenen Sachen ist es ganz verschieden. Man sollte das gar nicht glauben. An Ort und Stelle muß auch berechnet werden, was man anfangen soll. Es hat etwas für sich. Es ist zweifellos; ich will es ja nicht leugnen.»

Und er fiel mit groben Worten den eitlen Kärrner an.

Während die Boten auf den Höfen mit ihren Heimatsgenossen sich besprachen, umlagert von unruhigen Brüdern und Schwestern, hatte Ma-noh mit seinen Vertrauten auf dem abgelegenen Gräberhof eine kurze und heftige Unterredung. Ma wünschte die Begleitung dieser Vertrauten.

Er wollte mit seiner Taktik des Wartens brechen. Er wünschte unbedingte Zustimmung, Unterwerfung unter das, was er plante. In einem herrisch knappen Tone brachte er seinen Wunsch vor, ihn in das Aufstandsgebiet zu begleiten.

Nur Juen wollte ihn begleiten; die Lius, besonders die Gelbe Glocke, lehnten ab, sich in Kriegsdinge einzumischen. Die schöne Liang-li starrte Ma-noh an. Ihr graute je länger je mehr vor diesem Mann.

Da schlug Ma, der zwischen den Weidenstämmen hin und her ging, vor der Gruppe seiner Berater einen ungemein erregten harten Ton an; er beschuldigte sie, daß sie ihn im Stich ließen, daß sie ihn, der schon ohne Mut sei, zu Boden stießen. Sie hätten kein Herz für die Brüder und Schwestern, die verjagt von Sippe, Gilde und Volk bei ihnen Zuflucht suchten und wie Ratten, die man mit vergiftetem Mais füttert, hier in ein paar Tagen verrecken würden. Seine Vertrauten seien sie; aber statt ihm beizustehen, belasteten, erstickten sie ihn.

Die Gelbe Glocke wurde von einem heftigen Zittern bei diesen Anklagen ergriffen; er unterbrach schon manchmal mit einem Ausruf Ma; dann rang er nach Worten: «Du redest ungebührlich zu uns, Ma. Was diese Brüder hier erdulden wollen von dir, weiß ich nicht; du darfst nicht ungebührlich zu mir sprechen wie zu einem Haussklaven. Wir haben nichts verschuldet an dir. Du kamst kurz und ohne deine weise Haltung an. Du tobst. Dies haben wir nicht verdient. Das darfst du nicht wagen gegen uns.»

Er zitterte so stark, daß er, am Boden sitzend, nach vorn überfiel; über seine mageren braunen Backen liefen Tränen.

Aus Liangs Augen blitzte die Entrüstung; sie kam zu keiner Äußerung; der jüngere Liu, das zweifelsüchtige Dreierlein, stellte sich vor Ma hin; ruhig sagte er: «Wir Lius sind aus gröberem Metall als die Gelbe Glocke; wir weinen nicht. Ma behandelt uns jetzt nicht als Vertraute; warum will er mit den Bauern mitgehen, warum sollen wir ihn begleiten? Wenn wir nichts erfahren, wird er begreifen: wir Lius ertragen das Schimpfen; im übrigen tun wir, was wir für recht halten.»

Ma zwang sich. «Ihr, die Gelbe Glocke auch, werdet sofort begreifen, daß ich tobe, und werdet das Anklagen gegen mich unterlassen und mich nicht mit Tränen kränken: es sind Provinzialtruppen hinter uns her, die Bauern haben es mir berichtet. Diesmal sind es nicht gekaufte Banditen, ja gewiß, jetzt seht ihr mich an. Aber ihr seid ohne Vertrauen in mich. Was ich nicht ausschäle wie einen Zwiebelkern, habe ich erlogen, und wenn ich in Zorn darum gerate, so werdet ihr mich noch eines Tages totschlagen. Wieviel Tage also, lieber Liu, liebe Schwester Liang, Bruder Gelbe Glocke, wird es noch dauern bis zur Großen, Großen Überfahrt?»

Juen war der Ängstlichste unter ihnen; seit dem Überfall schlief der Mann wenig, träumte wild und schrie im Schlaf; in der Gefahr selbst benahm er sich in der Regel auffällig sicher und flößte durch seine Haltung anderen Mut ein. Ihm schoß das Blut in den Kopf, als er von dem drohenden Angriff hörte; er rief die beiden Lius an: «Kann es da noch einen Widerspruch geben? Will denn einer Betrüger gegen die Hunderte draußen heißen? Wir müssen uns beeilen, beeilen und nochmal beeilen. Das ist der Schluß der ganzen Unterhaltung. Was sitzen wir noch lange!»

«Lange sitzen wir», entgegnete Liang, «wer Angst um seinen Körper hat, soll in den Städten bleiben, Verse machen, in der Sänfte liegen.»

Juens hellfarbiges Gesicht wurde dick; sein Hals schien verschwollen, so kloßig und kehlig sprach er mit einmal: «Das Geschwätz von Weibern berührt den Gebildeten nicht. Ebenso wenig wie das Geheul erwachsener Männer eine ernsthafte Debatte aufhalten sollte. Es ist einer erregt, es ist einer nicht erregt; was macht das aus? Ihr sitzt da und sitzt bis zum Abend, und wenn die Hunderte, die mit uns laufen, den Säbel zwischen den Schultern fühlen, ist es vorbei. Aber es soll nicht vorbei sein. Darüber habt ihr nicht mit Herumhocken zu entscheiden. Es ist meine Sache wie eure. Ma soll reden, Ma-noh soll Recht behalten.»

Er schwieg, weil ihn inzwischen schon das große Gesicht der Gelben Glocke angelächelt hatte auf eine so freundliche Weise, daß er beirrt seine Stimme sinken ließ und aufhörte.

Die Gelbe Glocke redete ihm zu: «Hör doch nicht auf zu sprechen, Juen; es verargt dir niemand, wenn du alles sagst, was dir

auf dem Herzen liegt.» Er schwang die Hände gegen Ma und Juen zum Gruße; sie erwiderten zögernd und höflich.
Liang saß zuletzt allein am Boden, blickte in das Gras. Das Dreierlein sprach sie mitleidig an; er hob sie auf; sie ging mit gesenkter Stirn auf Juen zu, vor dem sie tiefe Verbeugungen machte, bis er ihren Gruß erwiderte; dann senkte sie ihre schmalen Schultern vor Ma, den sie vor den andern umfaßte, redete mit trauriger Stimme: «Hilf, Ma-noh. Bring alles zu einem Ende. Du hast in jedem recht. Kein Gemetzel, laß das nicht geschehen. Rette wen du kannst, uns mit, mich mit.»
Nach einer Stunde zogen Ma und seine Vertrauten mit den fünf Boten der Dörfler ab; die Mehrzahl der andern Dörfler blieb im Kloster zurück, auf das Zureden des angesehenen Salzpfänners, der sie für die bedrohten Bündler sorgen hieß. Es zeigte sich unterwegs, daß die Gelbe Glocke sich noch nicht beruhigt hatte; in der Nacht, die man im Freien zubringen mußte, hörte man ihn stöhnen an der Seite Liangs, die ihn zu trösten versuchte. Morgens wich er unter einem Vorwand ab und kehrte nach dem Kloster zurück.
Man kam am nächsten Vormittag in ein Dorf, das größte dieser Gegend, in welchem der Pfänner sein Grundstück hatte. Rasch besichtigte Ma, was ihn interessierte, hörte Haufen Menschen an, auf Maultieren ritt man eine Weile durch neue Dörfer; Massen von Unbeschäftigten kamen aus den Häusern heraus, starrten den sonderbaren Zug an, fielen auf den Boden.
Vor Anbruch des Abends besprachen sich die Bündler kurz; man fieberte unter der Vorstellung, daß eben jetzt die kaiserlichen Soldaten das Kloster erreichten.
Dann trugen Maulesel die Erschöpften zurück; über hundert ihrer neuen Freunde begleiteten sie erregt; sie liefen durch das hohe Kao-liang; eine Rast von einer Stunde nachts gönnte man sich; frühmorgens näherte man sich dem See.
Ein blasser Flammenschein stand jenseits des Wassers. Man kam zu spät. Der Angriff auf das Kloster schon erfolgt; das Kloster in Brand gesteckt von den Soldaten. Hunderte umgekommen. Die

Soldaten, von den zurückgebliebenen Bauern wenig aufgehalten, waren geflohen, nachdem sie sich bemüht hatten, die in Kapellen eingeschlossenen Schwestern aus dem Feuer zu retten. Sie waren wie Besiegte in abergläubischer Furcht Hals über Kopf davongelaufen.
Als Ma mit den wütenden Bauern durch das geborstene Tor eindrang, saß die Gelbe Glocke auf der Schwelle, rief Ma, der übergesunken an dem Hals des grauen Tieres hing, «Heil» und «Triumph» zu.
Ma schüttelte wortlos die Fäuste über ihm. Auch die schöne Liang wandte sich schluchzend von ihm ab.

DER weitere Verlauf ist bekannt. Die Gebrochene Melone verließ das Kloster, die Bevölkerung dieser Distrikte erhob sich gegen die kaiserlichen Beamten. Stürme auf die Gefängnisse, Vertreibung der Magistrate folgten, von den ungeheuren Liegenschaften verjagte man die Besitzer, verbrannte ihre Häuser. Tagelang stapelte dicker Rauch über den Gütern. Es wurden weder die Gräber noch Ehrenbogen noch Pagoden geschont.
Die ersten Manifeste ergingen von einem Komitee, dem der Salzpfänner präsidierte. Man erklärte darin die vertriebenen Besitzer ihres Eigentums für verlustig; die Herrschaft der fremden Mandschudynastie, der Tai-tsing, nannte man erschlichen, nicht volkstümlich und darum abgeschafft.
Nach Nordost dehnte sich der Aufstand rapid aus. Von hier stießen zwei Haufen von je dreihundert Mann, welche zu den Wahrhaft Schwachen Wang-luns gehörten, zu den Aufständischen, suchten nach den Brüdern, denen sie helfen wollten.
Von der zweiten Woche ab unterzeichnete Ma-noh alle Proklamationen, Anschläge und so weiter. Er schickte Boten in die nächstliegenden Städte, die nachts an die äußeren Mauern einen Brief Mas an den Kaiser Khien-lung anhefteten. Darin erklärte sich Ma-noh bereit, die Herrschaft der Reinen Dynastie anzuerkennen, sofern das gesamte im Aufstand befindliche Gebiet

von der Zentralverwaltung gelöst und durch einen eigenen Fürsten verwaltet würde.

Nach einer weiteren Woche erfolgte der wichtigste Schritt: die besetzten Distrikte wurden zu einem geistlichen Land mit dem Namen ‚Insel der Gebrochenen Melone' umgewandelt nach dem Vorbild von Tibet. Die Pflege der paradiesischen Hoffnungen wurde als die Aufgabe des neuen Staates bezeichnet. Ma-noh ernannte sich zum Priesterkönig dieses geistlichen Landes; eine Kommission von drei Männern stand ihm unter dem Namen der Gesetzeskönige zur Seite. In der einzigen mittelgroßen Stadt der besetzten Distrikte residierte Ma-noh. Hier wurden Pläne zur Befestigung der Insel entworfen, die Anlegung großer Doppelmauern mit Wachtürmen um das gesamte Gebiet, etappenweise Wachtürme auf allen größeren Landstraßen. Etwa tausend Mann der Ortsansässigen blieben unter Waffen, für die übrigen lagerten in der Hauptstadt Waffen.

Es gab zweierlei Bevölkerung auf der Insel: die alten Bewohner in ihren Häusern, Läden, auf den Äckern, Bergen, in den Obstgärten; und die Brüder und Schwestern, bei Tag tätig unter ihnen, im übrigen abgeschlossen von ihnen, viele in Hütten, die meisten auf den Feldern in der Nähe der kräftigen Bodengeister. Die Bündler erwarben keinerlei Besitz, schoben jeden Gewinn, der nicht dem Augenblick diente, der königlichen Kasse zu.

Die Zeit am Sumpfe von Ta-lou hatte an Reiz, Erregung und Glück das Erdenkbare gegeben. Hier auf der Insel war man geborgen. Es war ein Meisterstück Ma-nohs. Alle und jegliche Last hatte er der Gebrochenen Melone abgenommen; die Mauer, die er gewünscht hatte, umgab die Brüder und Schwestern lebendig. Der Weg der äußeren Befreiung seiner Anhänger, den er am Sumpf von Ta-lou eingeschlagen hatte, war zu Ende gegangen. Sie waren sicher vor Zerschmetterung durch das blinde Schicksal.

Ma-nohs Härte in dieser Zeit wuchs. Von dem Augenblick an, wo er Priesterkönig des Gebietes war, umgab ihn eine Strenge, die an Grausamkeit grenzte und den erfahrenen Schüler der asketischen Mönche erkennen ließ. Ma verwandelte sich nicht, sondern fand sich in dem Augenblick wieder, wo nur sein Wort galt. Das Feuer des Klosters, in dem Brüder und Schwestern vor seinen Augen verkohlt lagen, brannte in ihm nicht aus. Er empfand kein Rachegefühl, sondern nur die Empfindung, daß Dinge, die so eingeleitet waren, nicht läppisch enden durften. Er nahm keinen Rat seiner Vertrauten mehr entgegen. Das Mitleid für die Halbtoten, Angespießten auf den Höfen, in allen Korridoren tötete ihn fast. Er sank von dem Gipfel herunter, stand unter den armseligen, verwirrten, abergläubischen seiner Menschen, wand sich unter ihren Qualen, und war eins mit diesem Volk.

Keinen seiner Vertrauten kannte er mehr. Auf dem raschesten Wege strebte er danach, die Herrschaft an sich zu reißen, weil er fühlte, sonst der Verantwortung zu erliegen. Das Schicksal des ganzen Bundes war gleichgültig, wenn er erst alles für den Bund geleistet hatte, dann stand und fiel er gleichmütig mit den andern. Kein Feuer berührte ihn dann mehr.

Ma-noh, ein unkenntlicher Mann, saß auf dem Thron der Insel. Kein Götze konnte blinder blicken als er. Sein Glaube an das Westliche Paradies war vorher eingewickelt in ein Entrückungsgefühl, ein überschwengliches Sehnen; jetzt saß Ma ernüchtert da, hielt den Glauben mit eisernen Griffen gepackt vor sich hin. Er sehnte sich nicht nach diesem Paradies, er begehrte, heischte kalt den Eintritt für sich und seine Bündler. Es handelte sich nicht mehr um ein traumhaftes Gut, dem man sich langsam stufenweise entgegenhob, sondern um etwas Nahes, wie die enge Holzbrücke, über die er jeden Tag ging, zu der er ging, wann es ihm beliebte, etwas Erkauftes, etwas Gekauftes und zehnfach Überbezahltes, das ihm keiner vorenthalten konnte. Es war nicht mehr diskutabel, ob das Westliche Paradies real existierte oder nicht; die Ereignisse hatten es mit den notwendigsten greifbarsten Zeichen der Wirklichkeit ausgestattet.

In ihm aber irrte manchmal eine Angst auf und ab, daß er noch einen Preis draufzahlen müßte, daß durch irgendeinen Umstand noch ein Preis wie der vorige verlangt werden könnte, und darum verlangte er keine lange Dauer des Lebens mehr, sondern einen kurzen dringenden Beschluß, ja den raschen Untergang dieser Insel, die er mit dem Namen seiner Brüder und Schwestern geschmückt hatte. Er war durch seine Klugheit, Entschlossenheit, kraft der unheimlichen Einflüsse, die man ihm zuschrieb, Herrscher dieses Landes geworden, dessen Bewohner er verachtete, deren Berührung ihn anwiderte. Es bedeutete ihm eine Qual, daß er sich schmutziger Dinge bedienen mußte, um der Gebrochenen Melone zu helfen. In keiner Zeit war sein Haß auf Wang-lun so ständig gewesen, der dies alles hatte geschehen lassen und mit einer kleinen Bewegung seines Willens hätte verhindern können.

Ma diente in der ersten Zeit nach den Umwälzungen am Sumpfe von Ta-lou mehr seinen Bündlern, als er glaubte. Er hatte gedacht, sich zu sich selbst zurückzufinden aus dem Kram der täglichen Führerschaft. Aber erst der Klosterbrand leistete wirklich diese Zurückführung. Ma war wieder Einsiedler geworden, ohne daß er sich dessen in seiner Königsrolle bewußt wurde. Er gewann Fühlung mit den ihm entschwundenen Vorgängen auf dem Nan-ku-Passe. Durch seine Träume liefen die Zibetkatzen, saßen auf dem Buddharegale, Haufen großer Krähen erwarteten seine Brocken vor der Stiege; und Ma-noh wunderte sich über das Auftauchen der Erinnerungen. Der ungeschlachte Wang-lun besah sich die goldenen Buddhas, die längst zerschlagenen, fragte ohne Ende nach einer hundertarmigen Kuan-yin aus Bergkristall, deren Splitter in dem Mikanthustal Wanderern in die Sohlen schnitten. Gegen das Schicksal gab es keine Rettung als Nichtwiderstreben; das Gemetzel am Fuß des Gebirges, der Klosterbrand hatte alles wieder gezeigt. Ma fühlte, daß die Größe dieser Idee und die Frucht dieser Tatsachen über seine Kraft ging.

Die Bündler waren zusammengeschmiedet durch das Schicksal. Das Glück der Sommermonate leuchtete nicht mehr über ihnen. Des furchtbaren Ernstes ihres Bundes wurden viele sich erst jetzt bewußt. Ma strahlte eine finstere Glut aus, die sich ihnen mitteilte. Juen lag, bei den Kämpfen um die Güter erschlagen, unter der Erde. Die Lius schwiegen vor der Gewalt Mas. Die schöne Liang bebte beim Anblick des erstarrten Menschen und pries sich glücklich, ihm gefolgt zu sein. Die Gelbe Glocke war verschwunden.

Noch einmal zitterte der Körper des Bundes unter einer inneren Krankheit. In einem Dorfe, das kaum acht Li von der Hauptstadt lag, lebte unter den Gebrochenen Melonen ein junger fremdartig schöner Bruder, der, obwohl Kohlenbrenner von Beruf, eine beneidenswerte Feinheit seines Benehmens und seiner Hilfsbereitschaft zeigte. Er hatte, wie nicht wenig andere, seine Familie verlassen aus kindlicher Anhänglichkeit, wegen eines Gelübdes gegen einen wandernden Bruder, daß er selbst zur Gebrochenen Melone gehen würde, wenn der Bruder seinem kranken Vater hülfe. Nun war er, herausgerissen aus der vertrauten Umgebung, mit den andern auf der Fahrt zum Westlichen Paradies.

Aber er wurde durch eine hitzige Leidenschaft zu einer Frau in der Reinheit und Ruhe seiner Empfindung gestört. Diese Frau war zwar eine Schwester, aber sie rang noch mit sich, um ihren Geist sicher nach dem klar erkannten Ziel einzustellen. Von einer mädchenhaft weichen Schönheit, einer stets heiseren Stimme, träumerisch schielenden Augen, wurde sie aus dem Haus ihres Vaters zuerst neben einen vierzigjährigen groben Pelzhändler geführt, vor dem sie nach zwei Jahren floh, weil sie glaubte, daß er ihre Untreue entdeckt hatte. Der Mann holte sie zurück, sie hinterging ihn dann wieder und mußte nun ihre Heimatstadt verlassen. Sie war glücklich, bei den wandernden Brüdern und Schwestern unterzukommen, sie konnte der Wildheit ihres Leibes, unter der sie selbst litt, frönen, ohne Todesgefahr zu laufen; sie stieß schon fast ihre Begierden mit den Füßen.

Da begegnete sie jenem Kohlenbrenner; sie versagte sich ihm nicht, aber bald zog er sich von ihr zurück, begehrte sie nicht mehr; wurde finster. Er erklärte ihr eines Morgens, als sie an seinen dunstumgebenen Platz vor dem Dorf herunterkam und

sang, daß er keinen Gedanken seit langen Tagen mehr nach den überirdischen Dingen trage, daß er sich quäle und sie bäte, bei ihm zu bleiben und ihm zu gehören. Die junge Frau verhüllte schon weinend, als er zu sprechen anfing, ihr wohlgeformtes Gesicht, denn sie wußte vorher, was er sagen würde. Als er aber ausgesprochen hatte, sah sie sich um, ob ihr keiner zuhörte, setzte sich an eine qualmende Stelle neben ihn, umhalste ihn, so daß neben seinem abgewandten glatten Schädel ihre vollen Wangen und ihre ungesättigten Lippen standen, und benetzte mit Tränen und Küssen seinen Zopf. Ob er nicht wüßte, daß er gegen die kostbaren Regeln verstoße mit seinem Wunsch, und was er zu tun gedenke, wenn man erführe, was er tat.
Nung drehte ihr langsam sein ovales Gesicht zu, das unter dem Schmerz alle Ebenmäßigkeit verlor; das, was geschehen sollte, wenn man ihn entdeckte, wisse er nicht; er wolle nicht gegen die kostbaren Regeln verstoßen, denn das wäre eine Sünde gegen seinen Vater; aber er wisse sich nicht zu helfen. Der ekelhafte Selbstmorddämon mit den weiten Hosen hätte ihn schon angefallen, diese Nacht und drei Abende zuvor. «Was soll man tun, liebe Schwester? Was soll dieser Bruder Nung tun gegen sich?»
Nun saßen sie still und ohne Überlegung in dem üblen Rauch; seine rußigen Hände griffen in ihre schwarzen kunstvollen Haarwindungen.
Die junge Frau, obwohl um sich selbst besorgt, folgte ihm, wie er verlangte. Sie zog mit ihm in eine Wohnung zu dem Kohlenbrenner, der Nung beschäftigte. Der baumstarke duldsame Mann warnte die jungen Leute, die ihm aber auswichen.
Inzwischen war das Jahr weit vorgerückt; die Bewohner der Insel rüsteten sich zum Ching-ming-Fest, dem Allerseelentag. Überall im Freien errichtete man Schaukeln, an denen bunte Schnüre wehten. Das welke Laub der Roßkastanien flatterte herum. Man häufte frische Erde auf die Gräber. Das übliche leckere Schmausen fing an. Auf allen Wegen gingen die Frauen mit Weidenkätzchen hinter den Ohren, um nicht als gelbe Hunde wiedergeboren zu werden. Die Männer stolzierten in

den Alleen, saßen in den Teeschänken bei Würfel- und Dominospielen mit golddurchwirkten Jacken und Gürteln.
In der Nähe der Tempel für die Stadtgottheit lagen die Begräbnisstätten für die Dirnen; die Frauen der Gebrochenen Melone ließen dorthin nach der Stadt auch ihre Toten bringen in einem großen Stolz und Mitleid. Als sie nun – denn Ma-noh duldete das Beibehalten aller volkstümlichen Sitten – am Ching-ming-Feste morgens in Scharen auf den Friedhof strömten, begegneten der verliebten jungen Frau, die Nungs Freundin war, andere Schwestern am Eingang zum Dirnenbegräbnis, verwehrten ihr den Eintritt. Es fiel kein Schmähwort; die Schwestern bedeuteten ihr nur, daß sie sie nicht mehr zu sich rechnen könnten, seitdem sie wie eine Ehefrau mit Nung zusammenwohne.
Die Schwester lief in Scham nach Hause, erzählte Nung, dem die Knie zu zittern begannen, daß ihr Geist, wenn sie stürbe, keine Ruhestätte bei den andern Schwestern finde, weinte, daß sie aus dem Ring ausgestoßen sei, daß sie nicht mehr so leben könne und sie müßte zu den Schwestern zurück. Der Wirt, der lange gebeugte Kohlenbrenner, hörte ihr zu und brummte: «Das wird wohl so sein müssen.»
Nung, von ihr allein gelassen, wirtschaftete ohne Bewußtsein tagelang zwischen seinen Kohlen und im Garten herum. Nachts warf er sich in Kleidern auf die Erde, sein Gesicht wusch er nicht, seine Eßschalen ließ er stehen. Er ging eines Morgens an die Mauer des Dirnenfriedhofs und wartete auf die junge Frau. Als sie am regnerischen Abend mit einem Bruder zusammen vorüberkam – sie atmete schon wieder auf, weil sie sich nicht in grenzenloses Elend gestürzt hatte –, fiel Nung sie an, stieß den Bruder vor die Brust, zerrte die Kreischende an den Zöpfen hinter sich her. Dorfleute rannten herzu, rissen die Schwester los, verprügelten den Mann.
Nung, ganz auf der falschen Bahn, rollte nun glatt weiter. Die kostbare Regel, die den Besitz einer Frau verbot, fiel noch manchem im Bunde schwer. Offen am Tage nach dem vergeblichen Angriff unter seinen vielen Freunden darüber redend, verstand

er es, sie mit sich eines Sinnes zu machen. Arbeitskameraden aus dem Dorf gesellten sich hinzu. Man schickte, hinter einer Weidenpflanzung lagernd, einen Boten an Ma-noh, Abweichungen von der kostbaren Regel zu gestatten. Die drei Gesetzeskönige ließen den Boten ins Gefängnis werfen. Verbohrt, die junge Frau zu besitzen, die in die Hauptstadt zu Ma-noh geflüchtet war, sammelte Nung in vier Tagen Anhänger aus Dörflern, denen er den König als unduldsam und gewalttätig schilderte, und aus Brüdern, die nicht besser waren als er. Sie rotteten sich morgens auf den Straßen der Hauptstadt zusammen, um Ma-noh zu ihren Forderungen zu zwingen. Aber der Priesterkönig und sein Beirat warnten Nung und hießen die Männer die Stadt verlassen und für sich sorgen.

Da drang der junge Nung schmutzig, barfüßig, in zerrissenen Kleidern in das Jamen ein, das als Königspalast diente. An der Schwelle der offenen Tür stehend, während sein aufgelöster Zopf ihm von rückwärts über den Schädel wehte, rief er in den dunklen Saal hinein, in dem Ma mit den drei Gesetzeskönigen an der Wand saß, ob man die Wünsche bewillige oder er den Bogen spannen solle. Auf das Schweigen trieb er das erstemal einen Pfeil dicht über Mas Kopf in die Holzwand, beim zweitenmal durchbohrte er einem Gesetzeskönig den Arm, dann wurde er selbst von hinten in die Schulter getroffen. Der Pfeil zitterte im Fleisch, Nung brüllte. Die Bürger hatten auf den Straßen den größten Teil von Nungs lärmenden Anhängern vertrieben, das Jamen umstellt, ihn selbst mit einigen andern im Hofe eingeschlossen. Der um sich beißende Nung wurde in den Holzkragen gelegt, im Stadtgefängnis eingesperrt. Die Gesetzeskönige verurteilten ihn, als Ma teilnahmslos die Sache von sich abwies, zur Todesstrafe mit Zerstückelung.

Nung wußte, daß sein Geist verloren war. Er gebärdete sich als ein der Unterwelt zustrebender Dämon, schmähte Brüder und Schwestern, die ihm auf dem Wege zum Richtplatz vor der Stadt begegneten, lachte über seinen Vater, für den er sich geopfert hätte, und höhnte auf der Totenstätte den heiligen Bund so, daß der Henker nicht die Strafe des verlängerten Todes üben konnte, sondern auf Drängen der empörten Zuschauer den Ruchlosen erdrosselte.

Die schwere Bestrafung und Vertreibung der beteiligten Brüder und ihrer Helfer folgte. Dieser Aufruhr und seine häßlichen tobenden Begleiterscheinungen brachen über die Gebrochene Melone wie ein schweres Unglück herein. Es kam manchen Bündlern vor, als sei ihnen verhängt, sich nach dem erduldeten Leiden noch selbst zu zerfleischen. Viele schlichen entmutigt herum, dachten an verzweifelte Flucht in die alte Umgebung draußen, waren sinnlos lebensüberdrüssig. Andere hielten den Aufruhr für einen Reinigungsvorgang, der einer jungen Sache nicht erspart bliebe, trösteten sich und die andern, versuchten heller zu blicken.

Man erlebte auf den Märkten der Dörfer und der Hauptstadt rührende Szenen. Es wiederholte sich auf dem Hof des Königsjamens dieser Vorgang: ein zweirädriger Karren fuhr vor, eine Dame stieg mühsam aus, trippelte an das Gong neben der Treppe und warf sich zu Boden. Vor Ma oder einen der Gesetzeskönige kniete sie, klagte sich an, beschuldigte Heimat und Sippe, und dann legte sie unter Verwünschungen vor allen Zuschauern einen Schmuck nach dem andern auf die Stufen, Spangen, Ketten, Ringe, Federn, zog die bemalten Seidengewänder ab, riß die Unterkleider in lange Stücke, ließ sich die Haarwindungen lösen von den Schwestern, die sie umarmten.

Wenn Ma solchen Szenen beiwohnte, bedeckte er seine Augen mit der linken Hand. Bisweilen, wenn draußen das Gong brummte, stürzte er hinaus, ehe ihn ein Bote gerufen hatte, und suchte auf dem Hof unter den inbrünstigen Menschen. Er suchte Wang-lun und die Gelbe Glocke.

ALS ein Monat nach der Errichtung des Königtums verstrichen war, veranstaltete man in der Hauptstadt ein Fest. Dieses Fest ist vielfach beschrieben worden; es wurden Gedichte darüber

gemacht, auch Khien-lung nahm in einigen späteren Versen Bezug darauf. Es liegen fast nur phantastische Entstellungen des Vorgangs vor.
Die Arbeit, bis auf den Kriegsdienst an der Grenze, ruhte sechs Doppelstunden. Auf den Straßen der Hauptstadt bliesen morgens die Posaunen. Es waren tiefe grauenvolle erschütternde Töne, jedes musikalischen Klanges bar, drängende Schreie geängstigter Schatten, Hilferufe von Verstorbenen an Lebende, mit einer zunehmenden Wucht vorgetragen, daß es schien, als würde sich das Rufende in jedem Augenblick verkörpern und feucht den Vorüberlaufenden um die Schultern hängen. Die Töne kamen näher, gingen ferner, stiegen aus allen Orten auf, es schien, als ob die Stadt von ihnen umstellt sei.
Aus den Seitengassen schlichen sonderbar vermummte Wesen an. Sie tauchten mit einmal, aus dem Boden gewachsen, mitten unter den geputzten Spaziergängern auf, huschten an den Häusern entlang, kauzten vor den Sänften nieder, stumm den Durchgang verwehrend. Es gab plötzlich ein Gelächter, wenn die affenartigen braunen und schwarzen Geschöpfe ernsten Männern auf die Schultern sprangen, die dürren Beine ihnen vor der Brust kreuzten und mit einem lauten Blöcken befriedigt nach einem niedrigen Dachfirst griffen und sich schaukelten.
Auf der großen Straße, welche die Gelbbalkenstraße hieß, promenierten die Bürger. Brüder und Schwestern nahmen die Mitte des leeren Marktplatzes ein und fingen ein sanftes Musizieren an. Das feine kreischende Geräusch der Juchkinsaiten klang mit einer hypnotisierenden Süßigkeit und Monotonie in der Herbstluft; das Suan-kin, die achteckige Gitarre, fiel ein; ein Zirpen, dann gleichmäßig abgerissene Akkorde, die wie dünne Goldspangen eine Kette schlossen, wie lose Reiskörner auf den weichen Boden flatterten.
Während die Schwestern vielstimmig an- und abschwellend dazu sangen, verwandelten sich ernste Spaziergänger, die grüßend aus Sänften stiegen, in spielerische blaue und rote Löwenhunde, liefen vierbeinig die andern an, balgten sich auf den Fahrdäm-

men und jaulten komisch zu der festlichen Musik. Irgendwo standen eben noch zwei zusammen und unterhielten sich höflich, lehnten Schulter an Schulter vor einem Laden; da sank einer plötzlich zusammen, überzog sich mit einer Schildkrötenschale und watschelte davon. Unbeirrt klang die Musik. Die Bambusflöten bliesen; im Liede heißt es: «Die Töne zogen sich gedehnt, schmiegsam wie Seidenfäden.»
Auf den Straßen quirlten umeinander Jongleure, Athleten, Zauberkünstler, groteske Masken. Klappern, Knarren, näselnde Hörner. Ein zopfloser hagerer Mann, ganz weiß geschminkt, in einem langen enganliegenden weißen Mantel mit schwarzer Schärpe, hockte versunken auf seinem Schemel. Um ihn kauerten drei weiße ausgewachsene Tiger, die er an bloßen bunten Leinen hielt. Die Bestien räkelten sich, scharrten den Boden mit den Pranken. Plötzlich gab es einen Schrei, ein Auseinanderstürmen der Menschen. Die Tiger fuhren in großen Sätzen davon, zogen den weißen Mann an ihren Leinen hinter sich her. Er schwankte halb durch die Luft und machte vor Angst einen kreisrunden Mund. Vor einer Tigersäule an einer Straßenecke kletterten sie an, schnüffelten, saßen eins neben dem andern nieder, blieben ruhig sitzen, als ein paar mutige Burschen sich anschoben, platteten sachte Rücken und Bauch ab, ihre Beine schnurrten ein, bis sie eine breite weiße schwarzgetüpfelte Lage bildeten – aus Papier vor ihrem weißgeschminkten Herrn mit der schwarzen Schärpe, der sein unheimlich bewegliches Maul ganz allmählich zu einem schiefen Rüssel drechselte und mit einer Backe heftig zuckte, so daß es wie ein Gelächter in Fleisch aussah.
Während die Jongleure sich um Stangen wanden, die frei in der Luft standen, Athleten glockenbehängte Banner auf den Zähnen balancierten, Schwertkämpfer in Spiegelbuden aufeinander losgingen, sich Hände und Köpfe abschlugen, mit zappelnden Händen im Mund blutgierig herumliefen und draußen unter zärtlichen Verneigungen Geld einsammelten, blickte ein pfiffiger Knabe mit hohem rotem Käppi in sein Holzbauer, zeigte

unentwegt auf den kleinen polierten Kasten drin, vor dem ein Kanarienvogel trillerte und auf Anruf seines Herrn eine winzige Schatulle mit dem Schnabel aufschloß, Briefchen herausholte und brachte.

Die Hampelmännchen, Marionetten tanzten auf glatten Brettchen vor den harmlosen Landleuten, welche mit unförmigen Fächern und Bambusschirmen in die Stadt hereinspaziert waren. Sie gafften vor den fähnchenbehangenen Gestellen, auf denen dressierte Mäuse und Ratten über teppichbelegte Treppen, Leiterchen krochen, sich im Drehrad zu zweien schwangen, durch Schaukelringe sprangen, Klöppel gegen Blechgongs rührten.

Ein wildes Getümmel herrschte um abgezäunte Räume auf den Märkten; hinter den Seilen standen Haufen kleiner irdener Töpfe mit Schlitzen; in der Mitte solcher Stapelplätze wurden Grillenkämpfe vorgeführt, erregte Wetten auf die Tierchen abgeschlossen.

Allen Geistern, von denen man sich Gutes versprach, opferte und räucherte man in den Häusern und kleinen Tempeln; drohend schmetterten die Gongs, krachten die Trommelwirbel; die Stadt blähte sich auf, blies die bösen Geister und hungrigen Dämonen mit einem Hauch von sich weg. Vor den Türen hingen die langen roten Zettel mit beschwörenden Figuren, Boten trugen Glückwünsche von Sippe zu Sippe. Endloses, unruhiges, aufgejagtes Treiben. Ernste Komödien wurden in den großen Tee- und Freudenhäusern gespielt.

Den Brüdern und Schwestern war für diesen Tag jede Freude und Üppigkeit gestattet. Sie tafelten bei den Familien in vielen Häusern; die gewandteren unter ihnen saßen auf den öffentlichen Plätzen, vor den Tempeln, hatten neben sich große Mengen schneeweißen Reis in Schalen, Tee, Ginseng, Nudeln, Pasteten, erzählten ihren Zuhörern wunderbare Geschichten und bewirteten sie. Die jüngeren wohlgeformten Schwestern legten bunte und kostbare Seidenbrokatstoffe an, die ihnen begüterte Städter schenkten; ihre Gesichter waren herrlich geschminkt; sie spielten in den Theatern, führten fremde Tänze auf, in

den bemalten Häusern gingen sie freiwillig herum zwischen ihren dienenden Schwestern.
Es wurde Nachmittag. Da räumten die Budenbesitzer, Gaukler, Straßenhändler die Märkte. Auf dem Tsu-Platz an der Peripherie der Stadt, wo innerhalb der Mauern ein Fichtenwald gegen die Häuser vorrückte, war eine viereckige Hügelfläche abgeerdet. Hier, wo ein dunkles Tempelchen für einen alten tüchtigen Mandarin verfiel, wollten sich die Brüder und Schwestern der Gebrochenen Melone zusammenfinden. Wieder schrieen die Posaunen, immer lauter, immer dringender. Die Straßen wurden leer, die schrecklichen Töne verhallten im Winde, keine Rettung, kein Mitleid; in starre Steinwände die Stadt eingemauert.
Vor dem schwarzen Hintergrund der Nadelbäume spielte sich die Zusammenkunft der Brüder und Schwestern ab. An der Lehne der Stadt, das Gesicht den Bäumen zugewandt, saßen in langen Reihen die Bündler; hinter, über ihnen die Bürger und die zahllosen Bauern. Auf den platten Dächern drängten sie sich; ihre Fächer und Schirme winkten aus den hochgelegenen Fenstern und Türen. Wirres Rufen, dichtes Summen; von der Stadt her vereinzelte grelle Gongschläge; vor allem die schwarze Verschwiegenheit des Fichtenwaldes. Über den grauen Himmel weiße Wolkenzüge.
Der Boden fing an zu schwingen. Zwischen den Bäumen brachen in langer Linie Berittene hervor; sie näherten sich, in brausendem Galopp aufwachsend, einem flachen Hügel vor der Stadtlehne, teilten sich in zwei Haufen, sprengten gegeneinander. Man erkannte rasch unter den Zuschauern, daß die eine Truppe die Staffierung und Waffen einer kaiserlichen Bannerschaft trug; die Farben Gelb mit Bordüre, von einem hohen Offizier geführt, Lanzenträger mit meterhohen Bambuslanzen und dreieckigen Feldfähnchen. Man zeigte sich auf den Dächern die echten Brustschilde der Offiziere, Leoparden und Bären; einige riefen sich zu, es seien erbeutete Waffen und Kleider, viele jauchzten, sogar die Träger selbst seien erbeutet; es seien allesamt Gefangene von der Grenze; man erregte sich über das Schicksal die-

ser Männer. Es war in der Tat eine gefangene kaiserliche Kompagnie. Die andern Berittenen in simpler Bauernkleidung; Strohhüte von ungeheurem Umfang, Strohsandalen, graue Kittel; durcheinander trugen sie Schwerter, Sensen, Dreschflegel. Die Zahl dieser Reiter war wohl zehnmal größer als die der Mandschuren. Erst mischten sie sich lautlos durcheinander, trennten sich, sprengten drohender aufeinander, schmähten sich im Vorüberreiten, dann trieben in einem plötzlichen Ansturm die Bauern ihre Feinde nach dem Wald, der auch von rückwärts mit berittenen Bauern umstellt war. Aufgelöst schwärmten die erhitzten Reiter über das Feld, schwangen ihre Schwerter, liefen neben ihren Pferden her und warfen sich mit einem überschlagenden Luftsprung auf die Sättel.

Mitten in ihr buntes Treiben hinein platzten die mandschurischen Gefangenen. Jetzt sprangen von den Sitzen der Brüder zwanzig, dreißig, fünfzig dünn bekleidete Männer auf, schienen den versunkenen Ma-noh etwas zu bitten, der sie nicht anhörte, dann die Gesetzeskönige, die ihnen nach ein paar Worten zunickten. Es waren Brüder, die sich inbrünstig zum Opfer anboten, die ihre Seelen nicht mehr halten konnten. Sie wanden blitzschnell ihre Zöpfe auf, liefen zwischen die Bauern; an dem Zaumzeug der Pferde hielten sie sich fest. Wieder mischten sich berührungslos die Truppen, aber die Brüder rissen schon an den Lanzen der Mandschuren; einige von den Laufenden wurden durch Hufschläge niedergeschmettert und lagen verzuckend auf dem Feld. Ein gelles Rufen aus den Fenstern und von den Dächern schaukelte über das Feld und kam im Echo von dem Wald zurück; Schirme, Mützen, Gürtel, Schärpen wurden geschwenkt; man hörte den entsetzten Aufschrei von Männern, die in ihrer Erregung fehltraten und Treppen herunterstürzten. Frauen kreischten, verlangten nach den Feinden. Das Lärmen der Masse verdichtete sich zu einem wirren Gebrüll, das wie ein betäubender Nebel in das Feld herunterwallte.

Jetzt hielten an beiden Seiten des Karrees die Haufen. Die Bannerschaft hatte sich in einem Kreis formiert; die Mandschuren gestikulierten wild und schrien sich an; höhnisches Lachen und Streitworte; man sah, wie zwei ihre Pferde nebeneinanderdrängten, ihre Lanzen hinwarfen, über die Sättel weg rangen, herunterkrachend sich auf dem Boden wälzten. Als die brüllenden Schmährufe von der Stadt herunterklangen wie Eisenstangen, mit denen man in Käfige langt, drehten einzelne ihre wutgedunsenen Gesichter nach der Stadt, steiften sich in den Steigbügeln auf, schüttelten die Lanzen zum Wurf.

Die Brüder liefen über das Feld, schleppten rasch die Zertrümmerten rückwärts in den Hintergrund, tanzten unbewaffnet barhäuptig, barfüßig unter dem regnenden abwehrenden: «Nein, nein, nein!» der Zuschauer gegen die wartenden Mandschuren. Die ersten der Brüder sprangen auf die Pferde, suchten den Menschenbestien oben die Lanzen zu entwinden; man knallte sie mit Fußstößen und Fausthieben beiseite. Als sie an dem Zaumzeug zerrten, so daß die Pferde sich bäumten, gaben die beiden Offiziere kurze Kommandos; das gedrängte Karree löste sich. Riesenstarke Mandschus hoben Brüder an den Hälsen hoch wie Eimer am Henkel, schleuderten sie im Trab vor sich hin und überritten sie. Keiner von diesen anbrausenden Männern kannte jetzt den andern; sie warfen, hingen sich mit ihren Lanzen weit über Köpfe und Mähnen der weit ausgreifenden Pferde.

Eine tobende, blutdürstige, mordlustige Horde, Mäuler, Lungen, Kehlen, Arme, aufgerissene Augen, Pferdegeifer wälzte sich ihnen entgegen; das tausendfache fieberhafte Geheul der Stadt brach erstickend über ihre Schultern. Blitzen von Schwertern, krachende Dreschflegel, langgezogenes Stöhnen der Gespießten, Beile, die durch die Luft flogen, schon träumende Brüder, Bauern bei der Arbeit, Röcheln, Wiehern, stumme Grimassen, eiserne Hände von Sattel zu Sattel, Schweiß, Staub, nasses Blut vor geblendeten Augen, Pfeile von der Stadt her. An den Fenstern der Häuser, auf den Dächern, an der Stadtlehne willenloses Schluchzen, atemloses Keuchen, Wutausbrüche, Umarmungen, Hinsinken. Dann saß keiner der Mandschuren mehr auf seinem Pferd.

Einer der Gesetzeskönige, über seine Knie gebeugt, gab ein Zeichen. Trommeln wirbelten vor seinem Platze; aus dem schwarzen Hintergrund schwollen die Posaunentöne; große Massen Ochsenwagen fuhren knarrend über das Feld heran. Der Kampf war zu Ende. Man räumte auf, trieb die Pferde zusammen.
Eine Stunde verstrich; man atmete ruhiger. Auf den Gesichtern der Bürger lag Befriedigung. Da begann auf dem flachen Hügel, der wie eine Bühne inmitten des Feldes lag, eine friedliche stille Musik zu spielen; eine Melodie, die frei ausgesponnen immer wiederkehrte. Bambustuben und Pansflöten trugen sie ernst vor, öfter rauschten Zimbeln dazwischen und schlug die Bronzeglocke an; Schlaghölzer begleiteten. Ein langer Zug Schwestern nach einer Weile, kostbar geschmückt, mit weit flatternden roten Schnüren an den enganliegenden Zeugmützen, trat zwischen den Männern hervor; die Seide ihrer Oberkleider scharrte; sie schwangen Rosenkränze, Zauberschwerter und besänftigten die rasenden Geister des Feldes. Vor dem Hügel stellten sie sich auf; die Gesichter der Stadt abgewandt, sangen sie zu dem Orchester.
Hingerissen hörten alle Brüder, Schwestern und Städter auf den Gesang und ließen die Seelen von der süßen Schwermut glätten. Man lauschte gespannt der Musik; wenigen fiel, während sie entzückt die Augen senkten, der dröhnende vorige Tumult ein. Man ließ die Hände voneinander, setzte sich hin, den Rücken gegen das Feld, stützte die Köpfe. Weich schlug die Bronzeglocke an.
Ein Rufen gab es; die Versunkenen richteten sich auf. Dem Hügel näherten sich Masken. Ein neues Spiel begann. Unter den Brüdern und Schwestern auf der Stadtlehne entstand Murmeln; die Worte wurden nach oben getragen. Es waren die acht Genien, die heranschritten.
Die Brüder, die die Rollen spielten, hatten sich nicht umständlich vermummt; einige trugen zu der Gesichtsmaske und den Emblemen ihre verschlissenen Kittel und gingen barfuß. Es waren alte Männer, die den Hügel erstiegen, mit einer blechernen Spange um die Stirn statt des Heiligenscheins.

Chung-li-küan, der weißbärtige, hielt ein ungeheures Holzschwert, dessen Ende zwei kleine Knaben schleppten; ein altes buckliges Weib wehte ihm Luft mit einem Fächer, der so groß war wie ein geöffneter Schirm. Der alte Mann hatte das Elixier der Unsterblichkeit erlangt, in vielen Gestalten erschien er, er konnte über Wasser laufen; seinen Fächer und sein Schwert ließ er nicht.

Da ging der alte Herr Lü, genannt der Gast der Höhle; seine Maske ein wohlwollendes lächelndes Gesicht; er zog einen Karren hinter sich her, auf dem ein niedriger Stuhl stand und ein Gestell mit einem roten Handtuch, einem schaukelnden Porzellanbecken, einem breiten Schabemesser.

Tsao-kuo-kiu und die übrigen folgten; die beiden letzten ritten seitlich auf Maultieren.

Sie stellten sich auf der Ebene des Hügels im Kreise auf, winkten der Musik und den Brüdern und Schwestern zu; einige der zitternden alten Männer rutschten in den Sand.

Ein freudiges Gemurmel von der Stadt. In schlankem Galopp setzte aus dem Wald ein Füllengespann an; in dem zweirädrigen Wagen, der wie ein ausgehöhlter grüner Jadestein aussah, saß ein bärtiger Zwerg mit der Lenkleine; und hinter ihm trabte ein zweites Füllengespann, das langsam fuhr; aus dem Muschelwagen blickte ein kleines Mädchen, das sorglos einen hohen Stengel, einen Halm wie grüner Seetang, hochhielt, eine lange Blattscheide senkte sich nach unten.

Bei diesem Anblick brauste das Gemurmel auf, ein lautes Rufen, ein ‚Ah', das über die Sitzreihen lief, sich in die Fenster schwang, über den Dächern rollte; das war das Chikraut, das die Unsterblichkeit verlieh. Die Städter und Bauern schwankten aufgestachelt hin und her zwischen dem Schauspiel und dem Anblick der Bündler unten; sie begriffen, daß deren eigenste Sachen auf der hügeligen Fläche sich abspielten; sie suchten sich das Gefühl der Heiligkeit durch den Anblick der Brüder und Schwestern zu verstärken.

In denen ging alles gegenwärtig und ohne Spiel vor. Sie lachten

und streckten die Hände aus; sie schmachteten, die Tränen standen in ihren Augen. Die Genien winkten von dem Hügel herüber.
Jetzt hörte die Musik auf; gleich darauf begann sie mit einer eigentümlich springenden, jubelnden Weise; Tamtam und Bekken traten hinzu. Und unter dieser Musik näherte sich vom Walde ein feierlicher Aufzug. Zahllose gelbjackige Vorläufer, Tafelträger, Gongschläger. Auf den Schultern von acht Trägern ruhte eine drachengeschmückte bannerprunkende Sänfte, die gelben Vorhänge fest geschlossen; zwei kleinere Sänften und ein Nachtrab folgten.
Die Königliche Mutter des Westlichen Gebirges trug man in ihr Reich.
Auf dem Hügel, an den Sitzreihen herrschte tiefstes Schweigen; dann ein allgemeines Scharren und Rauschen; die Rücken und Zöpfe der zahllosen Menschen, die mit ihren Stirnen zwölfmal den Boden berührten.
Kein Ende nahm der Zug der Königlichen Mutter. Hinter der Sänfte jubelten Männer, Frauen; sie schwangen rote Schnüre, barfuß liefen sie herum ohne Ordnung, sprangen durcheinander, tanzten, wälzten sich übermütig in dem Sand, trugen einander auf Schultern, Männer umschlangen Frauen, Männer trugen Knaben auf den Armen. Erst schien der Gesang unregelmäßig, durcheinander; dann erkannte man, als er näher kam, daß es Dirnenlieder waren, die die Schwestern oft lockend zum Juchkin trällerten.
Man sprang von den Sitzen der Brüder und Schwestern auf, man stieß sich an, rief sich zu mit überschlagenden Stimmen, zeigte mit den Händen, rief Namen, Namen von toten Bekennern, Bekennerinnen, die bei den Überfällen, beim Klosterbrand umgekommen waren. Diese waren es, ihre Masken, man erkannte sie alle und einzelne; man jauchzte ihnen zu, die zurückjauchzten, rief sie an, lockte sie. Die Schwestern lösten ihre Haare auf und winkten mit den Büschen. Die Brüder, außer sich, schlugen die Hände vor die Gesichter, weinten umschlungen, schleuderten ihre Kittel, ihre Sandalen, ihre Hüte herunter, um jene zu erreichen. Unten die Masken der toten Brüder und

Schwestern sammelten sich um die Sänfte der gelben Königin des Westlichen Paradieses, die die Vorhänge zurückgezogen hatte, nach allen Seiten das bemalte hoheitsvolle Gesicht zeigte. Ein ungeheurer Schrei von Zehntausenden riß sich aus der Stadt los; die Augen aller oben sperrten sich auf, man suchte mit den fuchtelnden Händen den purpurroten Schleier abzureißen, den die Erregung blendend über die Blicke legte. Man seufzte angstvoll auf.

Da schleppten die letzten Brüder unten etwas auf den Armen, was lange schwarze Blutspuren hinter sich ließ, andere Brüder jagten zurück in den Wald; auf den Armen neue reglose steife Menschenkörper; sie taumelten mit ihrer furchtbaren Last den Hügel herauf. Es waren die sterbenden und toten Brüder, die sich eben freiwillig geopfert hatten.

Und als sie singend zur Musik im Gedränge ihre grauenvolle todessüchtige Last vor der Sänfte der herrlichen Königin niederlegten, die sich von ihrem Sitz erhoben hatte, als die Musikanten fassungslos ihre Instrumente hinwarfen und sich zu Boden streckten, da konnte sich Ma-noh nicht halten. Laut weinte er auf, öffnete die Fäuste nach dem Hügel, lief den Hang zu der Ebene herunter. Die Brüder und Schwestern erhoben sich von ihren Sitzen, im Nu waren die Sitze, die Fenster, Türen, Dächer der Stadt leer. Man stürmte den Abhang herunter, riß sich um und ließ sich treten, ohne es zu merken. Sie sprengten das eiserne Gitter, in voller Breite hoben sie es aus; losgelassen fluteten die Brüder, Schwestern und Städter über die blutgesättigte Ebene hin zu dem Hügel, den sie unter besinnungslosem Rufen umgaben; wie Ertrinkende zogen sie sich an ihm in die Höhe, wie Ertrinkende, die aus dem Meere noch auftauchen wollten zu dem milden Lächeln der Königin des Westlichen Paradieses.

DIESER erregungsvolle Tag sah an der Nord- und Ostgrenze des kleinen Königtums schwere, folgenreiche Ereignisse: den sieggekrönten Angriff der Provinzialarmee.

In der Nacht flüchteten die Landbewohner nach der Hauptstadt. Bei einem neuerlichen Kampf nach einigen Tagen, zu dem sich die zersprengten königlichen Truppen vor der Stadt stellten, wurden sie vollkommen aufgerieben. Unmittelbar an diese Schlacht schloß sich der Sturm auf die Stadt, welche von Soldaten entblößt war. Die Städter und Bündler wälzten sich aus der brennenden Stadt in regelloser Flucht südwärts; dezimiert kamen sie in einer Zahl von etwa viertausend vor der ummauerten Stadt Yang-chou-fu an.
Den verzweifelten Waffenträgern gelang es, die Torwache zu überrumpeln, die ahnungslose Besatzung von zweihundert Mann niederzumachen und sich eines besonderen Teils der Stadt zu bemächtigen, der, innerhalb der Mauern gelegen, durch eine Mauer von der übrigen Stadt abgegrenzt war, das Überbleibsel einer ehemaligen Mongolensiedlung. Hier verbarrikadierte sich der Rest der Geschlagenen.
Das heilige Königreich war verloren. Die Brüder und Schwestern gingen in die eigentliche Stadt herunter, und einem Aufflackern der Sympathien für die Gebrochene Melone verdankten die Eingeschlossenen es, daß sie von der Stadt verproviantiert wurden, wenngleich man ihnen keine Waffenunterstützung zuteil werden ließ und jede Aufnahme in die Häuser der unteren Stadt versagte.
Während die Formationen der Provinzialarmee die weitere Verfolgung aufnahmen und langsam sich um die Stadt Yang-chou-fu konzentrierten, liefen die Boten Wang-luns, die Feigenverkäufer, in die Zelte der Generäle der kämpfenden Truppen. In allen Briefen stand: er sei Wang-lun, der Führer der Wahrhaft Schwachen, welche der neuerlichen Rebellion fernstünden. Er bäte die Generäle, für ein, zwei Tage ihr Vorgehen zu verzögern und ihn, Wang-lun aus Hun-kang-tsun, zu einer wichtigen Besprechung zu empfangen. Er würde ganz allein kommen. Zur Legitimation würde er in das Zelt der versammelten Generäle sein Schwert schicken, den Gelben Springer, der an seiner Klinge sieben eingelegte Messingscheiben trüge und unterhalb des Knau-

fes eine Lotosblume aus eingelegtem Silberdraht. Die Generäle zeigten sich die Briefe, rieten herum, worum es sich handle, und kamen überein, dem berüchtigten Mann die Unterredung zu gewähren, gleichzeitig aber Vorkehrung zu treffen, ihn für den Fall eines üblen Ansinnens auf dem Heimwege niederzumachen. Am Tage der Unterredung kamen noch rechtzeitig an die Generäle von befreundeter Seite, die sie ins Vertrauen gezogen hatten, Warnungen, sich an dem Mann zu vergreifen, und dringendes Zuraten, auf eventuelle Pläne, die er vorbrächte, einzugehen; der Hinweis auf geheime Korporationen, die hinter Wang ständen, verstärkte den Rat.

Die vier Generäle wohnten bei dem Magistrat eines Dorfes vor Yang-chou; im ärmlichen Jamen empfingen sie am Mittag, wie verabredet, das Schwert in einer Feigenkiste, von einem ortsansässigen Händler einem Türhüter überreicht. Eine Stunde drauf meldete der Türhüter, es stünde ein ziemlich zerlumpter Mann draußen in Soldatentracht, der behaupte, seine Visitenkarte vor einer Stunde abgegeben zu haben. Die Generäle, nachdem sie Auftrag erteilt hatten, den Mann auf Waffen zu durchsuchen, ließen ihn herein.

Wang-lun, ein Riese, erschien in seinen dünnen Kleidern, seinen leer herabhängenden Händen noch höher in dem Zimmer, in dem die Generäle wie Richter hinter einem Tische saßen, ohne ihrem Gaste entgegenzukommen. Sein hartgeschnittenes ernstes Gesicht leuchtete einen Augenblick auf; er lehnte am Türpfosten, zog die Türe zu, sagte in einem schlauen Tone: «Dies ist Wang-lun aus Hun-kang-tsun; und ihr seid die Generäle des Himmelssohns; eins, zwei, drei, vier. Ich begrüße die alten Herren. Es ist sehr weise gedacht, daß sie Wang-lun nicht entgegenkamen; denn schließlich sind die alten Herren Gäste in diesem Land, und Wang-lun bedauert, den alten Herren nicht schon bei ihrem Eintritt in sein Land begegnet zu sein und Ehrfurcht gebracht zu haben.»

«Setz dich neben uns, Wang, laß die Türe frei; wir sind ohne Lauscher.»

«Oh, ich fürchte mich nicht, denn die Männer, die lauschen, sind meine Brüder.»
«Du hast uns Feigenkisten geschickt und Briefe hineingelegt. Wir haben dir Briefe geschrieben. Du hast dich durch dein Schwert legitimiert. Was willst du?»
«Ich irre mich doch nicht, Generäle, wenn ich zu wissen glaube, was ihr wollt. Hier im Distrikt. Ihr wollt nach Yang ziehen, nachdem ihr gesiegt habt, und wollt die Gebrochene Melone und meinen früheren Bruder Ma-noh ausrotten und vom Boden vertilgen.»
«Dies wird noch vor dem Vollmond geschehen sein.»
«Wang zweifelt nicht an der strategischen Tüchtigkeit der alten Herren und der Kriegsbereitschaft ihrer Truppen. Er glaubt an das Schicksal, das Ma-noh herausgefordert hat und das sich an ihm entladen wird. An ihm und nicht weniger an euch, ein Jahrzehnt früher, ein Jahrzehnt später. Ihr werdet also die Gebrochene Melone und Ma-noh ausrotten?»
«Du hast es gehört. Der höfliche Mann, der bedauert, uns nicht bei unserem Eintritt in seine Heimat begrüßt zu haben, hat noch nicht erklärt, warum er sein Schwert und Briefe geschickt hat.»
«Ihr werdet also die Gebrochene Melone und Ma-noh ausrotten. Sie sind zwar besser als ihr und werden euch in höheren Gestalten bei den Wiedergeburten überleben. Aber das nutzt für den Augenblick nichts. Ihr seid fünftausend Mann, tragt starke Waffen; sie rühren keinen Bogen, keinen Stock, keinen Stein an. Ihr habt den Mut, die wehrlosen Brüder und Schwestern niederzumachen, wo sie ihre Verbrechen hundert- und tausendfach gebüßt haben. Ihr wißt, wer schuld daran war, daß sie das Kloster beim See einnahmen; es ist den kundigen Herren nicht unbekannt, wer die Mördertruppe ausgerüstet hat, die die Gebrochene Melone am Tai-han überfiel. Auch ist den hohen Feldherren nicht unbekannt geblieben, welcher Präfekt es war, der die Polizeimannschaften und Gendarmerie hinter der Gebrochenen Melone her nach dem Kloster zu schickte, um, ja war-

um? Denn die Brüder und Schwestern haben keinen überfallen. Sie haben den Hals hingehalten für die feigen Schwerter. Und so haben sie in den Gebetshallen des Klosters gesessen, das der Chan-po freiwillig überlassen hat angesichts ihrer Not, und haben sich schmoren, braten, rösten, sieden lassen von den Polizeimannschaften, welche der Präfekt zur Aufklärung des Blutbades am Tai-han abgesandt hat. Was soll nun jetzt geschehen? Sie haben sich von den Rebellen im Distrikt fortreißen lassen; sie hätten nicht verzweifeln sollen, sie hätten sich morden lassen sollen, denn die Verzweiflung lockt noch das Schicksal herbei. Sie haben es büßen müssen. Ich denke, Wang-lun aus Hun-kang-tsun denkt, es ist nun genug. Es ist genug Schicksal gespielt, weise Herren. Ketzereigesetze begründen keinen Mord und Totschlag, begründen sie nicht ausreichend. Das Land ist friedlich, sucht euch Feinde, wo ihr wollt, nicht in meiner Heimat, meine Herren Gäste.»

«Unser gütiger Wirt hat gewiß eine große Armee hinter sich, daß er so absprechend über uns Fremde redet. Aber er überschätzt uns noch. Wer sind die winzigen Tiere, die vor ihm sitzen? Sie haben Befehle vom Ministerium in der kaiserlichen Stadt, sie haben Aufträge vom Tsong-tu von Tschi-li. Sie könnten alles billigen, was der gütige Wirt sagt, der uns nicht ehren will, indem er sich zu uns setzt. Sie haben jeder beschriebene Papiere in der Tasche, die einen stärkeren Pulsschlag treiben als ihr eigenes lebendiges Herz.»

«Die Herren sind nicht kriegerisch, Wang-lun ist nicht kriegerisch, nur die Papiere sind kriegerisch. Aber ich weiß, daß auch die Papiere nur kriegerisch sprechen gegen Feinde. Wenn also die Gebrochene Melone aufhört, Feinde eurer Papierstreifen zu sein –»

«Das werden sie in dem Augenblick, wo sie aufhören zu existieren.»

«Oder wo sie sich auflösen und sich vom Volk nicht unterscheiden. Dazu habe ich meine Boten mit den Feigenkisten an die alten Herren geschickt. Ich will euch fragen: habt ihr Befehle in

euren Gürteln, zu siegen oder die Gebrochene Melone auszurotten?»
«Nach unserem Papier und unserer eigenen Meinung ist das noch immer dasselbe.»
«Ich will mich nicht zu euch setzen, damit ihr nicht glaubt, ich käme in Freundschaft zu euch und bäte euch um etwas. Es ist eben nicht dasselbe, wie euer vorgerückter Scharfsinn erkennen muß. Ich bin nicht befreundet mit der Gebrochenen Melone; aber ich will den Gehetzten, Irregeleiteten das Äußerste von euren Metzgersoldaten, euren privilegierten Henkern ersparen. Sie sollen aufhören zu sein. Sie sollen die höheren und höchsten Dinge nicht erreichen, nachdem sie sich haben irreleiten lassen. Und euch muß es damit genug sein.»
«Woher hat Wang-lun die Kraft, das zu tun, was er verspricht? Und wenn er die Kraft hat, warum hat er sie nicht früher angewendet? Dann hätte er nicht jammern brauchen über das Blutbad, den Klosterbrand, hätte uns die Anklagen ersparen können.»
«Ich stehe nicht über dem Schicksal. Ich verspreche euch nicht zuviel und nicht über mein Vermögen: ich kann jetzt, in diesem Augenblick, eingreifen. Ihr werdet sehen, wie es ablaufen wird. In drei Tagen will ich den Weg meiner Kraft abgemessen haben. Ich werde dann wieder vor den vier alten Herren, meinen willkommenen Gästen, an dem Türpfosten hier stehen und berichten.»
«Solange werden wir jeden Truppenmarsch verzögern, willst du? Man hat uns berichtet, Wang-lun, daß du große, das Volk sagt überirdische Mächte besitzt. Wie diese sich betätigen können bei der Niederlegung einer Festung, soll die geübten Soldaten interessieren. Ich werde dir unsere Beschlüsse mitteilen. Wir werden an dich keine Zeit verlieren. Das könnte uns den Kopf kosten, und der ist uns mehr wert als das Westliche Paradies. Wir werden bis zu einem bestimmten Punkt, den du in zwei Tagen erkennen wirst, die verfügbaren Truppen rings um Yang-chou-fu ziehen, wir werden aber nicht vor Ablauf des dritten Tages

zum Sturm übergehen. So haben wir dir und uns nichts vergeben. Stehst du am vierten Tage an diesem Türpfosten da und berichtest uns, was wir dann schon wissen, so werden wir etwas gelernt haben.»

«Wang-lun hat von den alten Herren nicht mehr verlangt. Er wünscht, daß man ihm am äußeren Tor sein Schwert in einer Feigenkiste zurückgibt.»

Die Generäle standen auf. Wang machte mit seinen langen Armen eine ablehnende Bewegung und sprang die Treppe hinunter.

DAS Tor der mongolischen Stadt von Yang stand den Tag über sechs Doppelstunden offen. Das Haus des Ma-noh lag in einem Winkel des riesigen grasbewachsenen Marktes. Am Abend des zehnten Tages ihres Aufenthaltes in Yang, einem regnerischen Spätherbsttage, bückte sich der wachetuende Bruder unter den Türrahmen, rief in das reglose Haus hinein, ein Mann wolle Ma-noh sprechen.

Wang-lun warf im halbdunklen Zimmer Strohhut und Strohmantel auf die Erde, halste sich das Schwert ab, begrüßte mit Verneigung und Händeschwingen Ma-noh, der auf einem Schemel saß und ihm gleichmütig zunickte.

«Ich komme zu dir, Ma-noh. Wir haben uns seit dem Frühling nicht gesehen.»

«Frühling?»

«Dieses Jahr Frühling.»

«Am Sumpf von Ta-lou. Diesmal hast du keine Leuchtkäferchen gebraucht, um zu mir zu kommen. Du konntest dich auf deine Nase verlassen, diesmal. Auch die Toten, die in der Hoffnung auf das Paradies gestorben sind, stinken.»

«Als ich das letztemal bei dir Gast war, litt ich an meinem Knie. Das ist geheilt. Wie geht es meinem Wirt?»

«Genau so wie es jemand geht, der auf einem Spazierweg, einem nicht ganz harmlosen Spazierweg ein Knöchelchen nach dem andern, ein rundes Maß Blut nach dem andern, einen Fetzen

Haut nach dem andern verliert. Wahrscheinlich wird mich mein Gast jetzt fragen, wie ich mich dabei fühle. Angenehm, behaglich: das ist ja nicht anders zu erwarten, wenn man mit so wenig Gepäck reist. Und es einem ordentlich leicht beim Gehen wird.»

«Ihr wart sehr viele, als ihr von Schön-ting nach Süden zogt.»

«Dann bin ich nach Norden gezogen. Wir sind mehr und mehr geworden. Ich bin König eines Reiches geworden, dessen Güte nur durch eines übertroffen werden konnte, nämlich durch seine Schwäche. Dann bin ich hierher gezogen. Du hast noch nicht alle Toten mit der Nase gezählt von den Brüdern und Schwestern. Wir haben je zweihundert in fünf Gräbern eingeschaufelt. Jetzt sind wir wenig. Und jetzt sitzt Wang-lun neben mir, um den Strich unter seine Rechnung zu ziehen.»

«Ich rechne nicht, Ma. Du mußt mich nicht verantwortlich machen für das Schicksal.»

«Und du mich nicht.»

«Das mag sich Ma-noh selbst beantworten. Wer einen Baum fällen will, kann dabei erschlagen werden. Ich will vor meinem Lehrer nicht weiter davon reden; ich will von mir erzählen, wenn er es mir erlaubt. Was ich dir sagen will, ist vor mir selbst schon dunkel und entbehrt in mir jedes Gefühls. Du kennst es auch schon. Ich habe auf meiner Wanderschaft von Hun-kang-tsun nach dem westlichen Schan-tung hungern und dürsten müssen, viele Schande ertragen. In Tsi-nan-fu, der großen Stadt, habe ich als Gehilfe des Bonzen Toh betrogen, gestohlen, geschändet. Durch Tschi-li bin ich herumgestoßen worden, auf dem Nan-ku-Paß hast du mich gesehen, es ging mir nicht gut. Ich habe mich gebeugt, ihr habt mir geschworen: wir wollen dem Schicksal nicht widerstreben; es soll genug damit sein. Zu diesem Ziel war ich für mich gelangt. Viele hatten schon Gleiches erduldet und Gleiches gedacht; ich habe sie zum Entschluß gebracht. Jetzt bin ich zu Ende mit meiner Erzählung. Du hast mit deinem unwissenden Herzen geschworen. Jetzt wo Ma-noh die Hand vor den Augen hält, sieht er nicht mehr so aus, als ob

sein Herz nicht schon beinah alles wüßte. Was, Ma-noh, sag mir, wenn du mich einmal lieb hattest – was soll jetzt geschehen?»
Ma-noh nahm die Hand von den Augen und sah Wang, der ihm näher rückte, lange an.
«Es besteht ein gewisser Unterschied zwischen meinem lieben Freund Wang, als er auf dem Nan-ku-Paß zu einem Entschlusse kam, und mir.»
«Welcher? Es gibt keinen Unterschied da. Nur den, den ich mir damals sehnlich und mit ganzer Seele gewünscht hatte: daß jemand wie ein Doppelgänger von mir neben mir stünde und mir alles erleichterte. Ich greife jetzt nach dir. Ich verstehe dich. Ich bin ein weiter Beutel, in den du werfen kannst, was du willst.»
«Ich bedarf keines weiten Beutels.»
«Du bist mein Bruder, Ma-noh. Du, nur du bist mein Bruder geworden. Wenn ich an Su-koh zurückdenke: was ist mir Su-koh gegen das, was ich gegen dich empfinde. Du peitschst mich, du drosselst mich, wenn du dich von mir abwendest. Wo gab es, Bruder Ma-noh, zwei Menschen, die so Ähnliches erlitten haben wie du und ich? Wenn du meiner nicht bedarfst, so bedarf ich deiner, der dich liebt. Du sollst nicht so still vor dich hinbrüten – o das hab ich auch getan –, du sollst nicht so mit deinen Fingern zucken. Du sollst dich zu mir kehren, Bruder Ma-noh, und mich ansehen. Ich bin der einzige Mensch, der deinen Blick ertragen kann. Ich bin dein Gast, ich will zu dir! Wie soll ich glaubhaft zu dir sprechen? Wie kann ich bewirken, daß du mir vertraust?»
Wang hatte sich auf einen Schemel neben Ma-noh gesetzt, den Arm um Mas Schulter geschlungen. Auch Ma legte seinen Arm über Wangs Schulter und saß unbeweglich. Dann sagte er mit langsamer, unterdrückter Stimme:
«Ich hätte nie gedacht, Bruder, lieber Bruder Wang, daß du mir so wohltun könntest. Laß mich nur einen Augenblick denken. – Ich sagte von dem Unterschied, ja von dem Unterschied. Den muß ich dir erklären. Wenn es dir damals so schlecht ging, so geht es mir offenbar noch schlechter, und du bist doch glück-

licher gewesen. Du hattest eine Wahl, du kamst zu einem Entschluß. Ich bin schon jenseits dieses Punktes. Ich habe keine Entschlußmöglichkeit mehr. Mit mir ist schon alles geschehen. Es ist in und um diese Stadt herum schon alles abgelaufen. Es fehlt nur noch eine äußere Bewegung, eine Gebärde, ein Siegel. Etwas Belangloses ist das einzige, was hier noch geschehen kann.»
«Wang-lun hat seinem Bruder noch nicht gesagt, warum er ihn in der Mongolenstadt aufgesucht hat.»
«Du bietest uns Hilfe an.»
«Vielleicht Hilfe, Ma. Ich habe mit den Heerführern verhandelt, die gegen Yang-chou heranziehen und euch schon umzingeln. Man wird für drei Tage nichts Unmittelbares gegen euch unternehmen. Für diese drei Tage habe ich freie Hand, mit dir und euch zu verhandeln.»
«Ich bin der undankbaren Aufgabe dankbar, weil sie meinen Bruder Wang zu mir führte.»
«Ich will nicht dulden, daß die Henkersknechte und Blutsoldaten über euch herfallen und ihre viehische Grausamkeit an euch befriedigen. Ihr wart meine Brüder und Schwestern, du bist es mir von Herzen wieder geworden. Ihr sollt nicht in diese Hände fallen. Ihr werdet euch zerstreuen, dies hab ich dir zu sagen und zu raten. Du wirst nicht darum in Zorn verfallen. Du sollst hingehen und die Glocke anschlagen lassen und sagen: das furchtbare Schicksal hat uns so angegriffen, daß wir uns nur noch wie die Grillen in Töpfen regen können. Es hat niemand zu urteilen, ob wir recht gegangen sind. Wir sind recht gegangen. Jetzt müssen wir uns trennen und wandern, um nicht wie die Kälber abgestochen zu werden. Du läßt sie alle; sie werden aufatmen, wenn du es ihnen sagst und keiner sie hindern wird am Gehen. Und wohin du selbst gehörst, Bruder Ma-noh, das weißt du doch jetzt.»
Ma-noh lächelte friedlich.
«Willst du nicht die Glocke selbst anschlagen und zu den Brüdern und Schwestern reden?»
«Sie sind deine Anhänger.»

«Nicht mehr. Geh doch einmal auf den Markt, ruf sie zusammen, rede, es wird dich belehren. Sie wollen keine Stimme, wie ich selbst. Sie sind rund und nett – verloren. Wie ich selbst.»
«Du bist versunken, Ma. Ihr seht alle kraftlos und hinfällig aus. Ich bitte dich, ich flehe dich an, Ma-noh, lieber Bruder, ich lege mich vor dir auf die Stirn: geh mit mir auf den Markt, schlage die Glocke an, rede und zeige auf mich. Ich habe euch alle lieb; was du mir bist, habe ich dir vielleicht mit zu schwachen Worten geschildert. Ich habe die langen Monate dieses entsetzlichen Jahres um dich gelitten und nach dir verlangt, wie kein Verliebter nach seinem Knaben. Du kannst dies nicht über mich verhängen, daß du mich hier wegschickst und alles kommt, wie du weißt: die viehischen Horden schlachten die guten hoffenden Brüder und Schwestern – sind sie denn vorbereitet, Ma, sind sie vorbereitet? Du selbst wirst mir geraubt, der mein Juwel in der Seele war. Mich schickst du hoffnungslos im Lande herum, und habe nicht genug Hände, um für euch alle zu opfern. Steh nicht so schlaff da, tu mit mir, komm mir doch einmal zu Hilfe.»
«Wie du in mich drängst, Wang. Wie du mich ehrst. Als ich König meiner schönen, schönen, schönen Insel war, habe ich nichts empfangen, was mich so ehrte. Daß ich dich gewonnen habe, tut mir sehr wohl. Aber ich vermag nichts, Wang.»
«Warum vermag mein Bruder nichts?»
«Die tausend erschlagenen Brüder und Schwestern erlauben es nicht. Das wissen wir alle. Wir hätten keine ruhige Stunde vor den betrogenen Geistern. Wenn sie nicht vorbereitet waren – wir sind es. Wir machen alles wieder gut. Wir locken sie, nehmen sie mit von den Wegen. Und wir können nicht mehr anders enden. Ich will nicht anders enden. Wir sind zu einem Ring zusammengeschmiedet, lieber Bruder Wang.»
Wang warf sich fassungslos schwer auf den Boden.
«Was soll ich von dir bestellen im Westlichen Paradiese, Wang? Daß du uns geliebt hast, daß du uns den Weg gezeigt hast.»
«Du sollst nichts von mir bestellen. Du sollst hier bleiben, ihr sollt alle hier bleiben.»

«Wir fürchten uns vor den Horden nicht.»
«Die Soldaten –!»
Wang krümmte sich hoch, in seinen starren Augen blitzten Pünktchen. Er stand und sah heftig atmend auf den Boden. Dann stieß er heiser hervor: «Ich will gehen – du hast vielleicht recht. – Habe ich mein Schwert? Wo habe ich, lieber Bruder, meinen Gelben Springer hingeworfen?»
Ma hob ihn auf, hing das Schwert Wang um den Hals.
«Dies, Bruder Wang, werde ich nicht bestellen, daß du hinter einem Gelben Springer herrennst.»
Sie umschlangen sich. Ma lächelte immer.
«Und wie lange wird es dauern, bis ich meinen lieben Bruder Wang aus Hun-kang-tsun im Westlichen Paradiese sehe?»

ALS Wang allein auf dem finsteren Markte stand und er sich umblickte, war ihm klar: die Soldaten der Generäle des Tsong-tous von Tschi-li werden die Mauern der Mongolenstadt nicht berennen.
Er tastete sich durch Straßen, bis er die äußere Stadtmauer erreicht hatte; in den kleinen offenen Hof eines völlig eingesunkenen Häuschens schlich er, warf sich in einem Schuppen zum Schlaf hin. Ganz früh, nach einer furchtbaren Nacht, verließ er die Stadt.
Unter den zusammengeschmolzenen Bewohnern des einstmaligen Königtums, die sich in dem Mongolenviertel von Yang-chou-fu drängten, befanden sich dreihundert Bauern und Städter. Die Mauern und Wachtürme der Stadt waren in einem trostlosen Zustand, aber die Leute machten sich in Eile daran, unter Gewinnung sippenverwandter Arbeitskameraden aus der unteren Stadt, Lücken des Bauwerks auszufüllen, den völlig ausgetrockneten Graben vor der Mauer zu vertiefen und mit Wasser zu füllen, Bogen, Pfeile, Holzschilde zu besorgen und auf den Wachtürmen aufzuhäufen. Hinter die eisenversteiften Torflügel schichteten sie seitlich riesige Mengen von Steinblöcken

auf, die sie aus dem ein Li von Yang gelegenen Dorf heranschafften, um im Sturmfall das Tor undurchgängig zu machen.
Unter diesen fleißigen, gar nicht abenteuerlichen Männern und Burschen herrschte kaum übertrieben große Kampfbegier; sie hatten ja im Grunde keinen Anlaß, sich mit den Bündlern in der Stadt einschließen zu lassen, aber sie liefen mit ihnen in einer gewissen frommen Besorgtheit um sich selbst. Daß sich Provinzialtruppen an Bündlern vergriffen, schien ihnen ungeheuerlich; ein furchtbares Strafgericht konnte nicht ausbleiben. Es konnte nach ihrer Auffassung nur eine Sache der Zeit sein, bis die aufs äußerste gequälten Brüder und Schwestern ihre unheimlichen unterirdischen Kräfte losbinden würden. Inzwischen mußte man es nicht verderben mit ihnen, sich seinen Teil an ihrer Macht sichern. Hinzu kam das Gefühl der Wichtigkeit ihrer Rolle, das sie anspornte. Sie besprachen offen die Möglichkeit, unter Umständen das alte oder ein neues Königreich wieder zu gewinnen. Es käme nur darauf an, den Himmelssohn von der Niedertracht des Tsong-tus zu überzeugen oder weite Kreise des Volkes aufzulockern. Denn wenn etwa der Himmelssohn das Vorgehen des Tsong-tus billige, sei vor aller Welt die vielbehauptete Volksfeindlichkeit der Reinen Dynastie bewiesen.
Während diese Männer, die ehemaligen Salzsieder, Kärrner, Träger, mauerten und schaufelten und die untere Stadt durch ihr entschlossenes Auftreten auf ihre Seite zogen, erholten sich die Brüder und Schwestern von ihrem Schrecken. Ihre Wunden schlossen sich, die Starre ihrer Verzweiflung schmolz. Sie besannen sich nach den grauenvollen Hieben, die sie empfangen hatten, versuchten sich aufzurichten. Sie waren, da sie nicht ausschwärmen konnten, zu völliger Untätigkeit gezwungen. Saßen auf den Straßen, den Plätzen, in einem großen schönen Tempel der Pockengöttin, an den Mauerarbeiten, warteten. Vormittags und abends versammelten sie sich auf dem Markte.
Ma-noh stand in einem lehmfarbenen Kittel vor ihnen. Der kleine reglose gebückte Mann mit der fliehenden Stirn. Sie beteten. Eine abgöttische Verehrung warf die Menge wie ein bindendes

Seil um Ma-noh. Er schien ihnen kraftgeladen, ein Bürge dessen, was kommen mußte. Wang-luns Name klang hier verschollen; man wußte nicht, ob er lebte.
Die schöne Liang-li hatte die Flucht überlebt. Sie bat Ma-noh schon lange innerlich viel ab. Sie suchte mit Gewalt ihre Gedanken von allem Menschlichen abzuspannen, sich unmittelbar an die heiligen Dinge zu pressen. Es huschte immer etwas dazwischen, es klaffte in ihr etwas auf: eine Leere, eine Beklemmung in der Magengrube, ein schluckendes Gähnen und Würgen nach abwärts. Sie dachte an die heiligen Dinge nur durch das Medium eines Menschen. Sie kam nur auf diesen Rädern zu ihnen. Sie schüttelte sich, lief vor sich davon, ringelte sich um Ma-noh.
Der Vorgänge in ihrer Heimatstadt erinnerte sie sich nun auf einmal tief verblüfft, völlig verständnislos. Sie hätte sich verschworen, daß sie das nicht war. Ihr Vater, ihr Kind, ihr Mann dämmerten ihr, Erinnerungen, die auch aus einem Geschichtenbuch stammen konnten, nur mit dem Eigentümlichen behaftet, daß sich Liang dumpf gepeinigt abwenden mußte, sobald sie blaß auftauchten. An einem Ziehen in ihren Zähnen, einem rundherum laufenden öden Gefühl in ihrem Unterkiefer merkte Liang, daß sie auftauchen wollten.
Seit den Tagen am Ta-lou-Sumpfe hatten Brüder und Fremde die Versenkung in ihr Blut begehrt, und sie hatte sich ihrer heiligen Pflicht nicht entzogen. Sie besaß keine lüsternen Organe. Seit dem Brand des Klosters aber, wo sie mit Ma-noh zusammen geritten war, umschlang sie, einer Unruhe ihres Körpers folgend, öfter einen Bruder und schaffte sich vorübergehende innere Gelassenheit. In der Mongolenstadt wuchs ihre Heftigkeit ungestüm; sie erinnerte sich ihrer Krankheit nach der Geburt des Kindes, fand sich nicht zurecht zwischen einem Drange zu weinen, die Arme zu werfen, unwillkürlich zu ächzen und herumzuwandern. Sie verlangte öfter in ihre Heimat zurück, widerrief es. Die Gebetsformel zu sprechen, sich in die vorgeschriebenen Ekstasen zu versenken, ekelte sie, wie sie ohne Scham tausendmal laut am Tage und jammernd in der Nacht erklärte. Mit Trän-

ken, Aschen, Beschwörungen suchte man sie zu heilen. Dann zerrte die Schreiende ein derber Bauer, an den sie sich in diesen Tagen gehalten hatte, aus einer gesichterquellenden Nacht zu Ma-noh. Dem mit wenigen Worten und Handstrichen über Mund und Brust alles gelang. Sie überwand die Krise. Ganz besänftigt, blaß und dünn nahm sie manches Besondere von Ma-nohs Haltung wie einen körperlichen Talisman an, seinen abwesenden Blick, die schützende Bewegung der linken Hand vor die Augen, seine erstickt schnappende Mundöffnung.

Ein Liu, der ältere, lebte noch. Das zweifelsüchtige Dreierlein hatte sich bei dem hauptstädtischen Feste in einer unhemmbaren Aufwallung jenen Brüdern beigesellt, die sich von den Mandschugefangenen niedermetzeln ließen. Den älteren Liu hatte das Unglück zu einem Spaßvogel gemacht. Sein Zinnoberkrügchen schleppte er noch am Gürtel herum, zeigte es jedem, den er sah, verspottete sich. Wenn durch die Gäßchen der Mongolenstadt Gelächterstöße hallten, so stand vor einer Tür Liu mit einer toten Ratte, einer abgefallenen Filzsohle zwischen zwei Fingern und hielt komische Leichenreden. Oder er schaukelte sich quer über die Straße an einem vornüberhängenden lockeren Dachsparren und knüpfte daran seine Gleichnisse. Es war diesem Mann sicher, daß sie sich in einem neuen Königreich noch prächtiger als vorher festsetzen würden und daß ihre Geister in einem einzigen riesigen Schwung nach dem bergigen Paradies gelangen würden. Die Verfolgungen, die sie erlitten, waren vom Neid diktiert; man konnte dem Kaiser den Neid nicht verdenken, und die Bündler hatten keinen Grund, sich zu beklagen: wer mit einer hellen Laterne geht, zieht die Räuber herbei.

In dem Winkel des leeren Marktes, in dem kleinen Hause saß Ma-noh.

Er war ganz in sich eingesponnen. Sein Hochmut schmetterte Posaunen, mit der drohenden Stärke, die den Boden aufwühlt. In ihm entfaltete sich ein kaiserlich rauschendes Banner. Um dieses Banner wanderte Ma herum. Er ließ keinen zu sich, um das Banner immer zu hören. Wang-lun hatte geglaubt, Ma wäre

reif geworden für die schwere Schicksalslehre. Aber das Schicksal griff den Priester nicht an. Er zog selber das Unglück mit greifenden Armen an sich wie ein Irrsinniger, der nicht Speise und Gift unterscheiden kann. Er schluckte höhnisch das Unglück, das ihm nichts anhaben konnte. Er knäulte sich nicht auf. Er war ein Fleischbündel und sonnte sich. Die Dinge, die an ihm vorüberliefen, hatten keinen Geruch und keinen Ton. Im Hintergrund warf und wühlte sich etwas: das Westliche Paradies, nach dem er seine vertrocknete Hand ausstreckte. Er ging seine Schuld unbarmherzig und glatt einziehen.
Versteinert blieb er. Wie ein kaiserliches Banner rauschte sein Stolz. Er glaubte, Wang-lun hätte sich zu ihm bekehrt. Das blumige Land der vier Seen hat nichts erblickt, was der Gebrochenen Melone gleichkam.
Dazwischen heulten die Minuten der entsetzlichen Selbstzerfleischung, wo er sich entlarvte als den mißratenen Mönch von Pu-to-schan, den heftigen korrekturbedürftigen Ekstatiker. Er lederte sich die Haut ab, drehte die weißen Nervenbündel heraus, schnitt ein grausames Resumee seines Lebens: Stehenbleiben auf einem unsicher schwappenden Fleck, Wühlen um den eigenen Schädel herum nach Sicherung – unter Menschenopfern, Zertrümmern ganzer Städte. Es war nichts ausgerichtet, er riß sie mit sich zugrunde. Pu-to stand noch wie eine Festung, die er nicht besiegte, als er an ihr vorüberjappste. Das Grauen dieser Vorstellung brauste über ihm. In das Schicksal hatte er eingegriffen. Es war nichts in allem, was geschehen war, nichts zu suchen als Unrat, Verderbtheit, eitle Spekulation. Die Tausende draußen: beliebig Verunglückte; tausend Bettler und Verbrecher mehr in dem riesigen Lande. Und er wie sie: ausgerutscht, in die Grube geplantscht, Mist geschlürft bis in die Bronchien – so dumm, so dumm, kaum zu bemitleiden, zum Auslachen.
Mit solcher Angst schlug sich Ma-noh schweißgebadete Minuten herum. Dann schreckten seine Arme und Knie zusammen unter einem Hämmern draußen, Trappeln des Türhüters, Aufzischen eines Branders von der unteren Stadt. Er keuchte aus sei-

nem Brüten auf, schleifte sich auf den Markt. Die Schwestern sangen. Die Frauen blickten ihn ehrfurchtsvoll an; ruhige vertrauende Augen. Es gab keine kostbaren Schmucksachen mehr, keine hochzeitlichen Blumen. Die Geigen und Gitarren zertrampelt in einem Morast. Die Mädchen, die armen, stülpten nicht mehr ihr Inneres um und breiteten sich aus: sie hatten nichts für sich behalten, und die Gefahr war doch nicht abgewendet worden. Den Hals hatten sie sich bewahrt; der mußte durch. So wollte es das Schicksal, und so war es gut. Sie sind wie das Wasser gewesen, das sich jedem Gefäß anpaßt. Sogar damit war zu wenig getan, um leben zu können.

Ma-noh schlurfte an den Brüdern vorüber, die aus stumpfem Herumhocken aufsprangen, ihm ihre lehmigen, ausgemergelten Gesichter zukehrten, ihn anbetend umringten. Was für Nachtschatten ihn befielen. Pu-to mit seinen knechtenden Vorstellungen hatte sich in sein Gehirn eingearbeitet, es ließ nach Jahrzehnten seinen Diener nicht los. Man ging hier strengere Wege, einen harten Weg ohnegleichen. Die nackte tötende Furchtbarkeit der Existenz war ihnen aufgezwungen worden; sie hatten sie auf sich genommen, ohne sich zu verstecken, alles selbst, wie der heilige Siddharta, der Kronprinz, alles durchversucht. Wenn das Westliche Paradies geöffnet wurde, so ihm und diesen. Die kaiserliche Fahne wehte über ihren Weg. Sie rannten auf den Gipfel wie Pfeile.

Er sank auf der breiten Mauer mit den Schultern über sich. Irgendwo streifte jetzt Wang-lun in dieser Ebene. Der, seiner eigenen Lehre verloren.

Hier gischtete Brandung. Man ließ sich treiben, man schwamm nicht einmal mehr. Es triumphierte das Wu-wei.

Alles gehäuft über die kleine Mongolenstadt. Banner über Banner!

Die Geisterpulse pochten durch die kleine Stadt.

Den Schlüssel zu den goldenen Toren preßte man in den Händen. Körper saßen unbeweglich wie Leichname herum. Ein Hauch, sie fielen um. Wer das Tao in sich hat, will nicht sehen,

nicht schmecken, nicht hören. Dreht seinen Körper heimtükkisch zur Seite. Fliegt.
Und in der Tat. In einem finstern, heißen Gebetsrausch lag die Mongolenstadt. Besessene starre Rümpfe kauerten auf den Gassen, taub, blind.

AM Tage, nachdem Wang-lun die Mongolenstadt besucht hatte, arbeiteten in einem großen Dorfe südlich der Stadt die beiden Apothekergehilfen auf dem langen Hof ihres Hauses. Der ältere, unfern dem Tor, schob Holzkohlen in einen kleinen eisernen Ofen. Eine breite, tiefgebauchte Porzellanschale dampfte oben. Der feine weiße Kohlendunst entwich seitlich durch einen Schnabel; der Medizinofen, rauchend, erschien wie eine vergrößerte Teekanne. Der Gehilfe drehte langsam auf einem schwächlichen niedrigen Körper einen schön gewölbten Schädel. Er hatte dicke Hängebacken, zwischen denen die Nase versank. Die Lippen suchten darunter mit Wülsten hervorzuquellen. Dieses war ein verschlossener Mann, von dem der Besitzer viel hielt. Er gehörte zu den Anhängern Wang-luns, die sich nicht zu dem Wanderleben verstanden. Sein Gesicht war stumpf, aber wenn er phlegmatisch von seiner Arbeit aufsah, verriet er sich; man sah, daß in ihm eine Bewegung mit großer Beharrlichkeit erfolgte und nicht ruhte.
Abgewandt von der Richtung des Dampfes ritt an der Hauswand der jüngere Gehilfe auf einem Schemel, trat das Rad einer Tretmühle; das Rad zerquetschte in der flachen Holzschüssel trockene Kräuter zu Pulver.
Der ältere Apotheker schlenderte in das Haus, um sich ein feines Haarsieb zu holen, er wollte aus Hasenleber einen Trank gegen Vollblütigkeit und Wutzustände herstellen, als das Tor schleuderte und ein langer Bettler vor dem Medizinofen stehen blieb.
Der Gehilfe rief, er möchte draußen warten; der Mann trat dicht auf ihn zu, strich den Strohhut zurück, griff dem Gehilfen schon besänftigend an die Schulter, als der, Wang erkennend, sich vor

ihm verneigen wollte. Sie flüsterten zwei Worte; mit lauten Segenswünschen dankte der zudringliche Bettler für den Käsch, den der Gehilfe aus dem Gürtel zog.

Nach einer Stunde wanderte der Gehilfe mit Wang-lun die westlichen wild bewachsenen Hügel und Täler bei dem Dorfe ab; Wang ließ ihn allein. Der Apotheker suchte.

Die Landschaft war sumpfig; weite Torfmoore grenzten an. Auf den niedrigen Hügeln vergilbten Kaoliangstauden und gespreizte Farne; der Weg über die höheren Hügel war finster, so dicht drängten sich die immergrünen Eichen. Engmaschiges Strauchwerk hinderte am Gehen. Hier war das Revier der kleinen bunten Knaben, so genannt nach der üppigen farbenreichen Pilzvegetation.

Zwischen den massiven Stämmen lugte am Boden der Wulstling mit grünlichweißem Hute; schöner weißer Kragen fiel schlaff am Hals herunter; um nicht den quellend feuchten Boden zu berühren, trug der Fuß eine zarte Kappe, einen Schuh dünn wie Haut. Der kleine Apotheker, die breite blaue Sammeltasche vor der Brust, schurrte einen Abhang herunter, wo es rot blitzte und die purpurne Würde des Fliegenpilzes prunkte. Mit kleinen Warzen waren viele Hüte besetzt, weißen Tüpfelchen, aus denen Zähes, Glasiges heraustrat. Viele von ihnen brach der Sucher ab, warf sie in seine Trommel. Nicht weit im Kraut blühten die Reitzker; mit breiten ziegelroten Mulden bedeckten sie ihre Köpfe; von ihren Hüten wehte der braunweiße Schleier, der aussah, als wäre er vom Winde zerfasert. Als er die Stämmchen umbrach, quoll schleimiger Milchsaft hervor, der an seinen Fingern klebte. Er stopfte seine eiförmige Tasche voll, bis der Preßsaft vorn durchsickerte.

Kam am Nachmittag in die Apotheke, wo er sich in seine Kammer zurückzog. Dann schleppte er mit dem Kameraden den kleinen Ofen über die Treppe in die Kammer herauf und begann zu arbeiten bei geschlossener Tür, wenig geöffnetem Fenster.

Er warf in das siedende Wasser der Schale eine Handvoll Pilze, die er in kurze Stücke zerschnitten hatte; nach einer kleinen Zeit,

die er genau an einer Sanduhr ablas, faßte er die Schale mit Holzgriffen, goß die zähe bräunliche Brühe mit den Pilzstückchen durch ein enges Sieb in einen Holzeimer. Die zurückgehaltenen Stücke warf er in einen zweiten Eimer. Wieder brachte er Wasser in der Schale zum Sieden, zog Pilzsaft aus, siebte. Als er alle mitgebrachten Pilze verarbeitet hatte, begann er die zurückbehaltenen Stücke im Eimer mit einem Holzmörser zu zerquetschen und zermantschen; spülte sie in die Schale, verkochte sie lange und filtrierte wieder. Den Rückstand des Siebes stopfte er noch in ein dünnes Beutelchen, das er in den großen Holzeimer mit dem Absud auspreßte. Dann klatschte er den fasrigen Matsch im Beutelchen in einen Abfalleimer.
Nun begann die langwierige Arbeit an dem Absud. Auf Ofen wie Herd in der Ecke der Kammer, wo ein Kessel von einer Eisenstange herabhing, wurde die bräunliche Flüssigkeit langsam eingedampft. Er schürte, den Atem oft einhaltend, ein kleines Feuer im Ofen und unter der Herdplatte; dann trappte er, nachdem er das Fenster weit aufgestoßen hatte, herunter in die Apotheke an seine Arbeit, zum Mischen der offizinellen Pillen. Von Zeit zu Zeit stieg er breitbeinig zurück, goß neue Flüssigkeit aus dem Eimer zu in Schale und Kessel. Hantierte in der Apotheke unten und in seiner Kammer die Nacht durch bis zum Morgen. Als der Absud stark wie Sirup eingeengt war, entleerte er den Inhalt des Kessels in die Schale. Erst frühmorgens, als er zuletzt die dampferfüllte überhitzte Kammer betrat, war der Inhalt der Schale gediehen; der Saft war klebrig, tief braun geworden, zog Fäden beim Eintauchen der Rührkelle.
Lange musterte und roch der Gehilfe daran herum; dann holte er aus der Apotheke eine Tüte schwarzer gepulverter Holzkohlen und eine weißliche Erde herauf, schüttete sie rührend hinein, schichtete heißes Wasser über und füllte die schwarze Flüssigkeit in einen hohen Glaskrug. Nach kaum einer Stunde hatte sich in dem Krug eine weißliche und eine schwarze Schicht an den Boden gesetzt, darüber stand leicht braunes durchsichtiges Wasser, das der Gehilfe mit Vorsicht über eine schmale Holzrinne in

zwei Kürbisflaschen, hohe dickbäuchige Gefäße, überfüllte. Ihren Inhalt verteilte er nach einigem Nachdenken in sechs kleine Tonkrüge, die er fest verschloß, sich an Stricken um die Schulter hängte. Noch in der Morgendämmerung knarrte das Hoftor. Der Gehilfe verließ mit den Krügen Haus und Dorf.

Während der Apotheker im Revier der kleinen bunten Knaben still botanisierte, ratterte es ununterbrochen durch das nördliche und westliche Tor der unteren Stadt von Yang-chou. Schubkarren zogen in langer Folge ein, Handelsleute mit Weib und Kind zu Fuß, breite gedeckte Reisewagen, ein Segelkarren, der eine weite Reise hinter sich hatte. Tuten, Gongschläge: das Tor wurde eine kurze Zeit gesperrt; langsam trug man die grüne Sänfte eines Mandarins mit großem Gefolge heraus; der hohe Beamte ließ sich in der schönen Herbstluft spazieren fahren. Die Torwächter schlugen mit kurzen dicken Knütteln auf große halbnackte Jungen, die hinter dem Gefolge betteln liefen.

Noch vor der Mittagszeit trabte eine Schar Händler herein, katzebuckelnd vor dem stämmigen Torwächter, der eine sichelartig gebogene Hellebarde trug. In der Stadt trennten sie sich nach ein paar Straßen.

Der eine trug ein Galgengestell, an dem Zopfschnüre baumelten; um die Brust hielt er eine blaue Leinewand gewunden, auf der in schwarzen Charakteren die Vorzüge seiner bewährten Zopfschnüre gerühmt wurden.

Ein paar verkauften unter dem Lärmen von Holzklappern Betelnußkuchen, die sie in Kästchen vor dem Bauche trugen und tafelweise abschlugen.

Andere schleppten Narzissen in Eimern mit sich.

In einer vielbesuchten Bouillonschenke neben einem großen Verleihinstitut für Sänften, Hochzeitsgegenstände trafen sie nacheinander ein und saßen zusammen. Ein großer, etwas gebückter Mann, dessen Schädel schlecht rasiert war, setzte sich zu ihnen; er stellte seinen glockenrunden Holzkasten, der mit schwarzen Strähnen bemalt war, vor sich unter den Tisch; er handelte mit Menschenhaar. Dieses war Wang-lun.

Sie ließen sich aus der riesigen Porzellankanne das Catang-pang, eine heiße Brühe, in die flachen Schalen gießen. Als man ihnen warme Mehlkuchen servierte, standen Wang und der Schnurhändler auf. Sie mischten sich unter die Gäste, die sich an dem Eingang zur Küche drängten, unterhielten sich höflich; sie orientierten sich über die Absatzmöglichkeit ihrer Artikel in der Stadt, fragten nach den andern Betrieben, Gilden. Wang erinnerte sich eines alten Freundes, der in dieser Stadt einmal als Wasserträger schönes Geld verdient hätte und sich später in Peking als Bootsverleiher niederließ; er fragte gelegentlich nach den Quartieren der Wasserträger und wo man einen von ihnen sprechen könne. Nachdem Wang und der Schnurverkäufer festgestellt hatten, daß die Wasserträger sich in einer Bouillonschenke zwei Häuser entfernt träfen, verabschiedeten sie sich von ihrem Tisch und gingen herüber.

In dieser Schenke ging es still zu, denn um die Mittagszeit waren die Wasserträger am stärksten beschäftigt. Wang und sein Kamerad setzten sich in die Mitte des Lokals, schmausten Fleischpastetchen und tranken dünnen Tee. Der höfliche Wirt stellte sich neben sie, erkundigte sich nach ihrem Befinden, dankte für die Ehre des Besuches.

Währenddessen stampfte schon einer der Stammgäste über die Holzdielen, drei andere hinter ihm her. Sie klatschten beim Eintritt in ihre Hände, schlugen sie über die Schultern zusammen; vom Halten der Pferdeleine wurden ihnen die Finger klamm. Der Wirt wollte die Gäste placieren, aber Wang stand als Fremder auf, stellte sich und seinen Kameraden vor, lud die Wasserträger ein, an seinem Tisch Platz zu nehmen; erzählte von seinem Freund, den keiner von ihnen kannte; nur einer erinnerte sich dunkel, von einem Arbeitsgenossen gehört zu haben, der später in Pe-king oder bei Pe-king Bootsverleiher wurde; aber das müsse schon lange her sein. Im Laufe der Unterhaltung erkundigten sich die beiden Fremden, die ersichtlich viel herumgekommen waren, nach der Regelung des Wasserverkaufs unter ihnen, ob die Verdienste nicht sehr variierten nach der Verkaufs-

gegend. Sie erfuhren, daß dies natürlich so sei; in einzelnen Stadtteilen respektive Straßenbezirken hätte man seine Plage durchzukommen; die zehn zum Beispiel, die jetzt die obere Stadt versorgten, wo es doch keine Brunnen gäbe, könnten sich vor Arbeit nicht halten auf den Beinen, ihre Pferde seien bald schlapp, und der Verdienst? Man wechsele alle zwei Tage ab unter den Wasserträgern, weil die Leute oben so unglaublich arm seien; verdursten könne man sie nicht lassen, obwohl eigentlich der Magistrat schon gemunkelt hätte, es könne den Wasserträgern später schlecht ergehen für ihre Wohltätigkeit.
Zu seinem Vergnügen erfuhr Wang, daß zwei seiner Tischgenossen zu den Arbeitskolonnen gehörten, die heute und morgen den Wasserdienst in der Mongolenstadt versahen. Er hängte sich mit dem Schnurhändler an sie, als sie neben ihren Gespannen zu dem ummauerten Brunnen zogen, aus dem sie das Wasser in riesigen Eimern schöpften. Die acht übrigen Wagen quietschten schon gefüllt die Straße herunter. Wang erfuhr Namen und Wohnungen der übrigen Wasserträger, erklärte, während er seinen neuen Bekannten beim Schöpfen zusah, daß er ihren Beruf doch schön und ruhig fände gegen seinen jämmerlichen, bei dem er sich herumzuschlagen habe mit jedem Barbier, mit protzigen Blumendamen, die keinen Käsch später, wenn sie zahlen sollten, hätten und alles vernaschten. Ihm käme sein Freund, der Bootsverleiher in Pe-king, nicht aus dem Sinn. Er wolle einmal mit seinem Freund sehen, ob sie sich für den Beruf eigneten; er wolle es einmal versuchen, einen Tag über; vielleicht sei die Sache nicht so einfach, wie er sie sich denke.
Die beiden Wasserträger lachten laut über den Vorschlag; und wer ihnen denn den Verdienst bezahlen sollte, der ihnen für diesen Unterrichtstag entginge?
Das sei, sagte Wang, natürlich seine Sache; er wolle ihnen doch für ihre Unterweisung und ihr Entgegenkommen keinen Schaden zufügen; selbstverständlich, wenn sie darauf eingingen, was ja ein außerordentliches Entgegenkommen gegen einen armen Mann sei, würde er ihnen die Durchschnittstagessumme bezah-

len, wobei sie freilich bedenken müßten, daß er selbst arm sei und nicht viel überflüssig habe. Aber schließlich sei doch ihr Verdienst sicherer als sein trauriger.
Nach langem Hin- und Herreden einigte sich Wang mit ihnen; man hielt es für das Einfachste, daß er sich mit den andern acht Wasserträgern in Verbindung setzte, die den fast unbezahlten Dienst in der Mongolenstadt heute und morgen täten. Sie würden Wang und seine Landsleute über die Arbeit, Bedienung, Fütterung der Tiere, Ställe unterrichten; er hätte vorher eine Summe zu erlegen, die dem gemeinsamen Durchschnittsverdienst in der unteren Stadt, wohlgemerkt in der unteren Stadt, entspräche und müsse den morgigen Wasserdienst in der Mongolenstadt ganz auf sich nehmen. Er mache sich für jede Beschädigung der Wagen, des Zaumzeugs, der Tiere haftbar. Das alles natürlich nur, wenn die andern acht damit einverstanden wären.
Wang wand sich über die Höhe des Preises hin und her, konnte sich mit ihnen über den eventuellen Schadenersatz nicht verständigen, weil sie ihm vielleicht brüchige Wagen stellen würden, die er dann bezahlen müßte.
Die schon abfahrenden Leute blieben unerbittlich. Da sagten die beiden zu. Als die Wasserkarren um die Ecke fuhren, hörte Wang die Träger laut losplatzen über diese Bauern und Dummköpfe.
Die Verständigung mit den andern acht verlief glatt; nur glaubte jeder von ihnen sich verpflichtet, noch besondere Schwierigkeiten zu machen, damit die Bauern den Betrug nicht merkten. Ein einziger älterer Mann lehnte den ganzen Handel ab. Er erklärte, seine Arbeit ruhig weitermachen zu wollen, das brauche er zum Leben; und mit den armen Leuten oben habe er sich angefreundet, so daß er sich freue, wenn er zu ihnen käme, ohne bei der Polizei Verdacht zu erregen. Nichtsdestoweniger bezahlte Wang die ganze verabredete Summe an die sieben Wasserträger, die mit ihm abends in der Bouillonschenke zusammenkamen. Er erklärte in einer gewissen enthusiastischen Weise, daß er schon jetzt eine gewisse Freude am Wassertragen habe; es ließe sich da noch auf verschiedene Weise Geld machen, wenn zum Beispiel

die Gilde selbständig Brunnenbauten übernähme oder Privatbrunnen pachte. Er gefiel den trägen Burschen nicht schlecht.
Er verließ noch vor Torschluß allein die Stadt; seinen runden Kasten mit Menschenhaaren ließ er in der Schenke. Es war eine Vollmondnacht. Breit dehnte sich die Ebene vor den Mauern; kleine Bodenerhebungen warfen auf die völlig unbewachsene weiße Fläche tiefschwarze Schlagschatten. Hinten zog sich eine Kiefernpflanzung, die das Mondlicht nur an den Wipfeln berührte.
Die Bauern, die die Mongolenstadt bewachten, bemerkten dort drüben um die Zeit, als die Nachtwächter die zweite Wache trommelten, ein eigenartiges Blitzen; es bewegte sich am Rand des Kiefernwaldes entlang. Dann trat ein Mann in den hellen Mondschein; drei der Wächter erkannten in dem Mann mit dem großen Hut und dem herunterhängenden blitzenden Schwerte Wang-lun.
Sie riefen einander an, zeigten auf ihn, der sehr deutlich in dem blendenden Licht zu erkennen war, waren wach und überglücklich. Er war da; er hatte sie erreicht. Auf ihn konnte man sich verlassen. Die Weiße Wasserlilie war da. Man lief in einen Wachturm. Es war Wang-lun, der allein dort saß gegenüber der Mongolenstadt; nach einer langen Zeit glitzerte wieder sein Schwert; er tauchte in das schwarze Dunkel des Waldes zurück, rasch, wie verschluckt.
Als Wang, der keinen Schlaf fand, ein paarmal durch den totenstillen Wald geirrt war und, von Unruhe getrieben, sich der Ebene zuwandte, sah er durch die schlanken Stämme am Randweg einen Reiter traben, dem zwei andere folgten. Er lief ihnen in dem Dunkel voraus, erkannte an der Kleidung einen hohen Offizier der Provinzialarmee und zwei Diener. Sie ritten langsam an der Mongolenstadt vorbei. Als sie dem Weg folgend eine Strecke zwischen die Stämme einbiegen mußten, trat Wang an den hageren großen Offizier heran, der einen langen Kinn- und Schnurrbart trug, und fragte, ob er ihm Auskunft geben könne über den Weg nach einem Dorfe.

Der Offizier wies mit der Hand südostwärts.
Wang ging ruhig neben dem Braunen einher; der Offizier hielt an; ob der Fremde noch etwas verlange.
Nach der Erde zu sprechend wünschte Wang, der Offizier möchte einen Augenblick seine beiden Diener ein paar Schritte abreiten lassen, damit er etwas fragen könne.
Völlig gelassen wies der Reiter die beiden zurück und bückte sich zu Wang herunter, um ihn in dem Dunkel gut zu erkennen.
Was also der Offizier hier zu suchen habe; es sei noch für einen vollen Tag und einige Stunden jede Feindseligkeit zwischen der Mongolenstadt und den Truppen eingestellt, wie er als Träger des Saphirknopfes wissen könnte.
Der lange Reiter sprang vom Pferd, fixierte den Mann unter dem riesigen Strohhut, in dem dichten Strohmantel, den er mit einer Hand vorn geschlossen hielt. Was er denn hier zu suchen hätte; wer ihm das gesagt hätte von der Einstellung von Feindseligkeiten. Ob er ein Wächter der Eingeschlossenen sei.
Wang bückte sich wieder zur Erde, sagte «ja» und öffnete seinen Mantel, so daß sein Schwert sichtbar wurde. Er sei ein Freund des Ma-noh, der die Eingeschlossenen führe, ein naher Freund.
Der Offizier sah ihm ins Gesicht; er redete sehr leise: «Du bist kein Freund des Ma-noh. Mas Freunde tragen keine Schwerter.»
«Das waren die früheren Freunde Mas.»
«Seit wann ist der fremde Wächter ein naher Freund Mas?»
«Seit dem Untergang der Insel der Gebrochenen Melone. Auf der Flucht habe ich mich ihnen angeschlossen.»
«Und die Freunde Mas, viele Freunde Mas tragen jetzt Schwerter?»
«Viele Freunde hat Ma nicht.»
Der Offizier ging langsam mit Wang zurück, gab einem Diener den Zügel seines Pferdes; sie stellten sich, aus dem Dunkel hervortretend, gegen zwei Kiefernstämme, standen sich stumm gegenüber. Der gelbe Strohmantel Wangs schimmerte in dem

Lichte; am Gürtel des sehr langsamen, ruhigen Reiters bewegte sich ein goldener krummer Prunksäbel.
«Wenn du ein Wächter und Freund Ma-nohs bist, so bitte ich dich, mir von ihm zu erzählen, wie es drüben in der Mongolenstadt geht, was Ma tut und spricht, wer seine Vertrauten sind.»
«Der mit dem Leoparden Geschmückte ist kein Feind der Gebrochenen Melone?»
«Ich heiße Hai, bin Oberst eines Kavallerieregiments. Vor ein paar Monaten trug ich nicht das Brustschild mit dem Leoparden. Ich ging ähnlich wie du, war ein Bruder unter ihnen drüben. Sie nannten mich wegen meiner Sprache die Gelbe Glocke. Du hast vielleicht den Namen gehört.»
«Ich habe deinen Namen nicht mehr gehört. Es sind die meisten tot, die dich gekannt haben. Auch haben uns viele verlassen wie du.»
Die Gelbe Glocke lächelte traurig, drehte den großen Kopf nach den Mauern, auf denen man die schwarzen Punkte der Wächter sich bewegen sah.
«Mich hat keine Gefahr erschreckt, als ich fortging; aber ich will nicht darüber zu dir sprechen, der du noch Bruder des heiligen Bundes bist und in so schlimmer Zeit Bruder bist. Ich möchte von dir hören, wie es Ma-noh geht, wie die Geister in der Stadt gerichtet sind.»
«Sprich nur. Du verwirrst mich nicht. Wir sind ruhig, unbeirrbar ruhig.»
In einer freudigen Bewegung legte die Gelbe Glocke eine Hand an Wangs Brust: «Ihr seid ruhig, ihr seid nicht in Angst? Oh, ist das schön, oh, bin ich dem Fremden dankbar, daß er mir das sagte. Ihr weint nicht, ihr gebt euch nicht verloren! Oh, ist das schön. Ich bin nur darum hierher geritten, um dies von jemand zu hören. Ma-noh ist nicht von Haß geladen, er wütet gegen niemand.»
«Da du unser Bruder warst, weißt du ja, daß das Schicksal uns nichts anhaben kann. Eure Truppen und wer sonst kommt quälen uns nicht.»

«Ihr redet wie früher. Aber Ma-noh wütet nicht! Er widerstrebt nicht!»
«Du bist wieder Soldat geworden. Du hattest kein Vertrauen auf unsere kostbaren Regeln.»
«Ich vertraute auf die kostbaren Regeln. Und vertraue noch. Sieh mich nicht an. Ich wäre hier nicht in der Nacht hergeritten, wenn zwischen Ma-noh und mir nichts mehr wäre. Ma-noh ist der Mörder der Gebrochenen Melone, das weiß er. Ich war in den Tagen um ihn, als er es wurde. Er hätte länger und vorbereitet mit allen Brüdern und Schwestern leben können, wenn er sich nicht von den tollen Salzsiedern hätte verleiten lassen. Er war stolz, er war ehrgeizig, er trug im Geiste Pfeil, Bogen und Schwert; er war kein Wahrhaft Schwacher, kein Bruder der herrlichen Gebrochenen Melone. Darum habe ich ihn verlassen, der ich Reinigung und Frieden für meinen Geist brauchte. Aber das gehört nicht hierher.»
«Das wilde Tier auf deinem Brustschild blickt nicht friedlich.»
«Auch dein Schwert sieht nicht nach Frieden aus. Und doch stehen wir beide vor dieser selben Ebene und sehen durch den Mondschein nach der Mongolenstadt – nicht mit feindlichen Gefühlen. Ich habe mich nicht verändert. Aber die Gelbe Glocke singt jetzt einen andern Ton.»
«Es scheint so. Aber sie scheint auch nicht dasselbe Lied zu singen.»
«Die Gelbe Glocke hat den Brand des Klosters angesehen; die Schwestern ließen sich rösten in den Kapellen; den Brüdern schlug man Köpfe und Hände ab. Man kann sich nicht vorbereiten von heute auf morgen, von einem Jahr auf das nächste; ein langes Leben gehört dazu, glaube ich. Die ganze Saat ist umsonst hingemäht worden; die feinen, tiefen, starken Brüder und Schwestern haben ihre Geister verloren, ich glaube, ich werde den Gedanken nicht los, als wenn sie gelegentlich erschlagen wurden; eben erschlagen, wie wenn ich hier zufällig von dir erschlagen wäre, weil du schon dein Schwert entblößt trägst und ich erst den Zügel hinwerfen und meine Klinge freimachen

muß. Durch solchen Tod haben sie nichts gewonnen. Aber ich trage jetzt einen Säbel.»

«Warum? Gegen wen? Dein Säbel ist eine Lächerlichkeit. Du hättest ruhig deinen Säbel in der Truhe bei deiner Sippe liegen lassen sollen, wo du ihn hingelegt hattest. Keiner von euch wird ihn anrühren, solange ich bin. Lächle nicht; ich sage dir das. Gegen wen trägst du deinen Säbel?» Wang griff nach dem Säbel.

«Nicht gegen Ma-noh, wie du glaubst. Der wird doch bald sterben, gelegentlich. Und Liang-li. Wehe mir, wehe mir.»

«Gegen wen trägt der Mann mit dem Leoparden seinen Säbel?»

Die Gelbe Glocke rang mit sich. Er sah in den Wald zurück. «Gegen die Mandschus, denen ich jetzt diene, für die da drüben, die du bewachst, die in zwei drei Tagen in Schuttgräber gescharrt werden. Aber ich bin glücklich, daß du mir so Gutes von ihnen drüben erzählst. Es wäre nicht nötig gewesen, das alles.»

«Das Schicksal ist immer nötig, Gelbe Glocke, mein Bruder.»

«Wenn du Ma-noh siehst, erzähl ihm nicht von mir. Erzähl keinem von mir.»

«Wir wollen uns trennen. Deine Diener kommen. Wohin wirst du weitergehen von den Mandschus?»

«Wir sammeln Menschen, Truppen, viel Waffen. Uns ist das Westliche Paradies nicht gegeben, uns noch nicht, lieber Bruder. Ich will dann Wang-lun aufsuchen, der ein Schwert tragen soll wie du. Nur das hilft, weiter nichts. Daß du jetzt ein Schwert trägst, hilft nichts mehr. Sei nicht zornig, weil ich anders denke als du. Geh in die Stadt hinein oder fliehe wie ich.»

«Wo stehen deine Truppen? Ich will mich deiner Worte erinnern.»

«Bei Pe-king. Oh, welch schönen Weg, lieber Bruder, gehen unsere Schwestern und Brüder drüben. Ich bitte nichts dringender, als daß sie zum Jaspissee hinfinden und von der Königlichen Mutter aufgenommen werden. Das Mondlicht ist so hell. Mögen sie den Weg leicht finden. Leicht finden.»

Die Gelbe Glocke trat von dem Stamme zurück. Sie verneigten sich voreinander, berührten sich an den Schultern.
Wieder irrte Wang, ohne Schlaf zu finden, zwischen den Kiefern.

AM grauen Morgen holten die Gefährten Wangs die zweirädrigen Wasserkarren aus den Höfen ihrer Besitzer ab, schirrten die Pferde an, trabten zum Brunnen. Nachdem es nicht gelungen war, den alten widerspenstigen Träger zu bewegen, sein Gefährt für den Tag abzugeben, hatten zwei der Helfer Wangs den Mann, als er aus seinem Hause in der Dunkelheit trat, ergriffen, seinen Mund mit Werg verstopft, ihn geknebelt, in eine Kuhhaut gebunden und auf einem gestohlenen Karren in ein abseits gelegenes verfallenes Haus gefahren, wo sie ihn in einen Winkel warfen.
Bei der ersten morgendlichen Fahrt in die Mongolenstadt begleiteten die Wasserträger ihre Schüler, später gingen sie nach Hause, streiften durch die Schenken. Das Fehlen des alten Mannes fiel nicht auf, da der Sonderling nicht regelmäßig fuhr.
Es war ein warmer Tag. Bei den Fahrten am Spätnachmittag zeigten sich die Gefährten Wangs besorgt um die Bottiche, die offen auf den zweirädrigen Karren standen. Sie gingen klopfend an den leeren Gefäßen vorbei, bückten sich tief hinein, wobei sie den Inhalt ihrer Flaschen unbemerkt auf den nassen Boden gossen.
So fuhr der entsetzliche Zug der Wahrhaft Schwachen zum letztenmal mit den wassergefüllten Wagen durch die Mongolenstadt, Wang an der Spitze, kehrte mit geleerten Bottichen durch das Tor herunter, das hinter ihnen geschlossen wurde. Rasch spülten und wuschen sie die Bottiche aus, brachten die Karren zurück. Einer lief in das Haus, wo der alte Mann lag, schnitt ein Loch in die Kuhhaut, so daß sich der Hilflose befreien konnte.
Auf den Mauern herrschte bei den Bewaffneten noch bis in den Abend hinein rege Tätigkeit. Es hieß, daß Wang-lun mit einer

großen Heeresmacht ihnen zu Hilfe kommen würde; über die Zahl der Entsatztruppen stritt man sich, aber sie war jedenfalls ungeheuer, viel größer, als der Tsong-tu der Provinz aus eigener Kraft aufbringen konnte. Unterhalb der Mauern, innerhalb der Stadt hatten sich die Bewaffneten, die Mitläufer Ma-nohs, eine Reihe von flachen Hütten aufgeschlagen aus dem Fachwerk der angrenzenden Häuser, die ihnen nicht geheuer waren. Hier lagen große Schutthaufen, Backsteine; tiefe Gruben hatte man geschaufelt, in die man Wasser laufen ließ, soweit man welches heranschaffen konnte, um Lehm zu bereiten. Binsen und Schilf lagerten in hohen Schichten in den anstoßenden Straßen. Man schleppte die Fuder heran, um Lücken in den Mauern zu dichten, Lehmmassen zu sichern. An diesem Abend wuchs der Lärm der Arbeiter außerordentlich. Eine riesige Mauerlücke, die man aus Mangel an Zeit nur oberflächlich mit Backsteinen verdeckt hatte, sollte ausgefüllt werden. Die ganze Tiefe war schon mit losem Geröll, Sand- und Lehmmassen, Halmen verstopft. Das Tor nach der unteren Stadt war geschlossen, mit Querstangen verdeckt. Die Städter verrammelten das Tor auch von außen, um einen Kampf zwischen den Provinzialtruppen und Belagerten auf die obere Stadt zu beschränken.

Die Männer liefen im Halbdunkel durcheinander. Ihr Arbeitsdrang war unbezähmbar. Halb nackt, mit strammgegürteten Hosen rannten sie vor dem großen Mauerloch, stürzten mit kleinen Schilfbündeln hinein, glitten aneinander vorüber. Einer schrie, warum der andere so wenig nehme; der schulterte sein Bündelchen hoch: ob das nicht genug wäre. Sie schleppten auf Holzmulden ungeheuerlich getürmte Steinmassen, die ihnen wie Wellen über Köpfe und Füße rasselten. Sie rannten unermüdlich mit anscheinend maßlosen Kräften herein, heraus, polterten hin, bluteten.

Auf der Mauer neben dem Durchbruch wurde ein starker Arbeiter müde; er klatschte einem langen Maurer eine Hand Lehm auf den Buckel. Sie schwatzten und kicherten schon seit einer Stunde über einen Maultiertreiber, der heute morgen statt getrockneter Datteln Säcke voll Sand in die Neustadt geschleppt hatte; erst auf dem Markt bemerkte er, daß er unterwegs bestohlen und betrogen war. Als sich der Maurer umdrehte, platzte ihm aus zwanzig Mäulern ein brüllendes Gelächter entgegen. Sie kugelten hin, wälzten sich auf die Seite, um in Ruhe das Gelächter an ihren Bäuchen massieren zu lassen, die Beine in die Luft zu stochern und das Zwerchfell zu schwingen. Andere rüttelten die Leitern hinauf, schrien mit: «Wie sieht der aus! Wie sieht der aus!» Und gurrten über sein sonderbar geschwollenes Gesicht, seine kolbenförmige Nase.

Der Lange fixierte den vierschrötigen Tischler, wischte ein paarmal über die Nase, schimpfte auf die elenden Zwiebeln, die sein Freund ihm in den Bohnenbrei getan hätte; davon würden ihm die Augendeckel und die Nase dick. Und er schlug bekräftigend dem Tischler, der das Schlucken bekommen hatte, in die Weiche.

Der bog sich zusammen auf diesen Hieb; sie fingen an, sich bei Hälsen und Hüften zu kriegen. Erst hetzte man; als die beiden sich ringend über den Rand der Mauer wiegten, raffte man sie tumultuös auseinander: «Es muß entschieden werden. Vors Gericht! Sie müssen es austragen. Vors Gericht! Vors Gericht!» Drängten die Leitern herunter, als gäbe es in der Mongolenstadt ein Gericht für sie.

Auf dem Wege durch die anliegenden Gassen wurde ihr Haufe größer. Ein gellender Lärm wälzte sich mit ihnen; sie hatten kein Maß für die Stärke ihrer überschlagenden Stimmen. Einige von ihnen schleppten Balken hinter sich. Man stolperte darüber, aber sie zogen sie fest hinter sich her, um sie gelegentlich fallen zu lassen, ohne es zu merken. Andere steiften die Rücken und trieben die Schultern hervor unter ihrer leeren Holzmulde, die sie mit fest zupackenden, steinharten Muskeln drückten, fluchten über den raschen Schritt der andern, und sie könnten nicht mit.

Zwei ältere Handwerker, mit nacktem schwarzbraunen Oberkörper, betasteten an einer Straßenecke die Balken, die liegen geblieben waren. Ein Balken war über einen breiten Stein gefallen. Die beiden grinsten sich an, von entgegengesetzten Seiten an dem Holz entlang suchend, bis sie dicht nebeneinander standen, ihre Hände sich berührten und sie nun, den Balken zwischen den Beinen, Platz nahmen, sich schaukelten und dabei fortwährend sich ehrerbietig voreinander verbeugten und sich pathetisch Glück wünschten zu der Begegnung. Sie baten einander, vorlieb zu nehmen mit den gegenwärtigen Umständen, sanken, als sie die Hände beteuernd schwingen wollten, seitlich ab und lagen da, der eine quer über den Beinen des andern, schmerzlich sich entschuldigend für die Unvorsichtigkeit, tasteten sich an den Hosen des andern entlang.

In dem Haufen, der sich auf kleinen Plätzen öfter ganz auflöste, wuchs die Verwirrung. Einzelne ergriff eine ausgelassene Fröhlichkeit. Ein ehemaliger Salzpfänner geriet in Wut. Er sagte, er ginge nicht mehr mit. Liu sei ein böser Dämon, er liefe doppelt im Zuge, ein Liu ginge drüben an den Häusern, ein anderer neben ihm. Dann treffen sie immer zusammen, prallen voneinander zurück, als wenn man ins Wasser sinkt. Die vor ihm marschierten, gondelten bei seinen Klagen rückwärts, nahmen ihn in ihre Mitte, grunzten heiser, fielen ihm unsicher um den Hals.

Ein junger Mensch drängte sich zwischen sie, brüllte: «Der Schuft, der. Er macht selbst solche Späße. Habt ihr nicht gesehen? Eben steht er hier und jetzt sitzt er auf dem Dach. Was hat er zu schimpfen auf Liu?» Sie kniffen ein Auge zu, zwangen Liu und den Pfänner, sich rasch nebeneinander zu stellen. Ein paar visierten breitbeinig aufgepflanzt nach ihnen durch den gekrümmten Finger, visierten nach dem Dach. Inzwischen zerstreuten sich die meisten, torkelten unter zufriedenem Gegröhl hinter dem Hauptzug her, der sich nach dem großen Markt bewegte.

Aber der Zug kam nicht so weit. Man hatte längst vergessen, was man wollte. Man buddelte zwischen den Straßensteinen. Man krähte, leckte sich schläfrig die Finger, kreiste die Arme. Die Köpfe baumelten, fielen in den Nacken.

Von anderen Teilen der Mauer waren die Männer schon vorher in die Stadt gedrungen. Die Lungen waren ihnen sonderbar gefüllt. Ihnen schauderte unter einer Hitze, die fingertief unter ihrer Haut flammte und erlosch. Das Blut sprühte in ihren Köpfen. Der Rumpf fiel ihnen weg. Sie setzten die Schritte so vorsichtig, da sie fürchteten, mit ihren Strohsandalen in Glas zu treten; immer fein traten sie mit den Zehenspitzen auf, immer fein mit den Zehenspitzen. Man ging sicherer, wenn man die Sandalen auszog. Und so balancierten manche im Gänsemarsch durch die Gassen, in den waagrechten Armen ihr Schuhwerk.

Weiter innerhalb der Stadt stiegen sie hier, da über einen Menschen, sie flüsterten einander Vorsicht zu mit signalisierenden Armen, versuchten mehrmals über denselben Körper wegzutreten. Der lag schnarchend da, die Beine an den Leib gezogen, die Stirne kraus.

Vor manchen Häusern standen die Menschen angewurzelt. Sie lehnten mit blauen Lippen an den Pfosten. Ihnen wurde der Atem mit einem heftigen Ruck aus der Brust gerissen. Sie stöhnten, pfiffen und schnaubten wie Blasebälge. Brüder legten sich unsicher mit dem Leib über Bänke; alle Bilder, Häuser, Menschen, das Dunkle des Himmels sauste in einer Spiraldrehung herum, die Erde vertiefte sich unter ihnen zu einem großen umgestülpten Spitzhut. Sie zogen zum Sprung unbehilflich die Kittel aus, keuchten, warteten was kommen würde. Ihre Rippen traten wie Schnallen hervor; sie prusteten im Flug.

Hunderte versteckten sich in den Häusern, auf den Korridoren, unter den Tischen, denen eine Presse die Därme, die Milz und den Magen zusammenschnürte, dann wieder losließ. Die Traubenpresse arbeitete an ihnen in einem Rhythmus, der immer schneller wurde. Sie würgten die gelbe Galle heraus, ihr Darm verspritzte sich und suchte zu entweichen. Ihre Gesichter verlängerten sich. Grüne Tiere liefen an ihren Gesichtern vorbei nach rechts, dann kehrten die Tiere um; die ganze Reihe lief nach links herüber.

Männer taumelten nach dem Tor, nach der Mauer. Aber sie stiegen zwischen den Sprossen hindurch beim Besteigen der Leiter, arbeiteten sich vergeblich heraus, stürzten die Leitern über sich um. Einem gelang es, nach oben zu kriechen. Man hörte wie er ging, da kippte er nach außen ab in den Graben und muckste noch.

Die schwarze Nacht. Das Wasser strömte vielen die Flanken entlang. Ein kleines Rad drehte sich vor ihnen, wurde immer weiter, es war ein Nadelöhr, ein Maulwurfshügel, eine Höhle. Sie verdrehten die Augen, blieben in einer Radspeiche stecken.

In den dumpfen Zimmern die Brüder schraken bei den Schreien und Stürzen draußen zusammen. Sie hockten über sich gebückt. Sie stutzten plötzlich, blitzten heftig atmend um sich, als wenn sie etwas hörten, standen schwankend auf, richteten immer wieder den Oberkörper gerade, der ihnen wegsank: «Die Soldaten kommen! Es ist alles verloren! Wang ist mit zehntausend Mann erschlagen!» Sie machten Front gegen die stillen Zimmerecken, sie schmetterten Stühle in die Winkel, flohen die Köpfe duckend ins Freie, griffen im Finstern der Straßen nacheinander. Hier und da erdrosselten sich zwei. Sie dumpften unter Verzweiflungskrächzen nebeneinander hin. Sie schwangen im Traum Beile, kneteten und erwürgten den dicken Kot, der zwischen ihren Fingern durchquoll.

Auf den Dächern, die flach aneinander stießen, sangen einige. Sie sangen von der Großen Überfahrt. Ihre Hände bewegten geträumte Gebetsklingeln. Sie predigten zueinander herüber. Sie schrien nach den glänzenden Spitzen der Kaiserherrlichkeit, die sie sahen; ganz nahe daran waren sie. Und wenn einer die bellenden Stimmen jenseits der Straße hörte, seufzte er: «Bruder!», mit tränenden Augen, entzückt. Sie erhoben sich und zersprengten ihre Schädelkapsel auf der Straße, zermorschten im Fall einen Sterbenden.

Als die Nacht vorrückte und viele auf den Gassen, in den Erdlöchern, unter den Dächern phantasierten, blies ihnen etwas streifig Helles, Weißes, Spitzkühles in den Nacken über den Hinterkopf herauf. Sie wurden, wenn sie sich umwandten, von einem unsichtbaren Dämon ergriffen; auf einen Schrei riß etwas ihren Körper zuckend in die Länge, streckte ihn in einer Spannung hin, als sollten Füße, Hände, Kopf vom Rumpf dehnend abgerissen werden. Und dann schleuderte es die Glieder hin und her, rollte den Leib wie einen zerfließenden Kuchenteig. Wenn sich die Menschen schweißtriefend von dem Kampf erholten, schrien sie über die Feigheit des Dämons. Er möchte einmal wieder herankommen, sich nicht verstecken. Sie stierten mit glasigen Augen, speiend, um sich. Und er kam wieder. Mit einem Ruck hatte er sie gefaßt. Sie grätschten und schnellten, wie vom Katapult geschossen, zusammen. Bis die lange Starre ihre Sehnen eisenhart anfaßte, in schwerster Wut nicht losließ. Und wenn sie sie losließ, so blinzelten sie noch sonderbar und vergaßen zu atmen.

Als abends von den Mauern aus ein Lärm in die Mongolenstadt hinein sich fortpflanzte, fuhren die Nachtwächter eilig in der unteren Stadt schwere Holzblöcke auf Ochsenwagen heran, häuften sie vor dem Tore nach der oberen Stadt auf. Sie durften keinen Eingeschlossenen herauslassen. Es schlug von innen gegen das Tor.

Das Toben drin nahm von Augenblick zu Augenblick zu; bald mußte die ganze untere Stadt geweckt sein.

Nun wirbelten drei Wächter ihre Trommeln durch die Straßen, weckten die hundert ehemaligen Provinzialsoldaten, die, über die Stadtteile verstreut, noch Waffen bei sich hatten; sie sollten kommen, um einen Ausbruch der offenbar angegriffenen Sektierer nach der unteren Stadt zu verhindern. Wie die Soldaten anliefen, die Wachtürme der Stadt erstiegen, lag das Feld bis an die Kieferwaldung im umwölkten Mondlicht regungslos da; völlige Finsternis in den Straßen der Mongolenstadt, in der das tausendfältige Gebrüll, Kreischen und Heulen brodelte. Der Feind mußte schon in der Stadt sein. Aber das Unheimliche: man hörte keine Waffen schlagen, keine Bogen; kein Haus brannte.

Drin raste man. Und jetzt war es klar, daß die bösen Dämonen,

die die Brüder und Schwestern bisher bezwungen hatten, sich losgemacht hatten und über sie selber hergefallen waren. Man weckte Priester und Bonzen der Stadt.
Drin hörte man Leitern an das Tor anstellen; gedämpft knirschende Körper purzelten herunter.
Mit einmal schauten dicht nebeneinander zwei gedunsene verzerrte Gesichter über das Tor, Schaum vor den Mündern, wie die Pferde geifernd. Die Priester wirbelten ihre bronzenen Weihrauchbecken, hohen Rauchfässer und knallten sie ihnen ins Gesicht. Aus den zerbrochenen Fratzen tropfte dickes Blut herunter auf die Wächter, die entsetzt zurückwichen. Die Priester richteten Brander über die beiden oben, die sich höher zogen. Plötzlich bäumte sich der eine und krachte herunter. Der andere gröhlte unmelodisch zum Nachthimmel, wälzte die zottige Brust über den Torrand; dann stürzte innen seine Leiter um; er sackte abwärts; seine Hände blieben am Tor hängen; die Soldaten hieben ihm die Finger ab; er plumpste schwer und lallte lange an der Erde.
Kein Bürger der unteren Stadt wagte sich auf die Straße. Gegen Morgen legte sich das Geschrei. Ein gelegentlicher geller Ruf wehte herunter. Den letzten Teil der Nacht schmachtete aus einem Haus der Straße, die parallel dem Tor lief, eine einzelne Stimme, eine Mädchenstimme; sie sang Verse eines unflätigen Liedes; dazwischen lockte sie, rief Männernamen, röchelte.
In der grauenden Dämmerung wurden die äußeren Stadttore geöffnet. Die Händler, Gemüseverkäufer, zahllose Karren bewegten sich die Straßen herauf, die Wasserträger kamen. Wagen stauten sich vor dem Tor der Mongolenstadt. Man machte Platz für die grüne Sänfte des Tao-tai. Der Befehlshaber der ehemaligen Provinzialtruppen, jetzigen Stadtgarde, ein baumlanger Mensch, gab Befehl zum Öffnen des Tores. Die Balken wurden weggeräumt; die Querbäume gelöst; die Soldaten schoben die Flügel zurück.
Im Augenblick, wo sich das Tor öffnete, sauste von dem Torbogen ein abgelöstes Mauerstück herunter, hüllte den Eingang

in dicken Staub. Man mußte mit Gewalt die beiden Türflügel verschieben, die inneren Querriegel umbrechen, bis der Eingang frei war.
Drin hatten die Eingeschlossenen vor Anbruch der Nacht als Barriere einen schweren Eisenstab noch zwischen den Steinwall geklemmt; an dem lehnte gebückt eine ganze Reihe Menschen; als man die Schranke abhob, stürzten die Körper den Eindringenden entgegen, krachten mit den Gesichtern vornüber zwischen sie hin. Einzelne von diesen lebten und riefen die Städter mit schwachen Stimmen an. Die Soldaten zogen voran. An einer Straßenecke standen schräg gegeneinander zwei Mädchen, eine den Kopf auf der Schulter der andern; sie fielen erst um, als man der einen die Arme von der Hüfte ihrer Freundin losriß. Hier und da bliesen Sterbende die Backen auf in langen Pausen. In mehr als zwanzig Häusern, auf Treppen fand man Frauen in Blutlachen; sie hatten in den Krämpfen entbunden; in den Krämpfen hatten sie sich Nabelschnur und Mutterkuchen aus dem Leib gezerrt, waren rasch verblutet.
Auf der Treppe eines Hauses, das in einem Winkel des Marktes stand, zappelte eine mit Narzissen geschmückte junge Frau; sie gellte: «Ich bin Liang-li; ich will zu meinem Vater nach Schönting.» Als man sie an den Füßen herunterzerrte, schlug sie um sich und war tot.
Man drang in die Zimmer des Hauses. Ein kleiner Mensch hockte auf dem Ofenbett in einer Ecke des wüsten Zimmers. Er maulte, als die Soldaten eintraten.
Er starrte sie an, den Kopf balancierend, von den beschlagenen Augen mühsam die Lider hebend. An seinen Mundwinkeln zähe Schleimklumpen. Seine Lippen hellgelb; sein Gesicht von einer dicken wächsernen Haut überzogen; Löcher in den Schläfen. Schnarchen, Näseln: «So kommt sie doch; die Königliche Mutter kommt selber.» Lächelte stolz wie ein Befehlender.
Der vorangehende Soldat erkannte den Führer der Rebellen, nahm ein rotes Papier in den Mund, um den Dämon nicht an sich zu locken. Er riß erst Ma-noh mit der Spitze eines Pfeils einen

Schmarren über Mund und Kinn. Der runzelte die Stirn, schob sich an der Wand in die Höhe, krächzte tierisch: «Pfui, ah, pfui!» torkelte in Wut und Grauen nach vorn. Der Soldat fing ihn an der Brust, drückte ihn würgend vom Ofenbett auf die Diele.

DRITTES BUCH

DER HERR DER GELBEN ERDE

KHIEN-LUNG, der große Kaiser, der das Reich der Welt von der sich umwälzenden Natur und dem Himmel erhalten hatte, tauchte aus den nördlichen Steppen auf von seinen Jagden und Vertiefungen, kehrte nach Mukden zurück.
Er hatte wieder die ungeheuren Tatarenlandschaften gesehen. Wenige Tage war die tiefe Stille durchbrochen worden durch Tributträger. Die Tiger liefen aus den Wäldern hervor. Von Woche zu Woche kamen Ergebenheitsbriefe der kaiserlichen Prinzen und hohen Würdenträger, fragend nach seinem Befinden.
Den gealterten Kaiser begleitete kein großes Gefolge: zweihundert Mann seiner Leibgarde, eine rein mandschurische Kompagnie, eine kleine Anzahl Vertrauter, Freunde, Sklaven, schließlich die erlesene Musikkapelle. Er jagte im Randgebiet der Mongolei auf dem Hochland östlich von Kalgan. Helle kalte Luft, freies weites Grasland, Gebirgsschluchten, zerrissener Durchblick. Im muldenförmigen Tal bei Süen-hwan-fu hielt er sich auf. Die Häuser waren in die Lößerde gegraben mit Stuben, Gewölben, Gängen. Auf den dünn belebten Flächen tummelten sich braune langhaarige Pferde. Teebeladene Kamele schwankten vorüber. Die nomadisierenden Horden lagerten in weiten kreisrunden Filzzelten. Plattgesichtige braune Mongolen mit bunten Gehängen warfen sich hin.
An der Grenze schloß sich dem kaiserlichen Zug der Kommandeur der Grenzsoldaten an in roter Pelzkappe und rotem Flügelkragen. Dann überschritt man die Randketten des großen Chingan, stieg herunter nach Mukden.
Die Blicke des Kaisers waren fremd, seine Mienen von einer furchtbaren Kälte. Unter den hohen Weidenbäumen tauchten die seltsamen Häusergruppen auf. Nach langen Windungen der Felswege betraten sie die niedrigen Hügel und sahen Laubbäume, die Frauen mit den Pfeilen im Haar und den frischen Blumen. Von den acht Türmen der Mauer Mukdens schollen die Kanonenschüsse. Sie zogen durch die graden Linien der Stadt, hinter ihnen die Mongolen auf niedrigen Ponys, bis sich die Dä-

cher mit den gelben glänzenden Ziegeln in der Mitte der Stadt zeigten. In seinem Palast blieb Khien-lung fünf Tage.
In dem herbstlichen Park an einem Teiche saß der Kaiser allein auf einem Schemel und hielt grüne Salatblätter im Schoß. Vor ihm schlief eine ungeheure Schildkröte.
Sie trug ein Rückenschild von schwarzer Farbe mit gelben Riefen. Die breite Mittelleiste des Rückens war gelb gefeldert mit tiefen Kerben. Die plumpen Vorderfüße ragten seitlich heraus wie Schwimmflossen, mit Zehen wie Stifte, die man in die Füße eingeschlagen hat. Die Hinterbeine eingezogen unter dem Panzer. Der Kaiser, im schwarzen Seidenkleid und Seidenmütze ohne Schmuck, schlug auf das Tier mit einem dicken Ast, an dem Tannenzapfen hingen.
Und dann kam aus dem Gehäuse das graue hornige Haupt, das wunderliche leidenschaftslose Haupt an einem faltigen Hals, der wie getrocknete Fischhaut glänzte. Wie eine Königsmumie: der lang sich reckende verwelkte Hals, in spöttischer Ruhe den dreieckigen Schädel wendend. Die Kiefer fest, mit Lineal und Hobel streng gearbeitet. Die Nüstern mit dem Lochbohrer eingeschlagen. Zur Seite, lidlos, unbeweglich, kluge weise Augen, Fenster eines erkühlten Gehirns.
Langsam hebt sich das Schild von einer Seite auf, senkt sich, schiebt sich vor. Es ist der mühselige Gang eines behenden, doch gichtischen uralten Mannes, der den Steiß anhebt, das Knie nicht beugt, die Beine seitwärts steif herumschleift, sich langsam um Kanten windet. Die Vorderflossen schwimmen, rechts, links, stoßen ab. Der Panzer senkt sich, weit strecken sich die Hinterbeine und folgen. Ein hohes Schnaufen, ein sanftes Zischen kommt aus den gestanzten Nüstern. Wieder hebt sich der Steiß an, die Vorderflossen schleifen vor. Es ist ein Klettern über den Boden.
Der Kaiser saß mit seinem Tannenzweig auf dem Schemel. Er suchte der Schildkröte nachzukommen, ihr nachzuahmen, und sann darüber nach. Im Vorüberschieben richtete sie scheinbar die Augen auf ihn. Er glitt langsam, seinem Zweig nach, auf die Erde, lag auf den Knien hinter dem Tiere, das sich von ihm ent-

fernte nach dem Teich. Aus irgendeinem Grunde beugte er sich hinter dem Tiere.
Sehr langsam, so wollte Khien-lung, rückte der Zug weiter. Breite Sandflächen wechselten ab mit Feldern der Wassermelone. Der Liau-ho rollte schwarze breiige Wassermengen, in denen grüne Streifen auftauchten. Man wartete zwei Tage, um dem Flußgeist zu opfern, einem uralten Verkehrsdirektor aus Niu-tschwang, bis man die Fähre mit dem stillen Kaiser dem Wasser anvertraute.
Seine Umgebung kannte die Zustände schwerster Versunkenheit und Erschlaffung an ihm. Sie stellten sich mit dem höheren Alter ein. Man mußte mit dem sonst energischen, ganz beherrschenden Manne alles tun, ihn führen, setzen. Das Gesicht des großen Fürsten war, als sie die viele Li lange Verkaufsstraße von Hsin-mit-sun ohne Laut durchschritten, beängstigend in seiner unglaublichen Willenlosigkeit, der gummiartigen Weiche und Stumpfheit der Augen. Seine Lippen hingen, er brummelte nichtssagend. Wie die acht Träger auf dem welligen Sandboden langsam marschierten, öffnete sich seine Sänfte von innen, er stieg aus, während die vorderen Träger sich erstaunt umwandten, und pendelte allein neben einem alten Hellebardenträger, der ihn nicht erkannte. Als hinten die Zeremonialmeister entsetzt aus ihren Sänften sprangen, vor ihm hinfielen, ihn bei den Händen zu seiner Sänfte führten, schwankte er mit, hob seine gequollenen Lider schwerfällig, sah sie unsicher fragend an. Seine Augen tränten. Sie wischten ihm, ehe er in die Sänfte stieg, den Speichel aus seinem grauen Kinnbart. Sie gingen neben seiner Sänfte einher. Jenseits des Ta-ling-ho kam man auf kaiserlichen Weidegrund. Aus den hohen Wachtürmen im Zentrum von Kint-schu-fu schollen wieder die grüßenden Böllerschüsse.
Die Behörden standen vor der verschlossenen Sänfte. Sie lagen im Staub vor seinem schlafenden Körper. Der teilnahmslose Zustand besserte sich, als man sich der Großen Weißen Wand, der Großen Mauer, näherte. Eine leichte Erregung befiel den Kaiser. Er aß viel, weigerte sich, in der Sänfte zu liegen, riß Blumen am

Wege aus. Die Reise mußte beschleunigt werden. Ohne zu sprechen, winkte er, wenn man sich nach seinem Befinden erkundigte, mit seinem Fliegenwedel ab. Halb verwirrt stieg er einmal während dieser Tage auf einen Gneisblock, der seitlich der Straße lag, und stürzte. Aber er wurde sichtlich zugänglicher, beobachtete die Arbeit auf den Feldern, befahl seinen Reisebibliothekar neben sich, den er aber nichts fragte. Man war glücklich zu sehen, daß er wieder seine eisigen Blicke warf.

Eine warme Luft wehte. Die Vorhänge seiner gelben Sänfte hatte er aufgezogen. Am Spätnachmittag spazierten vor der kaiserlichen Sänfte der Direktor des Ritenministeriums Song und Hu-chao, der Oberaufseher der kaiserlichen Eunuchen. Song, ein gebückter Mann, der in seinem faltigen kleinen Gesicht eine Hornbrille trug und aus seinen verkniffenen Augen vergeblich die landschaftliche Schönheit zu erblicken suchte, die ihm Hu warm schilderte. Hu, der wohlbeleibte Herr mit aufgeschwemmten Backen, griff im Eifer seiner Beschreibung öfter nach der Hand des würdigen Song und drückte sie, so daß wenigstens so der begierige Minister etwas von der allgemeinen Hingerissenheit empfand.

Sie plauderten über die Zartheit, mit der ein junger, eben aufkommender Dichter die Schwermut der Silberpappeln behandelt habe und wie ihm ein paar interessante Verse geglückt seien über das alte Thema einer Mondscheinfahrt auf dem Weiher. Hu, obwohl nicht gebildet wie der Akademiker Song, erging sich in Lobsprüchen über die strenge Form dieses Gedichtes, über die wunderbaren, zum Teil neuen Charaktere, die der Dichter gemalt hätte. Sie atmeten den starken Dunggeruch der Äcker.

Da wehte ein feines Parfüm neben ihnen. Ein seidenes Rauschen. Zwischen ihnen ging ein mittelgroßer kräftiger Mann, der sie schon, als sie sich hinwerfen wollten, bei den Zöpfen packte und mit ihnen weiterspazierte, die Arme auf ihren Schultern. Die leise harte Stimme Khien-lungs klang zwischen dem gemessenen Fistelton Songs und dem enthusiastischen Dröhnen des dicken Hu.

Der Kaiser lächelte, als sie sich betreten anblickten, weil er eine Wendung ihres Gesprächs aufgriff: «Sprich nicht auf der Straße, sagt man zwischen den vier Seen; unter dem Pflaster sind Ohren. Exzellenz Hu meinten, in wie wundervollen Charakteren der junge Verfasser das Gedicht niedergeschrieben hätte. Ich hatte vor Monaten in Pe-king das Vergnügen, einen Missionär der Jesureligion zu sprechen. Die rothaarigen Völker sind barbarischer, als man bei uns weiß. Sie erzählten mir in ihrer aufdringlichen Händlerart vieles; auch von ihren Dichtern. Diese Herren schreiben, wie es ihnen gefällt. Die Handschrift ist für die Dichtung belanglos. Dichter kann sogar ein schreibunkundiger Bauer sein.»

«Es ist lächerlich, Majestät», meinte der greise Song, «die westlichen Langnasen sind eben – die Ameise hätte bald gesagt: Strolche. Wie einsichtslos überhaupt, uns von ihren sogenannten Dichtern zu erzählen.»

«Durchlaucht Song haben ja von mir manches gelesen.»

«Alles, Majestät.»

«Nun, alles. Ich will nicht geschmeichelt sein. Auch Exzellenz haben manches von mir gelesen?»

Hu marschierte unruhig; er begeisterte sich zwar leicht, machte einen aufrichtigen Bewunderer und Beschützer der Künstler, doch ließ seine Sachkenntnis zu wünschen übrig.

«Der Esel hier, Majestät, hat in der Tat manches aus dem kaiserlichen Pinsel gelesen –»

«Aber nicht verstanden; keinen Vorwurf darum, Hu. Wird auch kein Urteil verlangt. Was ich meine, ist ja etwas anderes. Eine Bauersfrau, wie die dort drüben, wirft das weiße Korn in den Boden; ein Knabe führt eine Karre hinter ihr her mit Jauche. Lerchen singen, Herbst. Man hat keinen Anlaß, diesen Anblick – zu dichten; er ist unübertrefflich vorhanden. Immerhin könnte ich in die Versuchung kommen, ihn zu dichten, aber dann übernehme ich eine Verpflichtung gegen – den Anblick.»

«Sehr fein, Majestät.»

«Noch nicht, Durchlaucht. Nämlich die Verpflichtung, ihn

ehrerbietig zu schonen, den Geist dieser Minute unberührt zu lassen, ihm als irdisches Geschöpf zu opfern. So denke ich mir, wenn ich in der Schreibstube sitze, das Dichten. Ich, das kleine Menschenkind, sitze in meiner Schreibstube, und vor fünf Tagen lebte der Geist einer verehrungswürdigen Minute: das sind zwei Dinge. Ich opfere dem himmlischen Geist in der Weise eines reichen Mannes und mühe mich, dem Geist der ehrungswürdigen Minute zu gefallen. Das kann ein Bauer, ein Bettler gar nicht; für den sind auch andere Geister da. Das schönste weicheste Papier muß dienen; für den Pinsel steht Tusche aus tiefstem Rot und Schwarz bereit. Und jetzt male ich die Charaktere. Das sind keine Mitteilungen, obwohl sie doch auch zu Mitteilungen dienen; runde beziehungsvolle Bilder, Anklänge an die Bücher der Weisen, schön in sich, schön gegeneinander. Diese Bilder sind selbst kleine Seelchen, und das Papier nimmt an ihnen teil.»
«Noch immer fein, Majestät», fistelte Song, «ich Dummkopf habe mir von unserem Astronomen, dem Portugiesen, gleichfalls sagen lassen, daß man im Westen schreibt, wie man spricht. Was natürlich ebenso bequem wie einfältig ist. Aber, wenn die Allerhöchste Majestät mich einer Gnade würdigen will, möchte ich eine Bitte vortragen.»
«Durchlaucht?»
«Mich setzen zu dürfen in meine Sänfte oder am liebsten in ein Zelt hier auf der Wiese, um Eure Majestät noch zu hören, solange sie es mir gewährt. Die alten Füße des Sklaven Eurer Majestät versagen.»
Der Minister gab auf das Kopfnicken Khien-lungs zwei Lanzenträgern vor ihm kurzen Befehl; der riesige Zug hielt unter dem freien Himmel. Während das gelbe kleine Reisezelt des Kaisers mitten auf einer Wiese aufgeschlagen wurde, die Lanzenträger das Feld von den Bauern säuberten, stand er selbst vor dem schmerbäuchigen Hu und dem Minister, dessen Gelehrtengesicht Zeichen von Müdigkeit trug, ließ die Hände schlaff fallen und seufzte.
Aber die beiden hohen Beamten, die sich bestürzt ansahen, hat-

ten unrecht; Khien-lung dachte an Pe-king und seufzte vor Ungeduld.
Der Kaiser wünschte, noch zwei Tage zu reisen.
Der Aufschub der Heimreise erregte im ganzen Zuge Freude. Der ungewohnte Anblick des Himmelssohnes, der in voller Elastizität nach seiner Art sich bewegte, belebte alle Mitreisenden. Stundenlang disputierte der Kaiser bald mit Song, dessen Gelehrsamkeit er außerordentlich schätzte, bald mit dem derben untersetzten General A-kui, den er selbst aus einem gemeinen Soldaten zum Offizier befördert hatte. Das schlagfertige Wesen A-kuis erfrischte ihn; die Drolerien dieses ungebildeten Mannes bildeten eine Quelle des Vergnügens für die ganze kaiserliche Umgebung.
Man rückte längs des Chao-ho vor, überschritt auf der grauen Steinbrücke den Pai-ho. Jenseits des Dorfes Niu-lang-schan bog der Zug westlich von der Straße ab, um auf eigens angelegten Chausseen zu den Bergen nordwestlich der Residenz zu gelangen, wo Lustschlösser des Kaisers standen.
In der nördlichen Tatarenstadt Pe-kings säuberte und glättete man die Straße, die der Zug passieren mußte; man vernagelte den Zugang der Querstraßen mit bemalten Brettern; verbot das Verlassen der Häuser und Kasernen für die Vormittagsstunden bei Todesstrafe: Gongschläger und Trommler riefen den ganzen Tag aus. Da die Astrologen im kaiserlichen Zuge nicht rechtzeitig die Stunde des Einzugs in die Rote Stadt berechnen konnten, verzögerte sich der Einzug über den Vormittag, obwohl die Reisegesellschaft einen ganzen Tag auf den nordwestlichen Bergen lag, die Landleute die wunderbare Musik der Hofkapelle hörten, die fast ununterbrochen spielte über dem blanken See Kun-ming-hu.
Auf dem Gipfel des Wan-wu-schan, in den Hainen der weißrindigen Fichten, verlebte der Kaiser den letzten Tag vor der Heimkehr; bevor es dunkelte, ging er zum östlichen Seeufer herunter; über die siebzehnbogige Marmorbrücke wandelte er auf die kleine Insel, welche einen Tempel trug, den nur er betre-

ten durfte; stumm stand eine Bronzekuh am Eingang. Im Tempel sprach der Kaiser mit seinen Ahnen.
Die Wasseruhr zeigte die Doppelstunde des Drachens, als der Kaiserzug morgens das Dorf Hai-tien passierte. Auf dem Steinwege kam man an das nördliche Tor der Mandschustadt Pekings, Te-schang-man. Die Schlangendoppelstunde brach an, als der Himmelssohn die purpurnen Mauern erblickte.
Kia-king war ein Sohn Khien-lungs, der Sohn der legitimen Gemahlin des Kaisers; Kia-king war der einzige, der Khien-lung auf den Spaziergängen durch die Gärten der Roten Stadt begleiten durfte. Der Kaiser übersprudelte von Lebendigkeit, unter den ungeheuren Zypressen blieb er stehen, redete auf seinen schwerfälligen Sohn ein, der ihn um einen Kopf überragte. Der Prinz, noch nicht vierzig Jahre alt, hatte ein schwammiges faltiges Gesicht, ein Lächeln fand auf dieser breiten aufgeschwommenen Fleischmasse keinen Platz. Wenn der hochgewachsene Mann, der den kugelrunden Kopf stark in den Nacken drückte, sich freute, entstand ein Flimmern und Flirren um den kleinen prallen Mund; die Linien, die aufschlängelten, wurden von den unbeweglichen Wangen zurückgeworfen, und so zappelte das Lächeln wie auf einer Insel um seine Lippen. Die wulstigen Augenlider hingen. Das linke Auge konnte er nur wenig öffnen. Krankhaft hell war seine Hautfarbe. Seine Hoheit war unsäglich, keiner kam ihm wirklich nahe; vor der körperlichen Nähe der meisten Menschen seines Umgangs hatte er geradezu Angst. Der Prinz hörte unentschlossen und gleichgültig seinem Vater zu. Er hing an seinem Vater wie an einer gesegneten Sache, die man nicht beschnüffelt, mit Dankbarkeit empfängt. Sie sprachen von den mohammedanischen Unruhen. Kia-king lenkte ab auf seine und des Kaisers Neigung, die Menagerien. Ein grünschillernder Pfau stolzierte über die Marmorbalustrade einer weißen Brücke. Ein ganz leichter Wind verzog das Bild der Brücke, das sich in dem dunklen Wasser spiegelte. Er hob den Saum des gelben kaiserlichen Mantels wenig an und schlenkerte Kia-kings goldene Gürtelquaste.

Schon in der Nacht trat Regenschauer und Kühle in die Purpurstadt. Zwei Tage gönnte sich der Gelbe Herr Ruhe. Er saß morraspielend in der Säulenhalle des kaiserlichen Wohnhauses. Dicht hinter ihn rückte man seinen Schreibtisch aus massivem Gold, niedrig. Die Platte ruhte auf dem Rücken eines Elefanten, dessen plumpe Beine die Säulen des Tisches bildeten; von dem langen Gesicht des Literatengottes, der vor einer zierlichen Pagode inmitten des Tisches stand, und von den Gewandfalten pflegte Khien-lung seine Gedichte abzulesen. A-kui, sein Spaßmacher, der biedere Draufgänger, kauerte dem Kaiser gegenüber an der Ebenholzplatte. Ein untersetzter kurzbeiniger Mann mit vierkantigem Gesicht und steifem Nacken. A-kui war immer gleichmäßig; man konnte ihn in eine Ecke stellen und wieder hervorholen: er bewegte sich, als wäre nichts geschehen. Seine Rauhbeinmanieren, heiseres Lachen, grobe Wendungen galten als sanktioniert, wurden gepflegt am Roten Hofe. Er selbst schien sich dessen nicht bewußt, zeigte sich unglücklich über jede Verletzung der Etikette, machte sich durch gelegentliche Versuche zur Vorsicht noch komischer. Er spielte glänzend Morra, der Bauer, besser als Khien-lung. Bei einigen verlautete, A-kui sei nicht nur geizig und habgierig, sondern direkt unzuverlässig; er sei ein Intrigenflechter, ein Klatschträger, der seine Tolpatschigkeit kräftig ausnütze. Freilich bildete sich solch Gerede leicht um hervorragende Hofmänner; die großen Verdienste A-kuis in dem schweren Feldzug gegen die Miao-tses ließen anderen keine Ruhe. Wenn der graue kapriziöse Herrscher mit A-kui vor den Spielbrettern saß, lachten die eleganten und hochgebildeten Herrschaften, die sich auf der Fischfangterrasse damit vergnügten, Drachen steigen zu lassen; sie glaubten zu wissen, daß der Kaiser seinen dummen Spaßvogel schnattern ließe; ernsthaft gehöre er ihnen. Aber der Kaiser gehörte ihnen auf der Fischfangterrasse und A-kui und andern; er brauchte vieles zu seinem Leben und ging an allen vorüber.

Am Morgen des zweiten Tages ritt Chao-hoei durch das Mittagstor und machte den neunfachen Fußfall vor Khien-lung im

Palast der Höchsten Eintracht. Der Gelbe Herr bestieg sein Pferd; es ging zum westlichen Blumentor hinaus und in mäßigem Trab um die drei Seen herum, Chao-hoei neben dem Kaiser, auf den vogelzwitschernden Kohlenberg. Der hagere elastische Mandarin war nicht nur berühmt durch seine unvergleichlichen Verdienste im Feldzug gegen die Dsungaren an der Nordwestgrenze des Reiches; niemand vergaß, was der elegante Mann geleistet hatte am grünen Ili; das knochig ausgearbeitete Gesicht Chaos hatten die Schneestürme gebeizt; seine kleinen wenig gefalteten Ohren hatten mehr Todesschreie einlassen müssen als irgendein Mensch seiner Zeit. Chao-hoei, der den Titel ‚Bewacher eines Tores von Pe-king' erhielt, dem der Kaiser nach der Niederwerfung der Dsungaren mit einer Teetasse an der Tür des Sommerpalastes entgegenkam, war auch berühmt durch seine rechtliche Frau. Ihre Gedichte, ihre stürmische und doch gehaltene Prosa las Khien-lung oft. Hai-tang hieß sie; sie war die Tochter des ehemaligen Statthalters von An-hui. Als sie heirateten, erlangten sie durch kaiserliche Dotation große fruchtbare Ländereien im Hia-ho, dem südlichen Gebiet am Jang-tse-Fluß; noch jetzt sangen die Literaten dort am Muschelkanal unter dem warmen Himmel von Hai-tangs Klugheit und Lieblichkeit, von ihrer hohen Bildung, auch von ihrer Unbezähmbarkeit. Ihm waren die berüchtigten Ilitruppen, die Mordbrenner vom Ili, unterstellt; man hatte nicht gewagt, diese Bestien zu entlassen; sie standen in Tschi-li als Reservegarde.

Man ergötzte sich zwei Tage an dem Spiel der Kampfvögel, der Wami und Chuschitscha, ruderte über die künstlichen Lotosteiche. Kia-king, der Thronfolger allein, spazierte die Ufer entlang; er bestieg kein Boot; er konnte die Ruderer nicht in seiner Nähe ertragen; er machte, eingeladen, stets seine typische Bewegung: das abwehrende Aufstellen beider Hände vor der Brust; schon die Einladung beängstigte ihn, und man mußte ihn zu Hause beruhigen, mit seidenen Tüchern Gesicht und Hals abreiben.

Dann deckten den Gelben Herrn die schweren heiligen Laken der Vergangenheit. Er tauchte in die grauenhafte Höhe, das abgöttische Licht seines Ranges ein; er fand sich an seinem bereiteten Platz. Mit keiner Fingerbewegung rührte er an die strengen Riten. Ohne den geheiligten Ritus zersprang die Welt: die Erde lag für sich da, die Menschen rannten gegeneinander an, Luftgeister rasten, der Himmel rollte sich ein; alles fiel sich an. Der Zusammenhang mit dem Himmel und der Unterwelt mußte festgehalten werden. Das Altertum und seine glanzvolle Blüte, Kung-tse, erkannte, daß durch jede Bewegung des scheinbaren Alltags das Blut des Himmels fließen müsse; nichts war bedeutungslos. Darum entzog sich Khien-lung rädernden Zeremonien nicht. Er war sich nicht zu gut dafür; er pries sich glücklich, Träger dieser von Menschen unabhängigen furchtbaren Dinge sein zu dürfen.

Wenn er am Tage vor dem Himmelsopfer fastete und aus seinem reglosen Gesicht die scharfen Augen blitzten, so wußten seine Diener so gut wie die Priester, die Vertrauten des Gefolges, daß dieser Mann nichts Äußerliches tat. Das Mechanische ihrer Handlungen war durch einen einzigen Blick seiner Augen aufgedeckt. Khien-lung betete wahrhaft, zum Erschauern echt, als Sohn des Himmels.

Eines finsteren Herbstmorgens trug man den Gelben Herrn in den Ahnentempel. Wie er die letzte Stufe stieg, prasselte ein Stein keine Handbreit vom Kaiser entfernt auf die Plattform und zerspritzte. Über das böse Vorzeichen verwirrt, ging der Kaiser hinein an die Tafeln, verrichtete die Gebete. Man sah ihn im Wohnpalast in großer Zerstreutheit auf und ab gehen. Die Ahnen lasteten auf Khien-lung; sie peitschten ihn. Der hitzige rastlose Mann vermochte, je älter er wurde, seinen Vorfahren nicht gerecht zu werden. Ihn schüttelte, daß er in die furchtbare Verantwortung des Nachfolgers geboren war.

Dies war der Tag, an dem ihm der Bericht von der Mongolenstadt und dem Untergang Ma-nohs vorgelegt werden mußte. Ein Unterdrücken oder Verzögern war nach dem erfolgten Einlauf der vizeköniglichen Akte unmöglich. Der ersuchte Astronom berichtete nach einer Doppelstunde, daß der gefallene Stein

ein Meteorbröckel war; unbewegt nahm der graue Herrscher die Meldung an. Da man das kaiserliche Signum dieses Tages auf die Akte erhalten mußte, wandte sich der stellvertretende Vorsitzende des Hohen Rats an Kia-king. Der, angewidert von der Feigheit des Menschen, übernahm den Vortrag. Der Bericht des Tsong-tous war nackt; er begann mit dem Hinweis auf die eingeleitete militärische Aktion gegen die Reste der Sekte, beschrieb die eingeleitete Zernierung von Yang-chou, den letzten Stand der Truppen unter den namentlich aufgeführten Generälen, dann den Befund beim Anmarsch des Heeres, wobei man die gesamte eingeschlossene Bevölkerung tot vorfand; Wang-lun wurde als Mörder bezeichnet, das Gerücht von einem Untergang durch Dämonen nicht unterschlagen.
Kia-king, dem das Schaudern über den Rücken lief, wog die Rolle in der Hand. Wäre er Kaiser, so wären innerhalb eines weiteren Tages der Vizekönig von Tschi-li und sämtliche beteiligten Generäle hingerichtet worden, mit Einschluß des Trägers der Botschaft und der Kuriere. Er bestellte für den Nachmittag drei Subdirektoren der Enzyklopädie zum Vortrag bei dem Gelben Herrn, darunter den geistvollen Khui, der den Kaiser stets zu fesseln verstand. Auf der Fischfangterrasse trug erst der stellvertretende Vorsitzende des Hohen Rats Neuigkeiten vor von den Rüstungen gegen Birma; Khien-lung fragte lebhaft; Khui wurde vorgeschickt. Dann Kia-king. Der Kaiser war noch halb versunken im Nachdenken über die Zitate Khuis, als er sein rotes Signum auf die Rolle zeichnete. Die Knaben sangen aus dem dreidächrigen Pavillon der Instrumente im Wechselgesang mit zwei Chören im Boot. Der Kaiser, plötzlich wieder zerstreut, schob eine Vase aus dem Porzellan der ‚blauen Familie' zurück; er wollte Khui noch etwas fragen. Dann: nicht Khui; er verstünde schon die Anspielung. Vielmehr was da berichtet sei von den –. Kia-king in Unruhe meldete Details von den Birmanen. Der Kaiser, verblüfft, fragte, woher er die Details wüßte. Kia-king: es sei doch eben vorgetragen worden. Und was ihn denn die Birmanen interessierten neuerdings, daß er so die Details be-

hielte; übrigens dies sei es nicht; vielmehr hätte doch Khiu –. Nach längerem Hin- und Herfragen und -blicken blieb der Kaiser an Kia-king haften: was er sich nur für Politik interessiere und was Kia-king selbst vorhin vorgetragen habe, diese Lokalangelegenheit aus Tschi-li. Er wolle ihm einmal demonstrieren, mit was für Dingen man einen Kaiser belaste, was für Lappalien vor ihn kämen. Also die Akte. Der Thronfolger kniete neben dem Kaiser, der ihm mit einem kleinen roten Stäbchen Zeile nach Zeile des Berichts vorlas. Schon nach dem ersten Drittel legte er das Stäbchen hin, las stumm, dann hieß er Kia-king, etwas von ihm entfernt hinzuknien. Und eine Viertelstunde lang schwiegen die zehn Menschen um den lesenden Gelben Herrn; den Gesang schien der Kaiser nicht zu hören, denn er verbot ihn nicht. Ohne einen Blick auf einen einzigen des Gefolges zu werfen, erhob sich der Kaiser rasch, die Rolle in der Hand, bestieg seine Sänfte.

Was an diesem Tage abends sich weiter in der Purpurstadt begeben hat, ist in Details nicht bekannt. Der Kaiser verblieb den Abend mit A-kui allein auf dem Zimmer, nachdem ein Teil der Vertrauten das Zimmer aus irgendwelchen Gründen, anscheinend wegen eines plötzlich ausbrechenden Erregungszustandes des Kaisers, hatten verlassen müssen. Weinend und fassungslos soll Khien-lung drin ein wunderbares seltenes Gefäß zerschlagen haben, das auf einer Porphyrsäule stand: ein altes tellerförmiges Bronzegefäß, ein Lotosblatt, das von dem Rücken einer Blindschleiche abglitt. Spät abends wurden zwei Astrologen in den dunklen Wohnpalast erst gerufen, dann weggeschickt. Erst als die Obersten der Leibgarde unruhig sich vor den kaiserlichen Fenstern bewegten, weil es drin zu lange still blieb, schlug das Gong Khien-lungs an. Der saß in einer gezwungenen Haltung vor den Trümmern der Schale; A-kui überbrachte mit drohendem Ernst den Befehl, für morgen den besonderen Staatsrat zusammenzurufen, sogleich für eine Reise nach dem Sommerpalast zu rüsten. Die Majestät verlange in ihre Schlafräume. Die Fackelträger erschienen.

AM folgenden Nachmittag fand eine Beratung statt, in der der Zensorenhof zur Untersuchung der Angelegenheit Ma-noh aufgefordert wurde. Den Morgen darauf verließ der Gelbe Herr mit kleinem Gefolge fluchtartig die Purpurstadt. Auf Booten fuhren sie über die künstlichen Seen bei den kaiserlichen Palästen, durch die nördliche Stadtmauer den Abfluß des Kun-ming-hu-Sees hinauf. Keine Flöten spielten auf den gelbbewimpelten Booten: der frische Herbst griff in die Pinien der prächtigen Ufergärten, läutete die feinen Glöckchen, die zu Tausenden an den geschwungenen Dächern der eleganten Lusthäuser, der versteckten Pavillons hingen; aus den Booten traf sie kein Blick. Die Ruder knarrten in den Gabeln, gleichmäßig schlugen sie ein, man glitt unter die eisig weißen Marmorbrücken, von Kao-liang-kao bis herauf zur prunkvollen Buckelbrücke, lief in den Kun-ming-hu ein. In der herrlichen Umgebung schien sich der Kaiser zu beruhigen. Die Zensoren kamen herüber aus Peking.

Viel mehr als die Unterhaltungen darüber, ob in der Geschichte des Reiches irgendwann Dämonen derart massenweise Menschen umgebracht hätten, förderte der Bericht der kommandierenden Generäle die Einsicht: daß sich ein berüchtigter Räuber, namens Wang-lun, der mehrere Morde begangen hatte, wie man nachträglich erfuhr, angeboten hatte, die Sekte innerhalb dreier Tage zum Verschwinden zu bringen auf irgendeine Weise; dies zusammen mit eigentümlichen Vorfällen in der bewohnten unteren Stadt Yangs vor dem Untergang lege die Vermutung nahe, daß Wang-lun sich der Brunnenvergiftung mit noch unbekannten Helfershelfern schuldig gemacht hätte. Die Spuren des in Schan-tung und Tschi-li berüchtigten Mannes, der bei dem gemeinen Volk als Zauberer in ganz ungewöhnlichem Ansehen stehe, würden zur Zeit verfolgt.

Khien-lung schlotterte und fror vor Entsetzen. Er meinte zu Chao-hoei, es sei unmöglich, sich in solch Ungeheuer hineinzudenken; das seien in der Tat Handlungen, die man nicht messen könnte. Er verfügte mit einer gewissen Lauheit, einer rätselhaften Nachdenklichkeit die möglichst rasche Festnahme des Mörders, sofortiges Transportieren nach Pe-king; keine Vernehmung; die einzige Vernehmung Wang-luns werde er selbst vornehmen. Niemand durfte den Namen Kia-kings erwähnen.

Für die Minister war mit der Entscheidung die Sache zu Ende. Der Kaiser aber wälzte sie in sich. Der eben genesene Mann war mehr als je geneigt, auf Dinge von außen zu achten, zusammenzufahren beim Klirren unbekannter Ereignisse. Wund, gereizt, ließ er nicht los. Er schnüffelte nach Zusammenhängen, Winken, Stimmen.

Blieb in Jüan-ming-yuen nicht lange; schon nach einem Monat brach der kaiserliche Hofstaat nach dem südwestlich von Peking gelegenen Dorf Ko-lo-tor auf, wo sich das Kloster Tsiutai-tse, eine riesige Anlage, in der bergigen Fichtenwaldung dehnte. Dies war Khien-lungs Lieblingsaufenthalt; der ungehinderte Blick auf die tausenddächrige Stadt fand Sättigung; die feinen Pavillons auf dem Kohlenberg blitzten auf; weißes Schimmern der Lou-kou-kiao-Brücke; dicht vor den Füßen die Wellen des grünlichen Hun-ho.

Während der alte Herrscher auf der Terrasse sann und sann und Pe-king wie ein Vertriebener mied, sprühte das freche Vergnügen in der Roten Stadt; der dicke Kia-king benahm sich wie ein Aufsässiger. Jenen stellvertretenden Vorsitzenden des Hohen Rates ließ er gelegentlich eines Etikettenverstoßes ohne Ermächtigung des Kaisers durchpeitschen. Dem Gelben Herrn drohte er Rache, weil er es wagte, mit ihm so umzuspringen. Mit einem Ruck, zu dem ihn die Angst vor Beunruhigung drängte, machte er sich entschlossen von der erschütternden Sache los. Er strich besänftigend an sich herum, gab sich gute Worte. Am Hofe inszenierte er Späße, Roheiten. Aufzüge veranstaltete er, die sich zu Travestien hoher und höchster Personen auswuchsen. Als verlautete, daß der Gelbe Herr zurückkehre, entwich er mit seinen Gauklern und Musikern nach dem Wan-wu-schan, wo auf dem Berge der Nephritquelle sein Haus stand, unter dem Schutz einer hohen Pagode aus der Zeit des großen Mandschukaisers Khang-hi.

AN Khien-lung entwirkte sich ungehindert, während an den Grenzen des Reiches ungewohnte Ruhe herrschte, mehr und mehr jenes grausige Ereignis. Er begriff die Nachdenklichkeit der Hofastrologen, die vielfache Zerstreutheit seiner Zensoren; sie erwogen, was mancherlei, das sie nicht sagten, vor allem dieser Untergang, dieses unerhört scheußliche Unglück bedeute, welche Instanz verantwortlich gemacht werden müßte. Der Kaiser wollte dem Lanzenstoß nicht ausweichen; er war der Lenker des Reiches; der Himmel redete, was er redete, nur zu ihm.

Drei Zensoren trieb er, auffahrend aus unzugänglicher Stummheit, noch einmal im Winter zur Untersuchung des Falls nach der Mongolenstadt Yang-chou. Sie kamen kopfschüttelnd zurück: es handle sich um eine der vielen verbotenen Sekten, die den Geist der kleinen Leute verwirren und die Provinzen verarmen.

Khien-lung höhnte über diese ablenkende Erklärung; Vorgänge von solcher Ungeheuerlichkeit konnte man nicht rationalistisch erklären.

Im zehnten Monat des Jahres liefen die kaiserlichen Kuriere eines Tages nach Pe-king hinein, in dieses ummauerte Areal, das neben Wiesen, Brachland auch eine Stadt trug, die sich auf Stunden zu einem überschlagenden Geschrei aufquälte. A-kui wurde zu Khien-lung geladen, der treue Chao-hoei, Song, der Geschichtskenner, und einige andere.

In der Halle des Geistigen Wachstums, dem Yang-hsin-tien, empfing sie der Kaiser, in einem hohen schmalen Raum, der nur zu geheimen Vorberatungen diente. Eine absolute Stille herrschte, nachdem der Kaiser erschienen war und die Gäste sich niedergeworfen hatten; dann nahmen sie auf ein Wort des Herrschers Platz. Mit einem riesigen gelben Seidenstoff war die Decke der

kleinen Halle bespannt; ein mächtiger Drache, in Gold, Blau und Rot gestickt, rauschte über die gleichmäßig gerafften Seidenfalten, die in der Mitte der Decke sich zusammenschlossen. Die Fenster waren verhängt trotz des Tageslichts; schwere Bronzeampeln, an Ketten hängend, durchbrachen die seidene Decke, warfen ihr rötliches Öllicht über die teppichbekleideten Stufen, den Herrn in der gelben Jacke und die prunkenden stillen Gäste. Lautlos bewegten sich oben und unten die jungen Eunuchen, trugen auf den goldenen Servicen Tee auf. Khien-lung hielt, das Täßchen über seine Gäste schwingend, sein Porzellanschälchen noch lange in der Hand und las den Vers, der auf dem Täßchen stand, den er selbst gedichtet hatte: «Über ein gelindes Feuer setze einen Dreifuß, dessen Farbe und Korn seinen langen Gebrauch zeigen, fülle ihn mit reinem Schneewasser, koche es so lange, als es erforderlich wäre, Fische weiß und Krebse rot zu machen. Gieß es auf die zarten Blüten von erlesenem Tee in eine Tasse von Ju-eh. Laß es so lange stehen, bis der Dampf in einer Wolke emporsteigt und auf der Oberfläche nur einen dünnen schwimmenden Nebel zurückläßt. Trink diese köstliche Flüssigkeit, wie es dir bequem ist; so wirst du die fünf Ursachen des Mißmuts vertreiben. Ich kann diesen Zustand der Ruhe nur schmecken und empfinden, nicht beschreiben.»
Die harte leise Stimme des Gelben Herrn tönte. Die Umtriebe im Lande, besonders die nördlichen Provinzen, erfordern verschärfte Aufmerksamkeit. Die sogenannte Wu-wei-Sekte sei gebildet von einem Manne namens Wang-lun; Zwistigkeit unter den Anhängern habe zur Ablösung einer Gruppe geführt, die sich den schimpflichen Namen Gebrochene Melone gab und offene Rebellion trieb. Die Wu-wei-Sekte sei selbst scheinbar vom Boden verschwunden, ebenso Wang-lun; man müsse den Leuten nachspüren, die sich in die großen Städte und die Landbevölkerung eingegraben hätten.
Song erklärte, es sei Chen-yuen-li, der Tsong-tou von Tschi-li, ebenso Sü-tsi, Gouverneur von Schan-tung, orientiert worden. Der geheime Beobachtungsdienst in den Städten wäre vermehrt;

die Kontrolle über plötzliche Todesfälle, unerklärliche Angriffe erführe mehrfache Verbesserungen; die Aufsicht über Zuzug und Abwanderung sei auf Dörfern wie in Städten der beiden bedrohten Provinzen in strengster Weise geregelt, die Oberaufsicht und Listenführung absolut zuverlässigen Beamten anvertraut.

Der Kaiser sprach: «Ich habe verboten, daß die Elitetruppen der Exzellenz Chao-hoei vor meinem besonderen Befehl aufgelöst werden. Ich behalte mir vor, diese Truppen gegen die Aufrührer zu verwenden; schon jetzt ordne ich an, Exzellenz Chao, daß Sie mit Ihren kriegsmäßig ausgerüsteten Mannschaften sich nördlich von Pe-king konzentrieren. Die lokalen Behörden mögen bekannt machen durch Maueranschläge und Ausrufer, daß von Zivilmaßnahmen abgesehen werden wird; die siegreichen Elitetruppen der Exzellenz Chao werden ermächtigt, unter Mitwirkung des Tsong-tous unmittelbar gegen verräterische Ortschaften vorzugehen.»

Liu-ngoh, ehemaliger Vizekönig von Tschi-li, war anwesend; gebeugte große Gestalt mit langem Kinnbart; erschreckt wie die andern, warnte er vor scharfen Drohungen, die eine unerwartete Wirkung üben könnten; der antidynastische Charakter der Wu-wei-Sekte stünde nicht fest, nicht einmal das Vorhandensein dieser Sekte sei erwiesen; man könne mit den Drohungen etwaige Überreste der Sekte stärken, unruhige Elemente zusammenführen.

Chao-hoei, die Spannung in dem kaiserlichen Gesicht erkennend, replizierte; er wies auf das Faktum hin, daß vor einem Monat vierzig Männer und Frauen im Distrikt Ta-ming ergriffen seien, zugestandene Anhänger Wang-luns, die unter den Provinzialtruppen agitierten gegen den Krieg und die kriegerische volksfeindliche Reine Dynastie.

Khien-lung fixierte eisig den alten Vizekönig. «Was will man gegen die Reine Dynastie? Meine Ahnen sind nicht freiwillig in das Land der blumigen Mitte heruntergestiegen. Wenn wir Taitsings nicht gekommen wären, wo wäre dies Land heute?»

Nach einer Pause hitzigen Vorsichhinstarrens fuhr Khien-lung fort: «Die Herren, die zu begrüßen ich die Ehre hatte, sind keine Astrologen. Meine Astrologen sind gewissenhafte Gelehrte; sie brauchen viel Zeit, um ein Resultat herauszurechnen. Jetzt sind sie mit einer Vermutung sehr rasch gewesen; sie haben eine Vermutung ausgesprochen, bevor ich eine Frage gestellt habe. Auch die drei Zensoren, die diesen Winter gereist sind, um das Unheil in der Mongolenstadt Yang-chous aufzuklären, haben mir eine versüßte Vermutung zurückgebracht. Wenn irgendwo ein Haus, ein Theater, ein Regierungsgebäude brennt, so gilt dafür verantwortlich, neben dem Stadtgott, der Tao-tai bis zum Feuerlöschmann und Polizisten. Die alten Bücher sagen, daß dies Verfahren nicht auf einen außergewöhnlichen Vorgang anzuwenden sei: das weitere können sich meine Herren Berater denken. Nach Vermutung, zehnfach verheimlichter, eingewickelter, kandierter Vermutung der Astrologen und Zensoren soll ich mich an die Stirn fassen und in den Himmelstempel gehen, mich rechtfertigen, Sühneopfer bringen, fragen.»
«Ketzereigesetze», begann A-kui mit ungeölter Stimme, «sind notwendig. Sie sind nicht erst von Eurer Majestät erfunden und angewandt. Das Handeln der Wu-wei-Leute und der unflätigen Sekte fällt unter die Bestimmungen dieser Gesetze.»
«Folglich», schloß Chao-hoei, «liegt hier ein ordnungsmäßiges Ereignis vor mit sachlichem Abschluß.»
«Die achtzehn Provinzen, Tibet, Ili, die Inseln fasse ich nicht mehr. Ein kleines Ereignis wahrscheinlich, die Tat dieses Wang-lun, kommt mir zu Ohren: was höre ich alles nicht? Und nichtsdestoweniger hat man mich hingesetzt auf den Drachenthron, damit ich sehe, aufnehme, lenke, dem Himmel verantworte. Woher soll ich die Kraft nehmen! Und wie kann ein einzelner gebrechlicher Körper die Foltern tragen, die ihm auferlegt werden müssen für so viel Fahrlässigkeit, Nachlässigkeit. Daß man mir nicht beisteht, entschuldigt mich nicht. Sie klagen mich nicht an. Sie leisten mir nicht viel. Wang-lun läuft noch im Lande herum. Die Sache hat eine Stimme, die ich deutlich, deut-

lich schreien und warnen höre, und Sie bleiben meine Lobredner.»

Chao-hoei wollte bitten, etwas sagen zu dürfen; er trat vor Song, der schon den Teppich mit der gelehrten Stirn drückte, zurück: «Die Dinge, die Eure Majestät berühren, sind in der Tat zu fein, um nur von politisch und militärisch geschulten Männern beraten zu werden. Ich möchte den Vorschlag unterbreiten, eine Kommission zu ernennen aus den fünf ältesten Astrologen und drei politisch orientierten Dienern Eurer Majestät. Mag diese Kommission befähigt sein, den Fall allseitig und gründlich klarzustellen und Bericht an Eure Majestät und den Zensorenhof zu erstatten.»

Chao-hoei, der weichlicher war als er erschien, bat mit zitternder Stimme: «Wie immer Eure Majestät sich entschließt, wollen Sie nicht Abstand nehmen von Ihrem ersten Befehl: die nördliche Residenz militärisch zu schützen.»

Khien-lung suchte langsam mit den Augen einen nach dem andern ab. Dann nickte er, streckte den fein geformten Kopf vor, als wenn er etwas mit Nachdruck sagen wollte; er redete leiser als sonst: «Veranlassen Sie die Einsetzung der gemischten Kommission. Der Direktor der westlichen Wege der Provinz hat mir berichtet, daß der Winter dieses Jahr kurz und sanft zu verlaufen scheint; die Wege von Tibet werden schon in den Talpartien frei. Ich hoffe noch auf einen andern, außerordentlichen Ratgeber. Ich dürste nach dem Ozean der Weisheit, dem Taschi-Lama Lobsang Paldan Jische. Dies wollte ich Ihnen sagen. Denken Sie nach, Durchlaucht Song, Exzellenzen A-kui, Chao-hoei, mit meinen Astrologen; ich habe Sie zwar ausgezeichnet, aber Sie sind mir noch mehr, viel mehr schuldig.»

UND dies war in der Tat schon vor der Beratung in dem Palast des Geistigen Wachstums geschehen: Khien-lung hatte einen Brief an jenen Mann geschrieben, an jenen Weisheitsozean. In einer unsicheren Scham verschwieg es der Kaiser. Dreimal hatte

der Gelbe Herr ihn in früheren Jahren zu sich gebeten; der Taschi-Lama, Lobsang Paldan Jische, tibetanischer Papst der lamaischen Kirche, Stellvertreter des unmündigen Dalai-Lama, lehnte ab; er fühle sich in seinem hohen Alter der Reise nicht gewachsen; im Grunde wußte der weise Mann, daß er als Vasall und Tributträger vor den östlichen Herrscher treten solle. Jetzt ergriff den Kaiser auf eine leidenschaftliche Weise der Wunsch nach dem ungeheuren Menschen im Westen. Der Brief, in einer großen Hoheit geschrieben, bemüht keine Hilflosigkeit durchscheinen zu lassen, wies erst politisch auf die Freundschaft, die der Taschi-Lama dem Georg Bowle bei dessen Besuch in Taschi-Lunpo erwiesen hatte, dem Gesandten der Engländer aus Indien, dem fremden Mann. Khien-lung billige diese Freundschaft, denn er erkenne daran, wie weit sich der Einfluß lamaischen Wissens erstrecke und daß auch barbarische Völker durch den Papst Anschluß an das beschützende Reich der blumigen Mitte suchten. Er sehne sich danach, persönlich den Mann zu sprechen, der stündlich zeige, daß er den Buddha Amithaba verkörpere. «Ich bin jetzt so alt, und die einzige Wohltat, die ich genießen kann, ehe ich das Leben verlasse, wird die sein, Sie zu sehen und mit dem göttlichen Taschi-Lama gemeinsam zu beten.»
Der Taschi-Lama Lobsang Paldan Jische war wenig jünger als der Kaiser. Er zögerte lange mit der Antwort auf die Einladung Khien-lungs. Der Mann, dessen Augen so dunkel blitzten wie der türkisblaue See Tsomawang, in dem sich der ungeheure Kailasberg spiegelt und der Gott Schiwa wohnt, wartete zwei volle Tage beklommen, bevor er aus den Händen des chinesischen Residenten den eigenhändigen Brief des östlichen Weltbeherrschers entgegennahm. Er fastete diese beiden Tage, verließ seine Zelle nicht im Labrang, seinem Kloster gegenüber der weißdächrigen Stadt Schigatse im Flußtal des Ngang-tschu.
Die Ringmauern der Klosterstadt waren am Morgen des dritten Tages mit einem Reif bedeckt; der goldene Überzug der prunkvollen Grabkapellen früherer Lamas war erblindet; der weiße Wollschal, den der Großlama am Fenster sitzend um den Hals

geschlungen hatte, spielte mit seinen Fransen über den schwarzen massiven Fensterrahmen, tastete, im scharfen Wind zuckend, über die verwitterten Steine der Fassade.
Erst da verwandelte sich die Botschaft des Kaisers vor dem versunkenen Manne, wich von ihm ab.
Paldan Jische war ein fleischerner Mensch gewesen; etwas Sterbliches, Kleinliches hatte aus einem Winkel durch die Gewölbe seines Geistes geblasen. Während der zwei Tage des Zögerns bedeutete ihm der östliche Kaiser Khien-lung etwas.
Jische hatte für sein Fleisch gefürchtet.
Die Augen des unvergleichlichen Mannes blickten wieder warm, mitleidsvoll; in einer leisen Scham trat er vom Fenster zurück.
Der Gesandte Khien-lungs möchte kommen; es würde ihm eine tiefe Freude sein, den Brief des östlichen Herrschers zu lesen. Viel später darauf erfolgte die Zusage, nachdem fast einen Monat hindurch seine Umgebung in ihn gedrungen hatte abzulehnen. Sie konnten die Ruhe des Heiligen nicht mehr stören; er sah in den Gesichtern seiner Schüler, Äbte, Doktoren, Gelehrten dieselbe Angst wühlen, die seinen Leib zwei Tage geknetet hatte.
Lobsang Paldan Jische stammte aus der südlichen Provinz Tibets; sein Vater war der tüchtigste Zivilverwalter des Schneelandes gewesen, die unentbehrliche Stütze des gelehrten und träumerischen Chu-tuk-tu, dem die Provinz übergeben war. Als der Taschi-Lama starb, sein Vorgänger, war Paldan Jische drei Jahre alt.
Drei schöne kluge Knaben standen vor dem alten Dalai-Lama unter der goldstrahlenden Kuppel seines Labrang in Lhassa. Zusammen mit den höchsten Äbten betete er inbrunstvoll vor dem hundertarmigen Buddha, dessen Verkörperung er selbst war. Als er sich lächelnd nach den Kindern umsah, traf sein Blick zuerst die dunkelbraunen Augen des kleinen Jische, der in einem rätselhaften Ernst seinen Blick ertrug. So wurde in dem Kinde die wandernde Seele des Taschi-Lama erkannt.
Er wurde seinem Vater entrissen, einsam gehalten die folgenden

Jahre; kannte keine Spiele, keine Spaziergänge durch die belebten Straßen, sah keinen Knaben, kein Mädchen. Die Welt trat vor ihn nur in den Pilgerzügen, die in den Höfen Lhassas eintrafen, um einen kleinen Moment den Dalai-Lama zu sehen, der rasch und freundlich nickend in seine Kapelle oder zu einer Doktorpromotion ging. Immer geschah dasselbe: Gebete, Niederwürfe, verzückte Grüße.

In diese Gleichmäßigkeit wuchs Jische hinein, ohne Erregung und Ablenkung. Er mußte den Kopf neigen wie der Dalai-Lama. Alte Männer, Bettler, hohe Priester krümmten den Rükken vor ihm; mit seiner Person wurde ein grausiger, unirdischer Ernst verknüpft; Jische kannte und sah nichts anderes.

Er erschrak nicht vor sich. Er lernte die ungeheuren Zusammenhänge der Welten und ihre starre Verflochtenheit kennen. Die Weltalter dreier Buddhas waren ehemals, das Weltalter des Cakya-muni bestand; der Maitreya sollte kommen. Ein weltbefreiender Geist, der Buddha Amithaba, wuchs in ihm; er durfte nur sorgsam auf die Regungen des Wandernden lauschen, sich jeder eigenen Bewegung entschlagen.

Jische reifte. Seine Weisheit war umfassend. Er lebte schon wie der Dalai-Lama in dem tiefen Glücksgefühl, der reinen Erkenntnis und dem schweren Mitleid. Den Platz, den er im Weltensystem einnahm, kannte er. Da wurde er nach Taschi-Lunpo geführt als Lehrer der großen Theorien.

Die Jahrzehnte verstrichen. Mit dem Alter wuchs in dem Ehrwürdigen der Reinen Andacht das Gefühl der Größe seiner Aufgabe. Das Leiden, das er in Nähe und Ferne sah, erschütterte ihn gewaltsam. Dies war in der Tat die Welt, auf die noch die Welt eines Maitreya folgen mußte; die Buddhas dieser Epoche und ihre Emanationen reichten nicht aus für die niederringende, niederklafternde Last des Leidens und Verderbens.

Monate vor dem Aufbruch richtete sich der Strom der frommen Bettler, Pilger und Pilgerinnen aus allen Provinzen und der Mongolei auf Taschi-Lunpo. Viele, die die golddächrige Priesterstadt erreichten, begannen den Weg, den der Heilige gehen sollte, in ihrer Weise abzuwandern: sie warfen sich lang hin, zeichneten mit einem Stein die Stelle ihrer Stirn, traten auf den Strich, warfen sich hin und maßen so die Strecke mit ihrem Leib.

Von Lhassa zogen Karawanen südwestlich nach Lunpo; sie schwenkten auf den Reiseweg des Lamas ein; die Strecken, die sie gegangen waren, erkannte man. Zahllose Gebetswimpel hingen an Schnüren von Baum zu Baum, von Stange zu Stange: Steinhaufen mit den beseligenden sechs Silben om mani padme hum wälzten sie auf. Auf den Pässen und Bergen legten sie Schulterblätter von Schafen nieder. Sie rissen sich Zähne aus und stopften sie zum Opfer in die Ritzen der Felsblöcke; schnitten sich die Haare ab, banden sie mit Schnüren zusammen, ließen sie flattern neben bunten Lappen.

Dann erfüllte der Zug die engen Straßen, verlassend die Klosterhäuser mit den karmesinfarbenen Brustwehren, dem Purpur der Erker, den steilen Wänden, dem Drüber und Drunter der Felsentreppen, Dächer und Zellen. Das goldprunkende Labrang blickte aus seinen schwarzumrandeten Fenstern hinter der heiligen Karawane her, wie eine Witwe, der die Tränen erfrieren. Bunte Wimpel huschten, Posaunen schrieen. Lobsang Paldan Jische, der Ozean an Weisheit und Güte, hatte sich auf den Weg nach Pe-king gemacht.

Es war Winter geworden. Das ungeheure Aufgebot, das den lamaischen Papst begleitete, rückte schwerfällig vor. Baumlose Steppen nahmen kein Ende. Auf dem harten Boden standen Dornensträuche, kümmerliche Kiefern und Fichten. Kalte Luft wehte. In kostbarer geschnitzter und bemalter Sänfte mit gelben Seidenvorhängen trugen vier Mönche den Heiligen, der mit untergeschlagenen Beinen reglos auf dem roten Polster hockte mit bloßem kahlgeschorenem Kopf. Seine Ohren waren groß, lang ausgezogen; er trug ein schwarzes blaubesticktes Seidenkleid mit weiten Pelzärmeln. Blätter aus dem Kandschur vor ihm.

Im Gewimmel um ihn die Lehrlinge, die Geweihten, Doktoren,

Magier, Mediziner, die ausgewählt waren. Der Zug vergrößerte sich im Vorrücken; Gelehrte der Mongolei und aus Indien schlossen sich an.
Die ganze finstere Heiligkeit der Tempel begleitete den Lama. Priester schwangen auf den Wegen, die sonst Karawanen mit Ziegeltee und Seidenballen zogen, die furchtbaren Handtrommeln: zwei Menschenschädel, mit den Scheiteln aneinandergeschlossen und fellüberspannt.
In der Sänfte des Papstes zu seiner Rechten eine herrliche Schädelschale in Gold gefaßt mit gebuckeltem Golddeckel; sie ruhte auf einem dreieckigen Untersatz aus schwarzem Marmor; an den drei Ecken stützten die gelbweiße Schale kleine steinerne Menschenköpfe in Rot, Blau und Schwarz.
Von Zeit zu Zeit, wenn man zur Andacht haltmachte, bliesen die Trompeten aus Menschenknochen; in einem Bronzeansatz mit weiten Nüstern endeten sie; ihr Tönen erinnerte an das Wiehern jenes Pferdes, das die Geister in die Freudenhimmel trägt.
Vor den wandernden Doktoren, die in spitzen, gelben Filzhüten gingen, auf deren Rückseite flauschige Kämme in die Nacken liefen, zogen riesige Jaks die ungeheuren und beispiellos kunstvollen Gebetsmühlen auf Karren.
Einheimische Tunguten in kleiner Zahl, dazu fünfzehnhundert kaiserliche Soldaten deckten den Zug. Nordöstlich schob man sich vor, an dem blauen See vorbei, dem Tsomawang, auf dessen Grund der Gott in einem Türkiszelt haust.
Ungeheuer ragte der Eisgipfel des heiligen Kailasberges herüber. Nach vielen Tagereisen kam man auf die Schneefelder und Berge, die zum Kukunor führen. Jetzt setzten die gefürchteten Nordstürme ein. Der heilige Zug, sich in Täler senkend, über Bergrücken windend, begegnete auf allen Wegen den Spuren des weißen Todes, Tierleichen, Menschengebeinen. Hier waren auf jedem Paß bittende Fähnchen, Knochen hingelegt für die furchtbaren Götter.
Und die furchtbaren Götter gaben auch den gnadenvollen Wanderern von Taschi-Lunpo das Geleite. Jamantaka, das grausigste

der Göttergespenster, schrie gefräßig im Sturm über die grenzenlose Einsamkeit der Wege und fiel die Jaks, die Maulesel und Menschen an, er mit dem Stierkopf und der Pyramide von neun Köpfen, sechzehn Beinen, vierunddreißig Armen. Aus den schwingenden Armen sausten die eisernen Speere, er zerfleischte die Menschenkörper, fraß ihre Herzen, soff ihr Blut, er, der das Entsetzen verbreitete aus seiner Feste, die er durch sechzehn Tore verlassen konnte. Den Geweihten und Heiligen vermochte er nichts anzutun; die Dragsed, höllische Weiber, kämpften gegen ihn, von den Magiern beschworen.
In den grausigen Bezirken rückte man langsam vor. Man betrat unter Dankgebeten die Provinz Am-do, die dicht an der Grenze der kaiserlichen Provinz Kan-su gelegen war. Dann traf man in der herrlichen talversenkten Klosterstadt Kumbum ein. Das Haus des Erneuerers der Gelben Kirche, des heiligen Tsonkapa, des Lehrers der Tugendsekte, träumte noch unter dem schönen Sandelholzbaum. Nach Osten ein Wall von Eis und Schnee.
Der gelbe Gott verharrte hier den Winter hindurch. Die Welt hatte einen neuen Mittelpunkt. Die Ströme der Wallfahrten und Karawanen endeten hier. Ein mongolischer Häuptling, dessen Scheitel Paldan Jische berührte, schenkte ihm dreihundert Pferde, siebzig Maulesel, hundert Kamele, tausend Stück Brokat, einhundertfünfzigtausend Mark Silber. Für Ärmste und Arme legte er täglich an tausendmal seine Hand auf safranbestrichenes Papier. Das Land schlürfte glückselig an dem Gott, der sich verschwendete.

DANN war der Winter und erste Frühling vergangen. Eine Ehrenwache von zehntausend Mann zog dem heiligen Tibetaner entgegen; es dauerte noch sechzig Tage, bis die wundertragende Karawane unter dem Geleit kaiserlicher Prinzen und des lamaischen Erzbischofs des Reiches, des Tschan-tscha Chu-tuk-tu, die westlichen Provinzen, die große Mauer, Dolonor überwunden hatte und sich dem marmorstrahlenden, gesangerfüllten Lustschloß Jehol näherte. Der Großlama bedurfte seines Schirmträgers nicht nach dem Eintritt in den kaiserlichen Garten; es waren an niedrigen bemalten Stangen Seidengewebe, bauschige gestickte Kostbarkeiten, aufgehängt über den Weg, den der Hochwürdige ging zwischen den schwarzen himmelhohen Zypressen und schlanken Thujen. Rote und weiße Lotosblüten lagen auf der schimmernd braunen Erde, die seine Sohlen betreten sollten.

Aber an dem eisernen Gitter blieb der Taschi-Lama stehen. Er weigerte sich, die Blumen zu zermalmen. Er blieb in der warmen Luft fast eine halbe Stunde vor dem offenen Eingang stehen. Alles verzögerte sich; man räumte hastig drin von den Gängen die Blüten weg; wehmütig verfolgte Paldan Jische die Arbeit; auch die Äbte und Doktoren hinter ihm standen mit gesenkten Köpfen da, peinlich betroffen von diesem barbarischen Empfang.

Und als dann der tibetische Papst auf seinem Wege seitlich neben einem Zypressenstamm einen kleinen Haufen der zusammengefegten Lilienleichen sah, konnte er sich nicht enthalten, in einer Art Grauen stehen zu bleiben, zu dem Hügelchen hinüberzugehen und in Gegenwart des goldüberladenen Hofstaats, der singenden, fähnchenwedelnden Chöre auf der bloßen Erde hinzuknieen, Blüte um Blüte mit den segnenden Händen zu berühren.

Eine breite Allee führte gerade auf das Schloß. Als von der Schloßterrasse der Zug sichtbar wurde, die Gongschläger und Posaunenbläser voraus, ging ein einzelner Mann im gelben Seidenkleide rasch die drei Marmorstufen herunter; das Gefolge wich auseinander bis vor den Taschi-Lama; zwischen zwei der riesigen Zypressen wurden Khien-lung und Lobsang Paldan Jische einander ansichtig, der schlanke graubärtige Herr der Gelben Erde und der große etwas fette Papst, dessen Gesicht einen Schatten von Trauer trug. Er hatte die hohe Mitra auf dem Kopfe; sein goldfarbener Prunkmantel war über und über bestickt mit Buddhafiguren und anbetenden Heiligen. Vor der

Brust trug er zwei ausgestopfte Ärmel mit künstlichen weißen Händen, die sich falteten; Jische verkörperte einen vielarmigen Buddha.

Vierzig Schritte kam Khien-lung dem bronzefarbenen Mann mit den weichen Lippen und den glänzenden stillen Augen entgegen; sie verneigten sich gegeneinander; die Musik schwieg. Leise, seufzend pries sich der Gelbe Herr, daß ihm der Himmel das Glück dieser Minute verliehen habe vor dem Sterben, hieß den Heiligen willkommen, wollte sich tief vor ihm bücken. Aber der Hochwürdige hielt ihn bei den Ellenbogen, trat, um weiterzugehen, neben den Kaiser. Der war verwirrt und stand noch lippenbewegend da. Sie gingen dann beide, nur von den Fächerträgern begleitet, über die drei Marmorstufen und die Terrasse in die Zimmer, die dem geistlichen Herrscher bestimmt waren, wo sich Khien-lung rasch verabschiedete.

Tage wurden ausgefüllt mit Besuch, Gegenbesuch, Festmählern, Geschenkaustausch. In einem Seitenflügel des Palastes war eine Halle hergerichtet worden, ganz gesondert für sich, nach drei Seiten freistehend, nur durch die Türwand mit dem Hauptgebäude verbunden; in diesem luftigen Raum, in dessen Mitte sich drei Sessel auf schwerem Teppich erhoben, fanden die Unterredungen des Heiligen mit dem Gelben Herrn in Gegenwart des Tschan-tscha Chu-tuk-tu statt, zweimal ohne seine Anwesenheit.

Ein Altar mit der riesengroßen Statue eines sitzenden Buddhas aus Gold blickte zu den drei Plätzen hin, auf dessen erhöhtem mittleren der Pantschen Rinpotsche, das hochwürdige große Lehrerjuwel vom Gnadenberg in Tibet, sich bald nach rechts, bald nach links neigte und dem Kaiser und dem Kardinal geheimste religiöse Worte ins Ohr flüsterte. Eines Tages riefen mongolische Karawanen, die bis dicht vor Jehol gereist waren, den Tschan-tscha ab, um Streitigkeiten bei ihnen in letzter Instanz zu schlichten; dies war heimlich von Khien-lung veranlaßt worden. Die beiden Tage, an denen der eine Sessel leer blieb, konnte sich Khien-lung ergehen.

Wie immer bei den Unterhaltungen war die Halle auf dreißig Schritt von der kaiserlichen Leibwache umstellt; die drei anstoßenden Zimmer wurden verschlossen, Posten vor die Türe des entferntesten Zimmers gestellt. Khien-lung rückte seinen Sessel halb von dem mittleren ab, so daß er dem Pantschen Rinpotsche schräg gegenüber saß und dem Altar an der Fensterwand leicht den Rücken kehrte. Paldan Jische ließ nachdenklich seinen Kopf auf die Brust sinken, zog den Rosenkranz durch die Finger der rechten bloßen Hand, kleine unregelmäßige weiße Kugeln aus Menschenknochen, mit Edelsteinen besetzt.
Bevor er aus seiner Kontemplation auftauchte, fing Khien-lung, der die Arme verschränkte, zu reden an: «Eure Heiligkeit haben mir Unwürdigen so viel gegeben; meine Seele glättet sich. Ich bin zwar Kaiser, aber nur ein Mensch. Ich bin der Sohn des Himmels, aber vor der Innigkeit Ihrer Beziehung zu den großen Weltherrschern schauere ich. Manchmal schrieb ich Gedichte; meine Akademie, der glänzende Pinselwald, lobte sie; ich vermag, vergeben es Eure Heiligkeit, zu Ihnen kaum eine menschliche Stellung zu gewinnen. Mögen in Ihrem Lande der Gräser und schwarzen Zelte die Leute gewöhnt sein an Sie, an Ihre Milde, Ihre überwältigende Gesinnung; ich vermöchte weder Sie persönlich, noch was Sie mir sagten, zu träumen, zu dichten.»
«Die Majestät beschützt mein kleines armseliges Schneeland. Wir nehmen ein Winkelchen ein in dem Haus, das Eure Majestät beschützt. Cakya-muni hat seine Laufbahn in dem südlichen Lande beendet; meinem eisigen verschlossenen Lande ist die Pflege seiner ewigen Lehren überlassen geblieben. Die Geister sind bei uns; die Wiedergeburten der kostbarsten Buddhas erlebt das kahle Gebirge, das den Tod speit und die Kälte haucht wie eine der verheißenen Eishöllen.»
«Die Erde bebt nicht unter dem Atem. Alle Münder schnappen nach dieser Luft, die vom todspeienden Gebirge ausgeht.»
«Eure Majestät ist ein weiser frommer Krieger. Sie suchen die Länder, die Ihnen zustehen, zu gewinnen. Tibet hat mit der Reinen Dynastie früh innige und friedliche Fühlung gehabt.»

«Ich bin nicht fromm. Ich habe mich viel bemüht, zu denken, wie Eure Heiligkeit sprach. Es wurde mir schwer; man kann nicht Kaiser und fromm sein. Lassen Sie; ich versichere Sie, es ist so. Man hätte mich längst ermordet, wenn ich auch nur eine halbe Stunde fromm in Ihrem Sinn gewesen wäre. Ich bemühe mich. Und darum habe ich Sie gebeten, zu mir alten Manne zu kommen.»
«Ich bin dem östlichen Herrn zugetan. Die Verstrickungen, in die er fällt, sind groß. Ich weine mit ihm, wenn er sich ängstigt.»
«Pantschen Rinpotsche, wie hieß jener reiche indische Almosenverteiler, von dem Sie dem gelehrten Chu-tuk-tu und mir gestern erzählten? Der fromme Mann kam dem Siegreich-Vollendeten entgegen, ließ ihm ein Kloster bei Sche-wei, der Stadt des Hörens, bauen; unzählige heilige Bücher, sagten Sie, schrieb dort der Sohn des Cakya.»
«Ich sprach von Sudatta.»
«Ich heiße Khien-lung und bin tausendmal reicher als Sudatta bei Sche-wei. Sie werden meinen Besitz nicht nachprüfen können. Ich lege Ihnen hin, Pantschen Rinpotsche, was Sie wollen. Ich baue Ihnen Klöster, wie Sie nie gesehen haben; meine Baumeister, Architekten, Maler sollen ihr Letztes hergeben. Ich verleihe Ihnen den Besitz der benachbarten Städte, der ganzen Provinz, in der Sie wohnen. Bleiben Sie eine kleine Zeit in meinem Lande. Ihr Tibet kann Sie entbehren; dies Land wird noch vor Heiligkeit bersten; andere, die Sie brauchen, leiden Hunger. Ich brauche Ihnen nicht die Schönheit meiner Provinzen zu schildern. Sie sind selbst alt, Pantschen Rinpotsche; der Lobsang Paldan Jische, den Sie jetzt bewohnen, mag sich im Lande des Östlichen Drachensohnes wärmen. Der siegreich vollendete Gautama hat solches Geschenk nicht verschmäht; ich denke wie Ihre Gläubigen, wenn ich sage: Eure Heiligkeit segnet mich, indem Sie mein Geschenk annehmen.»
«Was will der Östliche Kaiser von dem Körper Paldan Jische?»
«Blicken Sie nicht finster, Pantschen Rinpotsche. Es handelt sich nicht darum, Sie gefangen zu nehmen. Meine Regierung ist

fest überzeugt von der guten Gesinnung in Ihrem Lande. Es ist nicht Politik; glauben mir Eure Heiligkeit.»
«Ich habe Vertrauen zu der Duldsamkeit Khien-lungs.»
Der Kaiser sah auf das blaßrote Teppichmuster. Der warme Blick des Heiligen ruhte über seinem Gesicht, unter dessen Linien die Abgründe klafften.
«Setzen Sie sich aufrecht, Khien-lung; sprechen Sie deutlicher.»
«Es ist leicht gesprochen. In den achtzehn Provinzen gibt es Betrüger wie überall. Ein Mann aus Schan-tung, ein Fischersohn aus einem Seedorf, hat eine Sekte gestiftet, die er Wu-wei nennt. Dieser Wang-lun ist ein mehrfacher Verbrecher, Mörder, Räuber. Er entzweit sich mit einem Teil seiner Anhänger, die sich einen frechen Namen beilegen, in einer nördlichen Provinz eine Rebellion erheben, zum Teil niedergeschlagen werden, zum Teil sich in den Vorort einer westlichen Stadt einschließen lassen. Hier ist nun, Paldan Jische, Pantschen Rinpotsche, das Verbrechen geschehen, unter dem ich noch bebe, noch keine Ruhe finden kann. Bevor die Truppen vor der Stadt ankamen, sind in einer Nacht die tausende Menschen, Männer und Frauen, mit einem Schlage in der Altstadt umgekommen, auf eine so grauenhafte Weise, wie die Geschichte dieses östlichen Landes nicht kennt. Wie es nun ist, ob sie durch Wasser vergiftet sind oder Dämonen über sie herfielen, ich komme nicht zur Besinnung darüber. Der Verbrecher Wang-lun scheint seine ehemaligen Anhänger umgebracht zu haben, in einem Gemisch von Rachegefühl und Hochmut; meine Beamten haben den unerhörten Menschen nicht ergreifen können. Ich muß mich aber fragen, was ich getan habe, daß solches Ungeheuer am Abend meiner Regierung sich zeigt. Ich muß erkennen, wessen ich bezichtigt werde durch eine so offensichtliche Anklage.»
«Khien-lung, Sie sind alt geworden. Früher hat der Todessturz ganzer Völker nicht Ihr Ohr erreicht; jetzt genügt schon das Schreien und Sterben einiger tausend Menschen, um Sie schlaflos zu machen.»

«Ich will keine Anklage von Ihnen hören.»
«Ich klage Sie nicht an. Sie leben in der Welt der Gelüste; es ist mir eine Freude zu hören, daß Sie keinen Schlaf finden.»
«Damit helfen Sie mir nicht, Pantschen Rinpotsche. Sie dürfen es nicht genug sein lassen mit solchen Worten. Ich bin der Kaiser des mächtigsten Weltreiches; ich habe nicht wie eine Puppe auf dem Thron gesessen, sondern mich bemüht um den Ruhm und Reichtum meiner Dynastie. Man muß mich nicht für einen Menschen wie diesen und jenen nehmen, mich auf gewöhnliche Wege zerren wollen. Hilfe will ich von Ihnen, Pantschen Rinpotsche. Sie stehen mit den tiefsten und furchtbarsten Dingen der Welt in einer Verbindung von unbegreiflicher, unsagbarer Nähe; in Ihnen herbergt der Geist eines Buddha; Sie sind der einzige, den ich greifen, fassen, sehen, hören kann und zu dem ich Zutrauen habe, nachdem mein bester Sohn von mir abgefallen ist. Denken Sie, daß ich unverändert Kaiser des Reiches der Mitte bin, legen Sie mir nicht Unmögliches auf.»
«Majestät, das klingt alles so gut, was Sie sagen. Sie bedürfen der Hilfe des zeptertragenden Lamas nicht. Sie tauchen aus dem Sansara auf, nachdem Sie den Ruf gehört haben.»
«Ich bin Kaiser und lebe in keinem Sansara. Ich will keine Wege zum Buddha gehen; mein Reich ist gut, es war mir nie, auch jetzt nicht, eine Hölle. Paldan Jische, seien Sie nicht taub. Ich bettle doch.»
«Seien Sie nicht taub, Khien-lung! Wie soll die Erweckung im Menschen erfolgen, wenn nicht so, durch Unruhe, Beängstigungen, im nächtlichen Umherwandern, Händeringen, Hilferufen in die vier Gegenden.»
«O sind Sie grausam. Ich habe Sie für einen Ozean der Milde gehalten und mich getäuscht.»
«Lassen Sie mich weinen mit Ihnen. Und lassen Sie mich beten, daß Sie stark bleiben und daß es nicht von Ihnen abläßt.»
Khien-lung war fassungslos mit der Stirn gegen die goldene Lehne seines Sessels aufgeschlagen. Seine Schultern und Arme hoben sich stoßweise unter der dröhnenden Erweiterung seines

Brustkorbes. Der Anwesenheit des Taschi-Lamas achtete er schon nicht. Das Gefühl der grauen Verlassenheit überwältigte ihn. Der Heilige nahm seine Mitra vom Kopf; der kahlgeschorene Schädel war mit feinen Schweißtropfen besetzt. In dieser nur von dem schnaufenden Atem des Gelben Herrn unterbrochenen Tonlosigkeit wuchsen die Minuten zu gedehnten Stunden. Die Stille war nur durch eine kleine Hülle, dünn wie eine Gummihaut, geschützt; dahinter spannte sich ein Luftgemisch, das jeden Augenblick brüllend die Hülle zu durchreißen drohte. Der Pantschen Rinpotsche rauschte an den Altar, nahm das Gebetszepter in die Hand, warf sich nieder. Als er sich erhob und umdrehte, war der stechende trübe Blick Khien-lungs auf ihn gerichtet. Der Heilige scharrte stockend zurück; die bildgeschmückte Mitra hob er sich langsam auf den Schädel. Er verneigte sich vor dem steifsitzenden Gelben Herrn, dessen Gesicht den großen Kriegskaiser zeigte, sagte: «Wenn es Eurer Majestät gefällt, will ich jetzt zur Andacht gehen.»
«Ich bitte Eure Heiligkeit, mich morgen einer Unterweisung zu würdigen.»
«Ich werde Auftrag geben und den hohen Tschan-tscha Chuk-tu anflehen, sich auch morgen um die mongolische Karawane zu bemühen.»
Um dieselbe Nachmittagsstunde des nächsten Tages traten Khien-lung und Paldan Jische in die Halle der drei Sessel. Ein umfangreiches Schmuckstück prunkte vor dem Sitz des Heiligen. Schwarzer glatter Dreifuß aus Holz mit kreisrunder grünbemalter Platte, breit wie ein ausgestreckter Männerarm. Auf der Platte hatte eine wunderbare Miniaturkunst eine Stadt aus blitzendem Metall, Edelsteinen und bunten Stoffen gebaut. Innerhalb der Randmauer, der Ringmauer drängten sich die Häuser mit geschwungenen Dächern. Die Ehrenbögen, Tempel; breite Alleen teilten die Stadt, in der ein hohes Fest gefeiert wurde, viele Banner wehten von den bemalten Stangen, prächtige Gebetsmühlen hatte man auf die Wege geschleppt. Das Zentrum buckelte eine Halle aus, die eine glatte Kristallkuppel

trug; vier Stufen führten in den atemlosen, säulenumstellten Raum; ein goldener Gott schwieg in der Mitte. Dies war ein Abbild der Götterstadt auf dem Weltenberge Sumeru.
Nach Austausch der Begrüßungs- und Dankformeln saßen die beiden Herrscher nebeneinander. Das gelbe Sonnenlicht fiel schräg durch die Halle.
Der Gelbe Herr erschien lebendig, aufgeräumt. Paldan Jisches Bruststück glitzerte, ein kalmykisches Geschenk, eine halbmondförmige blaue Agraffe; Kettchen, die von ihr herunterhingen, hielten zwei runde Platten aus Silber mit eingelegten Korallen, Bergkristall und kleinen Perlen; die Kettchen endeten in langen Seidenpuscheln, die auf den Schoß des Großlamas fielen.
Der Pantschen begann zu reden: «Der gelehrte Tschan-tscha Chu-tuk-tu klagt, daß seine Amtstätigkeit ihn auch heute von der Zusammenkunft mit Ihnen und mir fernhält.»
Khien-lung lachte: «Ich finde es recht despektierlich von dem gelehrten Chu-tuk-tu; für die Karawanen und Viehherden findet sich vielleicht noch ein anderer geistlicher Richter. Lassen mich Eure Heiligkeit mein Beileid aussprechen zu einem so anmaßlichen Diener, der in meinem Lande sich eine zu große Selbständigkeit angewöhnt hat. Wenn Sie anordnen, werde ich seine Bestrafung verfügen.»
«So hat der Tschan-tscha Chu-tuk-tu nicht sicher gefühlt, als er Sie und mich allein ließ?»
«Eure Heiligkeit kennen Khien-lung nicht. In einer Hinsicht bin ich noch kein Jahr gealtert: in meiner Vorliebe für das schöne helle Sonnenwetter. An solchen Tagen fühle ich nur den Himmel über mir, und ich habe die Überzeugung, daß er es mit mir gut meint. Paldan Jische, an solchem Tage braucht Khien-lung keinen Rat; er ist heute nur überströmend froh, ihn mit der Blüte des Schneelandes gemeinsam zu verleben.»
«Ich zweifle, was ich Eurer Majestät sein kann. Die Sonne und die hellen Tage sind schön, aber sie sind überflüssig. Sprechen Majestät nicht so zu mir.»
«Wie soll ich zu Eurer Heiligkeit sprechen? Soll ich anfangen

wie gestern, die Beängstigungen meiner Nacht in den schönen Tag hineinzerren? Sie werden mich anblicken, mitleidig, aber: ‚Gut, gut, noch mehr!' dazu sagen. Da Sie nicht verstehen wollen, daß ich alter Mann keine neue Weisheit mehr lernen kann. Der Tag ist schön; ich bedaure aufrichtig, den weisen Chu-tuk-tu nicht zu empfangen; belehren Sie mich allein, Pantschen Rinpotsche.»

«Wo ein Fluß das Ufer unterwühlt, wird man ungern eine Pagode errichten.»

«Ich wünschte, Pantschen Rinpotsche, der Chu-tuk-tu wäre hier und hörte Ihnen zu. Sind Sie nicht Mörder in Ihrem Mitleid um mich, in Ihrem Verlangen, mich zu retten? Ich lobe diesen Tag, der mich aufrichtet und wieder glücklich macht nach Ihrem harten ‚Nein' von gestern. Aber die Sonne soll nicht wärmen, und die Lerchen sollen nicht singen, weil sie für Sie überflüssig sind. Wissen Sie, Pantschen, was Sie mir bedeutet haben, wie ich Sie die letzten Monate erwartet habe! Ihr Anblick im Garten hat mich erschüttert; mir ist zumute gewesen, als sollte eine Art Gericht über mich hereinbrechen. Ich habe mich getäuscht und will tun, als hätte ich nur den Besuch des Herrschers von Tibet empfangen, der im Begriff ist, mich unmäßig zu beschenken.»

«Schlagen Sie gegen mich.»

«Ich will unverändert bleiben, wie ich bin. Meine Väter haben wie ich gedacht. Sie beten wir an, ohne die Kraft zu haben Ihnen zu folgen, ja, es ist ein Eishauch um Ihre Lehren.»

«Ich habe zum Amithaba für Sie gebetet. Wenn ich das Lichtlein, das in Ihnen brennt, anfachen wollte: verzeihen Sie mir. Seien Sie der kleine arme Mensch Khien-lung, der Kaiser des mittleren Reiches.»

«Ich bin Herrscher des größten Reiches der Welt, und ich verlange keine Verwandlung. Ich bin als Sohn des Himmels geboren und werde auf dem Drachenthron sterben.»

«Wenn Sie dieser schöne Tag nicht reut und ich Ihnen das warme Sonnenlicht nicht verdunkle, will ich Eure Majestät fragen nach den Dingen, die Sie gestern berührten. Warum haben die Soldaten Eurer Majestät jene tausend Menschen in die Mongolenstadt getrieben, in der sie untergegangen sind?»

«Diese Menschen waren Rebellen, Paldan Jische, die meine Dynastie schmähten, ein eignes Königreich in meiner nördlichen Provinz gründeten. Sie hatten eine verlogene Art, das heilige Wu-wei, das Nichtwiderstreben des Lao-tse, in die Praxis überzuführen. Sie streiften, statt die Felder zu bestellen und Kinder zu erzeugen, in den Distrikten einher; bettelten, beteten wenig, hofften auf das Westliche Paradies. Da sie sich rühmten, durch Vereinigung mit dem Schicksal in den Besitz übernatürlicher Kräfte zu gelangen, strömten ihnen tausende tüchtige Männer, auch zahllose Frauen aus allen Gegenden zu. Es ging nicht an, daß meine Beamten da zusahen. Sie suchten sie zu zerstreuen; auch einige Schichten der Bevölkerung empfanden das Bedrohliche der Bewegung. Und dies war der Anfang von ihrem Ende.»

«Ich weiß noch nicht gut den Anfang. Aber das Ende weiß ich: daß Khien-lung ruhelos geworden ist. Wer hat für gut befunden, die Sektierer anzugreifen? Da sie doch selbst, wie Eure Majestät bemerkten, nicht angriffen.»

«Der Name dieses Mandarins ist mir nicht genannt worden.»

«Es kommt darauf nicht an.»

«Dies ist kein Verbrechen, Eure Heiligkeit: Männer, die ihre Frauen und Kinder verlassen, in ihre Häuser zurückzutreiben, Söhne, die den Dienst der Ahnen vergessen, zur Besinnung zu peitschen. Die Äcker müssen gepflügt, besät werden; die Steuern zur Erhaltung des Gesamtreiches müssen aufgebracht werden. Wenn Frauen, die ein Schatten und Echo im Hause sein sollen, unter Sektierer laufen, so soll man sie auf kleinen Ketten knien lassen; die unzüchtigen Frauen und Nebenfrauen, die ihre Wohnungen verlassen, um unter Leuten, die sich schamlos ‚Brüder', ‚Schwestern' nennen, Dirnendienste zu tun, mag man bestrafen, wie es in den einzelnen Gegenden Brauch ist: lebendig vergraben, in Säcke einnähen und ertränken, mit acht Schnitten töten.»

«Dies alles ist Recht. Ich schweige schon. Ich vermag nicht zu fassen, wie aus solch prunkendem Anfang das bejammernswerte Ende entstehen soll.»

«Nein, Pantschen Rinpotsche, dies bleibt rätselhaft. Genau so soll man tun mit den Verbrechern, wie ich sagte. Und doch ist das wie ein Kopf, der eben noch ernst, würdevoll blickte und plötzlich das Maul und die Augen wie ein Tiger aufreißt und brüllt. Was ist dieser Kopf, Pantschen Rinpotsche? Warum gähnt er mich an?»

«Lassen Sie ab, Khien-lung. Schließen Sie Ihre Seele ein. Ich hebe mein Zepter. Der Buddha Cakya-muni hat die Ursachen des Daseins und ihre Verknotung enthüllt; zur Zeit der Morgendämmerung vor seiner Erhöhung wurde dem Königssohn von Kapilevastu die Erkenntnis. Sie häkelten Ursache mit Ursache zusammen; ich nehme den Faden, löse die Naht auf. Die Sekte wanderte im Dunkeln, suchte den Buddha und hätte ihn gefunden. Sie sind über die Männer und Frauen gefallen. Sie haben tausend ruhelose Geister geschaffen. Sie haben die Kette ihrer Wiedergeburten unnatürlich verlängert. Man kann nicht schlafen, wenn es nachts mit tausend jammernden, anklagenden Geisterknöcheln gegen Türen und Pfosten klopft. Khien-lung, Sie halten Ursache neben Ursache.»

«Was soll ich tun, um die Kette zu zerreißen? Ich weiß, meine Ahnen haben hier etwas nicht gebilligt. Aber ich kann die Menschen nicht wieder zum Leben bringen. Ich kannte diese Sektierer nicht; ich werde für sie opfern lassen.»

Der Heilige lächelte; er streichelte die Seidenpuschel seines Brustschmuckes nachdenklich: «Länder und Menschen sind grundverschieden; zehn Tagereisen nach Osten von Tibet hat sich alles verändert, und man weiß weder von den Weltumwälzungen noch von dem Kreislauf der Geburt und des Todes. Hundert Familien nennen Sie sich; nicht einmal der Tod bricht die Familien in Stücke; Ihre Ahnen bleiben bei Ihnen. Wie abgeschliffen glatt ist das, häuslich, über den Boden gebückt. Eine Räucherung versöhnt für den Sturz in die Kaskaden der Wiedergeburten; ein Töpfchen Butter will eine Seele für die jahrtausend verlängerten Qualen entschädigen. So lassen Sie für die Geister dieser Toten in Ihrer Weise opfern; errichten Sie ihnen Wegschreine. Die Reste der Wu-wei-Sekte schonen Sie.»

«Mein Kopf ist leer, faßt keine Gründe. Sie wollen mir helfen, Sie wollen mir helfen!»

«Wieder ist der Tag schön. Milde sein, still sein heißt die Hand, die alle Riegel hebt. Kommen Sie zu mir, alter Mann, finden Sie sich, bevor Sie sterben.»

Der alte Gelbe Herr starrte vor sich hin: «Der Hochwürdige vom Gnadenberg hat eine leichte, sanfte Art, die Fäden zu lösen. Ich werde meinen Ahnen Sühneopfer bringen; ich werde nach Mukden an die Gräber gehen. Für Wang-lun und seine beladenen Anhänger Versöhnung ersinnen. Kang-hi, Jang-tsing wollen es.»

Khien-lung steifte die Wirbelsäule. Der Papst der Gelben Kirche zog die Knochenkette durch die rechte Hand; sein Gesicht war dem Kaiser zugewendet.

Den Kaiser umringten die Schatten seiner starken Ahnen; sie drückten auf seine hochgezogenen Schultern; sie musterten ihren hinsinkenden Nachkommen. Der Kaiser bäumte sich; dies waren Kang-hi, Jang-tsing, die ihn in ihren stillen Kreis aufnehmen sollten. Durch ihren Nebel leuchtete das bronzene, freie Antlitz des Heiligen von Taschi-Lunpo.

In einer Verwirrung und Erschütterung schlotterte der Gelbe Herr vor dem fremden Mann hoch, berührte seine seidenen Ärmel: «Sie sind, Paldan Jische, der zeptertragende Lama. Khienlung fürchtet sich; haben Sie ihm gut geraten?»

WANG-LUN hatte man nur eine Woche nach dem Fall Yangchous zu verfolgen vermocht. Der Verbrecher lief am hellen Tage durch die westlichen Flecken; niemand wagte sich an ihn heran. Ahnungslose warf der riesenstarke Mensch zur Seite; Angriffen mehrerer entzog er sich auf eine schlaue Art. Zuletzt wur-

de er um die Zeit des ersten Schneefalls in Ho-kien, westlich des Kaiserkanals, gesehen, vor der Mauer dieser volksreichen Stadt.
Seit da hatte ihn niemand in den Provinzen des Nordens gesehen; weder im Winter noch im folgenden Sommer hörte man von Wang-lun. Auch unter den Brüdern und Schwestern gingen nur unsichere Gerüchte über ihn. Ngoh, der ehemalige kaiserliche Hauptmann, schien am meisten Kenntnis über Wangs Aufenthalt zu haben; Ngoh war es, mit dem Wang vor den Mauern Ho-kiens zusammengetroffen war. Von ihm erfuhr man, daß Wang lebte; er gab manchmal in zögernder Weise zu, daß Wang auch bald wieder kommen würde, aber sobald die Rede auf den Gründer des Wu-wei-Bundes kam, verstummte Ngoh, blickte zur Seite und war schwermütig.
Wang-lun hatte völlig die nördlichen Provinzen verlassen, zwei Tage, nachdem er von Ngoh Einzelheiten des Untergangs der Gebrochenen Melone erfahren hatte. Das Gerücht war rascher als Wang gewesen, der einen ganzen Tag sich hatte verstecken müssen. Der sehnige Ngoh wußte nicht viele Vorgänge; einige, die man ihm mitteilte, vergaß er unter der grausigen Wucht des Ganzen.
Als Wang vor ihm stand, mit eingefallenem Gesicht, blutunterlaufenen Augen, verwandelt in einen Kriegs- und Rachedämon, nur Gehirn und Arm zu seinem berüchtigten Gelben Springer, erschrak Ngoh derart, daß ihn Wang an dem Wams festhalten mußte.
Sie gingen an der Mauer entlang; in einen zerbrochenen Hockkäfig, der von Bettlern als Nachtlager benutzt wurde, setzten sie sich; Wang wartete, bis sich Ngoh beruhigt hatte. Dann gab Ngoh Antwort auf die Fragen des Mannes, leise, vor seiner eigenen Stimme sich entsetzend, öfter fragend: «Was soll mit dir geschehen, Wang?»
Ngoh konnte von dem nächtlichen Tumult in der Mongolenstadt berichten, von den Versuchen einzelner Brüder, aus der Stadt zu entkommen, vom Todessturze über die äußere Mauer.

Mehr Einzelheiten wußte er von dem Eindringen der Bürger in die Stadt bei Anbruch des Morgens; auch die Namen des Führers der ehemaligen Stadtsoldaten und anderer, die Namen der beschwörenden Bonzen waren ihm bekannt. Als Wang erfuhr, daß kein einziger der Eingeschlossenen die Nacht überlebt hatte, atmete er auf, schlug sich dröhnend gegen die Brust, saß aus Erz da.

Dann fragte Wang, während sie stoßweise der Wind mit lockerem Schnee von den Latten des Käfigs überschüttete, wessen Schicksal besonders bekannt geworden.

Ngoh schwieg zuerst, erzählte einige Vorkommnisse, ohne die Namen der Betroffenen angeben zu können, schilderte, wie man die schöne Liang-li aufgefunden, noch lebend; er redete sich in große Erregung hinein und endete klagend mit dem Tode Manohs.

In ein gellendes Geheul brach Wang-lun aus; er hielt sich an Ngoh fest, stopfte sich die Ohren zu, wand sich.

Er rannte aus dem Käfig hinaus, durch den weichen Schnee an der Mauer entlang, Ngoh hinter ihm her. Unaufhörlich gellte Wang, warf sich, die Erde mit Fäusten bearbeitend, auf den Boden, raffte sich wieder auf; schließlich liefen sie hintereinander auf eine kleine Anhöhe. Der schreiende, speichelnde Mann setzte sich in den Schnee, hielt sein Schwert mit beiden Händen hoch, schwang es gleichmäßig durch die fallenden Flocken von rechts nach links, von links nach rechts. Er zog es herunter, küßte stöhnend die Klinge, betrachtete mit fremden Blicken den ratlosen Ngoh. Er wälzte sich auf der Erde, rollte den Hügel herunter, malte eine lange hellrote Spur in den weißen Schnee mit der blutspritzenden Hand, die am Gelenk geschlitzt war. Ngoh fiel in sein Wimmern ein; er rüttelte an dem Mann, hob ihn auf, preßte Schnee gegen die Wunde, zerrte Wang hinter sich her, der den Kopf mit dem verzerrten Gesicht im Kreise drehte, mit der rechten Hand sein abgerissenes Schwert hinter sich schleifte wie ein Kind sein rollendes Wägelchen.

Dicht vor einem Tor fühlte sich Ngoh an der Schulter gepackt; Wang stieß ihn schnaubend mit wilden Blicken von sich, blieb zuckend stehen, betrachtete, sein Schwert hinwerfend, die breite Schnittwunde am linken Handteller, wehrte dem unaufhaltsamen Wimmern Ngohs ab. Der riß sich einen Lappen aus seinem Mantel, band die rote Fläche zu. Rasch entfernte sich Wang, ohne ein Wort zu sprechen, ohne sich umzusehen.

Am zweiten Tage hatte das zarte Schneegestöber aufgehört; durch die blendende Landschaft zitterte das Klingeln der Lustschlitten, das glückliche Kichern. Die Ebene vor dem Tore war mit spazierenden Männern und Kindern schwarz betupft. An der Mauer drückte sich Ngoh mit Wang-lun entlang unter den Bettlern, die in Reihen lagen, ihre verstümmelten Glieder zeigten, den Hundereis, den ihnen die Wohltätigkeitsanstalten schickten, aus Kübeln schöpften. Jenseits des Hockkäfigs wurde es stiller; sie schlenderten ohne zu sprechen am Fuß der Mauer weiter.

Ein Pfeifenverkäufer, ein langer Mensch, ging an ihnen vorbei; seine Bambusrohre, die er auf der Schulter trug, streiften Wang mit ihren weißkupfernen Saftstücken am Hals; Wang fuhr hastig zusammen und drehte sich um. Er warf einen bösen Blick auf den Händler, der gemächlich im Schnee vorantrabte. Auf der Anhöhe, die sie neulich im Gestöber erstiegen, standen viele Kinder, Knaben mit bunten Kappen; das Schlagen eines Tamburins scholl herüber; im Kreise der Kinder sprang ein Mann mit einem angeketteten schwarzen Bär; der Mann klirrte seinen runden fellbezogenen Rahmen über den Kopf, auf den Rücken, wirbelte sich herum; der Bär umging ihn sachte, aufrecht, suchte mit den Vorderpfoten die Schultern des Herrn zu berühren, die Kinder kreischten.

Wang, in sichtlich großer Erschlaffung, sagte, die Nachricht vom Schicksal Ma-nohs sei auf ihn doch tiefer eingedrungen, als er geglaubt hätte. Es komme ihm vor wie ein Steinschlag in den Brüchen, den er einmal gesehen hätte; zwei überlebende Leute hätten dagesessen und immer gelacht. So ginge es ihm wirklich auch. Er redete in dieser Weise weiter, in einem unnatürlich gleichmütig berichtenden Tone.

Als Ngoh, der wieder ängstlich wurde und sich Erregungen nicht gewachsen fühlte, fragte, was Wang vorhabe, lächelte der große Bettler eigentümlich traurig und sah leer vor sich hin. Sie kehrten um. Und als sie schon in der Höhe des lustigen Kinderhügels waren, umhalste Wang seinen Bruder und sie spazierten umschlungen.
Es hätte sich alles so unübersehbar gewendet, meinte Wang, daß er keine Lust habe, mehr etwas zu ändern oder herbeizuführen oder überhaupt irgend etwas von Belang zu verrichten. Er führte Ngoh, der unruhig folgte und ihn nicht verstand, auf den Hügel, um dem Bärentanz zuzusehen. Beim Anblick der beiden Zerlumpten stoben die Kinder lautlos auseinander; der Tamburinschläger zerrte sein widerspenstig brummendes Tier hinter sich her. Die Männer machten abwinkend kehrt.
Ja, er sei fröhlich, fuhr Wang fort. Es sei alles unübersehbar, aber schließlich hätte Ma-noh recht behalten. Der warnte am Ta-lou-Sumpfe davor, den Gelben Springer zu gebrauchen; es wäre ein Verstoß gegen die Lehre des Nichtwiderstrebens. Weil er, Wang, nicht dieser Meinung war, hätten sie sich getrennt. Das Unglück in der Mongolenstadt wurde heraufbeschworen. Zum Schluß pralle das Schwert gegen seine Brust zurück: es geht nicht an zu widerstreben. Ma-noh prophezeite sein Schicksal, und er habe versagt.
Ngoh wendete ein: was denn dabei für ein Grund wäre, zu lachen und sich zu freuen.
Soviel Grund, sagte Wang mit aufleuchtenden Augen, wie einer hat, der ganz unerwartet, ganz plötzlich über sich belehrt wird von Grund aus, als ob ihm das Fell vom Leib abgezogen würde. Man ist zufrieden. Man fühlt einen Boden unter den Sohlen. Man weiß, woran man mit sich ist.
Wang war ersichtlich zu zerstreut, gut aufgelegt, rechts und links abgelenkt, um viel zu sprechen. Später schwatzte er, aber so eigentümlich Belangloses, daß Ngoh erstaunte. Wang zeigte Interesse an den einfahrenden Schlitten, mokierte sich über die wackelnden Damen und die hinter ihnen schwänzelnde Ele-

ganz, erzählte Gauneranekdoten. Ngoh konnte erkennen, wie aus dem erschlafften Gesicht Wangs sich neue verblüffende Züge herausarbeiteten. Ein bäurischer Spaßmacher, ein anderer Mensch mit anderer Stimme schlenkerte neben ihm.

Sie setzten sich auf einen plötzlichen Einfall Wangs zu ein paar Bettlergruppen am Tor, würfelten mit ihnen. Ngoh erwartete von Wang eine auffällige Gebärde, einen schmerzlichen Blick. Aber der Träger des Gelben Springers schien sich immer mehr wohl unter dem habgierigen faulen unflätigen Gesindel zu fühlen. Er war heiter ohne Krampf, räkelte sich und beachtete Ngoh nicht mehr.

Als er ein schmutzstarrendes Mädchen, den Gemeinbesitz dieser Bande, zu sich auf den Schoß nahm, stand Ngoh angeekelt auf. In einer wühlenden Verwirrtheit schlich er nach dem Tore.

Am Eingang erreichte ihn Wang mit dem Mädchen. Beide schüttelten sich vor Lachen. Wang hatte dem Mädchen erzählt, daß der Hauptmann wegen eines Lustknaben den kaiserlichen Dienst quittiert hätte. Die Dirne konnte fast platzen vor Vergnügen über den verrückten Kerl und fragte quietschend Ngoh nach dem Namen des Knaben, indem sie mit dem Zeigefinger ihre Stirn berührte. Rasch ging Ngoh in die Stadt hinein. Er hörte noch, wie Wang hinter ihm herrief: «Lebe wohl, alter Bruder! Ein Wiedersehen im Westlichen Paradiese.» Und wie er zur Freude des Mädchens die Torwache anrempelte.

Nach diesen Ereignissen verschwand er den Brüdern völlig aus dem Gesicht. Ngoh schwieg über die Begegnung. Als die kaiserlichen Erlasse erschienen und Wang-lun aus Hun-kang-tsun, Hai-ling, Schan-tung völlige Straffreiheit verhießen und Duldung seiner Lehre, saß der ehemalige Bandenhäuptling auf seinem kleinen Acker im Hia-ho, fuhr mit den Kormoranen auf Fischjagd, seine Frau kannte ihn unter dem Namen Tai. Er war ein gewiegter Mann, ehrerbietig gegen den Magistrat, kameradschaftlich, nicht ganz zuverlässig im Umgang. Mit dem Glauben hielt er es wie alle Bauern: betete zu den Göttern, die ihm am meisten Gewinn versprachen. Unter den Zuwanderern des letzten Jahres nach Sicherung des Großen Dammes gegen Springfluten war Tai der meistgeschätzte.

NACH ein paar Wochen erfuhren die Präfekten der Distrikte und Städte Tschi-lis und Schan-tungs, in wie sonderbarer Weise sich die Untat in Yang-chou-fu an dem Gelben Herrn ausgewirkt hatte.

Die weitere Verfolgung der Sektenanhänger wurde durch das Tribunal der Riten, die Zivil- und Militärbehörden gleichzeitig verboten. Ein kaiserlicher Erlaß an die Tsong-tous und die Präfekten der Kreise belegte den völligen Sinnesumschwung der höchsten Instanz über das Ereignis. Magistratsbeamte und Literaten der westlichen Provinz Tschi-li wurden mit empfindlichen Geldstrafen und Degradierung bestraft, weil sie falsche Mitteilungen über das Wesen der Sektierer gemacht hätten. Es verlautete aus dem Astrologenhof der Roten Stadt, daß sich aus der Untat in Yang-chou schwere Konstellationen für den Gelben Herrn ergeben hätten.

In den Literatenzirkeln, in den Tempeln des Kung-tse saß man niedergedonnert beieinander. Bestimmter drang durch, daß der Sinnesumschwung des Kaisers datiere von dem Besuch des Lamas Paldan Jische beim kaiserlichen Hof in Jehol. Die nicht ordnungsmäßige Begründung des Abweichens vom Ketzereigesetz fiel auf; nichts verlautete von Eingaben des Zensorenhofes; das Nachschleppen des astrologischen Bureaus sprach nicht für eine Initiative dieser Instanz. «Der Lamaismus am Hofe», dieses alte verhängnisvolle Lärmwort erschreckte die konservativen Elemente; sie erregten sich; von den trüben Zuständen des alten Herrschers raunte man, von einem Mißbrauch finsterer Altersstimmungen durch mystische Pfaffen.

Hetzereien gegen die Wahrhaft Schwachen setzten mit außerordentlicher Wut ein. Der Erlaß wurde kaum in dem vierten Teil des Landes zur Kenntnis des Volkes gebracht, zum Schein über Nacht an Mauern angeschlagen, von gemieteten Strolchen abgerissen. Es erfolgten erbitterte Zusammenkünfte, Beratungen, Beschlüsse der Kung-tse-Freunde. Im Westen Tschi-lis erfolgten die ersten Zusammenstöße. An mehreren Orten wurden Brüder niedergeschlagen und gefoltert. Sie zerstreuten sich oft; das Martyrium lockte neue Bekenner.

In der verhängnisreichen Gegend des Ta-lou-Sumpfes standen zwei Trupps, die, umzingelt von ihren gehässigen Verfolgern, von einigen Verzweifelten mitgerissen, sich zur Wehr setzten, ja in einem blinden Aufwallen den Angreifern ein regelrechtes Gefecht lieferten, das für die Bündler siegreich verlief. Dies war der Anfang einer besinnungslosen Hetze auf die Vaganten in dieser Gegend. Im Norden Pe-kings, im südöstlichen Tschi-li ging es ebenso; unabhängige Ortsbehörden organisierten Angriffe auf sie. Hier und da wurden lamaische Priester angefallen.

Kia-king, der starke fürstliche Kia-king, zweifelte nicht an dem Wahnsinn seines Vaters, an einer Betörung durch den heimtückischen Taschi-Lama. Eine Abschrift des kaiserlichen Versöhnungserlasses zerriß er in seinem Palast vor den Augen Chaohoeis und Songs, die ihn besuchten. Als die Nachrichten von dem Umsichgreifen der Rebellen kamen, funkelten seine Augen vor Freude. Man hetzte ihn, Partei zu ergreifen; er konnte des Anhangs aller Freunde des Kung-tse, aller wahren Patrioten sicher sein, die mit Abscheu den Sieg der Gelbmäntel am Hofe verfolgten. Er hielt an sich; aber die Schlüssel zu seiner Schatzkammer warf er nach einer solchen zornigen Unterhaltung dem Aufseher seiner Gärten zu. Jetzt geschah etwas Erstaunliches: der Widerstand der Behörden hörte in den Provinzen rasch auf; dafür wuchs der Anhang der Sekte zu einem unerhörten Umfang, und die Anhänger schien alle zusammen ein Taumel von Wut, ein Rausch von Kampflust zu ergreifen, der wie ein Meer alle Sanftheit mit einer einzigen Flut ertränkte. Es waren von der Eunuchenumgebung Kia-kings unbedenklich mehrere tausend entlassener Soldaten an verschiedenen Orten angeworben worden, die den Auftrag erhielten, den Wahrhaft Schwachen zum Schein beizutreten, im übrigen Befehle aus Pe-king entgegen-

zunehmen. In einigen Wochen vollzog sich eine entsetzliche Umwandlung des Bundes.
Zwei Greueltaten wurden von Pe-king aus mit feinstem Geschick arrangiert: ein Attentat auf den einzigen Sohn Chao-hoeis, des Lieblingsgenerals Khien-lungs, und ein Scheinangriff auf Mukden, wo der Kaiser sich eben aufhielt. Lao-sü hieß der Sohn Chao-hoeis; bei Schan-hai-kwang stand sein Wohnhaus auf den nordwestlichen Abhängen der Magnolien. Während der junge Lao-sü mit einem Freund eines Abends durch die dunklen Straßen der Stadt spazierte, um zu scherzen, sie trugen elegant Gardenien in den Händen und liefen mit dem tänzelnden knikkenden Schritt der Gaukler, wenn sie auf Bambusstäben jonglieren, fielen Kerle im Finstern über sie her, schlugen ihnen mit Holzkloben über den Kopf, rissen ihnen das mandschurische Brustschild aus dem Oberkleid. Sie schleppten die beiden Besinnungslosen vor das Tor eines verfallenen Hauses, malten ihnen mit Erde das Zeichen der fünf bösen Dämonen auf die Stirn. Chao-hoei, der bei Khien-lung weilte, brach hin über die Schmach, die man seinem Hause angetan hatte; Lao-sü heilte schwer. Neben dem Kaiser her schleppte der General sein Unglück.
Unmittelbarer Teilnehmer an einem Exzeß der Bündler wurde der versunkene Kaiser in Mukden; er sah vom Garten aus die züngelnden Flammen, welche eine Pagode und einen Ehrenbogen ergriffen, die er selbst zu Ehren seiner Mutter errichtet hatte. Er hörte auch die Todesschreie der Bündler, armer Soldaten, denen man eine große Geldsumme für ihre Familie gegeben und eine kostbare Beerdigung versprochen hatte.
Er verließ die Mandschugräber, reiste nach Jehol. Widerstrebend öffnete er die Berichte, die von den Tsong-tous eingelaufen waren: Rebellion, offene Rebellion war im Lande.
Todesstille in dem kaiserlichen Wohnhaus, als dem Himmelssohn die Berichte vorgelegt waren. Er hielt sich eingeschlossen. Am Mittag des folgenden Tages stieg er gebückt allein in die Ahnenhalle, wo er bis zum Abend blieb. Khien-lung fühlte sich

schlaff und elend. Er fürchtete, sein Tod könnte jede Stunde eintreten. Das grausige Gespenstergesicht aus der Mongolenstadt hatte seine Züge nicht verändert. Er konnte es nicht ändern. Er konnte seine Ahnen nicht versöhnen. Sein Leben endete schmählich. Der Himmel hatte dies über ihn verhängt. Es sollte nicht anders enden.

Und in diesen Tagen, wo der alte Gelbe Herr auf sich eindrang, um seiner Seele einen Zornesausbruch abzuringen, traf ihn ein Schlag, der aus seinem eigenen Hause auf ihn gerichtet war.

IN einer Clique, die sich in einem Pe-kinger Hause zur Pflege von Klatsch, Intrigen, Veranstaltung von Theateraufführungen zusammenfand, spielte eine große Rolle eine Dame namens Pei, deren Vergangenheit den meisten der vornehmen Besucher des Hauses unbekannt war.

Die Dame Pei behauptete selbst, die Tochter eines westlichen Mühlenbesitzers namens Pei-sih-fu zu sein; früh verwaist wäre sie nach einer Vorstadt Pe-kings geschickt worden, wo sie ein im Ruhestand lebender Mandarin adoptierte und erzog. Die elegante Person hatte unzweifelhaft die Allüren der gebildeten Gesellschaftsklasse, sprach das reinste Kuan-ha, beging nur öfter Schnitzer in elementaren Sachen, mißverstand literarische Anspielungen. Das traf sich nur gelegentlich, da sie sich sonst außerordentlicher Zurückhaltung befleißigte. Es hätte niemand aus der Vorstadt Pe-kings, in der sie wirklich ‚erzogen' war, in der auffallenden und klugen Dame Pei die kleine Haussklavin eines verwitweten Barbiers Yeh wiedererkannt, bei dem sie in einem unsauberen Haushalt den Schmutz vermehrte, täglich von den verwahrlosten Barbierkindern geprügelt wurde und fast verhungerte. Sie lief weg und es scheint, als ob sie in einem der bemalten Häuser am Kanal erst Küchendienste tat, dann unterrichtet selber die höheren Weihen empfing und in die Versammlung der Mandarinenenten aufgenommen wurde.

Sie avancierte aber in dem Viertel, in dem sie wohnte, nicht zur

Königin des strahlenden Blumenfeldes. Denn mit achtzehn Jahren befiel sie eine Augenkrankheit, und obwohl sie der sonst zuverlässigen Göttin des Augenlichtes viele Geschenke machte, silberne Brillen mi Elfenbeinstäben brachte, heilte nur das rechte Auge, auf dem linken blieben große weiße Flecken zurück, welche den Kurswert des Fräulein Pei sehr erniedrigten.
Sie vermochte nun durch ihre ganz raffinierte Anschmiegsamkeit einen reichen Justizbeamten zu veranlassen, sie zur Nebenfrau zu nehmen. Sie wollte aus dem bemalten Hause heraus. Schon nach zweieinhalb Jahren verließ sie die Wohnung des Richters, nachdem ihr von der rechtlichen Frau eine Abstandssumme gezahlt war.
Die Dame Pei bewohnte jetzt mit mehreren Dienerinnen ein kleines Haus, lebte zurückgezogen, empfing hie und da Besuche, verkehrte nur in Familien mit großem Namen. In ihrem Zimmer pflegte sie die alten Erinnerungen. Sie hatte mit einer gewissen Neigung die Galanterien in dem bemalten Pensionat vollzogen. Duftende Räucherpfannen stellte sie auf, in denen jeden Tag Ambra, der Drachenspeichel, brannte. Morgens löffelte sie den gewohnten Napf Ingwersuppe. Sogar den heißen Wein trank sie allein, Wein auf Wein, Trunkenheit auf Trunkenheit, wie man zu sagen pflegt. Das Gesinde begriff nicht, was die Dame auf ihrem verschlossenen Zimmer den halben Tag trieb. Da man sie drin leise trällern und das Juch-kin greifen hörte, wurde man neugierig.
Wie dann die Dame zum Schminken und Ankleiden für die Nachmittagsbesuche klatschte und man sie oft trotz aller Würde leicht erregt, freudig, noch unruhig fand, kam man auf Gedanken. Gespräche mit der Nachbarschaft bekräftigten diese Vermutungen, welche auf nichts weniger hinausliefen, als daß die Dame Pei ein weiblicher Wu, eine Zauberin wäre, die auf ihrem Zimmer mit Gespenstern kose.
Die junge Frau bemerkte das scheue Tuscheln der Mädchen. Eine Blumenverkäuferin trug ihr das Gerede zu und Frau Pei wurde nachdenklich. Sie nahm unbeschäftigt aus Laune den sonder-

baren Wink an, ging zu einem berühmten Wu, der sich vor Lachen heiser krähte: sie diene ihren sanften Erinnerungen vom Blumenfelde, und man hielte sie für eine tätige Wu. So zärtlich nähme doch niemand Schatten auf! Sie bat, sie in den Beschwörungen und Gebräuchen der Zauberer auszubilden, nur wenig; sie wolle damit nur den andern Schrecken einjagen; vor der wirklichen Zitierung eines Schattens fürchte sie sich. Da sie eine runde Summe vorbezahlte, ging der geschäftskundige Wu auf den Handel ein, versprach, ihr nicht den geringsten Schatten zu zeigen, ihn nur dicht heranzuzwingen.
So lernte sie die verschiedenen Sorten Geister, Gespenster, Dämonen benennen, ihre Merkmale unterscheiden, die Umwandlung in Werwölfe, Füchse, Rattendämonen, die Art ihrer Fesselung und Entlarvung, die Handhabung der Aschen, Amulette, Papiere, Schwerter, Wasser.
Zwischen Schauern und Zärtlichkeiten schwebend blieb sie die junge würdige Dame Pei, die reich genug war, um ihren Launen nachzugehen. In den Zirkeln ihres Verkehrs widersprach sie niemals dem geheimnisvollen Reden hinter ihrem Rücken. Sie war geduldig, wartete auf die Gelegenheit ihre Kräfte zu zeigen, denn sie hungerte nach Einfluß in diesen Sphären.
Nun nahm an den Damenunterhaltungen auch eine bildschöne Frau Jing teil, welche Dienst bei einer kaiserlichen Prinzessin tat; so zierlich und ebenmäßig die Person war, so dumm war sie auch. Die Dame Pei hielt sich von ihr fern, weil sie in der Nähe von Schönheiten bitter wurde. Frau Jing riß staunend den Mund auf, als sie die abenteuerlichen Mächte der Dame erfuhr; sie drängte sich an die Überraschte heran, fragte sie aus, besuchte sie in ihrer Wohnung, bewarb sich sichtlich um die kühle Pei, die mit ihr spielte und sie von oben herab behandelte.
Aber im Augenblick änderte die Pei ihr Benehmen, als eines Tages Frau Jing entzückt aus ihrer Sänfte stieg, sie umarmte und eine Einladung der Prinzessin überbrachte zu einer kleinen Tasse Tee. Mit Herzlichkeit erwiderte jetzt die Pei die stürmischen Liebkosungen der jungen Jing, die sich in der Nähe einer Wu

glücklich und geborgen fühlte. Auf die erste Höflichkeitsvisite bei der Prinzessin folgten intimere Besuche, und die schmutzige Haussklavin des Vorstadtbarbiers stand im Beginn ihrer glänzenden Karriere.

Sie war am Hof der Roten Stadt unter Weiber und Eunuchen hineingeraten, die im Schwall abergläubischer Verworrenheiten versanken. Hier zentrierte sich in kurzer Zeit alles um die geschickte Dame Pei. Einige Prinzen fanden sich bei den Konventikeln ein; die dunklen Seancen wurden im verschlossenen Zimmer abgehalten, Damen und Herren standen rasch unter der Suggestion der sich elegant und sicher bewegenden Frau, die heimlich selbst nichts mehr fürchtete, als daß eins ihrer Experimente gelänge.

Der Günstling Khien-lungs, der Prinz Pou-ouang, war ein freier dreister Knabe; seine Schwester wünschte ihn zu bekehren; schnell störte er die geheimnisvollen Arrangements der Dame Pei, die er wegen ihres angeblich bösen Blicks nicht leiden mochte. Seine Zähmung gelang leicht; die sanfte und scheue Prinzessin, schockiert durch sein Auftreten und in Schmerz um die betrübte Pei, drang in die Zauberin, den Prinzen durch eine Handgreiflichkeit zu überzeugen. Sie bot ihr an, gar keine Mühe an den Jüngling zu verwenden, ihn zunächst auf einen groben Betrug hereinfallen zu lassen. Und halb widerwillig mußte die entzückte Frau darauf eingehen, dem lächelnden Pou-ouang eine morgendliche Begegnung zu prophezeien, für deren Ausführung die Prinzessin in einem Pflichtgefühl gegen ihren gekränkten Gast sorgte. Die Verblüffung des Prinzen war nicht geringer als seine folgende Demut und Unsicherheit vor dem Schützling seiner Schwester.

In seinem Eifer brachte der Knabe den berüchtigten Prinzen Mien-khọ in den magischen Kreis, dem auch der Obereunuch angehörte. Mien-kho, breitschultrig, gedrungen, immer in Generalsuniform mit dem Löwen im Brustschilde, ein bramarbasierender tolpatschiger Mensch, fühlte sich außerordentlich geehrt, in diese ungewöhnliche Gesellschaft aufgenommen zu sein,

saß in dem Balkonzimmer, das für die Sitzungen diente, mit geschwollenem Kopf und offenem Munde. Khien-lung haßte diesen Sohn, der durch sein rohes Wesen auffiel und in den Hintergrund gerückt wurde. Als dieser breitbeinige, von sich eingenommene Mann die Künste der Dame Pei wahrnahm, lehnte er nicht ab wie der junge Pou-ouang, sondern zeigte sich bei den gemeinschaftlichen Rückwegen aus dem Boudoir schweigsam, finster erregt, so daß Pou-ouang noch mehr von der wunderbaren Frau überzeugt war.
In dem wirren Gehirn des Kriegsmannes setzte sich eine Idee fest: sich der Dame Pei zu bemächtigen und sie zu zwingen, ihre Fähigkeiten ihm zur Verfügung zu stellen. Die junge Frau Jing, die vor ihrer Verheiratung seine Konkubine war, und der Obereunuch Schang erschraken, als der Prinz sie auf dem Wege zur Frau Pei einholen ließ durch seine Läufer, sie in seine eigene Sänfte einlud und durch die Straßen spazierend ihnen ohne Umwege sagte, daß die Dame Pei ihm ihre Dienste angeboten hätte und er von ihren dunklen Kräften Gebrauch machen wolle. Frau Jing und Herr Schang müßten ihm behilflich sein, sich der Dame zu versichern. Es sollte nicht zum Schaden der beiden Herrschaften sein. Festnehmen aber müsse man die Zauberin, denn es sei absolut nötig, sich vor Verrat zu schützen.
Den Einwand des Herrn Schang, daß man ja bei der Bereitwilligkeit der Wu nichts zu fürchten hätte, wies der heisere Prinz, der aus gequollenen Bullenaugen blickte, zurück. Man müsse alles mit Entschiedenheit und Gewalt machen. Auf ein Gespensterweib sei kein Verlaß; wozu die entschlossene Frau Jing nickte.
So geschah an diesem Nachmittage das Seltsame, daß die geschmückte Dame Pei, von Herrn Schang und Frau Jing abgeholt, in der Sänfte des kaiserlichen Prinzen Mien nach einem abgelegenen Haus der Verbotenen Stadt gebracht wurde, wo sie angekommen in ein Hinterzimmer geführt, von dem häßlichen Prinzen angefallen, gefesselt und auf den Boden gesetzt wurde. Das Seidentuch nahm er ihr aus dem Mund, als die fast Erstickende durch wildes Kopfnicken erklärt hatte, nicht zu schreien.

Während sie nun in ihrem prächtigen pelzgeschmückten Kleid an der Erde saß, leise weinend und für ihr Leben fürchtete, dröhnte Mien vor ihr auf und ab, prasselte den Prunksäbel hin und erklärte, sich für ihr Leben und ihre Sicherheit einzusetzen, wenn sie sich ihm ohne Einschränkung zur Verfügung stelle.
Die Dame Pei mußte sich an die Wand lehnen. Sie glaubte, der schwarze Prinz hätte sie entlarvt, und statt dessen – begehrte er sie. Das war ein Raub nach seiner Draufgängerart. Sie tat beschämt, wies auf ihre gute Familie hin. Der massive Mann stemmte sich auf seine Waffe und resümierte roh: «Ja oder nein?» worauf sie, trotzdem sie sein Gesicht nicht sonderlich schön fand, ein zärtliches Ja hauchte, wieder leise weinte und zu ihm hinschielte.
Er erklärte in demselben mürrischen Tone, sie würde für einige Zeit jetzt hier wohnen, das Haus nur in verschlossener Sänfte in Begleitung der Herrschaften Schang und Jing verlassen. Sie dürfe keine Geister beschwören, Schatten zitieren, Krankheiten in der Entfernung heilen oder erzeugen, sondern sich ganz ihm zur Verfügung stellen. Was sie mit seufzender Zustimmung beantwortete.
Frau Jing erstaunte nicht wenig, als sie am Abend bei ihrer eingeschlossenen Freundin erschien und diese ihr lachend um den Hals fiel. Die Dame Pei meinte, sie würde sich rasch in die neuen Verhältnisse einleben. Erst hätte sie sich vor dem wilden Prinzen gefürchtet, aber im Grunde sei nur sein Benehmen so fürchterlich. Was er von ihr verlange, würde ihr zwar einige Schwierigkeiten seelischer Art bereiten, aber –. Und Frau Jing nahm glücklich das Aber auf, redete ihr zu, doch alles in Frieden und ohne Lärm hinzunehmen. Der Prinz schwöre auf sie, aber es müßte alles geheim bleiben.
Erst der nächste Morgen versetzte die liebeshungrige Pei in eine schwierige Lage. Sie mußte, vom Prinzen aufgeklärt über seine gar nicht leidenschaftlichen Absichten, ihre Enttäuschung verbergen und in der Verwirrung seinen Plan anhören. Der schlimme Plan Miens bestand darin, einen bestimmten Mann auf sym-

pathischem Wege zu einer gewissen Zeit erkranken und nicht lange darauf sterben zu lassen. Frau Pei hatte sich mehrfach bei der Prinzessin in Miens Gegenwart solcher Fähigkeit gerühmt, die jedem vielerfahrenen Wu innewohnt. Jetzt weinte die Dame Pei aufrichtig und konnte von dem Prinzen nicht beruhigt werden; sie weinte über ihre verlorene Schönheit und wie schmählich alles verlaufe. Es fehlte nicht viel, daß sie aufsprang, dem gewappneten Mann ins Gesicht schlug und ihre Unfähigkeit herausschrie. Das ganze Manöver zeigte den Prinzen in einer Dummheit, vor der sich die verwöhnte Frau ekelte. Sie weinte wütend weiter, erinnerte sich ihrer Kindheit im Hause des Barbiers und beruhigte sich sehr langsam. Der Prinz, der sie verlassen hatte, kam nach zwei Stunden wieder; sie bat ihn um Verzeihung, ein weibliches Herz könne sich nicht leicht neuen Dingen anschließen; Mien fragte sie genauer aus nach den Methoden, mit denen man Entfernte behext, umbringt; sie hielt es für das einfachste, ihm einen Trank zuzuschicken, was Mien nach einigem Überlegen ablehnte; diese Methode schien ihm zu gefährlich. Ob sie im Hause, ohne sich aus dem Zimmer zu rühren, seine Absicht ausführen könne. Nach einigem Nachsinnen meinte die Dame Pei aufleuchtend, daß dies ginge. Sie schlug vor, den Geist des zum Tode Verurteilten in eine Puppe zu zwingen, die Puppe an der Schwelle der Wohnung des Menschen zu vergraben; in kurzem würde dann der Mensch verwirrt werden, sich umbringen oder auf andere Weise rasch sterben.
Dazu schwang Mien die Arme; dies sollte ausgeführt werden. Er nahm ihr nochmals das Gelöbnis des Schweigens und der Konzentrierung ihrer Kraft ab; sie würde, wenn alles glücke, belohnt werden wie sie wünsche; nichts würde ihr abgeschlagen werden.
Und so war die Dame Pei, in dieser Weise gefangen, nur wenig erschreckt, als der ungeheure Mensch sich zu ihr waffenklirrend bückte und ihr ins Ohr flüsterte, nachdem er die Perlschnüre beiseite geschoben hatte, die ihr vom Kopfputz herunterhingen, es handle sich um den Kaiser, den sie verzaubern solle.

Das Vertrauen, das man ihr in diesem Kreise schenkte, hatte sie schon früher erregt; jetzt schoß ihr eine Wut in den Kopf, eine Blendung fiel über ihre Augen; sie nahm sich vor, zu können und zu herrschen.

Außer Frau Jing, dem Eunuchen, die für die Geheimhaltung des Aufenthaltes der Pei raffiniert sorgten, wurde in das Geheimnis ein Steinschneider einbezogen, der mit dem Eunuchen befreundet öfter in den Palästen der Roten Stadt arbeitete. Er erhielt vom Prinzen Mien viertausend Taels und ein goldenes Amulett, den Gott des langen Lebens darstellend. Frau Pei beauftragte ihn, mit möglichster Sorgfalt eine armgroße Statue des Kaisers in Jade zu schneiden; er solle den Kaiser liegend nur mit einem Leinenrock bekleidet darstellen; die weitere Ausstaffierung der Puppe würde sie übernehmen.

Länger als fünf Wochen dauerte es, bis dieser Bildhauer, der geheim schaffen mußte, seine Arbeit fertig hatte und abends eine fein gebeizte und geschnittene Büchertruhe vom Karren hob und aufgeschultert in das Haus brachte, welches die Dame Pei bewohnte.

Die Puppe aus grünem Nephrit ähnelte erschreckend dem Himmelssohn. Schlafend lag der Kopf auf die rechte Seite gedreht; der Mund atmend leicht offen; ein dünnes Kleid wallte bis auf die bloßen Füße und war in der Schlafunruhe von der rechten Schulter her verzogen, über den linken starken Knöchel verschoben; die Hände fielen dickgeädert schwer zu beiden Seiten. Der glasig grüne Stein gab dem Bild eine Leichennähe und gleichzeitig eine unirdische Bewegtheit, die von innen aus dem Stein heraus geradezu sprechend gegen den Tod sich wehrte.

Die Verschwörer standen um das Bild herum. Mien mit siegesgewisser Freude umarmte den einfachen jungen Steinschneider, der mit stolzen Blicken sein Machwerk prüfte und eine Falte anders gelegt haben wollte.

Frau Jing weinte, wich in eine Ecke, wo man sie schnauben hörte; auch der Dame Pei, die erst die Puppe mit einer gemachten Ruhe fixiert hatte, wurde übel; sie seufzte, lief in Angst aus dem Zim-

mer und mußte von Frau Jing auf das Geheiß des Prinzen zurückgerufen werden.
Die weitere Arbeit lag der Dame Pei ob. Als sie sich von der Gesellschaft ihrer Gäste befreit hatte, brauchte sie mehrere Tage, ehe sie sich der Puppe gelassen nähern konnte; dann gab ihr der Prinz Gelegenheit, Khien-lung zwischen den Magnolien und Lotosteichen der Purpurstadt spazierend zu sehen. Und immer wieder sog sie mit beschwörenden Gesten etwas von der Seele des wandelnden Mannes ein, heute die Geister der fünf Eingeweide, der Leber, Milz, Lungen, Herz, Nieren, dann den Geist der Augen, des Hirns; jedesmal trug sie einen kleinen Gegenstand in der geschlossenen linken Hand, das Organ, dessen Geist sie bannte; aus blauem Holz die Leber, aus weißem Metall die Lungen, aus feuerroter Seide das Herz; zu Hause preßte sie die eiförmigen Stoffe der träumenden Puppe auf den Leib, die Brust, die Stirn; unter Brennen des Weihrauchs, Abdunkeln der Fenster. Wie ein Schwamm nahm die Puppe die Geister auf; der Stein begann sich dunkler zu verfärben, die Figur wurde undurchsichtig, braune Kerne bildeten sich in ihrem Innern, von denen sich feine Linien und Sprünge wie Adern in die Glieder senkten und über die Haut sproßten.
Nachdem die Dame Pei in einer letzten schmerzvollen Zusammengerissenheit den Lebensgeist des Kaisers heimgebracht hatte, verschloß sie über fünfmal fünf Tage die Truhe, in der die Bildsäule ruhte. Gegen Ende dieser Zeit stöhnte und stocherte es in dem Kasten vernehmlich; der schwarze Prinz Mien, der Steinschneider und die schöne Frau Jing bückten sich über den Kasten, als die Pei, die ihre Kniee bezähmt hatte, im gelben rotüberflammten Wukostüme mit kräftigem Anstemmen der Arme den Deckel sprengte. Ein warmer Dunst schwelte mit faulig fadem Geruch aus dem Kasten. Vor dem Gesicht trug die Dame Pei eine schlangenzüngelnde, goldverzierte Göttermaske; ihre lebendigen, rotgeschminkten Hände ergriffen die Puppe, die sie rasch wie eine wilde Katze gegen ihre Brust anpreßte.
Sie sahen alle, die Zauberin umringend, daß der Kopf der Bild-

säule leicht nach der Mitte zu gedreht war; das rechte Auge hatte blinzelnd das Oberlid angezogen; die Gewandfalten lagen glatt; die Puppe hatte sich gestreckt. Auf dem schwarzgefilzten Tisch neben der Öllampe lagerte die Frau vorsichtig die Figur, einen Finger immer gegen sie andrückend; die zitternde, nervös rülpsende Frau Jing, die ohne es zu merken oft wimmerte, brachte ein zierliches weißes Trauerkostüm, mit dem die Zauberin rasch die Gestalt bekleidete.

Es war Nacht; der dicke Nebel floß über die stillen Paläste der Purpurstadt; vor die Glückseligkeitshalle, in der der Kaiser schlief, tasteten sich die vier Verschwörer an einen uralten Thujabaum, unter dem Khien-lung zu sitzen liebte. Rasch gruben der Prinz und der Steinschneider mit einer bereitgelegten Schaufel ein oberflächliches Loch, versenkten die zwischen zwei Bretter eingeklemmte Puppe. Die Zauberin stammelte ein paar Worte hinunter; ein Kratzen kam herauf; die Erde wurde übergeworfen.

Man trennte sich; es war geschehen.

Die Puppe würde in Erstickungskämpfen des letzten Restes der Seele Khien-lungs sich bemächtigen; der Kaiser mußte sterben; die Puppe war gefesselt, konnte nicht aufstehen.

Diese Ereignisse fielen in das Jahr der Gebrochenen Melone. Wenig hielt sich der Kaiser in der Purpurstadt auf; die Angelegenheit rückte nicht vor. Die Dame Pei wohnte schon wieder in der Stadtwohnung. Der Prinz Mien besuchte sie nicht selten; er wurde bald erregt und drohend zu ihr, da er überzeugt war, daß sie aus Angst vor dem Kaiser nicht alle Künste spielen ließ. Er schlug die empörte Dame einmal so heftig auf den Schädel, daß ein Arzt ihre Kopfgeschwulst behandeln mußte.

Sie klagte ihre Not der Dame Jing und dem Steinschneider, die bei ihr aus- und eingingen. Die Jing freute sich ersichtlich über das Unglück, denn sie war eifersüchtig auf die Pei geworden.

Der Steinschneider war ein verschlagener, geldgieriger Mann, der dem Prinzen große Summen in dieser Sache erpreßte. Als er den Eindruck gewann, wie schwierig die Angelegenheit war,

begann er an dem Erfolg des Unternehmens zu zweifeln, hielt die Pei für eine Geldschneiderin wie sich selbst und suchte sich rechtzeitig in Sicherheit zu bringen. Die Dame Pei krümmte sich vor Wut, als er vorschlug, den Prinzen noch einmal gründlich anzuzapfen, dann wolle er sie heiraten und mit ihr in seine Heimat nach Schan-si gehen. Zurückgewiesen und hart vor den Kopf gestoßen, plante er Rache.
Bei der Herstellung einer steinernen Girlande an der Front eines Pavillons am südlichen Lotosteich vermißte er angeblich eines Tages ein Stück Jade von bedeutender Größe. Er erstattete dem Oberaufseher der Bauarbeiten Meldung, der die Untersuchung energisch in die Hand nahm. Der Steinschneider erklärte, es wäre möglich, daß der Stein schon seit Monaten verschwunden sei. Da erhielt er auf der Stelle Prügel für seine Unachtsamkeit, und nun erst in seinem Schmerz bemerkend, wie dumm er die Sache angestellt hatte, so daß er schon im Beginn bestraft wurde, gestand er schreiend die ganze Verschwörung.
Die Jadepuppe wurde ausgegraben unter dem Entsetzen der Hofbeamten, die die Sache zu vertuschen suchten.
Den Erdboden unter der Thuje fand man gelockert; wenig tiefer dringend stieß man auf eine eigentümliche Höhlung wie eine Luftblase, und auf deren Grund lag die Puppe; die Bretter in der Mitte gesprengt und nach oben verbogen; die Puppe, die Hände vor den Mund geschlagen, sitzend vornübergekrümmt. Weiße Maden bedeckten sie, als wenn sie ein Leichnam wäre.
Man fahndete nach den Damen Pei und Jing. Beide waren flüchtig.
Den Prinzen Mien traf man in seinem Palaste an; auch er suchte zu entkommen. Nachdem ihm von dem Minister der Strafen, der die Untersuchung übernommen hatte, bedeutet war, daß er sich bis zum Entscheid des Kaisers in seinem umstellten Palaste aufzuhalten habe, brüllte er, fast platzend vor Wut, von wem der Minister zu solcher Maßnahme gegen einen kaiserlichen Prinzen autorisiert sei. Auf die kalte Antwort des Ministers, er übernehme die Verantwortung, hieb der tobende Mann ihm mit

seinem Prunksäbel gegen den Kopf, so daß die Mütze mit der Pfauenfeder herunterfiel. Die Palastwachen stellten sich vor den Angegriffenen; der Prinz trat, beschimpfte sie in widerlicher Weise, ohrfeigte andrängend den Hauptmann, der sich nicht wehrte. Dann zum Fenster hinausblickend und die starke Besatzung vor seinem Haus bemerkend, zog er sich still mit giftigen Augen in sein Schlafzimmer zurück, atmete Goldblättchen ein und erstickte.

Zur Zeit, als Khien-lung den Taschi-Lama in Jehol empfing, kam der Prinz Mien-kho so um. Die Untersuchung wurde auf Befehl des Kaisers weitergeführt und ergab den dringenden Verdacht einer Beteiligung der Prinzessin und des Prinzen Pououang.

Diese Nachricht war es, die den Kaiser, dem die Beruhigung seiner Ahnen durch Sühnung des Verbrechens von Yang-chou fehlgeschlagen war, in Jehol erreichte und seiner Seele einen grausamen Stoß gab. Briefe von Kia-king kamen an, in denen der Prinz ihn tröstete, von seiner grenzenlosen Zugeneigtheit zu seinem Vater sprach, bat, bittere Mißverständnisse aufklären zu lassen oder zu vergessen. Khien-lung, von der Idee besessen, bald sterben zu müssen und ungereinigt vor seinen Ahnen zu erscheinen, erreichten diese Tröstungen nicht. Er rang um seine Stellung unter seinen Vätern wie nie um ein Land. Er sah sich von rechts und links verlassen; manchmal glaubte er vom Lande ausgespieen zu sein; meistens stand er allein auf einem mächtigen Steinacker und kämpfte gegen die Gespenster, vor denen alle flohen.

Er erfuhr, daß Tschi-li in Flammen stand unter dem Aufruhr. Er sah der Empörung mit einer kalten Ruhe ins Gesicht. Was er wollte, erfuhren seine Begleiter später als die Hofbeamten in Pe-king, wohin Khien-lung Briefe schickte, auch einen kühl dankenden an Kia-king: der Kaiser verlangte rasch nach Pe-king zurück, um den Taschi-Lama vor seiner Heimreise nach Tibet noch einmal zu sprechen.

IN einem kleinen Fichtenwald nördlich der Tatarenstadt Pekings lag das Kloster Kuang-tse. Hier wohnte der Heilige aus Tibet.

Sein Zug von Jehol nach Pe-king war auf einer einzigen Triumphstraße erfolgt. Die Vögel der Anbetung rauschten in schwarzen Scharen um seine Mitra. Als er sich in das kleine Kloster Kuang-tse gesenkt hatte, schienen tausend magnetische Arme über die Klostermauern nach außen zu wachsen und die Anbeter herbeizuziehen. Auf kaiserlichen Befehl umgab beständig eine Kompagnie des Roten Banners den Wohnort des hohen Gastes; sie vermochten den Andrang nicht zu regeln.

Unübersehbare Menschenströme; Wagen, Karren, Reiter, Mütter mit Säuglingen, Bettler, Fürsten, Vagabunden; ein Zusammenschlagen und Vereinigen aller Blicke; ein Brechen aller Knie vor dem hölzernen Zepter, das der ernst lächelnde starke Lama an der Hoftür hob.

Aus Hintertüren verließ Paldan Jische, der zu Fuß ging, an Vormittagen in Begleitung zweier Gelehrter das Kloster, spazierte wie ein einfacher gelbrockiger Lama im spitzen Hute. Er besuchte das östliche Tung-huang-tse, das Kloster des Tschan-tscha Chu-tuk-tu, machte in der Sänfte einen großen Ausflug nach dem Jagdpark Hung-schan, westlich des Kun-ming. Die herrlichen Waldungen der Ulmen, Maulbeerbäume durchschritt er in einem strahlenden Entzücken; Marmorbrücken führten über Schluchten und grüne Bäche; die schlanken Rehe jagten dicht vorüber.

Die Tauperlen des Waldes hingen noch an seinem Hute, als er das Kloster der fünfhundert Lohans betrat, von dem niederstürzenden Abt und dem großen Mönchskapitel empfangen. Mit hoher Pracht schimmerten hier in einer Grotte die achtzehn Martern und neun Belohnungen aus Ton geformt.

Eine Nacht verbrachte der Heilige in dem seitlich versteckten Kloster des Liegenden Buddhas; er war, als der Abend kam, schon seit Stunden in Kontemplation vor der Kolossalstatue versunken; als er sich losgerissen hatte, genoß er den Anbruch der weichen, warmen Nacht unter den Roßkastanien des Parkes, zwischen der gebärenden Feuchtigkeit der Teiche.

Dieses östliche Land war gesegnet. Die Menschen erfüllten es; das gute Gesetz machte unter ihnen Fortschritte. Mit fremden freudigen Augen betrachtete der Taschi-Lama die bergehoch gehäuften Schönheiten der Gebiete, ohne Begier, wie ein Spender, Gönner, der still lächelt und Vergnügen aus der fremden Freude gewinnt. Die Gebete und Bitten, die heimlichen Klagen der Fürsten klangen zu ihm; auch die warme Luft besserte nichts, die Marmorbrücken waren leicht wie ein Atemzug, die hohen Sorghofelder, die Reispflanzungen mit aller Üppigkeit verschwanden, wenn man die Hand vor die Stirn legte. Welch gutes, tüchtiges, maskenfrohes Volk spielte hier; wie es herrisch die Nachbarvölker bedrückte. Aber selbst der Kaiser, der Herr der Gelben Erde, wußte, wie wenig das bedeutete, zehn Jahre, fünfzig Jahre, hundert, tausend Jahre, klagte. Es regte sich hier im Lande von dem reinen, süßen, bewältigenden Geiste des Allerherrlichst-Vollendeten; noch war nicht die Zeit, wo das Reich des Cakya-muni sich erfüllen sollte, erst mußte die Bedrängnis der heiligen Lamas, so lautete die Weissagung, bis ins Unerträgliche wachsen.

Was hatten die Stillen zu leiden, die Träger des Wu-wei, von denen Khien-lung klagte, deren Untergang schwere Zeichen begleiteten. Arme Suchende; Buddha würde ihnen ihren Platz unter den Wiedergeburten geben. Grauenvoller Widerspruch; der Kaiser ahnte, wie er ein Nichts wäre, und ließ die morden, die es noch tiefer ahnten, die es inniger bekannten.

Rettungsloses Wuchern der Geburten aus allen Teichen, Verzehnfachen, Vertausendfachen der Welt in einem Augenblick.

Wäre der Weltenberg Sumeru nicht von sieben Meeren und sieben Felsgürteln umringt, so würde die Wildheit der Gelüste alle Grenzen sprengen und überfluten, in das Leere eindringen, aufrauchen in die Glanzhimmel der Formen und Formlosigkeit.

Wie dem Einhalt gebieten, wie nicht erschrecken, den Atem verlieren und keuchend auf die Stirn fallen – vor Angst und Ohnmacht.

Die Lamas lebten, Pfähle in dem Morast, Inseln in der erregten See, Glücksblicke des Lichtes, Beender des Kreislaufs, Ringlöser.
Mehr Hilfe, mehr Kerzen.
Und es brannten nur so fein in der Finsternis die kleinen wandelnden Kerzen, die Wahrhaft Schwachen, die Laienbrüder, die Toten dieser Mongolenstadt.
Ein leises, zunehmendes Plärren, Quaken von Fröschen ließ sich vernehmen; ein breitsitzender, behäbiger Chor blies sich im Wasser auf.
Einmal ließ sich der wunderbare Mensch auch herbei, zu den Frauen des kaiserlichen Harems zu gehen. Unter einem Schirm von gelber Seide saß er in der offenen Sänfte; er hielt die Blicke gesenkt, um sich nicht zu besudeln durch das Anschauen der schönen Weiber; sie erschauerten unter seinen segnenden Händen und küßten sich, als er sie verlassen hatte, glücklich, ihn gesehen zu haben.
Die Zeit des Aufenthalts in Pe-king neigte sich zu Ende. Da bemerkte man, wie der Wanderer vom Gnadenberge stiller und zurückhaltender wurde. Eine Müdigkeit lastete auf ihm. Er seufzte viel; aus seinen Versenkungen erhob er sich mit leeren, eingesunkenen Augen. Man fragte ihn nicht, in keiner Weise ließ man erkennen, daß man eine Veränderung seines Zustandes merkte. Es wäre auch gegen die geistliche Einsicht gewesen, zu trauern, da es ja dem lebenden Buddha freistand, seinen leiblichen Wohnsitz zu wechseln. Man wurde von einer menschlichen Angst um den gnadenspendenden Mann ergriffen. Ihn schien etwas zu drücken. Er rückte mit einer Äußerung zu dem Tschan-tscha Chu-tuk-tu heraus, zu diesem Bücherwurm, der ihn beschnüffelte, registrierte; es sei das heiße Klima und die eigentümliche Feuchtigkeit des Landes vielleicht ungünstig; er habe Verlangen nach den schwarzen Filzzelten und den Schneesteppen. Das war nur eine einzelne Bemerkung; der Pantschen Rinpotsche schwieg sich über sich aus.
Er war nicht von der Art der Frommen, die eine Leichtigkeit,

Fröhlichkeit durch die Existenz begleitet; er schloß sich wenig an Kinder und harmlose Naturen an. Beim Anblick der runden Kinderaugen fror ihn. Wo die schweren Seelen waren, bettete er sich. Da wurde ihm leicht, er fühlte sich in guter Luft; ließ sich gehen, ließ sich strahlen. Er kannte von klein auf nur die härtesten und furchtbarsten Dinge, sah sich von Schicksalgeschlagenen umringt.

Und nun, in dieses kaum vorbereitete Riesenreich verschlagen, türmte und wackelte es von allen Seiten ungeheuer über ihn her. Ohne Ende streckten sich die Länder und Menschen. In einer Verwirrung beugte er sich. In dieser Verwirrung erschien er sich als ein Bauer, der dieses Land der achtzehn Provinzen bepflügen sollte, allein bepflügen sollte. Ein unsicheres Zittern, Schwirren, tiefinneres Schwindeln berührte seine Kopfhaut, füllte sein Gehirn wie ein Schwamm. Eine große Ermüdung fühlte er im Kreuz; sein Herz und seine Lungen schienen wie aus Holz in ihm zu hängen und gelegentlich zu klappern.

Vier Tage waren schon die Tore und Höfe des Klosters Kuangtse geschlossen. Paldan Jische war krank. Er erinnerte sich in manchen Augenblicken des Klosters, das er zuletzt besucht hatte, mit dem Liegenden Buddha. Das Bild hatte sich seinen Augen sehr eingeprägt. Er lächelte; er konnte sich mit den Beinen nicht aus dieser Stellung herausfinden. Die Ärzte, die ihn begleiteten, tibetanische und mongolische, waren noch nicht zu einer Diagnose gekommen; fünfstündlich wurde einem andern die Gnade zuteil, den Puls des Kranken zu betasten.

Bis am fünften Tage das Fieber ausbrach, im Gesicht des Heiligen kleine Blütchen, zarte Pusteln erschienen und mit Entsetzen von dem Ärztekollegium des Klosters die schwarzen Blattern erkannt wurden.

Mit einmal war das Licht aus der Menge der Kardinäle, Priester und Frommen gerissen. Die Hochbetitelten, die Magister, die Überströmenden, die Gesetzesfürsten liefen durcheinander, Sandkörnchen, und rollten nur, rollten. Aus den weihrauchdampfenden Korridoren lief das schreckliche Gerücht, wie eine schwarze Katze schleichend, heimlich sich an die Wände zur Seite drückend, die Höfe kreuzend, dann mit einem klatschenden Absprung der Hinterpfoten hoch, in eine beschwingte Fledermaus verwandelt, breiter, ein gelles Pfeifen ausstoßend, als klumpige, schwefelhelle Wolke am Horizont fliegend, den Himmel bedeckend.

Kia-king wechselte mit anderen kaiserlichen Prinzen am Krankenbett in Kuang-tse ab; der Kaiser selbst, schon unterwegs, ließ durch Eilläufer anordnen, dreihunderttausend Taels unter die Armen der Stadt zu verteilen. In Kuang-tse, dicht am Lager des vom Fieber Verbrühten, hörten die Messen nicht auf. Die Höfe klangen noch unter den Festpauken, den Zinken, weißen Trompeten, Glöckchen, Gongs, der blauweiße grelle Prunk der heiligen ausgestellten Gefäße lockte das Licht und die Menschenblicke an. Die Mönche zogen einen Wall um das Kloster mit Andachtswimpeln, Segensbäumen, Glücksschärpen. Die Menschenströme, von außen gegen das Kloster anbrandend, warfen Mauern aus Gebete tragenden Steinen um die Klosterwände auf.

Drin war es still. Der Buddha rang mit der Pockengöttin. Die spitzhütigen Bischöfe und Würdenträger, in Brokat und bunten Stiefeln, liefen matt und übernächtig umeinander; ein Fasten höhlte ihre Leiber aus.

In der kleinen Kuppelhalle des Tempels schauerten jeden dritten Tag Sodschongs, die großen Opferfeiern. Während auf den Klang der Posaune des Gesetzes sich vor der Klostermauer die Menschenmassen von Osten nach Westen in Bewegung setzten, schwerfällig vorrückten um die Mauern unter dem Scharren des Sandes, dem Klappern der Rosenkränze, dem gewitterartig anschwellenden Om mani padme hum, zerquetschten die Geweihten in der Kuppelhalle ihre Knie, lastend auf den Matten in langen Reihen, Gelbmantel hinter Gelbmantel. Murmeln, Glöckchenklingen, Vorbeten, Händeklatschen, brausende Instrumente. Schwermütig nahm der Tschan-tscha den kleinen Goldspiegel vom Altar, hob ihn. Der älteste Chan-po schwenkte das schnabelige Weihwassergefäß, hielt in der Linken einen gebuckelten

Teller. Und während der Tschan-tscha den Spiegel drehte, so daß der Schatten Buddhas hineinfiel, goß der Chan-po. Die Gemeinde hingesunken. Das zuckersüße Wasser lief über das Gesicht des Spiegels, tropfte in den Teller. Der leise Gesang bebte, von Hand zu Hand wanderte der gefüllte Teller. Die Priester bestrichen sich Scheitel, Stirn, Brust und weinten.

Paldan Jische delirierte. Die Geschwüre krochen über seine Bronzehaut; flossen zusammen. Erst füllte sie eine gelbe Flüssigkeit, dann begann sie zu dunkeln, dickrötlich, schwarz zu werden.

Kia-king saß stundenlang am Fenster der Zelle und betrachtete das verschwollene, unkenntliche Gesicht, das dem weisesten Menschen angehörte, das Gesicht, in dem manchmal zwei ganz unirdische Augen sich von dem Verschluß hartkrustiger Lider befreiten und kühle helle Blicke an die blaue Decke sandten, wie die kristallenen Springbrunnen unter den Ulmen von Kunming-hu. Der feiste Prinz empfand einen stechenden Neid auf den Taschi-Lama, der sein Nachfolger im Vertrauen Khienlungs geworden war. Aber er wurde wehrlos gegen den Fremden beim Beobachten dieser befreiten Blicke. Bis zu der Krankheit mied der Prinz nach der einmaligen Visite den Tibetaner, den er als gefährlichen Parasiten ansah, als König der gelben Pfaffen. Die Hingeworfenheit des Kranken machte den Prinzen geneigter; er beschnüffelte ihn, schließlich zitterte Kia-king unter dem Gedanken, daß sein Vater auch diesen Mann verlor. Kia-king tat Gelübde, damit Paldan Jische leben bliebe.

Die Ärzte bestrichen den Leib des Kranken mit Safran; sie banden seine Hände zusammen, hielten seine Ellenbogen und brannten siebenmal seine rechte und linke Seite mit dem trockenen Stengel von Moxaholz, das sie in Hanföl tauchten. Die Papierfenster bekritzelten sie mit roten Zeichen, die Wände, die Schwelle. Als die Krankheit zunahm, auch im Mund die Geschwüre platzten, duldeten die Doktoren, daß die sechs Tschoßkjong, naive volkstümliche Zauberer, denen der Taschi-Lama wohlwollte, eingelassen wurden.

Im Federfell, mit Vogelklauen, unförmigen Helmen, an denen der fünffache Totenkopf grinste, hüpften sie zu dritt im Zimmer vor dem Halbbewußtlosen herum, flüsternd, überzeugt, heute ihr Meisterstück zu verrichten. Sie riefen den furchtbaren Takma an.

Sie warfen das Bett umkreisend ein dünnes Pulver in die Luft.

Sie hielten eiserne Rasseln in den Händen; mit leisem Schüttern fuhren sie über den Kranken: «Die fünfundfünfzig, die auf der Stirn zusammenkommen, sollen alle verschwinden wie die Blasen der Blattern. Die siebenundsiebzig, die auf dem Hals zusammenkommen, sollen alle verschwinden wie die Blasen der Blattern. Die neunundneunzig, die auf der Brust zusammenkommen, sollen alle verschwinden wie die Blasen der Blattern.» Sie wirtschafteten geraume Zeit in ihrer halsbrecherischen Art herum; trabten hintereinander heraus, über die Schwelle noch zu einer krausen Malerei hinkauzend.

In der Tat wurde der Heilige in den nächsten Tagen freier, er konnte den Mund mehr öffnen, schluckte kalten Tee.

Da langte Khien-lung an.

Auf dem Fensterplatze, den Kia-king eingenommen hatte, wartete der große Kaiser und rang um die Seele des Sterbenden.

Für Khien-lung gab es keine Zensoren, keinen Astrologenhof mehr; mit einer greisenhaften Einengung der Gedanken hielt er an dem Pantschen Rinpotsche fest, den er verantwortlich machte für den Aufruhr in den Nordprovinzen und der mit der Wahrheit, der eigentlichen Wahrheit zurückhielt. Ja, nur Paldan Jische konnte helfen.

Mit unbeweglichem Gesicht saß der Gelbe Herr hinter dem rotbemalten Papierfenster, wartete auf das Erwachen des Heiligen. Khien-lung, die Hände auf dem Schoß gefaltet, verfolgte jede Regung im Zimmer mit stummen Augen. Er war ohne die geringste Ungeduld. Paldan Jische konnte ihm nicht entgleiten.

Am folgenden Tage kam er wieder und wartete.

Am Nachmittag des dritten Tages hielt Paldan Jische die braunen Augen lange offen, unter der Maske der schwarzen Blattern-

krusten hervorblickend, erkannte Khien-lung und bewegte die Lippen. Er erkannte auch die sechs Bischöfe, die in Bettlerkleidern an den Wänden standen und keinen Augenblick das Zimmer verließen, um beim Eintritt des Todes zugegen zu sein.
Khien-lung beugte sich zum Ohr des Kranken: «Ich traure, Eure Heiligkeit, daß Sie leiden in meinem Lande.»
Paldan Jische schien lächeln zu wollen. Er schüttelte den Kopf und gluckste.
Unbeirrt durch das ungeheure Ereignis, das sich hier vorbereitete, die Trennung des Buddhas von seinem jüngsten Körper, redete dann der alte Kaiser. Er fragte oft, ob ihn der Kranke verstünde. Der nickte deutlich. Mit einer harten Bestimmtheit trug Khien-lung die letzten Ereignisse vor, den Aufruhr, die Ruchlosigkeit Miens. Paldan Jisches Augen wurden lebendig, während Khien-lung flüsterte. Der Heilige war in seinem Element, unter den schweren geworfenen Seelen. Als Khien-lung zu Ende war, sah er die Glocken der braunen Augen sich bewegen, aber die Lippen des Kranken zuckten, ohne ein Wort zu bilden.
Der Kaiser richtete sich auf, warf den Kopf mit Strenge zurück.
Am nächsten Nachmittag saß er wieder am Bett des Heiligen. Die sechs Bischöfe standen unbeweglich in Bettlerkleidung an den Wänden, warteten. Dringlicher flüsterte der Kaiser, wiederholte den Bericht, faßte den Kranken bei den Handknöcheln, verlangte neuen Rat, versprach, der Gelben Kirche Klöster in jeder Provinz neu zu bauen.
Der Kranke mühte sich nach Worten, lächelte. Nur der Blick sprach, schwieg. Der Zorn verzerrte das Gesicht des Kaisers.
Als der Kaiser am nächsten Nachmittag eintrat, fand er den Heiligen sitzend im Bett. Es standen nur vier Bischöfe barfuß an der Wand in braunen Kutten. Zwei stützten den Heiligen, der die Augen geschlossen hielt und sie unter der kissenartigen Schwellung von Wangen, Lidern, Stirn nicht mehr öffnen konnte. Die beiden Kahlköpfe hielten ihn, denn er hatte Zeichen gegeben, daß er wandern wolle. Eine schwere Weihrauchwolke hüllte den

Raum ein. In dem Nebel blieb der Gelbe Herr erstarrt stehen. Keinem Blick begegnete er. Der Heilige war mit dem Gesicht nach Westen gedreht worden. Khien-lungs Sänfte kehrte rasch zurück.

Zwischen dem Zickzack der Delirien, Verschleierungen, bunten Wirrsale wachte und träumte Paldan Jische. Ein fleischschnürender Krampf, ein hohler Schwindel über Schlünden, eine klare federnde Helligkeit wechselten. Die große Ermüdung verdunstete. Die weißen Mauern des Labrang tauchten auf, die Dächer leuchteten in dem matten Gold. Der tote Dalai-Lama erschien und ging rasch unter seinem Schirm vorüber. Die Bilder bewältigen, Besinnung, Besinnung! Kurze Rast in weißen Sälen. Menschen, wieviel Menschen, auf Kamelen, Karren, tauchende sinkende Menschen. Hoftüren, Sänften, Gongs. Hilfe über dem Meere, große Boote, kleine Boote. Er schleifte riesengroß, unkörperlich seinen Glanzleib mit einer phosphoreszierenden Schleppe, war ein himmelhoher Pfeiler, der sich rund drehte. Ihn befiel kein Zittern. Er wußte nicht, ob es sein Empfinden war, das er empfand, ob es anderer, vieler, zahlloser Empfindungen waren. Schwebend. Schwebte geheimnisvoll zwischen sechs geheimnisvollen Silben.

Drei Tage und zwei Nächte hielten die sechs Bischöfe den Heiligen, der als Buddha sterben mußte. Sie stemmten sich zu zweien von hinten gegen seinen Rücken, der sich immer wieder rundete. Einer umfaßte den Kopf und trieb ihn hoch. Einer preßte die schilfernden Hände gegen die Brust und drückte oft die winkelspitzigen Ellenbogen dicht an den Leib. Einer schlug die Beine des Sterbenden übereinander. Der sechste bog die Sohlen, die flammendrot waren, nach oben um.

Am Morgen des dritten Tages verließ Amithaba den Körper Lobsang Paldan Jisches. Der tote Leib erstarrte in der Stellung des betenden Buddhas.

Wochen vergingen, bis der Leib Jisches die Rückreise nach Tibet antrat, Monate, bis er in Taschi-Lunpo, der tränenfließenden Stadt, eintraf. Der Geist des Buddha wanderte schon längst über

die geliebten Schneefelder, Grassteppen, streichelte die zottigen Yaks, irrte herum, suchte das Kind, in dem er seine neue Wohnung nehmen wollte.
Die Menschen in Pe-kings Kloster Kuang-tse umschlangen den ausgeglühten Leib des Lobsang Paldan Jische, Sohnes jenes tibetanischen Zivilbeamten. Sie balsamierten ihn ein.
Am Vormittag nach dem Tode hallten die kaiserlichen Gongs vor dem Kloster. In der weißen Totenkleidung stand Khien-lung ohne Gürtel, ohne Ring, mit kahlem Schädel vor der Samtbank, auf deren Violett im gelben päpstlichen Ornat ein furchtbarer Buddha die Schenkel kreuzte, thronend in einer grausigen Ruhe.
Schwarze brandige Borken hingen in Fetzen von einem geblähten Gesicht herunter. Ein blutiger Schleim tropfte von Minute zu Minute aus dem Munde. Dicke runde Wülste durchquerten statt Lippen die untere Gesichtshälfte. Die Lider geschlossen; aber in eigentümlicher Weise hatte sich ihre Schwellung verloren, so daß neben der kloßförmigen Nasenwurzel zwei grünlich schimmernde Höhlungen sich in den Schädel senkten. Die Mitra mit den fünf edelsteinbesetzten Buddhabildern rutschte auf dem Kopf schief vor. Über den bestickten Goldbrokat der Brust sickerten die Schleimtropfen und rannen hinter die angelegten Ärmel.
Rechts und links von dem thronenden Buddha standen auf Tischchen die Opfer für den Toten, niedrige Reis- und Tonpyramiden. Räucherstäbchen brannten. Die Bischöfe, der Tschantscha stopften ihre Münder auf die Dielen.
Khien-lung verharrte minutenlang ohne Bewegung. Sein Blick schweifte nach dem Fensterplatz, auf dem er das Erwachen des Heiligen erwartet hatte, nach der Ostwand, wo sich am Boden die Holzklötze des Sterbebettes erhoben. In einer kalten Gelassenheit prüfte er die Züge des emporgestiegenen Lamas. Keinen Abscheu spürte er, verfolgte die langsame Entwicklung einer Blutblase auf der Unterlippe der Leiche und wie die ekle Flüssigkeit abquoll.

Dieser Mann war mit Recht gezeichnet. Sein Körper zerplatzte aus Eitergeschwüren. Er war nicht besser als die betenden Pfaffen. Sein Schicksal bewies es klar. Hier die Mongolenstadt, da die Blattern: man konnte es auf eine Waage legen. Der hingeraffte Pfaffenkönig vermochte nicht zu raten, trotz der Bücherhaufen Kand-schur und Tand-schur.
Und da wurde Khien-lung unsicher. Seine Kälte zerbrach. Er fiel vor der thronenden Leiche auf die Knie und weinte, aber niemand im Zimmer wußte, daß er vor Wut über den Lama weinte, in tobenden Anklagen, weil der prunkende Weise ihn betrogen hatte. Khien-lung hatte sich in Verblendung auf das Eis dieses Betrügers locken lassen. Und der Gnadeüberfließende war ihm entwischt, ehe er ihn gestellt hatte. Blut hatte der Tote speien können, Trostblicke werfen, aber der hohnvolle Priester entschloß sich zu keiner Silbe.
Einen Sarkophag in Gestalt einer Reliquienpyramide befahl Khien-lung aus Gold herzustellen. Da hinein versenkte man den Körper Paldan Jisches. Die leer bleibende Höhlung und den Körper überschüttete man mit weißem Salz.
Es kamen die hundert Tage für Seelenmessen, an denen die nördlichen Provinzen, die ganze Mongolei teilnahmen. Ein ganzes Volk zerbrach in Schmerz um den entschwundenen Buddha. Und noch war man nicht in Tibet.
Der endlose Trauerkondukt setzte sich in Bewegung, nicht nach Norden, sondern Westen. Man drang mühsam durch die westlichen Provinzen; die Menschen schlossen sich um die goldene Stupa zusammen und hielten sie fest, als wäre sie eine Pagode, die den Ort beschützt. Weder Tag noch Nacht berührte der schwere Schrein mit der Leiche den Boden; von Schultern glitt er auf Schultern. Nachdem er in Kuang-tse unter Dröhnen der ungeheuren Posaunen aufgehoben war vom Boden, sank er in Taschi-Lunpo herunter, im weißen jammerberstenden Labrang, nach sieben Monaten und acht Tagen. Bei Kuang-tse wuchs im selben Jahre der Marmorobelisk, den Khien-lung dem Andenken des Heiligen widmete; der Stein von der goldenen Papst-

mitra gedeckt; der Opferaltar an einer Seite, umweht von langen Seidenwimpeln.

ZWEI Tage nach dem Tode Paldan Jisches saßen in der kleinen Empfangshalle vor der Estrade des Himmelssohnes die Vertrauten Khien-lungs. Er selbst blickte viel zu den weitgeöffneten Fenstern hinaus. A-kui kauerte unten neben Chao-hoei, Song; auch Kia-king, dessen Höflichkeitsbesuch der Kaiser angenommen hatte, den er zu Audienzen berief, ohne ihn eines Gespräches unter vier Augen zu würdigen.
An kleinen Tischen gruppierten sich die zwölf Herren, lackierte viereckige Tische, um die schwarze Holzhocker standen, mit gelben und roten Kissen belegt. Ein größerer runder Tisch in der Mitte der unteren Halle trug die Platten mit Obstsorten, Melonen, Salat, gesalzenen Enteneiern. Die Schälchen mit den zahllosen Suppen verdrängten sich auf den Tischen, Schwalbennester, Haifischflossen mit Pilzen, Meerwürmer, Wurzeln des Nenuphar, Bambusschößlinge; Entenbraten mit Walnüssen, gerösteter Schweinebraten in Stückchen. Mit Süßigkeiten, Mandeln, Melonenkernen schloß man. Die kaiserlichen Diener huschten mit Täßchen und Weinkannen. Allgemeines Verneigen, Schwingen der Täßchen, gemeinsames sich Setzen, Murmeln.
Die Saitenmusik begann. Es wurde gebeten, sich des Fächers zu bedienen. An der Längswand der Halle, gegenüber der kaiserlichen Estrade, war eine kleine Bühne geöffnet. Zu den näselnden Tönen unter Zutritt von Holzschlägern stiegen Tänzerinnen auf die Bühne; so feine schlanke Leiber sie hatten, es waren Eunuchen. Aus weichen Augen verhaltene verstummende Blicke; Wangen, Münder, Augenbrauen unter der Schminke geformt; Perücken und klingelnder schaukelnder Silberbehang der schwarzen Haare; schwarze Seidenkittel in bauschigen Falten, lockere gelbe Hosen, in grünen hohen Stiefeln aus Atlas belebte Füßchen. Nur ab und zu würdigte sie einer der Gäste eines Blickes.

Sie stellten, zu Paaren tanzend, Pfauenfedern auf die Bühne, wanden sich blitzschnell hindurch, zerrten sich graziös zueinander, wippten in die Höhe über eine Feder weg und erstarrten auf einen spitzen Fuß aufspringend, drehten sich langsam auf den Zehen um sich selbst, während ihre winkligen Arme in die Höhe rangen, sich suchten und verschlangen.
Sie tanzten lautlos, ein Schattenspiel. Khien-lung richtete oft die Augen auf Kia-king, der wie immer allein saß und träumte.
Eine zarte Frauenstimme sang zur Geige und Laute hinter der Bühne. Wie es in dem alten Liede heißt: mit Tönen gedämpft, von Traurigkeit verschleiert, die tiefen Saiten wie die Flut rauschend, die oberen flüsternd, und als die Töne lebendiger wurden, glaubte man einen Perlenregen zu hören, der auf eine Marmorplatte fiel. Die klagende Stimme sang das Lied Tu-fus: «Ich bin bewegt von tiefer Traurigkeit und lasse mich in das dichte Gras nieder. Ich beginne, mein Schmerz tönt. Tränenüberströmt, tränenüberströmt. Ach, wer könnte lange wandeln den Weg des Lebens, den jeder für sich durchläuft?» Und wie es in dem alten Gedicht heißt: das Ende des Spiels glich einem zerbrochenen Gefäß, aus dem das Wasser hervorströmt; und zum Schlusse fuhr der Bogen über die Saiten, die unter einem einzigen Strich erzitterten, wie wenn man ein Stück Zeug zerreißt.
Khien-lung nickte. Der thronende blatternbesäte Buddha aus Tibet stand vor seinen Augen; Fetzen schwarzer brandiger Haut hingen von gedunsenen Backen; die sonst platte gerade Stirn beulte sich wie bei einem Wasserkopf. Als lebender Buddha von Taschi-Lunpo nach Jehol gewandert, als geschwüriger Fleischklumpen von Kuang-tse aufbrechend.
Geige, Laute und Frauenstimmen sangen auf den Wunsch des Gelben Herrn noch dreimal das Lied Tu-fus von der Vergänglichkeit.
Dann erhob sich Khien-lung. Ein Eunuch stand neben Kia-king und flüsterte ihm ins Ohr. Tanz, Gesang, Schmauserei wurden unterbrochen vom feierlichen neunmaligen Berühren des Fußbodens.

Während in der Halle die Fröhlichkeit zunahm, die wilden Bändertänze zu der stachelnden Musik geschwungen wurden, Spieler in grünen und roten Säcken auftauchten, sich sonderbar umringten, gegeneinander wühlten, schritt der Gelbe Herr hastig neben Kia-king unter der unnahbaren Schwärze der Zypressen, die ihre finsteren Flammen, Säule neben Säule, zu dem rosigen Abendhimmel rauchten.

Khien-lung verlangte von seinem Sohne, dessen schokoladenbraunes Obergewand bei dem raschen Vorwärtsschreiten brandrote Falten warf, sich über das Vorkommnis zu rechtfertigen, das er kenne.

Kia-king seufzte, er antwortete nicht gleich; drückte seine Gereiztheit und Ungeduld herunter, wies leise auf seine Briefe hin, die er nach Jehol bei dem Hochverrat Mien-khos gerichtet hatte.

Das genügte Khien-lung nicht; er verlangte mündliche Rechtfertigung; das Wort ‚Entschuldigung' entfuhr ihm und gab Kia-king einen Wink.

Der Kaiser wollte Frieden. Kia-king staunte. Es lag etwas Peinigendes in der Vorstellung, daß Khien-lung sich schwach fühlte.

Kia-king übertrieb seine Höflichkeits- und Ergebenheitsäußerungen, erklärte sich schlicht schuldlos, ohne den geringsten bitteren Ton anzuschlagen.

Der Kaiser brach in wilde Vorwürfe aus; sie seien hier in der Purpurstadt eine saubere Gesellschaft; nach dem Leben trachteten ihm seine Kinder, alle Ehrfurcht vor den Eltern sei hin; er könne Kia-king nicht stark genug versichern, wie genug er davon hätte, Vater von Söhnen zu sein, die die Gesellschaftsordnung kaum dem Namen nach kannten. Das Alter käme an ihn heran, sie hätten es richtig beobachtet. Das Verhalten seiner Kinder ekle ihn; er schäme sich für seine Kinder.

Ohne auf die Anklagen einzugehen, seufzte Kia-king, er habe gehofft, dem toten Paldan Jische sei es gelungen, die Unruhe des Vaters zu beheben. Ob nicht das große Lehrerjuwel ihm in Jehol geleuchtet hätte und den Weg beschienen hätte.

«Den Weg beschienen! Kia-king, wir sind keine jungen Knaben. Sieh einmal hin, wie mir dieses Juwel geleuchtet hat, bevor es erloschen ist: ja, hat es mich nicht betrogen, dieses Lehrerjuwel, bevor es erlosch? Die Präfekten schicken mir Berichte auf Berichte vom Aufruhr; ich freue mich, daß es so schön brennt. Und das ist Paldan Jische gewesen, der Pantschen Rinpotsche, der Weisheitsozean, die Kostbarkeit vom Gnadenberg. Es wäre dazu nicht so viel Weisheit nötig gewesen.»
Kia-king flüsterte, vorsichtig sondierend: «Der fremde Mann kennt nicht die Bodengeister unseres Landes. Er redet und erwägt mit Weisheit. Man kann kaum mit tibetanischer Weisheit östliche Menschen beruhigen.»
Khien-lung streifte seinen Sohn mit einem fremden Blick; er wurde finster, als er sich wieder den Zypressen zuwandte. So fremd ging er neben dem Kia-king, unter dessen Abwesenheit er gelitten hatte. Sie nahmen zum Entsetzen Kia-kings auf jener Bank unter der Thuje Platz, in deren Erde die Gespensterpuppe Mien-khos und der Dame Pei begraben war. Der Kaiser ließ sich wuchtig auf die kleine Holzbank fallen, streckte das Kinn vor, blickte auf die Erde, die er mit seinem Fächer anwehte, sprach weiter, während er Kia-kings Augen nicht losließ.
«Du sollst mein Nachfolger sein, Kia-king. Ich gebe die Hoffnung auf, einen besseren Nachfolger zu finden. Ich mag nichts mehr hoffen, ihr habt mir das vergällt. Hier, sieh, diesen kleinen Schlüssel, der zu meinem Schreibtisch paßt; wenn mich der Himmel rufen sollte, so wirst du meinen Schreibtisch öffnen und ein Schreiben im Buche Li-king finden, das dich zum Thronerben ernennt.»
Er fixierte immer weiter Kia-kings feistes gleichmütiges Gesicht. Kia-king blickte traurig vor sich hin; in seinem schlaffen linken Augenlid zuckte es: «Ich möchte nicht Ihr Nachfolger sein, Majestät: Ich sehe keinen Unterschied in Ihrer Art, Pou-ouang nach dem Ili und mich auf den Thron der Tai-tsings zu schicken. Sie klagen mich an. Ich habe es nicht verdient.»
Beide schwiegen. Das feine Singen aus der Halle der Gäste tönte

herüber: «Ach, wer könnte lange wandeln den Weg des Lebens, den jeder für sich durchläuft.»
Der Kaiser schien das Gespräch vergessen zu haben. Kia-king war tief erstaunt über den außerordentlichen Wechsel im Gesichtsausdruck des Vaters; es gab ein Hin und Her von kräftigster Anspannung und völliger Erschlaffung. Daß Khien-lung eingefallene Schläfen von Jehol zurückgebracht hatte, einen Mund, dessen Bewegung und Linien die Schärfe verloren hatten, merkte Kia-king erst jetzt. Zunächst schien der Kaiser die alte Impulsivität zu besitzen, aber es brach aus den Augen öfter etwas Hilfloses, Jammerndes, Ängstliches, das an Khien-lung neu war. Besonders erschreckte Kia-king jetzt ein manchmal auftretender lauernder, gehetzter Ausdruck, der sich regelmäßig vor der Apathie einstellte. Den Prinzen lähmte dieser Ausdruck selbst so, daß er sich kaum erwehren konnte, in seinem unklaren Unglücksgefühl davon zu gehen.
Er fragte, als er merkte, daß Khien-lung dauernd dem fernen Gesang lauschte: «Mein Vater hat lange Tage die Weisheitssprüche des Westens hören dürfen. Sie wollten davon sprechen.»
«Von Paldan Jische?»
«Ja.»
«Oder von dieser Bank? Sie gefällt mir mehr als Paldan Jische. Du kennst doch diese Bank? In einer Neumondnacht sind hintereinander diese drei, vier geschlichen: die halbblinde Dame Pei, der dicke Mien-kho, Pou-ouang, ein Kind mit einem Verbrecherherzen, die Frau Jing, die ich nicht kenne. Ich war der Fünfte, Kia-king. Ich saß zwar in Jehol oder in dem Kloster Ko-lo-tor und schlief; aber die Dame Pei hatte mich bezwungen, während ich schlief. Das ist möglich, daran ist nicht zu zweifeln; ich kenne es von meinen Krankheiten her, wenn ich mich verliere für ganze Wochen und mich wiederfinde. In die kleine Jadepuppe hat sie vermocht mich hineinzuquetschen, mich weggezaubert mit einer Handbewegung so oder so oder so; und dann trugen sie mich Lebendtoten hier vorbei an der Bank, hier

herunter in die Erde. Damit der Vampyr eingesperrt, halberstickend an mir gut reißen könnte, was das Weib mir noch übrig gelassen hatte. Dabei stand Pou-ouang, mein Sohn, und Mien-kho, mein Sohn; ihre Augen glitzerten schon vor hungriger Freude, der kleine Pou-ouang, das Vieh Mien. Ich kann mir diese Nacht gut vorstellen. Wo warst du denn in dieser Nacht, Kia-king?»

«Bei der Nephritquelle am Wan-schou-schan.»

«Du warst in Wan-schou-schan. Ja, ihr seid gut um mich, wo ich euch brauche. Wenn die Toten nicht wären, wären wir ganz verlassen. Sie sind meine einzigen Freunde; ich hoffe auf sie noch immer. Die Schatten sind meine einzigen Freunde.»

«Ich fürchte, der Besuch des Tibetaners hat Eure Majestät sehr angestrengt. Sie blicken so erschöpft; Ihre Arme zittern.»

«Das war die Dame Pei, und Mien-kho, und Pou-ouang, die ganze Sippe. So weit haben sie es doch gebracht. Halb verrückt haben sie mich gemacht, daß ich vor Paldan Jische bettelte um einen Rat, und mich glücklich pries, ihn zu empfangen, ich hier auf der Bank, mit den zitternden Armen, der Sohn Jong-tsings, der Enkel Kang-his. Das ist die Lösung dieses west-östlichen Rätsels. Ja, Pantschen Rinpotsche, dein hölzernes Zepter macht mich nicht beben, deine schwarzen Borken, deine Häutung ist mir viel interessanter. Entlarvt. – Ich zittere wohl viel, Kia-king?»

«Es mag an dem späten Nachmittag liegen. Wenn wir in die Halle zu den Gästen zurückgehen, wird meinem Vater besser werden. Oder wenn wir zu den Orchideen hinübergehen. Sie hatten früher eine Vorliebe für meine Orchideen. Wollen Sie sich erheben? Sie würden mir das größte Glück geben mit Ihrem Vertrauen, Vater. Ich habe nichts unterlassen und will nichts unterlassen, Sie zu verehren. Wollen Sie sich erheben?»

«Nein, bleibe noch hier.»

«Suchen Sie etwas an der Erde? Ist Ihnen etwas hingefallen?»

Khien-lung hatte sich vornüber gebückt und wühlte mit seinem edelsteinbesetzten Fächer in der Erde.

«Nichts. Nichts ist hingefallen. Ich will dir nur zeigen, daß ich keine Angst habe. Mit der Dame Pei und dem schlimmen Mien kann ich es aufnehmen. Vor der Nacht fürchte ich mich nicht. Gestern nacht hättest du mich sehen müssen. Wie ich an den Wachen vorbei aus der Tür gegangen bin. Durch den Garten; keiner hat mich gesehen. Es brauchen nicht vier Menschen zu sein, um eine Puppe zu tragen; man hält sie in einem Leinentuch auf dem Arm wie ein Kind. Sie ist etwas schwerer, etwas kälter. Ich habe Pou-ouang selber oft so getragen; ich liebe Kinder sehr. Solche Puppe schreit auch nicht. Siehst du, Kia-king, ich habe die Stelle.»

Er bohrte mit Anstrengung in dem Boden; einige Stangen seines weißen Fächers zerbrachen und hingen lose beiseite. In dem Loch mußte er etwas erkannt haben; er griff hinein, rüttelte. Die Erde lockerte sich. Er zog ein weißes Tuch hoch an einem Ende; etwas Schwarzes kam mit hoch; plötzlich rollte es auf dem Tuch fort. Kia-king sprang gleichzeitig mit dem Kaiser auf, der die Puppe von der Erde aufraffte und sie dem Zurückweichenden triumphierend zeigte.

«Hab ich nun Furcht, Kia-king, oder hab ich keine Furcht? Du brauchst dich nicht zu ängstigen; das bin ich ja selbst; ich hab niemanden andern bezaubern wollen. Es liegt mir nicht daran, euch, wie ihr heißt, zu bezaubern; mit euch werde ich schon fertig. Wie schön man mich hier ausgestattet hat. Die Dame Pei muß eine vorzügliche Schneiderin sein, daß sie meinen Kittel, mein Obergewand, meinen Gürtel, meinen Fächer, ja sieh, meinen Ring so genau nachmachen konnte. Wenn ich ein Dämon wäre und nicht wüßte, wer Khien-lung ist, würde ich mich selber verlaufen in dieses Ding hier. Schön ist die Figur, kostbar; Brüderchen, Brüderchen, bist du schön, lebendig! Kannst du mir deinen Ring schenken; wir wollen uns doch begrüßen, altes spätgeborenes Brüderchen aus Jade.»

Kia-king ächzte und schauderte. Er fürchtete sich, die Figur in dem Leichentuch anzufassen, und mußte sie Khien-lung entreißen.

«Vater, was soll das. Geben Sie mir die Figur. Es ist nicht recht, mit der Figur zu spielen. Tun Sie es mir zuliebe, Vater; man wird Sie und mich von der Halle aus sehen.»
Die feinen Geigentöne wehten wieder durch die Zypressen herüber. Der Gelbe Herr, mit freudig verzogenen Mienen, ließ nicht ab, die Puppe zu betrachten, an sich zu drücken: «Tu-fu hat unrecht, Kia-king. Zu guter Letzt hat Tu-fu unrecht, das freut mich. Wer könnte lange wandeln den Weg des Lebens, den jeder für sich durchläuft. Ich kann ihn wandern, denn ich habe einen Kameraden gefunden, aus Stein. Ich weiß bald nicht, ob er es ist, der hier steht, oder ich es bin, der da gelegen hat. Wir beide, das ist sicher, halten zusammen, die Puppe und ich, Kia-king. Und finden den Weg des Lebens so erträglich. Opfere für uns, Kia-king, mein lieber Sohn, verehre uns gemeinsam. Und begleite uns beide nach meiner Wohnung herüber, nach unserer Wohnung.»
Es gelang Kia-king, dem Kaiser die Puppe aus dem Arm zu drehen, sie in das Loch fallen zu lassen.
Der Kaiser machte ein feierliches Gesicht, über das sich eine Erwartung spannte. Er sah geradeaus zu den Marmorpfosten seines Palastes herüber, ein verzücktes Hinhorchen, ein dankbares Neigen des Ohrs zu schwer hörbarem Geräusch.
Er wiederholte flüsternd: «Begleite uns herüber, lieber Kia-king, in unsere Wohnung. Wir werden deine Freundlichkeit nicht vergessen.»
Sie wechselten kein Wort mehr. Sie schlugen die Richtung nach dem Wohnhaus des Kaisers ein über die Marmorbrücke. Khien-lung aber wandte sich plötzlich nach der tönenden Gästehalle. Auf halbem Wege kehrte er um und folgte Kia-king.
Immer langsamer ging der Kaiser, je näher sie seinem Palaste kamen, vor dem die weißen und gelben Laternen brannten. Des verwirrten Kia-king Abschiedsgruß und Verbeugungen übersah er. Auf der Schwelle bückte sich Khien-lung, als wenn er unter etwas hindurchginge.

IN dieser Nacht, die wieder eine Neumondnacht war, schlief Kia-king unruhig. Er träumte so wild, daß er schon um die dritte Nachtwache es auf dem heißen Ofenbett nicht mehr ertragen konnte, heruntertaumelte und sich in einer halben Schlaftrunkenheit ankleidete im völlig finsteren Zimmer. Erst als er völlig angezogen war und im Zimmer, auf den Tischen nach seiner Mütze suchte, kam er völlig zu sich, im Gefühl eines klebrigen zu hohen Gaumens, an dem er schnalzte, stand da und wunderte sich, warum er sich mitten in der Nacht angezogen hatte.

Er saß eine kleine Weile so im Finstern, ging ein paarmal zwischen Vasen, die am Boden standen, hin und her, verließ in einer plötzlichen Unruhe das Zimmer und stand auf dem vorderen Hof.

Im Wachtelstall, dessen Umrisse er unsicher erkannte, gurrte und scharrte es, ein feuchter kalter Nachtwind fegte von Zeit zu Zeit durch die weiten Parkanlagen der Roten Stadt, die in einer solchen furchtbaren Dunkelheit lag, wie Kia-king nie gesehen hatte.

Sein Herz klöppelte und fauchte dünn; er wußte nicht, warum er hier stand und warum er die Baumwipfel betrachtete.

Er drehte sich langsam, um in sein Zimmer zurückzugehen, aber nach ein paar Schritten bemerkte er, daß dies nicht sein Plan war und daß er lieber hinausgehen wollte in den Park unter die Wipfel, um sich von seiner Unruhe zu entlasten.

Er schlurrte langsam durch das Hoftor auf den Weg. Die Kiesel knirschten unter seinen weichen Sohlen; er ging seitwärts auf den Rasen, um kein Geräusch zu machen; denn seine Schritte ängstigten ihn. Es ängstigte ihn, daß hier im Finstern einer ohne Begleiter schlich; und er wunderte sich dabei, wie es kam, daß dieser sich keinen Begleiter mitgenommen hatte.

Kia-kings Unruhe wuchs beim Vorwärtsschreiten; sie nahm bei jeder Wendung des Weges zu. Er wußte selbst nicht, nach welchen Grundsätzen er den Weg wählte. Er glaubte bei jedem Häuschen, das zwischen den Bäumen auftauchte, da zu sein; er wußte nicht recht wo, aber er war noch nicht da. In seiner gro-

ßen Erregung seufzte er und rieb sich mit beiden Händen die Backen.
Die Wege lichteten sich; an riesigen schwarz fingernden Brunnen tastete er sich entlang. Da stand er plötzlich in sich geduckt da, die Arme wie ein Schwimmer zum Hals angezogen, die Augen zusammenkneifend.
Eine schwarze Erscheinung kam rasch über den Weg hergelaufen, er konnte sie nur an der gleitenden Bewegung erkennen; sie wollte an ihm vorüber, sie war schon vorbei. Da lief er hinter ihr her, erreichte sie in vier Sprüngen, hielt sie fest.
Es war eine Frau mit aufgelöstem Haar, die den Kopf gegen seine Brust stemmte, um ihn wegzustoßen.
Sie flüsterte: «Was hab ich dir getan?»
Er schlug ihr ins Gesicht, rang mit ihr zu Füßen einer Zypresse. Jetzt erkannte Kia-king, daß er in die unmittelbare Nähe des kaiserlichen Wohnhauses gekommen war.
Er keuchte ihr zu: «Dämon, wo warst du? Was hast du vollbracht? Nenn deinen Namen!»
Sie biß ihn in den Finger, sah ihn tückisch von unten an. Er warf das Gespenst gegen eine Baumwurzel, ohne daß es ein Geräusch gab; sie hielt sich an seinen Beinen fest.
Er konnte sie nicht bewältigen, und wie er ihr tückisches Lächeln bemerkte, fuhr ihm ein Grauen über den Rücken, daß er sich mit wilden Fußtritten von ihren Händen befreite, die Frau warf sich kreischend beiseite. Kia-king faßte nach ihrem Gürtel, da hatte sie einen festen Strick hängen, den sie ihm zu entreißen suchte. Aber rasch hatte er sie aufgestellt, ihre Hände in einer Schlinge gefangen und rannte in großen Sätzen, die leicht wimmernde Frau hinter sich, nach dem kaiserlichen Wohnhaus, das in die tiefste Finsternis eingesunken war, band sie, die sich sträubte und geiferte, mit Händen und Füßen an den Steinpfosten fest, die zum Fesseln der Elefanten dienten, blieb zitternd an der Türe stehen.
Er schob sich über die Schwelle. Ihm fiel ein, wie merkwürdig sich der Kaiser, diese schlanke kleine Gestalt, unter dem hohen Torbogen gebückt hatte. Er mußte sich selber so bücken.

Khien-lung war an dem Abend nicht schlafen gegangen. Nachdem er auf seinem Schreibzimmer Blätter durchgesehen, Korrekturen an seinem großen Gedicht auf die Stadt Mukden angebracht hatte, aß er wenig zur Nacht. Aber es fiel den Hofmarschällen auf, wie viel Wein der Kaiser trank, daß er nach Beendigung der Mahlzeit stumm an der Tafel sitzen blieb, keine Kapelle, keinen seiner Vertrauten zum Morra befahl.

Verschlossenen Mundes, als säh er sie nicht, ging er an den purpurgekleideten anmutigsten Schönen seines Harems vorbei, die Hu zur Erheiterung der kaiserlichen Stimmung herbeigerufen, an die Tür des Speisesaals gestellt hatte. Die niederstürzende Reihe der Eunuchen und Dienerinnen passierte er mit raschen, dann wieder zögernden Schenkeln. Einmal hob er zu dem folgenden leuchtenden Kammerdiener die Hand, stieß hervor «A-kui», besann sich, winkte ab.

Bei der Öllampe versuchte er in seinem Schlafzimmer zu lesen; es war ein Werkchen, das ihm Paldan Jische geschenkt hatte, eine tibetanische Schrift, die ins Mandschurische übersetzt war, mit dem Titel: «Das von dem Abgrunde des Zwischenzustandes befreiende Gebet.»

Er streckte sich auf ein Polsterbett, nachdem er die Diener entlassen hatte, schlief kurze Zeit mit den holzgerahmten Blättern ein, sah sich aufgewacht in dem breiten hohen Zimmer um, das von Ambragerüchen erfüllt war. Sein Kinnbart war zerdrückt und zusammengeklebt, eine Wange glühte, ihn fror an Händen und Füßen. Er schnüffelte. In seiner Kehle steckte eine heiße Bitterkeit.

Kein Geräusch draußen, es mußte schon späte Nacht sein. Khien-lung tappte von dem Polster an die Kante des offenen Bettes; sein Gürtel drückte ihn; er schnürte ihn auf und ließ ihn mit dem zerbrochenen Fächer und klirrenden Behängen auf den roten Teppich sinken, dessen goldene Orchideen am Boden wie Sterne aufblitzten, wie matte Scheiben hingedrückt ihre Fläche deckten.

Er bemerkte, daß er laut stöhnte und daß er wohl wieder krank

würde, aber nur in manchen Augenblicken bemerkte er das. Dann wirtschaftete der taumlige Mann zwischen Schränken, Spiegeln und Vasen, suchte in Ecken, tastete mit den Fingern den Teppich ab, kratzte mit dem Daumennagel die eingelegten Blüten, machte, hingekniet, die Hand hohl und wollte die aufschimmernden Goldsternchen einfügen oder quetschen, um sich die Zunge mit ihnen abzureiben.
Eine kleine Bronzekuh in einem Winkel zupfte Gras. Khien-lung legte gebückt den rechten Arm, dessen Ärmel er hochstülpte, auf den eisigen Metallrücken, bewegte ein Bein und wippte an, als ob er das Tier besteigen wollte.
Die Blätter des tibetanischen Buches hob er auf. Auf den Polstern sitzend, drehte er die Tafeln um und um und wieder um, drückte sie laut wimmernd gegen seine Brust, so daß die Rahmen zerbrachen und seine Halskette abriß. Lauter winselnd wühlte er das Papier an sein Gesicht, schluchzte «Paldan Jische, Paldan Jische» und fühlte, den Kopf so in den linken Arm verbergend, mit den blinden Fingern der rechten Hand nach den Perlen, die nacheinander von seiner Kette rannen, ihm über den Schoß liefen.
Der alte Herr suchte sie, hingleitend, auf dem Boden; kaum er eine Handvoll gefunden hatte, steckte er sie an die Stelle seines Gürtels, so daß sie sanft abrollten.
Versunken richtete er sich auf, schlurfte über den Teppich, murmelte: «Beten, beten. Paldan Jische, beten. Man bestiehlt mich. Beten, Paldan Jische.»
Er drängte sich am Fußende seines weißen Bettes gegen die Wand. Die Mauer war schrankartig vertieft; ein kleiner Aufbau mit der Ahnentafel füllte diesen Raum. Khien-lung rutschte seitlich vor dem Aufbau um; sein Winseln und Stöhnen, von der Höhe zur Tiefe gehend, klang wie der monotone Gesang eines Gefolterten. Der Kaiser, mit stumpfen Augen, tränentriefend, wandte sich nach seinem Bett, zog eine purpurne Decke herunter, zerrte sie hinterher nach der Wandvertiefung. Er stolperte, sich in das Tuch verstrickend, und hielt zweimal inne, weil

unter seinen Sohlen Perlen knackten. Dann hob er das purpurne Laken auf und hing es mit unsicheren schüttelnden Händen über den Aufbau, stopfte es fest um die silberne Ahnentafel.

Er seufzte und ließ sich auf einen Hocker fallen, wo er still blieb, während ihm der Kopf auf die Brust sank und er von Zeit zu Zeit die Stirn runzelte und die Lider hoch zog. Er bewegte oft die Lippen.

Gleich nachdem der Wirbel der zweiten Nachtwache verklungen war, schwankte die Tür. Khien-lung beobachtete es angestrengt, ohne den Kopf anzuheben. Er hatte geglaubt, die Türe wäre geschlossen. Aber sie mußte offen sein, denn sie schwankte sichtlich. Auch die lockere Seidenspannung des hohen Wandschirms neben der Tür blähte sich. Zwei Perlen, dicht zu seinen Füßen, rollten weiter, von dem Schirm rollte eine große Perle weg. Als hinter seinem Rücken etwas klapperte, drehte sich der Kaiser um.

Eine schlanke Frau in rauchblauem Mantel ließ sich von einer unbeleuchteten Ampel herunter und konnte nicht gleich mit den Füßen den Boden finden. Von der Decke kam ein Luftzug; die Frau war von der Decke eingestiegen.

Mit zerzausten Haaren schwebte das Gespenst auf Khien-lung, der sich erhob, und schrie ihn, sich gegen seine Brust drängend, an: «Was stehst du auf? Warum hilfst du mir nicht?»

Der Kaiser wich ängstlich zurück, bat um Entschuldigung, er kenne sie nicht.

Sie schlug ihren Mantel zurück; da hing an ihrem Gürtel ein Bündel dünner Seile. «Lauf nur weg», schrie sie weiter, «du kennst mich nicht? Auf wen wartest du denn hier? Mein Mantel ist zerschlitzt.»

Sie huschte, sich im Zimmer umsehend, an die Wandvertiefung: «Meine Kämme habe ich verloren.»

Sie zerrte das rote Laken von dem Aufbau herunter, der alte Herr lief bettelnd herbei.

Ein feines Klappern erhob sich in der Ahnentafel. Wimmernd suchte Khien-lung sie bei den Händen zu fassen. Unter höhni-

schem Lachen und Bläken der Zunge warf das Gespenst ein Seil um die Bronzeketten der Ampel, schleifte die rote Decke hinter sich, so daß Khien-lung auf dem gleitenden Stoff fehl trat und zu Boden dumpfte, verschwand durch den Türspalt.
Der Kaiser wälzte sich mühsam hoch, hinkte hustend, speiend, seine Brust haltend an die Ampel, stieg auf einen Hocker, wand sich unter Schwanken den Strick um den Hals und stieß, die Schultern anziehend, den Stuhl mit schlagenden Beinen beiseite.
Als Kia-king in das trüb erleuchtete Zimmer kam, hing der Kaiser, mit den Füßen den Teppich streifend, an der Ampel. Die Tür war offen, eine rote Decke lag auf dem Gang vor dem Zimmer, mit einem Zipfel über der Schwelle. Die Schlinge war nicht fest geknotet. Der Körper sank durch seine Schwere, das gedunsene Gesicht mit dem schäumenden aufgesperrten Mund, den glotzenden Augen fühlte sich warm an. Ehe Kia-king in dem verwüsteten überheizten Raum eine Schere fand, plumpste der Körper auf den Teppich, mit dem Gesicht nach unten.
Kia-king troff der Schweiß juckend hinter den Ohren, um den Hals. Er knotete das Seil unter Khien-lungs Kinn auf, wälzte den Körper auf den Rücken, knetete die offene Brust, goß Wasser aus einem Weihbecken über die Stirn. Ein Spiegel, den er dem Kaiser vor den Mund hielt, überzog sich mit einem dünnen Hauch. Knistern und Röcheln stieg ganz von innen aus Khienlungs Bronchien. In den hochgezogenen Lidern zuckte es; die hervorgequollenen Augen traten zurück und bekamen einen blanken Schimmer; das Herz, das nicht aufgehört hatte, langsam zu schlagen, verfiel in ein mörderisch überstürztes Tempo ohne Kraft.
Als Kia-king mit tränenschwimmenden blöden Blicken in einer Erschöpfung über den Teppich sank und das Morgengrauen im Zimmer die Röte des Ölflämmchens umstellte, stützte sich der Gelbe Her mit beiden Armen auf, keuchte, hustete, stammelte.
Er stand ganz auf, torkelte an das Fenster, wobei er sich mit den

Händen seinen zerschnürten Hals hielt und rieb, knickte auf das Polsterbett, unsicher und unausgesetzt den ausgestreckten Kia-king betrachtend mit blutunterlaufenen Augen. Er rasselte stürmischer.

Den wollte er in der Nähe ansehen, den Menschen, der da feist schlief auf seinem Teppich; ei, der sich gefangen hatte, der Fuchs mit dem lahmen Bein. Der hatte sich gut gefangen; nicht einmal die Wachen hatten etwas bemerkt.

Stier und vorsichtig auf Kia-king losschleichend hielt er vergeblich seinen Atem fest, der kollerte und sägte. Da dunkelte ein Schwindel über seinen Rücken, zwischen die Schulterblätter gegen den Hinterkopf. Er segelte langsam um auf die Hände.

Kroch auf den vieren weiter, mit höllischem Vergnügen, schadenfroh, als er mit dem linken Daumenballen etwas Knackendes zerpreßte und die Hand aufhob. Er hielt sie dicht an das Auge, leckte den Perlensplitter mit der Zunge weg, spuckte ihn aus. Den Kopf schaukelnd duckte er sich eine Weile über den Splitter. Eine große Perle blinkte gerade vor ihm auf dem Teppich. Khienlung verlängerte das Gesicht, riß den Mund auf. Er fuhr mit der Hohlhand sachte von oben über die Perle, als wenn er Fliegen fing, zog sich nach vorn, glotzte sprachlos abwechselnd auf den dicken Kia-king und die Hand unter sich. Dann tastete er zweifelnd mit der Linken nach seiner zerrissenen leeren Kettenschnur. Und breitbeinig, mit horizontalen Armen balancierend, schwankte er aufrecht gegen Kia-king vor, die eine Perle in der Faust, die Brust kochend, raffte im Vorübergleiten von einem Tischchen einen zerbrochenen Buchrahmen, schlug hinstolpernd mit Fluchen, dumpfem Geschrei auf Kia-king ein. Kia-king schnellte hoch, kreischte; sie rangen.

Der Gelbe Herr brüllte heiser: «Der hat meine Perlenkette zerrissen, der Schuft, der Mörder, der dicke Dieb.»

Verzweifelt krächzte er, als ihn Kia-king umlegte: «Alle hat er zertrampelt. Meine schönen Perlen. Wache! Wache! Meine Halskette wirst du mir wiederbringen. Mord!»

Auf den Korridoren rumorte es; Lichtschimmer durch die Tür-

spalte. Waffenklirren. Aufspringen der Türe. Der anschwingende Eunuch riß sie auseinander, löste ihre Finger, hob Kia-king an und fuhr ihm mit der geballten Faust in den Rachen. Zurückprallend beim Blick der erstickenden Augen erkannte der Mann Kia-king. Um Khien-lung, der sich wälzte, zwei Wachen. Der Prinz, ächzend, orientierte sie mit atemlosen Silben.
Der Kaiser brüllte auf dem Teppich, mit den Armen nach Kia-king greifend, schluchzte, jammerte, zeigte seine zerrissene Perlschnur: «Mörder! Meine Halskette wirst du mir wiederbringen. Haltet ihn fest!»
Schnappend tastete sich der Prinz an die kühle Luft.
An dem Steinpfeiler fand er den Strick angebunden, genau solch Strick, wie Khien-lung um den Hals trug; in der Schlinge steckte ein trockener vielzweigiger Baumast. Der Dämon hatte sich schon verwandelt.
Der krankhafte Zustand, in den Khien-lung verfallen war, dauerte zwei Wochen. Während dieser Zeit wurde der Knebelbart des Kaisers völlig weiß, sein Gesicht wie eine Mumie.
Als er genas, saß Kia-king bei ihm; der Kaiser erinnerte sich nicht an die Vorgänge der Nacht.
Der Schnee tanzte über der Purpurstadt; der Kaiser nahm wieder die Regierung in die Hand. Da sprach er in einem der riesigen Treibhäuser unerwartet einmal über die Sektenangelegenheit mit seinem Sohne.
Kia-king, völlig über die Entwicklung des letzten Sommers orientiert, schwoll von Vorwürfen gegen die Bündler über, die das Land zerrütteten und verarmten.
Khien-lung äußerte mit der Apathie eines Verfallenen, daß sich die Ahnen schlecht über ihn ausgesprochen hätten, daß der lamaische Papst nicht hätte raten können, und wie schwer die Angelegenheit sei.
Da beschwor der Prinz seinen Vater, indem er ihn aus der Nähe des heißen Ofens führte, sich zu erinnern, wodurch sich das Reich unter seiner Regierung ausgedehnt hätte, ob durch Milde oder kriegerische Strenge, daß Kung-tse und andere Weise

Duldung empfohlen hätten, nicht aber gegen Rebellen. Ja, es mache sich der Herrscher eines Verbrechens gegen seine Untertanen schuldig, der nicht Rebellen, welcher Art sie seien, mit dem Schwert und Beil niederschlüge.
Khien-lung stand mit dem abgefleischten Gesicht gegen eine Fächerpalme und pellte einen langen Rindenstreifen ab. Worüber also, meine Kia-king, seien die Ahnen erbost und hätten ihre Zeichen gegeben?
Über die Schwäche im Angriff, über die Nachlässigkeit der beteiligten Behörden; eine Warnung sei das Ereignis gewesen; eine Mahnung, an das Schicksal der achtzehn Provinzen zu denken, welches unabwendbar heraufziehe, wenn Neuerer, Schwärmer, Halbnarren und Schwindler ungestört das kenntnislose Volk beirrten. Und mit blitzenden Augen sprach Kia-king auf den Gelben Herrn ein, der öfter mit abwesenden Blicken das pralle mienenbewegte Gesicht seines Sohnes streifte. Es würde der ganze Westen über das Blumenland stürzen. Statt daß Tibet ein Tributreich des Ostens sei, unterliegen die achtzehn Provinzen den Hirngespinsten phantastischer roher Pfaffen. Die Lamas bedienten sich feiner Waffen. Und wie lange würde es dauern, dann würden die langnasigen Weißen aus Indien sich einstellen, und die rotborstigen Barbaren mit Knuten von den nördlichen Grenzen. Die klare uralte Weltregelung des Weisen von Schan-tung ginge verloren unter dem Schwall ungezügelter Träumerei westlicher Barbaren. Kung-tse müsse geschützt werden. Das Schwert müsse rechtzeitig gehoben werden.
Sie schleppten zwischen den Palmen und Kakteen ihre Leiber schwer atmend auf und ab. Ein Silberfasan stolzierte vor ihnen auf den wasserbetropften Marmorplatten; seine roten Füße setzte er mit einem plötzlichen gnädigen Entschluß; geziert bog er seinen blauschwarzen Hals, um den Glanz seiner Federn aufleuchten zu lassen. Vor dem bebuschten runden Stamm eines Ölbaums trennte sich Khien-lung von seinem Sohne. Die eingesunkenen Augen Khien-lungs, fältchenumrahmt, blickten unruhig. Er sagte zu Kia-king, dem er einen Arm auf die Schulter

legte, er möchte sich zu den folgenden geheimen Beratungen einfinden.

IN den folgenden Besprechungen, bald mit Kia-king, bald mit A-kui, Song, Chao-hoei, wand und bog sich der alte Kaiser wie ein Lebensmüder, den man retten will. Er wollte diesen blitzartig erleuchtenden Vorschlag Kia-kings nicht annehmen; er hatte sich tief in hoffnungslose Verworrenheit hinein verloren, es war eine heimliche selbstquälerische Freude, die ihn hier festhielt. Schwer wurde der Entschluß, zu hoffen. Eine dunkle Scham kam hinzu, die des geretteten Selbstmörders vor dem Leben.
Die Deduktionen keiner Beratung hätten das vermocht, was dem feinen Takt Kia-kings gelang. Der Prinz schwieg über die früheren Ereignisse, ließ seine ganze Schlaffheit sinken, warb um den Kaiser, den er anbetete um dieses inneren Zwistes willen.
Als Khien-lung, halb geneigt zu folgen, heimlich erfreut über seinen Sohn, mißtrauisch wurde, griff Kia-king zu einem Gewaltmittel. Er zeigte sich betroffen über den Widerstand seines Vaters, stimmte ihm bei, verließ bei einem Besuch den aufgewühlten Kaiser mit nervösen Worten, unsicheren Bewegungen, blieb in seiner Wohnung.
Dem Kaiser, der ihn bald aufsuchte, gab er sich trostlos, weil es also wahr wäre, daß ihre glanzvolle Dynastie von den Ahnen verlassen sei. Der Gelbe Herr, ungläubig, starr, aufgespalten von einem Beilwurf, suchte sich angstvoll jammernd den Rest von Hoffnung zu retten, hielt stotternd Kia-king dieselben Argumente vor, mit denen ihm Kia-king gekommen war. Der feiste Prinz näselte, grapste tränenselig an den Gründen herum, beschnüffelte sie, vom Kaiser in jedem Atemzug, Wimpernschlag belauscht. Sie schoben sich ächzend hin und her, Khien-lung jeden Augenblick sein Todesurteil fürchtend, beide gegeneinander minierend und sich hitziger aufstachelnd, sich Entschlüsse abringend. Der Kaiser bot seine ganze blau und grün gewordene Verzweiflung auf. Er mußte das träge bockige Flennen seines

Sohnes überwältigen. Bis Kia-king nachgab und sich gekränkt umwarf.

Das Spiel war gewonnen. Der Kaiser fühlte sich an Kia-king in einer dunklen Beziehung gekettet. Khien-lung grollte noch tagelang; man durfte mit nichts Politischem kommen.

Dann hatte er angebissen. Als wenn es von ihm käme, schleuderte er mit einem rauchenden Zorn den Wunsch einer gewaltsamen Unterdrückung der Rebellion in den Hohen Rat.

Drei Wochen vergingen nach jener Nacht. Da trugen Kuriere in die winterlichen Landschaften den Erlaß des Kaisers hinaus, der unter Mitwirkung des gesamten Ministeriums, unter Hinzuziehung der ältesten Prinzen und aller Zensoren formuliert war.

Die Kundgebung bestimmte die Anwendung des Ketzereigesetzes in verschärfter, genau angegebener Strenge auf die Sektierer der nördlichen Provinzen. Jeder Widerstand sollte als Rebellion gefaßt werden. In dem Erlaß klagte der Kaiser, auf wie schlechten Boden seine frühere Milde gefallen sei. Die sofort einzusetzenden militärischen Maßnahmen zur Unterdrückung des Aufruhrs würden erfolgen unter Chao-hoei, dem besondere kaiserliche Vollmacht und der Oberbefehl über die Provinzialtruppen der beteiligten Gebiete verliehen sei.

Das Land möge sich nicht beunruhigen.

Der Drachenthron würde die Lehren Kung-tses und des Himmels verteidigen.

VIERTES BUCH

DAS WESTLICHE PARADIES

DIE Veröffentlichung des winterlichen kaiserlichen Erlasses stieß auf keinen stärkeren Widerstand. Wenige östliche und südliche Präfekturen in Tschi-li unterschlugen die Befehle. Im übrigen brauste der Erlaß als ein Kampfruf über die nördlichen Provinzen.
Chao-hoeis Truppen, die gefürchteten Mordbrenner vom Ili, rückten in die nördliche Provinz ein. Ein paar hundert herumstreifende Brüder und Schwestern, auf die man in Rotten stieß, wurden ergriffen, nach ihrer Vernehmung hingerichtet, kleine Trupps, die Widerstand gegen die Gefangennahme leisteten, waren rasch umstellt, niedergeschlagen, nach Folterungen in Stücke zerschnitten. Es bedurfte zu diesen Ereignissen nur weniger Wochen, dann gähnte Chao-hoei in der nördlichen frierenden Provinz, konnte nicht nach Pe-king Unterwerfung melden und konnte nicht angreifen. Die Wahrhaft Schwachen waren vom sichtbaren Erdboden verschwunden. Überfälle auf gefangene Boten, Briefe bewiesen, daß sich die Geheimbündler in die Städte und Dörfer verschoben hatten, daß die Bevölkerung sie aufgenommen hatte und daß mit einem Schlage riesige Massen hinter den Wahrhaft Schwachen schwelten. Die Weiße Wasserlilie tauchte auf wie das Gespenst einer brutalen undurchdringlichen Menschenwand. Weder Chao-hoei noch die Tsong-tous von Tschi-li und Schan-tung trauten sich zu prüfen, wie diese fürchterliche Freimaurerverbindung zu den Wu-wei-Leuten stünde. Ein eisiger Winter brach an.
Es war nach dem letzten Kampf einer Bündlerrotte mit den Regulären, als sich fünf Händler aus jenem Dorf, bei welchem der Kampf stattgefunden hatte, aufmachten und mit ihren Segelkarren nach Süden zogen. Dieses waren entschlossene Brüder, welche Wang-lun holen wollten. Hochgetürmte einrädrige Karren ließen sie im frostprustenden Wind vor sich laufen, über den gefrorenen Schnee rollten sie wie auf Schienen. Nur zwei von ihnen verstanden den Dialekt der südlichen Provinzen, in die sie reisten; aber die drei andern waren kräftige Burschen, die sich auf Schlagen und Landstraßenwalzen verstanden. Tang, einer

von ihnen, war, als Ngoh anordnete, man solle sich verstecken, mit einer Anzahl anderer auf die Dörfer gelaufen, suchte Rebellion gegen die Mandschus zu schüren, erlahmte bei diesem Treiben. Er faßte es als ein Zeichen auf, daß er der letzten Umzingelung durch die Kaiserlichen entrann, überredete rasch seine Begleiter, mit nach Süden zu reisen zu Wang-lun. Er wußte von Ngoh den Aufenthaltsort Wangs. Nach einer Tagereise kehrten sie um; Tang suchte sich eine Legitimation zu verschaffen für Wang-lun. Bei dem Dorf wieder angelangt, fand man aber den alten Chu nicht mehr, der, wie er oft erzählte, auf den Nan-ku-Bergen die Geburtsstunde des Bundes miterlebt hatte; bei der Plünderung des Dorfes hatte er sich verdächtig gemacht, und nun lag der alte Fanatiker, dem bei dem zudringlichen Ausfragen die Galle übergelaufen war, neben einem geborstenen Maulbeerbaum im weichen Schnee und hielt seinen steifgefrorenen Kopf zwischen den Füßen. Sie warteten die Nacht ab, begruben den Körper hinter der Mauer des Magistrats, damit er der verräterischen Behörde Unglück bringe, wälzten den klebrigen Kopf in einen Salzeimer, den Tang an der Lenkstange seines Karrens führte, und hatten nun die Legitimation, die sie brauchten. Viel ist später über die Fahrt dieser fünf einfältigen Brüder nach dem Hia-ho, wo Wang-lun wohnte, gefabelt worden. Wahr ist sicher, daß man in allen Städten und Orten hinter ihnen tuschelte; die Zopfschnüre, Lampen, Dochte, Federblumen, Seidentücher, Tabaksdosen, die sie verkauften, warf man nach ein paar Tagen weg in Angst, behext zu werden; die, welche Süßigkeiten von ihnen gekauft hatten, behaupteten, Kriebeln in den Fingerspitzen zu spüren, Absterben der Zunge, und gaben sich Mühe zu erbrechen. Man erschrak über das rasche Erscheinen und Verschwinden der Händler; der enorm niedrige Preis, zu dem sie verkauften, erregte hinterher Verdacht, dazu der grimmige tiefsinnige Gesichtsausdruck Tangs, der über den Tod des alten Chu trauerte; auch die sonderbare Ängstlichkeit der fünf Wanderer. In ganz anderer Weise sollte drei Monate später Tang mit Wang-lun dieselben Ortschaften durchwandern; freudig still neben dem freudigen und stillen Wang-lun, beide im herrlichsten Frühling in die Mäntel taoistischer Doktoren gehüllt; sie schoben abwechselnd einen kleinen Handwagen mit geweihtem Zauberwerk; auch an der Deichsel dieses Wagens schaukelte der Salzeimer mit dem Kopfe des toten, hitzigen Chus, den sie neben seinem Körper vergraben wollten. Die Provinzen Tschi-li und Kiang-su durchhetzten die fünf Händler, sie hielten sich an die Richtung des Kaiserkanals; das reiche Tiefland dehnte sich unermeßlich nach allen Seiten. Den Jubel des Neujahrsfestes, Lärmen, Knattern der Bambushölzer erlebten sie in Schan-tung; jeder Festtag ließ sie das Vorrücken der Zeit empfinden, blies in ihre Segel, kniff in ihre Waden. Tang trug viel Geld bei sich, das er unter Drohungen einem Kaufmann in Tschi-li abnahm, bevor er auf die Dörfer lief, sechs starke Barren Hacksilber, die er in den Boden seines Karrens versteckte unter einer Bretterlage. Sie mußten viermal ihre Warenbestände erneuern, sich selbst zweimal einkleiden auf dem Wege, um als Händler der Gegend zu erscheinen, die sie durchfuhren. In Kiang-su war es schon Frühling geworden. Zuletzt mußte man sehr langsam reisen, weil Chen, ein Natternhändler, einer der Sprachkundigen des Zuges, beim Fang eines Tieres in den Hacken gebissen war; die feine Rißwunde flammte auf, heilte nicht, ja an manchen Tagen blühte das ganze Bein schwellend wie ein Kuchenteig. Die Häuser wuchsen höher, hatten weiße Stirnen, waren umrankt von Efeu, Kürbis, seltsamen breitblättrigen Pflanzen. Die Dachverzierungen wurden prächtiger. Dunkle Menschen begegneten ihnen, die sehr rasch, auffallend laut und weich sprachen. Auf vierrädrigen Büffelwagen holperten Bauern vorbei; breite Flüsse, welche die Einwohner verschieden benannten, schaukelten Städte von Booten, in denen die Menschen wohnten. Der schreckliche Hwang-ho wurde überschritten; über den Hwai-ho setzend, bogen sie östlicher ein. Sie näherten sich dem Hia-ho, dem seenreichen Gebiet nördlich vom Jang-tse-kiang, das sich in fruchtbarer Niederung vom Damm des Kaiserkanals bis an den meerabwehrenden großen Damm Fang-koung-ti erstreckte. In dem Marktflecken Fou-ngan, an der südlichen Grenze des großen Damms, sollte ein Mann namens Tai wohnen. Dies war Wang-lun. An den Grundstücken der großen Salzsieder knarrten die fünf Händler vorbei, ein reger Wasserhandel wurde hier getrieben. Auf dem Damm wogten die Pflanzungen von Baumwolle, Ölbohnen, Mais.

An einem stürmischen Mittag langten sie in Fou-ngan an, krochen in ihre Herberge, schliefen bis zum lichten Morgen. Tang machte sich an den Wirt, einen älteren schlauen Gesellen, der leise herumging, fragte ihn nach den Ortsverhältnissen, nach kaufkräftigen angesehenen Leuten, erfuhr dabei die Wohnung Tais, der eine Baumwollpflanzung besitzen sollte, zurzeit auf Fischjagd lag.

Die zunehmende Erkrankung des glücklosen Natternhändlers, sein überkochendes Fieber erübrigte eine Begründung für ihr langes Verweilen am Ort. Sie brachten ihre Karren in der Herberge unter, Tang schob seinen kostbaren Karren durch die lange Dorfstraße, die drei andern Männer liefen hinterdrein. Sie kauerten am Ufer des Jang-tse hin, der breit wie ein See in wilder Strömung nach dem Meere rollte. Sie hatten bis zum Abend lange Stunden Zeit, das schlammige gelbe Wasser zu betrachten. Wie in Tschi-li flogen die Tauben in Schwärmen über ihnen, tönend wie Äolsharfen; wunderbar fein klangen die Pfeifchen in ihren Schwanzfedern, wenn sie sich näherten. Niedrige Felsklippen faßten beiderseits dem Meere zu den Fluß ein, an den Felsbuchten gab es ein Schweben und Senken der Mandarinenten. Im Rücken der vier träumenden Händler tapste der Lärm, Wasserträger schrieen, die Saat wurde auf die Felder geschleppt, Bootzieher trabten nach den Querkanälen.

Gegen Abend sprangen die vier auf und rieben die Knie. Eine Flotte von vierzig Dschunken näherte sich dem Dorf, legte an. Die Tschi-li-Läufer stellten sich in die Gruppe der ausgestiegenen Fischer, die Körbe und Netze von den Fahrzeugen trugen. Frauen und Kinder zwitscherten den Damm herunter. Der Himmel schwankte und schwappte wie ein übervoller Bottich von

Purpur, hochgelb, violett. Der Name Tai wurde von Trägern gerufen, ein riesengroßer Mann mit magerem Gesicht antwortete, der Korb nach Korb von den rüttelnden Planken eines Schiffes räumte. Die vier Tschi-li-Läufer stießen sich im Gedränge. Sie legten einander die Arme um die Schultern, und ihre beweglichen Augen glänzten. Lauter wurden die Schreie, das Scharren durcheinander, als die Fischer in die langen, schmalen Gehege uferentlang ihre Beute hoch aufgeschultert stampften. Tang stand schon mit seinen Freunden an dem Gehege des knochigen Mannes, wartete bis zum Ende des Verstauens. Sie folgten Tai, als er über eine sonnenbeschienene Bodenerhebung mit baumelnden großen Händen allein ins Dorf stieg. Der Karren des breitschultrigen Tang querte seinen Weg. Tang bot dem wassertriefenden Barfüßler im Vorüberrollen einen großen roten Frauenschal an.

Der Fischer: «Heb ihn hoch, sonst wird er naß.»

«Tut nichts», meinte Tang.

«Aber unser Boden wird rot», grinste der Knöcherne stärker, schlurfte an dem Karren vorbei. Sie fuhren hinter ihm her. Tang sauste quer über den Weg, der zwischen steile Tung-schu-Bäume führte. Tai, stehen bleibend, schrie dem ungeschickten Händler ein wütendes «Ho-oooh!» zu. Der Händler aber, seinen Karren festhaltend, der ihm im Schwung fortrollen wollte, riß mit der freien linken Hand den Salzeimer von der Deichsel: er wolle ihm noch etwas anderes anbieten; vorher hätte er sich vergriffen; dies hier färbe auch rot. Die schnüffelnde Nase des Fischers fuhr zurück vor dem auf der rosigen Salzkruste herausragenden Halsstumpf. Die drei andern Männer trollten herzu, hielten den zappelnden Karren. Tang stellte sich höflich neben den Fischer, dessen kleine Augen von einem zum andern hüpften. Den Eimer auf den Boden gesetzt, zog er am Stumpf den Kopf des alten Chu heraus, drehte noch im Eimer das Gesicht nach oben. Tai bückte sich tiefer, tiefer herunter, hockte ohne ein Wort neben dem Eimer, die Hand des Tang fortstoßend. Er schien Merkmale von dem stinkenden schwarzbraunen Leichengesicht abzu-

zählen: den kleinen zusammengeklebten Kinnbart, die geriefelte Haut, die dicken Augensäcke, den vorragenden Unterkiefer. Dann blickte er an dem Holz des Gefäßes entlang, stubbte den Leichenkopf zurück, sprang auf, wischte sich die Hände im Sand und ging, mit den Fäusten den vier drohend, die er «Strolche» angiftete, mit langen Schritten zum Dorf hinüber.
In ihrer Herberge unterhielten sich die fünf in der Kammer des Natternhändlers. Tang mußte die andern beruhigen. Ob sie geglaubt hätten, die Sache wäre mit vier krummen Buckeln und einem Grinsen abzumachen.
Der Wirt wußte schon, daß sie sich mit Tai unterhalten hatten, daß er ihnen aber nichts abgekauft hatte. Er riet ihnen, sich ganz früh bei der Abfahrt der Kormoranfischer am Fluß einzufinden. Da strömten Frauen und Männer zusammen. Ihnen läge doch nicht gerade an Tais verschlossenem Beutel.
Als der scharfe Morgenwind über den Gelben Fluß seine prallen pfeifenden Luftsäcke entleerte, standen die vier unter den rüstenden Leuten. Dutzende lange Flöße schwankten auf dem Wasser, schmal, vorn wenig aufgebogen. Eine Anzahl glitt im weißgrauen Morgenlicht stromabwärts, von Männern, die auf dem Vorderteil des Schiffs mit Ruderstangen liefen, geführt. Als Tai über den Sand drei lange Schiffsstangen hinter sich schleifte, löste sich aus der Gruppe der vier Händler Tang gegen ihn zu. Gleichzeitig sah der Fischer sie an und rief. Sie sprangen zu. Nachdem sie Stangen und Netze auf sein Floß geworfen hatten, das eine große Breite aufwies, stiegen sie mit ihm auf das Floß. Er gab jedem der Männer, langsam um sie herumgehend, einen Platz und eine Stange. Vor jedem Platz auf den schwankenden Brettern stand ein hoher Korb, auf dem hinteren Floß schrieen und hüpften die abgerichteten Vögel, die Kormorane.
Während die Fischer der Strömung folgten, um Klippen und Sandbänke glitten, tauchten die Vögel, watschelten vor dem Floß, brachten feuchtigkeitsprühende Fische im Schnabel an, die sie in den Korb fallen ließen, nach ihnen hackten. Die rudernden Männer, torkelnd, breitbeinig, sprachen im Tschi-li-Dialekt mit-

einander, ohne sich umzudrehen. Tai fragte, wo sie im Dorfe wohnten und wo der Eimer wäre. Als Tang geantwortet hatte, unaufgefordert vom Tode Chus präludierte, Wang-lun gleichmütig ihn hieß, seine Arbeit zu tun, dann würde es ihm gut gehen, schwieg ihre Unterhaltung. Langsam schwammen sie, von Wang gesteuert, gegen eine schwarze senkrechte Uferklippe, ließen die übrigen Flöße vorüber. Das gelbe Element schäumte, rieselte unter ihren nackten Füßen, die Vögel flatterten.
Wang-lun drehte sich um: «Ich habe euch schon gestern gedroht. Ihr habt hier nichts zu suchen mit dem Kopf des alten Chu. Ich werde euch ins Wasser werfen.»
Tang erwiderte, es sei einer von ihnen in der Herberge, sie fürchteten sich nicht.
Verächtlich fixierte ihn der Fischer, hieb abstoßend in die Klippe. Sie schwammen weiter über den Strom. Als sie ruhiger arbeiteten, schrie einmal Wang plötzlich: es sei eine Kinderei, eine Niedrigkeit, den Kopf des alten Chu durch alle Provinzen zu schleppen. Wozu? Wem sie damit einen Gefallen täten? Chu sei alt, erfahren, hätte genug Provinzen durchwandert, sie hätten ihm Ruhe gönnen können.
Tang erwiderte, Chu sei noch zuletzt unter die Kämpfer gegangen; er habe gewünscht, ruhelos weiter gegen die Füchse, die Pelzdiebe, die Mandschus zu kämpfen, und das wäre ihm jetzt gegönnt.
«Wodurch?» fragte Wang.
Tang trat einen Schritt näher: «Das weißt du selbst. Er wirbt zum Kampf.» Tangs Augen blitzten.
Wang-lun drohte: «Ich werde euch ins Wasser werfen.»
Tang höhnte: «Die Kormorane werden uns wieder in deinen Korb legen.»
Wang-lun: «Fressen werden die Haie euch.»
Wang-lun und Tang taumelten sich auf dem Floß mit geschwungenen Ruderhölzern entgegen. Tangs Holz sank. Der Mann warf sich auf die Knie: «Ich will ins Wasser springen. Verlangst du?»

Als der Fischer drohend verharrte, der Händler an den Rand des Floßes trat, schwirrten die Kormorane an, und der Knöcherne kehlte dem Händler zu: «Geh an deinen Platz.» Einige Vögel fraßen die zappelnden Fische im Flug; die Ruten pfiffen auf ihre Rücken; krächzend rissen die Kormorane die Schnäbel auf, die Fische schnellten blutend in die Körbe. Die Strömung riß heftiger an dem Floß; die Ruderer bremsten und rangen mit dem Wasser. Wangs Floß drehte langsam bei zu der übrigen Flottille, die vor einer eben mit platten Dächern auftauchenden Ansiedlung lag. Während sie mit den langen Stangen sich gegen den Flußboden stemmten, schoß der lange Fischer unter seinem ungeheuren Strohhut wilde Blicke auf die arbeitenden Händler.
Tang, der ihm am nächsten stand, rief er an:
«Wer hat euch auf mein Boot mitgenommen?»
«Du selber.»
Wang raste. Seine Steuerstange glitt seitwärts. Sie schwammen weiter.
«Ihr lügt, ihr seid allesamt Betrüger, Nichtstuer, Lungerer. Gesteht es doch. Was kommt ihr zu mir Arbeit suchen? Euere Körbe sind halb leer. Seht doch hin, wie die Kormorane schmausen, ihr Affen. Solche Leute brauche ich nicht. Oh, solche Halunken mußten mir in den Weg kommen; es gibt hier so viele tüchtige Leute.»
Er vergaß in seiner Wut völlig zu steuern, der junge Tang balancierte heran, bückte sich nach der Steuerstange, wurde von dem Fischer an der Schulter gepackt und hingeworfen. Triefend, wortlos schleifte Tang an seinem Korb, fing an zu zittern.
Wang führte sie wieder langsam an die Flottille heran. Ein Gewitter war mit blauem Wolkenschiefer, baßtief orgelnd, heraufgekommen. Die Wellen duckten sich eigentümlich flach. Plötzlich keifte der gezüchtigte Tang, der die Fassung zu verlieren schien:
«Wenn es doch herunterführe, alles zerschlüge! Es müßte alles zerschlagen, ins Wasser gestopft werden. Das wünschte ich.»
Mit gläsernen Augen beobachtete ihn Wang:

«Du auch? Wir fahren an Land. So rasch geht nichts, Tang. Der Drache läßt dich los. Das sind so ausgerechnete Geschichten, ich kenne das. Nichts wünschen, nur nichts wünschen.»
In der Schenke, die sie in der kleinen Ansiedlung aufsuchten, stellte Wang die vier als seine Landsleute aus Schan-tung vor. Wang, wie die andern an einer Tasse Fleischbouillon hängend, vertiefte sich im Gespräch in die Details einer verschimmelten lokalen Streitigkeit. Er spann sich in große Behaglichkeit ein, erzählte von dem Vater seiner Frau, der ihm den fettesten Teil seiner Maisfelder billig verkaufen wolle.
Ein alter Mann, Freund Wangs, steuerte das Floß am Spätnachmittag zurück mit der Muskelkraft der vier Händler. Wang selber fuhr mit einem Nachbarn, einem wohlhabenden Fischer, der ihn nicht losgelassen hatte.
Den Abend verbrachten die Fremden in dem alten Häuschen Wangs. Er präsentierte ihnen seine junge Frau, ein kleines, lächelndes Wesen, das die Fremden verwundert ansah, zweimal besorgt nach ihren Absichten fragte, sich zurückzog.
Als Wang, der sie zärtlich bei den Händen herausgeführt hatte, wiederkehrte, blieb er am Türpfosten stehen vor ihnen, die nebeneinander auf der Bodenmatte hockten und Tee schlürften, streckte überkreuz die Arme vor:
«Also?»
Da sie sich nicht regten, ihn nur anblickten:
«Ihr habt nichts mitgebracht? Schade.»
Die Arme sanken:
«Es wäre einfacher gewesen, mich binden und wegschleppen. Statt langer Unterhaltung. Ihr seid aber sehr sicher. Es geht auch ohne Stricke.»
Die Matte raschelte, er saß vor ihnen, sie glucksten schweigend.
«Sagt mir nun eure Namen noch einmal, und woher ihr stammt. Erzählt mir weiter gar nichts. Es ist nicht nötig.»
Sie nannten sich leise.
«Jetzt kenne ich euch. Ihr vier oder fünf kommt euch wohl sehr

rühmlich vor, daß ihr von Tschi-li durch Schan-tung, Kiang-su bis hier an den großen Damm gedrungen seid? Ich bin auch einmal so nach Schan-tung gefahren. Besonders du, Tang, machst ein schlaues Gesicht. Es ist eine rechte Heldentat. Es liegt nicht daran, Tang, daß du den Eimer mit Chus Kopf da bei deinem kranken Freund stehen gelassen hast. Der Wirt hat den Kopf schon längst gesehen. Aber du verspekulierst dich, wenn du glaubst, ich bin nun mit euch verraten und muß weg aus dem Hia-ho. So fängt man mich nicht, ihr zahmen Kaninchen. Erzähl doch mal, du mit der lahmen Schulter, wie bist du an die Wahrhaft Schwachen geraten?»
Einer der sprachkundigen Tschi-li-Läufer, dem eine Schulter hing, verneigte sich:
«Es fehlte mir in meiner Heimat nichts. Meine Sippe ist nicht arm. Du bist ein großer Wundertäter.»
«Ja, ich weiß schon. Es ist richtig so. Als wenn ich Gift um mich gespritzt hätte. Es geht immer so weiter. Nun redet doch. Wie kommt ihr euch also vor, wo ihr so dasitzt? Ihr braucht keine Furcht vor mir zu haben. Ich bin nicht verstockt, wie mein toter Bruder Ma-noh war, als ich ihm zuredete. Wie ich euch am Ufer hab stehen sehen, hab ich alles gewußt. Mein Schicksal, mein ganzes Schicksal, das Schicksal meiner Frau. Ich hab euch erwartet, ihr, seit Monaten gefürchtet! Weil mir alles entzwei geht. Gefürchtet, oh.»
«Weiß Wang-lun», fiel nach einer Stille Tang ein, «daß er das Brüllen eines Löwen ausstößt, eines trägen Löwen, den man aus seinem Käfig jagt?»
«Für euch hab ich zu viel getan, so viel. Nicht einen Käsch gebt ihr mir zurück. Ihr blitzt mich nur mit solchen Worten an, feilt an mir herum. Ihr grabt mich aus. Ihr wollt mich nach Tschi-li ziehen, damit ich an der richtigen Stelle geopfert werde, oder nach Schan-tung. In Tsi-nan-fu muß ich geopfert werden. Was macht ihr für Wesen um die Dinge. Wie viele hat der Kaiser Khien-lung von euch wieder morden lassen? Sagt rund tausend, zehntausend, zwanzigtausend. Ihr werdet gar nächstens noch

Menschen zählen, ein paar mehr, ein paar weniger. Die Weiber auf den Schiffen drücken alle Tage einem kleinen Wurm den Schädel ein, darum werde ich nicht behelligt, darum wandert keiner von euch nur von hier bis an den Ofen. Es ist gleich – es bringt mich in Wut –, was der Kaiser macht oder die Weiber machen oder das Darmfieber macht, es geht mich nichts an. In keinem Buch steht, daß man mich auch totschlagen soll, wenn Zehntausend, Hunderttausend in Tschi-li totgeschlagen sind. Was lauft ihr mir wie Gespenster nach? Ich bin euch nichts schuldig. Ich kann nichts, ich kann nichts dafür.» Es war ganz dunkel. Auf dem Fußboden saßen sie mit baumelnden Köpfen, erkannten sich nicht.

«Was hab ich schon alles geopfert, was hat man mir weggenommen! Ja, zu mir kommen sie mit solchen Sachen. Mit erwürgten Freunden. Mit abgedrehten Köpfen. Als wenn ich eine Jahrmarktbude, ein Schaukabinett wäre und sie mich füllen müßten. Ich bin froh, daß Vater und Mutter tot sind, sonst liefen der und der hin und schlügen sie rasch tot, brächten mir ein bequem transportables Bein, ein eingesalzenes Gesicht, ein sauber verpacktes Stück Brust von meiner Mutter. Um mich zugänglicher zu machen. Das ist mein Los. Ich weiß schon. Ich werde euch folgen. Eine Frau hab ich, ein Gut, Baumwolle, ein Floß, man ehrt mich. Man hat mir einen versalzenen Kopf im Eimer vorgesetzt, und daran muß ich fressen und alles hier lassen.»

Wang tappte im Zimmer herum. Ein Feuerzeug schlug an, die kleine Öllampe brannte oben auf dem Ofenbett. Wang tappte weiter, sackte neben sie, einen langen bastumwickelten Gegenstand über den Knien. Als er den Bast abgehalftert hatte, blitzte das lange blanke Schwert. Sie duckten wieder rasch die Köpfe. Wang-lun wiegte den Gelben Springer in den Armen.

Am nächsten Morgen fuhren die Karren in der ersten Frühe aus der Herberge, der Natternfänger hinkte und ließ sich stützen, sie verließen das Dorf nach Norden. Hinter dem Dorf holte den langsamen Zug der fünf Händler die große gebückte Gestalt im Strohhut ein.

Wang-lun fauchte, warum sie heimlich aufbrächen, so daß erst der Wirt jemand schicken müßte, um ihm die Reise seiner Landsleute anzuzeigen. Die Händler sahen sich bedrückt an, der mit der schlaffen Schulter schniefte unter der Nase:
«Wir haben uns geschämt. Es tat uns leid, daß wir hergekommen sind. Wir wollen an dem nicht schuld sein, was du gesagt hast.»
«Wir sind Brüder», gab Tang von sich, «wir wollen dich nicht zwingen.»
Wang-lun drängte an Tang, überfuhr ihn mit Zorn: «Ihr seid feige, ihr schämt euch, wollt nicht schuld sein! Warum nicht?»
«Was nützt das Schimpfen?»
«Kaum hab ich euch angeblasen, seid ihr fortgelaufen. Ihr seid Boten! Man flüchtet nicht, sag ich euch, und man fürchtet sich nicht. Warum denn nicht zwingen, du Schlaukopf, warum denn nicht schuldig sein? So sehen meine Wahrhaft Schwachen aus! Wahrhaft, wahrhaft Schwache!»
Wang-lun drängte sie zum Weiterfahren, man könnte sie im Morgengrauen vom Dorf sehen. Sie erlebten an dem letzten Wegstein zum Dorf Wangs Abschiedsschmerz; er schied von dem Land, von seiner Frau. Dann fuhren sie getrennt, Wang-lun mit Tang. Wang war nicht mitteilsam; mit Laufen, Verstecken, heimlichen Einkäufen und Betteln von Reis, Melonen und Wasser wurden die Tage zugebracht. Tang konnte den Eindruck nicht verlieren, daß er einen Gefangenen mit nach Tschi-li brächte. Wang, der öfters nachts leise mit sich sprach, schien sich herumzuschlagen mit sich und sich niederzuhalten. Auffiel dem klugen Tschi-li-Läufer, daß das einzige, was sich der unheimliche Mensch immer wieder erzählen ließ, brünstig, gierig danach schnappend, Bluttaten der Ili-Truppen waren, grausame Mißhandlungen, Quälereien der Brüder, daß er sie mit Vergnügen einsog. Bruchstücke solcher Erzählungen hörte Tang ihn sogar nachts sich vorsprechen. Der junge Händler fühlte sich neben seinem Begleiter seines Lebens nicht sicher. Vorwürfe ließ Wang gelegentlich gegen ihn los und beteuerte grimmig,

daß er sie schon lange mit Grauen erwartet hätte. Aber sie sollten ihn haben. Sie sollten ihn haben. Vor sich jammerte der junge Händler, was er angerichtet hätte, überlegte wegzulaufen, aber es war augenscheinlich, daß Wang-lun ihn beobachtete. Er wagte nicht, den Fischer zu fragen.
Bis sich diese Spannung zwischen ihnen jenseits des Hwang-ho langsam löste, wo Wang anfing, sich für die Bewohner zu interessieren, Wettläufe mit Tang anstellte und, nachdem er sich in den gelben Brokatmantel eines taoistischen Wanderdoktors geworfen hatte, mit einer eigentümlichen Heiterkeit stolzierte. Sie genossen den Frühling, den angehenden Sommer. Die freie Stimmung erstarb bei Wang, eine Unruhe, Ungeduld schmachtete um ihn. Je näher sie den Bergen Schan-tungs kamen, um so weniger konnte er sich beherrschen. Er riß sich hinter einem Dorf das Taoistenkleid ab, zog sein graues, zerrissenes Bettlergewand mit Ausrufen des Glücks an; sein Schwert hing ihm an einem Seil um den Hals. Er fragte unermüdlich seinen Gefährten nach den Ereignissen der letzten Jahre aus, forschte in den Dörfern. Nachdem er schon halbe Tage den heimkehrenden Tang allein gelassen hatte, verschwand er vor Tsi-nan-fu völlig. Nur den Auftrag hatte er Tang hinterlassen, er möchte überall bei den Brüdern und Schwestern verbreiten, daß sie sich nicht verlieren sollten. Es würde ein Umschwung eintreten.

WANG lief wie vor Jahren die harte Kohlenstraße von Schantung. Rauchsäulen, dunstige Pfeiler in der Luft. Welliger Boden; auf der nackten steinernen Ebene die große Stadt Po-schan. Chen-yao-fen hatte den Besuch Wang-luns lange erwartet. Den Kaufmann hatte das Unglück in der Mongolenstadt mit ungeheurer Ehrfurcht vor seinem ehemaligen Gast erfüllt. Während des Winters und bis zuletzt fanden Beratungen der Häupter der Weißen Wasserlilie statt; ungeteilt war die Empörung über die Maßnahmen des Kaisers, der den fremden Lamaismus begünstigte und die volkstümliche Bewegung mit Waffen niederschlagen ließ.

Als Wang-lun sich durch die Hintertür des Hauses drückte und neben dem Altar hinter dem Wandschirm hervorkam, schlang Chen-yao-fen seine Arme um die Schultern des großen lumpenbekleideten Bettlers und preßte ihn an sich. Wang fragte, ob sie allein wären und ob er nicht die andern holen wollte. Der Kaufmann gongte. Sie saßen in der Halle unter der gefelderten Decke, an der eisengetriebene Vögel und Drachen die Lampen und Laternen hielten. Der Bettler wies den Tee zurück, zeigte dem Kaufmann, seinen Mantel zurückschlagend, mit stolzer Mimik den Gelben Springer. Chen, das Schwert anhebend und mit einem Blick auf die eingelegten Schilder, erzählte von einem Offizier, der angab, zu den kaiserlichen Bannertruppen zu gehören, viermal selbst in Po-schan erschien und bei Chen sich nach Wang-lun erkundigte. Er nannte sich Hai, wollte Oberst eines Kavallerieregiments sein, ein äußerst höflicher, hagerer Mann mit hängendem Kinn- und Knebelbart. Wang fragte erregt weiter. Ja, der Mann nenne sich auch die Gelbe Glocke, er hätte Chen beschworen, sich Wangs anzunehmen, der wahrscheinlich verzweifelt über den Tod Ma-nohs herumirre, und ihn in eine bestimmte Kaserne nach Pe-king zu wenden, wo Hai sein Jamen hätte. Chen hätte zwar alles versprochen, aber nichts begriffen, da der Mann sich ausschwieg und vielleicht ein Spitzel war. Von Wang aufgeklärt wanderte Chen, die Arme verschränkt, auf den Teppichen. Er war verblüfft; das Gesicht der ganzen Sache veränderte sich. Auch Wang-luns Augen glitzerten.

Die Sänften hielten vor dem Haus; die Vorhänge rauschten. Verwunderung der reichen Kaufleute beim Anblick des zerlumpten Mannes, den sie nicht erkannten, dann freudiges Händeschwenken und Geflüster.

«Luft!» schrie Wang, «Luft, Luft!» und umarmte Chen, der mühsam an sich hielt. Mit großer Kälte sprach Wang vor den zwanzig eleganten Herren, die ihn in einem Gemisch von Grauen und Ehrfurcht anschauten; sie traten vor ihm zurück. Naive Wendungen gebrauchte er; er äußerte seine Absicht, es nicht beim alten bleiben zu lassen, er brauche Geld, um Männer

zu bewaffnen und zu bezahlen. Das sei schmählich, aber es werde aufgenötigt. Seine Brüder und Schwestern hätten vielleicht nicht Gewöhnliches, Überliefertes getan, aber ihre Ausrottung wolle er nicht ansehen. Das dürfte die Weiße Wasserlilie auch nicht. Sie hätten Schutz versprochen; jetzt komme er, um ihn zu holen.
Die Herren fragten. Man schwankte, ob man alle Saiten spielen lassen sollte und den glimmenden allgemeinen Volksaufstand anfachen. Der Anlaß war zu klein, die ganze Angelegenheit betraf nur zwei nördliche Provinzen; der ungeheure Süden wußte nichts. Man wollte wagen, was sich wagen ließe. Der Kaiser Khien-lung hatte Bewunderung, nie Sympathien gehabt; mit der Begünstigung des Lamaismus, den furchtbaren Verfolgungen hatte er Haß gesät. Die Feigheit, Besorgtheit der Kaufleute war längst zurückgetreten. Chen, von Wang mehrfach unterbrochen, gab die Besuche der Gelben Glocke und ihre Bedeutung preis. Man faßte sich bei den Schultern, Zöpfen, umdrängte Chen.
«Die Mandschus vertreiben», wurde geflüstert. Das Geschlecht gezeichnet, der Kaiser halb irr, die Söhne verbrecherisch, ohne Ehrfurcht.
«Die Bannertruppen fallen ab», rief man sich lachend zu. Was für ein Hohn für die Provinz, die bluttriefenden Totschläger vom Ili vor die Stadttore zu stellen. Der Kaiser liebt das Volk nicht.
Eisig fuhr es den Herren in die Glieder, als Wang in schwerer Bewegung erklärte, daß die Wahrhaft Schwachen selbst sich beim Beginn der Kämpfe bewaffnen würden; es sei für die Anhänger des Wu-wei Notwendigkeit da, sich des Schwertes zu bedienen. Sie müßten alle ihre Reinheit und Hoffnungen wie schöne Kleider und Weihrauch auf einen Altar von sich entfernen und vor ihm opfern. Kaiserliche Truppen müßten sie opfern, die letzte Dynastie, sich selbst; es bliebe nichts übrig. Als Wang dies hervorbrachte, sahen die Herren von ihm weg, beherrschten sich mühsam.
Chen gestikulierte im Gespräch. Ringgeschmückte Hände, warme Luftwirbel, Tuscheln. Wang atmete heftig, seine stark gefal-

tete Stirn zuckte. Die Herren sollten beraten, ob sie ihm Geld geben wollten für Waffen und Soldaten. Ihre Anhänger an seine Seite neben die Wahrhaft Schwachen schicken. Man könne nicht wissen, wie es ausginge. Sie selbst sollten nicht zu viel dran setzen, damit nicht alles für später verloren sei, wenn es nicht gut verlaufe. Mit heftiger Stimme, die tief hinter der Brustwand hervorschwoll, endete er: nur zusehen könne er nicht mehr, seine eigene Aufgabe sei ein für allemal festgelegt; rasch, in ein paar Tagen müßten sie sich entscheiden, damit die Sache noch vor Beginn des Winters zum Austrag gebracht würde. Wieder wurde das Gespräch auf die Gelbe Glocke gelenkt. Chen zog Wang beiseite an den großen Wandschirm. Flüsternd saß man um die Tischchen, kauerte in den Ecken.

Der Ausgang der durch zwei Tage geführten Unterhaltung war: Vertrauenspersonen, deren Namen Wang-lun genannt werden, erhalten Anweisungen, ihm jede geforderte Summe aufs rascheste bereitzustellen; der Einfluß der Weißen Wasserlilie in den nördlichen Provinzen wird mobilisiert; die Gilden zu aktiver Beteiligung bei ausbrechendem Kampfe angewiesen; Aufruhrpläne für die einzelnen Städte sind rasch zu entwerfen; wo Beteiligung nicht tunlich oder sinnlos ist, muß von Fall zu Fall entschieden werden. Man riet, jeweils die Situation zu benutzen, um mißliebige, ungerechte, bestecherische Mandarine zu beseitigen.

In der Hitze staubte Wang-lun die Kohlenstraße zurück, das Gebirge, das ihn schon oft verborgen hatte, nahm ihn auf; als die Ebene von Tsi-nan-fu aufschimmerte, hatte er keinen Blick für sie, lief achtlos nach Nordwesten; Schafherden, Kao-liang-Felder, Reismühlen, ausgetrocknete Kanäle, Truppenpatrouillen. Kein Bettler auf den Landstraßen; gefangen, erdrosselt, in Städte verdrängt. Keine Brüder, keine Wahrhaft Schwachen! Das Bündnis mit den Geistern des Wassers, des Bodens, der Bäume aufgehoben, alle ohne Gnade zum Verwelken zwischen die Lehmmauern getrieben!

Wang reiste noch als taoistischer Doktor mit dem unruhigen

Tang durch Kiang-su, als die Gelbe Glocke, auf der Suche nach Wang-lun an Ngoh gewiesen, mit seinen beiden Dienern in Ho-kien eintritt und im Sippenhaus einer befreundeten Familie Wohnung nahm. Die beiden gewandten Diener, ihrem großmütigen Herrn unbedingt ergeben, in der Frühlingsluft auf den Plätzen, an der Mauer herumtreibend, stöberten den ehemaligen Hauptmann auf, der Turn- und Schießlehrer einer Gesellschaft städtischer Beamter geworden war, im Hause eines höheren Revisors unbemerkt lebte. Ngoh, verschlossen, schon halb von der Wu-wei-Sache abgefallen, saß mit der Gelben Glocke an vielen Abenden in einem Pavillon des Revisorgrundstückes. Die Gelbe Glocke erklärte, für den Fall, daß Wang-lun nicht bald auftauchte, zusammen mit Ngoh den Widerstand gegen die Regierung organisieren zu wollen. Er könne für seine Regimenter, denn es hätten sich schon andere Offiziere angeschlossen, bürgen; die Organisierung der Volksmassen müsse einem andern überlassen bleiben.

Ngoh, lange lau, unter der Erinnerung an Wangs Abschied leidend, gesundete unter der ruhigen Entschiedenheit der Gelben Glocke. Als die Gelbe Glocke auf seinem Schimmel durch das Stadttor hinausritt, von seinen Dienern gefolgt, Ngoh neben dem Schimmel schreitend im schwarzen Bürgerkittel, schlossen sich ihnen Bettler, Brüder an, die den vermißten Ngoh stürmisch begrüßten und klagten. Die Gelbe Glocke, in Erinnerung an Ma-noh und die schöne tote Liang-li, wandte tränend den Kopf ab, dann rief er die Bettler leise an als Brüder. An dem Hügel, den der tobende Wang-lun in seinem Schmerz um Ma-noh heruntergewälzt war im Schnee, vermochte Ngoh nicht vorüber zu gehen; er verabschiedete sich von der Gelben Glocke, der sich in den Bügeln aufrichtete, mit seinem langen Säbel grüßte, davon trabte unter weiß blühenden Bäumen.

In Ho-kien verbargen sich Massen der Wahrhaft Schwachen; die Weiße Wasserlilie herrschte. Ngoh sprang hetzend an.

Die Gilden der Ölhändler, der Lastenträger und Schmiede besaßen ein gemeinsames Klubhaus in der Stadt. Das unansehnliche

Gebäude, mit Restaurationshallen, kleinem Theatersaal, nahm in zahllosen Zimmern die werktätigen Menschen auf, die aßen, sprachen, sich abtrennten, schliefen, Musik hörten, rauchten. Das Gerücht von Wang-luns Wiederauftauchen schlug ein. Zwischen die Mitteilungen von Truppenbewegungen unter Chaohoei schwirrten die Aufforderungen des Schan-tung-Komitees, keine Truppenübergriffe zu gestatten. Im Klub schrie man sich an. Ein alter Schmied, dem sein kleines ländliches Besitztum bei der Stadt Lin-tsing verbrannt war, schüttelte in einer abendlichen Beratung stöhnend die Arme, verfluchte die Dynastie, verglich sie einer Schmarotzerpflanze. Li hieß der angesehenste der Lastenträger, ein robuster gerader Mann, der zu den Wahrhaft Schwachen gehörte, seit dem Sommer der Gebrochenen Melone in der Stadt wohnte. Während der Beratung kam ein junger Mensch aus seinem Nachbarhause in das lange Zimmer, hielt sich keuchend die Hand vor den Mund, berichtete stoßweise mit verstört geisternden Blicken, die Herren sollten aufpassen: Polizisten mit einer Rotte Soldaten durchsuchten das Haus, in dem Li bei Sippenverwandten gewohnt hatte; der Lastenträger selbst –. Als der junge Mensch hier nicht weiterkam, die zusammengedrängten Arbeiter über ihn herfielen, der Schmied ihm den Rücken klatschte, machte der atemlose Verwirrte eine Handbewegung nach seinem Halse.

Da schlichen schon zwei ältere Gildengenossen herein, sperrten die Tür ab, japsten, Li sei ergriffen worden; Polizisten seien von Soldaten begleitet, die den Kopf Lis in einem Käfig auf ihren Lanzen trügen; die Sippenangehörigen des Toten würden eben ins Gefängnis transportiert. Der junge Mensch nickte weinend. Das flüsternde Durcheinander nahm ein Ende, das Durcheinander von Furcht, Wut und Drohung: jeder wollte in sein Haus.

Li war auf die Nachricht von Wang-luns baldigem Eintreffen aus südwestlicher Richtung dahin aufgebrochen, mit zwei langen Messern und einem versteckten Dolch; als Bettler an einer Soldatenrotte vorbeigehend, nicht weit von der Stadt, fiel er durch seine Ruhe auf; sie stellten ihn, er gab Auskunft über Per-

son, Wohnort; das weitere verlief wie bei dem alten Chu und zahllosen anderen. Nach Zugehörigkeit zu den Wahrhaft Schwachen gefragt, meinte er, er sei Bettler und ginge seinen guten Weg; angefaßt zur Durchsuchung setzte er sich zur Wehr, kam rasch um, sein Kopf kehrte nach Nordosten zurück.
Der Soldatentrupp lagerte in einem alten Regierungsjamen innerhalb der Mauern. Die Nachtwächter trommelten die erste Nachtwache; die Gildengenossen hockten in dem langen Zimmer des Klubhauses bei verhängten Fenstern. Als einer auf das verabredete Klopfen die Tür öffnete, wand sich ein einzelner schlanker unbekannter Mann herein, wurde rasch festgehalten; man leuchtete ihm ins Gesicht, das berußt war; es war Ngoh. Mehrere pfiffen, was er hier suche; seine Wühlereien in befreundeten kleinen Genossenschaften waren bekannt. Er bat höflich um Schutz; er fürchte sich, da der Revisor ihn gewarnt hätte, und er warne sie selbst; es verlaute, daß man in der Stadt auf größere Truppenmassen warte, um über verdächtige Gilden zu fallen. Die Ängstlichen, um den niedrigen Tisch mit Teetassen gehend, riefen, er brauche sie nicht zu warnen; was er hetzen wolle?
Ngoh entblößte seinen rechten Arm, zeigte drei große strahlige Brandnarben, die ihm Ma-noh beigebracht hatte auf seinen Wunsch:
«Meine Arme sehen nicht schön aus. Erst habe ich dies als Male meiner eigenen Befreiung aufgefaßt; jetzt als Male meiner Fesselung. Wenn ihr mich schimpft und wartet, werdet ihr andere Fesseln tragen, liebe Herren. Die Fasanen schreien, die Leoparden, Löwen brüllen; ihr wißt schon, welche Goldfasanen ich meine; die Panther von Chao-hoeis Soldaten, die Literatenlöwen. Aber schimpft!»
«Du warst selbst Panther! Sieh deine Hände; so weiche Finger hat keiner aus dem Volk!»
«Warum bist du aus deinem Käfig ausgebrochen, Ngoh?»
«Er glaubt, er ist besser als die Soldaten drüben.»
«Schimpft nur, ich will die Male nicht beflecken, indem ich sie

von euch begaffen lasse. Wenn ich Panther bin, seid ihr Hunde und Katzen. Es tut mir leid, daß ich euch gestört habe. Oder: Hunde ist zu gut gesagt; Hasen, Bohrwürmer, Maden.»
«Hetzer!»
«Es scheint, als ob hier nur Schreihälse und Männer ohne Leber sich vordrängen.»
Der Schmied streifte Ngohs Ärmel auf:
«Haltet die Mäuler! Ich nehme mir solch Mal, drei Brenner untereinander. Ihr Schreihälse werdet am Arm kein Mal gebrauchen; man wird euch schon die Stirn brennen und die Köpfe abschlagen.»
«Was nutzen die Vorwürfe, Schmied? Wie sollen wir uns helfen? Wir werden nicht über die Truppen herfallen, damit es mit uns eins, zwei, drei hopp geht. Der Heuchler, Hetzer!»
«Er ist ein Narr, ein Fopriester!»
«Er hat Li verführt; jetzt kommt er und prahlt mit seinem Kopf.»
«Laßt mich sein, was ich will. Ihr seid nicht meine Brüder.»
Einer sprang besessen um den Tisch und klatschte in die Hände:
«Wir wollen nicht deine Brüder sein, wir wollen nicht deine Brüder sein. Hört ihn nicht an, werft ihn heraus, er ist gefährlich, er bringt uns alle, alle ins Unglück. Ich habe einen Vater und drei kleine Kinder!»
«Ngoh soll reden, was er zu reden hat. Ngoh, sprich los.»
«Brüder, ich steh hier, ich geh nicht hinaus, bring euch nicht ins Unglück. Löscht das Licht aus; man erkennt Schatten von draußen.»
In das finstere lebendige Zimmer sahen die zwei kleinen quadratischen Papierfenster, die der weiße Mond beschien, als erschrockene Augen hinein. Scharren, Murren an den Wänden.
«Er bringt uns ins Unglück!»
«Ich halte eure Schimpfworte aus, weil ihr mir leid tut. In ein paar Wochen, Monaten wird alles geschehen sein. Wang-lun ist unterwegs; die Weiße Wasserlilie, euer Bund, hat euch aus Schan-tung benachrichtigt, was geschehen wird. Man hat euch

den Halskragen noch nicht übergeworfen; eure Häuser stehen noch. Jetzt liegen schon die Soldaten in der Stadt. Ich spreche doch nicht erregt, wie ein Verführer. Wir Wahrhaft Schwachen finden unseren Weg ohne alle Hilfe; wir können ihn nicht verfehlen.»

«Träume nicht, Ngoh; sprich weiter, weiter.»

«Von unserem Westlichen Paradies will ich euch nichts erzählen. Die Wahrhaft Schwachen sind nicht süchtig nach dem schwarzen Fluß, man soll uns nicht wie Unkraut totschlagen dürfen. Ich kann von keinem Feind reden; aber wenn es einen gibt, so haben wir einen gemeinsam. Und darum spreche ich zu euch; und darum müßt ihr mich anhören, denn euch liegt am Leben, an Eltern, Söhnen.»

Der Schmied zischte: «Es ist keine Gerechtigkeit für uns niedrige Menschen, keine Gerechtigkeit. Es gibt keine Götter, die auf uns hören, nur die Spione des Totengottes; alle sind auf uns los: der Kaiser ist der Sohn des Himmels, alle Geister der Städte und Mauern, Flüsse, Äcker sind ihm untergeben. Freut euch doch, daß Gewalt kommen soll gegen die Verräter des Bodens. Ich freue mich, seht ihr!»

Ngoh klapperten die Zähne: «Wir sind aus der Bahn geworfen; wir können nicht unsere Brüder und Schwestern meucheln lassen. Wir wimmern alle und jammern, wie ich es tue. Ich bin kein Hetzer; ich bin traurig, weil ihr das glaubt von mir. O was tut ihr, daß ihr uns fortstoßen wollt! Wie soll ich das Blutbad mit ansehen, das man anrichten wird unter uns und euren zahlreichen Sippen. Habt ihr von Ma-noh gehört? Schweigt doch nicht, hört den Schmied; war euch Li nicht lieb, dessen Geist jetzt hier an der Türe huscht? Ich bring euch kein Unglück; von Eltern, Ahnen, Ehren hab ich mich losgesagt; glaubt ihr, ich hab das für nichts und nichts getan? Ihr seid erbarmungslos, sinnlos, ich bin nicht anders. Ich reiß die Türe auf, ich reiß das Papier von den Fenstern ab und schreie auf die Straße: daß ich Ngoh bin, der ehemalige Hauptmann der Kaiserlichen Garde, dem der Kaiser ein Pfefferminzsäckchen verliehen hat, daß ich ein Freund

Wang-luns, des toten Ma-nohs, des erschlagenen Lis bin, hier im Gildenhause sitze, verlassen von den Gilden, die zu mir halten sollten, aus Feigheit nicht zu mir halten. Ich schreie es über die Straßen, daß die Geister, böse, ruhelose Seelen, im Straßenkot zwischen den Ästen es hören. Sie haben keinen Platz auf der Erde wie wir Wahrhaft Schwachen, keine Schonung, keinen guten Blick, keinen Weihrauch, sie werden mich hören. Helft mir, helft mir, böse, liebe Geister!»

Und schon sprudelte er die Namen der verruchten Dämonen heraus, deren Nennung schon den Tod bringen kann; gleichmäßig bewegte der alte Dämonenbezwinger den Kopf hin und her, rief die unseligen Namen. Ängstlich drängten sich Gildengenossen in den Ecken zusammen, stopften sich die Finger in die Ohren, rangen die Hände. Dem Schmied riefen sie zu, er sollte den Ngoh binden, in eine Kammer sperren. Der Schmied und Ngoh flüsterten zusammen. Gemeinsam scharten sich alle plötzlich um die beiden, hockten hin, flüsterten, Pupillen und Nüstern weit in Erregung über den Geisterherrn. Ngoh, wieder langsam atmend, starrte vor sich, verbeugte sich.

Am Marktplatz stand das prächtigste Haus des ganzen Viertels, der Tempel des Stadtgottes. Zwischen Läden und Buden war es eingebaut; weit war das Hinterland, ein Park mit schönen Blumenanlagen und einem Treibhaus. Ungeniert warfen die Markthändler ihren Abfall und Kehricht vor der hölzernen rotbemalten Torhalle auf; bisweilen konnten Gaukler so hoch springen, daß sie mit der Hand die grünen Büschel der hängenden Lampions berührten. In Herden trieben sich die Bettler und blinden Musikanten zwischen den beiden steinernen Löwenhunden zu den Seiten des Eingangs herum; die grauen Tiere, deren Augen gleich Eiern hervortraten, hielten ihre Schwanzhaare gesträubt, wie einen Fächer der eine, wie einen entfalteten Pfauenschweif der andere. Die hohen Doppeldächer schwangen sich wie Schiffskiele; von ihren schwarzen Rippen blitzten herunter die gepanzerten Reiter, die Hellebarden, die geschwungenen Schwerter und Dolche. Auf dem höchsten Dachfirst trabte ein silberner

Krieger zwischen zwei schildbewehrten Bogenschützen, die herunterzielten. Durch die Torhalle schoben sich die Menschen; drängten sich zu Theatervorstellungen auf dem Tempelhof. Barbiere rasierten in dem Durchgang, Narzissenverkäufer schrieen; Straßenreiniger, öffentliche und private, gingen auf und ab, sammelten mit Harke und Schippe den Kot; bestaubte Kinder spielten Ziegelwerfen.

Vor der Gebetshalle inmitten des riesigen Hofes stand allseitig frei die Bühne. Über sie hatte der Erbauer jeden Pomp gehäuft, den Glanz hochgetrieben gegen die gehaltene Pracht des Tempels; sie erhob sich vom Boden wie eine Tänzerin, die mit ihrem gerundeten Blick die Welt zum Verschwinden bringt. Acht glatte Holzpfeiler warfen das Dach hoch, dessen vier Kiele, gewaltsam nach oben gezerrt, über der Traufe endeten, als sollte die Bewegung, die von oben lautlos herunterrollte, mit einem Anprall wieder in die Höhe. Rotblaue Puschel, Fähnchen, Glocken von der Traufe. Über die schwarzen Dachrippen trappelten die weißen Pferdchen, klirrten die metallenen Behänge, Rüstungen der wilden Kämpfer. Dicht unter das Dach kroch ein Tier pfeileraufwärts, schmiegte sich mit gestrecktem Bauch an, dicht unter dem Dach lockerte es die schillernden Flügel, grub den weißen Schnabel in das Holz, rotgold glitzernder Rücken: Vogeltier, der Phönix.

Erst jenseits der Bühne, so hoch, daß sich sein Dachfirst nicht vom Hof blicken ließ, ragte der Tempel. Nicht breitbeinig wie ein Bauer, sondern sein Geheimnis war, daß er dem buckligen Zikadenfänger glich, von dem Liä Dsi erzählte: er balancierte Erdkügelchen auf der Leimrute; als er fünf Kügelchen nebeneinander halten konnte, war er reif und konnte die Zikaden nur so abpflücken, hielt seinen Arm wie einen dürren Ast, seinen Körper wie einen Baumstrunk; sein Wille hatte sich ohne Zerteilung verdichtet. Machtvoll stand der Tempel, hörte nicht die Musik der Spieler, er verhehlte die Bewegung des Stolzes, ließ spöttisch wenig Licht fallen in die Versammlung der Geister, Götter, die er deckte. Das Unglück lag über ihm. Die hölzerne

Bildsäule des Stadtgottes, vor einem Monat noch reich bekleidet, im Besitz eines Siegels, lehnte geschändet in dem Dunkel des Raumes. Man hatte einen Unwürdigen zum Stadtgott gemacht; als die Unruhen, Überfälle, Feuerbrünste kamen, ließ ihn der Magistrat nackt ausziehen, zur Verschärfung der Strafe vor die Torhalle schleppen, Ketten um den Hals hängen. Als sich Ruhe einstellte, fuhr man ihn wieder an seinen Platz, bekleidete ihn mit billigen Kitteln und Röcken; geschwärzt vom Sonnenlicht und Anwürfen schwieg er in dem totenstillen Raum. Keiner der vielen bunten Gehilfen, die ihn umgaben, seine Sekretäre, Spione, Henker, Spitzel, Polizisten, zweifelte daran, daß der zerquälte, willensstarke Gott bald das Äußerste wagen würde. Einen Dämon hatte sich die Stadt gezüchtet.
Und dicht neben dem Eingang zum Tempel lag der Geheimeingang des großen Pfandhauses, das den Gilden, Geheimbünden zu Beratungen diente. Die Rebellen fanden den Ort neben der Wohnung des Beschützers der Mauern und Wallgräben am sichersten. In dem langgestreckten niedrigen Speicher stapelten Wohnungseinrichtungen, Kleiderballen, Theatergarderoben, Schmucksachen, Sänften dicht gereiht. Aus Ballen und Kisten stieg ein öliger Geruch. Hier liefen durch viele Tage nur Ratten und Mäuse. Am dritten Tage nach Ngohs Besprechung im Gildenhause hockten hier, es war nach Ende des Marktes, schweigend und wartend mehr als dreihundert Menschen. Sie saßen überall herum; meist gewöhnliche Trachten. Grüße, Winke, sonderbarste Posituren; fast alle kannten sich, Ausschüsse der führenden Genossenschaften, Brüder, Schwestern der Wu-wei-Sekte, der verschlossene Ngoh. Der Schmied rief gedämpft einen weißbärtigen Mann an:
«Will der alte Lehrer den Gästen nicht sagen, was sie hören möchten?»
Die wohllautende Stimme des Lehrers:
«Laßt euch ehrerbietig grüßen. Der kenntnislose Knecht wagt nicht, euch zu belehren. Sein wackelnder Kopf weiß nichts mehr. Danken will der halb Tote, daß er euch alle sehen durfte!»

Viele setzten sich um ihn; man schob ihm eine niedrige Leiter zu. Ngoh verneigte sich tief: «Der alte Herr möge uns belehren»; andere riefen dasselbe. Der Lehrer lächelte nach allen Seiten, pappelte mit dem zahnlosen Mund, er trippelte zwei Stufen hinauf:

«Ich bin aus dem Dorf in Schan-tung, wo der Weise Lo-hwai geboren ist. Er ist unser großer Lehrer; diesen Schuppen mit Kleidern, Ballen hätte er recht gefunden für eine fromme ernste Zusammenkunft. Große Mächte und Kräfte gibt es; aber, ob ihr dem Wang-lun folgt oder ihm nur Freunde seid, wißt ihr, daß wir keine tausend Buddhas wie die Bonzen und Fopriester anbeten, den Taschi-Lama und den Dalai-Lama überlassen wir dem Kaiser Khien-lung. Unser, unser Buddha blickt uns aus Himmel, Bergen und Bächen an; die Donnerschläge grüßen ihn besser als Pauken und Gongs; sein Weihrauch sind Wolken und Wind; er trinkt seinen Tee aus den fünf Seen und den vier Meeren und horcht auf das Rauschen der Wipfel und Äste, das Rauschen seiner geschwungenen Banner. Wir haben keinen Buddha, als warmen Wind und Regen, keinen Buddha, o weh, als die Taifune, die an den Küsten entlang laufen; niemand ist mit uns, im Süden, Westen und bei uns; wir schwarzhaariges Volk der Söhne Hans sind allein geblieben. Wir sind gelb wie die Erde, das Wasser. Die im weichen Süden leben, schwemmen auf, tänzeln in bunten Kleidern; am schwarzen Drachenfluß ist das Land so hart wie die Menschen. Und darum können sie alle leben. Unmerklich wie bodenständige Kresse wachsen unsere Häuser von der Erde ab, achten die Geisterpulse und Luftströmungen; so machen wir uns ähnlich dem Tao, dem Weltlauf, versagen uns ihm nicht. Wir, die den Wang-lun aufgenommen haben, sind nicht mit Halskragen und Beinstricken an das Schicksal gebunden. Wie die alten Worte lauten: Schwach gegen das Schicksal sein ist der einzige Triumph eines Menschen; zur Besinnung müssen wir kommen vor dem Tao, uns ihm anschmiegen: dann folgt es wie ein Kind. Der alte Speichler redet ohne Zusammenhang, oh, er schämt sich seines Schwachsinns.»

Der Greis stieg eine Stufe herunter, kauerte, ein weißer Pavian, hin und schloß die Augen. Vertieft saßen viele der starkknochigen Männer in den Gängen; Gruppen kauerten auf den riesigen Zeugballen und sahen herüber, drückten die Ballen platt.
Ein feingekleideter junger Mensch, der seinen Fächer öffnete, richtete sich auf einem wackligen Achtgenientisch auf, schräg gegenüber der Leiter des Alten; man drehte sich nach ihm um, als der Tisch knarrte; er kehlte in einer hastigen Art.
«Der alte Herr und die werten Genossen wollen es mir nicht mißgönnen zu tönen. Ich will nicht wetteifern mit dem alten Herrn. Wir haben keine prächtigen Tempel, keine Klöster, die der Drachensohn ausschmückt und mit Goldbarren beschenkt. Für uns beten keine Bonzen in Seide, die östliche Kinder und Mädchen verführen. Für die fremden Altäre haben wir nur Lachen, Achselzucken. Auch ich gehe den reinen Weg und will zu den Kihs. Dem Gipfel der Kaisergewalt werden wir und unsere Nachkommen uns nähern. Aber wie ihr andern, die es nicht mit uns Wu-wei-Freunden haltet, über uns denken möget: wir sind östlich, und nicht die gelben Bonzen, wir sind Kinder der hundert Familien, und nicht der Heilige und Großwürdige vom Gnadenberg, den der Kaiser in einem Siegeszug empfangen hat. Von Tibet ist der herübergestiegen, ist bei Kuang-tse gestorben, in einer goldenen Stupa heimgesandt worden. Die Fremden halten zueinander, die Mandschus und die Lamas. Die Lamaserien fressen das weiche, warme Gekröse des Landes auf; sie dürfen das; uns, ja uns schlägt man die Köpfe ab, die wir nichts verlangen, keinen stören. Wir tausende, aber ihr kennt uns doch, liebe geehrte Brüder, ihr Herren Lastträger von den Dschunken und die andern. Wir sind auf der gelben Erde geboren und wollen uns nicht, da wir friedlich sind, von fremden Priestern und Kaisern ausrotten lassen. Wir müßten gebieten über die achtzehn Provinzen, über achtzehn Provinzen von Liao-tung bis zu den Miao-tse. Was haben wir getan? Toll gewordene Strolche in Soldatenuniformen preschen mit Hellebarden über unsere Märkte; wen wird man heute fesseln und wem die Zunge abschneiden,

wen wird man morgen stäupen? Wir sind in dieser Provinz geboren und dürfen uns friedlich darin ergehen.»
Ein allgemeines Gemurmel: «Gut, gut.»
Der junge, erregt auf dem Tisch zappelnde Mann sprach mehr, der Alte suchte ihn durch Zurufe zu besänftigen.
«Wißt ihr, wer unsere giftigsten Feinde sind? Ganz und gar unsere und eure? Wie unser Feind heißt? Der Stein, der Baumstrunk, die zerbrochene Laute? Kung-tse!»
Weiter lief es über die Gänge: «Die Mandarinen, die Literaten, Kung-tse, Kung-tse!» Ein allgemeines: «Kung-tse!» Ein zähneknirschendes: «Die Erpresser, die Mandarinen!» Ein hetzendes: «Kung-tse!»
Von dem zitternden Achtgenientisch krächzte es weiter:
«Wer ist Kung-tse, was will er? Das dritte Übel! Er hat gelehrt den Mund ausspülen, die Haare kämmen, vor Fürsten buckeln, vieles Gute, vieles Schlechte. Für uns arme Leute ist er schon lange tot und sagt kein Wort mehr. Mandschus, Lamas und Mandarinen beten ihn an, darum können wir ihn nicht anbeten, sie haben ihn uns weggeschnappt, haben weggenommen, was gut an ihm war für uns. Sein Geist soll sich bedanken in Pe-king, daß wir ihm nicht räuchern und ihn von unseren Schwellen blasen mit häßlichen Worten. Ich hasse ihn, wir hassen ihn, den leeren Messingtopf. Der alte kluge Herr, der vor mir redete, hat recht gesprochen: schwach müssen wir sein gegen das Schicksal, es bleibt uns nichts weiter. Wir sind arm; gut tut, wer alles hinwirft, und selbst wenn er alles hinwirft, verliert er den Kopf beim Spaziergang wie Li. Unterdrücker, fremde Wölfe, Krokodile, Füchse sind unser Schicksal. In den Ämtern spreizen sich die Mandschus, bei den Prüfungen lügen sie sich vorwärts, auf der Straße werfen sie unsere Wagen und Sänften um, treten die Wege breit mit ihren breiten Füßen. Die verruchte, gottlose Dynastie! Ihr Schicksal wird sich erfüllen, vor unserem, nach unserem. Die Langnasen werden das Land vernichten, und Schuld hat Kung-tse. Uns bleibt nichts übrig als die Schwäche!»
Er hatte sich selbst ruhig gesprochen, eine höhnende Agitations-

schärfe in Stimme, Geste, Mimik gelegt. Frauen gingen schluchzend auf und ab. Erregte Gruppen ballten sich, lösten sich; neue strömten zusammen. Der junge Sprecher, die blasse Stirn mit Schweißtropfen, schlenderte straff Schulter an Schulter mit Ngoh durch einen Gang. Auch Ngoh waren wider seinen Willen Tränen in die Augen gerutscht. Das Zauberwort ‚Ming' lag in der Luft. Es erschien in allen Versammlungen der Weißen Wasserlilie, oft in denen der Wahrhaft Schwachen, wie in anderen das Chihkraut, die östlichen Inseln, das Westliche Paradies.

In die langgestreckte Halle leuchteten viele kleine Papierfenster. Es dunkelte. Das Klappern, Rasseln, Pauken, Ausrufen, Kreischen auf dem Markt, im Tempelhof ließ nach. Durch die Fenster der Schmalseite des Raums, von dem Hof her prallten breite blendende Lichtgarben auf Körbe, Geräte. Man hörte während der Rede des jungen Menschen leise Musik, feinen Gesang, jetzt Deklamation: Theater hatte angefangen.

Während man sich durcheinander schob, Stirnen runzelte, Schweißgeruch von sich gab, griffen zwei ältere Männer von der Lastträgergilde einen kleinen schmerbäuchigen Herrn bei den Armen, suchten ihn nach der Leiter zu bewegen. Dieser sauber gekleidete, fettglänzende Herr war ein gebildeter Mann, der ein Gut und eine Windmühle zum Enthülsen von Reis besaß und wie viele andere aus Ehrfurcht vor den Vätern die Mingtraditionen hielt.

Er schmatzte, von freudigen Stimmen übergossen, auf der Leiter, verneigte sich, man schloß sich um ihn. Der Kopf saß ihm tief zwischen den runden gepolsterten Schultern. Während der Herr sprach, schwang er die dicken Pfötchen possierlich nach oben und unten, links, rechts. Er lächelte. Es war eine Paraderolle, ein Schlager, was er vortrug. Er sagte, sein Organ war weich und dunkel: «Es lebte einmal ein Abt», manche unter den Zuhörern sangen es nach, eingelullt, zeigten entzückt das Zahnfleisch. Der Herr nahm seinen Zopf über die Schulter vor, streichelte ihn wie ein Kind:

«Es war einst ein Abt. Er lebte in seinem Kloster zufrieden. Als eines Mittags die Sonne sehr warm schien, legte der Abt seine Mütze auf das Gesicht, schlief ein. Er träumte. Vom Rat der Götter träumte er. Die drei großen Reinen sah er an einem Tisch, dabei den Nephritherrn, den mildtätigen Sohn des Königs Lautertugend und der Königin Mondglanz. Ich erzähle euch ein halbes Märchen. Da beugte sich der Nephritherr zu dem Abt herunter, hob die Schultern geheimnisvoll und sagte: ‚Ich will in dein Kloster eine Frau wandern lassen, die wird einen großen Kaiser gebären. Unter meinen Zeichen, Sonne und Mond, wird sie ihn gebären.' Als der Abt aufwachte, fragte er den Pförtner, ob eine Frau gekommen sei. Keine war gekommen. Alle Zellen und Hallen durchging der fromme Mann, auf den Berg, in die Höhlen kletterte er. Kein Kind schrie. Am Abend kam mit seinem Trödelkarren ein Händler vor das Tor, seine gesegnete Frau begleitete ihn, in Lumpen waren beide gekleidet. Traurig gab der Abt ihnen Pillen, damit die Geburt gut vonstatten ginge. Im Kloster schlief alles. Morgens kam das Kind. Leise Musik von Geigen und Pansflöten war in der Luft, die Vögel pickten das Papier von dem Fenster, wo die Mutter lag. Dicht saßen sie wie auf Leimruten und sangen schmetternd zu dem Wimmern des Kindes. Um die Sonne erschien ein Hof. So arm war der Vater, daß er den Fluß hinauf ging und einen Fetzen rote Seide fischte. Da hinein schlugen sie das Kind. Den kleinen Tsi-juen, das zitternde Würmchen Tsi-juen schlugen sie ein in einen Fetzen rote Seide. Und als er nun größer wurde, mußte er mit den Kuhjungen auf das Feld. War selbst Kuhjunge. Und als sie eines Tages zu fünf auf dem Feld waren, wollte er sie bewirten. Er ging hin, schlachtete ein Kälbchen, den Schwanz klemmte er in eine Felsspalte. Tsi-juen klemmte den Kalbsschwanz in eine Felsspalte. Und da nannten sie ihn ihren Hauptmann. Aber der Mann, dem das Kalb gehörte, suchte das Tierchen, fand den Schwanz. Nahm eine Rute, und zwei Ruten, und betrübt floh der Knabe. Ging Tsi-juen hungernd über die Felder. Aber die Sonne zeigte den Weg, Mond führte weiter. Ein Klosterbruder

nahm ihn bei der Hand, geleitete ihn in seine Höhle, schor ihm den Kopf. Wurde Tsi-juen, Zwerglein Tsi-juen mit geschorenem Kopf Küchenjunge im Kloster. Die Lampen mußte er anbrennen im Haus, Weihrauchnäpfe schwingen, schwere Näpfe für die feine Hand, viele Kräuter dörren, die Klingel rief den ganzen Tag. Er war in dem Kloster, in dem ihn seine Bettelmutter geboren hatte. Sie schlugen ihn, neckten ihn im Haus herum, auch der Abt, dem der Nephritherr die Prophezeiung gegeben hatte. Aber wie der Abt einmal den Knaben ansah, hatte der einen rosa Flammenschein um das Gesicht. Angst bekam der Abt. Er schickte ihn in einen Wald, jenseits des Sumpfes Brennholz zu holen zu einer feinen Sauce. Tsi-juen lief eilig, sank, als er an den Sumpf kam, ein, sank ein. Tsi-juen sank bis an die Schultern ein, bis an den Hals, bis an den Mund. Und da kam, als er erbärmlich schrie und im Moor wie eine Kröte wühlte, schrie nach seinem lieben Vater, nach seiner lieben Mutter, kam aus dem Wald eine goldene Fee. Ei, ich erzähle euch ein Märchen, ein schönes Märchen, das hat mir mein Großvater erzählt. Die Fee zog ihn an den Fingern heraus. Da war er kein Küchenjunge mehr. Das Wasser hatte lauter weiße Perlen um seinen Hals gelegt, mit Purpur und Brokat war er bekleidet, wo er in das Moor getaucht war; Gürtel und Jadespangen trug er. So übersät mit Prunk spazierte Tsi-juen anmutig wie ein kaiserlicher Prinz in das Kloster zurück. Und der Abt wußte gleich seinen Namen.»
Sie stießen sich an, die an seinen Lippen hingen, stießen bekräftigend heraus: «Ming, es war Ming.»
Sie gingen lächelnd herum. Der Schmied rief, während gegen die Fenster Regen prasselte: «Eine Mauer brauchen wir, eine weiße Wand um Pe-king herum!»
«Ach, warum sind die Mings gestorben! Warum hat das Volk sie verlassen!»
«Es leben noch Mings, am Jang-tse sollen welche leben!»
«Wang-lun soll ein Ming sein. Darum haßt ihn der Kaiser so.»
«Das ist's ja eben. Darum versteckt er sich. Er weiß schon warum. Sobald der Kaiser ihn erwischt, ist er hin.»

«Oder der Kaiser ist hin.»
«Wang-lun weiß, daß er ein Ming ist und daß der Kaiser sich hütet.»
In Ngohs feinem Gesicht zitterte es; auch der junge Agitator und der Lehrer schmunzelten. Der alte Herr zwinkerte Ngoh an, schüttelte den Kopf: «Sie haben unrecht und nicht unrecht. Wang-lun ist ein Ming und mehr als ein Ming.» Ngoh träumte mit verschlossenen Augen. «Ich möchte Wang-lun bald sehen.» «Ja, Ngoh, wir brauchen ihn alle.» Ngoh seufzte: «Ich bin der Sache nicht gewachsen. Wenn nicht einer mir die Sache abnimmt, werde ich das erste Opfer des Krieges sein.» Auch die beiden andern senkten die Köpfe.
Der Alte und der Agitator trennten sich von dem stummen Ngoh. Sie nahmen teil an dem Strahl der Gesichter, dem Händeschwingen, dem Promenieren, Schlingern durch die Gänge. Scharren, taktmäßiges Trampeln, Kichern durchdrang die gedämpfte Unruhe. In einem Seitengang war einer gesprungen, erging sich in absonderlichen Grimassen, sich plusternd, den Kopf werfend. Zwei andere pfauchten vor ihm: «Platz für den Tao-tai!» pufften nach vorn und seitlich, immer in Sätzen auf die Nächststehenden zufahrend. Er trug ein grobes Sacktuch statt eines Obergewands; auf dem glattrasierten Schädel hatte er ein Stückchen Kürbis liegen, das den Mandarinenknopf vertrat. Schnitt unheimliche Gesichter, schritt lächerlich großartig hinter seinen Läufern her, setzte sich unversehens auf eine niedrige Holzbank, die er aus einem Stapel herauszog, und ritt auf ihr Galopp, stieß schrille Rufe aus. Eine Anzahl anderer Männer suchten hinter ihm seinen Schritt nachzuahmen; sie konnten aber vor Lachen nicht Haltung bewahren, torkelten; bis der reitende Tao-tai sich auf seiner Bank umdrehte und mit einem Säbelhieb einen von ihnen sozusagen umbrachte. Die ganze Gesellschaft schüttelte sich; auch der weise Alte war auf einen Prunkschrank gekrochen und grinste herunter. Der Niedergeworfene faßte den Tao-tai bei den Schultern, schlug auf ihn ein; die Nachbarn beteiligten sich vergnügt am Dreinschlagen;

der Reiter wehrte sich, kroch zur brüllenden Freude der Zuschauer unter seine Bank, die sie umwarfen, ihn mit den Füßen stießen. Der Alte schrie von seinem Schrank herunter; sie sollten ihn nicht zur Wut bringen. Man zerteilte sich langsam, als sich der Reiter aufrichtete und an der Wand vor sich hinblickte; man klopfte ihm auf die Schulter. Die Vertrauensmänner der Ausschüsse berieten in einer Ecke des dumpfen Speichers. Die Versammlung schien aufgelöst. In Einzelgruppen wurden Reden gehalten. An die Vorstandsgruppe im Saalwinkel liefen Männer, baten um Feststellung, wer hier sei; welche Gilden vertreten seien, wer sprechen würde. Sie erhielten zur Antwort, daß man warten müsse; es würde bald Bescheid ergehen. Das ‚Wang-lun muß kommen' hatte sich der ganzen Gesellschaft mitgeteilt. Das goldene Wort ‚Ming' tönte aus vielen Gruppen. Das Getöse nahm ab, als die Vertrauensmänner mit Ngoh sich erhoben, sich durch die Gänge drängten, der alte Lehrer auf die Leiter stieg. Der Ernst schlug durch. Der Alte sprach wie ein Rechner. Wieder wurden die Anklagen gegen den Kaiser, die Mandarinen, die Soldaten auf die Versammlung losgelassen. Die Wahrhaft Schwachen seien Vertreter, Kinder des Volkes; entstammten einer Bewegung, die nur in einer Zeit der Unterdrückung möglich sei; das Unglück sei ihr Schicksal. Und hier blühe die Weiße Wasserlilie. Der Schrecken der Fremdherrschaft, die Niedrigkeit der Mandarinen vereinigte sie, und so hätte auch das Komitee in Schan-tung geurteilt. Es sei beschlossen worden, füreinander einzustehen und den Beschluß des Poschan-Komitees anzunehmen. Man müsse das Land von den Mandschus befreien und die lügnerischen, betrügerischen Beamten ausrotten. «Die Mings!» riefen zwei, drei Stimmen aus der Versammlung. Das Gesicht des Alten verklärte sich; ja, diese Zeit der Mings müsse man wieder vorbereiten; wie die Wahrhaft Schwachen nach dem Westlichen Paradiese suchten, so müßten die Freunde der Weißen Wasserlilie und des Wang-lun gleichermaßen das Zeitalter der goldenen Mings erstreben. Kummervoll bewegte er den Kopf; man würde noch warten müssen, bis Wang-lun selbst käme, noch

eine, zwei Wochen. Bis dahin könnte manches Unglück sich ereignen. Aber ihnen verbliebe Ngoh, und es sei sicher, daß in Pe-king selber kaiserliche Truppen sich ihnen anschließen würden.
Die Gruppen standen gemauert. Der Alte war von der Leiter gestiegen. «Keine Beschlüsse fassen?» scholl über ihn. Die Theaterlampen brannten noch. Die Namen ‚Wang-lun' und ‚Ming' klingelten. Die Masse lockerte sich. Man schob sich in Abteilungen durch die Türen, auf den grundlosen fließenden Tempelhof, auf eine unbelebte Seitenstraße, in den verregneten Park, der zum Tempel gehörte. Manche blieben in dem Speicher, knallten Fenster auf, rollten sich auf die weichen Ballen und schnarchten.

WANG lief nach einem kleinen Dorf bei Ho-kien, das fast nur seine Anhänger und Freunde der Wasserlilie beherbergte. In einer knappen Woche stand er mit achthundert leidlich gerüsteten Soldaten hinter dem Ort. Schwere Erregungen, leidenschaftliche Auseinandersetzungen mit seinen Anhängern, die sich an anderen Stellen wiederholten, waren der Einstellung Wahrhaft Schwacher als Soldaten vorausgegangen. Die Verwandlung der friedlichsten Menschen – denn hier war man durch keinen Übergriff direkt gereizt worden – in eine Schar todspendender und todgewillter Krieger vollzog sich unter Schmerzen. Ohne kaiserlichen Truppen zu begegnen, rückte Wang-lun auf Ho-kien zu. Und vier Wochen, nachdem die Gelbe Glocke Ngoh aufgesucht hatte, drei Wochen nach der Versammlung im Pfandhaus warf sich Wang mit seinen Soldaten gegen die Stadtmauern; Torwachen, Polizisten wurden niedergemacht; die Besatzung der Regierungsarmee erst eingeschlossen, dann mit Pfeilschüssen über die Mauern gejagt; die Beamten mitleidlos der Volkswut preisgegeben. Die große Stadt war schrankenlos Wang-lun zugefallen. Die Menschen jubelten auf den Straßen. Wie eine klirrende Schar Bestien waren Wang-luns Soldaten eingebrochen: bissig unter der Vergewaltigung ihrer Seelen, jetzt wirklich rachedurstig. Der Sieg bedeutete ihnen nichts; sie mußten fort und alles verrichten, zu nichts weiter, als um wieder ruhige Bettler, stille Handwerker und Arbeiter zu werden. Chao-hoei konnte aufatmen; der Rauch verzog sich; die nackten, sägenden Flammen brachen hervor.

Auf dem Hof des geschlossenen Magistratsjamens saßen am Morgen nach der Einnahme der Stadt Wang-lun und Ngoh. Sie saßen in einem Holzverschlag, den die Bittsteller aufzusuchen hatten. Das Treiben der Straßen rumorte, Freudenschüsse, Gongschläge der Umzüge. Wang, im grauen, hängenden Kittel ohne Gürtel, den breiten Strohteller auf dem Kopf, schlug die Beine übereinander; seine Stimme hatte einen militärisch hellen, scharfen Klang angenommen. Wenn er lachte, so ratterte und kolkste es brusttief wie das Wiehern aus einem Pferd. Er blickte sicher, gerade, rechts, links, forschend, kontrollierend und äußerte sich willkürlich, erweckte den Eindruck, als ob er auf eine verdeckte Art befehle, entschiede, Aufklärung gäbe. Er betrachtete Ngoh gutmütig: «Bist du noch schlecht gelaunt von damals da drüben?» Ngoh antwortete mit einem schwarzen Blick von unten, strich sein einfaches Obergewand: «Gewesen, Wang.» – «Ist auch recht, Ngoh. Es war ein etwas kaltes Bad für mich, was du mir damals brachtest, von Ma-noh. Hab's zuerst nicht gut vertragen.» Und dabei bellte er so laut, frei, ungeniert, daß es Ngoh eben an das Gelächter Wangs mit der Dirne unter dem Torweg erinnerte. «Holter polter den Berg runter, durch den Schnee; mein Gelber Springer mitten dabei, vergnügt. Hätte mir zwischendurch beinah die Hand abgeschnitten. Ngoh, was waren das für Zeiten!»

«Mag sein, tolle Zeiten. Wang, ich habe mich wenig verändert seit den tollen Zeiten.»

«Tausend Li Entfernung, Hia-ho, Kormoranjagden beruhigen. Was hast du? Ngoh!»

«Trauer, Wang-lun.»

«Das seh ich.»

«Nun also.»

«Du machst mir Vorwürfe?»
«Nicht doch, Wang. Ich halte nicht Schritt mit der Zeit.»
«Meine Soldaten haben es besser verkniffen. Bogen in die Hand, Pfeile vor, und es wird geschossen. Dazwischen nur der Gedanke: treffen! Wer einen andern Gedanken hat, den kann ich nicht brauchen, der Mann ist mir zu gut.»
«Das Hia-ho hat dir wohlgetan; ich beneide dich.»
Wang federte hoch, er zog Ngoh an den Händen mit hoch: «Ngoh, aufgepaßt. Aufgepaßt, überlegt und geantwortet. Wenn ich die Soldaten, meine Wahrhaft Schwachen, so verleite: Bogen anlegen, zielen, schießen und immer treffen, habe ich recht damit oder unrecht? Gut überlegt, Ngoh.»
Ngoh wiegte den Kopf: «Laß doch meine Hände. Ich bin froh, daß du da bist.»
«Das mag sein. Aber: wer bist du, was mach ich mit dir?»
«Setzen wir uns. Ich bin nicht so weit wie du, am liebsten möchte ich mit Ma-noh nach der Mongolenstadt gegangen sein und dein Gift getrunken haben. Dann wäre ich geblieben, wo ich bin und sein wollte. Es ist die Blüte deines Bundes, Wang, glaub mir, die in der Mongolenstadt umgekommen ist. Die Gelbe Glocke geht anders, du gehst anders, viele gehen anders; ich kann nicht mit. Ich häng dir an und kann dir das Unglück Ma-nohs verzeihen; nur, was jetzt kommt, verstehe ich nicht und kann ich nicht mitmachen. Ich bin ein Wahrhaft Schwacher, will mich dem Tao anähnlichen, dem Schicksal niemals widerstreben, bei keinem Schlag, den ich erleide. Auf dem Pferde hab ich gesessen, bevor ich zu euch auf die Nan-ku-Berge kam, geschossen, das Schwert, die Lanze geschwungen. Was ich damals erduldet habe und weil ich damals so viel erduldet habe, bin ich fortgeschlichen von den Pferden und Waffen und habe mich auf deine gute, o so gute, nochmals gute Lehre gebettet. Frei sein, frei bleiben, was kann mir geschehen, welcher Knabe, welcher hoffnungslose Wunsch wird mich quälen! Du hörst es an meiner geschwätzigen Stimme: du hast uns nicht enttäuscht. Unsere Seele zermergelte sich nicht nach Reichtum, langem Leben. Das Un-

glück fiel uns mit einem Seufzer zu. Das türschleichende Unglück, das angebetete, totgestoßene Kind, fand bei uns Einlaß. Wang-lun, das kann alles nicht das Hia-ho fortgenommen haben von dir. Die Flüsse und das Meer sind so wild; der große Damm hält nicht stand, aber sie können nicht das Sicherste, Unverrückbare in dir fortgerissen haben. Ich selbst, Wang, habe ja mit halbem Herzen das vorbereiten helfen, was nun gekommen ist. Die Gelbe Glocke redete mir zu; wer krank ist, hält sich an das Nächste, das er findet. Aber ich weiß jetzt schon besser: es wäre besser gewesen, wir gingen alle unter wie die Hunderte, die Chao-hoei schon getötet hat. Das ist zehn-, tausend-, endlose Male besser, glaub mir, Wang-lun, bitte, glaub es mir doch, als daß du in die Stadt einziehst, mordest, bestenfalls ein neues Königreich aufrichtest, das bald so schlecht sein muß wie alle andern.»
Ngoh, mit gelöster Mimik, blickte Wang aus überzeugungskranken Augen an.
Er berührte den tiefbraunen Mann nicht: «Es ist gut, Ngoh, daß du zu mir so geredet hast. Ich werde dir antworten. Auch viele meiner Soldaten haben so zu mir gesprochen.»
«Ja, antworte, erzähle. Du wirst mich heilen, wenn du zu mir sprichst, wie auf den Nan-ku-Bergen zu den Bettlern. Und schließlich, es macht mich ruhig, du bist ja derselbe, immer Wang-lun, auf den alle bauen, ich gebaut habe und baue.»
Wang wippte auf, setzte sich erst, während er sprach; er redete in dem harten, überrennenden Tone: «Daß der Kaiser ein Edikt erlassen hat, uns auszurotten, weißt du. Wer ist der Kaiser? Ja, wer ist das, ‚Kaiser'? Ich kenne Blitze, die Menschen an Flüssen, auf dem Wasser, unter Buchen erschlagen; man kann von einem Bergsturz zerquetscht werden; Überschwemmungen gibt es, Feuer und wilde Tiere, Schlangen. Auch Dämonen. Die können uns alle umbringen. Es gibt kaum eine Rettung dagegen. Wer ist ‚Kaiser'? Die unerhört schamlose Anmaßung des Kaisers, uns umzubringen, worin liegt die begründet? Er ist ein Mensch wie du, ich, die Soldaten. Weil sein Ahne, der tote Mann aus der Mandschurei, hier anmarschierte und das Mingreich eroberte,

hat der Kaiser Khien-lung das Recht, die Wahrhaft Schwachen und mich umzubringen. Diese Tat seines Ahnherrn setzt ihn den Überschwemmungen, Bergstürzen, Schlägen gleich? Das sollst du mir beweisen, Ngoh. Solange du mir nicht den toten Chu widerlegst, der in den Kaisern Einbrecher und Massenmörder sah, bestreite ich, daß sie das Schicksal der Gebrochenen Melone und der Wahrhaft Schwachen sind. Ich vergifte mich nicht freiwillig. Ich weise sie zurück, wohin sie gehören. Unser Bund lebt auf der Erde, die ihm gehört.»
«Das ist ganz neu, das hab ich von dir noch nie gehört, Wang, ich finde mich darin nicht zurecht.»
«Ist eilig, sich zurecht zu finden, lieber Bruder.»
Tiefer erstaunte Ngoh: «Glaub es, glaub es. Was soll ich tun? Das sind ja Sätze, die ich selbst gesprochen habe – zu andern.»
Wang hob die Hände: «So sind wir ja eins.»
Ngoh, sich bewegend, mit unsicherer Stimme: «Was soll das heißen, Wang, wir sind eins? Worin sind wir denn jetzt eins?»
«Was willst du von mir? Warum bedrängst du mich? Bin ich dein Schuldner? Habe ich dir etwas gestohlen? Der Kaiser ist ein Einbrecher, Chu hat das gesagt; damit mußt du dich abfinden, Ngoh. Da läßt sich weiter nichts sagen.»
Ngoh riß die Lider bis zur Stirn hoch; Wangs Augen wanderten über den leeren Hof. Sie schwiegen. Wang schlug sich aufs Knie.
«Auch die andern haben sich damit abgefunden.»
Eine ganze Zeit stummes Lauern und Visieren. Als ein Umzug am Jamen gongte und Ngoh, der bei jedem Trommelschlag zusammenfuhr, mit den Blicken nach der Tür suchte, stampfte Wang verächtlich auf, ging mit plötzlich zorngedunsenem Gesicht in dem Bretterverschlag hin und her, pflanzte sich vor Ngoh auf, stülpte ein Knie auf die Bank:
«Es ist mir alles gleich. Du kannst dich entscheiden, wofür du willst. Ich will keine Menschen sehen, die nicht Vertrauen zu mir haben. Ich will dich gar nicht; es kommt nicht an auf einen Menschen. Will mir abzwingen – weiß ich was.»

Der schlanke Ngoh stand müde auf; klares Gesicht, klare Stimme: «Ich geh schon, Wang.»
«Das sag ich ja; will mir abzwingen, was er kann. Aber kein Vertrauen. Nein, keine Spur von Vertrauen. Was hab ich euch gegeben: unbesiegbar hab ich euch gemacht; gerettet seid ihr worden aus –. Aber nichts, wenn ich einmal komme, als weiße Wände, Holzstücke. Fragen, warum, warum, warum? Es genügt nicht, daß ich komme und sage, so und so und so; es muß auch bar auf den Käsch bezahlt werden, begründet von fünf Seiten, daß nur nichts verloren geht. Ha, ich kenne euch, nicht wahr?»
«Zu wem du sprichst, weiß ich nicht.»
«Zu Ngoh.»
«Wang, ich hänge an dir; ich frage dich eben, weil ich keine tote Wand bin. Ich kann nicht in diesen Kampf, ich bin geflohen davor. Du hast mir ein paar Jahre Ruhe gegeben, Tausende sind gestorben, weil sie nicht zurück wollten, und jetzt kommst du selber, willst mich würgen, der ich noch lebe, und ich soll dich noch nicht einmal bitten dürfen.»
«Bitten dürfen, fragen dürfen. Ich sage ja, sprich doch nur wieder aus: Warum! Du hast mich einmal in Erregung gebracht. Sprich nur weiter. Gestern bin ich in die Stadt gedrungen; wir haben uns die letzten Tage herumgeschlagen. Du solltest mich schonen. Der Kaiser, sag ich, ist ein Einbrecher. Der Kaiser Khien-lung hat kein Recht, gegen uns Edikte zu erlassen. Das mußt du verstehen. Er ist ein Henker und kein Schicksal. Und da gibt es nichts nachzurechnen.»
«Ich rechne schon nicht mehr nach, Wang, verzeih mir doch, halte doch an dich.»
«Du rechnest mir doch nach, du. Du rechnest alles zweimal nach. Ich sag dir auch alles, damit du es auch weißt. Da hast du's, da, pack es an.
Es – ist – uns – nicht – beschieden – ,Wahrhaft Schwache zu sein, – es ist – uns – nicht beschieden; ich will mich ganz für dich auspressen.

Fünfmal hab ich es geträumt von der Mongolenstadt, dann hab ich es gewußt. Ja, du sollst alles hören, speichle nicht dazwischen. Darum bin ich nach dem Hia-ho geflohen, darum hab ich dich ausgelacht, euch mit den Füßen fortgestoßen. Ich hab mich geirrt auf den Nan-ku-Bergen; das Schicksal schlägt nach uns, mit dem Huf, wo wir uns sehen lassen. Ein Wahrhaft Schwacher kann nur Selbstmörder sein. Und sie sind's gewesen, und ich hab's gesehen in der Mongolenstadt und die kaiserlichen Generäle haben's gesehen. Und das ist Unsinn, Ngoh, und das kann ich nicht mit anschauen, und darum bin ich wieder hergekommen, weil ich schuld daran bin, und es kann doch nicht so endlos weitergehen. Es sollen alle zu Grunde und auf einmal hingeschlagen werden, und ich mit ihnen auf einem Haufen. Ja, die Mongolenstadt war noch besser, und so soll's mit uns werden, und schlimmer.»
Ngoh kam mit zitternden Knien auf Wang gegangen, der gegen die Wand des Verschlages seine Sätze schäumte und dessen weiße Lippen troffen, betastete seinen schlenkernden Arm: «Es ist ja nicht wahr, Wang-lun, es ist ja nicht wahr.»
Als Wang aufröchelte, ließ Ngoh den Arm; Wang zerrte sich den Strohhut herunter, sackte auf die Bank hin, stöhnte: «Es ist gemein, es ist gemein!»
Er rieb den Schädel rückwärts gegen die Bretter; sein verbissenes starres Gesicht schattete geradeaus: «Geh, ich will nichts wissen von dir, Ngoh. Mach mich nicht ungeduldig. Lauf weg, Ngoh, lauf weg, ich fürchte mich für dich, ich bitte dich. Geh rasch hier weg.»
Der verwirrte Ngoh pendelte automatisch an das Holztor.
Als das Tor hinter ihm knarrte, trommelten Wangs Fäuste gegen die Holzverschalung. Seine blutdurchwirbelten Klauen wuchteten die Bank los, auf der er gesessen hatte, zerknickten und zerschleuderten sie. Er arbeitete erbittert gegen die hinfällige Bude, wütete über den sonnenhellen Hof: «Schurken, Schurken sind hier, Halunken, Mörder! Ich bin in eine Schlangengrube gefallen.» Rannte mit anstemmendem Rücken, Knieen gegen den

schwankenden krachenden Verschlag: «Ich kann mich umbringen.»
Nach zwei Stunden schmauchte Qualm aus den Fenstern des Jamens; die beiden vorderen Gebäude quietschten, zeterten, heulten maulvolle Flammen. Als man das Hoftor erbrechen wollte, polterte es, von innen geöffnet. Wang-lun knirschte durch den Spalt; kranke waffenprahlende Blicke: das Jamen solle abbrennen; man achte auf die Nachbargrundstücke.
Am Abend dieses Tages fand militärische Beratung im Stadtgott-Tempel statt. Dreißig Männer trafen ein; zwanzig Führer der bisherigen Truppen, zehn aus der Stadt, von den Gilden präsentiert. Ngoh, auf Wang-luns Wunsch eingeladen, erschien. Die Debatte, die bis in die Nacht währte, behandelte die Organisation der Stadtjugend und ihre Bewaffnung. Zum ersten Male tauchten hier Vorschläge auf, Wang zum König zu machen. Wang-luns Plan, nach Vorbereitungen direkt auf Pe-king loszugehen, nachdem man sich mit den abtrünnigen Garden vereint hatte, fand Billigung. Es sollte proklamiert werden: der Drachenthron wird der Mingdynastie wiedergewonnen.
Am nächsten Mittag, nach dem Turnen und Ringübungen der Soldaten, näherte sich Ngoh dem rasch ausschreitenden Wang, der sich den Schweiß abwischte. Sie gingen durch morastige Seitengassen nach dem Innern der Stadt.
Das feine Gesicht des ehemaligen Offiziers vibrierte, es wurde einen Farbenton blasser: «Ich will mich nicht darum biegen; ich habe dich um Entschuldigung zu bitten.»
Wang, ablehnende Fingerbewegung ohne Blick: «Arbeiten, Ngoh. Nicht reden.»
«Das soll geschehen. Ich habe mir alles überlegt, Wang.»
«Mit dem Kaiser?»
«Auch mit dem Kaiser. Ich bleibe bei dir. Ich werde mit gegen Pe-king reiten. Wer wird König werden?»
«Was soll das? Vielleicht du, oder – ja, ein Mingprinz aus den südlichen Provinzen.»

«Du nicht. Ja, ja, das ist gut, Wang. Ich bleibe bei dir. Wir wollen über die alten Sachen nicht reden.»
Wang prüfte Ngoh mißtrauisch von der Seite: «Du wirst mitreiten?»
«Ich rede etwas matt, meinst du. Das wird sich schon verlieren. Ich habe ein großes Verlangen, mit dir zu reiten. Nach Nordwesten, Pe-king. Die Mauern der Roten Stadt brechen wir ein; ich bin gut orientiert über alles, was wir brauchen. Häuser, Mauern, Gärten, Paläste werden wir hinlegen; es soll nichts stehen bleiben von der Roten Stadt, möchte ich.»
«Alles zerstören?»
Ngoh leidenschaftlich: «Ich kann nicht mitreiten, wenn ihr die Rote Stadt nicht hinlegt, Wang. Das muß mit ihr geschehn; so reite ich gern mit.»
«Gut, wie du willst; es kommt darauf nicht an; es kommt auf ein paar Häuser nicht an.»
Sie bogen um eine Ecke, standen am Marktplatz vor einem schmalen Haus, in dem Wang sich einquartiert hatte; Wang machte, überlegend, kleine Augen; dann lud er Ngoh ein. Eine Frau kam gestelzt; die beiden Männer saßen in einem verräucherten Zimmer auf der Matte, schluckten Tee.
Wang nach einer Pause, versunken: «Ich lebe noch, wie du siehst. Das Jamen ist heruntergebrannt.»
«Wir wollen nicht davon sprechen.»
«Das Leben dreht sich wie eine Mühle; man weiß nicht, welche Seite man gerade erwischt hat. Jetzt bin ich wieder einmal – nicht verbrannt.»
Ngoh sehr leise: «Es geht uns allen so.»
«Seufzen kann man, wüten, brüllen, wenn man nur weiß, wo man hält. Es kann mich einer umbringen, ohne daß ich wüßte, ob er recht oder unrecht tut.»
«Ich habe das nicht verschuldet, Wang.»
«Im Hia-ho, was machen sie jetzt? Meine Frau – wohnt bei ihrer Sippe; meinen Namen wird sie schon wissen; sie wird nicht viel nach mir jammern. Das ist noch gut. Sonst liegt auch im Hia-ho

etwas, das nach Jahren kommt und sagt, ich müsse kommen, weil irgend etwas von mir noch nicht fertig ist. Immer liegt irgendwo so Wolken, Wasser, Unbestimmtes, das nach Jahren sich besinnt und mich haben will.»

«Wang, hat dich einer geholt?»

«Es ist gleich; ich bin gekommen. Die Mühle stand so. Ma-noh hatte es noch nicht fertig gemacht. O wie habe ich diesen Mann beneidet; er war kein Priester; er hatte viel mehr Mut als ich, obwohl er kein Schwert angerührt hat. Ich diene. Er hat rasch alles getan, während ich lief, Hilfe suchte, die Wasserlilie anrief. Seinen Bund geschlossen; gelitten, was ich voraus wußte; dann den Sprung getan, sein Königreich gegründet. Es ist schon alles geschehen.»

«Wir werden alle untergehen und unsere Westliche Heimat gewinnen.»

«Ich möchte noch einmal nach Nan-ku gehen oder nach Tsinan-fu und mich besinnen.»

Wang blitzte Ngoh an: «Oder ich versuch es doch? Wer weiß vorher, was möglich ist? Die Fische springen eben hoch und gleich ersticken sie im Netz. Ma-noh war vielleicht nicht gut; man muß Waffen tragen, Pferde haben, Städte haben.»

«Ja, so, so hast du recht, Wang. Wolken und Wasser sind Unglück. Wir brauchen Hoffnungen.»

Wangs Oberlippe zuckte böse. «Feinde brauche ich, Ngoh – will ich, will ich. Ich ersticke noch nicht im Netz. Ich tu dem Kaiser nicht die Freude. Der Kaiser ist der Feind. Man läuft nicht nach dem Westlichen Paradies wie ins Theater. Ich hab es mir zu leicht gedacht. Die Westliche Heimat liegt auf dem Kun-lun-Gebirge hinter Klippen und Eis, oberhalb aller Wolken und Wasser!»

«Ja, das ist alles gut.»

Näher trommelte das Lachen unter Wangs Stimme. «Hinter Peking liegt das Westliche Paradies. Wir sind so viele, das ist unser Unglück gewesen. Wären bloß du und ich und zehn andere, so wäre uns nichts geschehen. So waren wir Tausende, und Tausende sind schon tot, und der Kaiser hat Angst vor all den Schatten. Daß sich aus seinen Provinzen Tausende zusammenballen und dem Wu-wei angehören wollen, frißt ihm an der Milz. Und mir speist es das Herz.»

Er prustete schadenfroh, schallend heraus. Er stocherte dem träumerischen Ngoh vergnügt in die heißen Backen, unter die ratlosen Augen, sang aus offenem Halse durch das Haus.

Bei den folgenden Kämpfen wurden die Wu-wei-Anhänger rasch dezimiert. Diese Wahrhaft Schwachen waren die tollkühnsten Soldaten, die ihrem Drange zu sterben nicht widerstehen konnten. In währender Schlacht erschlug Wang Ängstliche. Sie düngten den Boden für das heilige Reich.

Wang schwankte nicht; kalt und sicher ging er vor; nur hintertrieb er an manchen Tagen, an denen er ohne Spannung schien, die Aufnahme anziehender Haufen ohne Grund, um seine Anordnung freilich später zurückzuziehen. Ein Mädchen, das ihm bei einem Dorf das Leben rettete, indem es ihn auf einen Bauern aufmerksam machte, der aus einem Fenster nach ihm seinen Bogen richtete, nahm er auf seinen weiteren Zügen mit. Ob sie seine Geliebte wurde, wußte man nicht. Das angenehme, nicht gerade schöne Bauernmädchen hatte eine naive Zutraulichkeit. Wang schien sich sicherer zu fühlen, wenn sie in der Nähe war. Man wunderte sich zwar über diese Regung, aber er erklärte mehrmals, er müsse etwas für sich tun, um die nächsten Monate durchzuhalten; sie sei sein Amulett. Aber einige behaupteten doch bald, daß er schwach gegen sie war. Man wußte in diesen Wochen nie recht, wessen man sich von ihm zu versehen hatte; der Wind blies aus dieser, aus jener Ecke.

Sechstausend Mann zogen aus Ho-kien unter Wang-luns Führung, Reiter und Fußsoldaten. Und während sie, von dem Volk auf den Äckern gegrüßt, nordostwärts gegen eine große Abteilung Chao-hoeis marschierten, stießen starke Haufen von Süden und Norden zu ihnen.

Wang-lun schwang entzückt die Hände: «Sie kommen wie die Ratten aus ihren Löchern heraus», sobald die Trommeln von

weitem sich näherten, «ich habe eine Tasse Wein umgestoßen; jeden Tropfen hol ich mir wieder. Ich habe einen schuppigen großen Drachenleib, den ich hundert Li weit hinter mir herziehe. Bis ich meine schöne warme Höhle gesucht habe!»
Der Ungestüm ihres Angriffs bei Pau-ting war beispiellos. Hunderte Frauen, meist Schwestern, mischten sich in den Kampf, schossen Pfeile, hetzten, warfen brennende Scheiter, gossen Eimer siedenden Öls. Sie liefen mit großen schwarzen Fahnen, die das Mingzeichen trugen, über die Gräben und Bodendeckungen hinauf; die Kaiserlichen mußten sie würgen, gliedweise wie Eidechsen von sich abschlagen. Sobald man in Nahkampf kam, war die Schlacht entschieden, die Ilisoldaten fanden ihre Meister. Das war ein schauerliches Wüten. Diese Wahrhaft Schwachen schlugen sich entmenscht; das Bestialische ihres Aussehens, ihrer Katzen-, Tigermalereien flößte Entsetzen ein. Als das Dorf, das den Rücken der Kaiserlichen deckte, plötzlich helles Feuer schnaubte, ohne daß eine Umzinglungsmannschaft bemerkt war, und das heisere Kreischen der Weiber auch vom Dorf anraste, wurden die Kaiserlichen zwischen zwei Mühlsteine gequetscht und bis auf wenige von den Katzen, Tigern und Weibern zerrissen.
Bei dem Schmaus nach der Schlacht toste statt der Lieder rauchendes Gelächter auf Gelächter. Die Männer ahmten das Kreischen der Weiber nach, die Weiber schrien, kochten und aßen die Lebern von Brüdern und Feinden, um sich Mut zu erhalten.
Die Woge dieser Menschen hob sich vom Boden und wollte auf Pe-king rollen. Der Kern von Chao-hoeis Truppen stand nördlich der Hauptstadt; ihre Heranziehung vor dem Andringen der Wahrhaft Schwachen war nicht mehr möglich. Die nördliche Residenz mußte sich auf ihre Bannertruppen verlassen.

KHIEN-LUNG hatte Boten an Chao-hoei, an den Tsong-tou von Tschi-li geschickt. Die ahnungslosen Leute wurden von den Rebellen abgefangen, die zu einem Teil sich nicht der Hauptmasse Wangs anschlossen, sondern von den Führern der anmarschierenden Armee orientiert den Nordwesten und Nordosten auf eigene Faust unsicher machten. Der Krieg unterschied sich in keiner Weise von früheren Rebellionen; die Grausamkeiten auf beiden Seiten überboten sich; nur die Raschheit des revolutionären Vorgehens und der Umstand, daß überall zuerst die Behörden abgeschlachtet wurden, war einigermaßen bemerkenswert.

Die wichtige Verbindung zwischen der Rebellenarmee und den heimlich revolutionären Garden bei Pe-king wurde von Ngoh hergestellt. Der Kriegsrat drang zwar darauf, daß Wang-lun sich seiner unvergleichlichen Gewandtheit zu dieser Aufgabe bedienen sollte, aber nach einigem Zögern lehnte Wang es ab. Wie überhaupt bei ihm eine gewisse Lässigkeit und Schwerfälligkeit, die freilich nur der Näherstehende bemerkte, deutlich hervortrat und einige Gildenführer irre machte. Sie konnten nichts damit anfangen, daß Wang sich manchmal mit einer trüben gelangweilten Miene von den Übungen der Truppen entfernte, den Befehl einem der signierten Offiziere abgab und sich selbst, die Wasserpfeife rauchend, nervös mit anderen in ein Zelt zurückzog. Er erzählte seinen Freunden schmachtend in ewigen Wiederholungen von Ma-noh, wie groß der angestiegen wäre, in der Tat bis zu seinem Ende ein Wahrhaft Schwacher; er unterschlug die sichere Tatsache, daß Ma-noh von einem gemeinen Soldaten erwürgt war, und rühmte, wie rasch der Tod alle hingerafft hätte. Welcher Wahrhaft Schwache wohl jetzt noch den Mut hätte, das zu ertragen, was die Brüder der Gebrochenen Melone erduldet hätten. Wie unverständlich, bewundernswert war die Sicherheit Ma-nohs, ja bis zu seinem Ende. So und ähnlich redete Wang öfter. Und dann träumte er pfeiferauchend. Die kleine Geliebte mußte vor ihm die Laute schlagen oder ihn angaffen; er duldete nicht, daß man sie wegwies; sie mußte, so peinlich es den Führern war, auf einen Einfall Wangs bisweilen während einer Beratung in das Zelt oder Haus gerufen werden und sich ihm gegenüber setzen.

Ngohs Unterhaltungen mit der Gelben Glocke wurden unbemerkt bei Pe-king auf dem schönen Begräbnisplatz der Prinzessin Fo-schon-kung-chu am Kanal geführt. Ngoh und der Offizier promenierten harmlos unter den Menschen zwischen den weißen Stämmen der Fichten. Wo die Allee der marmornen Tiere und Männersäulen zum Mausoleum der Prinzessin führte, bogen sie um.

Die Gelbe Glocke hatte die Raschheit und den Umfang des schon errungenen Erfolges nicht erwartet; aber es war innerhalb der Roten Stadt und außerhalb alles von ihm vorbereitet. Er verlangte begierig, mit Wang-lun zusammenzutreffen; Ngoh empfand wieder die große schlichte Sicherheit, die der Offizier ausströmte, deren Ungebrochenheit noch die Wangs zu übertreffen schien.

Ngoh erfuhr aus dem Bericht der Gelben Glocke, mit welcher Berechnung er sich der Leute bedient hatte. Da war die Frage der Öffnung der beiden Westtore der Purpurstadt schwierig gewesen; die beiden hier wachthabenden Offiziere, selbst einer kaiserlichen Nebenlinie entstammend, konnten mit den revolutionären Plänen in keinem Fall vertraut gemacht werden. Die Gelbe Glocke hatte beide Soldaten über ihre Liebe zu Weibern stolpern lassen.

Es hatte sich ihm nämlich ein außerordentlich kluges und schönes Fräulein aus dem Hause eines Richters genähert, der ihm verwandtschaftlich nahe stand. Das unverlobte Mädchen ließ dem schweigenden, stets ernsten Offizier in nicht hergebrachter Art Briefe und Bücher durch ihre Dienerin überreichen, bei ihren Ausfahrten mit der Dienerin wußte sie, die sonst die größte Zurückhaltung beobachtete, es einzurichten, daß ihre Sänfte in die Nähe des Jamens der Gelben Glocke kam, dem auch dies nicht entging. Das Fräulein, die Enkelin jenes Richters, war nach dem Tode ihrer Eltern von ihm zu höchster Sittenstrenge, zu einer eisigen Kälte erzogen worden. Da der einsame Beamte wünschte, die Enkelin bei sich zu behalten zu seiner Pflege, hatte er ihr von früh auf eine tiefe Abneigung gegen junge Männer eingeflößt. Er ließ sie sorgfältig unterrichten, hielt sie aber auch von Altersgenossinnen fern, so daß sie aufblühend zu einer aparten Schönheit nur Bediente des Hauses und fünf, sechs Herren und Damen kannte. Sie lächelte eitel, wenn sie mit ihren Puppen und Tieren spielte, lebte ganz in Musik, in Büchern, in der Ehrfurcht vor ihrem Großvater.

Die Gelbe Glocke, von dem alten Beamten oft empfangen, und ihr begegnend, setzte sie in Verwirrung. Eine intensivere Beschäftigung mit den Puppen, eine leidenschaftliche Vertiefung in philosophische Literatur folgte. Unaufgefordert dankte sie oft ihrem Großvater für die gute Erziehung. Es wechselte die Neigung zur Einsamkeit und zu weiten Ausflügen; sie führte einen unverhohlenen Stolz spazieren; sie blickte hinter ihren Schleiern und Tüchern aus der Sänfte auf andere Damen und fühlte ein Gemisch von Abscheu, Haß und Spott. Sich selbst betete sie an, ja in dem kleinen Silberspiegel, den ihre Mutter zurückgelassen hatte, schaute sie sich mit Entzücken und fieberhafter Erregtheit an; sie streichelte ihr Haar, küßte sich im Spiegel, ja sie warb um sich, erhörte sich, lehnte sich ab. Sie führte Wiedersehens- und Abschiedsszenen vor dem Spiegel auf, bei denen sie in heftiges Schluchzen ausbrach, so daß ihre Dienerinnen davon dem Richter mitteilten, dem sie erzählte, sie trauere um die tote Mutter, die ihr manchmal erschiene. Der alte Herr schüttelte dazu den Kopf, sprach von einer absurden Mädchenschrulle und veranlaßte die Dienerinnen, oft mit ihr Boot zu fahren, ins Grüne zu gehen, die Theater zu besuchen.

Sehr widerstrebend ließ sie sich zu solcher größeren Lebendigkeit bringen; aber sie entwickelte bald auf ihren Ausflügen ein derart unterhaltsames Wesen, daß die Dienerinnen dem Richter die freudigsten Berichte machen konnten. Das Fräulein übte eine sehr spitze Zunge; sie mokierte sich über all und jedes und äußerte sich in einer Form, daß die Begleiterinnen nicht aus dem Lachen herauskamen. Sonderbar war, wie fein das junge Mädchen den Dienerinnen ihre grobe Ausdrucksweise abhorchte, wie sie auch auf den Spaziergängen mit besonderem Behagen

die primitiven Äußerungen des Volkes am Wege beobachtete und aufnahm, ihre witzigen bissigen Reden mit so gefundenen vulgären Derbheiten untermischte. Vor dem Großvater schwieg sie von solchen Dingen oder verteidigte eine ihr gelegentlich entfahrene Wendung, so daß er sich den Bart strich und lachte. Sie küßte sich nach der Heimkehr von den Ausflügen vergnügt und herzhaft im Spiegel ab; es geschah aber dabei, daß sie sich bespöttelte, verrückt schalt, tiefsinnig überlegte, wie merkwürdig Menschen sein können. Sie sann halbe Stunden lang vor sich hin und trauerte nun wirklich plötzlich um ihre Mutter, die eine ruhige gute Frau gewesen sein mußte. Sie geriet in den Drang, von der längst toten Frau zu erfahren. Sie erforschte einiges über sie bei dem Großvater; als der aber nur Banales und nichts Günstiges erzählte, belästigte sie ihn nicht wieder damit, war beleidigt und verehrte ihre Mutter heimlich um so andächtiger. Unter diesem Gefühl nahm sie eine gemessenere Haltung an, witzelte auf den Ausflügen von oben herab, wiegte sich in elegischen und pathetischen Empfindungen.
Um diese Zeit wurde die Gelbe Glocke wieder öfter Gast im Hause des Richters. Das Fräulein nahm mit einem gewissen Mißtrauen gegen ihn an manchen Unterhaltungen teil. Er sprach nicht viel, immer in seiner gewählten Höflichkeit; wenig Notiz nahm er von der jungen Dame; denn die schöne Liang-li aus Schön-ting war tot, und er war ohne sie.
Da drang eines Tages nach einem Besuche das Fräulein stürmisch auf den Richter ein, verlangte, die Gelbe Glocke in Zukunft abzuweisen, er sei schamlos zu ihr gewesen. Auf die erstaunte Frage des Mandarins, wo und wann und womit, antwortete sie, eben, bei dem Besuch, durch seine ganze Art. Die Gelbe Glocke tue bloß traurig und streng; der Mann sei hinterlistig, so viel Menschenkenntnis hätte sie schon; er suche sich durch sein Auftreten in besonderes Licht zu stellen; sie empfände dies Verhalten als frech und wolle ihn nicht mehr sehen. Der Mandarin wies sie energisch zurück, freilich freute er sich innerlich, weil seine Enkeltochter so große Abneigung gegen Männer offenbare, und

lud die Gelbe Glocke nur noch in Abwesenheit des Fräuleins zu sich.
Als diese aber sah, daß sie ihren Willen durchgesetzt hatte, fand sie ihren Groll auf die Gelbe Glocke nicht nachlassen, stellte es in Gesprächen mit ihren Dienerinnen so dar, als ob er sich vor ihr geflüchtet hätte – aus einem Grunde, den sie nicht angab; und kam bei ihren Ausflügen auf den Gedanken, ihm nachzustellen, ihn durchzuziehen und ihr Mütchen an ihm zu kühlen. Die Vorstellung: ihn durchzuziehen, war in ihr besonders lebendig, wobei sie sich die Gelbe Glocke vorstellte als einen Aal, den sie mit der Hand am Kopfe faßte und rasch über einen sumpfigen Boden zog. Sie erzählte einmal, der Offizier hätte ihre Mutter beleidigt; man solle es ihr glauben; sie würde ihn dafür hassen.
Die mannigfachen mädchenhaften, oft boshaften Scherze, die die Gelbe Glocke nun jetzt von ihr erfahren mußte, berührten ihn wenig. Er hätte nicht gedacht, wie wenig Sorgfalt der alte Mandarin auf die Erziehung seiner Enkeltochter legte. Erst als die Spitzen manche Feinheit erkennen ließen, er Bücher über vorgeschriebene Gesellschaftsformen empfing, ihm zugleich auffiel, daß das Fräulein sich nicht mehr an den Empfängen beteiligte, wurde er nachdenklicher. Dies war die Zeit, wo er sich mit Ngoh zum erstenmal über den Beginn der Rebellion unterhielt und in der Umgebung der Hauptstadt Maßnahmen traf.
Die Späße des sonderbaren Mädchens reizten und beschäftigten ihn. Er konnte nicht leugnen, daß er, inmitten der gefährlichen Vorbereitungen, mit einer gewissen Teilnahme ihre Sprünge verfolgte. Er pflegte seine Mahlzeiten, da er unverheiratet war und keiner Pe-kinger Sippe angehörte, an wechselnden Orten einzunehmen, in städtischen Restaurants, bei schöner Witterung auf den Blumenbooten, in Wohnungen befreundeter Offiziere. Das Treiben der Besucher öffentlicher Lokale, die spielerischen und zweideutigen Unterhaltungen mit den bedienenden Mädchen stießen ihn ab.
Eines Tages bemerkte er in einem eleganten öffentlichen Restaurant die besondere Lebhaftigkeit der Gäste, das helle Lachen

und Schwatzen, erblickte drei neue Dienerinnen, erkannte zu seinem Schreck die junge Enkeltochter des Richters, die seit Wochen geschwiegen hatte, und ihre beiden Begleiterinnen. Sie tat, als sähe sie ihn nicht, bediente ihn nicht, und dann, aus dem Schwarm der kokettierenden Herren zu ihm hinspringend, fragte sie ihn barsch nach seinen Wünschen, mit einem wilden Blick über ihn fahrend. Er bestellte seinen Wein; sie schickte ihm Kanne und Tasse durch eine Dienerin, schäkerte weiter mit einer Gewandtheit, als wenn sie täglich den Umgang junger Elegants genieße, verabschiedete sich aber plötzlich nervös von den verblüfften Herren, denen der Wirt erklärte, daß sie nur gelegentlich zur Aushilfe einspringe.
Die Gelbe Glocke, schwermütiger als sonst, kehrte noch zweimal an den nächsten Mittagen hier ein. Am zweiten Tage setzte er sich allein in einen abgeteilten Winkel des Restaurants, sie stolzierte; er bestellte Wein für sich und eine Dame. Sie blieb starr am Tisch stehen, beugte sich über die Platte zu ihm herüber, fragte noch einmal: «Eine Dame?» Dann halb ohnmächtig, während ihre Augen erloschen: «Pfui, pfui.» Und wollte zu ihrer Sänfte stürzen, zu Hause ihre Wut und Scham auswürgen, ihren Spiegel zerschmettern und reuevoll sich vor den Großvater hinwerfen. Aber die Gelbe Glocke hielt den Ärmel ihres grünen Obergewandes; sie zitterte, weinte, sank hilfewimmernd, bittend, ihr nichts zu tun, auf die Bank neben ihm, wo er längere Zeit freundlich und sanft zu ihr sprach; ihr feinbemaltes Gesicht lag auf der hölzernen weinbefleckten Tischplatte.
Sie ging schließlich, sich mühsam schleppend, gebrochen hinaus, mit schlaffen leeren Gesichtszügen.
In dem Restaurant traf der Offizier sie nicht mehr. Öftere Besuche bei dem Richter waren erfolglos; sie zeigte sich nicht. Die Empfindung der Gerührtheit über das kapriziöse kleine Wesen bedrückte ihn; die geheimen kriegerischen Vorbereitungen ließen alles zurücktreten.
Und mitten, während er in der schwierigsten Arbeit der Gewinnung neuer Offiziere stand, erschien sie auf der Bildfläche

mit höhnischen Briefchen. Seine erste Verstimmung über diese unerwartete Art der Annäherung überwand er. Als ihre Sänfte sich in der Nähe seines Jamens zeigte, ritt er heran, ging, abgesessen, grüßend und plaudernd neben der jungen Dame, die sich drin auf den Polstern witzelnd und lachend räkelte, dabei ihn dauernd scharf beobachtete. Die Gelbe Glocke steckte schließlich den Kopf hinter den roten Vorhang, flüsterte, indem er die Zurückprallende ernst anblickte, er müsse sie unbedingt und eilig sprechen; er hätte sie um Hilfe zu bitten; es handle sich um eine Sache von der größten Wichtigkeit für ihn.
Bei dem heimlichen Besuch, den sie bei Anbruch der Nacht in seinem Jamen machte in Begleitung ihrer Dienerinnen, erklärte er ihr ohne Umschweif seine revolutionären Pläne, zeigte seine Kartenskizzen, den Gang der Operationen. Das Fräulein, mit großem Ernst folgend, tat sachgemäße Fragen. Er entwickelte ihr die Schwierigkeit des Eintritts in die Rote Stadt durch die Tore von Westen; und man könne nur durch diese Tore eindringen, weil der Eintritt durch die östlichen und südlichen Tore eine Umzinglung der gesamten Purpurstadt nötig mache, was eine Zersplitterung der nicht sehr zahlreichen Mannschaften zur Folge habe. Auf die beiden Wachtoffiziere kommend, erzählte er mit Vorsicht von deren Eigenheiten, der Unmöglichkeit, sie in die Revolutionspläne einzuweihen; bemerkte nebenbei, wie eitle Gesellen das wären, Schürzenjäger schlimmster Sorte. Das Fräulein, nachsinnend, lächelte bald, und er nahm ihr Lächeln auf, und so brachen beide in vergnügtes Lachen aus, sie schmetternd, er weich unter Dämpfung.
Aber es gab dann eine große Pause, wo sie mit tränenden Augen auf ihrem Stuhl saß, nicht antwortete und nur bat, sie hier sitzen zu lassen. Der Offizier ging von Wand zu Tisch, von Tisch zu Wand, machte sich Vorwürfe über seine Roheit, nahm entschlossen die Papiere weg, erklärte ihr leise, er hätte sie nicht kränken wollen, dies alles solle nicht geredet sein. Das Fräulein stand ernst auf, lehnte solch Mißverstehen ihrer begreiflichen Ermüdung ab; sie fühle sich übermäßig geehrt durch sein Ver-

trauen, dessen sie sich wert zu erweisen hoffe; fragte wieder nüchtern nach Einzelheiten, nach den Wahrhaft Schwachen, Wang-lun, sagte, sie wolle sich noch morgen einen Plan aushecken, und ließ den unruhigen Offizier, der nicht mit sich fertig wurde, allein.

Und schon am nächsten Tage begegnete er wieder ihrer Sänfte. Sie prunkte in einem reichen, mit Fasanen bestickten blauen Kleid, Bänder aus grüner Seide fielen von den Schultern und aus dem Gürtel; auf dem klugen Kopf erhob sich das helmförmig getürmte schwarze Haar. Ihre Augen trauerten ihn an; sie wolle ihm beweisen, daß sie auch anderes leisten könne als zynische Briefe schreiben. Es gelang ihr in der Tat, in wenigen Tagen das Entzücken der beiden Offiziere zu gewinnen. Einmal war sie Tänzerin, das anderemal verlassene Ehefrau; das Fräulein hielt die beiden verliebten Gesellen völlig in der Hand.

Nachdem Ngoh von der Gelben Glocke über den Stand der Vorbereitungen orientiert war, Pläne über die gemeinsame Besetzung Pe-kings ausgetauscht waren, gaben sie ihre Spaziergänge unter den Fichten des schimmernden Begräbnisplatzes auf. Ngoh riefen Eilboten zurück. Die Heere der Weißen Wasserlilie und Wahrhaft Schwachen setzten sich in Bewegung.

Glühende Hitze in den nördlichen Provinzen, als sich die rachegeschwellten Massen der Rebellen gegen Pe-king anwälzten. Die Dürre verbreitete Entsetzen. Auf ihrem Wege begegneten sie Prozessionen von Bauern, die aus den Dörfern ins Freie zogen, um Regen zu erbitten. Vor den kleinen Bauerntrupps lief ein Mensch, der einen grünen Helm sich über den Schädel gestülpt hatte, ein grünes Holzschild auf dem Rücken trug. Von Zeit zu Zeit machten alle Halt auf den graubepuderten Feldern. Der kostümierte Mann, der den Regengott darstellte, stützte sich wie erwischt auf zwei kolbige Stäbe, ähnlich den Fühlhörnern einer Schnecke. Und nun überfielen die Wütenden ihn, berieselten ihn mit Wasser aus Gießkannen, mit Jauche, schlugen auf das krachende Schild mit Flegeln und Mistgabeln. Manche solcher Bauernhaufen zogen direkt von der Prozession in den Aufruhr, sie gaben dem Kaiser die Schuld für die schwere Dürre.

Kanäle schlängelten sich wie leere Därme, mit trockener, schmierigfauler Höhlung durch die Landschaft. Die Blätter der Laubbäume rollten sich, hingen braun, fahl über den tonig zerriebenen Feldern, es dampfte aus brühwarmen Bächen, auf denen sterbende Fische trieben, Maul und Kiemen sperrend.

Die erhitzte Platte der Felder dumpfte unter den Schritten der Soldaten. Die bunten Schwärme hasteten aufgelöst über die tote Ebene. Voran flohen die schwarzen anklagenden Fahnen. Das heiße Element überholte sie; ringsum stiegen die Häuser in Flammen auf. Hingeworfen lagen die Soldaten vor Pe-king südlich des Flüßchens Liang-choei. Das herrliche Kloster Tsin-tai-tse jenseits des Hun-ho, den Lieblingsaufenthalt des Gelben Herrn, erfüllten sie, gröhlten über die roten Mauern nach Peking herüber, zwischen den Eichen und Ligustern des alten Jagdparkes suchten sie Schatten.

Chao-hoei rückte in Eilmärschen näher. Der kleinste Teil seiner Soldaten kam von der Stelle, kein Proviant zu beschaffen, Wege verbarrikadiert durch Steingeröll, Rebellenhaufen täglich im Rücken und in den Flanken.

An dem Tage, an dem die Mauern der südlichen Stadt Pe-kings von den siegreichen Truppen Wang-luns erstürmt wurden, saßen Khien-lung und Kia-king im Tsien-tsang-kung, dem privaten kaiserlichen Palast der Roten Stadt, und hörten schweigend die unerhörte Musik der brüllenden Schreie aus dem Chinesenviertel.

Khien-lung, abgemagert, leicht gebückt im gelben Kleid auf den Ruhepolstern am offenen Fenster: «Als der Taschi-Lama riet, die religiösen Sekten zu dulden, Schonung zu üben, wußte ich nicht, ob ich recht tun würde im Sinne meiner Ahnen. Als die Minister und Zensoren zusammenkamen und die Prinzen der ersten Ordnung neben mir standen, verfaßten wir das Edikt, das die Sekten zerschneiden sollte.»

Kia-king, den Blick auf dem Boden, murmelte: «Es ist recht. Wir haben gute Mauern. Chao-hoei ist bald da.»
«Die Schreie kommen über die Mauern. Es muß Gerechtigkeit geben, Kia-king. Es liegt nicht an meinem Leben. Ich muß gerecht sein. Wäre es vielleicht besser nachzugeben?»
«Wenn ich meinen Vater anflehen könnte, sich nicht wieder und wieder in die Beklemmungen zu stürzen.»
«Ich bin ganz ruhig, Kia-king. Wir wollen das nur einmal durchsprechen, es wird dich belehren.»
«Mein Vater hat dem Himmel zu jeder Zeit geopfert, den großen Ahnen nachgeeifert, ihnen geräuchert an den vorgeschriebenen Tagen, das Volk ist aufgeblüht.»
«Das Volk ist nicht aufgeblüht. Mein Volk ist nicht mehr friedlich, denn es ist nicht mehr glücklich. Sieh die Flammen nördlich dem Ackerbautempel: so schlimm opfert mir das Volk. Das Volk lieben –?»
«Sie haben für das Volk so Ungeheures, Beispielloses getan, daß ich nicht den Mut habe, eine Regierung, die kommen wird, mit Ihrer zu vergleichen.»
«Worte, Kia-king, Worte. Die Masse denkt anders. Ich habe das Gesicht verloren. Meine Zeit ist um.»
«Der Mörder Wang-lun bringt die Mings wieder herauf, die Mings!»
«Das ist lachhaft. Du wirst nach mir regieren. Ich frage nur, ob ich dem Augenblick genug tue, wenn ich, ich, zurücktrete?»
«Vater, ich habe Sie angefleht. Wie soll ich nach Ihnen regieren können, ich ohne Verdienste, ohne Geist, ohne literarische Ehren, unfähig den Bogen zu spannen, das Pferd zu besteigen, nach Ihnen, und Sie sollen nicht genügt haben.»
«Wie die Chinesen brüllen.»
«Es scheint Jubel zu sein. Das sind Böllerschüsse. Da – Raketen.»
«Damit wir sehen, Kia-king. Ein tolles Volk. Kein Gehirn.»
«Ich werde die Fenster schließen, die Vorhänge ziehen, Vater.»
«Laß nur, mich stört das nicht. Es ist lehrreich. Du mußt diesen

Augenblick gut miterleben. Wir kommen nicht oft in die Lage, den Menschen so nah ins Gesicht zu sehen. Es werden die Mings nicht kommen, ihr – ihr Dummköpfe. Man wärmt keine Kaiser auf. Wie gut, wie zehnmal gut, daß die reine Dynastie gekommen ist mit den Mandschus. Eisen gehört über euch. Für dieses Volk gibt es keine Freiheit. Nur Liebe, die durch die Straßen marschiert mit dem krummen Säbel am Gürtel.»

Khien-lung stand am Fenster mit drohend vorgestoßener Faust, Kia-king erhob sich. Nach einer Pause Kia-king: «A-kui hält die Tatarenstadt. Unsere Wälle und Mauern sind gut besetzt.»

«Ich weiß, du meinst, sie sind nicht gut besetzt. Es sind genug für die da.»

«Ob es nicht besser wäre, Vater, vielleicht mehr Truppen von dem mandschurischen Banner, von den Bogenschützen aus Kirin in die Rote Stadt zu werfen. Es laufen Gerüchte von der Unsicherheit einiger Regimenter der anderen Banner.»

«Unsere Banner sind alle gut. Von wo hast du Gerüchte?»

«Ich konnte nichts Festes ermitteln. Mein Diener gab mir eine verdächtige Wachstafel mit Geheimzeichen, verloren in einer Bannerkaserne. Ich habe herumgefragt, man hat mir sagen können, daß schon sonst gemunkelt wird.»

Khien-lung feixte ihn an: «Gemunkelt. Eine verdächtige Wachstafel gefunden. Bannerkaserne. Meine Eunuchen sollen besser aufpassen. Weibergeschichten. Weiter nichts.»

«Immerhin, es beunruhigt –»

«Das merke ich. Es beunruhigt dich.»

«Die Prinzessin und andere Prinzen haben von den Gerüchten gehört. Wenn wir uns fürchten –»

«So ist das eure Sache, Kia-king. Prinzessinnen haben sich um die Verteidigung der Roten Stadt keine Gedanken zu machen. Die Dynastie liegt auf meinen Schultern.»

Knallte das Fenster zu: «Schließ die Vorhänge, Kia-king. Hitze schlägt herein. Das Lärmen ist langweilig. Erzähl mir von deinen Pfauen.»

Kia-king blickte ihn fragend an.

«Wieviel hast du jetzt? Hat sich dein Wärter bemüht, Zuchttiere vom Wang von Turfan zu bekommen? Ich habe sechs außerordentliche.»
Kia-king schwieg. Der Kaiser deklamierte gleichmütig mit straffferer Haltung auf den Polstern: «Du interessierst dich nicht für Pfauen? Oder jetzt nicht? Das ist unrecht. Tiere und Bücher sind gleichmäßig gut; sie wechseln nicht. Die draußen werden schon aufhören zu schießen. Die großen Bewegungen werden am ehesten matt. Das ist eine rechte Bewegung, dieser Mingaufstand. Mach dir keine Sorgen, Kia-king.»
Der alte Herrscher ging mit etwas steifen Knien im Zimmer hin und her. An einem Tisch, der mit Bogen und Büchern bedeckt war, griff er nach einem Buch, blätterte; seine Stirnfalten stellten sich auf; sein viel verrunzeltes Gesicht nahm rasch einen vertieften Ausdruck an.
Lesend setzte er sich wieder an das Fenster: «Ja, es ist so. So ist es. Wie gut, daß es Bücher gibt, die ich selbst geschrieben habe. Ich kann mich vergleichen, suchen, finden. Ich möchte hin nach Mukden. Wie schön ist es; ich hab es so beschrieben wie ein Jüngling, der sich die Reize seiner Geliebten aufzählt; die Berge, die Forsten, die zahllosen Fische in den Flüssen, der Ta-ling-ho. Die Jagden; ja Tai-tsung sagte: ‚Gehen wir kämpfen! Das ist die einzige Erholung der Mandschus; unsere Gebirge geben uns eine neue Art Feinde; die Jagd muß uns ein Bild des Krieges geben.»
Er las weiter; Kia-king leise erhob sich, tastete sich zum Ausgang. Khien-lung rief ihn an, er lächelte: «Bleib bei dem alten Mann. Er beruhigt dich vielleicht. Geh nicht zu den Frauen, sonst verlierst du die Haltung.» Kia-king kauerte hin; der Kaiser betrachtete ihn lächelnd.
Während Kia-king beim Kaiser saß und ihn von neuem vergeblich zu einer Heranziehung starker Garden nach der Purpurstadt zu veranlassen suchte, kalt hingehalten und bespöttelt von Khien-lung, herrschte Unruhe zwischen den Palästen. Das ungewohnte Gemisch von Eunuchen und Soldaten wogte an den Mauern durcheinander. Die Eunuchen zählten die Soldaten, ver-

stopften sich die Ohren bei jedem neuen Jubelschrei aus der brennenden Chinesenstadt, liefen in das Innere der Stadt, um den ängstlichen Damen und Würdenträgern, die sich hatten einschließen lassen, zu berichten. Viele der aufgeschwemmten Eunuchen saßen beieinander, angstvollen Herzens, schwerbewaffnet unter Helmen, Schwertern, Schilden. Manche der älteren Würdenträger trugen die seidene Schnur oder die feinen Goldblättchen bei sich, um den leichten Tod zu sterben. Hie und da lief ein gutgelaunter Soldat mit einem lebenden schwarzen Hahn unter dem Arm herum, zeigte den schreienden Vogel den rennenden Eunuchen mit der Tröstung, sie sollten unbesorgt sein; er würde von dem Kammblut dieses dreijährigen Tieres opfern, um ihre Seelen auf dem Grabweg zu stärken; was sie ihm dafür im voraus bezahlten? Gegen Abend vor Anbruch der Dunkelheit trug man Khien-lung an die Mauerstraßen der Purpurstadt; er inspizierte hier eine Stunde lang die Verteilung der Mannschaften und die Besetzung der Torwachen. In einer grausamen Ruhe bewegte er sich. Für die Nacht war Kia-king zum Kaiser befohlen. Fast weinend und außer sich flehte der Prinz, aufs rascheste mehr Truppen in die Palaststadt zu werfen. Khien-lung wurde ungeduldig und bemerkte, man dürfe sich nicht vor dem Schicksal verstecken, wenn es komme, um die Reine Dynastie aufzusuchen. Ob der Prinz daran zweifle, daß die Mingphantasten sich die Stirne einrennen müßten, müßten! Und dann quälte er Kia-king mit der Aufzählung der Mannschaften, die so gering waren.

Wie erwartet, begann mitten in der Nacht der Angriff der entfesselten Rebellen auf die Tataren- und Rote Stadt. Es schien keinerlei Ordnung in diesem Angriff zu liegen; zu gleicher Zeit hallten die Sturmschreie vor den beiden Nordtoren, den Toren Te-cheng und An-ting, und vor den drei südlichen Schun-tschi, Ha-ta und Tschien, das das Einfallstor der großen Kaiserstraße war. Der Elan des rebellischen Sturms war außerordentlich. Brechen der Tore, Niederschlagen und Verdrängen der Torwachen beanspruchte ziemlich kurze Zeit. Auf das anfängliche

Zurückweichen der Mandschutruppen folgte hartnäckiges und erbittertes Festsetzen in Straßen, Kasernen. Überflutend, ertränkend drangen über Haufen der Gefallenen Rebellenschwärme durch die angelweiten Tore der Südstadt. Die Massen untermischten sich mit Händlern, Kaufleuten des Chinesenviertels, die rasch dem siegreichen Mingbanner folgten.

Die kurzbeinigen plumpschultrigen Mandschusoldaten schlugen sich mit den riesigen Bauern der nördlichen Ebene, die Rache für die Dürre heischten, in Kasernenfenster kaltblütig einstiegen mit wetzenden Dengeln, zischenden Dreschflegeln, von irgendwoher erschossen wurden. Die gesonderten Gruppen der Brüder und Schwestern spien Tod und würgten ihn herunter.

Das blendende Weißrot des Feuermeers im Osten der Tatarenstadt trug in das Bild die Durchschneidung der Helligkeiten und schwerer Schatten ein. Das nördliche neue Kornmagazin loderte. Von dem Funkenregen wurde das südlicher gelegene unermeßliche Reislager befruchtet und gedieh in Minuten zu einer im Wind tosenden flammenden Riesenmohnblüte. Unter diesen feierlichen Lichtern wühlten die zuckenden Massen ineinander. Groteskes Zappeln, Verrenken, Armschwingen, Hüpfen von Silhouetten, gespensterhaftes Rennen über verschattete Kasernenhöfe und Gassen. Schwirren, Platzen, Prasseln in überhitzter Luft von allen Seiten, überschüttend die herkömmlichen Geräusche des Frage- und Antwortspiels zwischen dem Tod und dem menschlichen Leben.

Über eine Doppelstunde rang man, dann kollerten Mandschus und Rebellen in die stinkenden nördlichen Gräben vor der Purpurstadt, die kohlschwarz bewegungslos hinter ihren Mauern wartete.

Die abweisende Starre, in der sie lag, löste sich in dem Augenblick, als Böllerschüsse vom oberen Nordtor krachten und als das grelle Licht des Feuers nicht mehr die Wipfel der Thujen und Zypressen erhellte, sondern nach Minuten des Schweigens dieser Schein hinkroch zwischen den angeprallten Stämmen über den Boden, dicht, nah zwischen den Treibhäusern des nörd-

lichen Blumengartens wanderte. Die Rebellen hatten das obere Nordtor gebrochen. Sie ergossen ihre verzerrten Gebärden, den Gestank der Gräben und Gassen in die strenge Kaiserstadt.
Die Karrees der sicheren Garde finsterten hier. Leere Frauenpavillons bebten unter dem Gestampf der feindlichen Zerstörer. Das kleine östliche Schatzhaus wurde erbrochen; hier spritzten die Silberbarren, Truhen, Seidenstoffe die Treppen herunter, die Vasen zerscherbelten ihre gewölbten Bäuche.
Eingekeilt zwischen der Nordmauer und einer Querwand, welche die kaiserlichen Wohnungen beschützte, bissen sich die Gegner ineinander fest. Aus der brennenden Tatarenstadt drang keiner in den vollgestopften Raum. Kampftolle Weiber erstickten im Torweg.
In die Garden riß voran Wang-lun klaffende Löcher. Er stöhnte, mit seinem langen Schwert um sich wuchtend. Er arbeitete fast nackt in einer halben Bewußtlosigkeit, ohne Gefühl seiner automatisch gehobenen und hämmernden Arme. Von Zeit zu Zeit drängte er sprengend nach hinten, stand, den Kopf nach vorn gesenkt, schweißträufelnd, beweglos wie ein Bronzestier, in einer Menschenwoge, die er zerteilte, die Augen blutunterlaufen, die Hände dick wie in Handschuhen, das Gesicht verschwollen unter einer Lehmmaske. Dann bogen sich die Scharniere der eisernen Knie, Schultern und Ellenbogen keilten die Massen auseinander. Der Gelbe Springer blitzte, mischte Blut mit Blut in dem Mörser des kaiserlichen Blumengartens.
Ngoh, blutübergossen nicht weit von ihm, bohrte mit dem kurzen zweischneidigen Schwert, zerschmetterte die vorragenden Spießlanzen. Ritze neben Ritze hieb er in die weiche lebende Mauer, die Körper sprudelten.
Von der Palastmauer flatterten die schlanken Schmetterlinge, die Pfeile, über die Rebellen, setzten sich auf gähnende Wangen, Schultern, Hälse; schmückten Taumelnde, Leerlächelnde.
Während in der Tatarenstadt über den weiten Plätzen die Kehlen tobten, klang zwischen den beiden Mauern nur gelegentlich ein geller Ruf. In dieser wenig von Licht zerfetzten Finsternis

pfauchte, ratterte, stampfte eine Maschine. Zähne malmten. Die Karrees der Garden schmolzen. Das Einfallstor in die verbotene Stadt mußte bald frei sein. Ein Winseln erhob sich unter den Verteidigern. Da flogen die kaiserlichen Soldaten seitlich auseinander, der Pfeilregen von der Mauer hörte auf. Aus der inneren Stadt fegte donnerklatschend ein frisches Regiment durch das Tor, spießte sich in die prallen Rebellenhaufen, die barsten.
Jäh wich in der Tatarenstadt das Jubeln zurück vor dem durchdringenden Pfeifen der Mandschureiter, dem bodenschwingenden Trappeln von Pferden. Der zehntausendfache Wehe- und Wutschrei zwischen den beiden Mauern. Schrittweises Zurückkeuchen hinter Pyramiden von Leichen. Das obere Nordtor preßte die Fliehenden zusammen und zermanschte sie. Die Kaiserstadt erbrach die Rebellen. Die Gräben rollten sie kopfüber herunter. In die Tatarenstadt geschoben, wurden sie den Hufen der braunen Pferde preisgegeben. Von zwei Seiten gefaßt, posaunten sie Todesschreie zum Himmel. Stirn und Rücken zerfleischten die krummen Mandschusäbel.
Dann kam ein Zittern in die willenlose Masse.
Ein tiefes, ausholendes Atmen.
Das Platzen eines Kessels.
Die Front der Berittenen im Nu zerrissen.
Der Elan der letzten Wut zerstob die Mandschus. In einer unduldsamen Bewegung schleuderten sich die Rebellen hinter die brennenden Speicher durch die beiden verlassenen Osttore Tongchi und Tschi-hoa, aus der Tatarenstadt heraus, aus Pe-king heraus.
Ein Flug trug sie in die stumme nachtkühle Ebene, legte sie vor die kleinen Dörfer.
Pechschwarz die Purpurstadt. Khien-lung seufzte am Fenster seines Palastes, eine trübe Öllampe auf dem schmalen Tischchen neben sich. Sein Loblied auf Mukden hielt er noch in der Hand. Kia-king betete, hingeworfen vor einer niedrigen Kung-fu-tse-Statue auf einem Bronzesockel. Der Kaiser beobachtete ihn eisig. Als sich der Prinz erhob, klatschte der spöttische Greis in die

Hände, flüsterte den Eunuchen etwas zu. Kia-king sah auf zwei Holzschüsseln die Köpfe der beiden verräterischen Wachtoffiziere.

DIE schwarzen Fahnen der Weißen Wasserlilie und der Wahrhaft Schwachen wehten nordwärts und ostwärts. Das Versagen der rebellischen kaiserlichen Regimenter war bald aufgeklärt. Khien-lung hatte, unterrichtet, die verdächtigen höheren Offiziere am vorangehenden Abend festnehmen und in der Roten Stadt einsperren lassen. In dem nördlichen Bezirk, der dem Angriff ausgesetzt war, untergebracht, waren sie sämtlich während der Schlacht befreit worden, fünf gefallen, vier andere, darunter die Gelbe Glocke, von der Flucht mit fortgerissen. Die eingeschüchterten rebellischen Truppen hatten in der Nacht ihre Kameraden angegriffen und besiegt. Die beiden so kunstreich gewonnenen Wachtoffiziere waren, wie es schien, von Khien-lung in kurzem Verfahren beseitigt worden.
Die drei Hauptführer, Wang-lun, Ngoh, die Gelbe Glocke, trafen rasch zusammen. Wang tobte gegen seine Truppen. Eine nicht kleine Zahl seiner Anhänger ließ er unterwegs enthaupten, weil sie erwiesenermaßen Panik verbreiteten. Die ganze Hitze seiner Wut war gerichtet auf die geschlagenen Truppen. Nur seinem steinernen Wesen war es zu verdanken, daß die Heere schon nach zwei Tagen in geschlossener Ordnung nach Nordosten, unmittelbar gegen den heranziehenden Chao-hoei, sich richteten. Sechstausend Mann unter Ngoh blieben als Rückendeckung zurück. Man kam in Fühlung mit den irregulären Haufen, gewann sie zu planmäßigen Plünderungen und Überfällen.
Chao-hoei lehnte jede Unterstützung der Provinzialarmee ab. Auf die Nachricht von der Niederlage der Aufständischen in Pe-king peitschte er alle zurückbleibenden verfügbaren Mannschaften zusammen.
Unter dem Donnern und Leuchten des ersten Gewitters dieses

Sommers, zehn Gluttage nach der Flucht aus Pe-king, trafen sich die Heere an den Hügeln von Ying-ping. Das Schnauben und mähnenschüttelnde Grunzen am Himmel, das Zähnefletschen, Schwanzschlagen, Augenrollen fand keine Beobachter auf der Hügelplatte. Aus schwarzer Luft hing an unsichtbarer Leine ein Riesengong über den Armeen, dessen Schläge hetzten. Zwei weiße Panther übersprangen sich. Die Ilisoldaten wanden sich in der Wollust des gesättigten Blutdurstes. Die Bündler ließen sich umklammern von ihren heißesten Feinden, zerkrachten ihnen das Rückgrat.
Chao-hoei schaukelte auf seinem Schimmel, oben auf dem Hügel. Wang-lun rollte seine Walze auf der Chaussee, mahlte sein Korn. Dann riß die Schwärze des Himmels auseinander, Hagelschloßen stürzten aus dem Schlitz, tanzten auf den Schädeln. Die Wahrhaft Schwachen kämpften in dem blendenden Gewühl des Unwetters mit eisiger Gelassenheit. Keine Wunde berührte sie. Es war gleich, ob sie starben oder lebten. Das Feuer der Ilisoldaten fraß sich nicht durch, fing an zu rauchen, zu flackern. Kein stürmischer Angriff erfolgte von den Rebellen: still, weniger drängend als von ungewollter Notwendigkeit gedrängt, überwanden sie die Feinde.
Als Chao-hoei sich mit seinen zertrümmerten Soldaten wandte, hingen sich die Rebellen, gezogen, an seine Spuren. Beides Verfolgte. Liefen davon, ließen die zerbrochenen Menschen, Wagen mit Stieren, muskellose Schwerter und Beile, als wäre es Jauche.
Der geschlagene kaiserliche General ließ sich in der Stadt Schanhai-kwang einschließen.

DIE Gelbe Glocke und Wang-lun umritten den westlichen meerabgewandten Stadtteil.
Der rote Palast des Generals blitzte wie eine aufgestellte Hellebarde, südlich spreizte das graue Ehrentor die Beine; die Tafeln an seiner Stirn priesen Siege über alte Mongolenfürsten.

Man konnte von dem höher gelegenen Außengelände das schlammgelbe Meer liegen sehen, die weißen Segel der Dschunken schmeichelten sich über das Wasser. Die Stadt glitt ins Meer; sie überschüttete die Flußmündung und geschützte Küste mit Hausbooten; wäre nicht die meterbreite Mauer mit den Wachtürmen, diesen steinharten, quetschenden Kiefern der Stadt, konnten die Rebellen die kaiserlichen Truppen in einem Anlauf ins Meer jagen.

Die Gelbe Glocke sah träumerisch die grauen Dächer, über die die schwachen Sonnenstrahlen spielten. Er erinnerte an die Nacht, in der der Vollmond schien und sie am Rande eines Gehölzes vor einer zerfallenen Stadt standen. Das Blatt hatte sich gekehrt. Wie lange noch, würden diese Mauern ihr Schicksal erleben.

Wang betastete seinen Arm. Wenn es auf ihn ankäme, möchten sie die Stadt bald haben. Aber wie stark und kostbar waren die Brüder und Schwestern in der Mongolenstadt, wie stark waren sie!

«Weißt du, Gelbe Glocke, wie das Schicksal aussieht? Wie eine Leiche; sie läßt sich nicht ansprechen, nicht besänftigen, nicht erzürnen; du kannst nach ihrer Seele mit Tüchern wedeln in Gärten, auf dem Dache, vor der Tür, im Hof!

Wie viele leben noch von den Brüdern aus Nan-ku? Zu keiner Zeit, glaube ich, hat die Erde so rasch so viele kostbare Krieger aufgenommen; von den süßen Geistern duftet das Land. Und ich bin noch übrig, und soll zum Sieg führen. Und was tu ich jetzt weiter und weiter? Verschlingen, den Boden sättigen mit kostbaren Körpern; hinter Ho-kien, in Pe-king, bei Ying-ping. Mich haben sie nicht mitnehmen wollen. Vor mir häufen sich die Opfer, ich bin selbst schon eine Leiche, nach der der Boden nicht schnappen will, um mich fernzuhalten von den teuren Geopferten. So werde ich noch eine Zeitlang auf der Erde herumrasen; der Name Wang-lun wird den Klang eines Höllengottes bekommen; ich werde irgendwo irgendwann einschlafen, ohne zu wissen, warum das alles gewesen ist.»

Sie stiegen in einer Ulmenpflanzung ab, banden ihre Pferde fest, saßen im Moos.
Die Gelbe Glocke streichelte mit schmerzlichem Ausdruck Wangs Schultern: «Was ist das? Was ist das?»
«Wir müssen das Reich für uns erobern. Die Mingkaiser, die unsere Kaiser sein sollen, müssen wir einsetzen. Das darf nicht über mich fallen, daß alles nichts gewesen ist. Ma-noh sagte, seine Brüder und Schwestern seien zu einem Ring zusammengeschmiedet; er wollte sich nicht von mir retten lassen. Und so sage ich auch. Wir dürfen es uns nicht entreißen lassen, dieses, durch keine Niederlage, daß wir das Kaiserreich der Mings aufrichten. In mir, lieber Bruder, schwirrt es auf und ab. An dieser eisernen Stange beiß ich mich fest; der Weg ist vorgeschrieben; ich komme nicht in Frage.»
«Was willst du damit sagen, Wang, daß du nicht in Frage kommst?»
Wang drehte sich geheimnisvoll zu dem langen Offizier: «Es ist ein Unterschied zwischen dir und mir. Ich bin der Boden, auf dem das Wu-wei gewachsen ist, das einen Teil meines Geistes mit sich fortgenommen hat. Früher glaubte ich, ich müßte dem Wu-wei eine schöne, reiche, weiche Wohnung unter den Menschen Tschi-lis bereiten, bin mit dem Gelben Springer hin und her gelaufen; jetzt hat das Wu-wei eine Stimme und tönende Kehle für sich bekommen, seufzt deutlich, es wäre ein Geist meines Körpers und ich sollte ihm Obdach und Ruhestatt in mir bestellen. Es lacht über mich, wie Ma-noh gelacht hat. Oh, Ma-noh, der auf Nan-ku mich belehrt hat über die milden wegschauenden Buddhas, kommt so viel über mich. Jetzt richtet sich, lieber Bruder, alles auf mich und nimmt ein so sonderbar gequältes Gesicht an. Meine Frau sitzt im Hia-ho und weint nicht über mich; aber mein Sohn, den ich ohne Frau gezeugt habe, das Wu-wei, winselt nach mir. Du weißt ja selbst, was ich sagen will. Mein Sohn kann winseln. Ich muß die Brüder und Schwestern beschützen, wie ich's schon immer getan habe. Wir müssen das Kaiserreich der Mings aufrichten...»

Der Offizier blickte seitlich, ohne sich zu einer Äußerung zu sammeln, dann: «Du bist anders als Ma-noh, du bist ganz anders. Mein Bruder Wang-lun geht einen guten Weg mit – Angst und Widerangst. Die Gelbe Glocke hat nicht viel erfahren von dem harten Schicksal Wang-luns. Die Gelbe Glocke denkt, man muß kühn werden, mit der Welt streiten. Wir sind Kinder der hundert Familien, ich sage auch: was kommt es auf mich an? Unser Haus wollen wir reinigen, damit es uns gut geht, Wang, lieber Bruder.»

Wang berührte ihn zärtlich an der Hand: «Komm weiter, Bruder. Ich bin, seitdem ich aus dem Hia-ho kam, zum Lachen verwirrt. Ich weiß nur, daß ich aus Hun-kang-tsun stamme, so starke Knochen und solch Maul habe; sonst weiß ich nichts von mir. Einmal kannte ich einen Mohammedaner und einen Bonzen. Das waren früher meine Gesellen. Du mußt nicht so darauf hören, was ich sage. Auch Ngoh hat den Kopf geschüttelt.»

Sie ritten fast auf Pfeilschußnähe an die Mauer, auf der eine Abteilung der eingeschlossenen Soldaten patrouillierte. Sie konnten noch über die Mauer wegsehen, die vollgestopften Straßen erkennen, die untätigen Rotten auf den Märkten zwischen den Händlern unterscheiden. Wang-luns Pferd tänzelte; auf dem Gesicht des Reiters markierte sich eine freudige Neugier; die listigen Augen zerlegten die ganz kleinen Gruppen drüben. Auf einen Ruf der Gelben Glocke riß er sein Pferd um; die Patrouillen spannten ihre Bogen. Sie sprengten weiter um die Stadt.

Blitzschnell war vor Wang alles Quälerische versunken. Ma-noh und die Gebrochene Melone hatte er ausgelöscht in der Mongolenstadt, wie mit einem Strich unter eine verlorene Rechnung. Er war Ma-noh gefolgt, der ohne ihn alles verwirklichte von der Wu-wei-Lehre; mit Spannung und Grauen sah Wang die Entwicklung und Beendigung; der letzte Schluß lag ihm ob in dieser Sache, die im Grunde seine Sache war; die Gemeinheit durfte nicht in das Sterben dieses Traums hineinjohlen. Er schleppte noch in einer Art Rachsucht sein Schwert, lief todverheißend von dem Totenfeld, aber heimlich erkannte er schon, daß hier eigentlich nichts zu rächen war, daß kein Feind da war, gegen den er sein Schwert erheben sollte, weil alles dies Ende nehmen mußte. Und als Ngoh ihm vom Tod Ma-nohs erzählte, wurde die Decke der Rachsucht mit einem grausamen Ruck weggezogen; besiegt war er, vernichtet, schlimmer erwürgt als der Tou-ssee. Der Ekel kam, zu Ende war es mit dem Wu-wei! Das Hiaho mit seiner entschlossenen Versenktheit tauchte auf, die erpreßte Ruhe einiger Monate; der Bauer in Wang schien langsam hervorzutreten. Inzwischen fraß seine Lehre in Tschi-li um sich; er konnte sich nicht lange taub und blind stellen, seine Vergangenheit wie Staub von sich abschütteln; der Grimm über den Kaiser entkorkte ihn wieder; das Wu-wei, zwar fortgeschleudert, war seine eigenste herzlichste Sache. Halb gestoßen kehrte er zurück, die stürmische Bewegung riß ihn dann mit sich; er selbst wußte oft nicht, was er sollte, dachte an die Sanftheit des Nichtwiderstrebens und sah sich in einem endlosen, hoffnungslosen Morden. Er fand nicht zu sich. Über die Mauer von Schanhai-kwang blickend, sah er das lebendige Gewimmel der Märkte, Straßen; eine freudige Erregung überwältigte ihn blitzschnell; Entschlüsse, ein Drang unbegründeter Art wurden in ihm ausgehebelt: «Da hinein, da hinein, ohne Waffen!» Er wußte nicht, daß das Bild des alten Tsi-nan-fu vor ihm stand, daß das Wu-wei ihm aus allen Poren schwitzte. Dulden, dulden, leiden, ertragen! Nicht widerstreben! Su-koh! Zum erstenmal liebte er wieder das Leben. Er hob jauchzend seine Arme gegen die Stadt. In einem Gefühl von Schwäche begehrte er wieder Stadtnarr zu sein.

Das Heer der Bündler hatte seine anfängliche Zweiteilung völlig aufgegeben; die Waffenbrüderschaft hielt die Weiße Wasserlilie und die Wahrhaft Schwachen unlöslich gebunden. Die starken Männer und Frauen rannten, schlugen Zelte, fuhren Proviantkarren, schwangen Beile und Schwerter; die schwarzen Fahnen klatschten; das weitere stand nicht vor Augen. Man mußte siegen, Mandschus vertreiben, goldene Mings wieder einsetzen. Die Wahrhaft Schwachen unterschieden sich nicht von den Geheimbündlern, nur daß sie stolzer waren, in den Schlachten Berserkerstücke verrichteten, in den Lagern zum Sport gefährliche Zwei- und Vierkämpfe ausfochten, eine drohende Zuversichtlichkeit zur Schau trugen.

Man lagerte in weitem Umkreis um Schan-hai-kwang, ruhte von den letzten Schlachten, erwartete die Hilfstruppen, die aus Schan-tung und Kan-su im Anmarsch waren. Aus Tschi-li und den Nachbarprovinzen verlautete die Sammlung von Provinzialheeren; Zuläufer wollten sogar wissen, daß die Provinztruppen zu großen Kontingenten angewachsen seien. Jede Nachricht wurde mit Gelächter und Wonne aufgenommen.

Auf die Kunde von der Ausdehnung der Rebellen kamen aus Nan-king zwei Männer gewandert, die behaupteten, Nachkommen des alten Minggeschlechtes zu sein. Sie stießen zu den Bündlern am Tage nach der Niederlage in Pe-king, kämpften sogleich mit größter Bravour beim Zusammenstoß mit Chao-hoei. Sie waren Vettern, der Ältere ein Bauer in den Fünfzigerjahren, der Jüngere etwa in den Zwanzigern. Sie fielen durch Ernst und sympathische, zweifellos vornehme Haltung auf. Sie vermochten sich natürlich nur durch Erzählungen sehr phantastischer Art zu legitimieren, fanden allgemeinen Glauben. Von seinem Ritt um die Stadt zurückkehrend, fragte Wang den Jüngeren der Mingvettern, ob er verheiratet sei. Der verneinte. Da betrachtete Wang den zarten tiefbraunen Jüngling, meinte, es sei vielleicht zu erwägen, ob er sich nicht verheiratete. Der schlanke Mensch drehte sein längliches Gesicht lächelnd beiseite; er freue sich über Wangs gute Laune; er hätte für Wang ein kleines Kistchen kandierter Datteln aufbewahrt, und sie wollten zusammen Späße machen. Der andere lobte das, und wo er denn die Datteln hätte. Vor einem Zelt lutschend und spuckend, sahen sie sich vergnügt an. Er hätte solche kandierte Datteln schon lange nicht gegessen, sann Wang, zuletzt in Schan-tung; es sei schon lange her. In Po-schan sei er einmal eingeladen gewesen bei einem Kaufmann, der die Weiße Wasserlilie führte; da hätte er viele davon essen müssen und seinen Spaß gehabt. Ja, erwiderte der

Ming, sie seien ziemlich rar in dieser Gegend, besonders jetzt. Ob er also wirklich nicht verheiratet sei, fuhr der andere fort; in Kriegszeiten sich verheiraten, zeuge von großer Vorsicht; denn man könne vielleicht einen Sohn bekommen, und dann stürbe man ruhiger. Ja, er brauche ihn nicht so anzusehen. Also kurz und bündig: ob der junge Ming sich mit der Tochter des Mandschugenerals Chao-hoei verheiraten wolle. Wenn er wolle, brauche er nur zuzugreifen; Wang werde den Vermittler spielen. Der junge Mensch verneigte sich sehr ernst vor Wang; er wolle Wang nicht verletzen; aber solche Späße verdiene er nicht; er lege keinen Wert auf seine Mingabstammung in diesem Moment. Unbeirrt wiederholte Wang: es handle sich um Dinge, die so klipp und klar wären; gebe Chao-hoei seine Tochter her, so hätte man den General mitgewonnen; gebe er sie nicht, dann, nun dann würde man ja sehen. Die Mings sollten nicht trotzig auftreten, durch Ruhe entwaffnen, diplomatisch denken. Verwirrt, errötend stammelte der Ming etwas. Jedenfalls bliebe es dabei, bestimmte Wang, bevor sie an das Kochen von Hirse gingen, daß er, der Ming, unverlobt, Wang zur Vermittlung ermächtige. Er solle ihm sogleich Geburtstag, Jahr, Monat, Stunde für die späteren Berechnungen aufschreiben.

In der Stadt gab es Anhänger der Bündler. Die Belagerer suchten mit ihnen in Verbindung zu treten. Die anfänglichen Bemühungen, Nachrichten und Verabredungen auf Papier in hohlen Lanzen zu befördern, scheiterten; die Zettel kamen überhaupt nicht an oder an falsche Adressen; man erschwerte durch jeden mißglückten Versuch den Brüdern drin die Arbeit. Aussichtsvoller war der Wasserweg.

Zwei Tage nach der Zernierung der Stadt langte eine große Flotte stark bemannter Schiffe draußen an; sie kamen vom Süden herauf. Die Belagerer, die zuerst jubelten, weil die Schiffer keine kaiserliche Tracht trugen, sondern ersichtlich Seeräuber waren, wurden bei dem ersten Annäherungsversuch schwer enttäuscht; die Rebellendschunken wurden von zwei der großen Schiffe einfach überrannt. Es waren Seeräuber, die von dem

Tsong-tou von Tschi-li geworben waren und deren Anführer der Kaiser zur Belohnung eine Pfauenfeder im voraus verliehen hatte. Sie schwammen stolz auf dem Wasser, kaperten verdächtige Boote, verpraßten in der Stadt und benachbarten Küstenorten ihr Geld und begönnerten Chao-hoei.
Wang-lun ging mit fünfzig seiner verwegensten Leute in eins der Küstennester. Er sagte seinen Männern, sie wollten die Stadttore von innen öffnen. Stark bewaffnet näherten sie sich dem Fischerdorf, in dem die Mannschaften dreier großer Schiffe saßen. Lärmend zogen sie aus einer südlichen Seitenstraße in die auf einer Dünensenkung kriechende Hauptstraße. Die überraschten Piraten, mit Strohhüten und geflochtenen Strohmänteln, traten aus den Häusern auf die Straße. Wang stieg zu einer Schenke herauf, vor der eine Rotte stand, fragte, wem die Schiffe draußen gehörten.
Einer, der Wangs Größe hatte, zweifellos aber nicht ihr Führer war, drängte sich nach vorn und sagte, das ginge Wang nichts an. Wang schob ihm den breiten Strohhut aus dem Gesicht; das solle er nicht so sagen; wenn die Schiffe keinem sicher gehörten, dann wolle er sie mit seinen Kameraden nehmen. Die Piraten brüllten vor Vergnügen, sicher gehörten die Schiffe keinem; aber inzwischen gehörten sie ihnen, und da sei es nichts mit dem Wegnehmen.
Dann sei er ganz zufrieden, meinte Wang; das hätte er ja nur wissen wollen. Dann sei es eben nichts. Aber ob sie nicht irgend woanders kleinere Schiffe, Segeldschunken gesehen hätten, die man wegnehmen könne. Er und seine Kameraden wollten zu Schiff gehen, weil es mit dem Lande nichts wäre.
Das meinten die Piraten auch, beschauten die Ankömmlinge zufrieden als Besitzer, sagten spöttisch, Dschunken würden sich schon irgendwo finden; sie seien ja rüstige Burschen, die wohl gut schwimmen könnten. Als neulich das große Hagelwetter war, seien sechzig kleine Dschunken und fünf große Schiffe vielleicht sechs Li vor der Küste gekentert; die könnten sie bequem holen, die gehörten jetzt keinem und seien vorzüglich ausgerü-

stet. Wenn sie gut tauchen würden, könnten sie die Schiffe nicht verfehlen; es sei da hinten, in südlicher, etwas östlicher Richtung.

Wang fand diesen Rat außerordentlich; die genaue Ortsangabe würde er sich gut merken. Freilich seien seine Kameraden ebenso wie er selbst noch zu wenig an das Wasser gewöhnt, um gleich so anstrengende Tauchübungen zu machen. Da die Sache nach ihrer Beschreibung so einfach sei, so würde aber ihnen beiden bald geholfen sein. Er werde sich mit seinen Begleitern der drei Schiffe draußen bemächtigen, an diese Arbeitsweise seien sie als Landbewohner gewöhnt, sie sollten dann neben den Schiffen schwimmen; er werde sie sicher zu der Stelle hingeleiten, sechs Li vor der Küste, wo die sechzig kleinen Dschunken und fünf großen Schiffe auf sie warteten.

Schweigen und Flüstern bei den Piraten, prüfende Blicke auf beiden Seiten. Der Strand war leer; alle Seefahrer schoben sich vor der Schenke; sie sahen die Äxte, Dolche, Bogen der Fremden.

Als sie schwiegen, sagte Wang, sie sollten sich die Sache ruhig überlegen; er werde inzwischen mit seiner Horde schon an den Strand gehen und die Schiffe besichtigen.

Nach einem Hin und Her zwischen den untersetzten Männern, welche die Führer zu sein schienen, kam einer von diesen, der eine gespaltene Oberlippe hatte, auf Wang zu und fragte höflich, wer sie wären. Auf dem verschlossenen Gesicht des braunen Fremdlings spielte ein bedauerndes Lächeln; er könne sich die Brust zerschlagen, daß er vergaß, dieser einfachen Anstandspflicht nachzukommen; man gewöhne sich auf den Landstraßen schlechte Manieren an. Sie seien aus verschiedenen Dörfern Nordschan-tungs, hätten sich zusammengetan, um sich durchzuschlagen in ein fruchtbareres Land; nichts sei ihnen geglückt; bei Pe-king hätten sie sich den Rebellen anschließen müssen, aber die seien geschlagen, ein paar Tage hätten sie Hundereis gegessen im Institut der Großen Menschlichkeit zu Pe-king, nun wollten sie es mit dem Wasser versuchen.

Warum sie denn so starke Waffen trügen.
Um nicht mehr bitten zu müssen.
Nach dieser Unterhaltung zog sich der Unterhändler wieder zurück unter tiefen Verneigungen; Wangs Leute sperrten zu beiden Seiten die Straße; die Situation war für die Piraten aussichtslos.
Da kamen sie mit einem Vorschlage zu Wang, den sie mit mehreren anderen in die Schenke nötigten. Sie sagten, daß sie mit ihren Schiffen vom Kaiser zum Schutz von Schan-hai-kwang geworben seien; ob sich die Fremden ihnen anschließen wollten gegen hohen kaiserlichen Sold.
Wang erklärte: gern, wenn der Sold für ihn und seine Leute hoch genug wäre.
Freilich, es kämen auf jeden Mann zwei Taels für zwei Monate.
Die Fremden besprachen sich; ihr Führer antwortete, es sei zu wenig, außerdem, welche Sicherheit gegeben würde; sobald sie alle im Hafen der Stadt wären, würde man sie auslachen und ans Land setzen.
Nach längerem Feilschen kam man überein: die bewaffneten Fremden besetzen zwei Schiffe zur Sicherheit; das dritte Schiff fährt in den Hafen, verschafft die Hälfte des Geldes; alsdann fährt man gemeinsam vor die Stadt; kommt das dritte Schiff mit Polizei zurück, soll das als Verrat gelten und an der Besatzung der zurückgebliebenen Schiffe gerächt werden.
Der Plan wurde ausgeführt; Wang empfing das Geld, sie setzten sich auf die Schiffe, ankerten vor der Stadt. Als sie an Land gingen, wozu sie die Piraten eingeladen hatten, war dieses Abenteuer rasch zu Ende; denn hinter ihren Booten scholl das Hohnlachen der Seeleute, denen ihr Streich gelungen war; die Schiffe, die zu den andern in See stachen, waren Wang und seinen Leuten verloren.
Wang ging mit mehreren Begleitern wegen der andern Hälfte des Geldes klagend in die Stadt; die Mandarinen wiesen ihn ab, für solche Verträge gäbe es kein Recht; die Piraten seien nicht zu fassen und in diesem Augenblick Freunde des Himmelssohnes.

Er suchte seine Anhänger in der Stadt auf; kleidete sich um, spazierte auf den Märkten und Straßen. Mehrere Tage unternahm er nichts als Flanieren, Besuchen der Tempel, Anhören des Klatsches, Feilschen mit Pfeifenhändlern, Lungern in den Teestuben. Es war frisches schönes Sommerwetter; um seine Begleiter kümmerte er sich in diesen Tagen nicht. Dann versammelte er sie in dem Hause eines Gefängnisaufsehers; seine Absicht war, Dinge besonderer Art in der Stadt zu veranstalten, darauf Revolte, wobei sich das weitere ergeben sollte.

Chao-hoeis Palast stand einsam hinter der Stadt auf den nordwestlichen Abhängen der Magnolien. Der besiegte General verließ selten sein Haus; wanderte von einem Zimmer ins andere, aus dem Hof in den Garten. Er stand nicht mehr an dem Fenster, das nach dem Meer blickte; daß dort das Meer lag, an das ihn die Rebellen gedrängt hatten, ergrimmte ihn, daß seine Soldaten und sein Feldherrnglück nichts waren und er wie eine Katze, die man ertränken wollte, am Wasser hin und her jaulen mußte.

In seinem friesumzogenen Arbeitszimmer saß er viel, blies die Wasserpfeife und grübelte. Er war ein sonderbarer Torhüter Pekings; durch eine rätselhafte Wendung des Kampfes war Pe-king noch im letzten Augenblick gerettet worden; ihn setzte man ans Wasser; wo war sein Kriegsruhm, was dachte Khien-lung? Er konnte nicht mehr A-kui und kundige Eunuchen anklagen, daß sie ihn auf den verlorenen Posten geschickt hätten. Kampf war da, und Niederlage war da. Der junge unerfahrene Tsong-tou von Tschi-li, Chen-juen-li, wird sich ein Vergnügen daraus machen, die Stadt zu entsetzen; auch der Herr von Schan-tung und Pi-juen von Ho-nan werden sich Ehren gewinnen an ihm, dem Verunglückten. Er hatte das Gesicht verloren. Schande über sein Haus, Schande über seine Ahnen.

Die jugendliche Hai-tang, seine rechtliche Frau, tröstete den Melancholischen; sie trieb den ergrauten Mann aus dem Hause heraus, damit er die Mauern inspiziere, die Zucht in der Stadt kontrolliere. Aber Chao hatte einen Widerwillen gegen diese

Stadt, die er einmal geliebt hatte; ihn ekelte es vor den zweideutigen Bürgern, er begegnete mit Widerwillen dem betrügerischen Tao-tai, Tang-schao-i, der sich beim Einzug der Truppen in die Stadt bedankt hatte, daß ihm das schlimme Schicksal der benachbarten Magistrate erspart blieb, freilich durch das Unglück seines verehrten Freundes Chao-hoei. Die Wunden seines Sohnes Lao-sü waren längst geheilt; untätig saß der General mit ihm beim Morraspiel, hockte in den Frauengemächern, hörte seiner Frau zu, die die zarte Nai, die fünfzehnjährige Tochter, im Spiel der Pipa unterrichtete.
Eines Vormittags, während die gesamten Truppen auf den Hügelflächen zwischen Mauer und Stadt exerzierten, zog aus einer Gasse im Nordwesten der Stadt, wie aus dem Boden auftauchend, eine feierliche prunkvolle Prozession geradeswegs über die Chaussee auf das Wohnhaus Chao-hoeis zu. Es mußte sich um ein freudiges Ereignis handeln; die Männer, die zwei goldgeschmückten Sänften folgten, trugen lange rote Schärpen über ihren schwarzen Gewändern. Mit Gongschall und ‚Platz'rufen marschierte man unter dem warmen Sonnenlicht; der Zug schlängelte sich rasch den einsamen Magnolienhügel hinan. Das Väterchen ohne Zunge, Chaos Haussklave, nahm unter grotesken Verbeugungen die riesige rote Visitenkarte entgegen, die ihm aus einer Sänfte gereicht wurde. Der schlanke Mandarin im Haus legte seine Perlenkette um, ging an der Türe des Saales der zwölf grünen Säulen seinen Gästen entgegen. Ein unbekannter mandschurischer Name hatte auf der Visitenkarte gestanden. Sechs der Fremden, in ernster Haltung, starke ausdrucksvolle Gesichter, traten in die Halle; Wang-lun und fünf Gefährten. Wang stellte sich zuerst vor unter dem mandschurischen Namen der Visitenkarte, mit frei erfundenen die andern, dann setzte man sich auf Einladung des Wirtes an einen kleinen Tisch zwischen zwei Pfeilern und schwieg. Chao-hoei schlug in die Hände nach Diener und Tee; das Blut stieg ihm ins Gesicht; es kam niemand. In Scham bat er seine Gäste um Entschuldigung, er klatschte nochmal, vor Erregung zitternd. Aber die Fremden lenkten be-

gütigend ein, sie seien geschäftlich anwesend, zu Schiff eingetroffen, würden nur kurze Zeit verweilen; auf das Gesinde sei nirgends Verlaß.

Man sah sich prüfend an. Chao-hoei wollte in einer plötzlichen Regung sich erheben, um nach den Dienern zu sehen, aber wiederum baten die Fremden, sich nicht anzustrengen; sie würden ja in Raschheit ihre Angelegenheit erledigt haben.

Wieder schwiegen sie. Wang, in einem schwarzen Gewand, das ihm nicht den Knöchel bedeckte, zog den Fächer aus dem Gürtel, preßte das Gesicht zusammen, sagte mit kaltem, festem Blick, er und seine Begleiter kämen als Brautwerber in das Haus des ruhmreichen Generals; er hätte bei einem Aufenthalt im Hia-ho von der gebildeten und kunstverständigen Hai-tang, der Tochter des ehemaligen Tsong-tous von An-hui, Hwang-tsi-tung, gehört; von der Feinheit und Wohlerzogenheit der Tochter spreche die Stadt; so ungewöhnlich das Vorgehen sei, so bliebe doch seinem Herrn, in dessen Auftrag er erschiene, keine andere Möglichkeit, die Verbindung anzuknüpfen. Er reichte mit seinem langen Arm ein großes rotes Kuvert mit dem Personalschein über den leeren Tisch.

Der General, steif, zuckte mit den Mundwinkeln. Wang sprach ruhig weiter, lud ein, das Kuvert zu öffnen; das Volk singe: «Wie fängt man an, Holz zu spalten? Ohne ein Beil kann es nicht geschehen. Wir fängt man an, eine Frau zu nehmen? Ohne eine Mittelsperson kann es nicht geschehen.»

Als der General mit einem Blick auf die Visitenkarte die Lippen bewegte, den Mund öffnete, tonlos fragte, wer er sei, antwortete der Gast, die Visitenkarte sei zur Täuschung der Dienerschaft gegeben; er sei Wang-lun, ein Anführer der Belagerer; er werbe für einen Mingprinzen, der den Thron besteigen solle; freilich, es handle sich um einen Chinesen; aber so niedrig achte kein Chinese die Mandschus, daß er nicht die wohlerzogenen Mandschutöchter zu rechtlichen Frauen werben möchte.

Der Mandarin, aufgesprungen, stürzte an das Gong, schrie: «Diener! Tai-tsung! Tai-tsung!»

Die Fremden erhoben sich im Tumult, als der Mandarin an ihnen vorbei ans Fenster stürzte; zwei deckten das Fenster; Chao-hoei, ausgleitend, hinfallend, wurde von ihnen gehoben, unter Verneigungen mit eisernen Händen an seinen Platz gedeichselt. Wang lauschte an der Tür, am Fenster; im Nu stand er vor dem heftig stöhnenden General, dessen Augen entgeistert blickten. Der große Personalschein sei gebracht; die Werbung vorgetragen; den Schein der Braut zu bringen und das Glück und Unglück der acht Ehezeichen bestimmen zu lassen, läge dem General ob. Sie würden sich Antwort holen.
Der General schlug auf den Tisch, explodierte: «Verbrecher! Schurken!» Vier hielten ihn, banden mit roter Schärpe Arme und Beine, legten ihn auf den dunklen Gang vor der Tür. Wang flüsterte: «Überlegen Sie, General. Wir kommen wieder.» Und er malte mit dem breiten Tuschpinsel, den er von einem Wandregal nahm, auf den polierten Boden des Saals die drohenden Zeichen der Mingdynastie. Schon bestiegen zwei der Männer draußen im Hofe die Sänften; Gongs, ‚Platz'rufe; blitzrasch setzte der Zug den Magnolienhügel herunter, verschwand in einer Seitengasse.
Fünf Offiziere, die zum Mittag bei Chao-hoei eingeladen waren, fanden eine halbe Stunde später zwei Haussklaven im vordern Hof geknebelt im Schmutz. Das Väterchen, befreit, rannte heulend ins Haus; das Haus dröhnte von Geschrei. Die Frauen kamen aus den Gemächern, als das Väterchen flennte. Der Schwarm suchte mit Angstrufen nach dem General, über den man stolperte. Im hellen Empfangssaal hielt Hai-tang seinen besudelten Kopf; er seufzte; man flößte ihm Wein ein; er betrachtete blaß die vielen, die sich um ihn drängten. Die Offiziere nahmen mit den Dienern die Spuren der Fremden auf; es dauerte Stunden, ehe man ermittelte, in welche Gasse der Zug verschwunden war. Die militärische Durchsuchung aller Häuser des Viertels ergab nichts Verdächtiges; die wenigen Bewohner der Gasse wurden sofort ausgepeitscht; das Ergebnis der Untersuchung, das am Abend Chao-hoei vorgetragen wurde, lautete: die Belagerer

müssen in der Stadt viele Freunde haben. Da ein Eindringen der Rebellen von der Mauer aus unmöglich ist, müssen die Fremden vom Meere gekommen sein; die Polizei am Seezollamt ist zu verstärken; auf die befreundeten landenden Seeräuber und Schiffer, die Proviant bringen, ist ein wachsames Auge zu richten.

Man stöberte in der Stadt alle Keller, verfallenen Häuser nach Wang und seinen Begleitern auf. Chao-hoei ging im Zimmer der Hai-tang; er riß sich von ihr los: «Was bleibt, Hai-tang? Du bist so klug und verstehst nicht, was so klar ist. Ich bin zum Gespött der Stadt geworden, zum Gelächter der Feinde.»

«Deine Feinde sollen nur lachen, sie werden bald kreischen, wie sie in Pe-king gekreischt haben. Den teuren Lao-sü haben sie geschlagen, dich haben sie hingelegt, nach der feinen Nai wollen sie greifen. Die Seidenschnur gehört nicht dir, sondern den Stadtbehörden, dem Präfekten Tang-schao-i und den andern. Räche dich, Hoei!»

«Es nützt nichts; wir werden uns nicht halten können. Sie dringen vom Meere ein. Sie laufen auf der Straße, auf dem Markte zwischen uns herum; vielleicht grüßen sie uns, wir erkennen sie nicht. Sung hat recht: wenn die Sandkörner gegen die Menschen sind, sollen die Menschen weggehen. Wir Mandschus werden gehaßt. Mich machen sie zum Gespött.»

«Wenn Hai-tang in dir wäre, Hoei! Es ist dein und mein Kind, das man bespeit. Ich will das nicht hinnehmen. Wenn du nicht Rache willst: ich will sie.»

«Was redest du, Hai-tang? Hier im Haus haben sie gesessen, jetzt sind sie – wo? Räche dich, wenn du im Käfig sitzst.»

«Tang-schao-i ist ein Betrüger. Er glaubt nicht an dich; er fürchtet für sich; er hat den Rebellen diese Schandtat ermöglicht, mit dir will er es nicht verderben. Die seidene Schnur ist für ihn.»

Chao öffnete das Fenster; die Ulmen standen mit spärlichem Laub gegen den roten Himmel; laue Luft wehte herein; plötzlich süßes Singen aus dem Garten.

Hai-tang trippelte neben ihn an das Fenster: «Das Kind singt»,

sie bog entzückt den Kopf auf die linke Schulter. «Warum haben wir die Zeit der Pfirsichblüte versäumt, als Juen-chings Eltern fragten wegen der Heirat? Sie wäre nicht mehr bei uns.»
«Ich will das zarte Kind noch behalten.»
«Aber jetzt wünscht Chao-hoei auch, er hätte sie verheiratet zur Zeit der Pfirsichblüte. Sie werden noch kommen, die Verbrecher, dich fesseln, die Sklaven fesseln, mich fesseln, das Kind entführen. Sie wollen sie stehlen, sie werden sie stehlen, oh, wenn Nai nicht mehr bei uns wäre!»
«Still, Hai-tang, das Kind hört dich. Sie singt wieder. Das Haus ist gesichert. Meine Wache verdoppelt. Die tollen Hunde werden nicht noch einmal auf meinem Hofe bellen. Ich werde Tang-schao-i einsperren lassen. Das Grinsen werde ich dem Gauner vertreiben.»
«Was nützt Tang-schao-i mir? Wenn du siebzig einsperren läßt, kommen siebenhundert neue. Das Kind singt. Wie lange wird es singen? Wo soll ich es hinbringen? Hoei, was soll mit meinem Kind geschehen?»
Hai-tang saß auf der Matte, wiegte sich weinend. Die Tränen verwischten die roten Schminktupfen ihrer runden Wangen. Gefärbte Tränen tropften schmierig vom Kinn auf das hellblaue Oberkleid: «Für wen hat Wang-lun geworben?»
«Wang-lun? Für einen Mingprinzen, es ist lächerlich, den er nicht beim Namen nannte. Er gab zu verstehen, welche Gnade der Mingprinz übe, indem er eine Mandschutochter heiraten wolle. Wir wollen nicht davon sprechen.»
«Ich weiß nicht, was an den Mandschus und den Chinesen schlecht ist. Aber wäret ihr nicht ungerecht gewesen, wäre es nicht zu diesem Aufstand gekommen. Sieh Tang-schao-i an; in allen Städten solche Gauner. Mußte es nicht zum Aufstand kommen? Und wir haben zu leiden. Es ist ein Zeichen von eurer Schwäche und Unklugheit, daß im Lande Rebellion entsteht; werft die Bündler nur hin; nach zehn Jahren kommen sie wieder. Wie helf ich Nai? Wo ist Juen-ching?»
«Juen-ching tut Dienst an der Mauer.»

«Ich möchte ihn gerne sehen. Du mußt jemand schicken und ihn auffordern lassen, zu uns zu kommen.»
«Er kann in den nächsten Tagen nicht fort; ich weiß auch nicht –»
«Aber ich weiß. Ich will mit ihm reden. Ich will ihn sehen. Ich will seine Eltern sprechen. Wir müssen beraten, was mit Nai geschehen soll. Wir haben es abgeschlagen, im Frühjahr sie wegzugeben; jetzt ist Not.»
«Es wird keine guten Zeichen geben.»
«Du brauchst nicht zu sagen, es wird keine guten Zeichen geben, du brauchst mich nicht noch unglücklicher zu machen, Hoei. Es ist unser Kind, und wir können nicht am Fenster stehen und zuhören, wie sie singt und singt und nichts weiß. Was wird diese Nacht bringen, was wird morgen der Tag bringen? Sie muß mit ihren Dienerinnen in meinem Zimmer schlafen. Ich will Juen-ching sehen, ich will mit seinen Eltern sprechen. Oder, ich will dir sagen, wenn Wang-lun wieder kommt, er kommt wieder, verlaß dich drauf, er kommt wieder, will ich dabei sein. Ich will ihn sehen, ich will ihn fragen, für wen er wirbt. Der Prinz soll zu uns kommen, wenn er kein schlechter Mensch ist. Und er soll Nai haben. Ja, Hoei, die Chinesen sind nicht schlimmer als die Mandschus; es wird gut tun, wenn wir uns versöhnen. Ich will mein Kind nicht wegen eurer Laster verlieren.»
«Jetzt, liebe Hai-tang, weißt du nicht, was du sprichst. Nein, du weißt es nicht. Weißt du, was für ein Schurke dieser Wang-lun ist. Ein Mingprinz! Er will uns zeigen, wie gefährdet wir sind und was er mit uns machen kann.»
«Ich will Juen-ching sprechen. Er muß für einen Tag, für morgen, vom Wachdienst befreit werden. Nein, lache nicht, Hoei. Ich kann nicht leben. Wenn ich ein Weib bin, brauchst du nicht zu lachen. Ich hab den ganzen Jammer zu tragen; wenn dich ein Spott trifft, greifst du nach der seidenen Schnur. Hilf mir, Hoei, hilf der Hai-tang, die du einmal geliebt hast.»
Die Verhandlungen der beiden Familien verliefen rasch. Inzwischen, da das Belagerungsheer noch nicht zum Sturm vor-

gehen konnte, seine Ergänzung sich langsam vollzog, weil Detachements der Provinzialtruppen die Verbindung südlicher Rebellen mit dem Tschi-li-Heere verhinderten, ging Wang in dem Treiben der Stadt auf. Er imitierte fast mit Bewußtsein seine Jugend in Tsi-nan. Als der Tao-tai Tang-schao-i aus seinem Jamen geholt, im Halskragen auf den Markt geführt wurde, stand Wang mitten unter den Gaffern, die das Schild lasen, das dem giftig schielenden Beamten auf Brust und Rücken gebunden war: daß alle in der Stadt sich ein Beispiel an dem Tao-tai nehmen sollten, die direkt oder indirekt Sympathien mit den Aufrührern äußerten und versäumten, Verdächtigen nachzuspüren. Wang war der erste, der das scheue Umschleichen und Flüstern um den mächtigen Mann beendigte, indem er von dem Boden faulige Kürbisreste aufhob und sorgsam nach dem Gesicht des Mannes zielte, ohne zu schleudern. Als die Ladung dann in die Augen des Gefesselten feuerte, hörte das allgemeine Höhnen, Hänseln, Anspeien erst auf nach dem Einschreiten des lahmen Aufsehers, der im schwarzlackierten Strohhelm mit schwarzer Hahnenfeder hockend von einem toten Fisch an der Hand getroffen wurde und brüllend mit dem kurzen Bambus unter die Menge schlug.

Bei einem Bonzen in dem schmierigen Tempelchen einer kindergewährenden Kuan-yin lungerte er ein paar Tage; er fühlte sich gönnerisch in die bescheidenen Betrugsmanöver dieses pulverbereitenden harmlosen Geizhalses hinein, dann flanierte er mit falschem grauen Bart herum, schäkerte mit Kindern, denen er spannende und drollige Geschichten erzählte. Nur gelegentlich sprach er bei den Freunden vor, um Neuigkeiten von der Reorganisation des Heeres zu hören. Er gurgelte seine Pfeife stundenlang auf einer sonnenbeschienenen Veranda eines Restaurants, in seinem Dahinbrüten vermißte er nur das Bauernmädchen, das im Lager geblieben war. Am Meer nördlich der Anlegestelle lagerte er sich in den steinigen Sand. An manchen Morgen blickte ihn die See giftig an aus gelben lehmigen Augen, spie klumpigen Schleim aus, murrte. Dann wieder war ihr Aussehen wechselnd zwischen Grauschwarz und Purpur, von einer kaiserlichen Pracht. Unter dem frischen Wind stolzierten lange Wellenzüge, Karosserien mit blitzendem Geschirr, an das Gestade. Die Ruhe des händerieselnden Sandes. Hier eine Mulde, da eine Düne. Auftauchen und Hinschwanken der Segel. Anklimmen großer Dschunken die Kugel des Meeres herauf über die verschwebende Horizontlinie. Hun-kang-tsun lag südöstlich. Kleine schläfrige Augen machte Wang-lun, wand seinen Zopf auf.

Am zehnten Tage nach dem Erscheinen der Räuber im Hause des Generals verlautete, die Hochzeit der Tochter mit ihrem Verlobten, dem jungen Juen-ching, wäre vorbereitet. In dieser Nacht erwachte die Braut, weckte Mutter und Dienerinnen, die in demselben Zimmer schliefen. Auffahrend im Dunkeln hörten auch sie auf dem Gang draußen sonderbares Scharren und Rumoren. Geraume Zeit wagten die Frauen sich nicht zu bewegen. Als das Geräusch fortdauerte, stieß Hai-tang ein Fenster auf, gellte Angst in den hinteren Hof, wo die Bewachung schlief. Fast im Nu flogen die Fackeln über die dunkle Fläche her, das Haus scholl. Hai-tang lüftete die Türe und wich zurück. In dem hellen Fackellicht stand ein breiter Tisch vor der Tür, der aus dem Empfangssaale geholt sein mußte; die verblüfften Köpfe der Männer steckten sich zusammen über dem feinen Zepter aus Gold, den silbernen Ringen, den beiden Beutelchen aus Seide, dem Kästchen der gedoppelten Glückszeichen. Ein Scharren tönte ganz nah; die Männer leuchteten unter den Tisch; da schnatterten in einem Holzkäfig zwei rotbemalte Gänse und schlugen mit den Flügeln, vom Licht geblendet, gegen die Leisten. Über Nacht hatte jemand heimlich Brautgeschenke ins Haus gebracht; die schwarze an der Wand stehende Fahne mit den Mingzeichen sagte, wer.

Die Diener erschraken nicht weniger als Hai-tang, die man dann ohnmächtig in ihr Zimmer trug. Ihr Schluchzen und das Jammern der Tochter erfüllten die Frauengemächer bis zum Morgen, wo sie sich ankleiden und schmücken mußten für den Hoch-

zeitstag. Chao-hoei fragte nicht, als die Soldaten und Diener in der Nacht zurückkamen vom Durchsuchen des Geländes in der Nachbarschaft; er wußte schon, daß sich nichts finden würde.
Die besten Astrologen der Stadt hatten sich widersprochen in der Festsetzung des Termins, ja in der Frage, ob die Ehe dieser beiden zu billigen sei; von fünf Astrologen fanden drei Tag, Stunde gut für die Verbindung, ein vierter las aus den acht Schriftzeichen von Geburtsjahr, Monatstag, Stunde der Verlobten das zweifelhafte Ehebündnis dritter Klasse; der fünfte warnte dringend vor dem geplanten Termine; die Verlobten gehörten zwar zu den harmonischen Elementen Metall und Wasser; aber die Hochzeit erfordere einen Monat unter den Zeichen des Pferdes oder der Ratte, nicht in dem verhängnisvollen Hundemonat. Die schreckliche Ehe der fünf Dämonen müsse er berechnen.
Eine nebelverschleierte Sonne beleuchtete den Hochzeitstag. Von dem hinteren Balkon des Hauses Chaos hing reglos eine Fahne aus roter Seide herunter, bestickt mit den Charakteren: «Drachen und Phönix verkünden Glück.» Die Ehrendame, eine ältliche Verwandte Hai-tangs, ärmelloses Gewand und roter Schleier, bestieg am Nachmittag die einfache Sänfte; man trug sie durch die Straßen, die eine größere Unruhe als sonst zeigten, weil Fischer soeben berichtet hatten, daß ein Truppenkontingent aus vereinigten Provinzialsoldaten Tschi-lis und Schan-tungs kaum eine Tagereise hinter der Stadt stünde und in der Belagererarmee große Bewegung herrsche. Im Hof der Sung-Familie war ein Zelt errichtet; drin speisten die Herren; die Ehrendame im Hause weihte mit dem Duft von neun Räucherkerzen den rotseidenen Brautschleier, füllte eine Vase mit Hirse, Weizen, Bohnen, richtete das Brautbett. Unter dem Schall der Pauken, Trompeten und Gongs legte ein Kind vier Äpfel auf die Ecken des Bettes, schützte das Zimmer mit zwei Stückchen Holzkohle auf der Schwelle. Schon glitt die Dame wieder hinaus, bestieg den Maultierkarren, langte im Geleit von Vorreitern, Weghütern und Treibern weit vom Magnolienhügel im schweigenden starren

Hause des Zolldirektors Chao-sin, eines Vetters des Generals, an.
Hierhin hatte man in der grauen Frühe die Braut und ihre Angehörigen getragen, um die Hochzeit in Heimlichkeit zu begehen. In der Sänfte flehte Hai-tang den General an, die Hochzeit einen Tag zu verschieben nach dieser grausigen Nacht. Aber Chao-hoei sagte mit drohenden Augen: «Nein.» Hai-tang wußte, wie schwer sie ihm die Heimlichkeit der Hochzeit abgerungen hatte, schwieg, wand die Hände.
Die zarte Nai stand vor ihrer Mutter, ein goldenes Wunder, bewegte sich nicht in der überirdischen Kostbarkeit, die Hai-tang über sie gehäuft hatte, purpurnes Hochzeitskleid mit den weiten Ärmeln, metallblitzendes Diadem auf dem hochgetürmten Haar; die blauen Orchideen blühten auf den Ärmeln, das zauberische Einhorn lief über die vorquellenden blaugrünen Untergewänder, zwei Enten schwammen einträchtig über einen Teich; hell zwitscherte der aufstrebende Phönix. Hai-tang herzte die Hände ihrer Tochter, die aus ängstlichen Augen blickte; sie spielte lachend mit dem duftenden Brautschleier, den die Ehrendame ihr gab; sie plauderte, sang der Tochter das Lied vor, das sie neulich aus dem Garten gehört hatte. Da näherte sich Musik; die acht Herren, die die Braut holen sollten, fuhren vor. Laternenträger, Schilderträger, Musikanten voraus; sie trugen lustige grüne Röcke mit roten Tupfen und flache Filzhüte. Viele Kinder sprangen auf dem Hof herum; sie sperrten mutwillig vor den Herren das Tor; die klopften, warfen ihnen Geldmünzen hinein, bis das Tor sich unter dem Kreischen und Jauchzen der Kinder öffnete und die Musikanten eindrangen. Chao-hoei hatte die Überwachung des Zuges in eigene Hand genommen trotz der Warnung Hai-tangs, die gegen alle militärischen Maßnahmen war. Nachdem er im Empfangssaale des Hauses mit den acht Herren gespeist hatte, ging er hinüber in die Frauengemächer, in denen die Braut Abschied von ihrer Mutter nahm, mit zukkendem Gesicht, fliegenden Lippen herumtrippelte und nicht zu weinen wagte. Teppiche waren über die Stufen des Hauses

in den Hof gelegt; auf dünnen Sohlen rauschte die kindliche Braut neben ihrem Vater, der die kaiserliche gelbe Ehrenjacke mit der Perlenkette trug; die Pfauenfeder schwankte an der Mütze; in schwarzseidenen Stiefeln trat er auf. Vor den Stufen umschlang er seine Tochter, trug sie auf den Armen herunter in die geschlossene rote Sänfte; das Kind sah ihn demütig an. Ein Trompetensignal; die Sänftenträger in blauen Jacken, gelben Hosen hoben an, langsam schritten sie vorwärts; der Zug formierte sich, und die helle Musik klang im Echo von dem stolzen Hause nieder, das düster über die abendliche Stadt blitzte. Chaohoei folgte getrennt vom Brautzug in geschlossener Sänfte.

Zunehmendes Gewimmel in den Straßen. Dreißig Soldaten, zehn Berittene, die Leibwache des Generals, eskortierten ihn mit Hellebarden. Es wurde dunkler, während man sich über die Straßen schlängelte, durch die Märkte wühlte. Laternen flammten. Die Trompeten wechselten ab mit dem Flötengesang.

Ohne Zwischenfall erreichte man das rasch aufgesperrte Tor des Juenhauses, an dessen Eingang die festlichen Herren warteten. Aus der Mitte des Hofes stieg weißlicher Rauch: über die glühenden Kohlen hoben die Sänftenträger die feine Braut.

Da, während Diener im Begriff waren, die Tore zu schließen, entstand ein Getümmel der zuschauenden Menschenmasse, die stark mit Soldaten gemischt war. Das Gedränge schleuderte ein paar vornstehende Frauen und Männer in den Hofraum hinein. Sie versuchten, in den Haufen zurückzuschlüpfen, wurden, da sie andere stießen, geschlagen. Heftiges Zanken und Kreischen erhob sich am halbdunklen Tor, die Menschen schoben sich, indem sie sich einmischten, in Erregung und Neugier über den Hof. Die Sänftenträger hatten die Braut noch nicht an die Schwelle des Wohnhauses getragen, da überfluteten die sich schlagenden gedrängten Männer den ganzen teppichgeschützten Platz, keilten die Sänfte ein, rissen eine Anzahl der geschmückten, vor der Tür harrenden Herren seitlich fort. In das strömende Durcheinander hieben unter ‚Platz'rufen Soldaten und Polizisten mit Stöcken und Peitschen. Viele drehten sich um, stol-

perten über die Teppiche, wurden umgeworfen, glitten unter die Füße der Menge. Ein langer Soldat, der mit seinem Stab blind auf Mützen und Schädel trommelte, wurde von zwei Männern angegriffen. Man wand ihm den Bambus aus der Hand, mit spitzen Fingern stachen ihm einige in die Augen. Auf den dumpfen Schrei: «Mord! Mord!» bemächtigte sich einer gewissen Zahl der Menschen sinnlose Angst. An mehreren Stellen sowohl der Straße wie des Hofes begannen Soldaten und Bürger zu ringen, sich die Kleider abzureißen. Waffen kamen bei Fischern, Lastträgern, gutgekleideten Spaziergängern zum Vorschein.
Die Berittenen und Soldaten des Hochzeitszuges, zusammen mit Chao-hoei an die Hinterwand des Hofes gedrängt, dessen Tor zum zweiten Hof sie nicht öffnen konnten, fällten luftschnappend ihre Hellebarden bajonettartig. Die Berittenen spornten die Flanken ihrer geputzten Pferde, die, von dem Gejohle scheu gemacht, sich auf den Hinterbeinen aufrichteten, mit ihren Hufen die Menschen niederschmetterten, auf den Körpern ausglitten, niederstürzend Männer begruben. Im Moment war der leere Raum von fallenden, anklammernden, brüllenden Menschen bedeckt. Vor den Hellebardenstößen suchten die vordersten auszuweichen. Auf die rückwärtsstehenden aufgemauert, krümmten sie sich, die Leiber einziehend; sie wurden von der Menschenmenge, die sich wie eine Gasblase ausdehnte, auf die Spieße geschoben, wenn sie sich nicht hinwarfen und von dem Zentnergewicht der Pferde und Menschen ersticken und die Knochen zersplittern ließen.
Chao-hoei kehlte heiser im Winkel nach der Sänfte seiner Tochter. Der letzte Berittene rief zurück, daß er einen roten Tuchhaufen und zerbrochene Holzstangen in der Mitte des Hofes sähe, bevor er die Arme aufwarf, seitlich mit seinem von unten aufgeschlitzten Tiere abkippte. Die Hellebarden der Soldaten niedergetreten, die Blaujacken umfaßt und verschlungen, zerrieben von der mit sich ringenden Menge.
Mit Krach barst das überlastete hintere Tor. Die Eingeklemmten, Chao-hoei taumelten, flogen rücklings über den zweiten

Hof. Auf der Straße, in der Mitte des Vorderhofes bekamen die Männer die Arme frei. Jetzt sah man zwischen sich die Zertretenen und Erstickten.

Horden von kräftigen Männern, an mehreren Stellen im Gedränge arbeitend, schrien mit verbissenen Gesichtern: «Auf die Präfektur! Die Soldaten nieder!» Dolche, Messer, Schwerter schwangen sie. Sie spannten und knickten die Menge auseinander auf der Straße: «Die Soldaten morden uns!»

Bürger, der Liegenden, Niedergeschlagenen, Aufgespießten ansichtig, stimmten, die Augen verdeckend, besinnungslos in den Ruf ein. Über die Nachbarstraßen flackerte das entsetzte Geschrei. Gruppen rennender und tobender, blutender, zerrissener, wutgetragener Männer und Frauen schlossen sich zusammen. Überall krachten die eingetretenen Haustore auf unter den Fußstößen der «Mord! Die Soldaten morden uns!» Heulenden.

Die Straßen lagen im Dunkeln.

Aus allen Straßen schäumte es.

Die fernere Stadt erwachte. Über den Präfekturmarkt hallten die Schreie zuerst. Einzelne Menschen schossen wie Bälle aus den Seitengassen. Dann warfen die Straßen größere Fetzen einer Menschenmenge über den ungeheuren Platz. Schließlich stand diese Menge selbst, gleichzeitig aus allen umliegenden Straßen aufwachsend, ein tausendarmiger Buddha schwarzen Gesichts vor der stummen Präfektur, dem Gefängnis, der Stadtkaserne.

Trübe Laternen glommen verstreut, schwammen wie Boote über eine Brandung. Die stummen Gebäude umgürteten den rotäugigen Buddha, dessen Leib schwoll; sie stachelten in seine Haut. Die Fackeln näherten sich, gierige Wölfe, den Höfen, den Torhäusern der Präfektur.

Bevor noch die Flamme, die im Jamen schmauste, den weißen Kopf aus dem Fenster steckte, hatte man das Gefängnis erbrochen, die Eingesperrten losgerissen.

Tang-schao-i erkannt, im Nu erwürgt und zerfleischt.

Das wollüstige Juchzen, das die unsichtbaren Mörder anstimmten, den Kopf des Tao-tai auf eine Polizeistange gestoßen, hetzte die entfernteren, die ungesättigt im Chor «Feuer! Niederschlagen!» riefen. Als der weiße Flammenbogen über das Präfekturdach und den Torweg des Gefängnisses stieg, tanzte der besessene Riese, johlte gleichmäßig, verzückt, brünstig: «Feuer! Feuer! Niederschlagen! Zerreißen!» Mit den Armen rissen sie aneinander, kletterten sich auf die Schultern.

Frauen, aufgesogen von dem vorüberspritzenden Menschenstrahl, verdrehten die Augen, zerrten sich Kämme aus den Haaren, röchelten, suchten sich zu entkleiden, zogen einen weißen Schaum durch die mahlenden Zähne. Ihre Pupillen wurden klein wie Punkte. Sie hantierten an den Schultern und Nacken von Brüllenden, die sich mechanisch abwischten. Hie und da hing sich ein schlanker Mann, ein zarter, erschreckter, einem fremden um den schweißigen Hals, seufzte widerstrebend, als die blaugrüne Flamme in breiter Ausdehnung aus den Brüsten der Menge brach: «Wie schön, wie schön.» Schon flackerten seine Arme wie der hitzige Schein. Er war mit walzendem Gehirn in den steifen strengen Drang hineingenommen.

Die Luft über den Köpfen brodelte.

Innerhalb der westlich auf dem Platz gelegenen Kaserne sperrten zweihundert alarmierte Soldaten den Torweg. Beim Knistern der Holzspalten dicht über sich schmissen sie Bogen und Säbel hin, sprengten gegen den Ruf der Offiziere die Tür. In dem schmalen Eingang entspann sich das Würgen. Die Menge schraubte sich auf die Höfe.

Von Zeit zu Zeit verhüllte der Qualm das große Licht der Dächer. Dann leuchtete die Flamme, plötzlich den grauen Mantel ablegend, über den Markt, entlarvte die tausend verzerrten Tiergesichter, die die schwarze Nacht versteckte.

Sechs Rotten stürmten die breiten Straßen nach Norden herauf; von dem Lager und der Mauer trommelten die Kompagnien herunter. Trompetenstöße, Handgemenge in finsteren Straßen. Von Dächern und nahen Hügeln hauchende Pfeilschüsse, sausende Speerwürfe in die gebäumte tolle Menge. Die Massen stauten sich. Neue Kompagnien bullerten von Norden her,

pfählten sich in die Aufrührer, schwangen sich auf die niedrigen Dächer, schossen in langen Reihen, Straße über Straße bildend auf den Markt. In die kürzeren Pausen des Johlens klang ein fernes wildes Blasen, Schurren, Rumoren; ein Bergrutsch: die Rebellen draußen berannten die Tore. Unbarmherzig drängte die Masse nach Norden, zerrieb sich an der Barriere der Soldaten.
Als das blitzartige Hinsinken der Pfeilgetroffenen begann, spie man in die Richtung der Soldaten. Dann dehnte man sich unter Wutgeheul nach den südlichen Ausgängen, zertrümmerte, was in den Weg kam. Verwundete bröckelten ab, von der Masse losgelassen. Sie warteten nicht, bis der Hauptzug, von den Kompanien zurückgeschlagen, über den qualmdicken Markt zurückhetzte und das Brausen der Soldatenrufe und die steinernen Trommelwirbel das Gröhlen, die Hetzrufe, Pfeifen überschallten.
Der Kampf von Gruppen auf Markt und Seitenstraßen dauerte eine Stunde. Die Kaiserlichen, im Besitz der nördlichen Stadt und des Marktes, protzten auf vor den verrammelten südlichen Zugängen. Heftiger krawallte es von der westlichen Mauer.
Am nächsten Morgen schwangen die siegreichen Belagerer auf dem größten Umfang der Mauer die schwarzen Fahnen, in ihr eigenes Lager marschierte aber die Vorhut der Provinzialarmee ein. Der entscheidende Kampf dieses Tages vollzog sich in den ersten Vormittagsstunden. Die an Zahl schwächeren Aufständischen wurden von den frischen regulären Truppen nach dem härtesten Ringen geworfen. Sie flohen südöstlich, geführt von Wang-lun und der Gelben Glocke.
Am Nachmittag fand ein wenig rühmlicher Kampf zwischen den alten Ilisoldaten, die durch Provinzialmannschaften verstärkt waren, und den städtischen Aufrührern statt. Auch die Piraten nahmen an dieser Phase der Schlacht teil, indem sie zunächst die Dschunken der Flüchtigen zum Kentern brachten, dann an Land steigend einen kleinen Teil der verzweifelt Kämpfenden umstellten und gefangen nahmen.
Chao-hoei wurde bei diesem nachmittäglichen Endgefecht von

Provinzialsoldaten im zweiten Hof des Juenhauses aufgefunden. Er lag in einem Schuppen auf dem Gesicht, mit Quetschwunden beider Arme und Hände, in einer Art Schlummer oder Verwirrtheit. Er kam zu sich. Man trug ihn durch die verwüsteten Straßen in einer Mietssänfte in sein Haus.
Wenige Stunden später brachte man auf grauverdeckter Bahre die Leiche der jungen Nai, die erstickt, dann zur Unkenntlichkeit zertreten war.
Das Kampfgetöse entfernte sich von der Stadt.
Rote Fahnenstangen grub man in die Erde vor Chaos Haus, die totenlockenden Seelenbanner spannte man daran auf. Auf dem Podium des überdachten vorderen Hofes stand der offene Sarg der Leiche. Blaue Schuhe, bestickt mit Pflaumenblüte, Kröte, Gans, sahen unter der kostbaren gelben Decke hervor, die das zerschmetterte Gesicht bedeckte. Die Gebetsformeln des Stoffes überschütteten die Tote. Um den Hals unter dem Leichentuch hatte ihr Hai-tang eine goldene Kette mit einem winzigen Glaskrug geschlungen, ein Briefchen in den Krug geschoben; in dem nannte sie den Namen der Liegenden, ihrer Sippe, ihr Alter. Sie beschrieb die Schönheit, Wohlerzogenheit und Unschuld, das Schicksal, das sie erlitten hatte. Die Geister mögen sie herzlich aufnehmen und mögen sich nicht beklagen, daß sie nicht mehr den Boden des mittleren Blumenreiches beträten.
Die weißgekleideten Gäste erschienen am Nachmittag, warfen sich vor dem Libationstisch am Fußende des Sarges dreimal nieder auf die Stirn; Pfeifen schrillten, der Gast spendete den Wein, Paukenschlag, Klirren eines einzelnen Gongs, Stille. Zwei lamaische Priester im gelben Mantel, goldgeschmückte Tiaren auf den Schädeln, sangen Litaneien, Weihbecken schwingend. Vor dem Magnolienhügel verbrannte man abends die schönen papiernen Sänften, den Silberschrein, die Flitterkleider, das Schatzhaus, Lauten und Geigen, die Lieblingsbücher der Braut, damit sie sie über den Nai-ho mitnehmen könnte.
Als der dritte Tag nach dem Tode gekommen war, wo die Seele noch einmal zurückkehrt, hasteten Chao-hoei und Hai-tang

lange Stunden unter den Ulmen, lüpften die Ecken, wippten die Äste auseinander, riefen die Entschwundene bei allen Kosenamen, jammerten, schrien, fielen sich in die Arme, klammerten sich lauschend an die Gartenpfosten, liefen stöhnend jedem Vogelruf nach, stiegen auf das Dach des Hauses. Sie solle wiederkommen, die schlimmen Menschen seien fort, ihr Bräutigam erwarte sie. An ihrem Zimmer sei nichts verändert, Bücher und Lauten lägen herum, die Freundinnen weinten und wollten sie wieder haben; die Feinde seien alle geschlagen, und nun zögen sie wieder nach dem sonnigen Hia-ho. O die Thujen da, die Ziwitbäume, die Fächerpalmen, wenn sie daran dächte, die weiche warme Luft, und die Bananenstauden. Kein Mosquito würde sie beißen. Boot, kleines buntes Boot sollte sie fahren, wenn sie bei ihrer Mutter bleiben wollte; ja sie könnte bleiben, sie müsse bleiben, sollte nur wiederkommen. Um Hing-hoa stünden sie, Seen voller Rosen, die blühten und dufteten; man wolle wieder fort von hier, kommen, kommen, kommen sollte sie! Zu ihrem Vater! Zu ihrer Mutter! Nai! Ob ihr Seelchen in das Haus kommen wollte, oder unten in den Garten, oder wohin? Nai! Nai! Die Müdigkeit lähmte die Knie; sie tasteten sich in ein Zimmer, sanken auf eine Bank. Wieder rafften sie sich auf, schleppten sich fort, suchten, wehten mit Puppenfähnchen, reckten die Hälse, schrien, schluchzten.

Mit winselnden Pfeifen, monotonen Trommeln zogen am Morgen des Begräbnisses die Knaben vor das stolze Haus; Musik raschelte an den Mauern wie die unsicheren Hände eines schwindsüchtigen Fieberkranken; ein überlauter Gongschlag warf sie immer hin.

Zwölf Sargträger, wesenloses Grau und Weiß, huschten heran, bemächtigten sich still des mit weißen Tüchern und Bändern überhäuften Sarges. Wehklagen, Kreischen, Stöhnen der Gäste im Hof. Das Haus verlassen, das Podium leer. Das lange blaue Seidenbanner der Sippe Chaos führten vierundzwanzig Träger; durch das Tor schlüpften noch hinterher die Träger der Schirme, der viereckigen Mondfächer, der Fähnchen und Hellebarden.

Die Mehlkügelchen für die obdachlosen Geister flogen in den Staub am Weg.
Hai-tang spielte mit der Pipa der kleinen Nai im Zimmer der Toten. Ihre Haare hingen. Das Gesicht ungeschminkt. Sie drehte das Instrument hin und her.
An denselben Tagen fuhr man auf großen Lastwagen die gefangenen Bündler vom Markt auf die Richtstätte vor die Stadt. Die kleine Nai lag schon in ihrem Hügel, als die Soldaten auf schweren braunen Pferden dem unabsehbaren Zug der schwankenden Delinquenten voranritten, durch die Mauer in den sandigen Talkessel. Posaunenstöße vom Markte. Die Wahrhaft Schwachen und die Anhänger der Weißen Wasserlilie, fast hundertfünfzig, trugen hölzerne Fußfesseln; auf ihre Rücken waren Kaoliangrohre gebunden, mit Papier umwickelt, die die Namen des Verbrechers anzeigten. Die Ochsenwagen ratterten durch die Straßen; die Brüder lächelten herunter und winkten mit den Händen den Städtern zu, die ihnen Reisschalen, Tassen mit Wein hinaufreichten. Sie sangen vom Westlichen Paradies. Von allen Seiten lief man hinzu, zeigte sich die Freunde, Bekannten, weinte und wagte nicht zu fluchen auf die Sieger. Draußen umwogte den Richtplatz eine ungeheure Menschenmenge, die Reiter mit flachen Säbeln und Polizeistöcken in Ordnung hielten.
Die Ochsenwagen fuhren an; der Gesang verstummte. In Reihen zu zwanzig hüpften sie hintereinander.
Schon tauchte in ihrem Rücken der Henker auf mit nacktem Oberkörper; den Knauf des zweischneidigen Richtschwertes mit den Händen umschließend, schwang er es hoch, daß sich sein Körper auf den Zehen erhob; niederschmetternd, sich krümmend und von der Wucht seitlich fortgezogen, trennte er Köpfe von Rümpfen.
Zwei senkrechte armdicke Blutquellen; der Kopf rollte, zwinkerte mit den Augen. Der Mund schnappte. Der noch knieende Rumpf schnellte mit einem Satz nach vorn, fiel hin.
Die Soldaten im weiten Umkreis spannten ihre Bogen teils auf die Rebellen, teils auf die finstere Menschenmenge.

AUF die Meldung des großen Sieges erhielten die Gouverneure von Tschi-li und Schan-tung die zweiäugige Pfauenfeder. Mit den Dekreten Khien-lungs traf sein eigenhändiger Brief an die Führer ein, in dem er die vollkommene Ausrottung der Rebellen und Ketzer befahl. Wie großes Gewicht Khien-lung auf die gründliche Erledigung der Angelegenheit legte, erhellte aus den Ernennungen, die er für den zweiten Teil des Feldzuges anordnete; er stellte den Feldherren den Präsidenten des Zensorenhofes, Sza-hoh, und den kenntnisreichsten und belesensten seiner Schwiegersöhne, Zoh-wang-tao-roh-tsi, als Berater zur Seite. Ferner ließ er in Solon und Kirin tüchtige mandschurische Bogenschützen in großer Zahl anwerben, die nach ihrer Aushebung sofort auf den Kriegsschauplatz rückten.

Die geschlagenen Bündler flüchteten durch das südliche Tschi-li, traten in das Bergland von Schan-tung, sammelten sich an mehreren Gebirgsorten, wo sie neuen Zustrom erfuhren. Sie stiegen geordnet in die Ebene des großen Kanals, den sie überschritten. Die kaiserlichen Truppen, nördlicher und östlicher stehend, konnten nicht verhindern, daß Wang-luns Anhänger in einer blinden Zerstörungswut die Stadt Sou-chong nicht ganz zwei Wochen nach dem Fall Schan-hai-kwangs ansteckten, zwei weitere Distriktsstädte besetzten, schließlich die ummauerte Stadt Tung-chong belagerten und einnahmen. Diese Orte grenzten dicht an Tschi-li; ihre Eroberung gefährdete die Grenzdepartements Kwan-ping und Ta-ming; der Tsong-tou erhielt Befehl, diese Gegend zu decken.

Wang-lun lag in Tung-chong am Kaiserkanal. Alle Rebellentruppen waren konzentriert in einem Umkreis von zwei Tagesmärschen. Der sengenden Hitze folgten Regentage, Sturm. In dem prasselnden Wetter warfen die Bauern die zweite Saat. Der Handel dieser reichen Gegend stand still, der Verkehr auf dem Kanal war abgeschnitten. Die Rebellen in einer rasenden Betriebsamkeit zündeten alle umliegenden Dörfer in Brand. Den kommenden Anmarsch der Regulären hemmten sie durch das Ziehen mächtiger Querwälle, in die sie Kanalwasser leiteten. Die

Hauptstraße unterwühlten sie; haushohe Hecken-, Bambus- und Sandbarrieren richteten sie von Strecke zu Strecke auf. Die Wachtürme, die durch aufsteigenden Rauch Signale geben konnten, trugen sie ab. Bauern, deren Anwesen sie nicht zerstörten, leisteten Frondienste.

Vormittags saß Wang im Magistratsjamen von Tung-chong und hielt Gericht. Die letzten Siege hatten das Heer erfrischt; man lebte im Kriege, man wog Siege und Niederlagen. Glück und Unglück hing an den schwarzen Mingfahnen; mit Zärtlichkeit und Entschlossenheit hielt die Masse des Heeres zu ihnen.

In diesen Tagen bot Wang-lun, sitzend auf dem Ofenbett des Gerichtszimmers im Jamen von Tung-chong, seiner regsamen Umgebung ein vielfach wechselndes Bild von Heiterkeit, Entflammtheit und Entrückung. Man kannte dies Verhalten an ihm schon seit der Pe-kinger Schlacht, nur daß die Auffälligkeiten des Zustandes zunahmen; einige behaupteten sogar, daß er mitten in den Kämpfen den Ernst verliere, Soldaten der Feinde die Mützen abrisse, sie auf seinen Gelben Springer stecke, mit den Angreifern wie eine Katze spiele, unbekümmert um den Stand des Gefechtes. Wie sehr er in die Eigentümlichkeiten des Kriegslebens versank, zeigte auch seine Ungeniertheit im Verkehr mit den Weibern der eroberten Städte. Wang nahm sich, was ihm gefiel, während er strenge Zucht über die Wahrhaft Schwachen übte. Er bat oft einen oder den andern seiner Freunde um Entschuldigung wegen seiner Liederlichkeit; sein Verhalten sei vielleicht lächerlich, aber man solle nicht schlecht davon denken; es solle sich niemand einfallen lassen, schlecht davon zu denken. Er fühle sich eigentlich recht glücklich und zuversichtlich; er hoffe, es werde alles noch besser gehen; längere Gespräche mied er; er mied auch die Unterhaltung mit der Gelben Glocke. Ngoh, der Sou-chong hielt, ekelte und graute vor Wang; sie hatten, abgesehen von den dienstlichen Mitteilungen, keinen Verkehr miteinander. Oft bemühte sich die Gelbe Glocke, Aufklärung von Wang zu bekommen. Als ihm Wang auswich, ging er in schwerer Beklemmung, in heftiger Trauer umher. Er hatte den unklaren Wunsch, Wang zu trösten und vor irgend etwas zu bewahren. Die Besorgnis der Gelben Glocke um Wang war so stark, daß er einige zuverlässige Leute beauftragte, den eigentümlichen Mann zu beobachten und ihm zu berichten; aber er konnte diese peinlichen Berichte nicht anhören und wußte sich in seiner Angst und seinem Mitleid nicht zu helfen.

Einmal brachte man vor Wang in das Jamen einen Räuber, einen zerlumpten, finster blickenden Halunken, der sich als Wahrhaft Schwacher vor Bauern ausgegeben hatte und dann, eingelassen, über die Wehrlosen hergefallen war; vielleicht zehn Fälle schweren Raubs in der nächsten Umgebung Tung-chongs waren ihm nachgewiesen. Wang fragte den starkknochigen, nicht mehr jungen Gesellen, woher er stamme. Der kniete und schwankte viel seitlich, weil man ihn, um Geständnisse zu erzwingen, nachts einige Stunden auf sechs dünnen Kettchen hatte knien lassen. Er seufzte und bat, ihn freizulassen; er sei unschuldig, man habe ihn verwechselt. Dann, den vertieften Blick seines Richters auf sich gerichtet sehend, bat er dringender mit Händeausstrecken, ohne Wangs Fragen zu beantworten. Schließlich sagte er, er sei der Sohn eines Pastetenbäckers aus Tiang-chong; früh wäre er dem weggelaufen, weil er sich nicht für die Bäckerei geeignet hätte, er könne nämlich keine Hitze vertragen, auch jetzt nicht; es sei ein unglückliches Geschick. Und dann log er weiter, bis er schließlich von der Rebellion sprach, wie er mit den Bündlern sympathisiere; er verplapperte sich, indem er angab, daß ihn manche Bauern für einen frommen Bruder gehalten hätten. Er mußte auf den Wunsch des Richters aufstehen und von einem der Häscher geführt in der Halle auf und ab spazieren. Mit schiefen Blicken, oft zusammenknickend, beobachtete der Verbrecher seinen sonderbaren Richter, der ihm unverwandt nachblickte.

So alt wie dieser war Wang auch; dieses Schicksal also hätte er gefunden ohne den und jenen Zwischenfall, ohne Su-koh in Tsinan, ohne das Elend auf Nan-ku und anderes. In Tsi-nan ging er herum wie dieser; jetzt schleppte man den Halunken hier; er

hätte es vielleicht nicht so dumm gemacht wie der, aber einmal, einmal wären auch ihm die dünnen Kettchen unter die Knie ausgebreitet worden.
«Wenden!» rief Wang, «weitermarschiert!»
Ein verhungerter Bursche mit Klauen und Armen wie ein Affe, zahnloses Maul, dürre Waden; er konnte klettern, wie er lügen konnte. Sein Bruder, sein Bruder! Wie gelogen, so wahr geredet; kein Wahrhaft Schwacher, aber sein Bruder.
Erstaunt besah sich Wang den Mann, sah sich nicht satt an seinen Lumpen, verglich seine eigenen Hände mit denen des Strolches; beobachtete ganz insgeheim die Häscher, ob die etwas merkten und sich auch wunderten, daß er hier oben saß und nicht selber da unten ging. Nein, man merkte nichts. Ob man nicht die Rollen vertauschen sollte, war der Halunke nicht zu beneiden? Verflucht sollten Su-koh und Nan-ku und alles sein, daß sie ihn bezwungen, weggerissen von seinem Wege hätten. Wer solch großes Maul haben und so scheel blicken könnte!
Nachdem der Verbrecher mehrmals vor dem Ofenbett auf und ab geschleift war, ließ Wang den Glücklichen, ununterbrochen sich Verneigenden ohne Strafe ins Gefängnis zurückschaffen.
Bei Einbruch der Dunkelheit schlich Wang in den Gefängnishof, wies die Aufseher beiseite, setzte sich neben den grinsenden Mann, der an den Füßen gekettet freudig seinen Gast umhüpfte. Statt ihn auszufragen, fing der Richter im Gaunerkauderwelsch mit ihm zu flüstern an, so daß der Gefangene erst stumm, erschreckt zurückwich, dann vergnügt einfiel, denn er wußte schon, wie gemischte Elemente zu den Wahrhaft Schwachen strömten. Der Gefangene erzählte witzige Geschichten von den singenden Brüdern und gar den aberdummen Schwestern, die die unglaublichsten Tiere seien; sie faßten zusammen einen Plan zu fliehen, den einen jungen Aufseher zu bestehlen und zunächst draußen den Bauern einen Denkzettel zu geben, die den Verbrecher festgenommen hätten. Der Gauner kam ins Schwatzen und Wang hörte zu; sie schlugen sich flüsternd die Schenkel. Sie

mußten sich beiseite setzen, die andern Gefangenen kamen angehüpft und wollten an der Unterhaltung teilnehmen. Als Wang die zudringlichen Fratzen der Männer sah, die verstümmelten Nasen, Ohren, wurde er rasch stiller. Er hörte über das hastige Geplapper seines Nachbarn weg, starrte die grausigen, lachenden, struppigen Köpfe an. Beängstigt stand er auf, gab dem Verbrecher ein paar gute Worte, ging auf die Straße. Ihm fror der Magen; seine Därme stiegen ihm zum Zwerchfell. Durch die morastigen Straßen, in denen selten eine Laterne vor einem Hause brannte, hastete er; kleine Patrouillen liefen an ihm vorbei.

Nicht Verbrecher sein, kein Mord, kein Mord! Wie soll man das ertragen, zu morden! Helfen den andern, verstümmelten, helfen! Ihre Gesichter wieder gut machen! Nan-ku, widerstreben, nicht widerstreben, das Schicksal besänftigen! Oh, diese waren schlecht und arm, sie sollten zu ihm kommen; dann brauchten sie nicht auf Ketten knien, nicht in ihrem Kot liegen, nicht die lange Rute dulden. Sein Bruder, seine Brüder, oh, so wäre er geworden! Nicht morden, nicht morden!

Er gab am nächsten Morgen Befehl, keinen gefangen zu nehmen, auch die Gefängnisse alle zu entleeren. Wer von Verbrechern, die ergriffen würden in den Städten und der Umgebung, sich bekennen würde zum Wu-wei und gegen die Mandschus kämpfen, sollte in den Bund aufgenommen werden. In lebhafter Unruhe herumgehend, schickte er mittags zu der Gelben Glocke, der eilig kam.

Wang erwartete den graubärtigen Offizier vor der Tür seines Jamens, zog ihn in das Haus, griff wortlos nach seinen Händen, umarmte ihn: «Wäre Ma-noh noch am Leben, würde ich zu ihm schicken; du müßtest dabei sein. Ich will dir bekennen: heute nacht habe ich die armen Verbrecher im Gefängnis besucht, aber ich kann nicht mehr Verbrecher sein. Ich hoffte es noch manchmal, aber es ist ein Irrtum von mir; das sind alte Geschichten, man wird nicht wieder jung. Ich habe sie im Gefängnis gesehen mit den abgeschnittenen Nasen, Ohren; sie haben nach mir gespuckt; oh, giftig blicken sie. Du hast das noch nicht gesehen, Gelbe Glocke. Such dir einen aus, sieh ihn dir an, dann wirst du, wirst du mir recht geben, daß diese Menschen schrecklich, schrecklich sind. Ich weiß nicht, wie man schlafen kann, wenn man denkt, daß es so schreckliche Menschen gibt. Und wie ich es selber über mich brachte, einmal zu morden. Oh, sind dies Unglückliche, lieber Bruder, sind dies Arme; vom Mord laufen sie ins Gefängnis, vom Diebstahl legt man sie an Ketten, schlägt ihre Fußsohlen, schneidet ihnen Stücke Fleisch aus, brennt ihre Ohren ab; und wenn sie dann leben bleiben, dann rauben sie wieder, und sie wissen gar nicht, was man von ihnen will, wie das enden soll, warum alles so sonderbar zugeht: Mandarinen da, und da Kaiser, und da Bauer, und da Verbrecher. Ja, wie soll das enden? Ich habe mein Wu-wei beschworen, damit ich mir und ihnen helfe; es sollte dann gut sein; alle auf Nan-ku haben es mir geglaubt, und es ging vielen so gut. Ich will doch kein Königreich gründen; stoßen, schlagen könnte ich mich, so vergeßlich bin ich. Für sie und mich ist das Wu-wei gestiftet, und ich will uns untergehen lassen.»

Die Gelbe Glocke nahm Wangs Arm von seinen Schultern; sie hockten zusammen auf eine schmutzige Binsenmatte an der Tür; Wang hob die Arme nach den Wänden: «Die goldenen Buddhas müßten hier stehen, wie bei Ma-noh in der Hütte; die milden Götter sagen alles und nur Gutes. Bin ich nicht wieder auf Nan-ku? Ich möchte wieder ganz in Weichheit, in Ruhe auf Nan-ku sein unter den Brüdern.»

Die Gelbe Glocke sprach mit einer zitternden Stimme:

«Hat es sich so gewendet in dir, Wang? Ich habe so um dich gefürchtet. Du konntest uns leicht verloren gehen, dachte ich. Ich dachte es nur. Ich bin ja glücklich für dich und für mich. Was fehlt dir noch?»

«Alles, lieber Bruder. Ich habe dich darum rufen lassen! Was hab ich nun, sag mir, inzwischen getan, seit ich von Nan-ku herunterkam? Ist das gut gewesen? Wie soll ich mein Leben verstehen?»

«Ich weiß es nicht, ich hab nicht alles gesehen, was du getan hast.»
«Das Wu-wei ist gut. Das kann mir niemand entreißen. Ich habe solche Angst um mich, Gelbe Glocke, daß ich den Weg verfehle. Und die Gefangenen sollen alle mit mir kommen, ich muß für sie sorgen.»
Der andere begütigte Wang; er mußte den Mann in der Halle herumführen; das Schicksal des Heeres sei gleich, das Wu-wei würde nicht untergehen.
Als sie wieder auf der Matte saßen, schwieg auch Wang bald, der sich anklagte. Nach einer Pause sagte die Gelbe Glocke leise, aus einer Versunkenheit auftauchend, er wolle seinem Bruder eine Geschichte erzählen.
«In einem Dorf der Provinz Tschi-li soll einmal eine Familie Hia gelebt haben. Hör mir ruhig zu, Wang, es ist eine Geschichte, die dich angeht; sei ruhig, lieber Bruder, ich will dir ganz meine Meinung sagen und dir helfen. Die Frau tat ihre Arbeit auf dem Feld, sie ging mit den Ochsen in der Frühe hinaus und pflügte. Ihren Mann liebte sie. Eines Morgens, bevor sie aufstand, kam aus der Wand ein scharfes Flüstern: ‚Dein Mann trinkt Wein in der Schenke; er hintergeht dich mit deiner Nachbarstochter; er möchte sie zur Nebenfrau.' Ihr Mann nahm sie in die Arme, bevor sie aufs Feld ging, und küßte sie; sie faßte ihre beiden Kinder bei den Händen an, und sie saßen mit ihr auf dem Feld. Die Ochsen brüllten; die Frau spielte mit den Kindern und ging nicht an den Pflug. Um Mittag wanderte sie mit den Kindern wieder nach Hause; leidenschaftlich herzte sie ihren Mann, sagte, daß sie sich krank fühle. Er mußte sich die Schürze umbinden, den Strohhut aufsetzen und pflügen. Sie setzte sich auf ein verfallenes Grab hinter dem Haus, dachte, wie die Männerliebe von Reisig und Stroh sei, weinte erbärmlich und sann auf Trost. Mit entschlossener Miene erhob sie sich: ‚Tu mir ein Liebes an', betete sie zu einem Buddha, ‚rette mich.'
In der finsteren Nacht schlüpfte sie von ihrem Lager herunter, nahm mit Winken der Hände Abschied von dem schlafenden

Mann, mit Streicheln von den leise atmenden Kindern, ging in die blaue Nacht hinein, über ein breites Kohlfeld, und hinter einem weiten Brachacker stand ein Berg, in dessen steile Seitenwand die Treppe eingeschnitten war, auf der man in bestimmten Monaten zum Buddha kommen konnte. Es mußten schon andere aus dem Dorf diese Nacht hinaufgestiegen sein, denn während sie kletterte, bemerkte sie frische, erdige Fußstapfen. Ihr graute, weil die Treppe kein Ende nahm, und sie fürchtete schwach zu werden. Sie trat und trat; sie holte andere ein; mit einem Mal glitten sie eine kleine Strecke tiefer und wurden dann von einem Schwung höher und höher getragen, ohne die Füße auseinanderzunehmen. Auf der Plattform saß der Gott mit angezogenen Knien auf einem Esel; zwei Männer mit Schirmen, Fächern und Laternen standen hinter ihm und hielten den Esel beim Zaum, machten freundliche Gesichter. Auch der Gott lächelte; er hatte ein schmalausgezogenes Gesicht mit einem Ziegenbart; die Füße versteckte er in seinem grauen Obergewand. Die Frau stellte sich ganz zuletzt und wartete gesenkten Gesichts. Als die Männer ihr zuwinkten, schlich sie zögernd näher in den Lichtkreis; der Gott legte seine dünne Hand, die wie aus weißer Jade vom Laternenlicht durchschienen wurde, auf ihr Haar und fragte sie, indem er sie aufforderte, den Rücken ihm zuzuwenden und dann zu sprechen. Stockend redete sie, wobei ihr wurde, als ob auch sie aus durchsichtiger Jade war. Sie kehrte sich dem Gott wieder zu; er bückte sich, flüsterte ihr ein sonderbares Wort ins Ohr, sagte leise, nun könne sie wieder nach Hause, es sei gut. Sie legte die Hände vor das Gesicht, stand eine Weile, bis einer der beiden Männer sie an die Treppe führte.

Nun verging ein ganzer Sommer, bis die Frau, die nur manchmal noch aufs Feld ging, sich häufiger abermals auf das Grab setzte, ihre Kinder an sich zog und schließlich am Ende der Ernte wieder nach der Treppe wanderte. Das Steigen tat ihr wohl; ihre Füße schmerzten, das machte ihr Behagen; es schien ihr, als ob sie die ganze Nacht in die Höhe stieg. Sie ging ganz allein; es war nicht der Monat, in dem man den Gott aufsuchen durfte, aber sie sah dem ernsten alten Wächter oben ins Gesicht und verlangte zugelassen zu werden; sie habe ein Recht dazu, das ihr niemand bestreiten dürfe. Er führte sie traurig auf die dunkle, ungeheure Plattform, sagte, der Gott wäre da, sie sollte nur sprechen. Sie schrie sofort, nannte ihren Namen, klagte den Gott an, daß er ihr nicht geholfen habe. Er antwortete von ferne: ‚Was willst du von mir, Frau?' Da rief sie: ‚Nicht du hast zu fragen, sondern ich. Ich wollte sterben. Aber du hast mir ein Trostwort gegeben, hast mein Leben verlängert. Was willst du von mir? Darum komme ich zu dir. Ich bin die ganze Nacht gelaufen, um dich dies zu fragen.' Hart, ganz in ihrer Nähe fragte die Stimme: ‚Wo hast du deine Kinder? Wer hat dein Hirsefeld im Sommer bestellt?' ‚Mir sollst du helfen; meinen Kindern geht es gut; mein Hirsefeld kümmert nur mich.' ‚Das Wort hat dir nicht geholfen, weil du widerspenstig warst, Frau.' ‚Du hast mich an der Nase herumgeführt im Sommer, du bist ein sauberer Gott.' ‚Frau, du hast deinem Mann und dir nicht helfen wollen.' Sie brach in Gelächter aus: ‚Und das nennst du noch Trost?' Sie sprach kein Wort weiter. Vor einem Runzeln seiner schmalen Stirne, die sich dicht vor ihr aufstellte, schrumpfte sie zusammen, sauste als ein zackiger Stein den Abgrund herunter bis zum Beginn der Treppe, wo sie aufprallend in die Wolken stieg. Sie tauchte zwischen den Sternen unter, schwirrte als ein Meteor mit den Schwärmen heimatlos vor den Wolkentüren. – Hast du mich verstanden, Wang-lun?»

Der saß mit gesenktem Kopf und nickte: «Ich habe einen Wink bekommen und soll ihn annehmen. Ich schlage dem Schicksal nicht ins Gesicht; aber glaube mir, Gelbe Glocke: Entschlüsse helfen dem Menschen nichts, wenn er unruhig ist. Man bezwingt mit Entschlüssen nichts in sich. Es muß alles von selber kommen.»

Er hob plötzlich sein ernstes Gesicht zur Gelben Glocke: «Du freust dich über mich. Und ich freu mich, weil ich heute diesen Wink bekommen habe und weil es mir wieder gut gehen wird. Ich fühle, lieber Bruder, es wird mir wieder gut. Ich fange wieder an, Menschen zu lieben. Was für ein Durcheinander habe ich erlebt, jetzt kann ich wieder aufstehen und ruhig gehen und unser Wu-wei auf den Händen tragen.»

«Weh uns, Wang, daß wir es auf den Händen tragen müssen mit Schwertern, mit Beilen. Weh ihnen, die uns Arme, Gute angreifen.»

«Es soll uns nicht kümmern, lieber Bruder. Sie machen das Wu-wei nicht schlecht. Wir, nur wir gehen den richtigen Weg, der auf den Gipfel der Kaiserherrlichkeit führt. Ich will leben, so lang ich darf unsere gute Lehre verteidigen. Diese Nacht wollte ich euch verlassen mit dem Verbrecher. Ich will diese Nacht nicht vergessen, in der ich zum zweiten Male auf dem Nan-ku-Paß gesessen habe.»

Die Gelbe Glocke hielt immer streichelnd Wangs linke Hand: «Dies bist du, so wollte ich dich kennen, so bist du, lieber Bruder. Das Fieber hat dich verlassen. Man kann uns erschlagen; wer kann uns etwas anhaben?»

Sie erhoben sich; auf Wangs Bitte begleitete ihn die Gelbe Glocke durch die Straßen. Als sie eine Stunde gegangen waren, kamen sie an einen niedrig bewachsenen grünen Anger, der von einem seichten Bach durchrieselt wurde. Stämmig und breit schritt Wang-lun aus; es hing sein Gelber Springer an einem Strick um seinen Hals; er baumelte blank über dem blauen, kurzärmeligen Kittel; ein spitzer Strohhut bedeckte seine Stirn, die von einer roten Narbe durchschrägt war; herrische Augen in einem tiefbraunen Gesicht blinzelten gegen die Sonne. Die Gelbe Glocke machte mit langen Beinen weite Schritte; er ging gebückt, grauer Kittel und graue Hosen, auf Strohsandalen wie Wang; eingefallene Schläfen, tiefliegende Augen mit einem schwarzen Strahl, flatternder Bart. Die Lerchen und Finken sangen über ihnen.

Wang zeigte mit dem Finger nach der Mauer, lächelnd: «Nach Nan-ku kommen wir heute nicht.»

Sie streckten sich an dem Bächlein hin, schwiegen. Die Gelbe Glocke murmelte: «Ich werde nicht mehr viele solche Tage haben. Ich werde nicht mehr lange im Kao-liang liegen. Vor Schön-ting habe ich mit Ma-noh gelegen; im Lamakloster war eine schöne Sonne. Die Salzsieder klopften an die Tür, wir erschraken. Liang-li saß neben mir.»

«Du hast diese Schwester nie vergessen, Bruder Gelbe Glocke.»

Der Offizier hob abwehrend den Arm: «Wenn die Sonne scheint, denkt die Gelbe Glocke an Liang-li aus Schön-ting; wenn sie nicht scheint, wundert er sich, warum sie nicht scheint und warum er Liang vergessen hat.»

«Sie ist in der Mongolenstadt gestorben.»

«Wang, sie ist im Westlichen Paradies. Hinter den weißen westlichen Wolken erkenne ich manchmal ihr feines, kluges Gesicht.»

Das Tuten, Klappern von den Häusern herüber. Ohne Unterlaß zwitscherten die Vögel, die ganz hoch schwärzliche, regsame Klümpchen waren. Wang, liegend, zog die Beine an, warf sich auf den Leib, kroch hoch und beobachtete die Vögelchen, wie sie fielen und stiegen, und den kleinen Bach. Er nahm seinen Strohhut ab, zog seinen Kopf aus der Schlinge seines Schwertseils, dann stach er das Schwert in den weichen Boden, stülpte den Hut über den Knauf, schwang die Arme und setzte die Beine, als wenn er Anlauf nehme: «Aufgestanden, Bruder Gelbe Glokke, ich mache Sprünge.»

Mit einem Satz stand er jenseits des Bächleins: «Jetzt bin ich auf Nan-ku. Ma-noh tut, was ich tun will. Es wird alles schlecht. Ich muß weiter springen.»

Er sauste neben sein Schwert; der Hut flog vom Luftzug herunter: «Jetzt im Hia-ho. Eine schöne Zeit, Gelbe Glocke. Der Damm, der Hwang-ho, der Jang-tse; eine Frau hatte ich. Das Wu-wei kommt zu mir gewandert, noch bin ich nicht da, ich kann nicht so rasch folgen. Schlachte, mein gelbes Schwert! Und jetzt –»

Er hob sich im dritten Sprung über das Wässerlein: «Wo bin ich? Auf Nan-ku wieder, bei dir, Gelbe Glocke. Der Wink war gut. Die Verbrecher waren gut. Ich bin wieder zurückgekehrt aus dem Hia-ho, ich bin wieder zu Hause, in Tschi-li. Komm zu mir herüber, lieber, lieber Bruder: bringe meinen Gelben Springer mit, denn hier muß gekämpft werden.» Die Gelbe Glocke stand neben ihm.

Sie umschlangen einander die Schultern, sahen in das rieselnde, flinkernde Wässerlein: «Der Nai-ho», lachte die Gelbe Glocke. Beide hielten sich fester. Wang senkte den Kopf, seufzte leise: «Der Nai-ho. Es kann anders nicht kommen.» Auch die Gelbe Glocke zitterte leicht: «Ich hatte ein gutes Schicksal gehofft für uns. Die blumige Mitte muß ich ungern verlassen.»

Am Abend dieses Tages der drei Sprünge ließen sich zwei Damen aus der Stadt zu Wang führen. Eine elegante, schlanke Dame betrat zuerst das stille Jamen, in dem Wang auf der Matte sitzen blieb. Sie hob das Lid des linken Auges selten; dann und wann erkannte man auf dem Augapfel große weiße Flecken. Eine rundliche, sehr schöne Frau folgte, die sich weniger sicher bewegte als jene elegante. Die erste Dame nannte sich Pei, die andere Jing. Auf der Matte sich niedersetzend, erwarteten sie Wangs Begrüßung. Die Ältere ließ sich aber nicht aus der Ruhe bringen, als der Mann sie barsch nach ihren Wünschen fragte. Sie kämen aus der Roten Stadt. Sie hätten noch vor der Belagerung flüchten müssen. Sie böten den Bündlern ihre Dienste an. Die Dame Pei erzählte in Breite ihr Schicksal, endete mit der Erklärung, daß sie imstande sei, noch jetzt in die Rote Stadt einzudringen und die Häupter der Mandschudynastie mit einem Zauber umzubringen. Wang war einiges von der Angelegenheit dieser Zauberfrau zu Ohren gekommen. Eine kleine Zeit blieb er stumm auf seinem Platz. Dann stieg er herunter, dankte den Damen, bat sie, ihm ihre Adressen zu hinterlassen, schickte zwei Soldaten zu ihrem Schutz mit. Wang kam an dem Abend nicht zur Ruhe unter dieser Sache. Erst sandte er nach der Gelben Glocke; dann mußte der Bote zurückgeholt werden. Er wollte allein zu einem Beschluß kommen. Im Hof des Jamens trabte er herum. Das war ein neues Zeichen. Unerwartetes Ende der Mandschus. Sollte man zugreifen, mußte man nicht? Noch nicht der Nai-ho! Aber der anfängliche Widerwille kehrte zurück. Irgend etwas war unerträglich an dem Vorschlag. Er war ekel, das Ganze war sinnlos, es kam von außen her, war kein Wink, es störte nur den Verlauf. Was er mit der Gelben Glocke an dem kleinen Wasser erlebt hatte, war endgültig, und da sollte niemand eingreifen. Nicht morden. Die Wege lagen alle eben da.

Und noch ehe die Nacht kam, schickte er vier Soldaten zu den Damen, die sie unter Aufsicht eines Offiziers aus der Stadt geleiteten. Man drohte ihnen Rutenhiebe an, wenn sie den Wahrhaft Schwachen wieder unter die Augen träten.

Es ist beschlossen, vollendet, jauchzte Wang. Glücklich schlief er ein. Im Traum stand er unter einer Sykomore, an deren Stamm er sich hielt. Über seinen Kopf wuchs der Wipfel des Baumes in die grüne Breite und Höhe, so daß er, als die schweren Äste sich senkten, ganz eingehüllt und versunken im kühlen Blattwerk war und niemand ihn mehr sehen konnte von den vielen Menschen, die vorüberspazierten und sich an dem unerschöpflichen Wachstum ergötzten.

NACHDEM die gesamten Provinzialtruppen des Tsong-tous von Tschi-li, Chen-juen-li, vor Tung-chong aufmarschiert waren, wurden die Bündler zum Ausfall gereizt und besiegt. Chen-juen-li zog sich darauf zurück. Der Tsong-tou von Schan-tung mit Bannertruppen unter Chao-hoei stellte sich den flüchtigen Bündlern am westlichen Damm des Kaiserkanals entgegen. Der General des Tsong-tous kam in ein hitziges Gefecht mit den tollkühnen Rebellen, welche über den Kanal flohen, den weiteren Angriff in der Ebene vor der Stadt Lin-tsing, östlich des Kanals, erwarteten. Hier entspann sich die große Schlacht, in deren Verlauf der Rest der Bündler in die Stadt getrieben wurde. Sie hatten sich vorsorglich der Mauern und Tore versichert, so daß nunmehr die regulären Truppen zu einer Belagerung Lin-tsings gezwungen waren.

Die Zahl der Bündler betrug nicht mehr als Ma-nohs, kaum fünfzehnhundert Menschen, darunter viele Frauen. Wang-lun und die Gelbe Glocke hatten nur leichte Säbelhiebe erlitten. Ngohs rechter Arm war bis auf die Schulter zerschmettert. Der feine Mann hielt sich mühselig aufrecht, suchte sich für den Endkampf zu üben im Schwingen des Beils mit der linken Hand.
Unbeschreiblich innig hingen Brüder und Schwestern zusammen. Die Freunde von der Weißen Wasserlilie schienen verschwunden; unter der Schwere der letzten Ereignisse hatten sie sich aufsaugen lassen von den Wahrhaft Schwachen. Die frommen Lieder von der Fahrt zum Westlichen Paradies schallten über die Mauern. Es wogte die freudige Stimmung.
Unter den Frauen befanden sich manche, die glaubten, die Entsetzen einer Schlacht nicht noch einmal ertragen zu können. Diese waren es, die sich feierlich auf dem Markte erhängten, am zweiten Tag der Belagerung.
Der Geist einiger Brüder verwirrte sich, als sich erkennen ließ, daß die Umzinglung der Stadt durch unermeßliche Truppenmassen vollkommen war und daß es auf ihre Ausrottung ging. Sie tanzten nackt auf den Straßen, jauchzten mit markerschütternden Stimmen, sie wüßten den wahren und guten Weg, und den tanzten sie. Geheimnisvoll schlichen sie sich über die Plätze, sanken mit geschlossenen Augen über den Boden und röchelten im Delirium. Manche von diesen Männern brachten sich Wunden an den Armen und Lippen bei mit spitzen Steinen wie Fopriester; faßten, mit weißen Augäpfeln wandelnd, träumende Frauen bei den Händen an, und unmittelbar an Entrückungen, in Entrückungen erfolgte die Brunst der Umarmungen, die niemand verachtete.
Ein kleiner Teil der Eingeschlossenen sah schief, mißtrauisch, gehässig auf die andern, konnte sich nicht zur letzten Hingerissenheit entschließen, dachte irgendwie zu entweichen, die Bündler zu verraten. Dies waren die, welche viel auf den Höfen weinten, alle Stunden auf die Mauern krochen, gramvoll winselnd die Bewegungen der Kaiserlichen verfolgten. Dann horchten sie

wieder alle aus, stopften sich in das Gedränge der Märkte und quälten sich, über ihre zuckenden Gesichter die festliche Ruhe der andern zu spannen.

Hie und da vollendete sich in aller Raschheit ein Sonderschicksal. Ngoh hatte das Wu-wei gesucht, um für sich Frieden zu gewinnen. Es bedeutete ihm Qual, als die Verfolgungen begannen, daß er sich an der Führerschaft beteiligen mußte. Mit halbem Herzen ging er in die Schlachten und war glücklich in der Betäubung des Gewühls. Seine Abneigung gegen die Rote Stadt verdichtete sich mit dem Haß auf die Mandschus, die ihm die Kämpfe aufzwangen. Kaum einer aller Wahrhaft Schwachen hegte zuletzt einen so unbändigen Haß auf den Kaiser als der ehemalige Hauptmann Ngoh. Allein gelassen, von seinem Haß befreit, da der Untergang herannahte, saß er in Lin-tsing. Er hörte trübe die abgestandenen Lieder seiner Freunde, sah sie in einer großen Entfernung von sich gehen. Die Erinnerung an den Kaiser, an die Wanderung mit Ma-noh, an seinen geliebten Knaben wachte auf, und alles ohne Gefühl. Sein rechter Arm war zerschlagen; er übte den linken und bemerkte heimlich, daß es gleich war, ob er mit dem Beil gegen Holzpfosten, gegen Kaiserliche oder gegen sich selbst schlüge. Die Gespräche und Gesellschaft der Brüder suchend, fand er nicht zurück. Er fragte sich, ob es nicht ebenso gut gewesen wäre, seinen Knaben weiter zu lieben und neue zu lieben, und fühlte sich so heftig in diese Vorstellung hinein, daß er in geträumter Zärtlichkeit zerfloß, ja mit einer angstvollen Begierde sich diesen beglückenden verschollenen Gestalten näherte, bittend ihm zu verzeihen, weil er so lange ferngeblieben war, keine Parfüms, kein Konfekt brachte. Er dämmerte so ganze Tage herum. Die Gelbe Glocke fand ihn matt und in hohem Fieber. Der Offizier ging in Erschütterung von dem Kranken; diese Blicke tauchten schon in die letzte Dunkelheit ein. Als Ngoh in dem leeren Zimmer, das man ihm eingeräumt hatte, sterben sollte, tastete er, schon zwischen den Frösten und Farbenblitzen, nach den feinen Knien und Ohren seines Knaben, sperrte sich gegen das rieselnde Wu-wei mit krampfenden Kiefern, suchte sich bald mit Skepsis, bald mit Ungeduld zurecht zu finden, irrend, stammelnd, ganz still.

Das Heer, dezimiert, gänzlich erschöpft, war verloren. Dieser Rest durfte die letzten Tage Wang-luns miterleben. Von Nan-ku klang unter diesen Bündlern kaum noch ein Gerücht. Als Wang ihnen sagte, daß er von einer großen Wanderung zu ihnen zurückgekehrt sei, von Nan-ku über das Hia-ho nach Lin-tsing, da wußten sie gut, wer er war und daß es sich lohnte, für das Wu-wei gelebt zu haben und in das Westliche Paradies einzugehen.

In der ersten Stunde des Nachmittags, an dem sie in die Stadt getrieben waren, zog Wang-lun, blutend am Hals, schweißtriefend, zitternd die Gelbe Glocke in den leeren Hof eines Hauses, umarmte ihn stürmisch, stotterte außer sich, mit leuchtenden Augen: «Bruder, wir sind besiegt. Es ist zu Ende. Bruder, die Tore sind zu. Wem soll ich danken?»

Die Gelbe Glocke stöhnte: «Wir sind besiegt.»

«Glaubst du? Ich sterbe gern. Es bleibt dabei, was ich in Tungchong sagte: es kann anders nicht kommen. Der Nai-ho ist schlammschwarz. Aber ich bin bei euch, bei euch allen, hier ist das Einzige, was ich in meinem Leben geliebt habe: Nan-ku. Ich komme wieder zu euch. Die Tore sind zu. Wir dürfen beten; wir dürfen uns freuen. Wir sind alle auf einmal frei.»

In den nächsten Tagen öffnete sich Wang ganz. Über die Plätze und Straßen stieg er ununterbrochen. Er suchte jeden einzelnen der Bündler kennen zu lernen, ließ sich Schicksale erzählen. Er weinte mit ihnen über die toten Freunde, denen man ein gemeinsames Brandopfer auf dem Markt brachte, entschuldigte die Kaiserlichen, gegen die man hatte kämpfen müssen. Die Zeit, wo alle den reinen Weg gingen, sei noch nicht da. Nur durch die Ergebung und Sanftmut könnte man die Furchtbarkeiten des Lebens, die Eisenhiebe des Leidens verwinden.

Bei den Andachten auf dem Markte kletterte der barfüßige Barhäuptige auf die queren Planken einer Verkaufsbude. Er erzählte von seiner Wanderung nach dem Hia-ho, und wie sie ihm nicht genützt hätte, von den tausenden glückseligen Brüdern und Schwestern, die Ma-noh nach dem Kun-lun-Gebirge geführt hätte. Er nannte viele bei Namen, beschrieb sie. Andere Male, und dies geschah mit großer Eindringlichkeit, lobte er das Schicksal. Die Worte von Nan-ku fand er wieder; wie klein die Menschen wären, wie rasch alles verginge und wie wenig der Lärm nütze. Die Kaiserlichen und Mandschus könnten siegen; was würde es ihnen helfen? Wer im Fieber lebt, erobert Länder und verliert sie; es ist ein Durcheinander, weiter nichts. Die Wölfe und Tiger sind schlechte Tiere; wer sich diese zum Vorbild nehme, fresse und werde gefressen. Die Menschen müßten denken, wie der Boden denkt, das Wasser denkt, die Wälder denken: ohne Aufsehen, langsam, still; alle Veränderungen und Einflüsse nehmen sie hin, wandeln sich nach ihnen. Sie, die wahrhaft schwach gegen das gute Schicksal waren, seien gezwungen worden zu kämpfen. Die reine Lehre dürfte nicht ausgerottet werden, gelöscht wie eine schlechte Tusche. Nun sei alles Kämpfen für sie vorbei, sollte vorbei sein; Beile, Schwerter, Sensen brauchten sie nur noch einmal zu nehmen. Das Wu-wei sei eingegraben in die Geister der hundert Familien. Es würde sich nach ihnen ausbreiten in heimlicher, wunderstrotzender Weise, während sie auf den weißen Wolken des Westlichen Paradieses spazierten und bis an die Lenden in dem schönen Ambraduft versänken. Von Leichnamen seien sie umgeben; Schatten und Skelette griffen sie an, der stärkste Zauber könne diese Bösen nicht bezwingen. Nur das Wu-wei vermöchte es; das trenne Leben von Tod mit so einfachem Griff. Das wußten schon die grauen Alten, von denen man spricht. Schwach sein, ertragen, sich fügen hieße der reine Weg. In die Schläge des Schicksals sich finden hieße der reine Weg. Angeschmiegt an die Ereignisse, Wasser an Wasser, angeschmiegt an die Flüsse, das Land, die Luft, immer Bruder und Schwester, Liebe hieße der reine Weg.

Er plätscherte von dem Traum, der ihm Nacht um Nacht erschiene: er stünde an dem Stamm; erst sei es wie eine Sykomore. Allmählich finge der Baum an, so schlank und gleichzeitig so

zottig um ihn zu wuchern, ihn wie eine Trauerweide schwelgerisch zu überhängen, wie ein grüner Sarg zu umschließen. Manchmal beim Aufwachen nehme sein Kopf den Traum mit, und dann käme ihm vor, daß sich der dünne Baumstamm nach Art eines saftigen Schmarotzers um seine Beine, seinen Leib und Arme gestengelt habe, so daß er sie nicht herausziehen konnte aus dem wässerigen Mark und ganz aufgesogen wurde von der reichen Pflanze, an deren Anblick sich alle beglückten.
Ekstasen schäumten und klatschten auf diese Reden Wangs. Oft kam es vor, daß sich Haufen zusammentaten, an den Toren versammelten und umnebelt hinausziehen wollten, um die Feinde zu belehren und ihnen zuzureden. Man drängte in Wang, in die Gelbe Glocke, man wolle Feste feiern. Und eines Tages flötete der Jubel eines Festes durch die Stadt, bei dem man das holzgeschnitzte Bild einer Göttin, der königlichen Mutter des Westlichen Paradieses, aus einem prächtigen Tempel holte, auf einen freien Platz außerhalb der Häuser trug, vor ihr räucherte, sprang. Brüder schritten hier mit bloßen Sohlen über ein Feld glühender Kohlen, die man vor die Bildsäule der Göttin geworfen hatte, lachend und triumphierend zu der königlichen Mutter hin. Die Brüder und Schwestern ließen nicht ab, Wang zu bitten, zu ihr Geister zu schicken, die sich vor sie hinwerfen sollten und sie lobpreisen für alle, die das heilige Wu-wei verehrten. Sie warfen Stäbe und losten. Fünfmal fünf Männer und Frauen schleppten Balken und lose Bretter über das Kohlenfeld. Und als das Holz in ganzer Breite loderte, rasselten sie unter den frenetischen Rufen der Menge hintereinander, übereinander glucksend, belfernd in die blähenden Flammen vor dem sanften Bild, wie Kücken unter die Flügel der Henne.
Chao-hoei führte den Oberbefehl über eine beinah zehnfach dem Feind überlegene Truppe. Man erwartete täglich das Eintreffen jener mandschurischen Bogenschützen, deren Verwendung der Kaiser angeordnet hatte. Ein junger Offizier stand bei der Bannermannschaft des Generals: Lao-sü, Chaos und Haitangs Sohn. Wie Hai-tang erst Chao-hoei aus dem Hause ge-

drängt hatte, um die zarte Tochter zu rächen, so bald danach den eleganten Flaneur, der sich nach dem Tode seiner Schwester rasch veränderte. Er hätte des Wunsches seiner Mutter kaum mehr bedurft.

Lin-tsing gliederte sich in Altstadt und Neustadt. Nur die Neustadt war stark ummauert und von einem besonderen Erdwall umgeben; die Mauer der Altstadt war nicht ganz gediehen, von ihren Wachtürmen nur zwei gebrauchsfertig. Yin-tsi-tu, ein Hauptmann von Chaos Banner, nahm, noch bevor die Bogenschützen eintrafen, zweihundert Mann, fiel in das Osttor der Neustadt, erstürmte die kaum verteidigte Mauer, machte die schlecht bewaffneten Rebellen nieder. Bei diesem Handstreich kamen nur vierzig Kaiserliche um, während man zweihundertdreißig tote Brüder und Städter zählte.

Tags drauf glühte eine rote Sonne. Als sie erlosch, gab Wang in der Altstadt allen, die Waffen besaßen, Auftrag, sich zu rüsten und die schlecht verschließbaren Häuser zu verlassen. Sie sollten sich in möglichst großen Häusern auf den engsten Straßen aufhalten. Kleine Trupps von Bogenschützen und Steinwerfern hätten sich auf den Mauern an bestimmten Punkten aufzustellen, sobald die Nacht anbräche. Die militärischen Anordnungen führte die Gelbe Glocke mit kalter Routine durch; seine Ruhe nahm dem Augenblick alles Unheimliche.

Wie es finster geworden war, kam jemand vor das Haus, das Wang bewohnte, gab, als man auf das Klopfen das Tor öffnete, eine Vase ab und sagte, man solle sie nicht öffnen. Der Mann, der das Tor geschlossen hatte, stand noch zweifelnd da und wollte fragen, da war der Bote verschwunden. Der Mann verriegelte unsicher das Tor, trug die verschlossene Porzellanvase, die nicht schwer wog, auf das Zimmer Wangs, stellte sie auf die Matte. Kurz darauf langte die Gelbe Glocke vor dem Haus an, um Wang zu sprechen. Er ging auf das Zimmer und sah Wang bei der Öllampe am Tisch sitzen, den Rücken nach der Türe gewandt; er schien zu lesen. Da rief der Pförtner vom Hofe, die Gelbe Glocke solle nach oben gehen; Wang-lun säße im ersten Stock bei den

Brüdern und frage nach ihm. Erschreckt stolperte die Gelbe Glocke die Treppe hinauf; aus dem Zimmer oben tönte lautes Sprechen und Rumoren; Wang verteilte den Männern Spieße und kurze Dolche. Die Gelbe Glocke rief Wang an, der auf den entsetzten Blick des Offiziers die Dolche fallen ließ, mit ihm die Treppe hinunterstürzte, leise an die Türe trat. Die Erscheinung las noch am Tisch, Wang rief sie an, sie drehte sich um, sah Wang, der sich an den Hals faßte, mit seinen eigenen Blicken an, bewegte sich nach der Matte, verschwand. Die beiden gingen zögernd näher. Die Vase stand da, verschlossen. Die Gelbe Glocke hielt Wang, der schwankte, bei den Schultern. «Weißt du, Gelbe Glocke, was das war?»
Die Gelbe Glocke schwieg und schloß die Augen. Wang schlotterte:
«Das heißt, daß ich morgen sterben muß.»
Hastig und verstört gab Wang dem Pförtner Auftrag, die Vase vorsichtig hinauszutragen. Nach einem kurzen Vorsichhinstarren stieg er mit der Gelben Glocke hinauf.
Die Berennung der Tore begann kurz vor Sonnenaufgang von der Neustadt her. Der tapfere riesenstarke Yin-tsi-tu war der erste, der durch das gebrochene Tor in die Stadt stürmte; er suchte Wang-lun, den er mit eigener Hand erwürgen wollte. Dicht hinter ihm rannte Lao-sü mit einem roten Helmpuschel, ohne Schild, in jeder Faust ein langes doppelschneidiges Messer. Die Sprengung der südlichen Tore durch die Provinzialtruppen, denen sich die Bogenschützen angeschlossen hatten, erfolgte nicht viel später, weil im Augenblick, wo Yin-tsi-tu vom Osttor in die Stadt drang, alle Verteidiger sich von der Mauer in die Straßen und Häuser zurückzogen. Auf der südlichen Mauer stand eine gußeiserne Kanone, welche die Angreifer mit dem Blut einer Jungfrau, die sie in der Nacht vor dem Sturm abgestochen hatten, füllten und in die Stadt schossen, um die Luft von den Geistern der gefallenen Rebellen zu reinigen. Weiber stürzten den Soldaten mit grauenhaftem Jubel und Gekreisch aus den Gassen entgegen; sie versperrten die Zugänge der besetzten Stra-

ßen; dickes besessenes Menschenfleisch, das man wegräumen mußte. Von der Peripherie der Stadt ritten die Flammen der brennenden Häuser an.

Der tobende Straßenkampf begann. Die Brüder ließen sich nicht in den Häusern halten, ein Haus nach dem andern machte Ausfälle. Die Stadt bebte Mord. Die Straßen füllten sich mit würgenden Soldaten. Immer neue drängten von den Mauern her, fletschten die Zähne und waren nicht zu bändigen. Aus der Mitte der Stadt schwoll zwischen dem tobenden Gebrüll, den langen spitzen Schreien das heisere Gröhlen und Jauchzen der Rebellen, erstickt, wieder aufbrausend.

In einer mit Weiberleichen bepflanzten Straße, die auf den Markt führte, sahen Brüder, wie sie die Tore ihres Hauses zum Ausfall öffneten, Wang-lun in großen Sätzen vom Markt herlaufen, barhäuptig, sein Schwert über die linke Schulter geschwungen. Er rannte an ihnen vorbei, sein schweißübergossenes Gesicht eingesunken und unkenntlich; seine Augen leer, Yin-tsi-tu und Lao-sü hinter ihm an der Spitze von Bogenschützen und Lanzenträgern. Die Brüder hielten den Ansturm der Soldaten aus. Wang verschwand in ein großes leeres Haus am Ende der Straße. Eine kleine Schar Bündler mit Dolchen lief die Häuser entlang, stürzte sich auf die Bogenschützen vor dem letzten Torweg. Yin-tsi-tu hob, von Lao-sü gedeckt, stöhnend die Torflügel aus. Wang keuchte an der Hofmauer. Yin-tsi-tu parierte mit seinem Schwert den Schlag Wangs; sie rangen; der Hauptmann entwand dem Rebellenführer den Gelben Springer. Einem Dutzend Bündler gelang es, in den Hof einzudringen. Sie stießen Lao-sü mit ihren Messern nieder, befreiten Wang und krochen mit ihm zusammen in das obere Stockwerk des Hauses. Hier stapelten Bretter von Kampferholz; sie verbarrikadierten die Treppen mit dem umgeworfenen Stapel, mit Schränken und Tischen. Während die Bogenschützen von Kirin Pfeil auf Pfeil in die Fenster jagten, legten sie oben Feuer an und verbrannten, ehe nur ein einziger Soldat die Treppe erstiegen hatte.

Yin-tsi-tu toste die Straße herunter nach Rebellen; den Gelben

Springer schleuderte er um sich, an zwanzig Schwestern und Brüder erschlug er.
Im südlichen Stadtteil hielt die Gelbe Glocke am längsten sein Haus. Als es von brennenden Pfeilen angezündet war, stieg er mit seinen vierzig Mann auf die Straße. Er focht mit größter Vorsicht gegen die kaiserlichen Bannersleute, die zurückwichen, als sie den in den Kasernen verehrten Offizier erkannten. Die ganze Stadt wand sich schon in den Händen der siegheulenden Regulären, da kämpfte er noch, mit einem hohen Schild sich deckend, hinter der vorderen Hofmauer. Eine Lanze in den Hals klafterte ihn um; seine letzten Leute wurden durch Beilwürfe gefällt. Die hundert Männer und Frauen, die unter Singen waffenlos auf den Markt gezogen waren, um sich niedermetzeln zu lassen, wurden umstellt, gebunden, zu Paaren in das Lager vor der brennenden Stadt geschleppt.

DIE abschließenden Regierungsmaßnahmen in dieser Angelegenheit dauerten einen Monat. In dieser Zeit wurden die Gefangenen nach Pe-king transportiert; Khien-lung hörte sie größtenteils persönlich aus, um Begünstigungen der Behörden, Saumseligkeit der Verfolgung zu ermitteln. Dann wurden die Brüder und Schwestern vor Pe-king im Angesicht eines großen Volkes abgeurteilt nach den Bestimmungen des Ketzereigesetzes. Ihre Familien und die der bekannten Rebellen verbannte man nach dem Ili und der Mongolei; es waren etwa zweitausend Menschen. Das Dorf Hun-kang-tsun wurde völlig eingeäschert; die Leichname der Eltern Wangs ausgegraben, zerstückelt; sämtliche Einwohner des Dorfes vertrieben, ihr geringes bewegliches Besitztum konfisziert. Die Leichen der Rebellen verwesten auf den Straßen Lin-tsings, vergifteten die Luft, so daß die wenigen Insassen der Stadt sich an den Präfekten wandten. Ein Dekret Khien-lungs ordnete dann an, daß die Kadaver gesammelt und vor die Mauern nächst dem Kanal geschafft würden. Man schaufelte zwei breite flache Gräber für die Männer und Frauen am

Flußdamm, an einer Stelle, wo böse Geister sich versammeln. Hier hinein stülpte man die Karren mit den Kadavern, warf den Abraum der verbrannten Häuser und Balken hinzu. Vom Kanal sahen die beiden langen gewölbten Gräber und Schutthügel aus wie die Buckel zweier riesiger Maulwürfe, die sich aus der Erde aufwühlen.

Khien-lung sonnte sich. Dem Hohen Rat gab er bekannt, daß er Kia-king, seinen Sohn, der ihn mit seinen Ahnen versöhnt hatte, zu seinem Nachfolger ernenne. Die Offiziere, Generäle, hohen Beamten, Ratgeber, die sich an der Niederwerfung der Rebellion beteiligt hatten, erhielten Ehrentitel, Ländereien. Mit fester Hand schrieb Khien-lung am Tage des Dankfestes in der hinteren Halle des Kung-fu-tse-Tempels an: ‚Wenn Kung-fu-tse hier wäre, er würde nicht gründlicher vorgegangen sein als ich.'

Als noch die Leichen der Rebellen auf den stillen Straßen, in den Häusern Lin-tsings faulten, der verkohlte Leib Wang-luns, welcher als Fischerssohn geboren, als Verbrecher gelebt, das Wu-wei gestiftet hatte für die Unglücklichen der achtzehn Provinzen und dafür unter das Ketzereigesetz gefallen war, der durchlöcherte Körper der Gelben Glocke, der der feinste und weichste der Brüder war und in tiefer Seelenruhe seinen Speer empfing, gegen eine weiße schöne Wolke zärtlich aufwallend, Ngoh, der Schwächste von allen, von seinem Elend langsam zermahlen, die zahllosen Brüder und Schwestern, die unter dem Frieden des Wu-wei geblüht hatten, fuhr auf einem großen Trauerschiff Hai-tang, umgeben von ihren Frauen, nach ihrer südlichen Heimat die Küste entlang.

Chao-hoei, den gebrochenen Sieger, hielt Khien-lung am Hofe fest. Hai-tang wollte allein fahren; sie sagte zu Chao-hoei, als er sein Haus in Schan-hai-kwang verkauft hatte, er solle sich eine Nebenfrau nehmen, damit er von ihr einen Sohn bekomme.

Der sanfte Herbst kam. Das Schiff glitt die südliche Küste entlang. Aus den Städten schrillte Musik; die Ernteprozessionen auf den Feldern böllerten; die Dschunken flitzten spielerisch über das dunkle Wasser. Totenstille auf dem schweren breiten Schiff der Hai-tang. Sie segelte nicht gleich in ihre Heimat, das Schiff landete vor der Insel Pu-to-schan. Hai-tang wollte gehen vor die gnadenreiche Kuan-yin, das Gebet der frömmsten Mönche für sich erwirken.

Besonnte Zacken der Granitberge. Träumerische Landschaften eingesenkt. Schlanksäulige Fächerpalmen mit hellen Stimmen. Kamelien hunderttausend. Hauchende Teiche, schwimmende Lotos. Zwischen Hecken, hinter steinigen Wegen Tempel am Fuße des Hanges. Starrgespannter Himmel.

Von zwei Frauen gestützt, knisterte Hai-tang hinauf, in faltenreichen grauen Gewändern, grauer Schleier vor dem Gesicht. Sie gingen durch die Eingangshalle, über die mächtige Terrasse und Plattform vor der Gebetshalle. Hai-tangs Augen erduldeten an der steilen Brüstung der Terrasse die Reliefs, welche die kindliche Liebe verherrlichten. Vor dem Altartisch qualmte im geschnitzten Holzgehäuse die ewige Lampe. Vorhänge, Flickteppiche, Standarten, Pauken, Weihrauch.

Riesengroß hinter allem Kuan-yin. Sie saß an der Wand in einem weißen Kleide da, die linke Hand fein angehoben; ihr Gesicht war golden; eine Krone von fünf Lotosblättern trug sie; ein Diadem faßte ihren blauen Haarknoten zusammen. Mit schlanken Hüften, starken Beinen saß sie, den Kopf leicht zurücklehnend, auf dem Marmorsockel; violetter Brustlatz; weißes Seidentuch floß über ihre engen Schultern. Die Lider unter den schwarzen Augenbrauen hielt sie gesenkt; aber die gelblichen Wimpern, die schmal geöffneten Lippen schienen leicht zu zittern. So milde schwieg sie; so versunken hörte sie und gab sie. Tafeln und Banner priesen: «Kuan-yin, die große Freundin. Ihr gnadenreiches Boot trägt alle hinüber. Die Gnade ist groß wie die Wogen der See. Für alles Volk ist sie erstanden. Ein mütterliches Herz. Ihr goldener Körper wird nicht vergehen.»

Die Mönche in braunen Mänteln vor ihr rieben die Stirnen am Boden; Murmeln, Klingeln, dumpfes Liturgieren. Hai-tang

knüllte ihren Schleier, sie atmete stürmisch und lächelte, über die Mönche wegsehend.
Es war später Abend. Die Insel verschwand im Finstern. Mit Laternen zogen hundert Mönche aus ihren Zellen und Kapellen über die steinigen Wege. Hai-tang hatte eine ungeheure Summe gespendet, damit die Geweihten bei der Göttin für sie beteten. Sie saß an einer Biegung des Weges unter einem Granitblock. Der Zug murmelte an ihr vorüber, die Arme verschränkt, Kutte nach Kutte. Sie zählte die Mönche, kam nicht zu Ende. Stolz, triumphierend überblickte sie diese grenzenlose Menge: es mußte ihr gelingen, die Göttin zu überwältigen. Ruhe, Ruhe wollte sie; Wang-lun nahm ihr ihre beiden Kinder; die Rache war nicht geglückt; und wenn sie geglückt war, so gab sie keine Hilfe. Ruhe für sich, Frieden für die toten jungen Kinder, endlose, immer erneute Folter über Wang-lun! In ihr wurde es still, als die Fackeln unter Singsang in den Tempel verschwanden. Sie schlürfte die warme Luft; jetzt sollte sich die Göttin wehren, jetzt drangen die Mönche auf sie ein, rangen mit ihr – für sie. Die Dienerinnen erhoben sich. Hai-tang ging auf das Schiff für die Nacht.
Am folgenden Abend saß sie wieder unter dem Granitblock. Die Fackeln schwankten an ihr vorbei. Sie drohte im Finstern mit siegesheißem, haßverzehrtem Gesicht nach dem schwarzen Tempel. Sie schüttelte über die Köpfe der Mönche ihre Arme.
Am dritten Abend schickte sie die Dienerinnen fort. Das Gemurmel des Zuges erfüllte die Wege. Hai-tang starrte in das blendende Fackellicht. Sie fiel nieder, schrie, zerriß ihre Brust. Die Göttin war stärker; die Mönche vermochten nichts. Sie konnten beten und beten und beten. Wer hatte die Kraft, wer rettete sie?
Da war ihr, als ob die Mönche schon wieder zurückkehrten. Es rauschte. Ein Licht floß über den Boden. In dem Schein des eben vortretenden Mondes schritt schmalhüftig Kuan-yin, die Perlmutterweiße, an ihr vorbei. Das Diadem auf dem geringelten Haar blitzte grasgrün bei der Drehung des schräggelegten Kop-

fes. Sie lächelte, sah Hai-tang an, sagte: «Hai-tang, laß deine Brust. Deine Kinder schlafen bei mir. Stille sein, nicht widerstreben, oh, nicht widerstreben.»
Hai-tang blickte weiter in den grünschleppenden Mondschein. Sie setzte sich auf, schob die Schaufeln ihrer Hände über das kalte Gesicht: «Stille sein, nicht widerstreben, kann ich es denn?»

Ende

DIE ‚Drei Sprünge des Wang-lun' wurden vom Sommer 1912 bis zum Frühjahr 1913 geschrieben, erschienen aber erst 1915 bei S. Fischer in Berlin und machten Döblin berühmt. Man bewunderte sie als ein Meisterwerk expressionistischer Erzählungskunst, als entscheidenden Durchbruch durch die bürgerliche Tradition des deutschen Romans. Sie enthalten in der Tat schon fast alles, was den neuen Erzählungsstil des zwanzigsten Jahrhunderts kennzeichnet.

Der Verfasser dieses genialen Buches war ein junger Arzt, der lange in Spitälern gearbeitet, nun aber im Berliner Arbeiterviertel eine Armenpraxis für Innere und Nervenkrankheiten eröffnet hatte, die ihm zuerst viel freie Zeit ließ. In der Skizze ‚Arzt und Dichter' von 1927 schreibt Döblin darüber: «Ich war jetzt praktischer Arzt am Halleschen Tor in Berlin, tat viel Dienst auf Rettungswachen, Tag und Nacht, fuhr morgens monatelang in ein Privatkrankenhaus, vertrat hier und da. Auf den Treppen, in den leeren Wartestunden schrieb ich, konnte schreiben, wo ich ging und stand.» Den ersten Anstoß zu dieser Dichtung hatte er einst durch eine Zeitungsnotiz über einen Aufstand chinesischer Goldwäscher an der Lena und dessen blutige Unterdrückung durch zaristische Truppen erhalten[1]. Daß Goldwäscher im Elend lebten, schien ihm denkwürdig, denn er fühlte sich als Proletarier und war Sozialist, nicht aus theoretischer Überlegung, sondern weil er als Sohn eines nach Amerika durchgebrannten jüdischen Schneiders in bitterer Armut aufgewachsen war und seither für die Unterdrückten Partei nahm. In ihm glühte der Haß gegen die ungerechte Gesellschaftsordnung und den machttrunkenen wilhelminischen Staat, und so entstand in ihm der Plan eines Werkes über jene Unruhen in Sibirien, als dessen erster Band der ‚Wang-lun' ursprünglich gedacht war. Das Interesse an China

---

[1] Mitgeteilt von Paul Lüth in: Alfred Döblin, Auswahl aus dem erzählenden Werk S. 31 [Wiesbaden 1948].

führte ihn dann von den Goldwäschern an der Lena zur Revolte Wang-luns weiter. Das Thema verschob sich damit aus der aktuellen Zeitkritik ins Historische, aus dem Politischen ins Religiöse.

Wang-lun ist eine historische Gestalt, der von ihm angeführte Aufstand hat im Jahr 1774 wirklich stattgefunden[1]. Er war ein Glied in der langen Kette ketzerischer Unruhen, die sich seit alters im Norden Chinas abspielten. Die Lehre vom Wu-wei, vom Nichthandeln, geht auf Laotse zurück; zur Lehre einer Sekte wurde sie durch den 1647 in Peking gestorbenen Propheten Lo-hwai, auf den sich auch bei Döblin S. 415 ein Redner beruft[2]. Die Anhänger dieser Sekte sagten sich von allem Priester- und Bilderkram der Tempelreligion los und verehrten als einzigen, bilderlosen Tempel das sichtbare Weltall. Die Berge und Flüsse waren ihre Götter, Winde und Wolken ihr Weihrauch, die Donnerschläge ihre heiligen Trommeln, Sonne und Mond ihre Opferlampen, Blumen und Früchte der Jahreszeiten ihre Speisopfer, Seen und Meere ihre Trankopfer [vgl. S. 415]. Sie aßen kein Fleisch, nannten sich Brüder und Schwestern und bildeten eine geheime Gesellschaft von Stillen im Lande, die durch fromme Ergebung in das Tao, das jedem auferlegte Schicksal, die Kraft gewinnen wollten, dem Kreislauf der Wiedergeburten zu entrinnen und den Eingang in die Vollkommenheit des Nirwana zu finden. In dieser Mystik des ‚reinen Weges' verbanden sich taoistische und buddhistische Elemente mit alten Vorstellungen der volkstümlichen Mythologie, was sie für die Masse anziehend machte. Das Nirwana galt hier nicht als der Ort des Nichtmehrseins, sondern als der Ort der jenseitigen Seligkeit, als das ‚westliche Paradies', als der ‚Gipfel der Kaiserherrlichkeit'.

---

[1] Eine Darstellung bei J. J. M. de Groot, Sectarianism and religious persecution in China 296 f. [Amsterdam 1903]. Ich verdanke diesen Hinweis dem Sinologen Prof. Dr. E. H. von Tscharner in Zürich, dessen Auskünfte auf meine den Roman Döblins betreffenden Fragen im Folgenden verwertet sind.

[2] Näheres über das Wu-wei bei de Groot 184 f.

Ein Zweig dieser großen Bewegung, der ‚Weiße Lotos' [bei Döblin die ‚Weiße Wasserlilie'], betete zur buddhistischen Göttin Kuan-yin als seiner Schutzpatronin; eines seiner alljährlichen großen Feste war die Überfahrt dieser mütterlichen Göttin ins westliche Paradies [1]. Dieses Fest der Erlösung, bei dem Kuan-yin angefleht wurde, die Seelen geliebter Toter auf ihrem Schiff an den Ort der Seligkeit mitzunehmen, bildet einen Höhepunkt von Döblins Roman, da es vom rückfälligen Bund der ‚Gebrochenen Melone' gefeiert wird.

Die kaiserliche Regierung verfolgte diese Sekten grausam, nicht weil sie irgendwelche anstößigen Gedanken vertraten, sondern weil das konfuzianische Gottkaisertum jede außerhalb der Tradition verlaufende Form der Frömmigkeit als staatsgefährlich betrachtete. Ein Erlaß von 1724 kündigte die rücksichtslose Ausrottung des damals wieder auflebenden Sektenwesens an, er galt besonders dem ‚Weißen Lotos' und dem Christentum. Ein halbes Jahrhundert später wurden in der Provinz Tschili die Anhänger Wang-luns niedergeworfen, der dort das Wu-wei zu neuer Blüte gebracht hatte. Seine Anhänger leisteten bewaffneten Widerstand und bedrohten durch ihren Marsch nach Norden die Versorgung Pekings auf dem Kaiserkanal. Sie wurden innerhalb eines Monats von dem mit dieser Aufgabe betrauten Großkanzler des Reiches vernichtet; nach grauenhaften Massakern spielte sich in der Stadt Lin-tsing am Kaiserkanal der letzte Kampf ab, der mit der Niedermetzelung aller Rebellen endete.

Diese Ereignisse schildert Döblins Roman. Er stimmt in den großen Linien und in vielen Einzelheiten, etwa dem Besuch des Taschi-Lama beim Kaiser oder dem Ende Wang-luns, mit den Quellen überein, verbindet aber den religiösen Hintergrund des Aufruhrs mit einem politischen Motiv und beruht im übrigen auf freier Erfindung. Die einzelnen Figuren und Szenen, die Entstehung und innere Entwicklung von Wang-luns Bettlerbund veranschaulichen einen Konflikt, der den jungen Döblin be-

---

[1] Beschreibung bei de Groot 222 f.

drängte. Die Sprünge seines Wang-lun sind Entscheidungen zwischen dem Ja und Nein zur Welt, zwischen wilder Empörung und stummer Resignation. Das Ja und Nein zur Welt bewegte auch Döblin leidenschaftlich. Diesen Grundgedanken seines Romans entnahm er keiner chinesischen Quelle.

Der Fischersohn Wang-lun, ein Hüne von durchtriebener Schlauheit, wächst als Dieb und Räuber auf, läuft von zu Hause fort, fristet sein Leben als Gehilfe eines betrügerischen Bonzen und bösartiger Spaßmacher einer Stadt und wird aus seiner Bahn geworfen, weil er eines Tages mitansehen muß, wie ein schuldloser Mann unter den Säbeln der Polizei zusammensinkt. Das himmelschreiende Unrecht raubt ihm seine Seelenruhe, er irrt verstört umher, erdrosselt den schuldigen Offizier und flieht in die Berge am Nanku-Paß, wo er mit Wegelagerern den Winter verbringt und in der Hütte des Einsiedlers Ma-noh, eines entlaufenen buddhistischen Mönchs, zur Erkenntnis kommt, daß seine Rache falsch gewesen ist. Die milden Götterbilder Manohs, unter ihnen die kristallene Kuan-yin, erschüttern den vom Dämonenglauben des Volkes umgetriebenen Raufbold und flüstern ihm ein, daß man nicht töten dürfe, daß nur der dem Schicksal nicht Widerstrebende die Seligkeit finde. «Nicht handeln; wie das weiße Wasser schwach und folgsam sein; wie das Licht von jedem dünnen Blatt abgleiten.» Diese Botschaft von der Macht des Schwachseins wühlt ihn auf, sein Leiden an der Ungerechtigkeit der Welt schlägt in eine Inbrunst des Verzichtens um. Er läßt sich in die Tiefe des Unglücks fallen und erlangt dadurch eine geheimnisvolle Kraft. Ma-noh gibt seine mönchischen Versenkungsübungen auf und wird sein Schüler, die um ihn versammelten Vagabunden hören gläubig seine Reden, in denen er ihnen ihr Elend als eine Gnade, ihre Ohnmacht als ihre Stärke auslegt. So entspringt am Nanku-Paß die Bewegung der Wahrhaft Schwachen, die den sich sträubenden Wang-lun mit sich reißt. Ein unaufhaltsam anwachsender Zug der Ausgestoßenen zieht von weither alle Leidenden, Enttäuschten an und wälzt sich betend, bettelnd durch die Provinz Tschili. Er ist trächtig von gefährlich unbestimmten Hoffnungen; ein Teil dieser Schwärmer glaubt naiv an ein bevorstehendes Wunder, andere vergöttern Wang-lun als einen Zauberer und hoffen durch ihn übernatürliche Kräfte zu erlangen, und nachdem auch Frauen hinzugekommen sind, wird das Wu-wei als Verheißung eines irdischen Paradieses mißverstanden. Während Wang-lun bei der Weißen Wasserlilie um Beistand wirbt, um seiner bunten Gefolgschaft einen Rückhalt zu verschaffen, läßt sich der Einsiedler Ma-noh in die Rolle des Anführers emportragen. Sein Anhang, der sich die ‚Gebrochene Melone' nennt, trennt sich von der Hauptmasse, gibt das Keuschheitsgelübde preis, führt die heilige Prostitution ein und wird in eine politische Aufruhrbewegung verstrickt. Er fordert das Schicksal heraus und fällt ihm wieder anheim; in orgiastischen Festen glaubt er das westliche Paradies zu betreten, während er zur Schlachtbank geführt wird. Nach dem Überfall einer bewaffneten Bande finden diese Verführten Zuflucht in einem Kloster, das man ihnen überläßt, und werden dort von kaiserlichen Truppen dezimiert. Diese Untat erregt einen Volksaufstand, Ma-noh gründet mit seinen letzten Anhängern ein geistliches Königreich, das nach kurzer Zeit einem neuen militärischen Angriff zum Opfer fällt. Wang-lun, verzweifelt über diesen Gang der Dinge, treibt sich wieder als Verbrecher umher und vergiftet die Brunnen des Stadtteils, in dem das letzte Häuflein der ‚Gebrochenen Melone' dem Endkampf entgegensieht, so daß diese Verlorenen ihren Untergang in einem Glücksdelirium als Überfahrt ins westliche Paradies erleben. Seine Tat wird ruchbar, doch man fahndet vergeblich nach ihm, er ist unter einem andern Namen als Fischer im Süden verschollen.

Nun wechselt der Schauplatz zum kaiserlichen Gegenspieler hinüber, der hoch über dem die Armen zermalmenden Schicksal steht. In seiner Person halten sich Himmel und Erde im Gleichgewicht; das Sinnbild seiner zeitlosen Majestät ist die Riesenschildkröte, die man ihn ehrfürchtig füttern sieht. Den Kaiser Khien-lung beunruhigt die Störung des Friedens, die er der Unzufriedenheit der Ahnen mit seiner Regierung zuschreibt; er bittet den Taschi-Lama von Tibet, den Stellvertreter des unmündigen Dalai-Lama, ihn zu besuchen, um sich von ihm beraten zu lassen. Der Heilige kommt mit großem Gefolge, aber die Gespräche mit ihm verlaufen enttäuschend, weil er die Verfolgung der Ketzer beanstandet und rät, den Rest schonend zu behandeln. Der Kaiser ist darüber erbittert und triumphiert, als sein Gast jäh durch die Pocken weggerafft wird, aber es zeigt sich, daß das Reich wirklich krank ist. Am Hof wird mit Zauberei ein Anschlag auf das Leben des Kaisers verübt, was den unsicher Gewordenen noch mehr verstört. Sein Geist verdüstert sich, er verzweifelt und unternimmt einen Selbstmordversuch, während die Provinz Tschili in den Flammen des noch immer nicht erstickten Aufruhrs steht. Genesend läßt er sich überzeugen, daß er die Empörer zertreten muß, um die Ahnen zu versöhnen, und befiehlt ihre Ausrottung. Wang-lun wird von den Seinen aufgestöbert und nach heftigem Widerstand dazu gebracht, sich seiner verfolgten Schar anzunehmen. Nun verwandelt er sich in einen Dämon der Rache, bewaffnet seine Leute und schließt ein Geheimbündnis mit der Weißen Wasserlilie, deren schwarze Fahnen über seinem letzten Kampf flattern. Das Ziel ist jetzt die Vertreibung der landfremden Mandschukaiser, die Rückkehr der volkstümlichen Mingdynastie; diese Losung findet bis in die kaiserlichen Garden hinein und bei den durch die Dürre geschädigten Bauern Gehör. Wang-lun widerruft: es sei nicht möglich, als wahrhaft Schwacher zu leben, und verfällt noch einmal in die Raserei der Auflehnung. Sein Bund der Bettler wächst sich zur Revolution aus, Wang will ein heiliges Königreich gründen wie Ma-noh; seine Truppen erstürmen Peking, müssen aber wieder aus der Kaiserstadt weichen und werden zuletzt in der Stadt Lintsing eingeschlossen. Im Verhör eines Verbrechers wird ihm sein Irrtum klar. Angesichts des sicheren Untergangs erlebt er seine zweite Bekehrung. Er wird noch einmal vom Geist des Wu-wei ergriffen und findet dessen Sprache wieder: «Wer im Fieber lebt, erobert Länder und verliert sie; es ist ein Durcheinander, weiter

nichts.» Ein Rausch des gemeinsamen Opfertodes, das einzige Glück für die Leidenden, bricht aus. In der belagerten Stadt wird das Fest von Kuan-yins Überfahrt gefeiert, dann machen die Truppen des Kaisers dem Wu-wei ein Ende.
«Ist das gut gewesen? Wie soll ich mein Leben verstehen?» fragt Wang-lun kurz vor diesem Ende die Gelbe Glocke, seinen vornehmen Freund. Es ist nicht gut gewesen, es ist eine Tragödie. Das bedeutet die gleichnishafte Szene, wo Wang-lun der Gelben Glocke mit den drei Sprüngen über den Bach sein Leben erklärt: dem Sprung aus dem gewalttätigen Handeln in das demütige Nichthandeln, das die ,Gebrochene Melone' ins Verderben geführt hat, dem zweiten in das gewöhnliche Dasein zurück, wo er um den Preis der Blindheit glücklich war, dem dritten in die Niederlage vor den Mächten dieser Welt. Jeder dieser Sprünge ist ein Widerruf, und der dritte ist der schwerste: der wissende Sprung in den Tod. Wang-luns Auflehnung gegen den Weltlauf muß erlöschen wie eine Kerzenflamme im Sturm. Die letzte Szene, wo Hai-tang, die ihrer Kinder beraubte Gattin des siegreichen Generals, zur Göttin Kuan-yin pilgert und vergeblich versucht, sie zur Rächerin ihres Schmerzes zu machen, hebt diese Tragik des Geschehens noch einmal hervor. Mit dieser Wallfahrt schließt sich der Bilderkreis des Buches, es verklingt in die Frage: «Stille sein, nicht widerstreben, kann ich es denn?»
Der ,Wang-lun' ist die Frucht von Döblins Begegnung mit dem Taoismus. Er kannte Laotse, Dschuang Dsi und die andern Meister des taoistischen Monismus vor allem aus Richard Wilhelms Übersetzungen der klassischen Werke chinesischer Philosophie und Religion[1]. 1911 war das ,Wahre Buch vom quellenden Urgrund' des Liä Dsi erschienen, dem der ,Wang-lun' zugeeignet ist. Aus dem 29. Kapitel des Taoteking stammen die Worte, die sein Leitmotiv bilden: «Die Welt erobern wollen durch Han-

[1] Auch Kungtse war ihm gut vertraut, noch 1940 veröffentlichte er in einer amerikanischen Buchreihe ,The living Thoughts of Confucius' [bei David McKay Co., New York], eine Textauswahl, zu der er wohl nur die Einleitung verfaßte.

deln, mißlingt. Die Welt ist von geistiger Art, man soll nicht an ihr rühren. Wer handelt, verliert sie; wer festhält, verliert sie.»
In dieser Lehre vom Nichthandeln trat Döblin der absolute Gegensatz zu allem modernen Sozialismus entgegen. Sein chinesischer Roman ist trotz der revolutionären Gebärde keine Anklage, sondern eine Klage, die sich an keine menschliche Instanz richtet. Döblin nimmt im Kampf zwischen dem Kaiser und dem Bettlerheer Wang-luns nur verhüllt Partei. Er stellt die Weihe von Laotses Lehre dar, aber auch ihre Unvereinbarkeit mit dem Dasein in dieser Welt. Anders als Dostojewskijs ‚Idiot' und selbst Gerhart Hauptmanns ‚Narr in Christo Emanuel Quint' von 1910 zeichnet er auch nicht in erster Linie die Persönlichkeit eines religiösen Ketzers, sondern seine Wirkung auf die Masse. Wang-luns Botschaft wird seltsam beiläufig mitgeteilt, er verschwindet auf weite Strecken hinter der von ihm ausgelösten Bewegung und hat im Grund kein Gesicht. Der wahre Held des Buches ist nicht er, sondern sein Bund der Wahrhaft Schwachen.
Diese Geschichte eines Heiligen ist Döblins erste Dichtung mit einem kollektiven Helden, wie er sie seither immer kühner gestaltete, bis er darin einen Verrat am Menschen erkannte. Der ‚Wang-lun' enthält Massenszenen, wie es sie vor ihm im deutschen Roman nicht gab: das von der ‚Gebrochenen Melone' gefeierte ekstatische Fest der Barke Kuan-yins, ihre Orgien am Sumpf von Ta-lou und in der Hauptstadt ihres Königreichs, den Angriff der kaiserlichen Truppen auf sie in dem von ihr besetzten Kloster und ihre Agonie in der Mongolenstadt von Yang-chou, schließlich den Kampf um Peking und die andern wilden Stationen von Wang-luns Niederlage. Das Element der Masse, das seit dem Naturalismus den großen Einzelhelden unterspült, ist in diesen Schilderungen nicht mehr bloß quantitativ, sondern als eine neue Qualität des Geschehens verstanden. Der Ursprung von Wang-luns Sekte, ihr Übergreifen auf eine ganze Provinz erscheinen als biologischer Vorgang im Volkskörper Chinas, der mit schockierend unästhetischen Bildern veranschaulicht wird. Das zweite Buch beginnt: «Durch das westliche Tschi-li pufften

der Name Wu-wei sanft wie ein Schwärmer; Schwirren, Verhallen zwischen Bergtälern. Durch das westliche und südliche Tschi-li ging ein Ziehen, ein rheumatisches Unbehagen, im Arm, in der Schulter, über den Fußrücken, schmerzhaftes Zucken in einem Zahn, Nervenstechen über dem linken Auge.» Der Roman strotzt von solchen Bildern und Szenen, die das Leben als ozeanisch flutendes Gesamtgeschehen, als den ‚Tausendfuß Tausendarm Tausendkopf' darstellen, den die heidnischen Bücher Döblins beschwören. China faszinierte ihn nicht nur als religiöse Offenbarung, sondern auch als soziale Wirklichkeit, als das Menschenmeer mit seinen zahllosen wimmelnden Städten, als Anschauung der Masse Mensch. Wang-lun weckt, ohne es zu wollen, in seinen Anhängern auch soziale Hoffnungen, sein Bund wird aus der Schwermut und Sehnsucht der Besitzlosen geboren, sein rasches Umsichgreifen ist ein Massengeschehen mit gefährlicher politischer Spitze und sein Untergang das Ende der Hoffnung auf ein besseres Los der Unglücklichen. Die furchtbaren Szenen vom Ende der ‚Gebrochenen Melone' scheinen Döblin nur als kollektive Katastrophe zu interessieren. In den Exzessen von Wang-luns Scharen in der Stadt Schan-hai-kwang stellt er dar, wie sich der tausendarmige Buddha in die Gestalt einer rasenden Menge verwandelt, verliert er die Lehre vom Wu-wei aus den Augen und läßt sich wie Wang-lun vom Element der Masse überfluten.

Denn ein Thema des Buches ist auch Döblins heimliche Identität mit der Hauptfigur. Dieser Paria, der die Unglücklichen um sich sammelt und als ihr Beschützer das Reich der Mitte in den Fugen erschüttert, ist eine verhüllte, zum Wunschbild gesteigerte Selbstdarstellung. Er eröffnet die Reihe der Gestalten, die fortan im Mittelpunkt von Döblins Romanen stehen und sich dem aufmerksamen Blick als virtuos maskierte Selbstbildnisse zu erkennen geben. Im Rebellen aus Hun-kang-tsun dichtete er sein eigenes Problem zu Ende, ohne es auflösen zu können. Auch er litt unter dem Schicksal, kannte aber auch mystische Entrückungen und war ein Eulenspiegel, hinter dessen närrischen Einfällen ‚et-

was Heiliges steckte'. Auch er versuchte das Brandmal der Armut in ein Zeichen des Adels umzudeuten, damit es nicht gefährlich wurde, auch er war ein Rebell, der vom Zweifel am Sinn der Empörung beunruhigt wurde, und schwankte zwischen aktivem und passivem Leben, zwischen Kampf und Betrachtung, zwischen berserkerhafter Wut und Resignation. In der Maske dieses chinesischen Doppelgängers bekannte er sich zur Unlösbarkeit seines Dilemmas, die er sonst nicht zuzugeben bereit war. Denn auch Wangs Sprung in den kämpfenden Untergang ist ja keine Lösung. Zwar wählt Wang-lun den gemeinsamen Opfertod der Wahrhaft Schwachen als die letzte Waffe, mit der die Kaisergewalt besiegt, das Wu-wei unverlierbar in die Seelen der Menschen eingegraben werden kann. Der Gedanke, daß der starre Fels durch das widerstandslose Wasser überwunden werden muß, ist eine tiefe politische Erkenntnis, die Gandhi erfolgreich in die Tat umgesetzt hat. Aber Döblin stellt dieses Ende Wang-luns und der Seinen nicht als Triumph dar, sondern als die Seligkeit der Verzweiflung. Man kann es als Verheißung eines tragischen Endes des Klassenkampfes, aber auch als Vorwegnahme von Döblins eigener letzter Entscheidung verstehen, der Unterwerfung unter die Unbegreiflichkeit Gottes.
Doch auch die Selbstdarstellung ist nicht die tiefste Absicht des Buches. Im Grund ist der ‚Wang-lun' weder ein religiöser noch ein sozialer noch ein politischer noch ein autobiographischer Roman. Alle diese Themen sind nur Schillerfarben des Zaubermantels, den Döblin hier trägt. Der Zaubermantel ist seine beispiellose Phantasie. In der chinesischen Einkleidung des Werkes lagen unbegrenzte Möglichkeiten des ästhetischen Spiels, und er ging so bereitwillig auf sie ein, daß sich der Schwerpunkt aus dem Sachlichen ganz ins Formale verschob. Statt eines Bekenntnisses entstand eine Phantasmagorie. So plastisch ihre einzelnen Szenen gestaltet sind, so fragmentarisch, flüchtig andeutend, oft spielerisch ist das Ganze. Selbst der Zug der Wahrhaft Schwachen wird trotz der Massenszenen nicht bildhaft anschaulich. Der geschichtliche Hintergrund ist erstaunlich schlecht gezeichnet, die

Motivierung des Geschehens oft unklar, weil allzu knapp. Dieser Roman ist das geniale Gaukelwerk eines Dichters von seltener Phantasie, der die Schicksalsfragen seiner Zeit und seiner eigenen Existenz aufwirft, um sie als herrlich schillernde Seifenblasen entschweben zu lassen, und nicht ahnt, daß sie ihn einst erschlagen werden.

Ganz ernst gemeint ist dieses Werk doch nur als Kriegserklärung an die bürgerliche Kunst des Jahrhundertbeginns. Als Kunstwerk ist es eine der großen Provokationen, in denen – wie in der frühen Prosa Franz Kafkas oder in den Versen Georg Trakls – die Sprache der expressionistischen Dichtung begründet wurde. Döblin dachte auch über die Kunst revolutionär, er hielt sie für einen «Spaß der gutsituierten Leute» und wollte mit seiner chinesischen Ketzerei die Literatur aus den Angeln heben. Zwar ist der Held geschichtlich bezeugt und China für Döblin eine ungeheure Realität, aber sie bedeuten ihm vor allem die Verneinung aller europäischen Begriffe, insbesondere aller westlichen Schönheit. «Wahre Worte sind nicht schön, schöne Worte sind nicht wahr», heißt es im letzten Kapitel des Taoteking. Auch Döblin bejaht das Häßliche, um die Wahrheit nicht zu verfehlen. Seine Prosa ist herausfordernd unliterarisch, abschreckend hart und kalt, ohne Rhythmus und Melodie [allerdings mit großartigen Ausnahmen]. Sie befremdet durch ihren grenzenlosen, ungepflegten, oft plebejischen Wortschatz, der auch die moderne Trivialsprache einbezieht und bei jeder Gelegenheit die Abneigung gegen alle Schönrednerei zum Ausdruck bringt. Alle Gefühlstöne sind vermieden, alle gewohnten Bilder durch ungewohnte, oft krude verdrängt. Kraß und grell wird das Triebhafte der chinesischen Massenmenschheit unterstrichen, auch das Bizarre des chinesischen Wesens tritt sehr stark hervor: «Zehn glattrasierte bezopfte Köpfe stießen über dem Beutel zusammen, ein freudiges erschrecktes Schnattern erhob sich.» Fratzenhaft wirkt besonders der chinesische Dämonenglaube, den Döblin stark betont, das abenteuerliche Treiben um die taoistischen und buddhistischen Heiligtümer. Er scheint China in all seinen

Schlupfwinkeln, mit allen seinen Gebräuchen und Gerüchen, in seinen Palästen und Elendshütten, im Treiben seiner Märkte und Schenken zu kennen, so daß eine unerhört farbige Anschauung dieser fremden Welt vor dem Leser aufsteigt.

Dennoch ist kein Zweifel möglich, daß es sich um ein reines Phantasiewerk handelt. Der ‚Wang-lun' gibt nirgends objektive Schilderung, er ‚zitiert' magisch-gewaltsam eine fremde Realität mittels ihrer Zeichen und Namen. Da Döblin nicht chinesisch konnte, war es unvermeidlich, daß ihm dabei Fehler unterliefen: in der Wiedergabe von Bräuchen, in der Auffassung sprichwörtlicher Wendungen, im Verständnis des spezifisch Chinesischen überhaupt. Nicht einmal die Namen sind immer richtig geschrieben [sogar Çakiamuni für Buddha regelmäßig mit C]. Es lag ihm aber gar nicht an wissenschaftlicher Zuverlässigkeit, er erreichte die außerordentliche Wirkung gerade durch die Verbindung von buchstäblicher Treue mit phantastischer Willkür. Sie gibt seiner Beschwörung Chinas den Anschein der greifbaren Genauigkeit, ohne das Rätselhafte der Dinge aufzuheben. Die Dinge werden mit ihren chinesischen Namen genannt, aber diese Namen werden nicht erklärt. Auch wiederholt gebrauchte Ausdrücke wie Tao-tai, Tou-ssee, Tsong-tou, Jamen, Kaoliang usw., Namen wie Maitreya und Amithaba – Bezeichnungen für Buddha –, Sitten wie das Aufwinden des Zopfes bleiben ohne genaue Erklärung. Das Andersartige soll berücken, indem es halb unverständlich bleibt. Es wird von außen dargestellt, und seine Fremdartigkeit ist oft forciert herausgetrieben. Menschen, Gegenstände, Ereignisse leuchten mit überscharf gesehenen Einzelheiten auf und besitzen dennoch keine runde Körperlichkeit, sondern bleiben bewegte farbige Schatten. Besonders in den tumultuarischen Massenszenen hat man den Eindruck der Halluzination, aber er stellt sich auch oft in den ruhigeren Partien ein.

Das Halluzinatorische haftet auch der Sprache an. Die Sätze halten lose zusammen, sie zerflattern fortwährend wieder und werden vergessen wie die suggestiven Bilder eines Traums. Einzelne Stellen sind so nachlässig formuliert, daß sie unklar bleiben, andere scheinen wie in Trance geschrieben und absichtlich so belassen. Besonders bezeichnend ist der reiche, für Döblin zeitlebens charakteristische Gebrauch der ungesprochenen, nur innerlich erlebten Rede. Sie hebt den Unterschied von Innen- und Außenwelt auf, beseitigt also einen Grundpfeiler des realistischen Stils, und die so dargestellte Innenwelt ist überdies mit einem ganz neuen, ärztlichen Blick wiedergegeben. So etwa die Regung von Wang-luns Mordlust am Beginn: «Die Maske gefaßt und über den Kopf des Tou-ssee gestülpt, erdrosselt, weggeworfen. Dies war gut. Er war glücklich. Über den Kopf stülpen die Maske dem Tou-ssee, und dann weg. Über den Kopf des Tou-ssee gestülpt, dann weg, weg.» Bei der Darstellung realer Vorgänge wird die Annäherung der Syntax ans Primitive durch die Unterdrückung der logischen Bindeglieder, besonders des ‚und', erreicht. So entsteht eine Urform des Satzes, die sich mit dem bloßen Nennen der Dinge begnügt. «Gewimmel von Laternen zwischen kohlschwarzen Stämmen. Klappern, halblautes Sprechen, Gähnen, lahme Knochen, Drängen, Trappeln.» Dieser raffende, abrupte Stil gipfelt in der Darstellung kriegerischer und ekstatischer Massenszenen. «Atemlose Stille. Offene Bühne. Kreischen der gebundenen Schwestern, Entblößen der zarten Leiber, knallende Stockschläge auf die Köpfe der Brüder, Gebrüll, trappelnde Pferde, unsicheres Wimmern der Kranken, leere Ebene, Regen.» Durch den ganzen Roman finden sich solche Stellen, bis zur Wallfahrt Hai-tangs am Schluß: «Besonnte Zacken der Granitberge. Träumerische Landschaften eingesenkt. Schlanksäulige Fächerpalmen mit hellen Stimmen. Kamelien hunderttausend. Hauchende Teiche, schwimmende Lotos. Zwischen Hecken, hinter steinigen Wegen Tempel am Fuße des Hanges. Starrgespannter Himmel.» Diese Diktion entartet leicht zur Manier, besonders dann im ‚Wallenstein' und in ‚Berge Meere und Giganten', wo Döblin die nackten Dinge und Aussagen erdrückend häuft und statt der Anschauung nur einen Katarakt fremdartiger Namen gibt. So weit geht er im ‚Wang-lun' noch nicht. Der Vergleich mit den Vorlagen zeigt, daß er beispielsweise in der Verwendung chinesischer Ausdrücke und Namen bewußt sparsam war. Der Zauber seines chinesischen Romans liegt im Lockeren, oft wie Getupften und Getuschten seines Stils. Eine meisterlich leichte Hand fügt Bild an Bild und erzeugt in leuchtenden Farben die Vision einer unwirklichen Welt. Es ist Kunst der Bezauberung, Schamanenpoesie.

Das Magische des Stils zeigt sich auch in der Überfülle und Art der Bilder. Auch sie sprengen die literarische Konvention und bringen das Niegesehene, Unerhörte. Wang-lun am Meer brütend: «An manchen Morgen blickte ihn die See giftig an aus gelben lehmigen Augen, spie klumpigen Schleim aus, murrte. Dann wieder war ihr Aussehen wechselnd zwischen Grauschwarz und Purpur, von einer kaiserlichen Pracht. Unter dem frischen Wind stolzierten lange Wellenzüge, Karosserien mit blitzendem Geschirr, an das Gestade.» Die Gefahr des Leerlaufs ist auch in diesem barocken Metaphernreichtum nicht immer vermieden. Es gibt aber Stellen, wo man das Ende aller realistischen Dichtung erlebt und ein anderes Gesetz der Gestaltung aufsteigt. Das geschieht dort, wo die Sinneseindrücke nicht mehr um ihrer selbst willen dastehen, sondern zu Bildzeichen werden und sich zu einem Mosaik verbinden, das nur noch Geistiges ausdrückt. Über die Landschaft der Orgien am Sumpf von Ta-lou: «Die ofenschwarzen Massen der Nacht lockerten sich. Ein graues dünnes Gas fugte sie auseinander und verteilte, verflüchtigte sie in große Räume. Der Katalpawald, abgedeckt, trat wie ein Bock hervor mit gesenkten Hörnern.» Es kommt vor, daß die Landschaft ganz durch ein Sinnbild ersetzt wird, in der folgenden wunderbaren Stelle durch eine menschliche Figur: «Und das Wetter war voll Pracht, schwer von Schnee, wie wenn ein Kind sich über einen Abgrund bückt, seine seidenen Überhänge, dünnen Schals werden bauschig von dem Wind aufgebläht, über seinen Kopf weg, man sieht nur die wallenden Schleifen, Tücher, bunten Schwellungen, glaubt dazwischen lustige verschmitzte Augen zu sehen, schlagende Hände, und ab und zu weht wirklich ein Ingwerduft herunter an eine saugende Nase.» In diesem

zeichenhaft abstrahierenden Stil sind auch das als Riesenmohnblüte brennende Peking und die unter einem Gewitter stattfindende Schlacht bei Ying-ping dargestellt: «Aus schwarzer Luft hing an unsichtbarer Leine ein Riesengong über den Armeen, dessen Schläge hetzten. Zwei weiße Panther übersprangen sich.»
Da erkennt man, daß die Absage an die Schönheit im ,Wang-lun' nicht absolut ist. Sie erzeugt nur eine andere Schönheit, die das Formlose, Befremdende und Häßliche in sich aufgenommen hat und wieder unheimlich geworden ist. Trotz seines harten und kalten Stils ist der ,Wang-lun' noch ein schönheitsseliges Werk, eine halb romantische, großartige Chinoiserie. Döblin muß in ihr wie in einer Verzauberung gelebt haben. Am stärksten wirkt ihr Zauber in den Szenen am Kaiserhof, die sich vom ursprünglichen Anlaß des Buches am weitesten entfernen. Hier erhalten die orgiastischen Massenszenen ihr Gegengewicht in den übermenschlichen Personen des Kaisers und des Taschi-Lama, die Döblin in ihrer undurchsichtigen Majestät doch am stärksten fesseln. Auf diesen Palastszenen liegt ein juwelenhafter Glanz, sie scheinen den exotischen Prunk der Neuromantik, etwa Hofmannsthals, überbieten zu wollen. Es ist erlesene Kunst, wie etwa der kranke Kaiser porträtiert wird: «Sie schleppten zwischen den Palmen und Kakteen ihre Leiber schwer atmend auf und ab. Ein Silberfasan stolzierte vor ihnen auf den wasserbetropften Marmorplatten; seine roten Füße setzte er mit einem plötzlichen gnädigen Entschluß; geziert bog er seinen blauschwarzen Hals, um den Glanz seiner Federn aufleuchten zu lassen.» Im Gespräch des Kaisers mit Song und Hu über die Dichtkunst tut sich Döblins Vertrautheit mit dem ästhetisch Sublimen kund, und was er den Kaiser zum Taschi-Lama sagen läßt, gilt für ihn selbst: «Ich bin Herrscher des größten Reiches der Welt, und ich verlange keine Verwandlung. Ich bin als Sohn des Himmels geboren und werde auf dem Drachenthron sterben.» Auch der Dichter des ,Wang-lun' weiß sich noch auf dem Drachenthron der Phantasie geborgen. Dieses China ist in all seiner greifbaren Deutlichkeit

ein Traum, in den er sich vor der Wirklichkeit zurückzog. Aus einer ähnlich die Erdteile vertauschenden, Vision und Wissenschaft verschmelzenden Flucht war einst der ‚West-östliche Divan' entstanden, von dem Goethe ein paar Jahre später sagte: «Sowohl was darin orientalisch als was darin leidenschaftlich ist, hat aufgehört, in mir fortzuleben, es ist wie eine abgestreifte Schlangenhaut am Wege liegen geblieben.»

Döblin erzählt in der ‚Schicksalsreise', wie er in den Schrecknissen des Jahres 1940, auf der Pritsche einer französischen Flüchtlingsbaracke, mit Grauen auf seine Schriftstellerei zurückblickte. «Eine sonderbare Sache, das Schreiben. Ich begann es nie eher, bis die Einfälle einen bestimmten Reifegrad erreicht hatten, und das war dann der Fall, wenn sie im Gewande der Sprache erschienen. Hatte ich dieses Bild, so wagte ich mich mit ihm, mit meinem Pilotenboot, aus dem Hafen heraus, und da bemerkte ich draußen bald ein Schiff, einen großen Ozeandampfer, und ihn betrat ich und fuhr aus und war in meinem Element, reiste und machte Entdeckungen, und erst nach Monaten kehrte ich von solcher großen Fahrt heim, gesättigt, und konnte wieder das Land betreten. Meine Fahrten bei geschlossener Tür führten mich nach China, Indien, Grönland, in andere Epochen, auch aus der Zeit heraus. Was für ein Leben.» Im Epilog von 1948 zu einer Auswahl aus seinen Werken vergleicht er die Entstehung dieser Bücher mit einer Steinbildung, die sich aus seiner Substanz gelöst habe und die er nachher nur mit leichtem Ekel habe ansehen können. «Eigentümlich war die Befangenheit, die ‚Aura' in solcher Periode. Sie verlieh mir ein eigentümliches Wissen, eine Hellsichtigkeit. Was wußte ich von China oder vom 30-jährigen Krieg? Ich lebte in dieser Atmosphäre nur während der kurzen Spanne des Schreibens. Aufdringlich, prall stellten sich dann plastische Szenen vor mich hin. Ich griff sie auf, schrieb sie auf und schüttelte sie von mir ab. Da standen sie dann schwarz auf weiß. Ich war froh, nichts mehr mit ihnen zu tun zu haben.»

Der Vorgang dieses demiurgischen Schaffens läßt sich beim ‚Wang-lun' an den Papieren des Nachlasses noch ziemlich gut verfolgen. Sie beweisen, daß Döblins Darstellung einseitig ist, da er verschweigt, daß er intensive Vorstudien trieb und das Manuskript sehr sorgfältig ausarbeitete. Wo die Grenze zwischen Studium und Intuition verlief, läßt sich allerdings nicht mehr erkennen, und auch die Schnelligkeit, mit der er sich den riesigen Stoff aneignete, kann man nur indirekt erschließen. Er besaß eine außergewöhnliche Fähigkeit der Versenkung, Verwandlung in fremde Welten, die ihm beim ‚Wang-lun' zum erstenmal in großem Stil zustatten kam. Die Zeitungsnotiz über den Aufstand der sibirischen Goldwäscher ist nicht mehr vorhanden, wohl aber zeigt ein von ihm aufbewahrtes Zeitungsblatt vom 1. August 1912 mit einem Bericht über die Niederwerfung einer Revolte in den Bergen Mesopotamiens, daß ihm der aktuelle Anlaß des Werkes auch bei der Niederschrift noch bewußt war. Die Versenkung in die chinesische Welt spiegelt sich in den teilweise erhaltenen Notizen über die Lektüre einschlägiger Literatur, die mit Bleistift, Tintenstift oder Tinte auf einer Menge von Blättern, gelegentlich auch auf zerschnittenen Spital- und Bibliothekformularen oder einem Briefumschlag aufgezeichnet sind. Döblin notierte sich, oft pedantisch genau, die in China vorkommenden Tiere, Pflanzen, Edelsteine, Landschaften, Städte, Bräuche des Konfuziuskults, Priesterkleidungen, Ritualgegenstände, geistliche und militärische Trachten, Tänze, Spiele, Musikinstrumente, Heilmittel, ärztliche und militärische Fachausdrücke. Er exzerpierte Beschreibungen von Tempeln und Festen, religiösen Sitten und Anschauungen, merkte sich Einzelheiten über die politische Verwaltung der Provinzen, über Ämter und Titel, akademische Prüfungen und Grade, über die Eunuchen am Kaiserhof. Auch eine ganze Reihe mit Tinte kopierter Landkärtchen ist vorhanden. Es sind historische und geographische Werke, einzelne Bände orientalistischer und ethnographischer Zeitschriften als Quellen für Theateraufführungen, Waffen usw. vorgemerkt oder angegeben. Ein vierseitiges Blatt enthält nichts als Kolonnen chinesischer Personennamen, ein anderes Blatt Sprichwörter, ein drittes Sprüche von Laotse, daneben finden sich Zitate aus Litaipe, Dschuang Dsi und andern chinesischen Klassikern. Auf andern Zetteln stehen Abschriften des S. 310 zitierten Gedichts von Khien-lung an eine Teetasse und des S. 368 erwähnten Liedes von Tufu. Aus einer nicht genannten Quelle sind Beschreibungen der kaiserlichen Gemächer und der Klosterstadt Taschi-lunpo, der Residenz des Taschi-Lama, exzerpiert [beide mit Planskizzen]. Döblin sammelte viel mehr, als er dann brauchte, offenbar auch deshalb, weil sich der Plan bei der Ausarbeitung noch veränderte. Er liebte Tatsachen und Materialien um ihrer selbst willen; das verraten hier die Reste eines kleinen Notizbuchs mit alphabetischem Register, auf dessen Blätter er alle erdenklichen Stichworte, oft mit Quellenverweisen, eintrug, um sich in seinen Aufzeichnungen rasch zurechtfinden zu können. Wie tief er ins Spezielle eindrang, zeigen Kopien von Sprüchen aus dem S. 17 erwähnten ‚Buch der tausendachtundsechzig Worte', in dem er auch das Bild der ‚gebrochenen Melone' fand, oder die S. 314 zitierten Einzelheiten aus dem Schreiben Khien-lungs an den Taschi-Lama, das in alten englischen Gesandtschaftsberichten publiziert ist. Anhand dieser Notizen dürfte es möglich sein, die von ihm benützte Literatur festzustellen, auch wo der Autor nicht genannt ist. Sehr ergiebig war für ihn offenbar Wilhelm Grubes ‚Religion und Kultus der Chinesen' [Leipzig 1910], viele Einzelheiten sind daraus übernommen [z.B. in der Szene von Su-kohs Bestattung S. 47f. oder in der Beschreibung des Tempels des Stadtgottes S. 412f.]; auch Grubes ‚Zur Pekinger Volkskunde' hat einiges beigesteuert [so das S. 117 erwähnte Kinderlied von den Lotosblumenlampen und die Schilderung des Allerseelenfestes S. 236f.]. Dem Buch C. F. Koeppens über die lamaische Hierarchie [Berlin 1859] sind umfangreiche Exzerpte, u.a. über den Besuch des Taschi-Lama in Peking, entnommen. Eine wichtige Quelle waren vermutlich auch die Werke de Groots; die makabre Geschichte von der Jadepuppe des Kaisers, die Döblin auf einem eigenen Blatt abschrieb, findet sich im fünften Band von dessen ‚Religious System of China'. Die bedeutende Rolle der Göttin Kuan-yin beruht wohl auf dem Werk Ernst Boerschmanns ‚P'u T'o Shan, Die heilige Insel der Kuan Yin, der Göttin der Barmherzigkeit' [Berlin 1911], das Döblin kannte; es gibt eine genaue Schilderung dieser Insel im Süden, von welcher der Einsiedler Ma-noh entlaufen ist und zu der Hai-tang am Schluß des Romans pilgert. Neben den Standardwerken der Sinologie lieferten auch Berichte von Reisenden einzelne Züge; einem Reclambändchen ‚Aus China' von Leopold Katscher entnahm Döblin Angaben über Grillen- und Wachtelkämpfe.

Die Feststellung der Quellen kann jedoch nur zeigen, wo er das Rohmaterial sammelte, das ohne den zündenden Funken tot geblieben wäre. Diese Lesefrüchte waren der Stoff, aus dem seine blitzschnell arbeitende Phantasie im Zustand eines nüchternen Rausches den Teppich der Erzählung von den Wahrhaft Schwachen wob. In der großen Entrückung der Niederschrift schloß sich das Material schlagartig zu den kaleidoskopischen Bildern zusammen, in denen alle Einzelheiten an ihre Stelle gerückt sind. Die chinesischen Dinge und Namen dringen auch jetzt noch verwirrend genug auf den Leser ein, da sie so unvermittelt und unerklärt auftauchen. Es wäre aber falsch, sie sachlich zu erläutern, da ihr Zauber dadurch zerstört würde; der Leser lernt sie selbst allmählich soweit verstehen, als es für ihn notwendig ist. Auch diese zweite Phase der Entstehung läßt sich in den Nachlaßpapieren beobachten. Döblin ordnete den Stoff, indem er seinen Roman zuerst in stichwortartigen Aufzeichnungen skizzierte. Von diesem schwer leserlichen, mit Stenographie durchsetzten, mit immer wieder anderm Schreibwerkzeug improvisierten Entwurf haben sich Bruchstücke erhalten; das ist wohl das Manuskript, das in den freien Stunden der ärztlichen Tätigkeit entstand. Aus ihm ging dann die ausgeführte Handschrift hervor, die in ruhigen Schriftzügen, mit verhältnismäßig seltenen Korrekturen geschrieben und ziemlich vollständig erhalten ist. Sie beginnt mit einer im Druck gestrichenen Szene, die noch eine geschichtliche Exposition zu geben versucht – der kühne Einsatz wurde also erst später gefunden –, und enthält noch weitere im

Druck weggefallene Partien; die beiden orgiastischen Feste der ‚Gebrochenen Melone', aber auch einzelne Szenen am Kaiserhof und anderes wurden nachträglich stark gekürzt, und außerdem ist die ganze Handschrift stilistisch durchgefeilt. Trotzdem weicht sie an zahlreichen Stellen von der [im Nachlaß fehlenden] Druckvorlage ab, und eine von Döblins Gattin hergestellte, teilweise erhaltene Abschrift weist ihrerseits wieder zahlreiche stilistische Abweichungen auf. Wir wissen aus dem ‚Selbstporträt 1927', daß das Manuskript des ‚Wang-lun' lange von Verleger zu Verleger irrte, «von Stadt zu Stadt durch das große Deutschland».
Auf der Rückseite eines der Notizblätter stehen für sich allein die Worte: «Das jüdische Motiv: Auswanderer. V[olk] als Person.» Im wandernden Heer der Wahrhaft Schwachen war also für Döblin die Erinnerung an das Volk Israel in der Wüste, im Thema der Masse das des auserwählten Volkes enthalten. Das war der tiefste Sinn seiner Identifikation mit dem chinesischen Sektierer Wang-lun. Unbewußt schilderte er schon hier die Schrecken der neuen Wüstenwanderung, in die er 1933 hineingerissen wurde. Es führt eine Linie vom heiligen Königreich der ‚Gebrochenen Melone' zur Trilogie ‚Amazonas', dem in der Emigration geschriebenen Epos von der Gründung des Jesuitenstaates im Urwald, von Döblins Sprung nach China zu seiner schließlichen Absage an alle profane Kunst. Das Irrewerden an ihr kennzeichnet die großen Dichter unseres Jahrhunderts. Es hat auch diesen chinesischen Roman lebendig erhalten, obschon er sich erst gegen die Literatur vom Vorabend des Ersten Weltkriegs auflehnt. In seinem unbändigen Reichtum und in seiner Schwermut wirkt schon der ruhelose Geist, der diesen Triumph der Phantasie eines Tages als Blendwerk durchschaute.
Der Text unseres Neudrucks folgt der Erstausgabe von 1915, wurde aber mit dem Manuskript verglichen und an zahlreichen Stellen verbessert. Die Korrekturen betreffen zum Teil sprachliche Nachlässigkeiten und Irrtümer, die Döblin selbst unterliefen. Er setzte gelegentlich das Verbum in die falsche Zeit oder Zahl, verband es mit einer falschen Präposition, bildete ein fal-

sches Imperfekt wie *gischte*, gebrauchte unrichtige Pluralformen wie *Wirrsalen*, *Fasane*, *Mandarine* oder schrieb *Goldplättchen*, wo er Goldblättchen meinte. Auch schrieb er dasselbe Wort nicht immer gleich, und bei der Klein- und Großschreibung hielt er sich an keine feste Regel. Ein Teil dieser Fehler ist aber erst im Typoskript entstanden: das häufige *schlürfte* für schlurfte, versehentliches Weglassen oder Wiederholen kleiner Wörter, das den Sinn eines Satzes entstellen konnte, unaufmerksamer Gebrauch der Umlautzeichen [*hatte* statt hätte, *könnten* statt konnten] und Verlesungen wie *schwommen*, *drohten* statt drehten, *führt* statt fährt, *vor* statt von, *Knopf* statt Kopf, Formen wie *tollpatschig*, *Wallnüsse*, *Tabekasdosen*, *Leiber*, *die durch die Luft flogen* [statt Beile] usw. Bei der Überarbeitung des Manuskripts brachte Döblin hie und da seine Verbesserungen so flüchtig an, daß daraus Fehler in der Abschrift entstanden. Er flickte in einen Satz nachträglich eine Wendung ein oder ersetzte ein Verbum, ein Substantiv durch ein anderes, vergaß aber die dadurch nötig gewordene Änderung der Satzkonstruktion vorzunehmen oder führte sie nur teilweise durch. In allen diesen Fällen habe ich die unerläßliche Berichtigung nachgeholt.

Weitere Fehler ergaben sich beim Druck der Erstausgabe durch Versehen und Eigenmächtigkeiten des Setzers: vom Manuskript abweichende Kleinschreibung, Trennung oder Zusammenziehung von Wörtern, Verlust einzelner Silben bei Worttrennung, irrtümliche Lesungen wie *luftig* statt lustig, *Gräber* statt Gräben, *Höfe* statt Höhe, ferner Flüchtigkeiten wie *abgezäumt* für abgezäunt, *Umzingelung* für Umzinglung, *gebe* für gäbe, *so* für sogar, *Westfluß* für Westfuß, *Landstraßenwälzen* für Landstraßenwalzen, *Dämone*, *Gartenpfoste*, *rachedürstig*. Aus einer *Kinderpeitsche* wurde eine Rinderpeitsche, aus einem *Helmpuschel* ein Helmbuschel, aus einem *goldfarbenen Prunkmantel* ein goldfarbener Goldmantel, aus *Hökerfrauen* Höckerfrauen, aus der Frage *Warum sie denn so starke Waffen trügen* die Frage: Warum denn so Starke Waffen trügen. Im ganzen konnten etwa 160 verdorbene Stellen so verbessert werden. Dazu kommen einige Änderungen der Interpunktion, die Döblin gleichfalls wenig folgerichtig handhabt. Die Eigenheiten seiner Zeichensetzung wurden nur dort ausnahmsweise angetastet, wo sie das Verständnis erschwerten, wie etwa das Komma nach dem letzten Glied einer Aufzählung; in Zweifelsfällen hielt ich mich auch hier an das Manuskript, wenn dessen Interpunktion überzeugender war. Die chinesischen Eigennamen und Titel wie Nan–ku, Pe–king, Tao–tai sind in der Handschrift noch meist ohne, im Druck mit Bindestrich zwischen den Silben geschrieben. In Zusammensetzungen brachte Döblin den Bindestrich jedoch nur im Grundwort an, so daß Formen wie Nan-kupaß, Wu–weisekte usw. entstanden, die indessen auch nicht ganz konsequent durchgeführt sind. Ich habe sie regelmäßig durch die Schreibung Nan-ku-Paß, Wu-wei-Sekte usw. ersetzt, da die Bindestriche nicht wohl getilgt werden durften, wie ich überhaupt durch konsequente Anwendung der bei Döblin vorherrschenden Formen eine diskrete Vereinheitlichung des Schriftbildes angestrebt habe.

Da diese Ausgabe nicht wissenschaftlichen Zwecken dient, verzichte ich darauf, die Textkorrekturen im einzelnen aufzuführen. Ein solcher kritischer Apparat müßte auch die von Döblin vor dem Druck gestrichenen Partien des Romans reproduzieren, wovon ich gleichfalls absehe. Auch bei diesen Streichungen ist es nicht ohne kleinere und größere Unstimmigkeiten abgegangen, indem er es nicht selten unterließ, spätere Anspielungen auf das Gestrichene zu tilgen. Nur zwei Beispiele: in der alten Ausgabe ist auf S. 139 in den ersten sieben Zeilen des untersten Alineas eine solche unverständliche Stelle stehen geblieben, die ich gestrichen habe. Ein ebensolches Relikt findet sich auf S. 465, Zeile 10–12 der alten Ausgabe; es bezieht sich auf die gestrichene Szene am Beginn des Manuskripts und wurde von mir [vgl. S. 436] so gekürzt, daß es nicht mehr aus dem Zusammenhang herausfällt.